ullstein

E. G. SCOTT ist das Pseudonym eines Autorenduos, das seit mehr als zwanzig Jahren befreundet ist. Beide schreiben seit ihrer Kindheit Theaterstücke, Drehbücher und Kurzgeschichten. Aufgrund ihrer Liebe zu Thrillern haben sie beschlossen, zusammen an einem Spannungsroman zu arbeiten.

E.G. SCOTT

The Call

Ein Anruf. Eine Tote. Und nichts ist, wie es war.

Thriller

Aus dem Amerikanischen
von Sybille Uplegger

Ullstein

Besuchen Sie uns im Internet:
www.ullstein.de

Wir verpflichten uns zu Nachhaltigkeit
- Klimaneutrales Produkt
- Papiere aus nachhaltiger Waldwirtschaft und anderen kontrollierten Quellen
- ullstein.de/nachhaltigkeit

MIX
Papier
FSC FSC® C083411

Deutsche Erstausgabe im Ullstein Taschenbuch
1. Auflage August 2021

Titel der amerikanischen Originalausgabe: *In Case of Emergency*
(First published 2020 by Dutton Books, an imprint of
Random House Penguin LLC)
Umschlaggestaltung: zero-media.net, München Titelabbildung: ©
FinePic®, München (Hintergrund);
© Stephen Mulcahey / Trevillion Images (Frau)
Gesetzt aus der Quadraat Pro powered by pepyrus.com
Druck und Bindearbeiten: CPI books GmbH, Leck
ISBN 978-3-548-06409-3

Unseren Schwestern und Brüdern:
Gordon, Susan, Madeline und Thomas

Prolog

Das wird kein gutes Ende nehmen.

Hier drinnen herrscht heilloses Chaos. Keiner hört auf mich. Ich habe gesagt, dass wir den Eingriff abbrechen müssen, aber die anderen reden einfach weiter. Ich weiß, was ich tue. Ich bin ein integraler Bestandteil dieses Teams. Verdammt noch mal, ich bin die intelligenteste Person im Raum.

Ihre Vitalzeichen sind katastrophal. Sie atmet flach und schwerfällig. Ihre Hautfärbung verheißt nichts Gutes.

»Sie war zu lange unter Narkose. Wir müssen sie zumachen.«

»Wir sind gleich fertig. Nur noch ganz kurz. Eine Minute.«

Das Piepsen wird schneller.

Sein Ego lässt keinen Platz für gesunden Menschenverstand. »Sie stirbt uns weg!«

»Das hier ist *mein* OP!«

»Herzstillstand!«

Erster Teil

Datum: 2. Oktober 2019
Von: CharlotteKnopfler@gmail.com
An: Braindoc67@gmail.com

H,

ich weiß, du hast gesagt, ich soll dich nicht auf diesem Wege kontaktieren, aber da du auf keinen meiner Anrufe reagiert hast, lässt du mir keine andere Wahl. Wir müssen dringend reden.

Ich weiß, dass du gestern Abend die gleiche Nachricht bekommen hast wie ich. Dieses Problem wird nicht einfach von selbst wieder verschwinden. Du bist von deinem Stolz geblendet, er hindert dich daran, das Richtige zu tun. Aber wir müssen die Wahrheit sagen, das ist der einzige Weg für alle Beteiligten.

Ich möchte jeden Tag in den Spiegel schauen können und wissen, dass ich die Fehler, die mir passiert sind, wiedergutmachen konnte. Ich will nicht noch ein weiteres Leben zerstören.

Bitte, melde dich.

Charlotte

Eins

Wolcott

Ich höre ein lautes Knacken, und als ich nach oben schaue, sehe ich gerade noch rechtzeitig, wie das Holz splittert und auf uns zugeflogen kommt. Ich reiße die kreischende Frau, die sich an meinen Arm klammert, zur Seite. Im nächsten Moment kracht der dicke Ast vor uns auf den Gehsteig.

»Lionel!«, schreit sie.

Als ich erneut den Blick hebe, sehe ich, dass mein Partner, nachdem er nur knapp demselben Schicksal entgangen ist wie der Ast, sein Gleichgewicht wiedererlangt hat. Ich lege einen Arm um die hysterische Frau und nehme ihre Hand.

»Alles wird gut«, sage ich im tiefen, beruhigenden Timbre des Moderators einer nächtlichen Radiosendung. »Mein Partner hat die Lage unter Kontrolle, Ma'am.«

»Aber Lionel darf eigentlich gar nicht nach draußen. Er hat Angst. Er ist völlig durcheinander.«

»Er schafft das schon, er ist ein tapferer Junge«, ruft Silvestri von oben. »Wolcott, kannst du ein Stück näher rankommen? Dann reiche ich ihn dir runter.«

»Oh, bitte, seien Sie vorsichtig!«, fleht die Frau.

»Ma'am«, sagt Silvestri, »ich kann Ihnen versichern, Ihr Kater ist in den besten Händen. Mein Partner ist absolut zuverlässig.«

Ich drücke noch einmal beruhigend ihre Schulter, ehe ich

mich von ihr löse und zum Baum trete. Dabei fallen mir zwei Jungen auf, die von der anderen Straßenseite aus das ganze Spektakel mit ihren Handys filmen. Mir kommt der Gedanke, dass zwei Teenager in ihrem Alter Lionel wahrscheinlich in der Hälfte der Zeit vom Baum geholt hätten.

Silvestri hält die Katze mit einem Arm fest, während er sich vorsichtig auf den Bauch legt. Er streckt sich, so weit er kann, und reicht Lionel zu mir nach unten. Völlig starr vor Angst, streckt das Tier alle viere von sich. Ich greife es behutsam unter dem Brustkorb, ehe ich es in meiner Armbeuge berge.

Seine Besitzerin wirft mich fast um, so heftig reißt sie ihn mir aus den Armen. »Oh, Detectives! Vielen, vielen Dank! Ich bin ja so froh, dass Sie gekommen sind. Sie haben Lionel das Leben gerettet!« Dann wendet sie sich ihrem Kater zu, den sie mit Küssen überschüttet und gleichzeitig für sein Verhalten tadelt. »Du bist so ein ungezogener Junge, nicht wahr? Ja, das bist du. Ein ganz ungezogener Junge.«

Silvestri springt vom Baum und gesellt sich zu dem Liebesfest, indem er Lionel hinter den Ohren krault, während der Kater seinen Kopf an ihm reibt.

»Haben Sie vielen Dank, Detective!« Die Frau sieht meinen Partner an. »Sie sind wirklich sehr mutig.« Ohne den Blick von Silvestri abzuwenden, beginnt sie ihrem Kater sanft ins Ohr zu säuseln. »Na komm, bedank dich bei dem gut aussehenden Detective, Lionel. Ja, genau. Sag brav Danke schön.«

»Ist nicht der Rede wert, Ma'am.« Silvestri nickt erst der Frau, dann dem Kater zu. »Lionel. Gehen Sie zurück ins Haus, und genießen Sie den Rest des Tages.«

•••

»Du hast wirklich abgeliefert, Silvestri.« Ich lenke unser Zivilfahrzeug zurück auf die Straße, während Lionels Besitzerin uns von ihrer Veranda aus nachwinkt.

»Ein weiterer erfolgreicher Einsatz für die Polizei von Long Island«, lautet sein trockener Kommentar. Er schiebt sich die Ärmel hoch, um seine Unterarme zu inspizieren, und mir fallen einige kleine punktförmige Wunden auf.

»Ach du Scheiße! Alles in Ordnung?«

»Halb so schlimm«, meint er und winkt der Frau auf der Veranda ein letztes Mal. »Trotzdem bin ich froh, dass ich das Thermoshirt anhatte. Sonst würde ich jetzt aussehen wie nach einer missglückten Akupunkturbehandlung.«

»Komischer Tag heute«, sage ich.

»Nichts los diese Woche.«

»So oder so, du hast deine Sache gut gemacht. Wo hat ein Stadtgewächs wie du überhaupt gelernt, auf Bäume zu klettern?«

Er lacht leise. »Es mag dich überraschen, aber ich war nicht immer der unbescholtene Bürger, als den du mich heute kennst.«

»Tatsächlich?«

»In meiner Jugend gab es bei mir gewisse ›Verhaltensauffälligkeiten‹.« Er malt Anführungszeichen in die Luft. »Meine Eltern haben mich über den Sommer in eins dieser Wildniscamps geschickt. Du denkst, auf Bäume klettern ist beeindruckend? Dann solltest du mal sehen, wie ich einen Kreuzknoten mache. Da würdest du richtig abgehen, das sag ich dir.«

»Ein echter Naturbursche.«

»Was glaubst du, warum ich mich hier bei dir in der Provinz so wohlfühle?«

»Und ein begnadeter Tierflüsterer noch dazu.«

»So ist das eben, wenn man selbst Haustiere hat.«

»Wie geht's denn Molly und Duff?«

»Gut. Beide sind putzmunter und sabbern wie eh und je«, antwortet er und dreht sich zu mir herum. »Apropos ... Da fällt mir eine gewisse Ähnlichkeit zu einem meiner Kollegen auf.«

»Hör auf, mir den Arsch zu küssen, Silvestri. Es war ein anstrengender Vormittag. Lass uns auf ein Sandwich zu Gus fahren, einverstanden?«

»Hört sich gut an. Ich habe schon von ihrem Reuben-Sandwich geträumt, mit der frischen ...« Er wird vom Vibrieren seines Smartphones unterbrochen, das er im Becherhalter deponiert hat. »Detective Silvestri ... M-hmmm ... Ja, wir können gleich dort sein ... Alles klar, verstanden ... Ja, danke.« Er legt auf und sieht mich an. »Wolcott, das Mittagessen muss warten. Tut mir leid, alter Freund.«

»Was ist los?«, will ich wissen.

»Wir machen einen Ausflug in den Park.«

»Klingt doch ganz interessant«, sage ich. »Worum geht's denn?«

Mein Partner schüttelt den Kopf und zuckt mit den Schultern. »Sieht so aus, als gäbe es eine Leiche.«

• • •

Wir biegen auf den Parkplatz neben der Grünfläche ein. Der große Rasen ist leer bis auf eine Schar Möwen, die im näheren Umkreis eines Abfalleimers nach Essbarem suchen, und einer menschlichen Gestalt, die ein Stück weiter hinten im Gras liegt.

»Weißt du, wer es gemeldet hat?«, frage ich und schaue mich um.

»Wer auch immer es war, hat es offenbar nicht für nötig gehalten, auf uns zu warten.«

Silvestri und ich steigen aus und nehmen Kurs auf die Rasenfläche, was die Vögel dazu veranlasst, die Flucht zu ergreifen. »Da kommt wohl jede Hilfe zu spät«, stelle ich fest, als mein Partner und ich Nitrilhandschuhe aus unseren Taschen holen und überstreifen. Ich gehe vor der Frau in die Hocke und presse behutsam zwei Finger gegen ihre Halsschlagader. Wenig später blicke ich auf und schüttle ernst den Kopf.

Silvestri hockt sich neben mich, um die Tote aus der Nähe zu betrachten. »Gott, sie sieht noch ziemlich jung aus«, stellt er mit gerunzelter Stirn fest. »Was für eine Schande!«

Er hat recht. Die Frau scheint etwa Mitte dreißig zu sein. Sie trägt Leggings aus Spandex, eine dünne Kapuzenjacke und Laufschuhe. Ihre Haare sind mit einem Gummi zu einem Pferdeschwanz zusammengebunden. Die Position ihres Körpers legt nahe, dass sie im Gras zusammengebrochen ist. Ich studiere ihr Gesicht. Sie ist blass, doch auf den ersten Blick sind keine Verletzungen zu erkennen. Auch ihre Kleidung scheint unversehrt. Als Nächstes nehme ich mir ihre Hände vor. Die Nägel sind nicht lackiert und kurz, aber sauber geschnitten, mit glatt gefeilten Rändern. Ihre Handgelenke und Unterarme, soweit sie unter den aufgekrempelten Ärmeln des Oberteils sichtbar sind, weisen abgesehen von ein paar oberflächlichen Kratzspuren keine Hämatome oder sonstigen Verletzungen auf. Ich hole meine kleine Taschenlampe heraus und leuchte ihr in die Augen. Als ich mich dichter über sie beuge, nehme ich den Geruch von Erbrochenem aus ihrem Mund wahr. Ich lasse den Blick umherschweifen, sehe jedoch nirgendwo Erbrochenes im Gras.

»Wie sieht's aus?«, fragt Silvestri.

»Pupillen sind erweitert. Riecht so, als hätte sie sich kürzlich übergeben. Das ist für mich das Auffälligste.«

»Was meinst du? Natürliche Todesursache? Vielleicht Herzprobleme? Sie geht joggen und erleidet einen Zusammenbruch?«

»Könnte sein«, antworte ich mit einem ratlosen Kopfschütteln.

Auch Silvestri mustert die Tote gründlich, dann bewegt er die Hand zu der einzigen Tasche an der Brust ihrer Jacke. Er greift mit den Fingern hinein und fischt ein bisschen Kleingeld sowie einen Inhalator heraus.

»Mist!«, sage ich. »Vielleicht ein Asthmaanfall.«

»Vielleicht«, sagt er mit traurigem Blick. Während er insgesamt zwölf Dollar in Fünfern und Einern abzählt, rutscht ein kleines Kärtchen zwischen den Scheinen heraus. »Kaffeegeld?«, mutmaßt er, ehe er die Scheine weglegt und sich die Karte genauer anschaut.

»Was hast du da?«

Er betrachtet die Karte noch einen Moment lang, dann reicht er sie an mich weiter. »Nur das hier.«

Zwei

Charlotte

»Heute ist der Tag«, sage ich, als könnte ich Peter kraft der Lautstärke und Begeisterung in meiner Stimme heraufbeschwören. Er hat mir gesagt, er würde diese Woche zurückkommen, und allmählich werden die Tage im Kalender knapp, deshalb ist positives Denken umso wichtiger.

Heute Morgen beim Aufwachen hatte ich eine ungewohnt starke Intuition. Zum ersten Mal seit seiner überstürzten Abreise waren meine Hoffnung und meine Vorfreude, ihn endlich zu sehen, größer als die nagenden Zweifel, dass er diesmal für immer abgetaucht sein könnte.

»Heute wird er kommen.« Ich formuliere meine Intention möglichst konkret. Während die Ampel rot ist und die Zeit stillzustehen scheint, schließe ich die Augen und stelle mir ein helles weißes Licht vor, das in meinen Körper hereinströmt und mich ganz und gar ausfüllt. Ich genieße es, noch ein paarmal tief durchatmen zu können, ehe ich mit der Welt in Kontakt treten muss. Das einzige Geräusch ist das beruhigende, gleichförmige Ticken des Blinkers. *Klack, klack, klack, klack.*

Es ist ein ungewöhnlich ruhiger Nachmittag in der Vorstadt. Meins ist das einzige Auto an der Kreuzung vor der Einfahrt zum Parkplatz. Niemand wirft mir missbilligende Blicke zu, weil ich Selbstgespräche führe. Nirgendwo eine abgehetzte Mutter auf dem Weg zum Pilates oder ein Auto voller Jugendlicher, die mich schief von der Seite ansehen und denken: *Was für eine Bekloppte!*

Als ich auf den Parkplatz einbiege und mich meiner Ecke des Gebäudekomplexes nähere, sehe ich einen Mann mit dem Rücken zu mir vor meiner Praxis stehen und springe um ein Haar aus dem fahrenden Wagen. Er ist groß und dunkelhaarig und zu weit weg, als dass ich ihn erkennen könnte, aber er muss es sein. Ich drossle das Tempo und starre ihn durch zusammengekniffene Augen an. Mein Herz schlägt höher, und ich hüpfe auf dem Fahrersitz auf und ab wie ein überdrehtes Kleinkind, doch im nächsten Moment tritt er hinter einen Pfeiler des Vordachs.

»Warte!«, rufe ich, ehe ich scharf in eine Reihe leerer Stellplätze einbiege. Als ich meinen Wagen endlich in eine Lücke in unmittelbarer Nähe meiner Praxis manövriert habe, ist der Mann bereits ein gutes Stück entfernt. Ich merke kaum, wie ich den Motor ausschalte, den Sicherheitsgurt löse und aus dem Auto stürze.

»Peter!«, rufe ich der stetig kleiner werdenden Gestalt hinterher. Doch er wird nicht langsamer und dreht sich auch nicht um. Mein Herz krampft sich zusammen.

»Peter?«, rufe ich noch einmal mit höherer Lautstärke und zugleich sinkender Hoffnung. Er ist um die nächste Ecke gebogen, noch ehe ich das »-er« von »Peter« ausgesprochen habe. Ich werfe einen Blick auf mein Handy, um zu sehen, ob mir bis zu meinem nächsten Patienten noch ein bisschen Zeit bleibt, damit ich ihm folgen kann. Mein Termin beginnt in zwei Minuten. Ich ärgere mich, weil ich ausgestiegen bin. Mit dem Auto hätte ich ihn mühelos einholen können.

Scheiße! Ich will ihm nachlaufen, aber dafür ist keine Zeit mehr. Er wird wiederkommen. Natürlich wird er wiederkommen. Ich zücke mein Handy, in der Hoffnung, dass er mir vielleicht eine Nachricht geschrieben hat und wissen will, wo ich bin. Nichts.

Zitternd stecke ich den Schlüssel ins Schloss der Tür.

War er es wirklich? Vielleicht vernebelt die Sehnsucht auch meine Wahrnehmungsfähigkeit. In letzter Zeit zweifle ich an allem. Inzwischen müsste ich ihn doch erkennen können, selbst aus der Ferne.

Ich versuche, den negativen Monolog zu unterdrücken, der ganz von selbst über meine Lippen kommt.

»Ganz ehrlich, Charlotte. Momentan erkennst du dich doch selbst kaum noch wieder. Reiß dich gefälligst mal zusammen«, murmle ich, während die Tür zur Praxis aufschwingt.

»Entschuldigung? Was haben Sie gerade zu mir gesagt?« Die Stimme ist so nah, dass sich unwillkürlich die Härchen in meinem Nacken aufstellen.

Ich wirble herum, und wir stehen uns gegenüber.

• • •

Meine Hand ist ruhig. Ich bin bereit, zuzustoßen. Die Sonne, die durchs Fenster fällt, blinkt auf der haarfeinen Metallspitze. Ihre blauen Augen sind vor Angst geweitet, als sich die Spitze auf ihren Brustkorb zubewegt. Sie schluckt trocken und wendet den Blick ab. Mit einer schnellen Bewegung steche ich ihr die Nadel in die Haut. Sie atmet keuchend aus.

Ich lächle.

Wenn man auf bestimmte Punkte am menschlichen Körper genügend Druck ausübt, beispielsweise indem man einen spitzen Gegenstand einführt, kann man den inneren Energiefluss umleiten. Mit den entsprechenden Kenntnissen kann man einen Menschen in eine schlaffe Nudel verwandeln oder sogar in einen Zustand der Bewusstlosigkeit versetzen. Ich bin stolz darauf, dass ich all diese wichtigen Punkte in- und auswendig kenne.

Ich finde es immer wieder spannend, wie meine Patienten beim ersten Mal reagieren. Das führt mir vor Augen, was ich mit meiner Arbeit bewirken kann und wie hilflos die Menschen sind. Wie man mit dem umgeht, was einem Angst macht, sagt viel über die eigene Persönlichkeit aus. In diesem Fall zeigt die Frau ihre Furcht ganz offen. Ich kenne sie erst seit einer Stunde, doch ich kann jetzt schon in ihr lesen wie in einem offenen Buch. Ich sehe ihre Unsicherheit und ihre Angst. Angst ist einer der Gründe, weshalb sie überhaupt zu mir gekommen ist, und sie macht sie zu einer idealen Kandidatin für meine Arbeit. Ich lasse eine Hand auf ihrem Arm liegen, um sie ein wenig zu beruhigen, während ich bereits den nächsten Punkt anvisiere.

»Wie geht es Ihnen, Lucy?«, erkundige ich mich sanft, während ich um die Liege herumgehe und eine weitere Nadel in ihre linke Armbeuge setze.

»Wann kommt denn die nächste?«, fragt sie nervös.

»Sie steckt schon. Sie haben es gar nicht bemerkt. Wie fühlt es sich bis jetzt an?«

»Ungewohnt«, gibt sie zurück. »Es kribbelt ein bisschen. Heißt das, es funktioniert?«

»Kribbeln kann darauf hindeuten, dass ihr Qi – Ihr innerer Energiefluss – in Bewegung kommt. Genau das ist unser Ziel. Bisher läuft es also sehr gut.« Aus unserem Anamnesegespräch weiß ich, dass sie extrem kritisch mit sich ist und wenig Selbstvertrauen hat – zwei Charaktereigenschaften, die sich physiologisch auf unterschiedlichste Weise manifestieren können.

»Ah, gut. Mein Körper spielt nämlich nicht immer mit, wenn er mit was Neuem konfrontiert wird. Vor allem bei Sport oder Diäten.« Sie lacht, doch es klingt eher resigniert als belustigt. Verunsichert legt sie sich den rechten Arm quer über den Bauch. Es ist offensichtlich, dass sie stark unter ihrem negativen Körperbild leidet. Bei ihr habe ich noch eine Menge Arbeit vor mir. Sie ist eine Herausforderung, und genauso mag ich es.

»Das Wunderbare an der Akupunktur ist, dass Sie gar nicht viel tun müssen. Sie brauchen einfach nur dazuliegen und tief zu atmen. Den anstrengenden Part überlassen Sie mir.«

Nachdem ich mich noch an der Tür für meinen seltsamen Monolog gerechtfertigt hatte – sie war genau zur gleichen Zeit gekommen wie ich –, lachten wir etwas befangen, und sie gab mir freundlicherweise die Gelegenheit, mich ihr richtig vorzustellen. Es war kein besonders guter Start mit einer neuen Patientin. Ich kann von Glück reden, dass sie einen Sinn für Humor hat.

»Wie funktioniert das eigentlich genau? Ich habe versucht, ein bisschen im Internet zu recherchieren, aber Sie wissen ja selbst, was man da alles so für Zeug liest.« Sie seufzt. »Ich versuche, so oft wie möglich offline zu sein, deshalb habe ich beschlossen, zu warten und lieber einen Profi zu fragen. Ganz abgesehen davon, bin ich ein ziemlich hoffnungsloser Fall, was Computer angeht.«

»Kluge Entscheidung. Etwas zu googeln – egal, was –, ist oft eher beängstigend als informativ. Falls Sie Interesse haben, kann ich Ihnen einige tolle Bücher über Akupunktur empfehlen.«

»Sicher. Ich lese für mein Leben gern.«

»Sehr gut. Dann schreibe ich sie Ihnen auf, ehe Sie nachher gehen.« Ich platziere eine Nadel an der Stelle zwischen ihren Brauen, im sogenannten dritten Auge, einem Punkt, der unglaublich beruhigend wirkt.

»Wir bestehen im Wesentlichen aus Energie, und manchmal wirkt sich das, was in unseren Köpfen vorgeht, im Zusammenspiel mit unserer Ernährung und unserem Lebensstil, negativ auf die Fähigkeit des Körpers aus, diese mächtigen Energieströme richtig zu lenken. Dann kann es zu Blockaden kommen. In der traditionellen chinesischen Medizin ist jedes Organ einer bestimmten Emotion zugeordnet. Erlebte Traumata können sich ansammeln und in Form verschiedener Leiden zutage treten. Alltagsstress und Umweltgifte, die Nahrung, die wir zu uns nehmen, oder die toxischen Menschen, denen wir begegnen, können irgendwann zu einer Überlastung des Systems führen. Wenn all diese Faktoren zusammenkommen, können unsere Organe ihre Aufgabe nicht mehr richtig erfüllen, und der Mensch wird krank. Die Nadeln helfen dabei, Ihre Leitbahnen wieder zu öffnen.« Ich habe mich bis zu ihrem Dickdarm-Meridian vorgearbeitet. »Wenn Sie sich Ihren Körper als eine Autobahn für Energie vorstellen, dann sind die Stellen, an denen der Energiefluss blockiert ist, wie kleine Autounfälle. Ich benutze die Nadeln, um die Straßen frei zu machen, damit alles wieder richtig fließt.«

Meine Erklärung scheint Eindruck auf sie gemacht zu haben. Ihre Atmung hat sich vertieft, ihr Nervensystem ist zur Ruhe gekommen. Ich freue mich, dass sie so positiv auf die Behandlung reagiert, noch dazu nach so kurzer Zeit.

»Wie fühlen sich die Nadeln an? Ist Ihnen irgendwas unangenehm? Spüren Sie dumpfe oder scharfe Schmerzen?«

»Nein, mir geht es richtig gut. Ich merke es kaum, wenn Sie mich stechen, und sobald die Nadeln sitzen, spüre ich nur ein angenehmes Summen im Körper. Als würde ich in einem dieser Massagesessel im Nagelstudio sitzen, nur mit niedriger Frequenz.«

»Das ist ein großartiger Vergleich! Kann sein, dass ich ihn mir ausborgen muss.«

Das freut sie. »Aber gerne. Tun Sie sich keinen Zwang an.«

Ich habe meine nächste Nadel noch nicht vollständig aus ihrer Plastikumhüllung befreit, da höre ich den Summer vorn an der Tür. Verdammt! Rachel ist nicht da, und wir haben momentan kein Geld für eine Sprechstundenhilfe, das heißt, ich muss das

Klingeln entweder ignorieren oder meine Sitzung unterbrechen, was ich bei einer neuen Patientin nur höchst ungern täte. Ich beschließe, einfach weiterzumachen, und hole die Nadel aus der Verpackung. Gleich darauf ertönt der Summer ein zweites Mal, gefolgt von einem ziemlich aggressiven Klopfen. Wer auch immer es ist, hat offenbar nicht die Absicht, unverrichteter Dinge wieder zu verschwinden. Mein Magen zieht sich zusammen. Ich habe heute keine Patienten mehr, Rachel laut Plan auch nicht. Es muss also Peter sein. Mein Herz vollführt einen dreifachen Salto.

»Lucy, es tut mir schrecklich leid, aber würden Sie mich einen ganz kleinen Moment entschuldigen? Ich erwarte niemanden, aber ich sollte vielleicht mal nachschauen gehen, wer es ist.« Ich lege die noch in ihrem Röhrchen steckende Nadel auf den Beistelltisch.

»Kein Problem«, sagt sie gutmütig.

Ich schlüpfe aus dem Raum und gehe nach vorn zu unserem gemeinsamen »Empfang« – einem IKEA-Schreibtisch, auf dem lediglich eine Schachtel Taschentücher, mein Laptop und ein Zimmerspringbrunnen aus Holz und Stein stehen. Als ich die Tür öffne, blicke ich in ein Paar jadegrüne Augen, deren Blick dermaßen intensiv ist, dass mir ein kleiner elektrischer Schauer vom Kopf bis zu den Füßen geht. Es ist der Mann von eben. Jetzt sehe ich auch, dass es nicht Peter ist. Enttäuschung überkommt mich.

»Hallo! Kann ich Ihnen helfen?« Ich bleibe mitten im Türrahmen stehen, damit er nicht hereinkommen kann.

»Hi! Ich bin Jack.« Er streckt mir selbstbewusst die Hand entgegen. Ich vermute, er ist Vertreter, kann aber noch nicht sagen, was er verkauft. Ich winke höflich zum Gruß.

»Ich würde Ihnen ja die Hand geben, aber ich bin gerade mitten in einer Behandlung.«

Er mustert mich flüchtig von oben bis unten, ehe er sich einen

Ruck gibt und seinen Laserblick auf mein Gesicht richtet. »Charlotte?«, fragt er.

»Kennen wir uns?«

»Nein, das war bloß geraten.« Er präsentiert mir zwei Visitenkarten, eine in jeder Hand, die er aus den beiden Halterungen neben der Eingangstür gezogen hat. Er betrachtet sie und lacht leise. »Meine Chancen standen nicht allzu schlecht.«

»Wollen Sie zu Rachel?« Ich lehne mich gegen den Türrahmen, um zu unterstreichen, dass ich nicht die Absicht habe, ihn hereinzubitten, versuche jedoch, mir meine Ungeduld nicht anmerken zu lassen.

»Vielleicht? Aber vielleicht will ich ja auch zu Ihnen?« Er macht eine Pause und freut sich sichtlich, als ich nicht gleich antworte, sondern hastig den Blick abwende.

Normalerweise würde ich mich von seiner forschen Art abgeschreckt fühlen, aber er hat eine starke sexuelle Aura, der ich mich nicht entziehen kann. Ich bin überrascht, wie heftig ich trotz meiner anfänglichen Enttäuschung auf diesen wildfremden Mann reagiere.

Ich räuspere mich. »Haben Sie einen Termin bei Rachel?« Es ist möglich, dass er kurzfristig gekommen ist und sie ihn noch nicht in den Computer eingetragen hat. Vielleicht hat sich auch einer der beiden in der Uhrzeit vertan.

»Nein. Aber ich war gerade in der Gegend. Um ehrlich zu sein, bin ich schon öfter an Ihrer Praxis vorbeigelaufen – ich mag den Mittagstisch im China Panda –, und heute habe ich endlich beschlossen, bei Ihnen zu klingeln. Ich glaube, Sie oder Rachel sind genau das, was ich brauche, damit es mir besser geht.« Als er lächelt, sehe ich, dass seine Zähne ein klein wenig schief stehen, was bei einem weniger attraktiven Mann nach Vernachlässigung aussehen würde. Ich habe Mühe, dahinterzukommen, ob es sich bei seinen Bemerkungen um sexuelle Zweideutigkeiten handelt oder er lediglich über ein extrem stark ausgeprägtes Selbstvertrauen verfügt. Vielleicht ist er auch einfach nur ein Widerling, der das Wort »Massage« auf dem Schild an unserer Tür gelesen und die anderen Angebote wie »Fußreflexzonenmassage«, »Akupunktur« und »Reiki« geflissentlich übersehen hat, weil er dachte, er könnte sich nach seinen mittäglichen Dim-Sum noch schnell einen Handjob gönnen. Es wäre leider nicht das erste Mal.

»Wie gesagt, ich bin gerade mitten in einer Behandlung, aber wenn Sie in einer halben Stunde wiederkommen, können wir gerne einen Termin ausmachen. Möchten Sie eine Sportmassage?« Er wirkt auf mich nicht wie jemand, der für alternative Behandlungsmethoden offen ist. Seine Kleidung und sein Haarschnitt lassen eher auf einen ehemaligen Lacrossespieler schließen, der auf Broker umgesattelt hat. Absolut nicht mein Typ, und trotzdem finde ich ihn in einem geradezu ärgerlichen Maße anziehend. Ich reiße mich am Riemen. Ich bin nicht zu haben. Ich bin bis über beide Ohren verliebt in meinen Freund.

»Was bieten Sie denn alles so an?« Er nimmt die ganze Zeit über immer wieder direkten Blickkontakt zu mir auf, und seine Körpersprache ist offen und freundlich, trotzdem hat er etwas an sich, das mir komisch vorkommt

»Ich selbst praktiziere Akupunktur und Reiki.«

Er macht ein nachdenkliches Gesicht und streicht sich dabei über seinen imaginären Bart. Er erinnert mich an jemanden aus meiner Vergangenheit, allerdings fällt mir nicht ein, an wen.

»Macht der Gewohnheit. Bis letzte Woche hatte ich noch einen Bart. Ich dachte, es ist langsam mal Zeit für eine Typveränderung, aber ohne ihn komme ich mir irgendwie nackt vor.«

Ich möchte mir diesen Mann lieber nicht nackt vorstellen,

aber natürlich tue ich genau das. Hastig verbanne ich das Bild aus meinem Kopf und versuche stattdessen, an Peters Bart zu denken.

Daran, wie oft ich mir im letzten Monat vorgestellt habe, ihn zu küssen. Ich höre Lucy hinter der geschlossenen Tür des Behandlungsraums husten und sich auf der Liege bewegen. Unsere Praxis ist etwas zu klein, aber mehr kann ich mir im Moment nicht leisten.

»Tut mir leid. Ich muss jetzt wirklich zurück zu meiner Patientin.«

»Patientin? Oder Klientin?« Seine Gesichtszüge verhärten sich kurzzeitig, doch als er sieht, wie ich mich als Reaktion darauf unwillkürlich versteife, lächelt er.

»Wie bitte?«

»Oh, tut mir leid. Ich wollte nicht respektlos sein. Ich weiß nur nicht genau, wie das bei Heilpraktikern heißt.« Er grinst.

Ich bin eine ausgebildete Ärztin, trotzdem korrigiere ich ihn nicht. Sein Charme ist schal geworden, jetzt möchte ich ihn einfach nur noch loswerden. Früher habe ich praktisch mein ganzes Leben mit Männern wie ihm verbracht. Ich habe mit ihnen gearbeitet und neben ihnen geschlafen. Ich habe sie geliebt und gefürchtet. Ich ziehe die Brauen zusammen und sehe, dass ihm die Veränderung nicht entgeht.

»Ich entschuldige mich. Ich habe Sie verletzt. Ich versuche, daran zu arbeiten.«

Ich weigere mich, seinen Köder zu schlucken. Es interessiert mich nicht, ob dieser Mann an sich arbeitet. Die Phase meines Lebens, in der ich mir Gedanken über die Selbstoptimierungsversuche charmanter, aber charakterschwacher Männer gemacht habe, ist längst vorbei.

»Kein Problem. Warum schauen Sie nicht auf unserer Website vorbei, dann können Sie auch gleich online einen Termin machen.« Ich gebe mir keine Mühe mehr, besonders freundlich zu klingen. Dieser Mann geht mir unter die Haut, und das gefällt mir gar nicht.

»Vielleicht könnten Sie mich heute Nachmittag noch dazwischenschieben?« Das Gefühl kognitiver Dissonanz, das der Kontrast zwischen meiner Verachtung für seinen Hochmut und meiner Neugier darauf, wie sich sein Körper anfühlen würde, in mir auslöst, ist zutiefst verstörend.

»Da müsste ich erst in meinen Kalender schauen, aber ich glaube nicht, dass ich heute noch was frei habe.« Meine pragmatische Seite schreit lauthals, dass ich nicht nur jede Menge Termine frei habe, sondern auch, sofern ich im Geschäft bleiben will, dringend etwas gegen meine sinkenden Patientenzahlen unternehmen muss. Alle anderen Teile meiner Persönlichkeit sind damit beschäftigt, den Attraktions-Aversions-Widerspruch zu ignorieren, den dieser Mann darstellt. Ich bin wirklich nicht in der Stimmung, mich von diesem Kerl mit seiner geschmeidigen Art belästigen zu lassen, als wäre er James Spader in *Pretty in Pink*.

Es reicht! Ich bin froh, dass mir wieder eingefallen ist, an wen mich sein Verhalten erinnert. Sobald ich den Zusammenhang hergestellt habe, kann ich ihn gar nicht mehr in einem anderen Licht betrachten.

»Wir haben ein Online-Formular zur Terminvergabe«, wiederhole ich.

»Ich ziehe es vor, mein Leben nicht virtuell zu führen«, sagt er ohne eine Spur von Ironie und fährt sich mit der Hand durchs Haar. Nun, da er das letzte Wort hatte, kann er sich getrost verabschieden. »Bis demnächst! Ich freue mich schon.« Er macht auf dem Absatz kehrt und geht in Richtung des China Panda davon. Er gehört ganz eindeutig zu der Sorte Mann, die ein Nein nicht akzeptiert.

Die Sorte, die ich am allerwenigsten leiden kann.

• • •

»Es tut mir ganz furchtbar leid, Lucy.« Sie dreht den Kopf in meine Richtung und lächelt. Ich wasche mir die Hände in dem kleinen Waschbecken rechts neben der Tür, ehe ich wieder zu ihr an die Liege trete.

»Nicht schlimm. So hatte ich wenigstens ein bisschen Zeit für mich. Das war auch dringend nötig. Es hat gutgetan, zur Abwechslung mal ganz bei mir zu sein.«

Ich bin heilfroh, dass meine neue Patientin trotz der von ihr beschriebenen Ängste noch relativ entspannt zu sein scheint. Übermäßig selbstkritische Menschen mit schwach ausgeprägtem Selbstwertgefühl können normalerweise nur schlecht mit Störungen umgehen. Aber wer weiß, was sie alles verbirgt, weil sie einen guten Eindruck machen will!

»Das ist schön. Ich freue mich, dass Sie die Zeit genießen konnten. Sind Sie bereit für die nächsten Nadeln?«

Sie betrachtet mich lange, und ich erlebe eine Art Déjà-vu-Moment. Dann nickt sie lächelnd und richtet den Blick wieder an die Zimmerdecke.

»Ich hatte wirklich Glück, dass ich im Internet auf Ihre Praxis gestoßen bin. Und ich bin froh, dass ich mir die Bewertungen auf Yelp nicht zu Herzen genommen habe. Da hätte ich wirklich was verpasst.«

Die Bemerkung ist zweifellos gut gemeint, aber sie trifft mich trotzdem.

Die vernichtenden Online-Kritiken sind vermutlich schuld daran, dass ich viele potenzielle Patienten verloren habe. Ich habe aufgegeben, mich um ihre Löschung zu bemühen, sobald ich merkte, dass für jede Hasstirade, die von der Seite genommen wurde, zwei neue auftauchten. Es war ein fruchtloses und niederschmetterndes Unterfangen. Jetzt konzentriere ich mich ganz darauf, die wenigen Patienten, die mir treu geblieben sind, zu halten und neue Patienten wie Lucy zu pflegen, damit sie irgendwann einmal zu Stammkunden werden.

»Sie haben eine unglaublich ruhige Hand. Aber das ist in Ihrem Metier wohl auch ratsam.«

Fast bin ich versucht, mein altes Leben zu erwähnen, in dem meine ruhigen Hände mein wichtigster Aktivposten waren. Doch ich verkneife es mir. Das Risiko, das mit dem Thema einhergeht, ist größer als die eventuelle Genugtuung für mein Ego.

»Ja. Eine ruhige Hand ist da sehr nützlich. Aber hauptsächlich geht es darum, offen zu sein und eine Liebe zum Heilen zu haben. Mir ist es vor allem wichtig, Menschen zu behandeln, denen die westliche Medizin nicht helfen konnte.«

»Amen.« Sie schließt die Augen.

»Das klingt so, als hätten Sie auch solche Erfahrungen gemacht.« Ich weiß, dass das eine Suggestivfrage ist, aber ich möchte mehr darüber wissen, was sie zu mir geführt hat, und bisher war sie mit den Einzelheiten sehr zurückhaltend. Ich spüre, dass noch viel mehr hinter ihrer Geschichte steckt, als sie mir erzählt hat.

Sie nickt gedankenvoll, während ich damit beginne, Nadeln entlang ihres Lungenmeridians zu platzieren. Während unseres Anamnesegesprächs hat sie über Depressionen, Antriebslosigkeit und Probleme mit ihrem Körperbild gesprochen. All das könnte eine Folge von Energieblockaden in den Körperregionen sein, wo Trauer und Einsamkeit sitzen.

»Leider habe ich keine guten Erfahrungen mit den Schulmedizinern gemacht. Mittlerweile bin ich ganz davon abgekommen.

Es war einfach entmutigend, keine Hilfe zu finden, gerade als es mir am schlechtesten ging. Aber ich habe damit abgeschlossen. Dafür, dass sie sich für so klug halten, haben viele Ärzte ziemliche Probleme mit den grundlegenden Dingen, zum Beispiel damit, wie man Patienten als Menschen behandelt, nicht nur als Träger von Symptomen.«

Ich muss daran denken, wie sehr diese Aussage auf mich zutrifft, wenngleich in einem ganz anderen Kontext. Ich schweige, aber zum Glück redet sie weiter. Die Nadeln sind oft ein gutes Mittel, um introvertierte Menschen aus ihrem Schneckenhaus hervorzulocken.

»Aber es hat keinen Sinn, anderen dafür die Schuld zu geben, wenn sie nicht dafür sorgen können, dass es einem besser geht. Zumindest hat meine Mutter das immer gesagt.« Lucy seufzt. Ich habe den Eindruck, dass es für sie ein harter Weg bis zu dieser Erkenntnis war.

»Sehr weise. Manche Menschen begreifen das ihr ganzes Leben lang nicht.«

Wenn ich Glück habe und sie wiederkommt, werde ich bestimmt noch mehr über sie erfahren. Je länger die Patienten bei mir auf der Liege liegen, desto bereitwilliger vertrauen sie sich mir an. Meine Freundin Annelise hat mir gesagt, dass ich mit meinen »spitzen Nadeln, sanften Worten und heilenden Schwingungen« ungleich effektiver bin als ihre Psychotherapeutin.

»Man muss die Sache schon selbst in die Hand nehmen«, sagt Lucy mit einer Selbstsicherheit, die ich bisher noch nicht bei ihr wahrgenommen habe.

»Absolut.« Ich mag sie. Unter den Schmerzen hat sie eine gute, positive Energie. Etwas, womit ich mich identifizieren kann und das ich auch bei mir zu pflegen versuche. Nur dass meine Traurigkeit immer wieder die Oberhand gewinnt. Ich beuge mich über sie, setze eine Nadel in ihren Perikardpunkt und spüre augenblicklich, wie sich der Energiekanal öffnet.

»Oh!«, ruft sie. »Was war denn das?«

»Alles in Ordnung? War es schmerzhaft?« Ich trete einen Schritt zurück, um ihr Raum zu geben. Wenn zum ersten Mal große Energieblockaden beseitigt werden, kann das für die Patienten ein ziemlich überwältigendes Erlebnis sein.

»Nein, es war nur … wow! Als würde ein Energieblitz durch meinen Körper gehen. Und das alles nur wegen so einer kleinen Nadel?« Sie macht große Augen.

»Das ist ein Punkt, der mit dem Bindegewebssack um Ihr Herz verbunden ist. Er wird auch Herzbeutel oder Perikard genannt und schützt das Herz unter anderem vor zu starken Emotionen. In der Akupunktur ist das ein sehr kraftvoller und wichtiger Punkt.«

Ich beuge mich tiefer über sie, um eine weitere Nadel in den Dickdarm-Meridian zu setzen. Auch dieser öffnet sich danach merklich.

»Oh mein Gott! Und was war das jetzt?«

»Ihr Bauchmeridian, der unter anderem mit Wut in Verbindung steht.«

»Hm. Komisch. Ich bin eigentlich kein wütender Mensch«, sagt sie gutmütig.

Ich sehe, wie ihr Blick an dem Medaillon hängen bleibt, das Peter mir vor ein paar Monaten zum Geburtstag geschickt hat. Es ist mir aus dem Ausschnitt gerutscht und hängt jetzt über ihrer Herzgegend.

»Wie hübsch! Ist das ein Erbstück? Sieht alt aus … aber schön!« Wir müssen beide lachen.

»Nein, das habe ich von meinem Freund bekommen. Ich sollte ihn fragen, ob es ein Erbstück ist.« Ich halte in meiner Arbeit inne, nehme die Kupfermünze in die Hand und betrachte sie zum hundertsten Mal.

»Was hat sie zu bedeuten?«, will Lucy wissen.

Ich streiche mit den Fingern über die Prägung im Metall. Ich habe mir angewöhnt, damit zu spielen, während ich mich meinen Tagträumen hingebe. Das passiert so oft, dass ich mich manchmal frage, ob ich den Äskulapstab irgendwann vollständig weggerieben haben werde.

»Sie symbolisiert Gesundheit, Heilung und Frieden.« Sie lächelt. Peter hat mir den Anhänger geschenkt, gerade als meine Wut auf ihn ihren Höhepunkt erreichte. Sobald ich ihn auspackte, konnte ich ihm nicht mehr böse sein. Es war ein so schönes, persönliches Geschenk. Er weiß, dass gewisse Aspekte meines alten Lebens eine große Rolle für mich spielen und ich nicht nur andere Menschen heilen will, sondern auch mich selbst. Er versteht mich.

Ich stecke die Halskette zurück unter meine Bluse und verreibe etwas Desinfektionsmittel zwischen meinen Handflächen, ehe ich mich wieder den Nadeln widme.

»Die Kette ist wunderschön. Und es ist toll, dass es einen Mann in Ihrem Leben gibt, der Ihnen schöne Dinge schenkt. Ich hatte nie jemanden, der wirklich gut schenken konnte. Die Geschenke, die ich bekommen habe, waren immer bloß Entschuldigungen.« Ich verrate ihr nicht, dass die Halskette genau das war. Ich habe die Angelegenheit abgehakt, und es gibt keinen Grund, auf dem Negativen herumzureiten. »Ich habe den Männern praktisch entsagt«, fährt sie fort. Ihr Seufzer schlägt in ein Lachen um, doch ich spüre mehr Verzweiflung und Traurigkeit als Humor darin.

»Verstehe. Ich hatte es auch fast aufgegeben, aber dann habe ich Peter kennengelernt. Wie das Leben so spielt.«

»So ist es meistens, nicht wahr?« Sie hebt flatternd die Lider. »Behandeln Sie ihn auch?« Sie deutet mit einem Kopfnicken auf die Nadel, die ich gerade an der Innenseite ihres Ellbogens platziert und leicht gedreht habe. »Mit den Nadeln, meine ich.«

»Nein. In der Regel behandle ich keine Partner oder Familienmitglieder.« Ich lächle bei der Vorstellung, Peter auf meiner Liege zu haben. Ich frage mich, ob das überhaupt jemals möglich sein wird. Als Nächstes denke ich daran, wie es wäre, meine Mutter zu behandeln – ein Bild, bei dem mich innerlich schaudert. Zum Glück will sie es genauso wenig wie ich. Das ist eins der wenigen Dinge, bei denen zwischen uns Einigkeit herrscht.

»Was ist mit Freunden?«, fragt sie weiter.

»Kommt auf die Freunde an, aber ja, grundsätzlich behandle ich Freunde«, antworte ich beiläufig.

»Es ist gut, Grenzen zu setzen und Berufliches von Privatem zu trennen. Ich habe schon häufiger erlebt, dass es ein unschönes Ende nehmen kann, wenn man es nicht tut«, sagt sie wissend.

Prompt fühle ich mich an meine Zeit mit Henry erinnert und daran, wie ich von seinem Protegé zu seiner Geliebten wurde. Heute ist mein negatives Denken wirklich in Hochform.

»Manche Menschen haben große Probleme damit.« Sie sieht mir für unangenehm lange Zeit in die Augen, und ich frage mich, ob sie meine Gedanken lesen kann. Ich war auch einer dieser Menschen.

Ich schiebe die Erinnerung an Henry beiseite und denke stattdessen an Peter. Normalerweise gestatte ich mir das nicht während der Arbeit, doch je länger er weg ist, desto schwerer fällt es mir. Der gut aussehende Peter. Der gefährliche Peter. Der verschwundene Peter. Mittlerweile sind drei Wochen vergangen, ohne dass ich ein Wort von ihm gehört habe. Nicht einmal eine verschlüsselte Nachricht. Dabei hat er mir geschworen, dass er diese Woche zurückkommt.

Ich musste ihm versprechen, mit keiner Menschenseele darüber zu sprechen, wenn er wieder einmal Hals über Kopf wegmuss, und ich habe Wort gehalten ... größtenteils. Das Herz wird mir schwer, wenn ich an ihn denke. Ich versuche, nicht vom Schlimmsten auszugehen. Er wird wieder auftauchen, ganz bestimmt.

Ich habe die letzte Nadel gesetzt. »So. Jetzt müssen Sie einfach nur tief weiteratmen und vielleicht ein bisschen meditieren, wenn Sie das können.«

»Meditieren? Ich weiß nicht so genau, wie man das macht«, gesteht sie.

»Versuchen Sie, sich auf etwas zu fokussieren, das Sie glücklich macht. Sollten Sie merken, wie Ihre Gedanken abschweifen, spüren Sie Ihrem Atem nach.«

»Okay.« Sie schließt die Augen, und ein Lächeln breitet sich auf ihren Zügen aus. »Verstanden.«

»Wie fühlen Sie sich?« Ihre Schultern haben sich gelockert, ihr Mund ist entspannt.

»Wunderbar. Fast ein bisschen high. Haben Sie die Nadeln mit irgendwelchen Drogen versetzt?« Sie kichert.

»Nein, das macht alles Ihr Körper. Sie erleben gerade, wie es sich anfühlt, wenn die Energie unbehindert fließen kann. Ganz schön unglaublich, was?« Ich strahle. Es macht mich jedes Mal glücklich, wenn ich einem neuen Patienten helfen konnte.

»Erstaunlich«, sagt sie verträumt. »Ich habe jetzt schon das Gefühl, gesünder zu sein.«

»In etwa zwanzig Minuten bin ich wieder da.« Ich schalte die Deckenlampe aus.

»Sie lassen mich im Dunkeln allein?« Ihre kleinlaute Stimme

überrascht mich. Andererseits können die Nadeln einen Menschen auch sehr verletzlich machen. »Was, wenn irgendwas Schlimmes passiert?«

»Ich verspreche Ihnen, dass nichts Schlimmes passieren wird.« Ich fühle mit ihr. »Ich bin gleich nebenan.« Ich habe die Tür schon fast hinter mir zugezogen, als sie mich noch einmal anspricht.

»Charlotte?«

»Ja, Lucy?«

»Danke! Ich hoffe wirklich, dass sich jemand auch mal um Sie kümmert. Sie haben es verdient.«

•••

Ich setze mich an den Schreibtisch und logge mich bei Yelp ein, obwohl ich mir und Rachel geschworen habe, damit aufzuhören. Es ist eine Angewohnheit, die mit der Zeit geradezu masochistische Züge annahm, sodass ich oft mehrmals pro Stunde auf der Seite vorbeischaute, ohne überhaupt darüber nachzudenken, was ich da tat. Und es war jedes Mal wieder genauso schmerzhaft wie all die Male zuvor. Heute jedoch hat Lucys Bemerkung meine Neugier geweckt. Insgeheim hoffe ich, dass Peter die Bewertungsseite vielleicht dazu nutzen könnte, um Kontakt mit mir aufzunehmen. »Manchmal ist es am besten, die Nachrichten dort zu platzieren, wo jeder sie sehen kann«, hat er mir erklärt, als wir anfingen, unsere geheimen Codes zu entwickeln.

Mein letztes Log-in ist vier Monate her, weil Rachel, die wirklich eine großartige Freundin ist, mir in ihrer Herzensgüte angeboten hat, sämtliche Rezensionen als Erste durchzugehen und mir nur die positiven vorzulesen, damit ich nicht sehen muss, was die Leute Schlimmes über mich schreiben. Beziehungsweise: was eine Person mit mehreren Nutzernamen Schlimmes über mich schreibt. Die jüngste Bewertung wurde, kurz nachdem ich aufgehört habe, auf der Seite nachzuschauen, verfasst. Sie stammt von jemandem namens »Truthhurts«. Es ist eine Ein-Stern-Bewertung.

> Ich würde der Akupunktur-Therapeutin Charlotte Knopfler auch −5 Sterne geben, wenn das auf dieser App möglich wäre, aber was sich mit Sternen nicht ausdrücken lässt, kann ich hoffentlich mit Worten rüberbringen. DIESE FRAU IST DAS LETZTE!!! Ihr sollte verboten werden, Menschen zu behandeln, geschweige denn, irgendjemandem Nadeln in die Haut zu stechen. Sie ist eine verantwortungslose und gefährliche KRIMINELLE. Glauben Sie mir. Lassen Sie diese Frau nicht an Ihren Körper oder Ihren Geldbeutel, wenn Ihnen Ihr Leben lieb ist. Jemand wie sie gehört in den Knast.

Ich möchte im Boden versinken und in einer anderen Realität wieder ausgespuckt werden. Aber ich darf nicht die Nerven verlieren, während ich eine Patientin in der Praxis habe. Kein Wunder, dass Rachel mir angeboten hat, die Bewertungen vorher auszusieben. Ich hätte es wirklich besser wissen sollen. Diese Rezension ist bislang die schlimmste, aber vielleicht kommt mir das auch nur so vor, weil sie neu ist. Ich will gerade weiter nach unten scrollen, um meine Theorie und mein seelisches Gleichgewicht auf die Probe zu stellen, als mein Handy in der oberen Schreibtischschublade vibriert, wo ich es während meiner Sitzungen immer aufbewahre. Heilfroh über die Ablenkung, nehme ich den Anruf an.

»Hallo?«

»Könnte ich bitte mit Charlotte Knopfler sprechen?«, fragt eine mir unbekannte Stimme in sehr förmlichem Ton.

»Am Apparat«, antworte ich leise, um meine Patientin nicht zu stören.

»Ma'am, mein Name ist Treat Allen. Ich rufe aus dem rechtsmedizinischen Institut von Suffolk County an.«

Die Welt um mich herum gerät ins Schwanken. Sprachlos höre ich zu, wie die Stimme fortfährt.

»Laut den uns vorliegenden Informationen sind Sie der Notfallkontakt einer Person, die bei uns eingeliefert wurde. Wir müssen Sie bitten, zu uns zu kommen und eine Identifizierung vorzunehmen. Wäre Ihnen das heute noch möglich?«

Sämtlicher Speichel in meinem Mund ist verdunstet, und ich spüre die ersten Vorboten einer Panikattacke. Ich beuge mich nach vorn, bis mein Kopf zwischen meinen Knien hängt und mein Zopf den Boden berührt.

»Wer …?« Ich kann meine Tränen nicht zurückhalten. Sie laufen über meine Stirn in meinen Haaransatz.

»Leider darf ich Ihnen keine weiteren Informationen geben, Ma'am. Wenn wir dieses Gespräch fortführen wollen, müssen Sie persönlich bei uns vorstellig werden. Soll ich Ihnen die Adresse nennen?«

»Ja.« Ich schnappe mir einen Stift und kritzle die Informationen auf die Rückseite einer meiner Visitenkarten. »Ich mache mich sofort auf den Weg.«

Zitternd greife ich mir das Handy, meine Tasche und meinen Schlüssel, nur um auf der Schwelle zur Praxis alles wieder fallen zu lassen. Nur mit äußerster Anstrengung gelingt es mir, nicht zusammenzubrechen und hemmungslos zu schluchzen. Peter. Ich weiß, dass er es ist. Meine große Liebe. Tot. Das Schlimmste ist eingetreten.

Mein Herz klopft wie rasend, und ich schaffe es kaum, die Tür zur Praxis abzuschließen. Als ich meinen grünen Prius sehe, hasse ich mich dafür, dass ich mich kurz zuvor noch über eine Belanglosigkeit wie einen günstig gelegenen Parkplatz gefreut habe. Jetzt werde ich infolge dieses vermeintlich glücklichen Zufalls nur noch schneller mit meiner größten Angst konfrontiert.

Meine Ohren schmerzen vom kalten Herbstwind, und ich erschauere unter Tränen. In der Eile habe ich meinen Mantel vergessen, beschließe aber, nicht noch einmal zurückzugehen. Ein paar zugedröhnte Teenager kommen an mir vorbei und brechen in irres Gelächter aus, ehe sie nebenan im China Panda verschwinden. Ich lasse den Motor an, versuche meine zitternden Hände zu beruhigen und wappne mich für die fünfzehnminütige Fahrt von Smithtown nach Stony Brook.

Der Nachmittagshimmel präsentiert einen Farbverlauf von hell nach dunkel. Es kommt mir viel später vor als siebzehn Uhr dreißig. Die ersten zehn Minuten fahre ich deutlich zu schnell und bremse auch nicht an gelben Ampeln, ehe mir siedend heiß einfällt, dass ich bei meinem panikartigen Aufbruch gar nicht mehr an Lucy gedacht habe. Sie liegt jetzt allein und mit lauter Nadeln im Körper in meiner zugesperrten Praxis.

Vollkommen aufgelöst fahre ich weiter, während ich gleichzeitig nach meinem Telefon taste, um Rachel anzurufen. Sie nimmt nicht ab. Ich höre die Verzweiflung in meiner Stimme, als ich ihr eine Nachricht auf die Mailbox spreche und hoffe, dass sie irgendwo in der Nähe ist und sie bald abhört. Kaum dass ich meine letzte Bitte ins Telefon gestammelt habe, öffnet der Himmel seine Schleusen, und ein sintflutartiger Regen geht auf mein Auto nieder. Wahrscheinlich ein Zeichen von oben, dass ich die Geschwindigkeit drosseln soll, bevor noch ein Unglück passiert. Doch die Angst hat mich leichtsinnig gemacht, und statt zu bremsen, überfahre ich auch die nächste dunkelgelbe Ampel. Ein aus der Gegenrichtung kommender Fahrer macht eine Vollbremsung und drückt auf die Hupe. Das Geräusch hallt unerträglich laut in meinem Kopf wider. Der Himmel hat sich verdunkelt, die Tropfen prasseln hart auf das Dach meines Wagens, und die Scheibenwischer sind kaum in der Lage, die Wassermassen lange genug beiseitezuschieben, damit ich wenigstens ein paar Zentimeter weit sehen kann. Mit jeder Wischbewegung bete ich, dass er wohlauf ist und die Sicht besser wird, aber stattdessen wird sie immer schlechter.

Katastrophen lauern auf allen Seiten.

Drei

Rachel

»Hast du jemandem davon erzählt?« Zögerlich nippt er an seinem heißen Kaffee, während er mich durch die Gläser seiner dunklen Brille mustert. Weil wir drinnen sitzen, sieht er aus wie ein Promi, der nicht erkannt werden will, oder noch treffender wie ein Gangster.

»Du bist der Einzige, der es weiß.« Ich blicke in meine Teetasse und ziehe am Faden des Beutels mit Hibiskusblüten.

»Rachel. Wir sind immer nur so krank wie unsere Geheimnisse.«

Seine Rolex reflektiert das Sonnenlicht, als er erneut einen Schluck trinkt. Übergelaufener Kaffee tropft vom Boden seiner Tasse auf den Tisch.

»Tja, wenn das so ist, bin ich wohl ein unheilbarer Fall«, entgegne ich, um Leichtigkeit bemüht, ehe ich mit meiner unbenutzten Serviette seine Kaffeepfütze aufwische.

Er runzelt die Stirn. »Ich finde nicht, dass jemand in deiner Lage Witze über das Sterben machen sollte. Du etwa?«

»Eigentlich ist mir egal, was du findest«, gebe ich zurück.

Er fängt meinen Blick ein. »Die Sache ist ernst.« Er faltet die Hände vor sich auf dem Tisch. »Hör auf mich. Das hier ist real.«

Ich atme tief ein, damit meine Lunge sich entspannt. »Glaubst du, das weiß ich nicht?« Meine Stimme bricht, und mir steigen Tränen in die Augen.

Zufrieden, dass ich meine Verletzlichkeit offenbart habe, lehnt er sich zurück. »Und was willst du dagegen unternehmen?«, fragt er laut.

Ich werfe einen Blick auf die anderen Gäste, die ihre Gespräche unterbrochen haben, um uns zuzuhören. »Mein Gott, sprich leiser.«

»Ich bin aufgewühlt«, sagt er gedämpft.

»Wir beide haben sehr unterschiedliche Haltungen zu dem Thema, das können wir wohl festhalten. Und ich will nicht immer wieder dieselbe Diskussion führen. Ich hätte es besser für mich behalten sollen.« Ich verstumme, als mir klar wird, dass ich ihn damit vielleicht wütend mache. »War nicht böse gemeint.«

Er zuckt mit den Schultern. »Um mich zu kränken, ist schon mehr nötig. Ein weiteres wichtiges Faktum über mich, das du eigentlich kennen solltest, ist, dass ich nicht die Angewohnheit habe, einfach so klein beizugeben.«

»Ich habe es dir doch schon gesagt. Das ist nicht verhandelbar«, wiederhole ich zum dritten Mal innerhalb einer Stunde.

»Ich will nicht, dass das mein Gewissen belastet. Abgesehen davon, dass ich dich irgendwie ganz gernhabe, lege ich Wert auf meinen Ruf. Wenn jemand rausfindet, dass ich so was zugelassen habe ...«

»Niemand wird es rausfinden. Das ist doch gerade der Punkt von dem hier.« Ich deute auf ihn und dann auf mich. »Was wir untereinander besprechen, geht Außenstehende nichts an. So lautet die Abmachung.«

»Was ist mit Charlotte?«

Ich mag es nicht, wie sich sein Tonfall verändert, als er ihren Namen sagt. »Was ist mit ihr?«, frage ich abwehrend.

»Kann sie dir nicht helfen? Sie würde dir doch bestimmt gerne das Leben retten wollen.«

»Du bist übertrieben dramatisch und gemein.« Ich schüttle traurig den Kopf. »Das ist nicht ihre Baustelle.«

»Tja, aber der Person, deren Baustelle es eigentlich *wäre*, scheint das Ganze ja am Arsch vorbeizugehen.« Er fixiert mich mit einem bohrenden Blick.

Ich trommle nervös mit den Fingern auf die Tischplatte. »Sie würde das nicht gut verkraften.« Er schaut sich mein Getrommel müde an, und ich lasse meine Hand in den Schoß sinken.

»Wenn sie wirklich deine Freundin ist, wird sie dir helfen wollen«, widerspricht er.

»Sie wäre stinksauer auf mich. Sie und ich haben sehr unterschiedliche Meinungen darüber, wie man mit der Sache umgehen sollte.« Ich blicke aus dem Fenster und beobachte eine Weile den stetig vorbeifließenden Verkehr.

»Rachel, gerade jetzt sollte es dir doch wichtig sein, wahrhaftig zu leben, oder nicht?«, fragt er.

»Fang jetzt bloß nicht mit diesem Scheiß an«, fauche ich.

»Du hast so hart an dir gearbeitet.« Er schnalzt missbilligend mit der Zunge, und ich würde ihm am liebsten meine unbenutzte Gabel in die Hand rammen. »Geheimnisse machen alles nur noch schlimmer.«

»Gleich stehe ich auf und gehe«, drohe ich ihm.

»Was, wenn ich mit Charlotte rede? Es ihr auf rein fachlicher Ebene erkläre? Ich glaube, sie wird mich mögen; ich wirke sehr beruhigend auf Frauen.«

Mein Mund wird trocken.

»Wehe!« Ich knirsche mit den Zähnen und lege noch einmal nach. »Außerdem: Wenn du mein Geheimnis nicht für dich behältst, was sollte mich dann daran hindern, deins auszuplaudern?«

»Ich habe nichts zu verbergen.« Er lacht. »Ich bin ein offenes Buch.«

»Du hast nichts zu verbergen!«, wiederhole ich tonlos.

Er wird blass und will gerade etwas erwidern, als das Handy in meiner Tasche summt. Es ist schon das dritte Mal in den letzten zehn Minuten. Bisher habe ich es ignoriert, aber es fällt mir immer schwerer, mir keine Gedanken darüber zu machen, wer es sonst noch auf mich abgesehen haben könnte.

»Vielleicht solltest du rangehen?«, meint er hörbar irritiert.

Doch ich mache nichts. Es ist besser, ihn nicht weiter zu provozieren.

»Na los, schau nach, wer es ist. Es könnte eine Frage von Leben und Tod sein.«

»Du hast einen abartigen Humor, weißt du das?«, sage ich, ehe ich mein iPhone umdrehe. Er reagiert mit einem Achselzucken. Ich sehe, dass ich drei verpasste Anrufe und eine Textnachricht von Charlotte habe. Mir wird die Kehle eng, als ich die Nachricht lese und hastig eine Antwort tippe, ohne ihn vorher um Erlaubnis zu bitten.

»Alles in Ordnung?«, erkundigt er sich.

»Ich muss los. Tut mir leid. Es gibt ein Problem in der Praxis«, stammle ich.

»Charlotte?«, fragt er.

Ich sehe ihn böse an. »Sie braucht meine Hilfe.« Ich schnappe mir meine Handtasche und fische einen Zwanziger heraus, doch als ich ihm den Schein geben will, winkt er ab.

»Ich lasse es auf deine Rechnung setzen.« Er grinst schief.

»Meinetwegen«, gebe ich patzig zurück.

»Dieses Gespräch ist noch nicht zu Ende. Ich werde nicht lockerlassen.« Er meint jedes Wort ernst. Meine Hand ist bereits an der Tür, als er noch einen letzten Schuss in meine Richtung abfeuert.

»Rachel«, sagt er eindringlich. »Rette dich, solange du noch die Möglichkeit dazu hast.«

Vier

Silvestri

»Ms Knopfler?« Ich versuche eine herzliche, aber zugleich ernste Miene aufzusetzen, als die verstörte Frau mir auf dem Gang entgegenkommt. Das hier wird unter Garantie der schlimmste Teil meines Tages.

»Ja, ich bin Charlotte Knopfler.« Trotz ihres offensichtlichen Unbehagens ist ihr Händedruck fest, und sie schenkt mir ein Lächeln, das um einiges herzlicher ist, als man es von jemandem in ihrer Situation erwarten kann.

»Ms Knopfler, mein Name ist Detective Silvestri. Danke, dass Sie gekommen sind.« Wie es der Zufall will, hat sich der Trauerberater, der normalerweise für solche Gelegenheiten bereitsteht, ausgerechnet heute Morgen aufgrund eines Todesfalls in seiner Familie freigenommen, und Wolcott fahndet nach dem gestohlenen Lieferwagen einer Poolreinigungsfirma, sodass notgedrungen ich, die Feinfühligkeit in Person, dieser armen Frau bei der Trauerbewältigung helfen muss.

»Bitte, nennen Sie mich Charlotte.« Sie hat ihre dunkelblonden Haare zu einem ordentlichen Zopf geflochten und zu einem Knoten gedreht. Sie trägt weite Kleider und Slipper, und mir steigt der Duft von Kerzen und Räucherstäbchen in die Nase. Wahrscheinlich ist sie Masseurin oder Heilpraktikerin.

»Also gut, Charlotte. Ich erkläre Ihnen, wie alles ablaufen

wird. Ich lasse Sie keinen Augenblick allein.« Ich biete ihr meinen Arm und lotse sie in Richtung des Sitzbereichs.

»Gehen wir jetzt zur Leiche?«, will sie wissen.

»Es ist ein bisschen anders, als Sie es aus den Krimiserien kennen.«

Wir werden von der Rechtsmedizinerin Fisk in Empfang genommen, die uns in den Warteraum begleitet und uns einen Platz anbietet. Ich bin heilfroh, dass noch eine Frau zugegen ist, damit sich Charlotte nicht ganz so unwohl fühlt. Mit ruhiger Stimme erkläre ich ihr, dass man ihr gleich ein Klemmbrett mit einem umgedrehten Foto reichen wird. Auf dem Foto sei lediglich das Gesicht des Verstorbenen vor dem Hintergrund eines blauen Lakens zu sehen, und es gebe keine Verletzungen, auf deren Anblick sie sich gefasst machen müsse. Ich betone auch, dass sie sich so viel Zeit nehmen kann, wie sie braucht, bevor sie das Foto umdreht.

Ich sehe, wie sie diese Informationen verarbeitet, und bin beeindruckt von ihrer Gefasstheit. Abgesehen davon, dass sie ziemlich hübsch ist, hat sie auch eine auffallend positive Ausstrahlung. Ihre Freundin liegt tot im Nebenraum, und trotzdem ist sie Fisk und mir gegenüber ganz aufmerksam, beinahe schon ehrerbietig. Ich kann mir gut vorstellen, wie sie unter normalen Umständen sein muss. Ein unglaublich zugewandter Mensch.

Ich beobachte sie aufmerksam, während sie das Foto umdreht und sich dazu zwingt, es anzuschauen. Ich registriere erst Erstaunen, dann Verwirrung in ihren Zügen, ehe sie ohnmächtig auf dem Stuhl zusammenbricht.

• • •

Das passiert mir nicht zum ersten Mal. Während meiner Zeit beim NYPD habe ich eine Frau begleitet, die eine verstorbene Angehörige identifizieren musste. Wir hatten mehrere Tage gebraucht, um die Schwester der Toten ausfindig zu machen, die bei einem Unfall mit Fahrerflucht ums Leben gekommen war, und dann mussten wir noch warten, bis sie von einem Besuch bei ihrem Freund in einem anderen Bundesstaat zurückkehrte. Als sie sich dann endlich zu uns bequemte, setzte ich mich mit ihr hin, während der Rechtsmediziner und die Trauerberaterin ihr das Prozedere auseinandersetzten.

Sie wirkte eher genervt als verängstigt und wurde mit der Zeit immer ungeduldiger und aggressiver, bis man ihr schließlich das Klemmbrett mit dem Foto reichte.

Sie stöhnte bloß, drehte es um und warf einen Blick darauf, ehe sie aschfahl im Gesicht wurde und das Bewusstsein verlor. Nachdem wir sie wieder aufgeweckt hatten, sah sie mich mit weit aufgerissenen Augen und bebenden Lippen an. Ihr Blick war starr und wie verschleiert. Sie schien mich gar nicht wirklich wahrzunehmen.

»Geht es Ihnen gut, Miss?«, fragte ich.

»Mein Gott«, antwortete sie benommen, »das war wirklich eine schöne Scheiße.«

»Wie bitte?«

»Im ersten Moment hatte ich das Gefühl, ich würde in den Spiegel schauen.« Ihr Blick geisterte irgendwo über meinem Kopf herum.

»Verstehe.« Ich tätschelte beruhigend ihre Hand. »Die Umstände können ziemlich beängstigend sein. Dürfte ich Sie fragen, wann Sie zuletzt Kontakt zu Ihrer Schwester hatten?«

Zum ersten Mal sah sie mich direkt an. Ihr Gesicht war vom Schock gezeichnet.

»*Kontakt*?« Sie runzelte verständnislos die Stirn. »Bis eben wusste ich nicht mal, dass ich eine Schwester *habe*.«

• • •

Charlotte trinkt in kleinen Schlucken Wasser aus dem tütenförmigen Pappbecher, den sie zwischen beiden Händen hält, als wäre er ein Feuer, an dem sie sich wärmt. Sie wirkt sichtlich erleichtert, wenngleich noch ziemlich durchgeschüttelt. Ihr glasiger Blick bleibt irgendwo an der Wand des Raumes hängen. Ich warte, bis sie mich ansieht, ehe ich das Wort an sie richte.

»Sie wirken erleichtert«, stelle ich irgendwann fest.

»Natürlich.« Sie atmet tief aus. »Ich dachte, es ist jemand, den ich kenne. Oder *kannte*, muss man ja wohl sagen.«

Ich tue mein Bestes, mir meine Überraschung nicht anmerken zu lassen. »Wollen Sie damit sagen, dass Sie die Frau auf dem Foto nicht kennen?«

»Ich habe keine Ahnung, wer sie ist«, antwortet sie. In ihrer Miene nehme ich den Hauch eines Zögerns wahr.

»Sind Sie sicher?«

»Ich habe diese Frau noch nie zuvor in meinem Leben gesehen.« Sie lächelt unwillkürlich, dann fängt sie sich wieder und sieht mich betreten an. »Entschuldigung! Das wirkt bestimmt gefühllos. Sie hat ja sicher Angehörige, die sich Sorgen um sie machen und nach ihr suchen.«

»Nein, nein, Ihre Reaktion ist absolut verständlich.« Ich mache eine Pause und denke nach. »Allerdings wirft das mehr Fragen auf, als es beantwortet.«

Sie legt den Kopf schief und zieht die Brauen zusammen. »Und ich war wirklich der Notfallkontakt dieser Frau?«

»Ja, das ist richtig. Ihr Name und Ihre Telefonnummer standen auf einer Karte, die wir in der Tasche der Verstorbenen gefunden haben.«

Als ich ihr forschend ins Gesicht blicke, bemerke ich keins der typischen Anzeichen, die darauf hindeuten könnten, dass sie lügt. Noch einmal holt sie tief Luft, ehe sie den Kopf schüttelt. »Tja, Detective, ich muss sagen, ich bin genauso verwirrt wie Sie.« Sie schaut einen Moment lang zu Fisk, dann wieder zu mir. »Wer war sie überhaupt?«

»Nun«, sage ich. »Genau das versuchen wir rauszufinden.«

Fünf

Charlotte

Ich bin dankbar, dass Detective Silvestri mich noch zu meinem Wagen begleitet. Trotz meiner Beteuerungen, dass es mir gut genug gehe, um es alleine zu schaffen, bin ich von den letzten Stunden noch ziemlich mitgenommen und fühle mich wacklig wie ein neugeborenes Fohlen. Kaum dass wir draußen sind, fange ich an zu zittern und wünsche mir, ich wäre bei meinem überstürzten Aufbruch aus der Praxis doch noch einmal umgekehrt, um meinen Mantel zu holen. Ich schlinge mir schützend die Arme um den Leib, während wir Kurs auf meinen Prius nehmen.

»Sind Sie sicher, dass Sie fahren können? Ich bringe Sie auch gern nach Hause und bitte jemanden, Sie morgen früh hierher mitzunehmen, damit Sie Ihren Wagen holen können. Es war ein aufreibender Tag für Sie.« Für jemanden, der gefühlt mehrere Stunden lang mit mir in einem kleinen Raum gesessen hat, wirkt er übertrieben förmlich. Er sucht meinen Blick und hält ihn ein wenig länger als erwartet, als könnte er in meinem Verhalten irgendwelche Hinweise entdecken.

»Seit ich was gegessen habe, geht es mir deutlich besser, danke.« Ich lächle, nur um mich gleich darauf zu fragen, ob mir möglicherweise noch orangefarbene Reste von den Käsekräckern zwischen den Zähnen kleben, die Silvestri nach meinem Ohnmachtsanfall zusammen mit einem Apfel-Cranberry-Trinkpäckchen für mich organisiert hat. Ich wünschte, ich hätte einen Taschenspiegel zur Hand, um nachzuschauen. Unfassbar, dass ich mir in einem Moment wie diesem um mein Aussehen Gedanken mache.

»Ach ja, die gehobenen kulinarischen Vorlieben der Mitarbeiter des Rechtsmedizinischen Instituts von Suffolk County. Ihr Gaumen ist ungefähr so fein ausgeprägt wie der von Kindergartenkindern. Entschuldigen Sie, dass ich nichts Besseres auftreiben konnte.« Er hat ein nettes Lächeln, wenn es denn mal zum Vorschein kommt. Bislang sah er meist ernst und grüblerisch aus. Erst jetzt, wo wir die sterile Umgebung hinter uns gelassen haben, scheint er ein bisschen aufzutauen.

»Kräcker mit Erdnussbutter und Trinkpäckchen gehören zu meinen bevorzugten Zwischenmahlzeiten.« Wir müssen beide lachen, dabei ist es die reine Wahrheit. »Ich sollte das vermutlich nicht offen zugeben, da ich meinen Patienten immer rate, zuckerhaltige und verarbeitete Lebensmittel zu meiden, aber manchmal siegt eben die Liebe zum Vertrauten über den gesunden Menschenverstand. Während meiner Schulzeit waren Kräcker und Saft ein unschlagbares Duo.« Er lächelt und nickt. Mir wird bewusst, dass ich ziemlich unbeholfen vor meinem Wagen herumstehe, und ich drehe mich zur Fahrertür um.

»Haben Sie zu Hause jemanden, der sich heute Abend um Sie kümmern kann?«, fragt er fürsorglich.

Als Silvestri von mir wissen wollte, mit wessen Leiche ich denn gerechnet hätte, habe ich Peter mit keinem Wort erwähnt. Das wäre viel zu kompliziert, und ich bin nicht bereit, Fragen über ihn zu beantworten. Außerdem würde Peter auch wohl kaum wollen, dass ich mit den örtlichen Polizeibehörden über ihn spreche. Nicht, dass er erreichbar wäre, um mir beizustehen.

»Meine Freundin Rachel will kommen und mir Gesellschaft

leisten«, sage ich in der Hoffnung, dass es stimmen möge. Bislang habe ich sie noch nicht erreicht. »Wir teilen uns die Praxis.«

»Schön. Dann haben Sie jemanden, der bei Ihnen Akupunktur macht?«

»Nein, sie ist Reflexologin und Massagetherapeutin. Neben anderen Sachen.« Keine Ahnung, warum ich das hinterhergeschoben habe. Welche »anderen Sachen« meine ich denn damit?

Die Klarheit meiner Kommunikation lässt heute wirklich zu wünschen übrig. Das passiert, wenn ich Dinge zu verbergen habe, und ich finde es grässlich, dass die Situation mich dazu zwingt – erst recht einem Detective gegenüber.

»Reflexologin, ja? Ich persönlich kann es nicht leiden, wenn jemand meine Füße anfasst.« Er lacht leise. »Aber es freut mich, dass Sie einen Menschen haben, der für Sie da ist.« *Einen* Menschen. Während ich den Autoschlüssel aus meiner Handtasche fische und die Fahrertür aufschließe, denke ich nicht ohne eine gewisse Bitterkeit an den Kreis meiner sogenannten Freundinnen, die sich in letzter Zeit rarmachen. Silvestri beugt sich an mir vorbei zum Türgriff, öffnet mir die Tür und ist mir auch beim Einsteigen behilflich.

Für einen Polizisten ist er ein eher sanfter Typ. Ihm fehlt die aggressive Energie, die viele andere Männer in seinem Beruf kennzeichnet. Stattdessen strahlt er die Ruhe und Besonnenheit eines Menschen aus, der genug erlebt hat, um zu wissen, dass wahre Kraft in der Geduld liegt.

»Ich gehe morgen mal meine Patientenkartei durch und schaue, ob einer der Namen mir was sagt. Aber ich bin mir sicher, dass ich diese Frau heute zum ersten Mal gesehen habe.« *Bin* ich mir sicher? Sie kam mir vage bekannt vor, aber vielleicht erinnert sie mich auch bloß an eine Filmfigur aus meiner Jugend. Außerdem möchte ich keine falschen Hoffnungen wecken, die ich dann am Ende enttäuschen muss. »Aber ich würde wirklich gerne helfen. Geben Sie mir Bescheid, wenn Sie was rausfinden?« Ich lege den Sicherheitsgurt an.

»Auf jeden Fall. Ich sage es nur ungern, aber Sie und ich werden uns in den nächsten Tagen vermutlich noch häufiger sehen. Mein Partner und ich müssen ermitteln, wie genau die Unbekannte zu Tode gekommen ist und warum sie Ihre Kontaktdaten in der Tasche hatte.«

»Ja, natürlich.« Die Aussicht auf regelmäßigen Kontakt mit der Polizei macht mir Sorgen. Peter hat Mittel und Wege, mich im Auge zu behalten, selbst wenn er unterwegs ist. Aus dem Kontext gerissen, könnte jede Begegnung mit der Polizei mir zum Verhängnis werden. Womöglich bleibt Peter dann noch länger verschwunden.

Silvestri schließt die Fahrertür und tritt einige Schritte zurück. Mir wird klar, dass er warten will, bis ich den Wagen aus der Parklücke manövriert habe und weggefahren bin. Ich winke ihm zum Abschied und schaue zweimal in alle Spiegel, ehe ich den Wagen zur Ausfahrt lenke. Im Rückspiegel sehe ich, dass er immer noch dasteht und mich beobachtet, und für einen kurzen Augenblick fühle ich mich sicher.

• • •

Ich fahre nach Hause, wo niemand auf mich wartet. Ich habe auf die Textnachricht geantwortet, die Rachel mir vor einer Weile geschrieben hat, um mir mitzuteilen, dass sie in die Praxis gefahren ist, um Lucy zu befreien. Allerdings hat sie bisher nicht auf meine zweite Nachricht reagiert, in der ich ihr von meiner emotionalen Achterbahnfahrt berichte und sie bitte, heute Abend vorbeizukommen und mir moralischen Beistand zu leisten – etwas,

was sie sonst immer bereitwillig tut. Als ich ihre Nummer wähle, springt gleich die Mailbox an. Ich möchte jetzt nicht allein sein, aber womöglich wird mir nichts anderes übrig bleiben. Vielleicht muss ich das, was mir heute widerfahren ist, ohne Hilfe verarbeiten.

Ich fühle mich fast ein bisschen betrunken von all den widerstreitenden Gefühlen, die in mir brodeln. Die Erleichterung, statt in Peters Gesicht in das einer Unbekannten zu blicken, hat mich zu Tode erschöpft. Mich schaudert bei der Vorstellung, wie es gewesen wäre, Peter auf dem Foto zu sehen. Die Tragödie wurde noch einmal abgewendet, und eine riesengroße Last fällt von mir ab. Doch das ändert nichts daran, dass er verschwunden ist.

Und dann: *sie*.

Wer ist diese Fremde, die mich als ihren Notfallkontakt angegeben hat? Die Verwirrung darüber, sie vor dem heutigen Tag noch nie gesehen zu haben, vermischt mit dem seltsamen Gefühl von Vertrautheit, lässt mir keine Ruhe. Ungeduldig trete ich aufs Gaspedal und überhole den Wagen vor mir. Der Fahrer macht ein genervtes Gesicht und zeigt mir den Mittelfinger. Ich lächle zuckersüß zurück, während ich ihm im Geiste nahelege, sich ins Knie zu ficken. Die Begebenheit holt mich ins Hier und Jetzt zurück. Bei einem Blick auf den Tacho stelle ich fest, dass ich fast sechzig Meilen pro Stunde fahre, noch dazu vor einer Schule.

Ich halte am Straßenrand und schalte den Wagen in den Leerlauf. Dann schließe ich die Augen und atme tief ein und aus, während ich überlege, woher ich diese Frau kennen könnte. Als ich die Augen wieder aufmache, sehe ich sie einen Sekundenbruchteil lang als Spiegelung in der Windschutzscheibe und zucke zusammen. Ich krame mein Telefon hervor und schreibe eine Nachricht an die Nummer, über die ich ihn jetzt schon seit Wochen zu erreichen versuche.

Ich muss mit dir reden. Es ist was Schlimmes passiert.

In der Dunkelheit sehe ich, wie sich die herbstlich belaubten Äste der Bäume im Wind wiegen, und mein Gefühl der Einsamkeit wird noch stärker. Ich starre auf die Windschutzscheibe und weiß tief in meinem Innern, dass ich keine Antwort erhalten werde. Als ich einen Atemhauch im Nacken spüre, reiße ich den Kopf herum. Doch die Rückbank ist leer.

Aufgewühlt lasse ich den Motor wieder an. Warme Luft dringt aus den Lüftungsschlitzen. Langsam und vorsichtig setze ich die Heimfahrt fort. Ich fühle mich verfolgt, und da ist die ganze Zeit dieses Gefühl von Angst, das sich nicht abschütteln lässt.

Irgendwann biege ich in meine Einfahrt ein und betrachte mein dunkles Haus.

Ich muss an die erste Nacht denken, die ich allein hier geschlafen habe. Ich war gerade zum zweiten Mal bei meiner Mutter ausgezogen, bei der ich nach meinem Klinikaufenthalt, dem Ende meiner Karriere und einer gescheiterten Beziehung ein schweres Jahr der Genesung verbracht hatte, ehe ich die ersten langsamen, aber entschlossenen Schritte in mein jetziges Leben machte.

Rachel und ich saßen in der drückenden Hitze des Sommerabends auf der Veranda, um zu verschnaufen, nachdem wir meine wenigen Habseligkeiten in das hübsche kleine Haus getragen hatten, dessen Mieterin ich nun war. Wir atmeten den Duft von verbranntem Salbei ein, mit dem wir zuvor die Zimmer gereinigt hatten.

»Kannst du über Nacht bleiben?«, fragte ich sie. Es war das erste Mal, dass ich ganz allein leben würde. Nach der Schule hatte ich zunächst in wechselnden Studenten-WGs und dann bei Henry gewohnt.

»Früher oder später musst du sowieso alleine schlafen, also warum nicht gleich in der ersten Nacht? Ist doch symbolisch. Außerdem muss ich nach Hause und die Fellknäuel füttern, sonst kratzen sie mir morgen früh die Augen aus.« Sie umarmte mich fest, dann überließ sie mich meinem zweiten Versuch, ins Erwachsenenleben zu starten.

Ich glaube, ohne Rachels Ermutigung hätte ich es nicht geschafft, bei meiner Mom auszuziehen und mir etwas Eigenes zu suchen. Sie war die erste Freundin, die mich so behandelte, als wäre ich stark, gerade wenn ich mich am schwächsten fühlte. »Ich spüre deinen Kampfgeist«, hat sie bei ihrer ersten Behandlung zu mir gesagt. Sie sah eine Kraft und einen Mut in mir, von denen ich zur damaligen Zeit nicht wusste, dass ich sie besaß, geschweige denn, wie ich darauf hätte zugreifen können. Auch jetzt fällt mir das schwer.

Ich nehme das Telefon in die Hand, in der Hoffnung, dass Rachel mir inzwischen vielleicht geantwortet hat, doch es gibt keine neuen Nachrichten. Ich schreibe ihr noch einmal, um ihr mitzuteilen, dass ich soeben nach Hause gekommen bin. Wir haben nämlich eine Vereinbarung: Wann immer wir nicht zusammen sind oder von einem gemeinsamen Treffen aufbrechen, müssen wir einander Bescheid geben, dass alles in Ordnung ist. Beim Tippen dämmert mir, dass Rachel mein »Notfallkontakt« ist, und mein Herz wird ganz weit vor Liebe und Dankbarkeit, weil ich jemanden habe, dem es wichtig ist, wo ich gerade bin und wie es mir geht. Als ich fertig bin, drücke ich auf »Senden«.

Wohlbehalten zu Hause angekommen.

Sechs

Wolcott

»Morgen, Sonnenschein!« Ich hole Silvestri auf dem Gang ein und reiche ihm seinen Tee, während wir zu unseren Arbeitsplätzen gehen.

»Danke, Partner!« Er prüft die Temperatur des Getränks durch zaghaftes Nippen. Wir biegen um die Ecke, wo man ihn wie einen Helden empfängt. Sein Schreibtisch ist übersät mit unzähligen Katzenpostern. Mehrere Beutel mit Katzenleckerlis sind an eine Korkwand gepinnt, und die Kollegen spenden jubelnd Beifall. Selbst Captain Evans macht mit.

Silvestri lässt die Szene auf sich wirken und unterdrückt ein Schmunzeln. »Kein Wunder, dass unser Etat für nichts mehr reicht. Na los, an die Arbeit, ihr Faulpelze.«

Einige der Detectives miauen lautstark, ehe sie an ihre Plätze zurückkehren. Mein Partner und ich ziehen unsere Mäntel aus und machen es uns bequem. »So«, sage ich. »Ich habe gehört, du durftest gestern den Seelentröster spielen. Ich kann dir gar nicht sagen, wie viel Geld ich bezahlt hätte, um das mit anzusehen.«

Er macht ein verdutztes Gesicht. »Ja. Ein ziemlich merkwürdiger Fall.«

»Inwiefern?«

»Also, diese Frau, Charlotte, kommt in die Rechtsmedizin, um die Leiche zu identifizieren.«

Mir entgeht nicht, dass er sie beim Vornamen nennt. »Ja, so läuft das normalerweise ab.«

»Richtig. Nur dass sie einen Blick auf das Foto wirft und behauptet, die Frau noch nie im Leben gesehen zu haben.«

Jetzt werde ich hellhörig. »Okay, *das* ist allerdings ungewöhnlich.«

Silvestri schweigt einen Moment, dann fährt er fort: »Das ist …« Er schüttelt den Kopf. »Wirklich seltsam.«

»Glaubst du, sie war ehrlich zu dir?«

»Das ist es ja gerade. Sie schien absolut authentisch. In so einem Moment kann man sich nur schwer verstellen. Mir war, als hätte sie ganz kurz gezögert, aber vielleicht brauchte sie einfach nur einen Augenblick, um alles zu verarbeiten. Und ihre Erleichterung war ihr deutlich anzumerken. Es wirkte auf mich, als hätte sie mit jemand anders gerechnet.«

»Und wir sind sicher, dass sie nicht einfach nur eine ziemlich gute Lügnerin ist?«

»Sie ist Heilpraktikerin, sehr offen und warmherzig, unheimlich positive Ausstrahlung. Kam mir nicht wie der berechnende Typ vor, es sei denn, ich habe die Situation komplett falsch eingeschätzt.«

»Normalerweise hast du ja einen guten Riecher, was so was angeht«, sage ich.

»Will ich doch hoffen.«

»Wir haben also eine junge Tote in einem Park und sind nicht schlauer als zuvor.«

»Zum Glück hast du wenigstens den Fall der Whirlpool-Diebe gelöst«, sagt er. »Sonst könnten wir den gestrigen Tag komplett abschreiben.«

Ich denke nach. »Ich frage mich nur, warum man jemanden als seinen Notfallkontakt angibt, der …«

Im selben Moment werde ich vom Handy meines Partners unterbrochen, das auf seinem Schreibtisch vibriert.

»Detective Silvestri«, meldet er sich. »Oh, hey, Fisk ... Ja, wir sind gleich da ... Vielen Dank!« Er nickt mir zu. Wir stehen auf und nehmen unsere Jacken.

• • •

»Na, wie geht es der Kurpfuscherin unseres Vertrauens?«

Die Rechtsmedizinerin sieht mich mit hochgezogener Augenbraue an. »Hey, Dreiteiler! Habe Sie gestern schon vermisst.«

Es wäre eine Untertreibung, Fisk als »sonderbar« zu bezeichnen. Aber wenn ich jeden Tag mit Leichen arbeiten müsste, hätte ich vermutlich auch einen Knacks. Und ihren staubtrockenen Humor weiß ich durchaus zu schätzen.

»Ja, ich habe schon gehört, dass Schwester Ratched hier war, um bei der Trauerarbeit zu helfen«, sage ich und deute mit einer Kopfbewegung auf Silvestri.

»Er war ein echter Prinz«, gibt sie zurück. Ich kann nicht heraushören, ob sie es ernst meint.

»Genug mit der Gefühlsduselei«, klinkt Silvestri sich ein. »Was gibt's Neues, Fisk?«

»Ich habe da etwas überaus Interessantes für Sie.«

»Dem Himmel sei Dank«, sagt Silvestri. »Mir wurde schon langweilig.«

»Also«, beginnt sie. »Die Toxikologie von der unbekannten Leiche ist fertig. Offenbar wurde sie vergiftet.«

»Wirklich?«, frage ich.

»Haben Sie schon mal von *Atropa belladonna* gehört?«

»Klingt sexy«, sagt Silvestri.

»Wenn man auf so was steht. *Atropa belladonna*, auch unter

dem Namen Schwarze Tollkirsche bekannt, ist eine extrem giftige Pflanze, die für verschiedene medizinische Zwecke eingesetzt wird.«

»Man müsste doch meinen, wenn sie so giftig ist …«, setzt Silvestri an.

»Genau da wird es spannend«, sagt Fisk. »Es gibt eine ganze Reihe toxischer Pflanzen, die als Arzneimittel Verwendung finden. Tollkirsche ist sehr effektiv in der Behandlung verschiedenster Leiden von Asthma über Ischias bis hin zu Parkinson.«

»Wir haben einen Inhalator bei der Leiche gefunden«, werfe ich ein. »Denken Sie, man hat das Zeug benutzt, um ihr Asthma zu behandeln?«

»Wäre möglich. Ich kann den Inhalator testen. Der Schlüssel bei solchen Arzneimitteln ist immer die Dosierung. Stark genug verdünnt, sind sie unbedenklich. Aber es ist eine heikle Angelegenheit. Vor ein paar Jahren gab es mal eine Pharmafirma, die eine Reihe Medikamente gegen Ohrenschmerzen bei Kindern vom Markt nehmen musste, in denen Tollkirsche enthalten war.«

»Aber Sie haben doch gerade gesagt, dass diese Mittel unbedenklich sind …«, setze ich an.

»Bei der richtigen Verdünnung. Die Dosis macht das Gift, wie man so schön sagt. Tollkirsche wird hauptsächlich in homöopathischen Arzneimitteln verwendet. Die müssen in der Regel nicht von der FDA zugelassen werden, deshalb gibt es gewisse Grauzonen …«

Mein Partner und ich wechseln einen Blick. »Homöopathisch?«, fragt er.

»Ja, der Markt für Homöopathika ist nicht sehr streng reguliert«, erklärt sie.

»Man kann das Zeug also einfach kaufen, ohne dass es vorher geprüft wurde?«, frage ich nach.

»Jedes verantwortungsbewusste Unternehmen wird sich an die allgemeingültigen Standards zur Verdünnung halten. Aber natürlich kann es immer irgendwelche Spinner geben, die sich ihre eigene Mischung zusammenpanschen, weil sie es nicht besser wissen.«

»Und diese Pflanze ist frei erhältlich?«, will Silvestri wissen.

»Klar. Man kann einen Beutel mit Samen kaufen und sie im Garten aussäen. Ein bisschen knifflig, sie in diesem Klima zu ziehen, aber möglich.«

»Also«, sage ich. »Was ist denn jetzt Ihre Vermutung in Bezug auf unsere unbekannte Tote?«

»Schwer zu sagen. Die Sache war so kurios, dass ich mehrere Anläufe gebraucht habe, um rauszufinden, woran sie genau gestorben ist. Das Asthma könnte natürlich eine Erklärung sein, vielleicht hat sie eine Überdosis des verordneten Medikaments eingenommen. Oder aber jemand hat es ihr heimlich verabreicht. Wie auch immer, ihr Blut war voll mit dem Zeug.«

• • •

Wir stehen im Gang vor Fisks Büro. Silvestri blickt gedankenvoll ins Leere. »Tja« ist alles, was er von sich gibt.

»Auf einmal bin ich sehr neugierig auf diese Heilpraktikerin«, sage ich.

»Geht mir genauso«, gibt er zurück und schüttelt den Kopf.

Sieben

Charlotte

Als am nächsten Morgen um acht Uhr mein Wecker klingelt, habe ich bereits eine Stunde lang an die Decke gestarrt. Ich habe mehrmals versucht, zu meditieren, aber dass ich jedes Mal, sobald ich die Augen schloss, das Gesicht der unbekannten Toten vor mir sah, war meiner inneren Ruhe nicht gerade förderlich.

Ich kann nicht aufhören, mich zu fragen, wer sie ist und wer ich für sie war. Nach einer nahezu schlaflosen Nacht, in der ich darüber nachgegrübelt habe, ob es sich um eine vergessene Patientin, ehemalige Klassenkameradin oder sogar eine entfernte Bekannte handeln könnte, bin ich mit den Nerven am Ende, und in meinem Kopf dreht sich ein Kaleidoskop aus Gesichtern, an die ich seit Jahren nicht gedacht habe. Zu einem Ergebnis bin ich bis jetzt noch nicht gekommen. Mein einziger Trost ist, dass das Rätsel ihrer Identität mich daran hindert, ständig an Peter zu denken oder mich darüber zu ärgern, dass ich Rachel und Henry nicht erreichen kann. Insofern waren diese durchwachte Nacht und dieser ruhelose Vormittag anders als die letzten durchwachten Nächte und ruhelosen Vormittage, die ich mit Grübeln verbracht habe.

Mein Kurzzeitgedächtnis war nie besonders gut, vor allem nicht, was Gesichter und Namen betrifft. Henry hat mich deswegen oft kritisiert. »Wenn du Chirurgin werden willst, musst du unbedingt daran arbeiten.«

Ich will nicht an Henry denken, aber die E-Mail hat das leider unvermeidbar gemacht.

Nach meinem Klinikaufenthalt habe ich mir geschworen, ihn nie wieder zu kontaktieren. Unsere Beziehung kommt mir inzwischen so vor, als wäre sie jemand anders passiert.

Damals fühlte sich alles so ganz anders an; all meine lang gehegten Träume waren im Begriff, in Erfüllung zu gehen – beziehungsweise das, was ich für meine Träume hielt. Ich hatte das Gefühl, unbesiegbar zu sein. Nichts und niemand konnte mich aufhalten. Ich feierte bahnbrechende Erfolge auf meinem Fachgebiet und hatte Möglichkeiten, die nur wenigen in meiner Position offenstanden. Und das alles mit der Unterstützung meines Idols.

Dr. Henry Thornton war ein Rockstar. Seit ich während des Studiums einen seiner Vorträge über seine Arbeit im Zusammenhang mit posttraumatischer Belastungsstörung bei den Überlebenden von Terrorangriffen und deren Angehörigen gehört hatte, verfolgte ich seine Karriere wie ein Groupie. Er war leitender Chirurg in der besten psychochirurgischen Abteilung des Landes, in der auch ich arbeiten wollte, seit ich ihn zum ersten Mal zu einem Saal hoffnungsvoller Medizinstudenten hatte sprechen hören.

Tatsächlich war ich eine der Glücklichen, die einen Praktikumsplatz in seinem näheren Dunstkreis ergatterten – wobei es bei mir nicht nur mit Glück zu tun hatte. Ich hatte mir für diese Stelle den Arsch aufgerissen.

Im ersten Jahr meiner Facharztausbildung würdigte er mich keines Blickes. Später fand ich heraus, dass er mich sehr wohl bemerkt und sich einen Spaß daraus gemacht hatte, mich dabei zu beobachten, wie ich die aufreibenden Achtzig-Stunden-Wochen hinter mich brachte, weil ich unbedingt in den OP wollte.

Im zweiten Jahr wurde ich seinem Team zugeteilt. Ich war geschockt; ich hätte niemals gedacht, dass er meinen Namen kannte, geschweige denn an meiner Mitarbeit interessiert war. Aber an der Uni hatte ich einige gewagte Seminararbeiten über den Einsatz der Neurochirurgie bei der Traumabehandlung geschrieben, die auf seinem Schreibtisch gelandet waren, und ich stand in dem Ruf, auch in extrem stressigen Situationen einen kühlen Kopf zu bewahren. Aus diesen Gründen hatte er mich für sein Team ausgewählt, lange bevor ich damit begann, mich bei ihm beliebt machen oder seine Anerkennung gewinnen zu wollen.

Erst später fand ich heraus, dass er mich ausdrücklich angefragt hatte. Ich wusste nicht recht, ob ich dankbar oder beunruhigt sein sollte, denn in dem Jahr behandelte er mich wie den letzten Dreck. Er rechtfertigte sein Verhalten als Fairness. »Ich behandle alle wie den letzten Dreck, das weißt du. Da bist du nichts Besonderes.« Henry hatte die unnachahmliche Gabe, mir das Gefühl zu geben, die wichtigste und zugleich nichtswürdigste Person im Raum zu sein. Er machte nie ein Geheimnis aus seiner Persönlichkeit, und ich hätte ihm glauben sollen, als er es mir sagte. Aber ich war geblendet von ihm, was er auch ganz genau wusste.

Mein beruflicher Erfolg wirkte sich negativ auf mein Sozialleben aus. Die wenigen Kollegen im zweiten und dritten Jahr verhielten sich mir gegenüber abweisend, weil ich sie überflügelt hatte. Dass sie dachten, ich hätte mich hochgeschlafen, erfuhr ich nur durch Zufall, als jemand eine Gruppenmail, in der es um meinen unverdienten Aufstieg ging und darum, wie ich mich »Liege für Liege die Karriereleiter raufgevögelt« hätte, versehentlich auch an mich schickte. In Wahrheit überschritten Henry und ich diese Grenze erst am Ende meines dritten Jahres. Es war nicht wie in einer dieser Krankenhausserien, wo jeder mit jedem im Pausenraum Sex hat, als ginge morgen die Welt unter. Wir achteten auf Diskretion, obwohl die Gerüchte längst Schnee von gestern waren. Ich rechtfertigte unsere Affäre damit, dass sowieso alle glaubten, wir hätten miteinander geschlafen, also konnten wir es genauso gut auch tun. Henry interessierte es nicht, was die Leute über ihn erzählten. Ich glaube sogar, er machte sich mehr Sorgen, die Leute könnten *nichts* erzählen. Er genoss es, im Rampenlicht zu stehen, selbst wenn die Aufmerksamkeit negativ war.

Ungeachtet der wahren Gründe für meinen schnellen Karrieresprung führte die allgemeine Auffassung dazu, dass ich sowohl in meinen beruflichen Erfolgen als auch in meinem Sozialleben sehr einsam war. Ich arbeitete hart daran, mich zu einem ganz bestimmten Persönlichkeitstyp zu entwickeln: unnahbar, gleichmütig, stets nur an die Arbeit denkend. Ich begann, meine Emotionen systematisch abzuschalten, und lebte nur noch im Bereich des Rationalen. Es war eine tiefgreifende Entfremdung von meinem wahren Ich.

Henry wusste mein Selbstvertrauen und meinen Ehrgeiz zu schätzen, genau wie meine Fähigkeit, einzelne Bereiche meines Lebens rigoros voneinander abzuschotten. Wenn die anderen Ärzte im Praktikum aus dem OP flohen, um ihr Mittagessen von sich zu geben oder sich, den Kopf zwischen den Knien, auf den nächsten Stuhl zu setzen, sprang ich bereitwillig ein und saugte ab, während die Säge die Schädeldecke durchtrennte, oder hielt den Knochendeckel fest, während der Chirurg die Graue Substanz freilegte.

Durch diese Unerschrockenheit vergrößerte sich die Distanz zwischen mir und meinen gleichaltrigen Kollegen, die mich für arrogant hielten, weil ich immer danach strebte, neue Dinge auszuprobieren. Ich selbst empfand mich nicht als arrogant. Ich empfand mich als selbstbewusst und wagemutig. Inzwischen weiß ich, dass ich damals eine ganze Persönlichkeit um meine Identität als angehende Chirurgin herum konstruierte. Es war, als hätte ich mir aus all den Eigenschaften meiner erfolgreichsten Dozenten und Mentoren sowie noch einiger Chirurgen aus Film und Fernsehen, die ich in meiner Jugend verehrt hatte, einen neuen Charakter zusammengestichelt, den ich anlegte wie meine OP-Kleidung. Nach einer Weile wurde ich so effektiv darin, dass ich mich selbst völlig aus den Augen verlor.

Mitunter tut es ganz gut, an mein früheres Leben zu denken – in kleinen Dosen. Es hilft mir, zu erkennen, wie unglücklich ich damals war, und mein jetziges Leben umso mehr wertzuschätzen, weil ich viel zufriedener und gesünder bin. Doch wenn ich allzu viel Zeit mit der Rückschau verbringe, kommt unweigerlich der alte Stress zum Vorschein, und ich fange an, wieder in die Opferrolle zu rutschen. Diese Frau will ich nie mehr sein.

Das zum Fenster hereinfallende Morgenlicht lässt nicht locker. »Du bist stark. Du bist widerstandsfähig. Du bist in der Gegenwart«, sage ich zu mir selbst, während ich mich auf die Seite drehe und mit meinen Gedanken ins Hier und Jetzt zurückkehre, wo es mehr als genug Stoff zum Grübeln gibt. Ich muss aufhören, ständig um mich selbst zu kreisen und Nabelschau zu betreiben. Stattdessen sollte ich mich auf die Frage konzentrieren, wer die unbekannte Tote sein könnte. Und ich muss positiv bleiben. Wenn ich ins negative Denken komme, kann es ganz schnell bergab gehen.

Ich höre mein Handy einige Meter entfernt auf dem Schreibtisch summen. Das Geräusch motiviert mich zum Aufstehen. Nicht einmal die Aussicht, dass es Henry sein könnte, hält mich zurück, obwohl ich mich am liebsten verkriechen möchte, wenn ich an das Gespräch denke, das wir miteinander führen müssen. Ich werfe einen Blick auf das Display und sehe, dass es ein Anruf von Rachel war. Ich freue mich, dass sie endlich aus der Versenkung aufgetaucht ist. Kurz darauf folgt eine knappe Textnachricht: *Bin auf dem Weg zu dir*. Ich antworte mit einem Daumen-hoch-Emoji.

Ich möchte unbedingt erfahren, wie Lucy darauf reagiert hat, dass ich sie in der Praxis allein gelassen habe. Dass ich ihr unmittelbar zuvor noch versichert hatte, ihr könne nichts Schlimmes passieren, macht die Situation noch unangenehmer.

Wenn Peter nicht in der Stadt ist, verbringen Rachel und ich oft den Vormittag zusammen. Sie steht früher auf als ich und hat normalerweise schon zweimal angerufen, ehe ich auch nur auf mein Telefon schaue. Wenn ich mich dann endlich aus dem Bett wälze, hat sie bereits eine Stunde meditiert, war bei zwei Yogakursen und hat alle möglichen Erledigungen gemacht. Zugegeben, Rachel neigt zu Extremen, was sie vor zehn Jahren durch ihre beinahe tödliche Heroinsucht unter Beweis gestellt hat. Es gleicht einem Wunder, dass sie es geschafft hat, clean zu werden, aber im Grunde hat sie lediglich den einen zwanghaften Lebensstil gegen einen anderen ausgetauscht, auch wenn der jetzige ungleich gesünder und insofern besser für ihre Lebenserwartung ist.

Ich habe kaum die Smoothies für uns gemixt, da höre ich erst das vertraute Klopfsignal und gleich darauf den Schlüssel im Schloss. Sie kommt mit vollen Händen, hat zwei Chai Lattes und Gebäck dabei, das vermutlich aus der veganen Bäckerei in ihrer Straße stammt. Ich bin immer noch nicht zum Veganismus konvertiert, obwohl Rachel sich alle Mühe gibt. Ich lasse ihre Missionierungsversuche über mich ergehen, aber ich kann und werde niemals aufhören, Käse zu essen.

»Morgen!«, trällert sie. Mit ihrem wallenden transparenten Kleid und den Mala-Gebetsperlen um Hals und Handgelenke sieht sie aus, als wäre sie dem Cover des *Yoga Journal* entstiegen. Sie ist ein Ebenbild der jungen Stevie Nicks. Wir wurden schon des Öfteren für Schwestern gehalten, was ich jedes Mal als Kompliment betrachte.

»Guten Morgen!« Ich komme ihr entgegen, um sie zur Begrüßung in die Arme zu nehmen, und mein Gesicht verschwindet in ihrer fantastischen rotblonden Lockenmähne. Ihr Duft von Kokos und Lavendel ist mir angenehm vertraut. Sie schwingt sich auf einen Hocker mir gegenüber und drückt mir einen der Becher in die Hand, den ich dankend annehme.

»Es tut mir so leid, dass ich gestern Abend nicht erreichbar war. Nachdem ich deine Patientin befreit habe, war ich noch beim Yoga und bin superfrüh eingeschlafen«, erklärt sie. »Deshalb habe ich den Anruf und die Textnachrichten erst heute Morgen gesehen.«

Es kommt mir komisch vor, dass sie ins Bett gegangen ist, ohne sich vorher bei mir zu melden, obwohl sie doch wusste, dass ich in der Rechtsmedizin eine Leiche identifizieren musste. Aber weil sie mir mit Lucy einen riesengroßen Gefallen getan hat, beschließe ich, das Thema auf sich beruhen zu lassen.

»Süße, tausend Dank, dass du gestern in die Praxis gefahren bist und dich um Lucy gekümmert hast. Du warst meine Rettung.«

»Habe ich doch gern gemacht!« Sie mustert mich einen Moment lang. »Du siehst müde aus, Süße. Wunderschön, aber müde.« Bei jemand anders würde ich das als Beleidigung empfinden, aber ich weiß, dass Rachel mich liebt und aufrichtig um mich besorgt ist. Ich bin ihr dankbar dafür. Manchmal – eigentlich sogar ziemlich oft – sagt sie einfach, was ihr in den Kopf kommt, ohne vorher nachzudenken. Sie ist der ehrlichste Mensch, den ich kenne, und ich strebe danach, genauso frei und wahrhaftig zu werden wie sie. In letzter Zeit gelingt mir das nicht besonders gut.

»Ich habe ganz schlecht geschlafen. Gestern war ... ein anstrengender Tag.« Ich trinke einen Schluck von dem warmen, nussig schmeckenden Tee.

»Oh mein Gott, Süße, wir haben so viel zu bereden!« Ihr Enthusiasmus ist genauso groß wie meine Verlegenheit.

Noch einmal überlege ich, ob ich nachfragen soll, warum sie gestern Abend nicht erreichbar war, doch dann komme ich zu dem Schluss, dass es nicht wichtig ist.

»Ich habe noch nie jemanden einfach so liegen lassen.« Ich presse die Hand aufs Gesicht und erschauere innerlich. »Und dass mir das ausgerechnet bei einer neuen Patientin passiert.«

Das dämpft Rachels Aufregung ein wenig. Ich sehe ihr an, dass sie ihren Energielevel neu kalibriert, um ihn an meine leicht gestresste Stimmung anzupassen. »Mach dich deswegen nicht fertig«, sagt sie sanft. »Ganz im Ernst, vergiss die Sache. Jetzt sofort. Es war ein Notfall. So was kommt vor, Süße.«

Das ist einer der vielen Gründe, weshalb sie meine beste Freundin ist. Sie erinnert mich immer wieder daran, freundlicher zu mir selbst zu sein.

»Du bist echt ein Engel«, sage ich überschwänglich.

»Logisch«, gibt sie zurück. »Du hättest für mich doch dasselbe gemacht.«

»Wie wütend war sie denn, als du kamst?«

»Sie war eingeschlafen, das war schon mal gut. Sie wusste gar nicht, wie viel Zeit vergangen war.«

»Und wie viel Zeit *war* vergangen?« Wieder verspüre ich den Impuls, sie zu fragen, wo sie gestern gesteckt hat, als sie nicht ans Telefon gegangen ist. Die Frage hat wahrscheinlich mehr mit meinem allgemeinen Unbehagen zu tun, weil sie mich in letzter Zeit öfter weggedrückt hat.

»Nur ungefähr eine Stunde. Ich war ziemlich schnell da.« Sie atmet ein. »Ich war in der Nähe.« Sie führt das Thema nicht weiter aus.

In mir regt sich Unmut. »Ich kann nicht fassen, dass ich sie einfach vergessen habe. Ich war so in Panik, dass ich gar nicht klar denken konnte. Ich bin einfach nur losgestürzt. Als ich in der Rechtsmedizin ankam, konnte ich mich nicht mal mehr an die Fahrt erinnern.«

»Lucy war total nett. Sie meinte noch, sie hofft, dass bei dir alles in Ordnung ist. Und sie will wiederkommen.«

Mir fällt ein Stein vom Herzen. »Ich habe eher mit einer weiteren vernichtenden Yelp-Bewertung gerechnet, nicht mit einem zweiten Termin.« Rachel nickt gutmütig. Sie ist wirklich sehr verständnisvoll, was meinen schlechten Ruf im Internet angeht, zumal sie sich eine Praxis mit mir teilen muss. Ich weiß, dass auch sie darunter leidet – mitgefangen, mitgehangen –, und fühle mich deswegen oft schuldig.

»Du warst doch nicht etwa auf Yelp, oder?« Mein Schweigen sagt ihr alles. »Ach, Süße. Kein Wunder, dass du so betrübt bist. Versuch, diesen Mist nicht an dich ranzulassen. Das sind alles Trolle. Verängstigte, vorurteilsbehaftete Menschen. Eigentlich sollten sie uns leidtun. Bitte, nimm dir das nicht zu Herzen.«

»Es fällt mir unheimlich schwer, nicht nachzuschauen. Und ich glaube jedes Mal wieder, dass ich es schon verkraften werde.«

»Ich weiß. Ich weiß.« Sie blickt aus dem Fenster. »Es ist wahnsinnig schwer, so was zu ignorieren.«

»Ich habe gestern Abend versucht, Lucy anzurufen, um mich bei ihr zu entschuldigen, aber bisher hat sie sich nicht zurückgemeldet.«

Ich trinke noch einen Schluck Chai, der mir süß und scharf die Kehle hinabgleitet.

»Keine Bange, du hörst schon noch von ihr. Ich habe ihr eine kostenlose Massage angeboten, sie wird also definitiv wiederkommen.«

»Du bist wirklich die Beste. Das Geld für die Massage bekommst du zurück. Soll ich dir diese Woche Nadeln setzen?«

»Lass mal gut sein.« Sie winkt ab. Ich bin mir nicht sicher, ob sich ihre Antwort auf das Geld oder das Akupunktur-Angebot bezieht. Sie hat mir schon seit mehreren Wochen nicht mehr erlaubt, sie zu behandeln, was sehr ungewöhnlich für sie ist.

»So. Die Lucy-Krise wäre also erfolgreich überstanden. Scheint, als hättest du auch genug andere Sachen, über die du dir Gedanken machen musst. Willst du darüber reden? Oder ist es noch zu früh?« Das ist eine altbewährte Routine bei unseren Gesprächen. Wir müssen uns ein bisschen aufwärmen, ehe es ans Eingemachte geht. Ich weiß es zu schätzen, dass sie erst mal vorfühlt, ob ich schon bereit bin, ihr mein Herz auszuschütten.

»Hm. Weiß nicht. Ich glaube schon?« Ich hole tief Luft. »Es war alles so surreal.«

Sie kommt um die Kücheninsel herum und nimmt mich noch einmal in die Arme. Einige Tränen tropfen auf ihre Schulter, aber viel mehr gebe ich nicht preis.

»Lass uns an die frische Luft gehen«, schlägt sie vor.

Wir ziehen unsere Jacken an. Sie hakt sich bei mir unter, und wir gehen zur Veranda auf der Gartenseite, wo wir uns in den gemütlichen Sesseln niederlassen. Die Luft ist kalt, aber erfrischend, und die Sonne strahlt vom wolkenlosen Himmel. Ich halte ihr mein Gesicht entgegen und genieße sie einen Moment lang. Sobald wir es uns im Lotussitz bequem gemacht haben, trinken wir einen Schluck.

»Okay. Jetzt bin ich so weit.« Ich ziehe ein Knie an die Brust.

»Fang ganz von vorne an. Ich will alles wissen«, bittet sie begierig.

Ich beginne mit dem Anruf aus der Rechtsmedizin und lasse keine Details aus. Rachel sitzt da und hört geduldig zu, ohne mich zu unterbrechen. In ihrem Gesicht lässt sich ablesen, wie sie auf die einzelnen Teile meines Berichts reagiert. Als ich fertig bin, schließt sie die Augen und atmet aus.

»Du musst solche Angst gehabt haben.«

»Hatte ich auch.«

»Es tut mir leid, dass ich nicht bei dir war und du das alleine durchstehen musstest.« Sie hat die Augen weit aufgerissen. »Stell dir mal vor, du hättest ihn so gesehen. Wie traumatisch das gewesen wäre.«

»Genau das habe ich mir seit gestern ungefähr vierhundertmal vorgestellt, und es ist jedes Mal der absolute Horror.«

»Charlotte. Ich hatte diesen Monat so eine Vorahnung, dass eine große Veränderung ansteht. Ich dachte, es hätte mit mir zu tun, aber vielleicht geht es ja in Wahrheit um dich.« Sie erhebt sich und beginnt auf und ab zu gehen. Das ist typisch für sie. Sie hat Mühe, längere Zeit still zu sitzen. »Jetzt stellt sich nur noch die Frage, wer diese Frau ist und wofür sie in deinem Leben steht.«

»Oder warum sie meine Kontaktdaten dabeihatte. Das macht keinen Sinn.«

»Definitiv rätselhaft. Vielleicht versucht sie, dir etwas mitzuteilen.« Sie hebt die Hände und streckt die Arme aus, als wollte sie gleich losfliegen.

»Ich kann mir einfach nicht erklären, weshalb ich keinerlei Erinnerung an sie habe. Das sieht mir überhaupt nicht ähnlich. Selbst als es mir richtig mies ging, konnte ich mich doch noch an die Menschen erinnern, die mir nahestanden.«

»Stammt sie vielleicht aus deiner Zeit in Manhattan?«, fragt Rachel vorsichtig nach.

»Vielleicht. Ich weiß es nicht«, antworte ich niedergeschlagen.

»Oder war es eine Verwechslung? Eine andere Charlotte Knopfler?«

»Sie hatte *meine* Nummer.« Rachel stellt dieselben Fragen, die ich mir auch schon gestellt habe.

»Vielleicht hat die Sache ja auch ihr Gutes, Süße. Die unangenehmsten Situationen sind oft die, an denen wir am meisten wachsen.« Sie sieht mich wissend an.

»Ich kann mir kein Szenario vorstellen, in dem eine tote Frau etwas Gutes ist.«

»So habe ich es nicht gemeint.« Sie denkt nach. »Aber was auch immer dahintersteckt, es wird sich bestimmt bald aufklären. Was weißt du über sie?«

»So gut wie nichts. Eigentlich nur, dass sie meine Kontaktdaten hatte. Irgendwie unheimlich.«

»Seltsam. Und sie hatte keinen Ausweis dabei? Wurde sie ausgeraubt? Hat man dir verraten, was die Todesursache ist?« Sie wirkt ein bisschen zu unbeschwert für den Ernst der Lage. Sie liebt ein gutes Mysterium.

»Ich habe dir alles erzählt. Mehr Einzelheiten weiß ich auch nicht, Sherlock«, ziehe ich sie auf.

»Und wie geht es dir sonst so?« Sie schiebt sich ihre Armbänder die Handgelenke herauf und wieder herunter, sodass sie klickern und klackern. Das ist eine nervöse Angewohnheit von ihr, an die ich mich längst gewöhnt, ja, die ich sogar lieb gewonnen habe. Seltsam, wie uns an den Menschen, die wir gernhaben, bestimmte Kleinigkeiten auffallen. Bei Henry war es die Art, wie er auf den Fersen wippte, wenn er gerade eine seiner brillanten Ideen ausbrütete. Bei Peter ist es sein leises Summen, wenn er nachdenkt.

Ich würde ihr so gerne sagen, wie es wirklich in mir aussieht, aber ich habe Angst, sie könnte dann all das laut aussprechen, was ich bislang nur zu denken gewagt habe. Und ich bin noch nicht bereit, der Wahrheit ins Auge zu blicken – ungeachtet dessen, dass ich gar nicht weiß, wie diese Wahrheit eigentlich aussieht.

Doch sie spürt, was ich denke, auch ohne dass ich den Mund aufmachen muss. »Und? Hast du was von ihm gehört?« Es ärgert mich, dass sie ihn nie beim Namen nennt. Vielleicht sollte ich sie darauf hinweisen, aber insgesamt gesehen, erscheint mir das wie eine unbedeutende, alberne Beschwerde.

»Noch nicht. Aber bestimmt meldet Peter sich bald.« In Rachels Gegenwart darf ich mir meine Nervosität nicht anmerken lassen. Selbst das wenige, das ich ihr bisher über ihn verraten habe, hat zu viele Fragen nach sich gezogen, die ich nicht beantworten kann.

Peter glaubt, dass niemand in meinem Umfeld von seiner Existenz weiß. Als es zwischen uns ernst wurde, war Rachel die einzige Freundin, der ich von ihm erzählte. Peter hat mich gebeten, unsere noch frische Beziehung geheim zu halten, aber meiner besten Freundin musste ich einfach von meinem potenziellen neuen Freund erzählen. Im *Schere, Stein, Papier* zwischen neuer Liebe und besten Freunden ist Freundschaft immer Papier und die neue Liebe immer Stein. Es wurmte mich ein bisschen, dass er etwas anderes von mir verlangte, aber ich habe ihm die kleine Notlüge aufgetischt, dass ich sowieso abergläubisch sei und nie über Beziehungen spräche, solange diese sich noch im Anfangsstadium befänden.

Gleichzeitig hielt ich Rachel über die Situation auf dem Laufenden und entschlüsselte gemeinsam mit ihr den Subtext seiner Nachrichten. Das ist ein bisschen pubertär, klar, aber früher war ich so sehr auf mein Studium fixiert, dass ich nie eine Beziehung hatte, ob nun ernst oder nicht. Auf dem Gebiet bin ich eine absolute Spätentwicklerin. Rachel kennt sich mit der psychologischen Dynamik von Paarbeziehungen viel besser aus und hat ein Gespür für Kleinigkeiten, die ich nicht einmal bemerkt hätte. Wir sind beide der Ansicht, dass Peter ein faszinierender, attraktiver (ich habe ihr ein paar Fotos von ihm gezeigt) und sehr humorvoller Mann ist. Mitunter war er auch ziemlich geheimnisvoll. Trotzdem hatte ich ein Gefühl, das sich nicht abschütteln ließ. Ein Gefühl, dass er mein Leben von Grund auf verändern würde.

Nachdem er in den ersten zwei Monaten mehrere meiner Einladungen für ein Treffen ausgeschlagen hatte, dämmerte mir, was für einen Beruf er ausübte und welches Maß an Geheimhaltung dieser ihm abverlangte. Das erklärte auch seine Zurückhaltung bei der Frage, ob wir mit anderen über unsere Beziehung sprechen sollten, und die Aura des Mysteriösen, die ihn umgab. »Das wird nicht immer so sein, Liebling«, versprach er mir. »Aber bei meinem derzeitigen Auftrag bin ich undercover. Allein mit dir zu reden, stellt schon ein enormes Risiko dar.« Zu dem Zeitpunkt war ich bereits so verliebt, dass ich – abgesehen von Rachel – tatsächlich niemandem von uns erzählte. Und je mehr unsere Beziehung einem Spionagethriller glich, desto häufiger ließ ich bei meinen Updates Einzelheiten unter den Tisch fallen. Dass ich meine beste Freundin belog, indem ich ihr wichtige Dinge verschwieg, hätte das erste Warnsignal sein sollen. Na ja, vielleicht nicht das erste, aber ein ziemlich deutliches, das ich nichtsdestotrotz geflissentlich zu ignorieren beschloss.

Ich hatte eine Menge Fragen an Peter, wusste aber, dass er mir nicht viel über seine Arbeit erzählen durfte. Das Wesentliche war mir bekannt: Er arbeitete für eine Regierungsbehörde und war viel unterwegs. Meine erste Vermutung war das FBI, allerdings hatte er einmal die Bemerkung gemacht, dass das FBI die »Küstenwache« der Strafverfolgungsbehörden sei. Er war früher bei den Navy SEALS gewesen und wurde von dort aus für den Geheimdienst rekrutiert. Er beschrieb sich selbst als Autodidakten und Genie in Informatik und Kriminalpsychologie. Er war bereits auf der Highschool von der Regierung angeworben worden, hatte es jedoch vorgezogen, zunächst zum Militär zu gehen. Er wollte »erfahren, wie das echte Leben aussieht«. Seine Tapferkeit war unbestritten, und ich fand sie ungemein anziehend. Ich wusste, dass er praktisch rund um die Uhr in Bereitschaft war, und dass er sechs Stunden entfernt in Quantico lebte, machte die Sache auch nicht gerade einfacher. Ich habe ihm schon mehrmals angeboten, zu ihm zu kommen, aber seine von der Regierung bezahlte »traurige Junggesellenbude« war ihm peinlich, außerdem – und das war deutlich besorgniserregender – hielt er es für keine gute Idee, den »Feind« wissen zu lassen, dass es mich gab. Wir einigten uns darauf, dass es sicherer wäre, wenn er mich besuchen käme, sobald er Zeit hatte. Trotzdem war ich tief enttäuscht.

Je mehr ich mich in Peter verliebte, desto mehr wollte ich natürlich auch über ihn erfahren. Doch meine Neugier schien ihn abzuschrecken, und ich hatte stets Angst, zu bedürftig zu erscheinen. Also sparte ich meine Mutmaßungen bezüglich seiner Identität für meine Gespräche mit Rachel auf, die genauso fasziniert und aufgeregt war wie ich. Sie freute sich, mich glücklich zu sehen – erst recht, wenn man bedachte, was für ein depressives Wrack ich gewesen war, als wir uns kennengelernt hatten. Damals hatte ich mir geschworen, nie wieder eine Beziehung einzugehen. Der Heilungsprozess dauerte lange, aber irgendwann war ich bereit.

Nach einigen kleineren Rückschlägen mit Peter – abgesagte Treffen, merkwürdige Stimmungsschwankungen und immer wieder dieses kurze Abtauchen – wich Rachels anfängliche Faszination dem Misstrauen, was wiederum meinen eigenen Argwohn befeuerte.

Fortan achtete ich genau darauf, wie viel ich ihr erzählte. Ich wollte nicht, dass sich meine Gefühle für ihn mit ihren vermischten. Je ernster unsere Beziehung wurde, desto seltener vertraute ich mich Rachel an. Ich war so schrecklich verliebt in ihn und verdrängte die Tatsache, dass mein Schweigen einen stetig wachsenden Keil zwischen mich und Rachel trieb. Wenn sie nachfragte, speiste ich sie mit sorgsam redigierten Informationen ab, die nicht immer ganz der Wahrheit entsprachen und ihn manchmal ganz bewusst in einem positiveren Licht darstellten. Oft beschrieb ich auch ihn nicht selbst, sondern vielmehr den Mann, der er hätte sein können, wenn er nicht immer so gestresst und überarbeitet wäre. Aber Rachel ist kein Dummkopf. Sie wusste, dass etwas nicht stimmte. Man kann nicht regelmäßig die intimsten Gedanken mit einem Menschen teilen und dann erwarten, dass er die Veränderung in der eigenen Energie nicht bemerkt.

Nun, da meine Unsicherheiten in Bezug auf ihn immer größer werden, bereue ich es, nicht von Anfang an ehrlich zu ihr gewesen zu sein. Wenn ich ihr jetzt alles erzähle, wird sie bestimmt vom Schlimmsten ausgehen und das auch unmissverständlich zum Ausdruck bringen.

»Willst du denn mal ein ernstes Gespräch mit ihm führen, wenn er wieder aus der Versenkung aufgetaucht ist?« Rachels Ton ist vorsichtig. Während unserer letzten Gespräche hat sie meine Abwehrhaltung gespürt, und seitdem achtet sie darauf, das Thema Peter möglichst nicht anzusprechen.

»Ich muss den richtigen Zeitpunkt erwischen. Aber ja.«

»Und was willst du ihm sagen?« Sie dreht eine Locke zwischen ihren Fingern und prüft ihre Haare auf Spliss. Sie hat keinen.

»Ich werde ihm sagen, dass er präsenter sein muss. Dass die Fernbeziehung für mich nicht mehr funktioniert.«

»Gut.« Sie nickt zustimmend, während ich noch einen Schluck von meinem Chai trinke.

Ich zögere. »Und ich werde ihm sagen, dass ich all das haben will, was zu einer normalen Beziehung dazugehört.«

»Super. Finde ich toll. Was noch?«

Ich spüre, wie sich meine Kehle zusammenzieht. »Hm. Dass ich mir wünsche, dass er meine Freunde kennenlernt, und ich im Gegenzug auch einige seiner Freunde kennenlernen möchte, bevor wir den nächsten Schritt machen.« Ich weiß, dass meine Überempfindlichkeit hauptsächlich mit meinem eigenen Frust zu tun hat. Ich habe zugelassen, dass die Beziehung ernst wird, ohne viel über ihn zu wissen. Trotz aller Alarmsignale habe ich es so weit kommen lassen.

»Wirst du auch irgendwelche Beweise in Bezug auf seinen Job von ihm verlangen?«

Mir gefällt nicht, dass sie sich auf dieses Terrain vorwagt. Allmählich habe ich das Gefühl, vor lauter unterdrückten Gefühlen ersticken zu müssen. Ich lege ihr sanft die Hand auf den Oberarm, um ihr zu signalisieren, wie sehr ich sie liebe. Dann wähle ich jedes Wort mit Bedacht. »Süße, ich habe es dir doch gesagt. Er hat mir letzten Monat Fotos von seinem Dienstausweis und seinem Reisepass geschickt. Und Flugtickets.« Das hat er tatsächlich getan, wenngleich erst nach einigen ziemlich unangenehmen Gesprächen und mehreren Tagen Funkstille. Aber ich bin froh, dass ich nicht lockergelassen habe. Die Fotos haben mir die Sicherheit gegeben, dass er kein Hirngespinst oder Betrüger ist. Außerdem hat er sich angewöhnt, mir Links zu verschiedenen Nachrichtenbeiträgen oder Zeitungsartikeln zu schicken, damit ich wenigstens eine vage Vorstellung davon habe, weshalb er nicht bei mir sein kann.

»Stimmt. Genau. Die hast du mir nie gezeigt. Das hatte ich vergessen.« Wir beide wissen, dass sie gar nichts vergessen hat, und ich weiß auch, dass sie die Beweise unbedingt mit eigenen Augen sehen will. Aber ich habe beschlossen, einige Teile von ihm ganz für mich zu behalten. Und jetzt bin ich so verärgert, dass ich ihr die Bilder ohnehin nicht zeigen würde, selbst wenn ich sie gespeichert hätte. Schon aus Prinzip.

»Können wir bitte das Thema wechseln? Ich habe noch zu viel Durcheinander im Kopf von gestern.« Ich reibe mir die Schläfen mit den Resten des ätherischen Öls ein, das ich mir vorhin auf die Handgelenke getupft habe.

»Sicher.« Sie drückt liebevoll meine Hand, ehe sie sie loslässt, um einen Karotten-Kürbiskern-Muffin aus der mitgebrachten Wachspapiertüte zu holen. Sie bricht ihn in zwei Hälften und reicht mir eine davon.

Sie kaut bedächtig, und ich sehe ihr an, dass sie nicht die Absicht hat, das Thema zu wechseln. »Weißt du was, Süße? Ich frage mich, ob Peter in dein Leben getreten ist, um dir dabei zu helfen, endlich über die Geschichte mit Henry hinwegzukommen.«

»Wie meinst du das?«

»Manchmal begegnen wir Menschen, die uns einen Spiegel vorhalten, oder? Sie zwingen uns, den Dingen ins Auge zu schauen, die wir lieber ausblenden würden. Sie konfrontieren uns damit, wer wir wirklich sind. Und wenn du wegen Peter frustriert bist …«

»Ich habe doch gar nicht gesagt, dass ich frustriert bin«, gebe ich verärgert zurück.

Sie lässt meine Anspannung mühelos an sich abperlen und bleibt heiter. »Was ist noch mal sein Sternzeichen?«

»Zwillinge«, sage ich, ehe ich ziemlich aggressiv von meinem Muffin abbeiße.

»Hm. Richtig. Schwieriges Sternzeichen, vor allem in Kombination mit Schütze.« Sie denkt nach.

Ich konnte mit Rachels Hang zur Esoterik nie wirklich etwas anfangen. Aufgrund dieser Skepsis komme ich mir in der Welt der alternativen Medizin oft wie eine Außenseiterin vor. Nicht, dass ich borniert wäre oder solchen Dingen komplett ablehnend gegenüberstünde – der Wechsel von der westlichen zur östlichen Medizin hat einen fundamentalen Wandel in meiner Haltung zu den mystischen, unsichtbaren Aspekten des Lebens bewirkt. Aber manche Aspekte erscheinen mir allzu unglaublich, und meine Wurzeln in der Wissenschaft und im analytischen Denken hindern mich oft daran, die Welt auf dieselbe ganzheitliche Weise zu betrachten, wie Rachel es tut. Das ist nur einer der zahlreichen Gründe, weshalb sie für meinen Heilungsprozess so wichtig war. Nach den schrecklichen Vorfällen wollte ich an etwas glauben, das größer war als ich selbst. Ich wollte die kosmische Kraft hinter den Dingen spüren, die Fesseln des konventionellen Denkens abschütteln. Ich sehnte mich danach, Selbstachtsamkeit und Vergebung zu erlangen. Aber das ist alles andere als ein Kinderspiel, nachdem man zwölf Jahre lang hart auf den Gottkomplex hin konditioniert worden ist. Ironischerweise bin ich überzeugt, dass die Beziehung mit Peter mir dabei geholfen hat, dem Unsichtbaren gegenüber aufgeschlossener zu sein. Auf jeden Fall hat sie mir enormes Vertrauen und einen Sprung ins Ungewisse abverlangt.

»Rach, ich möchte, dass du dich für mich freust. Ich bin verliebt.«

»Ich freue mich doch auch, dass du verliebt bist, Süße. Glaub mir, ich verstehe dich total. Dass ich keinen festen Freund mehr hatte, seit Clinton Präsident war, heißt nicht, dass ich vergessen habe, wie großartig sich das anfühlt. Wenn du glücklich bist, bin ich auch glücklich. Ich wünschte nur, er würde endlich mal leibhaftig zur Tür reinkommen. Ich weiß doch, dass seine ständige Abwesenheit dich belastet.«

Seltsamerweise stelle ich mir genau diese Situation vor – nur dass es nicht Peter, sondern Jack Doyle ist, der gestern Nachmittag durch die Tür meiner Praxis kam. Sofort ist da wieder dieses kleine erregte Kribbeln, das ich am liebsten unterdrücken würde. Ich habe Schuldgefühle und schäme mich, weil ich an einen anderen Mann denke.

»Ach, übrigens – kam gestern Nachmittag zufällig ein Mann in die Praxis, um einen Termin zu machen?« Ich sehe, wie Rachel in Richtung ihrer Tasche schaut, in der sich ihr Telefon befindet. Sie holt es heraus und wirft einen raschen Blick darauf, ehe sie es wieder verschwinden lässt.

»Rach?«, bohre ich sanft nach.

»Nein.« Sie ist mit ihren Gedanken woanders. »Während ich da war, ist niemand gekommen. Ich bin zusammen mit Lucy gegangen und habe hinter mir abgeschlossen, weil ich dachte, du kommst sicher nicht mehr rein. Warum, hast du jemanden erwartet?«

»Nein. Na ja, ich dachte höchstens, dass Peter mich vielleicht überraschen will. Wie auch immer, als ich gerade in der Behandlung mit Lucy war, kam dieser Mann. Er war ein bisschen aufdringlich und wollte unbedingt einen Termin haben. Ich habe ihn gebeten, online zu buchen, aber er hat darauf bestanden, noch mal persönlich vorbeizukommen.«

»Hm. Das wäre der erste Laufkunde seit einer ganzen Weile. Vielleicht geht es wieder bergauf.« Passend dazu hat der Wind aufgefrischt, und Rachels Locken umtanzen ihr Gesicht, sodass sie aussieht wie eine griechische Göttin.

»Ja. Ich weiß, ich sollte mich über potenzielle Patienten freuen, aber irgendwas an dem Mann geht mir unter die Haut.« Ich weiß nicht genau, wie viel ich ihr erzählen soll. Aber ich merke, dass ich das Bedürfnis habe, über ihn zu reden.

»Auf eine gute oder eine schlechte Art?«

»Ein bisschen von beidem, würde ich sagen.« Ich bin ehrlich.

»Was denn genau?«, will sie wissen.

»Er war sehr selbstbewusst, das hat mich fast schon genervt. Aber gleichzeitig hatte er auch eine unheimlich faszinierende Ausstrahlung. Und er hat sich immer wieder über das Kinn gestrichen, als hätte er einen Bart. Das fand ich irgendwie unheimlich – bis er mir gesagt hat, dass er sich kürzlich den Bart abrasiert hat.«

Sie hört auf zu nicken und wirkt einen Moment lang beunruhigt.

»Und er hat diese unnatürlich grünen Augen. Richtig stechend.«

Rachels Miene verändert sich, aber ich kann sie nicht deuten.

»Was ist?«, frage ich.

»Ach, nichts. Ich habe nur gerade an was anderes gedacht. Entschuldige. Ich bin heute ein bisschen neben der Spur.«

»Ist alles gut bei dir?«, frage ich besorgt und zugleich hoffnungsvoll, dass sie mir endlich erzählen wird, was sie vor mir verheimlicht.

»Ja, absolut. Ich habe nur nicht besonders gut geschlafen, das ist alles.« Sie schüttelt sich. »Mir wird langsam kalt, was ist mit dir?«

Ich nicke zögerlich. Ihre ausweichende Antwort macht mich traurig. »Ja, lass uns reingehen«, sage ich, und sie folgt mir ins Haus.

»Ich muss pinkeln«, verkündet sie. »Bin gleich wieder da.«

Ich bin frustriert, auch wenn ich es zu unterdrücken versuche.

Ich klappe meinen Laptop auf, um nachzusehen, wie meine Termine für die nächsten paar Tage aussehen. Ich rechne damit, dass alles so ist wie immer: ein Patient pro Tag, wenn es hochkommt. Ich öffne die Anzeige, mit der ich einen Untermieter für meinen Praxisraum suche, und feile ein bisschen an der Formulierung. Ich muss einen Heilpraktiker in die Praxis holen, der Patienten mitbringt und das Geld für die Miete verdienen kann, das ich im Moment nicht habe.

Dann sehe ich die Benachrichtigung für einen neuen Termin. Morgen um neun Uhr dreißig, ein gewisser Dr. Jack Doyle. Er ist Arzt. Was sonst?

Acht

Silvestri

»Kommen Sie regelmäßig her?« Wir sind wieder im Park, wo die unbekannte Tote gefunden wurde. Die Frage meines Partners gilt einer jungen Frau in Shorts und Windjacke, der er gleichzeitig seine Marke präsentiert.

»Und ob. Ich leite das Tennistraining hier«, antwortet sie im Näherkommen.

»Die Saison ist doch sicher bald vorbei«, sage ich und reibe die Handflächen aneinander.

»Ja. Nur noch ein paar Tage.«

Sie schaut erst Wolcott an, dann mich. »Gibt es ein Problem, Detectives?«

Ich hole mein Handy aus der Tasche und halte es ihr hin. »Kommt Ihnen diese Frau bekannt vor?«

Sie überlegt einen Moment, ehe sie die Augen aufreißt. »Ach du meine Güte«, sagt sie betroffen.

»Sie kennen sie?«

»Ja, ich bin mir ziemlich sicher. Ich glaube, sie hat ehrenamtlich unten im Gemeinschaftsgarten gearbeitet.« Sie zeigt zu besagtem Garten hinüber und schüttelt den Kopf. »Ich habe sie hin und wieder in der Mittagspause gesehen. Was ist passiert?«

Wolcott schüttelt den Kopf. »Das ist die große Frage.«

• • •

»Okay, Leute. Wir sind heute beim Wurzelgemüse. Wenn ihr was braucht, ruft einfach.«

Als wir im Garten ankommen, teilt die Leiterin gerade ihr Team für den Nachmittagsdienst ein. Sie steht vor einem an ein Beet angrenzenden Gewächshaus und beäugt kritisch unsere Outfits.

»Um in der Erde zu wühlen, sind Sie ein bisschen zu schick angezogen.« Sie mustert Wolcott von oben bis unten. »Vor allem Sie. Wie aus dem Ei gepellt.«

Statt einer Antwort zückt Wolcott seine Marke. »Ich fürchte, unser Anliegen ist ein anderes.«

Sie prüft seine Marke, dann schmunzelt sie. »Der Garten hier ist nicht gerade als Nährboden für kriminelle Aktivitäten bekannt.« Sie blickt sich um. »Entschuldigen Sie das Wortspiel.«

»War gar nicht mal so schlecht«, klinke ich mich ein, ehe ich erneut das Foto der Unbekannten heraushole. »Ich muss Sie fragen, ob Sie diese Frau kennen.«

Sie betrachtet das Bild einen Moment lang, dann macht sie ein betroffenes Gesicht. »Oh nein«, seufzt sie, senkt das Kinn auf die Brust und atmet langsam aus. »Ich hatte gleich so ein ungutes Gefühl.«

»Möchten Sie sich vielleicht hinsetzen?«, fragt Wolcott und deutet auf einen hölzernen Schemel neben dem Gewächshaus.

»Ich glaube, das wäre ganz gut«, sagt sie, und wir sind ihr behilflich.

»Unseren Informationen zufolge hat diese Frau …«

»Brooke«, unterbricht sie benommen. »Sie heißt Brooke Harmon.«

»Verstehe.« Wolcott holt sein Notizbuch heraus und schreibt

den Namen auf. »Unseren Informationen zufolge hat Miss Harmon hier gearbeitet?«

»Ja, das stimmt. Sie war ein wichtiger Bestandteil der Gruppe. Nicht nur, was den Garten angeht, sondern insgesamt in Bezug auf die Community der Ehrenamtlichen. Sie hat erst vor einem halben Jahr hier angefangen, aber man hatte schon bald das Gefühl, als wäre sie von Anfang an mit dabei gewesen. Sie hat wirklich die Kurve gekriegt.«

»Wie ist das gemeint?«

»Na ja, ursprünglich ist sie zu uns gekommen, weil sie Sozialstunden ableisten musste, aber dann hat sie sich ziemlich schnell ins Gärtnern verliebt. Es wurde zu einer Art Therapie für sie. Vor Kurzem hatte sie ihre Stunden voll, ist aber trotzdem bei uns geblieben.«

»Sie musste Sozialstunden ableisten?«, wiederhole ich. »Können Sie uns sagen, weshalb?«

»Belästigung. Ich muss sagen, als sie zu uns kam, hatte sie eine ganze Menge Wut im Bauch. Aber mit der Zeit ist sie emotional gereift.« Ihr anfängliches Entsetzen scheint in Zorn umzuschlagen, und sie sieht mich eindringlich an. »Detective, was ist denn nun passiert?«

»Das versuchen wir herauszufinden, Ma'am. Können Sie uns sagen, wann Sie Miss Harmon zum letzten Mal gesehen haben?«

»Vorgestern. Brooke ist ein bisschen früher gegangen, sie meinte, ihr ginge es nicht so gut. Sie wirkte irgendwie aufgewühlt.«

Mein Partner sieht erst mich, dann die Leiterin des Gemeinschaftsgartens an. »Um wie viel Uhr war das?«

Sie überlegt einen Moment lang. »Normalerweise macht sie um fünf Schluss. Dann muss es wohl so gegen vier gewesen sein.

Ich weiß noch, dass ich auf die Uhr geschaut und mich gewundert habe. Sie ist sonst nie früher gegangen.«

Wolcott schreibt auch das in sein Notizbuch, ehe er sich erneut an sie wendet. »Ging es ihr in der letzten Zeit nicht gut oder nur an diesem Tag?«

»Sie hatte Atemprobleme, war aber ansonsten gesund, soweit ich weiß. Tolle Energie, sehr aktiv.«

»Verstehe«, sagt Wolcott. »Und wissen Sie, was Miss Harmon beruflich gemacht hat?«

»Sie war irgendwo in der Verwaltung angestellt«, antwortet sie vage.

»Hat sie hier im Ort gewohnt?«

»Drüben in Port Jeff.«

»M-hm«, sage ich. »Als ich Ihnen eben ihr Foto gezeigt habe, sagten Sie, Sie hätten gleich so ein ungutes Gefühl gehabt. Könnten Sie das genauer erklären?«

Sie starrt eine Zeit lang ins Leere, dann richtet sie den Blick wieder auf uns. »Die letzten Tage hat sie irgendwie verstört und fahrig gewirkt. Das ist mir sofort aufgefallen, weil es ziemlich untypisch für sie war. Es hat mich daran erinnert, wie sie war, als sie zu uns kam.«

»Irgendeine Ahnung, ob sie private Probleme hatte?«, will mein Partner wissen.

»Ehrlich gesagt, interessiere ich mich bei unseren Ehrenamtlichen nicht für so was.« Sie schüttelt den Kopf, ehe sie die Augenbrauen hochzieht. »Aber sie und Julie waren ziemlich eng miteinander. Könnte sein, dass sie sich auch außerhalb der Arbeit getroffen haben. Entschuldigen Sie mich kurz, dann hole ich ihre Kontaktinformationen.«

Als sie im Gewächshaus verschwindet, beugt sich Wolcott unauffällig zu mir. Seine Stimme ist nur wenig lauter als ein Flüstern. »Bei dem Zeitrahmen, den sie uns genannt hat, klingt es so, als könnte sie eine der Letzten sein, die das Opfer lebend gesehen hat.«

Die Frau kehrt mit einem kleinen Zettel zurück. »Ich habe Ihnen die Adresse und Telefonnummer aus der Akte aufgeschrieben. Julie Merrill«, sagt sie und reicht meinem Partner den Zettel. »Vielleicht kann sie Ihre Fragen besser beantworten als ich. Meine Nummer steht auch drauf. Bitte, zögern Sie nicht, mich anzurufen, falls Sie noch Fragen haben. Ich helfe gern. Brooke war ein echter Schatz.«

»Vielen Dank!« Er nickt. »Und danke auch für Ihre Zeit.«

»Keine Ursache.«

Als sie sich wieder zum Gewächshaus umdreht, halte ich sie zurück.

»Aus reiner Neugier«, sage ich. »Haben Sie zufällig auch Tollkirschen hier im Garten?«

Sie sieht mich an, als wäre ich gerade auf eine Harke getreten und hätte mir den Stiel ins Gesicht gedonnert. »Nein. Solche Pflanzen meiden wir normalerweise. Die können einen umbringen, wissen Sie das?«

Neun

Privater Chatroom für Trauma-Betroffene:
3.10.19
11:30h

Woundedhealer: Hi, die Damen!
MaxineKD: Wie geht's dir?
Woundedhealer: Immer noch nicht wirklich gut. Ich versuche, nicht allzu viel zu grübeln.
Makeupyourmindcontrol: Irgendwas liegt in der Luft. Ich muss die ganze Zeit an diesen Disneyfilm aus den Achtzigern denken: *Das Böse kommt auf leisen Sohlen*. Früher in der Schule haben sie den immer in der Aula gezeigt, wenn es am Flag Day geregnet hat.
Miserylovescompany: Das war ja mal eine total seltsame und beliebige Bemerkung.
Makeupyourmindcontrol: Ich habe nie behauptet, nicht seltsam zu sein.
Biggirlsdontcry54: Bei mir war auch immer alles seltsam. Aber ich entspreche sowieso nicht der Norm. Ich wurde zu Hause unterrichtet, deswegen habe ich keine Ahnung, was der »Flag Day« ist.
MaxineKD: Mir hat das Buch besser gefallen. Bradbury ist der Coolste.

Woundedhealer: Den muss ich auf meine Liste setzen. Und? Geht es Harmnoone82 gut? Ich habe sie hier schon seit mehreren Tagen nicht mehr gesehen.
Makeupyourmindcontrol: Sie hatte letztens eine echt harte Nacht.
Woundedhealer: ????
Makeupyourmindcontrol: Na ja, ich hatte schon ziemlich einen im Tee, deshalb konnte ich nichts tun, aber MaxineKD und Biggirlsdontcry54 sind zu ihrer Rettung herbeigeeilt.
MaxineKD: Es war keine große Sache. Wir hatten einfach einen spontanen Mädelsabend.
Woundedhealer: Wirklich? Wow! Tut mir leid, dass ich nicht dabei sein konnte. Obwohl es irgendwie eine merkwürdige Vorstellung ist, euch im RL zu treffen.
Miserylovescompany: Merkwürdig, ja? Schönen Dank auch!
Woundedhealer: Nicht böse gemeint! Es ist nur ... Wir vertrauen uns hier schon seit einer ganzen Weile alles an, ohne dass wir uns je gesehen hätten. Niemand weiß so viel über mich wie ihr. Und wenn dann der Schleier des Virtuellen gelüftet wird, ist das irgendwie ... beängstigend ... So, als wäre man nackt?
Makeupyourmindcontrol: Ich weiß, was du meinst, Woundedhealer. Und ich möchte nicht, dass eine von euch denkt, ich wäre in Wahrheit ein fünfzigjähriger Creep, der sich im Netz als alleinerziehende Mutter mit einem Faible für

TV-Melodramen und Merlot aus dem Tetrapak ausgibt.
MaxineKD: Über so was macht man keine Witze!
Miserylovescompany: Aber es ist komisch – sobald wir uns persönlich begegnet sind, war es, als hätten wir das immer schon gemacht. Es wirkte alles total vertraut.
MaxineKD: Und wir haben uns sofort erkannt. Da ist ein Band zwischen uns, ganz klar.
Miserylovescompany: Ja. Ein Trauma-Band.
Makeupyourmindcontrol: Ist das was Schlechtes?
Miserylovescompany: Kommt drauf an, wen man fragt.
Woundedhealer: Was war denn nun mit Harmnoone82 los? Ich fand, in den letzten Chats wirkte sie ziemlich stark und gefestigt.
MaxineKD: Sie war durcheinander, aber wir konnten sie trösten. Sie musste einfach mal mit jemandem reden.
Miserylovescompany: Jetzt ist alles wieder gut.
MaxineKD: Im Grunde war es bloß ein Missverständnis.
Woundedhealer: Ich sollte mich bei ihr melden. Ich hatte in letzter Zeit so viel um die Ohren.
Miserylovescompany: Sie meinte, sie will sich vielleicht für ein paar Tage aus dem Internet und Social Media zurückziehen.
Makeupyourmindcontrol: Ich bin absolut süchtig, das würde ich niemals schaffen. Respekt!
Woundedhealer: Jetzt habe ich ein schlechtes Gewissen, weil ich die ganze Zeit mit mir selbst

beschäftigt war. Sie ist immer so verständnisvoll, wenn es um meine Probleme geht. Ich hätte für sie da sein müssen.
Miserylovescompany: Du musst dir keine Vorwürfe machen. Es kann doch bei jeder von uns mal passieren, dass das Leben den guten Absichten in die Quere kommt. Sie hat garantiert Verständnis dafür.
Woundedhealer: Trotzdem. Ich schreibe ihr eine Nachricht, damit sie weiß, dass ich an sie denke.
Biggirlsdontcry54: Das freut sie bestimmt. Du bist immer so aufmerksam und fürsorglich, Woundedhealer.
MaxineKD: Aber wir sollten das definitiv bald mal wieder machen!
Biggirlsdontcry54: Wir alle zusammen in einem Raum? Dafür würde ich vielleicht sogar das Haus verlassen.

Privater Chatroom für Trauma-Betroffene:
3.10.19
12:00h

Persönliche Nachricht von Woundedhealer an Harmnoone82 (offline)

Woundedhealer: Ich wollte mich erkundigen, wie es dir geht. Du warst ja länger nicht online, deshalb dachte ich, ich schreibe dir einfach mal. Die anderen haben gesagt, dass du neulich eine Krise hattest, aber als ich den Chatverlauf durchgesehen habe, konnte ich nichts dazu finden. Ich habe oft an dich gedacht und würde mich sehr gerne mal zu zweit mit dir unterhalten. Diese Woche ist nämlich etwas vorgefallen, und irgendwie schaffe ich es nicht, der Gruppe davon zu erzählen. Ich hatte gehofft, dass ich es vielleicht vorher mit dir besprechen könnte. Wie auch immer, ich hoffe, es geht dir gut! Wenn du reden willst, bin ich da. Jederzeit.

Zehn

Charlotte

»Alles, was er zu mir gesagt hat, war gelogen.« Dankbar nimmt sie ein Papiertaschentuch aus der Box, die ich ihr hinhalte. Sie hat mich um einen Notfalltermin um neun Uhr gebeten. Ich freue mich über die Arbeit, aber zugleich tut es mir weh, sie so leiden zu sehen.

Mit ihren zweiundzwanzig Jahren ist Cameron meine jüngste Patientin, und fast jede unserer Sitzungen beginnt damit, dass sie weint. Sie ist hochsensibel und hat schon viel Schlimmes erlebt. Der ständige psychische Stress hat verheerende Auswirkungen auf ihr Nervensystem, und nachdem sie wegen ihrer zahllosen Immunstörungen lange vergeblich Hilfe bei der Schulmedizin gesucht hat, ist sie irgendwann zu mir gekommen. Zum Glück. Bei ihr tritt mein Beschützerinstinkt noch stärker zutage als bei meinen anderen Patienten, weil ich mich in ihr wiedererkenne. Nachdem ich ein Jahr lang mit ihr gearbeitet habe, ist ihr Körper gesund und stark wie nie. Ihr Selbstvertrauen allerdings könnte nach wie vor ein wenig Kräftigung brauchen.

»Eigentlich kennt man einen anderen Menschen nie *wirklich*, oder? Ich dachte, bei Kyle wäre es so, aber da habe ich mich wohl geirrt. Scheiße!« Ihr Körper und ihre Stimme zittern. Ich lege meine Hand auf ihre, damit die Nadeln, die ich entlang ihres Handgelenks platziert habe, nicht herausfallen, während sie sich weiter ihren Frust von der Seele redet. Ich fühle mich schuldig, weil ich mit meiner Aufmerksamkeit nicht ganz bei ihr bin. Ich denke an den Blumenstrauß, der heute Morgen auf der Schwelle der Praxis auf mich wartete. Seit ich vor einer Stunde gekommen bin, hat mein Herz nicht aufgehört zu rasen.

»Gott, ich bin so dumm. Ich dachte wirklich, ich wüsste, wie er tickt.« Ihr Puls schlägt unregelmäßig, und ich weiß, dass sie erst einmal Energie loswerden muss, ehe ich sie wirksam beruhigen kann. Die nächste Nadel schon zwischen den Fingern, trete ich einen Schritt von der Liege zurück. »Er hat mir gesagt, dass er bereit ist für eine feste Beziehung. Und ich dachte, dass jemand, der so was sagt, zum fraglichen Zeitpunkt logischerweise auch *Single* ist.«

Cameron kämpft mit den Tücken des Dating – etwas, womit ich mich überhaupt nicht auskenne.

»Sie sind nicht dumm.« Ich nutze die kurze Atempause, um eine Nadel in ihrem Nierenpunkt N1 zu platzieren. Die Niere ist für zwanghafte Gedanken und die Verarbeitung von Gefühlen zuständig. Ich überlege, ob ich mir nach Feierabend vielleicht selbst eine kleine Nierenbehandlung angedeihen lassen sollte. Ich bin nervös und habe Mühe, mich zu konzentrieren. Der Gedanke, dass Dr. Jack Doyle gleich kommt, lenkt mich von der Arbeit ab.

Cameron fährt fort. »Ich kapiere nicht mal, *weshalb* er gelogen hat. Warum sagt man, dass man mit jemandem zusammen sein will, wenn es gar nicht stimmt?«

Ich sage ihr nicht, was mir gerade durch den Kopf geht: dass Peter diese Taktik als soziopathisch bedingte Täuschung klassifizieren würde.

»Vielleicht wäre er gerne jemand, der eine monogame Beziehung führt, aber er schafft es nicht. Manchmal erzählen die Menschen Lügen, weil sie sie für wahr halten. Oder weil sie sich wünschen, sie wären wahr.« Ich setze eine Nadel an einem besonders beruhigenden Punkt an ihrem Ohr, der auch als »himmlisches Tor« bezeichnet wird.

»Charlotte, ich mag Sie wirklich furchtbar gern, aber Sie müssen doch selbst merken, wie naiv das ist.« Sie klingt so altklug, dass ich heftig lachen muss. »Wenn man genauer darüber nachdenkt, ist das doch beängstigend. Jeder kann so ziemlich alles von sich behaupten, und man muss selbst entscheiden, ob man es glauben will oder nicht. Und am Ende ist sowieso alles nur Bullshit.« Tränen laufen ihr über das Gesicht und in ihre Ohren. Ich erinnere mich an eine meiner frühen Unterhaltungen mit Peter darüber, welch absurde Züge der Hang zur falschen Selbstdarstellung im Internet bei manchen Menschen annimmt. Solche Methoden zu durchschauen, ist ein wesentlicher Teil seiner Arbeit, und ich wünschte, er wäre jetzt hier, um Cameron zu erklären, dass das, was sie gerade durchmacht, sehr häufig vorkommt. Das würde ihr gebrochenes Herz nicht heilen, aber vielleicht könnte es ihr dabei helfen, mit den ständigen Selbstvorwürfen aufzuhören.

Die Nadeln entfalten allmählich ihre Wirkung. Mit jedem Gedanken, den sie laut ausspricht, wird sie ruhiger, und ich sehe, wie ihre Atmung sich vertieft.

»Ich kann nicht fassen, wie sehr ich mich in ihm getäuscht habe. Ich dachte, er liebt mich. Drei Monate meines Lebens – einfach verschwendet.«

Mir bricht das Herz. »Im Moment haben Sie vielleicht das Gefühl, niemandem vertrauen zu können, aber ich versichere Ihnen, dass es jede Menge gute, ehrliche Menschen auf der Welt gibt. Sie sind in einer Krise, aber die geht vorbei.«

»So langsam habe ich das Gefühl, mein ganzes Leben ist eine Krise. Wie kann es sein, dass ich in Bezug auf Männer immer wieder dieselben dämlichen Fehler mache? Mann! Ich bin so wütend auf mich.«

»Haben Sie Vertrauen zu sich selbst, und geben Sie sich keine Schuld. Ihre Instinkte stimmen, vielleicht brauchen Sie einfach nur ein bisschen länger, um sie richtig zu interpretieren. Sie haben gespürt, dass er nicht ehrlich zu Ihnen war, und noch rechtzeitig die Wahrheit herausgefunden. Trösten Sie sich damit. Sie haben eine gut ausgeprägte Intuition. Ihr Bauch ist ein wertvoller Kompass.«

»Oh, dafür habe ich meinen Bauch gar nicht gebraucht. Ich habe mir seinen geheimen Instagram-Feed angeschaut. Er ist jemand, der sich gerne mit irgendwelchen nuttigen Frauen fotografieren lässt, die immer so angezogen sind, als wollten sie gleich aufs Coachella-Festival, und die sich EvieDD oder Beckysweetlips nennen. Mit so was kann ich nicht konkurrieren!«

»Sie sollten überhaupt nicht das Gefühl haben, mit jemandem konkurrieren zu müssen, und Sie dürfen sich auch nicht mit solchen Frauen vergleichen. Das ist alles nicht echt, Liebes, selbst wenn es den Anschein erweckt. Vergessen Sie nicht, dass man mithilfe von Filtern und bestimmten Posen viel manipulieren kann. Im echten Leben sieht niemand so aus.«

Sie nickt und verzieht das Gesicht. »Mein Gehirn versteht Sie, aber mein Herz hängt halt an ihm. Ich liebe ihn noch. Was soll ich machen?«

Sie tut mir aufrichtig leid. »Hören Sie auf, sich zu stark auf ihn zu fokussieren. Betrachten Sie die Schmerzen, die Sie jetzt gerade empfinden, als nützliche Information: Sie waren in diesen Mann verliebt, um etwas über sich selbst herauszufinden. Statt immer nur daran zu denken, was *er* getan hat oder tut, versuchen Sie sich lieber darauf zu konzentrieren, in welcher Hinsicht diese Erfahrung *Sie* klüger, stärker und reifer machen wird – im Leben und in Ihrer nächsten Beziehung.« Ich höre, wie die Worte aus meinem Mund kommen, und mir wird bewusst, dass ich wie Rachel klinge.

»Charlotte, Sie reden ja wie Oprah. Ich versuche das Ganze doch einfach nur pragmatisch anzugehen. Was würden Sie an meiner Stelle tun?« Ich fühle mich geehrt, dass sie mich nach meiner Meinung fragt. Ich komme mir vor wie ihre große Schwester.

»Vielleicht würde ich aufhören, mir seine Bilder anzuschauen? Können Sie ein bisschen achtsamer sich selbst gegenüber sein und Ihren Blick auf etwas anderes richten? Vielleicht sollten Sie das Internet eine Zeit lang meiden. Oder ihn blockieren.«

Sie sieht mich von der Seite an, als hätte ich vorgeschlagen, ihr ein paar Nadeln direkt in die Augäpfel zu stechen. Ich reibe meine Handflächen gegeneinander, um heilende Energien zu erzeugen, und lege sie ihr dann auf den Bauch. »Okay. Tief atmen. Ich möchte, dass Sie jetzt achtundzwanzigmal sagen: ›Ich vergebe mir. Ich lasse ihn ziehen.‹ Versuchen Sie, so tief wie möglich in die Entspannung zu gehen. In fünfunddreißig Minuten bin ich wieder bei Ihnen.«

Nachdem ich die Tür hinter mir zugezogen habe, wasche ich mir im WC die Hände. Dort hängt immer ein schwacher Geruch von zu stark erhitztem Bratöl und Sojasoße aus dem Restaurant nebenan in der Luft, ganz egal, wie viel ätherisches Öl wir in den Diffusor füllen.

Das warme Seifenwasser fühlt sich angenehm auf meiner Haut an, und ich halte die Hände noch eine Minute länger unter den Wasserstrahl, während ich mein Spiegelbild betrachte. Mein Gesicht ist verquollen, weil ich so schlecht geschlafen habe, und meine Augen sind stumpf. Ich drehe den Mischhebel in die andere Richtung und spritze mir eine Ladung kaltes Wasser ins Gesicht, um wach zu werden. Ich tupfe mir etwas G[illegible] verreibe es, dann überlege ich es mir anders u[illegible] nem Taschentuch wieder weg, das ich danach in d[illegible] unterspüle.

Ein Blick auf mein Handy verrät mir, dass Dr. Jack Do[illegible] hier sein müsste. Ich gehe zu meinem Schreibtisch, um die [illegible] men auszupacken. Gerade als ich den Wartebereich betrete, ertönt der Türsummer. Zehn Minuten zu früh. Ich öffne. Dr. Jack strahlt Dominanz aus, ohne auch nur ein Wort sagen zu müssen. Ich spüre sein Selbstbewusstsein wie energetische Wellen, die von seinem Körper ausgehen.

»So sieht man sich wieder.« Er lächelt breit.

»Guten Morgen! Nehmen Sie Platz, ich bin sofort für Sie da.«

Die Nervosität, die mich in seiner Gegenwart plötzlich überkommt, bringt mich aus der Fassung, und ich öffne ein neues Fenster an meinem Computer, um den Anschein zu erwecken, beschäftigt zu sein, während ich mich in Wahrheit zu sammeln versuche. Er tritt näher und späht über den Monitor hinweg.

»Danke, dass Sie mich behandeln.«

»Sicher. Kein Problem.«

»Hübsche Blumen. Von jemand Besonderem?«

»Ja, sie sind hübsch«, stimme ich ihm zu.

»Wie soll ich Sie eigentlich ansprechen? Charlotte? Ms Knopfler?«

»Charlotte, bitte.«

»Und wie lange dauert eine Sitzung bei Ihnen normalerweise, Charlotte?«

»Für die erste Sitzung, je nachdem, wie viel wir besprechen müssen, plane ich für gewöhnlich fünfundsiebzig bis neunzig Minuten ein.«

n eins eine OP«, sagt er wich-

ßt er diesen Moment im Ge-
htigem Staunen auf seinen Be-
falls früher.

erden in jedem Fall rechtzeitig
en Rest seiner Äußerung einzu-
en durcheinanderzubringen.

nicht hier waren, als ich gestern
Ich hoffe, ich habe Sie nicht verschreckt.« Er ignoriert meine Bemühungen, beschäftigt zu wirken, genauso wie meinen Vorschlag, dass er sich doch hinsetzen möge.

»Sie machen mir keine Angst, Dr. Doyle.« Das klang deutlich koketter als beabsichtigt, aber ich halte mich nicht lange damit auf. Stattdessen regt sich meine Neugier. »Sie sind gestern noch mal zurückgekommen?«, frage ich, wobei ich diesmal streng auf meinen Tonfall achte. »Wann war das denn?« Rachel hat gesagt, sie sei mit Lucy zusammen gegangen; es muss also danach gewesen sein.

Er blickt an die Decke. »Hm. Ich weiß nicht mehr genau. Es war später Nachmittag. Sie haben wohl früher Schluss gemacht?«

»Tut mir leid. Mir ist kurzfristig etwas dazwischengekommen.« Gleich darauf ärgere ich mich darüber, dass ich mich bei ihm entschuldigt habe. Ich versuche, nicht mehr andauernd »Tut mir leid« zu sagen, zumal es meistens gar keinen Grund dafür gibt. Ich wette, Dr. Jack Doyle entschuldigt sich bei niemandem.

»Ich hoffe, es war nichts Ernstes«, sagt er sanft.

Ich reiße den Blick von meinem Monitor los und schaue ihm geradewegs in die Augen. Sein Gesicht wirkt offen und mitfühlend, keine Spur von der typisch herablassenden Art eines Chirurgen. Sein intensiver Blick und die Narbe an seinem Kinn stehen in krassem Gegensatz zu seinem warmherzigen Lächeln. Ich wüsste zu gern, woher er die Narbe hat und ob der Bart, den er bis vor Kurzem trug, sie verstecken sollte. Aber das sind keine angemessenen Fragen an einen Patienten. Viel zu persönlich. Eher Fragen für ein Date.

»Nein, war es nicht.« Ich habe nicht die Absicht, die unbekannte Tote zu erwähnen, auch wenn ich aus unerfindlichen Gründen den Drang verspüre, diesem Wildfremden von meinem Erlebnis zu erzählen und ihn nach seiner Meinung zu fragen. Ich ziehe eine Schublade auf, hole die Formulare für neue Patienten heraus, befestige sie an einem Klemmbrett und reiche es ihm.

»Wie altmodisch. Die meisten Praxen benutzen iPads.« Er nimmt das Klemmbrett mit einem leisen Lachen entgegen.

»Ja, kann sein, dass wir hier ein bisschen vorsintflutlich sind«, sage ich obenhin. Wenn ich mir doch nur ein iPad leisten könnte. »Bitte seien Sie so gut, und tragen Sie Ihre persönlichen Angaben sowie Ihre Krankenversicherung ein, dann können wir prüfen, ob sie die Behandlung übernimmt. Immer mehr große Versicherungen haben Akupunktur im Programm und erstatten die Kosten oder zumindest einen Teil davon. Sobald Sie alles ausgefüllt haben, unterhalten wir uns über das, was Sie heute hierhergeführt hat.«

Er studiert das Formular. »Eigentlich hatte ich vor, bar zu zahlen, wenn es Ihnen nichts ausmacht. Ich möchte meine Versicherung lieber außen vor lassen. Zu viel Papierkram.«

Das überrascht mich ein wenig, auch wenn es kein ungewöhnlicher Wunsch ist. Ich habe ihm meine Honorarsätze noch gar nicht genannt, aber er ist Chirurg, da dürften ihn die Kosten wohl kaum abschrecken.

»Sicher. Die erste Sitzung kostet dreihundert Dollar, weil sie wegen der Anamnese länger dauert. Danach sind es zweihundert.«

»In Ordnung. In Ordnung«, sagt er mit gesenktem Kopf, während er in erstaunlich gut lesbarer Handschrift sein Patientenblatt ausfüllt und mir danach das Klemmbrett zurückgibt.

»Sehr gut. Dann lassen Sie uns anfangen. Wir gehen hier rein.« Ich deute auf Rachels Behandlungsraum.

Er wirft einen Blick auf meine geschlossene Tür, hinter der Cameron hoffentlich im Traumland schwebt. »Nehmen wir nicht den hier?« Er zeigt auf meine Tür. »Ist das nicht eigentlich Ihr Raum?«

Die Frage kommt unerwartet. Ich wundere mich, woher er weiß, welcher der beiden Behandlungsräume meiner ist, beschließe jedoch, fürs Erste nicht weiter darüber nachzudenken.

»Heute nicht. Dort habe ich gerade einen anderen Patienten«, antworte ich. »Wir benutzen den Raum meiner Kollegin.«

»Aha! Okay. Rachel.« Er hat ein gutes Gedächtnis.

»Haben Sie ein Problem damit?«

Er zögert. »Nein, gar nicht. Ich dachte einfach nur, dass wir den anderen Raum nehmen würden. Freut mich, dass die Geschäfte so gut laufen.«

Ich bitte ihn, mir gegenüber im Sessel Platz zu nehmen. Ich lege das Klemmbrett in meinen Schoß, halte den Stift bereit und überfliege seine Angaben, während er es sich bequem macht und den Blick durchs Zimmer schweifen lässt. Er ist fünfundvierzig Jahre alt, im Januar geboren, alleinstehend und Nichtraucher. Er geht sechsmal die Woche zum Sport und ernährt sich überaus gesund – jedenfalls wenn es stimmt, was er aufgeschrieben hat. Sowohl auf dem Papier als auch in natura scheint er in hervorragender körperlicher Verfassung zu sein, was auch die fehlenden

Kreuzchen bei den Vorerkrankungen belegen. Mal sehen, was sein Körper mir verrät, wenn er erst auf meiner Liege liegt.

»Also, Jack. Wie fühlen Sie sich heute?«

Er lächelt breit. »Sehr gut, danke.«

»Großartig.« Ich schreibe »sehr gut« auf ein leeres Blatt und werde sofort verlegen, als ich sehe, wie er mich dabei beobachtet. »Und was hat Sie dazu bewogen, Akupunktur auszuprobieren?«

»Das ist ja fast wie bei der Psychotherapie«, witzelt er.

»Ja, das kann so wirken. Es kann auch auf eine ähnliche Weise helfen oder eine gute Ergänzung zu einer Psychotherapie sein. Haben Sie derzeit jemanden?«

»Nichts Festes.« Schon wieder dieses Grinsen.

Ich kämpfe gegen meine Nervosität an. »Körper und Geist sind eng miteinander verbunden. Emotionale Probleme äußern sich oft in Form von körperlichen Beschwerden.«

»Hauptsache, ich muss nicht über meine Kindheit reden.«

Ich warte darauf, dass seine typisch westliche Einstellung zum Thema Krankheit zum Vorschein kommt, und wappne mich gegen seine Abwehrhaltung. Er ist ein selbstverliebter Arzt, ja, aber er ist auch ein Patient, der sich zu mir in Behandlung begeben hat. Erst jetzt wird mir bewusst, wie reserviert und verbittert ich ihm gegenüber bin.

Er räuspert sich. »Also, eigentlich bin ich hier, weil ich manchmal vor einer OP mit Angstgefühlen zu kämpfen habe, was für mich neu ist. Ich operiere seit zwanzig Jahren und hatte dieses Problem noch nie«, sagt er leise.

»Wann hat das angefangen?«

Er reibt sich die Hände. »Vor circa einem halben Jahr.«

Ich mache mir eine Notiz. »Gab es ein besonderes Ereignis, das Sie als den Beginn dieser Angstgefühle identifizieren können, oder hat es schleichend angefangen?«

»Hm. Eigentlich eher schleichend. Jedenfalls gab es kein katastrophales Ereignis als Auslöser«, antwortet er wenig überzeugend.

Ich nicke, spüre jedoch, dass mehr hinter der Sache steckt. Einige Augenblicke lang sitzen wir da und schweigen.

»Na ja. Meine Frau hat mich letztes Jahr verlassen.« Seine Stimmfarbe hat sich verändert. Zum ersten Mal, seit er zur Tür hereingekommen ist, schimmert seine verletzliche Seite durch. Ich fühle mit ihm. »Davor ist es nicht aufgetreten.«

»Tut mir leid. Das muss sehr schwierig für Sie sein.« Eine Trennung ist traumatisch genug, um selbst jemanden mit ausgeprägtem Selbstbewusstsein aus der Bahn zu werfen, erst recht, wenn er im Beruf tagtäglich über Leben und Tod entscheidet. Ob er das Ereignis nun als »katastrophal« einordnet oder nicht, spielt dabei keine Rolle. Gleichzeitig kann ich nicht umhin, mich zu fragen, weshalb seine Frau ihn wohl verlassen hat.

Sein Moment der Verletzlichkeit ist vorbei. »Es ist noch nie jemand während einer meiner OPs gestorben, wenigstens nicht durch mein Verschulden.«

Ich fühle mich ertappt. Es ist, als wüsste er genau, was ich getan habe. Ein Schweißtropfen rinnt mir den Rücken hinab.

»Welche Symptome haben Sie denn? Panikattacken? Erbrechen? Zittern Ihre Hände?«

»Alles davon.«

Ich nickte und mache mir Notizen.

»Klingt so, als wäre ich nicht der erste Chirurg, den Sie behandeln«, sagt er.

»Könnte man so sagen«, murmle ich.

Er runzelt die Stirn. »Wie bitte?«

»Ja. Ich habe schon viel mit Ärzten gearbeitet. Ich bin auf die physiologischen Begleiterscheinungen von Traumata spezialisiert und habe dabei eine Menge praktischer Erfahrung mit Chirurgen gesammelt.« All das entspricht der Wahrheit – nur nicht so, wie er vermutlich denkt.

»Tja, und von allen Akupunkturpraxen auf der Welt verschlägt es mich ausgerechnet in Ihre. Spiel's noch einmal, Sam.«

Ich schenke ihm ein kleines Lächeln. »Ich hoffe, dass ich Ihnen helfen kann.« Ich *weiß*, dass ich es kann – wenn er mich nur lässt.

»Und wie genau sollen winzige Nadeln in meinem Körper mir dabei helfen, meine Zauberkraft zurückzubekommen?«, fragt er in scherzhafter Herablassung.

»Also, zunächst einmal ist es wichtig, dass Sie offen sind. Bei meiner Arbeit geht es um Energie, und Skepsis kann den Energiefluss in Ihrem Körper zusätzlich behindern.«

»Ich bin hier, oder etwa nicht?«

Daran, wie er seine verkrampften Finger verschränkt hat, erkenne ich, dass er tatsächlich nervös ist, und bereue es, ihm gegenüber einen etwas scharfen Ton angeschlagen zu haben. »Ja, das stimmt. Das ist schon mal ein sehr guter Anfang.« Ich lege das Klemmbrett beiseite. »Warum beginnen wir nicht mit einigen Grundlagen?«

»Hört sich gut an.« Ich sehe, wie seine Smartwatch aufleuchtet und er hinschaut. »Was soll ich tun?«

»Dürfte ich vielleicht einen Blick auf Ihre Zunge werfen?«

Jetzt ist er derjenige, der sich ein Lächeln verkneifen muss. »Sie gehen aber ganz schön ran.«

Ich werfe ihm einen Blick zu. »Die Zunge kann mir viel darüber verraten, was im Innern Ihres Körpers vor sich geht.«

Seiner offensichtlichen Skepsis zum Trotz streckt er die Zunge heraus. Sie hat einen weißlichen Belag.

»Frieren Sie schnell? Leiden Sie unter Appetitverlust? Schwäche?«

Er macht große Augen. »Ja, das stimmt. Und das wissen Sie, nur indem Sie sich meine Zunge ansehen?«

Ich nehme einen Handspiegel vom Regal und gebe ihn ihm. »Es ist kein Hexenwerk. Schauen Sie mal.«

Ich beuge mich zu ihm, während er im Spiegel die Zunge herausstreckt.

Er riecht gut. Als hätte er vor Kurzem geduscht und sich rasiert.

»Awa wah käng wie gänn ro …?« Er versucht zu sprechen, und wir müssen beide lachen.

»An der Farbe und am Belag kann ich erkennen, dass Sie nicht genügend Yang haben. Die häufigsten Symptome, die damit einhergehen, sind genau die, nach denen ich Sie eben gefragt habe. Dazu kommen noch einige andere. Panik, Angstzustände, innere Unruhe.« Ich unterschlage Impotenz, die auch ein klassisches Symptom für Yang-Insuffizienz bei Männern ist. Wenn er will, soll er es von sich aus erwähnen.

»Sie können den Mund jetzt wieder zumachen.«

Er zieht seine Zunge ein und schließt den Mund. »Ziemlich beeindruckender Trick. Und was jetzt? Sagen Sie mir aus den Linien meiner Hand die Zukunft voraus?«, neckt er mich.

»Heute behandle ich Sie, während Sie auf dem Rücken liegen, um erst mal ein Gefühl dafür zu bekommen, wie das Qi durch Ihren Körper fließt. Wir können weiterreden, wenn Sie sich auf der Liege eingerichtet haben, dann erzähle ich Ihnen auch noch mehr darüber, was gerade in Ihrem Körper passiert. Ich gehe kurz raus, in der Zeit ziehen Sie sich bitte bis auf die Unterwäsche aus. Ich gebe Ihnen ein Handtuch, mit dem Sie sich zudecken können.«

Er nickt, verzieht jedoch im nächsten Moment das Gesicht und reibt sich mit der Hand die Schulter.

»Was ist mit Ihrer Schulter?«, frage ich.

»Ich spiele Tennis. Seit einiger Zeit macht sie mir Probleme.«

»Ich kann Ihnen ein paar Nadeln setzen, um den Energiefluss an der Stelle wieder in Gang zu bringen. Oder wir könnten es mit Reiki versuchen.«

»Reiki?« Er lacht leise. Allmählich wird seine Herablassung langweilig.

»Meine Partnerin Rachel bietet auch Massagen an, falls Sie sich damit wohler fühlen. Sie kommt gegen Ende unserer Sitzung; wenn Sie gerne mit ihr sprechen möchten, hätten Sie also Gelegenheit dazu.«

Er schaut genauso seltsam wie eben, als er mich nach Rachels Behandlungsraum gefragt hat. »Wäre Ihnen das lieber? Ich weiß, dass Sie in wenigen Stunden eine OP haben, aber bestimmt könnte sie Sie heute noch gegen die akuten Schmerzen behandeln.« Ich habe keine Ahnung, ob das stimmt, aber ich bin auf seine Reaktion gespannt.

»Nein danke. Ich bleibe der Therapeutin meines Vertrauens treu.«

Ich wende mich ab und verdrehe die Augen. »Also gut.« Ich drehe mich wieder zu ihm um und stehe auf. »Dann machen wir also gleich auf der Liege weiter. Ich gebe Ihnen ein paar Minuten, um sich frei zu machen. Ich klopfe an, bevor ich wieder reinkomme. Wir können Ihnen auch gerne ein Kissen unter die Knie legen, falls Sie Probleme mit dem Kreuz haben.«

»Was, wenn ich keine Unterwäsche trage?«

Ich habe keine Ahnung, ob er das als Scherz gemeint hat. Mit einem dünnen Lächeln reiche ich ihm einen kleinen gefalteten Waschlappen. »Dafür haben Sie ja das hier.«

Er blinzelt ein paarmal, und ich lache, ehe ich ihm ein größeres Handtuch gebe. Auch er muss laut lachen und nimmt es mir in gespielter Entrüstung aus der Hand.

Als ich die Tür hinter ihm zuziehe, freue ich mich, ihn zum Lachen gebracht zu haben. Im nächsten Moment regt sich mein schlechtes Gewissen, weil ich seinetwegen so aufgeregt bin.

• • •

Ich habe mich kaum auf meinem Stuhl niedergelassen, da verfliegt meine gute Laune. In meiner Inbox wartet eine Mail von Henry auf mich. Allein sein Name sorgt dafür, dass ich einen faustgroßen Knoten hinter meinem Solarplexus spüre. Ich klicke die Nachricht an, und prompt wird mir übel.

> Von: Braindoc67@gmail.com
> An: CharlotteKnopfler@gmail.com
> Betreff: WICHTIG
>
> Charlotte,
> ich regle das. Betrachte die Sache als abgeschlossen. Schreib mir nie wieder.

Ehe ich Gelegenheit habe, das zu verarbeiten, geht die Tür hinter mir auf, und Jack kommt heraus. Er ist vollständig angezogen und wirft sich gerade seine Jacke über.

»Stimmt was nicht?«, frage ich, als ich mich mitsamt meinem Stuhl zu ihm herumdrehe und aufstehe.

»Ein Notfall mit einem Patienten, ich muss leider los. Sie müssen ein andermal ein menschliches Nadelkissen aus mir machen.«

»In Ordnung«, sage ich.

»Ich zahle Ihnen selbstverständlich den vollen Betrag.«

Er holt ein dickes Bündel Geldscheine aus seiner hinteren Hosentasche, die von einem goldenen Geldclip zusammengehalten werden, und zählt rasch drei Hunderter ab.

»Ich hoffe, es ist nichts Ernstes.«

»Ich melde mich, wann ich das nächste Mal Zeit habe.«

Mit diesen Worten eilt er zur Tür hinaus, ohne dass ich mich von ihm verabschieden kann.

Elf

Wolcott

»Ich bin gleich bei Ihnen, Detectives.«

Silvestri und ich stehen am Eingang des Pilatesstudios, in dem Julie Merrill gerade mit ihrem Kurs fertig ist. Die letzten Teilnehmerinnen sind gegangen. Sie trocknet sich Gesicht und Haare mit einem Handtuch ab, dann wirft sie es neben eine große Sporttasche und wendet uns ihre Aufmerksamkeit zu.

»Entschuldigung«, sagt sie. »Anstrengender Kurs heute. Also, wie kann ich Ihnen weiterhelfen?«

»Stimmt es, dass Sie in demselben Gemeinschaftsgarten als Ehrenamtliche tätig sind wie Brooke Harmon?«

»Ja, das stimmt.« Ihr Lächeln erlischt, ihr Blick springt zwischen Silvestri und mir hin und her. »Worum geht es denn?«

»Wissen Sie, ob in Miss Harmons Leben in letzter Zeit irgendetwas Ungewöhnliches vorgefallen ist?«, frage ich.

»Was ...? Geht es ihr gut?«

Silvestri räuspert sich. »Es tut mir leid, Ihnen mitteilen zu müssen, dass Miss Harmon tot aufgefunden wurde.«

Sie lässt sich in die Hocke sinken und legt die Handflächen auf die Knie. Sie schließt die Augen und atmet einmal tief durch, ehe sie zu meinem Partner aufblickt. »Oh Gott, das ist ja schrecklich. Ich kann nicht glauben ... Meine Güte! Was ist denn passiert?«

»Wir hatten gehofft, Sie könnten uns dabei helfen, das herauszufinden«, sagt er.

Ihr kommen die Tränen.

»Es tut uns sehr leid, Miss Merrill«, sage ich. »Wir haben gehört, dass Sie beide sich auch außerhalb der Arbeit im Garten nahestanden?«

»Ja«, sagt sie fassungslos. »In den letzten paar Monaten haben wir uns angefreundet. Ich hatte das Gefühl, dass wir uns wirklich gut verstehen.«

Silvestri hält den Blickkontakt zu ihr aufrecht, während er ebenfalls in die Hocke geht. »Uns ist klar, dass das ein Schock für Sie sein muss. Sind Sie trotzdem in der Lage, uns ein paar Fragen zu beantworten?«

Sie wirft einen Blick auf die Uhr an der Wand. »In wenigen Minuten geht der nächste Kurs los. Könnten wir irgendwo anders hingehen?«

• • •

»Danke, Detective!«

Ich reiche Julie und meinem Partner jeweils einen Pappbecher mit Tee und geselle mich zu ihnen an den Tisch. Im Coffeeshop, in dem wir sitzen, ist mitten am Nachmittag nicht viel los. Ich nippe an meinem Kaffee, während Silvestri sich über den Tisch beugt. »Sie sagten gerade ...«

»Ja, also, es lief in letzter Zeit richtig gut bei ihr. Sie hatte beschlossen, wieder zur Uni zu gehen, um Kinderpsychologie zu studieren, und sich auch schon bei mehreren Studiengängen beworben. Sie hat sich riesig darauf gefreut. Aber dann, letzte Woche, wirkte sie auf einmal sehr ungeduldig und angespannt. Ich habe versucht, sie zu fragen, was los ist, aber sie ist mir immer ausgewichen. Ich hatte das Gefühl, es geht um ein sensibles Thema, deshalb habe ich nicht weiter nachgebohrt.«

»Wussten Sie Näheres über Miss Harmons Privatleben?«

»Na ja, sie und ich waren gerade an dem Punkt angekommen, wo wir angefangen haben, auch über unser Liebesleben zu sprechen«, sagt sie nachdenklich.

»Und wie sah ihr Liebesleben aus?«, frage ich.

»Ungefähr so wie meins.« Sie lacht. »Obwohl ich mich wirklich darüber wundere, wie zufrieden sie damit zu sein schien. Vor allem, wenn man das mit der Scheidung bedenkt.«

»Miss Harmon war geschieden? Wie lange war das her?«

»Ein Jahr oder so, wenn ich mich nicht irre.«

»Und Ihres Wissens gab es derzeit keinen Mann in ihrem Leben?«

»Nein. Aber wie gesagt, sie wirkte absolut zufrieden. Und sie hat viel an sich gearbeitet, das war gut. Sie hatte außerhalb der Gartencrew einige enge Freundinnen, die sie hin und wieder erwähnt hat. Ich glaube, sie haben ihr während der Scheidung viel Kraft gegeben.«

»Haben Sie diese Freundinnen mal kennengelernt?«, will Silvestri wissen.

»Nein, bisher nicht. Aber wir hatten ja auch gerade erst angefangen, uns außerhalb der Arbeit zu verabreden.«

»Das sagten Sie bereits«, werfe ich ein. »Ansonsten ist Ihnen nichts Ungewöhnliches an ihr aufgefallen?«

»Hm.« Sie blickt in ihren Tee. »Abgesehen davon, dass sie letzte Woche so gestresst wirkte, eigentlich nicht, nein.« Sie macht große Augen. »Mein Gott! Was auch immer es war, ich hätte nachfragen sollen. Vielleicht hätte ich ihr helfen können.« Sie lässt den Kopf hängen.

»Miss Merrill«, sagt Silvestri. »Es ist sinnlos, sich zu fragen, was hätte sein können, glauben Sie mir. Unser Mitgefühl für den Tod Ihrer Freundin.«

»Danke«, sagt sie, um ein Lächeln bemüht.

Ich ziehe eine Visitenkarte aus meiner Tasche und lege sie vor ihr auf den Tisch.

»Bitte, rufen Sie uns an, falls Ihnen noch was einfällt. Es könnte auch sein, dass wir uns noch mal melden, sollten wir weitere Fragen an Sie haben.«

»Natürlich«, sagt sie. »Danke, Detectives!«

Als mein Partner und ich vom Tisch aufstehen, lege ich ihr sanft eine Hand auf die Schulter. »Passen Sie gut auf sich auf.«

Zwölf

Charlotte

Nach Jacks überstürztem Abgang habe ich noch ein paar Minuten Zeit, um mir über Henrys E-Mail Gedanken zu machen, ehe ich Cameron wecken muss. Sein brüsker Ton tut weh, trotzdem bin ich heilfroh, dass er die Sache in die Hand nimmt. Ich weiß genau, dass ich es nicht über mich bringen würde, mich noch einmal mit den Juristen der Klinik oder meinem eigenen Anwalt auseinanderzusetzen. Ich will diesen schmerzhaften Prozess kein zweites Mal durchmachen. Ich will nicht einmal daran denken.

Nachdem ich seine Nachricht weggeklickt habe, wende ich mich den Blumen zu. Mit pochendem Schädel, einem Ziehen in der Brust und schweißnassen Händen werfe ich die Cellophanumhüllung in den Mülleimer und betrachte den Strauß. Die leuchtend orangefarbenen und weißen Türkenbundlilien sind von violetten Blüten und Schleierkraut eingefasst. Dem Strauß liegt keine personalisierte Grußkarte bei, aber die brauche ich auch nicht. Die Blumen stammen ganz eindeutig von Peter. Mein Herz wird schwer wie ein Stein. Violett bedeutet, dass er länger wegbleiben muss als geplant. Orange bedeutet, dass seine Deckung womöglich aufgeflogen ist, weshalb wir in nächster Zeit nur sehr eingeschränkt kommunizieren können. Das Schleierkraut immerhin heißt, dass es ihm gut geht – ein kleiner Trost inmitten der bitteren Enttäuschung seiner fortdauernden Abwesenheit. Ursprünglich fand ich es amüsant und spannend, die Sprache der Blumen zu lernen, aber als er mich eine Woche lang bei jedem Gespräch abfragte, war für mich der Spaß vorbei; außerdem kam mir das Ganze komplett übertrieben und unnötig vor. Als ich es als paranoid bezeichnete, wurde er so wütend, dass er sich zehn Tage lang nicht bei mir meldete, bis ich einräumte, wie clever er sei, sich dieses System ausgedacht zu haben.

In meinem Kopf spuken hundert Probleme herum. Die Blumen. Die unbekannte Tote. Rachels sonderbares Verhalten. Henrys E-Mail. Peter. Jack Doyle. Ich habe das Gefühl, in den ruhigen Krisenmodus zu gleiten, den ich noch aus meinen Tagen in der Notaufnahme kenne, als so viel auf mich einprasselte, dass es mir gar nicht möglich war, mich länger als unbedingt nötig mit einem einzelnen Notfall aufzuhalten. Meine Gedanken wenden sich praktischen Dingen zu – das ist eine Art Reflex, um die emotionale Sintflut zurückzuhalten. Ich stehe auf und fange an, den Büroplatz aufzuräumen, obwohl das gar nicht notwendig ist. Ich strecke die Arme erst über den Kopf und dann von einer Seite zur anderen. Ich gehe zu meinem Computer und fange an, meine Spam-Mails zu löschen. Ich sollte versuchen, still zu sitzen und zu meditieren. Ich gehe zur Couch und stelle meinen Meditations-Timer auf fünf Minuten ein, das ist die Zeit, die Cameron noch übrig hat. Dann schließe ich die Augen.

Ich denke an Cameron. Enttäuschung in der Liebe ist eins der Probleme, von denen ich bei meiner Arbeit am häufigsten zu hören bekomme, und die Betroffenen lagern diesen Schmerz nicht nur im Herzen, sondern auch an zahlreichen anderen Stellen ihres Körpers ein. Viele meiner Patientinnen reden davon, dass sie sich Gedanken darüber machen, was ihr Partner in ihrer Abwesenheit tut. Wenn er nicht da ist, schenken sie ihm mehr Aufmerksamkeit und investieren mehr Energie in ihn, als wenn sie zusammen sind. Das lässt kaum noch Zeit für Selbstreflexion, und deshalb sind ihre Sorgen und Nöte immer eng mit dem Leben anderer verstrickt. Eigentlich grenzt es an ein Wunder, dass man überhaupt eine gesunde Beziehung führen kann, wenn man quasi uneingeschränkten Zugriff auf den Partner hat.

Bis auf die White-Noise-Maschine ist es ganz still im Büro. Cameron befindet sich vermutlich in dem seligen Stadium zwischen Wachen und Schlafen und kann hoffentlich Ruhe tanken. Ich hingegen fühle mich von den Ereignissen der letzten zwei Tage und meiner zwanghaften, wenngleich vertrauten Sehnsucht nach Peter einsam und zermürbt. Vor den Blumen hat er sich viereinhalb Wochen lang nicht bei mir gemeldet, die bisher längste Pause in unserer Beziehung. Ich weiß, dass ich das akzeptieren muss, wenn ich mit ihm zusammen sein will, aber es fällt mir schwer.

Als wir uns kennenlernten, hatte Peter gerade eine Mission abgeschlossen, in den ersten Monaten unserer Romanze war er also immer verfügbar. Es schien, als müsste ich nichts weiter tun, als an ihn zu denken, und schon klingelte das Telefon, oder eine Nachricht von ihm wartete in meiner Inbox. Zwischen uns bestand vom ersten Moment an eine geistige Verbindung, die mir beinahe schon unheimlich war. Er wusste immer, was ich sagen wollte oder was ich vorhatte, ohne dass ich es ihm mitteilen musste. Er sah Dinge voraus, ehe sie passierten, und diese scheinbare Allwissenheit gab mir das Gefühl, bei ihm ganz geborgen zu sein. Bevor ich seinen Job wirklich verstand, scherzte ich, dass er ein Mentalist sein müsse. Vielleicht glaubte ich sogar ein wenig daran.

Wir standen in ständiger Kommunikation miteinander, bis ich irgendwann das Gefühl hatte, mich selbst zu verlieren und meine eigenen Beziehungsregeln über Bord geworfen zu haben. In der vierten Woche gestand er mir seine Liebe. Er schrieb mir praktisch stündlich Textnachrichten und machte sich Sorgen, wenn ich einmal nicht schnell genug antwortete. Das war anfangs noch aufregend und schön, wurde mir aber schnell zu viel. Nach zwei sehr intensiven Monaten eröffnete ich ihm, dass ich etwas Zeit für mich brauche, um wieder zu Atem zu kommen. Er sagte, dass er das nachvollziehen könne, und dann herrschte Funkstille. Als ich irgendwann versuchte, ihn zu erreichen, um ihm zu sagen, wie sehr er mir fehlte, kam nichts zurück.

Ich wusste nicht, ob er mich komplett missverstanden hatte oder ihm womöglich etwas Schlimmes zugestoßen war. Wir befanden uns in einer Beziehungs-Grauzone. Unsere jeweiligen Sphären waren noch nicht eng genug miteinander verwoben, als dass ich mit seiner täglichen Routine vertraut gewesen wäre, und ich hatte keine Ahnung, wie ich herausfinden sollte, ob er verletzt oder verschollen war. Und wir waren definitiv nicht auf große Lebensereignisse vorbereitet. Ich hatte zwar eine vage Vorstellung davon, wo er wohnte, aber in den nächsten Bundesstaat zu fahren und zu behaupten, ich sei gerade in der Gegend, kam mir übertrieben und anhänglich vor. Auf der Nummer, die er mir gleich zu Anfang gegeben hatte, ging immer nur die Mailbox ran, und meine Textnachrichten blieben unbeantwortet. Ich hatte ihn ziemlich bald nach unserem ersten Kennenlernen gegoogelt, deshalb wusste ich, dass online nichts über ihn zu finden war. Er hatte mir erklärt, dass sein Arbeitgeber dafür sorgte, dass er keinerlei Spuren im Netz hinterließ.

Erst drei Wochen später tauchte er wieder aus der Versenkung auf. Bis dahin war das einzige Lebenszeichen, das ich von ihm bekam, eine Antwort auf eine Textnachricht von einer mir unbekannten Nummer. *Am Leben* schrieb er, mehr nicht – Wochen nachdem ich ihn gefragt hatte, ob er wohlauf sei. Ich war ziemlich geknickt, beschloss aber, die Geschichte so schnell wie möglich hinter mir zu lassen. Ich weinte ihm ein paar Tage im Stillen nach, ehe ich Rachel erzählte, was passiert war. Gemeinsam analysierten wir die Lage und kamen am Ende zu dem Schluss, dass ich von Glück reden konnte, ihn los zu sein. Doch als er mir dann eine der aufrichtigsten Entschuldigungsmails schrieb, die ich jemals gelesen hatte, und mehrere Fotos von Reiseunterlagen sowie die weitergeleitete E-Mail von einem der Menschen, denen er angeblich das Leben gerettet hatte, mitschickte, verzieh ich ihm. Ich fühlte mich bestätigt und war stolz auf ihn. Von da an schrieben oder telefonierten wir wieder tagtäglich miteinander.

Irgendwann wurde er dann erneut ausweichend und vage, und es folgten einige sehr angespannte und frustrierende Wortwechsel. Ich stellte ihm ein Ultimatum: Ich wollte mehr Einzelheiten über seine Arbeit wissen, ansonsten würde ich die Beziehung beenden. Sobald er mir alles auseinandergesetzt hatte, verstand ich, dass seine scheinbare Allwissenheit nichts mit Präkognition zu tun hatte, sondern mit seinem Beruf.

Es ist die Praxisklingel, nicht der Gong der Meditations-App, was mich aus meiner Trance ins Hier und Jetzt zurückholt. Ich springe auf und gehe zur Tür. Als ich sie aufgesperrt habe, stehen mir zwei Männer gegenüber. Einer von ihnen ist Detective Silvestri, den anderen Mann habe ich noch nie gesehen, aber ich nehme an, dass es sich um seinen Partner handelt. Beide haben neutrale Mienen aufgesetzt, obwohl Silvestri ein Lächeln zu unterdrücken scheint.

»Guten Tag, Ms Knopfler! Das hier ist mein Partner Detective Wolcott.«

Wolcott nickt. Sein Blick ruht auf dem Blumenstrauß. »Freut mich.«

»Hallo!«

»Hätten Sie was dagegen, wenn ich kurz Ihre Toilette benutze?«, fragt Silvestri.

»Nein.« Ich weise ihm den Weg zum WC, und Wolcott und ich bleiben alleine zurück.

»Nett, Sie kennenzulernen, Detective.« Er schüttelt meine ausgestreckte Hand, wobei seine Aufmerksamkeit nach wie vor den Blumen gilt. Danach lässt er den Blick über jeden Quadratzentimeter meiner Praxis schweifen und nimmt alles in sich auf. Seine Energie ist noch stärker geerdet als die seines Partners, und ich merke ihm an, dass er eine überaus scharfe Auffassungsgabe hat.

»Nadeln, hm? Ich persönlich hatte noch nie das Vergnügen.« Er lächelt.

»Ich behandle Sie gern, wenn Sie Beschwerden haben«, gebe ich zurück.

»Nur diese eine hier«, sagt er, als Silvestri sich wieder zu uns gesellt. »Und ich glaube, dafür haben Sie nicht genug Nadeln.«

Silvestri grinst. »Vielen Dank für Ihre Großzügigkeit. Zu viel Tee. Übrigens, das ist ein wunderschöner Behang im Bad.«

Ich lache. »Danke! Er erfüllt eher einen praktischen als einen dekorativen Zweck. Dahinter verbirgt sich eine ziemlich unansehnliche Tür, die nach drüben zum China Panda führt. Leider riecht es dadurch im Bad permanent nach Lo Mein.«

Beide Männer lachen. Ich wende mich an Silvestri, während Wolcott weiterhin mein Büro in Augenschein nimmt.

»Ich habe mich schon gefragt, wann wir uns wiedersehen. Haben Sie etwas über die Unbekannte rausgefunden? Ich musste die ganze Zeit an sie denken.« Aus reiner Gewohnheit lege ich Silvestri die Hand auf den Arm, was er mit einem verunsicherten Lächeln zur Kenntnis nimmt, ehe er rasch seinem Partner einen Blick zuwirft, dem die Geste ebenfalls nicht entgangen ist. Ich muss wirklich daran denken, nicht alle Menschen so anzufassen, wie ich es bei meinen Patienten tue.

»Deshalb sind wir hier. Hätten Sie Zeit für ein Gespräch?« Sein Tonfall klingt anders als bei unserer ersten Begegnung. Brüsker.

»Sicher. Ich habe gerade eine Patientin da. Ich schließe die Behandlung schnell ab, und danach gehöre ich ganz Ihnen.«

Als ich zum Behandlungsraum gehe, um Cameron die Nadeln herauszunehmen, fängt Wolcott meinen Blick ein und sagt: »Wunderschöne Blumen. Was war der Anlass?«

Ich verhasple mich bei meiner Antwort. »Nichts Besonderes. Einfach nur ein dankbarer Patient.«

»Interessantes Arrangement, stimmt's, Silvestri? Du kennst dich doch ein bisschen aus mit Blumen und Pflanzen und dem ganzen Zeug, richtig? Wie heißen diese violetten Blumen noch gleich?«

Die Frage irritiert mich ein wenig. Sie ist so spitz wie die Blütenblätter an den Blumen, nach denen er gefragt hat. Silvestri untersucht den Strauß mit einigem Widerwillen. Merkwürdigerweise erkenne ich Enttäuschung in seiner Miene.

»Sieht für mich ganz nach Schwarzer Tollkirsche aus.«

Ich kann nicht genau sagen, ob Wolcott vom Fachwissen seines Partners beeindruckt oder belustigt ist.

»Hm. Interessante Wahl. So was sieht man nicht jeden Tag, oder?«

Dreizehn

Silvestri

»Schwarze Tollkirsche?«, wiederhole ich. »Ja, die ist in der Tat selten.«

Auf den Regalen hinter dem Schreibtisch unserer Heilpraktikerin drängen sich Plastikdosen, Gläser und Tropffläschchen mit handbeschrifteten Etiketten, auf denen die Namen der darin enthaltenen Extrakte und Tinkturen verzeichnet sind. Während Wolcott sich im Büro umsieht, ruht mein Blick auf dem Blumenstrauß, wobei ich gleichzeitig Charlotte, mittlerweile eine Person von außerordentlich großem polizeilichem Interesse, aus dem Augenwinkel beobachte. Die Erwähnung einer tödlichen Giftpflanze scheint sie kein bisschen aus der Fassung gebracht zu haben, stattdessen betrachtet sie den Strauß nun mit neu erwachtem Interesse. Allerdings nehme ich eine gewisse unterschwellige Nervosität bei ihr wahr.

»Hm«, sagt sie und zwingt sich zu einem Lächeln. »Meine Freundin hat einen sehr guten Geschmack, was Blumen angeht. Und offenbar auch einen sehr exotischen.«

Mein Partner nimmt dies als Stichwort, um seine Betrachtungen zu beenden und das Wort an sie zu richten. »Entschuldigung, war es nun eine Freundin oder eine Patientin, die Ihnen die Blumen geschenkt hat? Ich bin verwirrt.«

»Beides«, antwortet Charlotte. »Zu einigen der Patienten, die ich behandle, entsteht mit der Zeit auch ein freundschaftliches Verhältnis.«

Wolcott zückt sein Notizbuch. »Und dürfte ich den Namen dieser Patientin Schrägstrich Freundin erfahren?«

Ich sehe, wie sich Charlottes Schultern verkrampfen, als sie tief einatmet. Wenn wir an einem Pokertisch säßen, wäre dies der Moment, den Einsatz zu erhöhen. »Rachel Sherman«, antwortet sie.

Wolcott schreibt den Namen in sein Büchlein und wendet seine Aufmerksamkeit dann wieder den Regalen hinter dem Schreibtisch zu.

»Tut mir leid«, klinke ich mich ein. »Bei unserem ersten Gespräch haben Sie, glaube ich, erwähnt, dass Sie sich diese Praxis mit einer gewissen Rachel teilen. Handelt es sich da um ein und dieselbe Person?«

Sie zögert einen winzigen Moment, ehe sie antwortet. »Ja, genau. Ja.«

»Also ist sie eigentlich eine Patientin, Freundin und Kollegin«, sage ich. »Eine richtige Dreifaltigkeit.«

Ich merke, wie sich mein Magen zusammenzieht. Ihre Unehrlichkeit wurmt mich. Ich muss ruhig bleiben.

Sie greift nach einem Glas Wasser und nippt daran, hält aber den Blickkontakt zu mir aufrecht. »Manchmal behandeln wir uns gegenseitig. Als Sie nach den Blumen fragten, habe ich eher an sie als Patientin gedacht.«

Wolcott schaltet einen Gang herunter und wechselt das Thema. »Ms Knopfler, wie ich sehe, verwenden Sie viele pflanzliche Arzneistoffe. Mischen Sie die selber an?«

»Nein, das tue ich nicht. Sie müssen von einem lizenzierten Naturheilkundler hergestellt werden. Bestimmte Wurzeln etwa muss man vor dem Verwenden erhitzen, weil sie sonst toxisch sind. Haben Sie ein spezielles Interesse an Pflanzen und Kräutern, Detective?«

Wolcott schaut sie nachdenklich an. »Es wird von Minute zu Minute größer, was ich hauptsächlich meinem Partner zu verdanken habe. Er hat mir schon jede Menge interessanter Dinge beigebracht.«

Charlotte sieht mich an, während sie ihm antwortet. »Die Natur stellt uns so viele wirksame Heilmittel zur Verfügung. Das ist wirklich faszinierend.«

»Und mitunter tödlich«, schiebt er hinterher.

Ihr Kopf schnellt zu ihm herum. »Detective, ich bin mir bewusst, dass viele Menschen meinen Behandlungsmethoden kritisch gegenüberstehen. Aber ich versichere Ihnen, dass es für alles eine wissenschaftliche Erklärung gibt, genau wie für die konventionellen Therapien, die Sie von Ihrem Hausarzt bekommen.«

»Verstehe«, sagt er. »Aber es stimmt doch, dass einige dieser Mittel aus tödlich giftigen Pflanzen gewonnen werden, oder?«

Ich studiere ihre Körperhaltung, während sie über die Frage nachdenkt. Sie lässt sich nicht einschüchtern und wirkt auch nicht fahrig oder unsicher, wie es bei Schuldigen oft der Fall ist. Nichtsdestotrotz ist ihre Abwehrhaltung klar erkennbar. Sie hat die Schultern nach vorne gezogen und das Kinn gesenkt, sodass ich Mühe habe, ihre Gesichtszüge zu lesen.

»Das hängt alles von der Dosis ab, Detective Wolcott.« Ihre Antwort klingt schroff, was an dem bewusst provokanten Tonfall meines Partners liegen mag. »Und ich bin der Ansicht, dass natürliche Heilmittel wesentlich weniger gefährlich sind als das synthetische Zeug, mit dem wir unseren Organismus vergiften.«

»Aha«, sagt er. »Ms Knopfler, würden Sie …«

Im nächsten Moment wird er von einem heftigen Hustenanfall übermannt. Charlotte sieht ihm eine Weile besorgt zu, dann nimmt sie einen Krug Wasser, in dem einige Gurkenscheiben schwimmen, vom Beistelltisch und schenkt ihm daraus ein Glas ein. Mein Partner ist über den Abfalleimer gebeugt und hustet sich die Lunge aus dem Leib, während er sich mit einer Hand am Schreibtisch abstützt.

»Hier, bitte«, sagt sie und stellt das Glas wenige Zentimeter neben seiner Hand ab, ehe sie ihm mit langsamen, kreisenden Bewegungen über den Rücken streicht. »Versuchen Sie, ganz ruhig zu atmen.«

Einige Zeit später richtet Wolcott sich auf, greift nach dem Wasserglas und trinkt einen Schluck. Sein Hustenanfall ist vorbei, und er betrachtet das Glas in seiner Hand. Mit tränenden Augen dreht er sich zu Charlotte um und lacht. »Vielleicht ist an dieser ganzheitlichen Medizin ja doch was dran.«

Sie grinst, dann wird sie wieder ernst. »Bisher ist mir noch niemand gestorben, und Sie werden bestimmt nicht der Erste sein.«

»So«, sage ich. »Nachdem mein Partner erfolgreich versucht hat, unangenehm aufzufallen, lassen wir Sie jetzt mal wieder in Ruhe Ihrer Arbeit nachgehen.«

»Detectives?«, fragt sie mit besorgter Miene. »Gibt es denn Neuigkeiten in Bezug auf die unbekannte Tote? Die arme Frau geht mir nicht mehr aus dem Kopf.«

Wolcott fängt ihren Blick ein. »Wir glauben zu wissen, wer sie ist. Wir warten noch darauf, bis wir mit den nächsten Angehörigen gesprochen haben, ehe wir die Informationen öffentlich machen.«

»Haben Sie *irgendeine* Ahnung, welche Verbindung es zwischen uns geben könnte?«, fragt sie. »Tut mir leid, ich habe mir das Hirn zermartert, aber ohne Erfolg.«

Er strafft die Schultern und zupft am oberen Knopf seiner Anzugweste. »Wir gehen diversen Theorien nach. Hoffentlich wissen wir bald mehr.«

Ich mustere Charlotte aufmerksam. Ihr Blick ist fest und ruhig. »Ich sende Ihnen weiterhin positive Energie.«

»Danke, dass Sie sich Zeit für uns genommen haben, Ms Knopfler«, sage ich. »Wir melden uns.«

• • •

Ein Windstoß fegt über den Parkplatz, als wir zu unserem Wagen gehen. Ich drehe mich zu Wolcott um. »Alles gut bei dir, Kettenraucher?«, frage ich.

»Ich wollte mich bloß ein bisschen umsehen«, gibt er feixend zurück.

»Im Papierkorb?« Ich lache.

Er zögert, ehe er sich auf den Fahrersitz schwingt. »Tja, da lag das Etikett vom Floristen.«

»Ganz schön gewieft, Partner.« Ich schüttle den Kopf, während ich mich auf dem Beifahrersitz niederlasse und die Tür hinter mir zuziehe. »Dann mal los.«

Er setzt rückwärts aus der Parklücke. »Sei so gut und recherchier die Adresse von June's Floral Shop«, bittet er, während wir über den Parkplatz fahren.

»Wird gemacht.« Ich fische mein Handy aus der Tasche. »Ach so, das mit den nächsten Angehörigen war ziemlich clever. Denkst du, sie war's?«

»Ist dir aufgefallen, was mir aufgefallen ist?«, entgegnet er, ehe er sich in den fließenden Verkehr einfädelt.

»Was denn?«

»Von allen Leuten, mit denen wir bisher gesprochen haben, ist sie die Einzige, die nicht wissen wollte, wie Brooke Harmon gestorben ist.«

Vierzehn

Rachel

Peter ist ein Problem, aber nicht Charlottes einziges.

Sie verfügt über den IQ eines Genies, hat Gehirn-OPs durchgeführt, zu denen nur sehr wenige Menschen befähigt gewesen wären, und war einmal auf dem besten Weg, eine der jüngsten, berühmtesten Psychochirurginnen der Welt zu werden. Dabei geht es mir gar nicht so sehr darum, weshalb sie all das nicht mehr ist. Der eigentliche Kern des Problems ist ihre Naivität. Sie traut den Menschen nichts Böses zu. Vielleicht sollte ich ihr Anerkennung dafür zollen, dass sie nach allem, was ihr widerfahren ist, immer noch so bereitwillig Vertrauen zu anderen Menschen fasst, aber das fällt mir schwer, wenn ich mit ansehen muss, wie sie verletzt wird.

Was Menschenkenntnis angeht, sind Charlotte und ich wie Yin und Yang. Während sie blind ist für die offensichtlichen Lügen und Hintergedanken ihrer Mitmenschen, stechen sie mir immer viel zu sehr ins Auge. Weil ich ihr nahestehe und sie liebe wie niemand sonst auf der Welt, möchte ich, dass sie die Menschen so sieht, wie sie wirklich sind. Vor allem Peter. Ihre Mutter. Ihre sogenannten Freundinnen. Sie alle sind Blender und Hochstapler. Sicher, in gewisser Weise trifft das auf jeden von uns zu. Aber diese Leute wollen permanent etwas von Charlotte und geben ihr im Gegenzug nur wenig zurück.

Natürlich ist mein Wunsch, dass sie die wahren Motive der Menschen erkennen möge, ein zweischneidiges Schwert. Wenn sie den Menschen wirklich ins Herz blicken könnte, wären meine Tage als ihre Freundin vermutlich gezählt. Ich lebe in ständiger Angst davor. Aber wenn ich lüge, dann nicht, indem ich ihr Unwahrheiten erzähle, sondern allenfalls durch Unterlassen. Außerdem tue ich es zu ihrem eigenen Besten. Ich will sie nur beschützen, mir geht es dabei ausschließlich um ihr Wohl. Für sie würde ich mir sogar eine Kugel einfangen oder jemanden erschießen.

Charlotte ist ein bewundernswerter Mensch. Sie hat es geschafft, die reservierte, emotional verschlossene Art einer Chirurgin abzuschütteln, und sich zu einer empathischen, warmherzigen Heilerin entwickelt. Natürlich kannte ich sie während ihrer Zeit als Ärztin noch nicht, aber in unbedachten Momenten hat sie einiges durchblicken lassen, und den Rest konnte ich mir zusammenreimen. Ich weiß, wie einsam, verängstigt und traurig sie damals war. Und ich würde alles dafür tun, damit sie sich nie wieder so fühlen muss.

Meinen Freunden gegenüber habe ich einen extrem stark ausgeprägten Beschützerinstinkt. Ich kann nur schwer damit umgehen, wenn ich angelogen werde oder jemand Geheimnisse vor mir hat, und in letzter Zeit tut sie beides immer häufiger. Natürlich ist es absolut scheinheilig von mir, ihr das vorzuwerfen, dessen bin ich mir durchaus bewusst.

Je länger ihre Beziehung zu Peter andauert, desto schwerer fällt es mir, ihr nicht endlich reinen Wein einzuschenken. Ich wünsche mir, dass sie glücklich ist, aber allmählich geht es zu weit.

• • •

Er wartet genau dort, wo wir uns verabredet haben. Er sieht nervös aus.

»Hey, Rach«, sagt er, als ich aus dem Auto steige. »Wie läuft's?«

Ich tue ihm nicht den Gefallen, meine Wut zurückzuhalten. »Was zum Teufel hast du dir dabei gedacht?«

»Ich versuche dir zu helfen«, entgegnet er.

»Indem du dich in mein Leben einmischst? Das ist nicht das, worum ich dich gebeten habe. Charlotte hat nichts mit der Sache zu tun.«

Er probiert es mit einem sanfteren Ansatz. »Ich mag sie.«

Das macht mich nur noch wütender. »Du musst sie da raushalten.«

»Rachel. Ich dachte, wir vertrauen einander.« Seine Nettigkeit kann er sich schenken, die zieht bei mir nicht.

»Du hast gleich mehrere Grenzen überschritten, das ist nicht in Ordnung.« Ich behalte meinen scharfen Tonfall bei.

»Rachel, ich verstehe ja, dass du Angst hast. Aber wenn du meine Hilfe annimmst, besteht vielleicht noch Hoffnung.«

»Du willst mir doch gar nicht helfen! Du willst mich umbringen.« Ich knirsche bei jedem Wort mit den Zähnen.

»Mach dir doch bitte bewusst, was auf dem Spiel steht«, sagt er eindringlich. »Du gibst vielleicht deine einzige Chance auf, die vierzig noch zu erreichen.«

»Das ist weder deine Angelegenheit noch dein Problem.« Ich habe Mühe, geerdet zu bleiben, und presse die Fersen fest in meine Schuhe.

»Du hast es zu meiner Angelegenheit gemacht«, gibt er zurück.

»Ich muss mir nicht anhören, was ich deiner Meinung nach

tun soll und was nicht. Bleib du mal schön auf deiner Straßenseite.«

Er überlegt kurz. »Stimmt, du musst dir nichts von dem anhören, was ich zu sagen habe. Aber denk doch bitte mal daran, in welche Lage du mich gebracht hast. Spielt das für dich überhaupt keine Rolle?«

»Ich will, dass du dich nicht weiter in mein Leben einmischst und dich von Charlotte fernhältst.«

»Das wird schwierig. Ich kann nicht einfach so tun, als ginge mich das alles nichts an.« Er verschränkt die Arme vor der Brust.

»Du hast nicht das Recht, darüber zu entscheiden, wer lebt und wer stirbt.« Ich habe schreckliche Angst davor, was er vielleicht sonst noch sagen könnte.

Sein Tonfall ist streng. »Doch, in gewisser Weise habe ich dieses Recht sehr wohl. Und leider läuft dir die Zeit davon.« Er macht einen Schritt auf mich zu, und ich weiche einen Schritt zurück. »Rachel. Du musst in dieser Sache auf deine Vernunft hören.«

»Sonst was? Was sind denn die Alternativen?« Ich richte mich zu meiner vollen Größe auf. »Dass du mich vergiftest? Dass du mir dabei zusiehst, wie ich langsam und qualvoll krepiere? Nein danke.«

»Das ist nicht fair. Du musst mit mir an einem Strang ziehen. Ich versuche wirklich mein Bestes, Rachel.«

»Lass mich einfach in Frieden!« Als er die Hand nach mir ausstreckt, weiche ich ihm aus und steige ins Auto. Er sagt noch etwas, aber da ich bereits die Tür hinter mir zugezogen und den Motor angelassen habe, verstehe ich ihn nicht. Er tritt ganz nah ans Fahrerfenster heran und wiederholt seine Worte noch einmal lauter.

»Wenn du nicht endlich Vernunft annimmst, sehe ich mich gezwungen, ein sehr unangenehmes Gespräch mit Charlotte zu führen. Wenn du dich schon nicht schützen willst, werde ich wenigstens sie schützen.«

Ich lasse den Motor aufheulen und gebe Gas. Ich will nichts Drastisches tun, aber sollte er noch einmal versuchen, sich einzumischen, bleibt mir womöglich keine andere Wahl.

Fünfzehn

Privater Chatroom für Trauma-Betroffene
4.10.19
14:00h

Woundedhealer: Können wir über Mütter reden?
Miserylovescompany: Kommt ganz drauf an, über welche.
MaxineKD: Solange wir nicht von meiner anfangen.
Biggirlsdontcry54: Klar. Ich liebe meine Mutter.
Makeupyourmindcontrol: Wirklich? Nach allem, was sie dir angetan hat?
Biggirlsdontcry54: So, wie ich die Grippe oder Zahnfleisch-OPs liebe.
MaxineKD: HAAA.
Biggirlsdontcry54: Aber sie hat mich zu dem Menschen gemacht, der ich heute bin. Oder nicht?
Woundedhealer: Da bist du schon deutlich weiter als ich.
Biggirlsdontcry54: Fünfundzwanzig Jahre Therapie haben mir geholfen. Oder wie ich es gerne nenne: »Trickbetrug im großen Stil«.
Woundedhealer: Ein Trickbetrug, bei dem dir was genau abgeschwindelt werden sollte? (LOL)

Biggirlsdontcry54: Na, der Satz »Ich liebe meine Mutter«.
Makeupyourmindcontrol: Eine sehr lange und sehr *kostspielige* Betrugsmasche. Ich habe mich immer schon gefragt, welchen Anreiz Psychotherapeuten eigentlich haben, ihren Patienten zu helfen. Schaden sie sich damit am Ende nicht selbst, weil sie besagte Patienten dann verlieren?
Miserylovescompany: Wenn man hingegen dafür sorgt, dass sie verrückt bleiben, kann man sich irgendwann einen Pool mit Jacuzzi und Ausblick leisten.
Makeupyourmindcontrol: Du bist seit fünfundzwanzig Jahren in Therapie?
Biggirlsdontcry54: Ja. Aber es war gewissermaßen eine Familienangelegenheit. Meine Mom hat's bezahlt.
MaxineKD: Ladys, ich finde, jetzt sollte aber mal Woundedhealer zu Wort kommen.
Makeupyourmindcontrol: Ich nehme die Finger so lange von der Tastatur, wie ich brauche, um diesen Pinot Grigio hier zu öffnen. Danach kann ich für nichts garantieren.
Miserylovescompany: Beim Wein gehe ich mit, und ich erhöhe noch um ein paar gefrorene Kalorien. Ich habe nämlich gerade einen flotten Dreier mit Ben & Jerry's.
Woundedhealer: Ihr bringt mich immer zum Lachen.
MaxineKD: Erzähl uns von deiner Mom, Woundedhealer.

Woundedhealer: Also. Ich habe versucht, nicht mehr so hart zu ihr zu sein. Ich glaube, sie bemüht sich wirklich.
Biggirlsdontcry54: Schwer vorstellbar, dass du zu jemandem hart bist.
Makeupyourmindcontrol: Wirklich wahr. Du bist der geduldigste Mensch, den ich nie getroffen habe.
Woundedhealer: Sie bringt immer die schlechtesten Seiten in mir zum Vorschein.
Makeupyourmindcontrol: Kann ich gut nachempfinden. Manchmal sagt meine Mutter Dinge – vor allem seit der »Tragödie« –, bei denen ich ihr am liebsten die Faust ins Gesicht rammen würde. Allein schon, dass sie den Tod meines Bruders die ganze Zeit nur als »die Tragödie« bezeichnet.
MaxineKD: Ich hasse dieses Wort.
Biggirlsdontcry54: Das Wort ist eine einzige Tragödie.
Woundedhealer: Bei mir ist es die Aggression, die meine Mom in mir weckt. Das macht mir wirklich Sorgen.
Makeupyourmindcontrol: Manchmal sind Mütter einfach nur zum Kotzen, weil sie unsere negativen Gefühle verstärken. Eine ziemliche Ironie, wenn man bedenkt, dass wir wahrscheinlich das Beste sind, was sie je hervorgebracht haben.
Woundedhealer: Jetzt habe ich das Gefühl, meine Mom schlechter dargestellt zu haben, als sie in Wirklichkeit ist.
MaxineKD: Oder du leidest am Stockholm-Syndrom

und hast das Bedürfnis, denjenigen, der dir Gewalt antut, in Schutz zu nehmen. Das gibt es wirklich.
Biggirlsdontcry54: Da hat wohl jemand mal wieder seine Ausgabe von *Das Drama des begabten Kindes* abgestaubt.
MaxineKD: Stinkefinger-Emoji.
Biggirlsdontcry54: MaxineKD, hast du gerade ernsthaft das Wort »Stinkefinger-Emoji« geschrieben, weil du dachtest, daraus wird ein Stinkefinger-Emoji?
MaxineKD: 🖕 🖕 🖕
Biggirlsdontcry54: Ah, gut. Ich habe schon gedacht, als Nächstes googelst du erst mal, wie man das hinkriegt.
Miserylovescompany: Ladys, ich muss doch sehr bitten! Woundedhealer, erzähl weiter. Wir hören dir zu.
Woundedhealer: Sie war diejenige, an die ich mich wenden konnte, als mein Leben in Trümmern lag. Sie hat mich bei sich aufgenommen, als ich nicht mehr weiterwusste. Ich konnte in meinem alten Bett schlafen und zwei Wochen lang einfach liegen bleiben, ohne dass sie Fragen stellte.
Miserylovescompany: Sie liebt dich eben. Sie möchte für dich da sein.
Makeupyourmindcontrol: Das ist doch was wert. Meine Mutter hat immer meinen Bruder bevorzugt. Sie konnte es gar nicht abwarten, dass ich endlich ausziehe, obwohl er derjenige war, der immer Probleme gemacht hat.
Miserylovescompany: Zurück zum Thema,

Makeupyourmindcontrol. Woundedhealer hat den Redestab.

Woundedhealer: Gut. Aber weil ich mich ihr gegenüber so verletzlich gezeigt habe, als alles in meinem Leben den Bach runterging, habe ich jetzt das Gefühl, dass sie es gegen mich verwendet, wann immer ich mal einen schlechten Tag habe oder emotional werde.

MaxineKD: Ach, das kenne ich. Sie behandelt dich so, als stündest du immer kurz vor dem psychischen Zusammenbruch?

Woundedhealer: Ja, so ähnlich. Aber zugleich tut sie auch so, als wäre alles in bester Ordnung. Als wären meine Gefühle vollkommen unangebracht. Es geht ihr eher darum, das, was sie über mich weiß, gegen mich einzusetzen.

MaxineKD: Ich glaube, deine und meine Mom würden sich super verstehen.

Woundedhealer: Vielleicht. Aber meine Mom tut sich schwer mit Freundschaften.

Biggirlsdontcry54: Das Einzige, womit meine Mom sich nicht schwergetan hat, war, sich eine beeindruckende Fülle von Bemerkungen darüber auszudenken, inwieweit sie meinetwegen ihre Jugend und überhaupt ihr gesamtes Potenzial verschwendet hat.

Makeupyourmindcontrol: Wow, wir sind ja ein richtig fröhlicher Haufen.

MaxineKD: Echt wahr. Wir sollten unsere eigenen Muttertagskarten rausbringen.

Woundedhealer: Glaubt ihr, jemand, der kein enges

Verhältnis zu seiner Mutter hat oder sich von ihr nicht geliebt fühlt, kann nie wirklich im Leben ankommen und ist dazu verdammt, für immer unglücklich zu bleiben?
Biggirlsdontcry54: Hm. Keine Ahnung. Norman Bates hatte ein sehr enges Verhältnis zu seiner Mutter, und man sieht ja, was dabei rausgekommen ist …

Sechzehn

Charlotte

»Du warst ein seltsames Kind.« Ich höre meine Mutter ausatmen. Ich frage nicht, ob sie Tabak oder medizinisches Marihuana raucht. Vermutlich eine Mischung aus beidem, so high, wie sie ist.

»Herzlichen Dank, Mom! Eigentlich wollte ich bloß wissen, ob du noch irgendwelche Freunde aus meiner Kindheit kennst, denen ich damals besonders nahestand.« Ich will unbedingt herausfinden, warum die Tote mir so bekannt vorkam, obwohl ich mich nicht an sie erinnern kann. Meine Vergangenheit scheint mir da ein guter Ansatzpunkt zu sein. Ich unterhalte mich erst seit sechs Minuten mit meiner Mutter, und schon jetzt wünsche ich mir, ich hätte sie nicht angerufen.

»Ich nehme mal an, du sprichst von Socket? Ihr wart so lange befreundet. Ich fand ja immer, sie sah dir zum Verwechseln ähnlich.«

Sie lässt wirklich keine Gelegenheit aus, mich an meine Andersartigkeit zu erinnern.

»Mom, Socket war ein eingebildeter Freund und außerdem geschlechtslos. Niemand wusste, wie Socket aussah.«

Ich habe seit Langem nicht mehr an den ständigen Begleiter meiner Kindheit gedacht. »Ich meine *echte* Freunde. Eine beste Freundin, die ich vielleicht vergessen habe? Eine Brieffreundin?

Oder eine Halbschwester, von der du mir nie erzählt hast?« Es ist als Witz gemeint, trotzdem erschauere ich bei dem Gedanken.

»Schätzchen, glaub mir, wenn du Geschwister hättest, wüsstest du Bescheid. Du weißt doch, dass ich nichts für mich behalten kann.« Das stimmt.

»Und ob, Mom.« Ich versuche die Erinnerungen an all die Dinge zu verdrängen, die ich gesehen habe, wenn ich als Kind in ihrem Zimmer herumschnüffelte.

Sie schnaubt. »Oh, aber ich habe trotzdem einiges vor dir geheim gehalten. Zu deinem eigenen Wohl. Ich weiß, du bist der Ansicht, ich wäre eine schlechte Mutter gewesen, aber du hättest es noch viel schlimmer treffen können.«

So laufen unsere Wortwechsel üblicherweise ab. Sie behauptet, sie hätte als alleinerziehende Mutter mit einem »seltsamen Kind« ihr Bestes getan. Ich finde, sie hätte sich mehr bemühen können.

»Mom, wie kam es eigentlich, dass ich mich irgendwann von Socket verabschiedet habe?«

»Hm, lass mich überlegen. Das ist lange her.« Der Grund, weshalb ich sie angerufen habe, ist ihr Gedächtnis. Es ist wie ein Tellereisen – was sich einmal darin verfangen hat, kommt nie wieder raus. Sie ist stolz darauf, trotzdem möchte sie mich ein bisschen zappeln lassen.

»Die Vertrauenslehrerin an deiner Grundschule, Mrs De-Hirsch – sie ist inzwischen verstorben –, hat mich irgendwann angerufen, um sich mit mir darüber zu unterhalten, wie wir dich dazu ermuntern könnten, mehr mit Gleichaltrigen zu spielen. Ganz oft hast du allein in einer Ecke gesessen und mit dir selbst gesprochen – beziehungsweise mit Socket. Deine Klassenlehrerin Ms Bordeaux hat sich Sorgen um dich gemacht. Als sie dich einmal fragte, worüber du denn redest, hast du angeblich geantwortet: ›Wir haben uns gerade über Sockets Hirn-OP unterhalten.‹ Das war ziemlich morbide, Schätzchen, aber keiner kann behaupten, du hättest nicht schon sehr früh gewusst, was du mal werden willst.«

»Erschreckenderweise hast du mir das nie erzählt, Mom.« Bei neuen Anekdoten wie dieser frage ich mich immer, ob sie nicht vielleicht erfunden sind. Es existieren zahlreiche Mythen über den Ursprung meiner Leidenschaft für die Chirurgie, aber sie stammen allesamt von meiner Mutter. Ich selbst kann mich komischerweise an keinen dieser prägenden Momente erinnern, nur an das Gefühl, das sich jedes Mal einstellte, wenn sie mir sagte, dass ich von klein auf Ärztin hätte werden wollen. Ich dachte dann immer, dass sie gar nicht mich beschrieb, sondern eine ganz andere Person.

»Wirklich nicht? Hm. Oh ja, die Medizin hat dich schon in einem sehr zarten Alter fasziniert. Zum Glück hast du nicht versucht, die Haustiere aus der Nachbarschaft zu operieren, so wie dieser kleine Psychopath zwei Häuser weiter. Wie hieß der noch? Er ist jetzt Chef von irgendeiner Bank, wie seine Mutter nicht müde wird zu erwähnen, wann immer man ihr über den Weg läuft. War es Douglas? Ach, das wird mir jetzt keine Ruhe lassen. Ein Wunder, dass er es mit diesem Horrorvater überhaupt bis ins Erwachsenenalter geschafft hat.« Als sie verstummt, höre ich Eis in einem Glas klimpern.

»Mom. Bleib bitte beim Thema.« Ich mache aus meiner Ungeduld keinen Hehl. Und wie üblich lässt sie sich davon nicht im Geringsten aus der Ruhe bringen.

»Du meine Güte, erinnerst du dich noch an diese Lehrerin, Ms Bordeaux? Was für eine anstrengende Person. Ich bin mir ziemlich sicher, dass sie inzwischen auch tot ist. Ich weiß noch, dass sie mehr als einmal morgens in die Klasse kam und noch die Klamotten vom Vorabend anhatte. Peinlich. Man konnte den Gin und die Parliament-Zigaretten schon aus einer Meile Entfernung riechen. Als ich einmal im Unterricht hospitiert habe …«

»Okay, das tut jetzt eigentlich nichts zur Sache, Mom, aber da du es schon mal erwähnt hast: Warum hat damals niemand was dazu gesagt, dass meine Grundschullehrerin eine verwahrloste Alkoholikerin war?«

»Charlotte, Schätzchen. Das waren andere Zeiten. Damals waren die Leute in Sachen Kindererziehung noch nicht so verbissen. Wenn ich den ganzen Tag lang mit Sechsjährigen zu tun gehabt hätte, wäre ich auch zur Trinkerin geworden.« Sie stößt einen dramatischen Seufzer aus. »Damals war die Welt noch nicht so beängstigend wie heute. Du durftest immer alleine zur Schule gehen, und du hattest nur so lange einen Babysitter, bis du in der Lage warst, selbstständig die Haustür aufzusperren.«

»Gab es zu der Zeit bei uns im Ort nicht mehrere Kindesentführungen?« Wenn sie nicht von sich aus auf das eigentliche Thema zurückkommt, werde ich sie dazu zwingen.

»Was weiß ich! Mrs DeHirsch – damals frisch verheiratet – war jedenfalls unheimlich stolz darauf, Vertrauenslehrerin geworden zu sein. Sie war eine kluge Frau, und du lagst ihr sehr am Herzen. Sie wollte sichergehen, dass du die Grundschule nicht ohne ein paar Freunde verlässt. Wirklich unheimlich nett. Was für eine Tragödie!«

»Mutter. Du bist eine wandelnde Traueranzeige.« Ich seufze. »Was ist denn mit ihr passiert?« Eigentlich will ich es nicht wissen, aber sie würde es mir ohnehin sagen.

»Krebs«, flüstert sie laut. »Furchtbar.«

Ja, das ist furchtbar, aber womöglich stimmt es gar nicht – wenn man bedenkt, aus welcher Quelle es kommt. Ich beschließe jedenfalls, in einer Welt zu leben, in der Mrs DeHirsch auch weiterhin unter uns weilt. »Kannst du mir jetzt sagen, was damals vorgefallen ist?«, frage ich sanft, aber zugleich ungeduldig.

»Nach dem Gespräch in der Schule bin ich mit dir zu McDonald's gefahren. Wir haben darüber gesprochen, dass es langsam Zeit wird, dass du Socket zu Hause lässt und stattdessen mit anderen Kindern spielst. Du warst traurig, hattest aber auch Verständnis dafür. Du hast mich gefragt, ob wir Blumen auf Grandmas Grab legen können, und hast dich ein bisschen mit ihr unterhalten, während ich im Wagen gewartet habe. Als du zurückkamst, hast du nur gesagt: ›Socket ist jetzt bei Grandma.‹ Wenn ich ehrlich bin, war mir das fast ein bisschen unheimlich. Das mit dem Giftefeu habe ich erst gemerkt, als wir wieder zu Hause waren. Du hattest Blumen für Socket gepflückt, damit er sie auf das Grab legen konnte, und dabei hast du offenbar eine Handvoll Giftefeu erwischt. Du Arme. Das Zeug war überall, du hast es dir sogar in die Augen gerieben. Du sahst so schlimm aus, dass ich schon dachte, jemand würde das Jugendamt einschalten, als ich dich am nächsten Tag in die Schule gebracht habe. Sie haben dich gleich wieder nach Hause geschickt, mich auf der Arbeit angerufen, und diese Krankenschwester, wie hieß die noch, hat mir richtig die Hölle heißgemacht.« Sie lacht schallend.

»Zum Totlachen«, sage ich trocken.

»Charlotte, Schätzchen, ist alles in Ordnung mit dir? Worum geht es denn eigentlich? Du klingst irgendwie anders als sonst.«

Ich rudere hastig zurück. »Mir geht es gut, Mom. Ich habe diese Woche bloß viel über früher nachgedacht. Aus keinem bestimmten Anlass.« Ich bin genau so eine miserable Lügnerin wie sie. Statt auf hinterhältige Täuschungsmanöver verstehen wir uns eher auf Ablenkung.

»Es ist nie gesund, zu viel über die Vergangenheit nachzugrübeln.«

In Verdrängung sind wir auch ziemlich gut.

Sie wechselt abrupt das Thema. »Wie steht es eigentlich um dein Liebesleben? Gibt es jemand Besonderen?« Sie hat deutlich länger gebraucht als sonst, um diese Frage zu stellen.

»Ich suche immer noch nach Mr Goodbar.«

»Ha!« Das bringt sie jedes Mal wieder zum Lachen. »Gott bewahre. Was war das für ein Film. Tuesday Weld war unglaublich. Weißt du eigentlich, dass das ihre einzige ...«

»Oscar-Nominierung war? Ja, Mom. Ich weiß.« Wir führen diese Unterhaltung mindestens einmal pro Monat. Seit ihr mehrmals bescheinigt wurde, sie sehe aus wie Tuesday Weld, tut Mom gerne so, als wären sie alte Freundinnen.

»Char, bist du sicher, dass es dir gut geht, mein Schatz? Vielleicht sollte ich dich mal besuchen kommen. Wir haben uns schon länger nicht mehr gesehen.«

»Das ist nicht nötig.« Ich wünschte, ich hätte wenigstens kurz gezögert, ehe ich mit meinem sehr emphatischen *Nein* herausplatze.

Ein winziger Teil von mir spielt mit dem Gedanken, es mir doch noch anders zu überlegen. Ich könnte mir alles von der Seele reden. Aber wo sollte ich überhaupt anfangen? Von Peter weiß sie nichts. Dass ich wieder Kontakt zu Henry aufgenommen habe, werde ich ihr garantiert nicht verraten. Und warum sollte ich sie mit dem Fall der geheimnisvollen Toten beunruhigen, von der mir ums Verrecken nicht einfällt, woher ich sie kenne? Ich will einfach nur nicht alleine sein.

»Ist wahrscheinlich auch besser so. Ich habe nämlich große Pläne für heute Abend.« Sie führt den Satz nicht weiter aus, und ich frage auch nicht nach.

»Dann mache ich jetzt Schluss, Mom.«

»Okay, Liebes. Bis bald! Ruf mich in ein paar Tagen wieder an.«

»Mache ich. Danke für die Reise in die Vergangenheit.«

Sie lacht. »Das warst du wirklich, Schätzchen.« Wieder atmet sie direkt ins Telefon.

»Was war ich, Mom?«

»Ein seltsames Kind. Aber herzensgut. Sobald du angefangen hattest, Freundschaften zu schließen, konntest du gar nicht mehr damit aufhören. Du mochtest einfach jeden, sogar die schwarzen Schafe. *Vor allem* die.«

Siebzehn

Wolcott

»Diese dort. Die Holzapfelzweige.«

Zwei Glocken über der Tür bimmeln, als wir June's Floral Shop betreten, was die Aufmerksamkeit einer Frau auf uns zieht, die mit einer Gartenschere zwei junge Assistentinnen zwischen einer Kühlvitrine und mehreren großen Vasen auf dem marmornen Tresen hin und her dirigiert. Sie schiebt sich die Brille auf der Nase nach oben, um uns zu mustern, als wollte sie ergründen, ob wir eher Butterblumen- oder Osterglocken-Typen sind.

»Guten Tag, die Herren! Sie melden sich, wenn Sie Hilfe brauchen, ja?« Mit einem Lächeln wendet sie sich wieder ihren eifrigen Gehilfinnen zu.

Ich warte einen Moment, um meinem Partner den Vortritt zu lassen, doch der ist ganz verzaubert von dem Blütenparadies, also spreche ich die Frau an. »Dürften wir uns kurz mit Ihnen unterhalten?« Ich zeige ihr meine Marke – natürlich unauffällig, um nicht die Handvoll von Kunden zu erschrecken, die sich zwischen den Blumen umsieht.

»Sicher«, sagt sie und kommt zu uns. »Womit kann ich Ihnen behilflich sein?«

Silvestri hängt vor Staunen fast die Zunge aus dem Mund. »Dieser Laden …« Er strahlt. »Wirklich atemberaubend.«

Sie lacht hell. »Danke schön«, sagt sie, ehe sie etwas unbeholfen verstummt.

Mein Partner erwacht aus seiner Trance. »Wo sind meine Manieren geblieben? Ich bin Detective Silvestri, und dies hier ist Detective Wolcott.«

»Ist mir ein Vergnügen, Detectives.« Dabei beäugt sie neugierig meinen Partner. »Ein echter Blütenliebhaber, was?«

»Es ist nur ... Sie haben einige sehr exotische Sorten im Sortiment.« Er reißt sich am Riemen und errötet. »Wie Sie ja selber wissen.«

Sie lächelt. »Es ist schön, einen Bewunderer im Laden zu haben.« Im nächsten Moment zieht sie die Mundwinkel nach unten. »Oh mein Gott, Sie kommen doch hoffentlich nicht wegen eines Trauergestecks?«

»Nein, Ma'am«, erwidert Silvestri. »Nichts dergleichen. Wir suchen lediglich nach Informationen zu einer Bestellung, die Sie irgendwann im Laufe der letzten Tage angenommen haben müssten.«

Sie atmet auf. »Gott sei Dank«, sagt sie und nickt in Richtung Kasse. Wir folgen ihr zum Tresen, wo sie einen Laptop aufklappt und einige Tasten drückt. Sie hält inne und sieht uns an. »Wurde die Bestellung abgeholt oder ausgeliefert?«

»Das wissen wir nicht genau«, antworte ich. »Für uns ist in erster Linie wichtig, wer die Bestellung aufgegeben hat.«

»Verstehe«, sagt sie. Sie schiebt sich die Brille wieder nach unten und mustert uns über den Rand hinweg. »Ehebrecher?«

»Wie bitte?«, sage ich.

»Ein fremdgehender Ehemann, stimmt's?«

Ich verkneife mir ein Lachen. »Wir sind nicht befugt ...«

»Ach, ich bitte Sie!«, protestiert sie. »Ich könnte hier durchaus ein bisschen Spannung vertragen.«

»Machen Sie Witze?«, fragt Silvestri und lässt den Blick durch den Laden schweifen. »Was Sie hier haben, ist absolut faszinierend.«

»Sie versüßen mir wirklich den Tag, Detective. Also gut, wie lautet denn der Name des Empfängers?«

»Charlotte Knopfler.«

Sie tippt eine Zeit lang auf dem Laptop herum, dann leuchten ihre Augen auf. »Ah, da haben wir es.« Sie betätigt noch ein paar Tasten. »Eine meiner Angestellten hat die Bestellung entgegengenommen.« Ein weiterer Tastendruck. »Sie wurde gestern aufgegeben und noch am selben Tag an Ms Knopflers Büroadresse ausgeliefert.«

»Können Sie uns sagen, wer die Bestellung aufgegeben hat?«, frage ich.

Sie nimmt die Finger von der Tastatur, schiebt sich die Brille wieder hoch und starrt auf den Bildschirm. »Aber sicher kann ich das«, sagt sie, ehe sie den Kopf hebt. »Sie kam von einer gewissen Brooke Harmon.«

Achtzehn

Rachel

Ich habe keine Angst zu sterben. Das Leben ist deutlich anstrengender als die Alternative.

Einmal erlitt ich im Krankenwagen einen Herzstillstand und war für eine Stunde und zwanzig Minuten lang tot. Ich sah in dieser Zeit kein helles Licht, stattdessen hatte ich das Gefühl, in einer warmen, tiefen Dunkelheit zu treiben. Da war dieses Gefühl absoluter emotionaler und geistiger Schwerelosigkeit. Es war eine Euphorie, größer als bei meinem ersten Schuss. Ich wollte nicht zurück.

Aber offenbar war meine Zeit noch nicht gekommen, denn ein Notarzt jagte mir eine Spritze mit Narcan in den Körper und holte mich ins Leben zurück. Als ich zu mir kam, schaute er mit Tränen in den Augen auf mich herab und sagte, dass er mich auf keinen Fall hätte sterben lassen, weil ich seiner kleinen Schwester so ähnlich sähe.

Diese achtzig Minuten haben mir das Leben gerettet, denn nachdem ich das Bewusstsein wiedererlangt hatte, wusste ich, dass ich mich nie wieder so fühlen wollte wie unmittelbar vor meinem Tod. Seitdem rührte ich nie wieder Drogen an, stattdessen verspürte ich nun ein brennendes Bedürfnis, das ich zuvor gar nicht gekannt hatte: das Bedürfnis zu leben. Meine Ausgangslage war mehr als bescheiden, insofern stellte jede Form eigenständiger Existenz für mich einen Fortschritt dar.

Wovor ich hingegen sehr wohl Angst habe, ist, von Menschen im Stich gelassen zu werden. Diese Angst, so einer meiner ersten Therapeuten, sei die Ursache dafür gewesen, weshalb ich überhaupt zu Drogen gegriffen hätte. Sie waren für mich eine Art der Selbstmedikation, um den Schmerz meiner Angst zu betäuben – etwas, was die meisten Menschen tun, allerdings in der Regel mit weniger tödlichen Konsequenzen. Jetzt strebe ich mit demselben Eifer nach geistiger Klarheit wie früher nach meinem nächsten High.

Ich hatte eine ziemlich ereignislose Kindheit, bis mein Dad, als ich vierzehn war, für einen Routine-Eingriff ins Krankenhaus musste und nicht wiederkam. Meine Mutter erholte sich nie wirklich davon. Sie zog sich immer mehr zurück, bis sie in meinem Leben nur noch eine Hintergrunderscheinung war – eine schattenhafte Gestalt, die sich geräuschlos zwischen Haus, Arbeitsplatz und Sofa hin und her bewegte. Weil ich ein Einzelkind war, suchte ich mir Freunde als Geschwisterersatz und verbrachte viel Zeit mit ihnen. Ich übernachtete oft bei ihnen oder fuhr mit ihnen in den Familienurlaub wie ein Pflegekind.

Mich faszinierten die älteren Brüder meiner Freundinnen, die lauter fragwürdige Lebensentscheidungen trafen, indem sie sich für Motorräder, Gras, Bier und Metallica interessierten – Einstiegspforten für Menschen mit einer bestimmten Gehirnchemie und einem tief sitzenden Bedürfnis nach schnellem Eskapismus.

Prinzipiell hätte ich zu jedem beliebigen Mittel greifen können, aber logischerweise hatten die Menschen in meinem näheren Umfeld einen großen Einfluss auf die Instrumente meiner Selbstzerstörung. Die großen Brüder wuchsen zu Männern heran, und irgendwann reichten die betäubenden Effekte von Bier und

Gras nicht mehr aus. Mein unseliges Faible für Männer mit Todessehnsucht und das Fehlen eines Ausschalters in meinem Gehirn erwiesen sich als brandgefährliche Kombination. Mein Leichtsinn sowie meine Unfähigkeit zur Mäßigung machten mich zur idealen Komplizin, und es herrschte kein Mangel an Bad Boys, die bereit waren, mit mir mit Vollgas in Richtung Untergang zu rasen.

Irgendwann lernte ich einen wunderschönen jungen Mann namens Bo kennen, den absoluten König furchtbarer Entscheidungen. Er kam zum Beispiel auf die geniale Idee, mitten in der Nacht, wenn wir high und besoffen im Auto unterwegs waren, die Scheinwerfer auszuschalten, damit die Polizei nicht sah, dass wir neunzig Meilen pro Stunde fuhren. Ich war ihm sofort verfallen und wich ihm nicht mehr von der Seite, bis sich in meinem Leben irgendwann alles nur noch um die Nadel drehte und es keinen Platz mehr für andere Dinge gab. Ich hielt unsere Heroindiät mehrere Monate durch, bevor ich in besagtem Krankenwagen zu mir kam. Wie durch ein Wunder hatte Bo noch die Geistesgegenwart besessen, den Notarzt zu alarmieren. Es war unser letzter gemeinsamer Trip.

Er überlebte ihn nicht.

Als Charlotte und ich uns kennenlernten, hatten wir viel gemeinsam. Da war zum einen unsere Liebe zu Nadeln. Zugegeben, sie benutzte sie zum Heilen und ich, um mir damit Heroin in die Venen zu spritzen. Aber es war ein Anfang.

Zum Glück war ich zu dem Zeitpunkt schon mehr als sieben Jahre clean, auch wenn in den Ausläufern meines Bewusstseins noch Spuren des alten Begehrens lauerten, das sich immer dann bemerkbar machte, wenn ich überfordert oder müde war oder es mir aus irgendeinem Grund nicht gut ging. Im ersten Jahr meiner Entwöhnung hatte meine Mitbewohnerin in der Entzugsklinik es bei mir mit Akupunktur versucht. Wenn sie nicht gerade soff, war sie eine hervorragende Heilerin, und weil die Nadeln sehr gut gegen meine Gelüste halfen, wurde ich zum Akupunktur-Junkie. Überhaupt probierte ich praktisch sämtliche alternativen Heilmethoden durch, die es gab: tibetische Klangschalenbäder, Qigong, Reiki, Schröpfen, craniosacrale Therapie und Fußreflexzonenmassage. Ich sprang auf jeden Zug auf, der mir Linderung versprach, und irgendwann beschloss ich, selbst Heilpraktikerin zu werden.

Während ich an der Akademie meine Ausbildung in Fußreflexzonenmassage absolvierte, meldete ich mich für einen Kurs, an dem auch Charlotte teilnahm, als Übungspatientin an, und man teilte uns gleich am ersten Tag als Partnerinnen ein. Ich wurde ihre Versuchsperson und sie meine. Das war der Beginn der wichtigsten Freundschaft, die wir beide jemals gehabt hatten. Während des Entzugs hatte ich viel über mich gelernt. Ich war zu der Ansicht gelangt, dass die meisten Menschen schwierig waren und ihr negativer Einfluss auf mich den positiven überwog, deshalb war ich bis zu diesem Zeitpunkt größtenteils allein durchs Leben gegangen. Ich nahm sporadisch an Treffen von Narcotics Anonymous teil und fühlte mich relativ gefestigt, sodass Rückfälle kein Problem für mich waren. Trotzdem hätte ich mich wahrscheinlich mehr bemühen sollen, mir ein unterstützendes Umfeld zu schaffen. Mein grundsätzliches Misstrauen anderen Menschen gegenüber hinderte mich daran, wirklich tiefe Beziehungen zu knüpfen, und die Geschwindigkeit, mit der manche Leute in meinem Leben kamen und gingen, ängstigte mich. Ich wollte mich nicht zu fest an eine Person binden.

Erst als ich Charlotte begegnete, ging ich ein Wagnis ein und lernte in einem Maße zu vertrauen, das ich davor niemals für möglich gehalten hätte. Sie war meine erste echte Freundin, und diese Erfahrung trug entscheidend dazu bei, mich offener zu machen. Ich verstand und respektierte den Weg, für den sie sich entschieden hatte – vor allem, nachdem sie mir anvertraut hatte, wie sie zu dieser Entscheidung gekommen war.

Wenn durch Akupunktur die Energie im Körper wieder ins Fließen kommt, kann es sein, dass dabei auch emotionale Dämme brechen. Als ich das erste oder zweite Mal auf ihrer Liege lag, setzte sie mir einige Nadeln, und im nächsten Moment fing ich an zu weinen wie ein kleines Baby. Auch sie selbst hatte bisher nur in der Theorie erlebt, was für heftige Gefühle ihre Arbeit freisetzen konnte.

»Das tut mir so leid!«, rief sie erschrocken, als sie Zeugin meiner emotionalen Sturzflut wurde.

»Ist schon gut. So sollte es sein«, versicherte ich ihr.

»Rein vernunftmäßig weiß ich das, aber ich war nicht wirklich darauf gefasst. Bist du dir sicher, dass alles in Ordnung ist?«

Trotz meines prekären Zustands brachte ich ein Lächeln zustande. Es tut immer gut, negative Gefühle loszuwerden. Tränen haben einen ungemein entschlackenden Effekt.

»Es geht mir großartig. Jedes Mal, wenn ich diesen Reinigungsprozess durchmache, geht es mir danach tagelang besser. Das ist wie eine Zwiebelhaut, die abgeschält wird. Es geht immer tiefer und tiefer, aber ich glaube, es ist wichtig, bis ins eigene Innerste vorzudringen.«

Ihr Gesicht begann zu leuchten. »Irgendwie komisch. Bei meiner früheren Arbeit habe ich auf genau das gleiche Ziel hingearbeitet, nur dass meine Patienten dabei immer unter Vollnarkose waren. Das machte die ganze Sache etwas einseitig. Dieser Unterschied jetzt hat was Surreales. In Echtzeit Feedback zu bekommen, das ist ... unglaublich.«

Unser starkes Bedürfnis, die Schuld der Vergangenheit abzuwerfen und eine neue Zukunft aufzubauen, war der erste Grund, weshalb wir uns auf Anhieb so gut verstanden. Unsere gemeinsame Leidenschaft, Menschen von ihren Schmerzen zu befreien, war der zweite. An diesem Tag beichteten wir einander noch nicht die dunkelsten Flecken auf unserem Gewissen, aber das sollte sich schon bald ändern.

• • •

Privater Chatroom für Trauma-Betroffene
4.10.19
18:15h

Harmnoone82: Hallo, hallo!
Miserylovescompany: Da ist sie ja wieder.
Harmnoone82: Tut mir leid, Ladys. Ich weiß, ich war eine Zeit lang vom Radarschirm verschwunden.
Woundedhealer: Es ist so schön, deinen Nick zu lesen. Geht es dir gut?
Biggirlsdontcry54: Ich hatte schon befürchtet, dass du nach deinem nächtlichen Treffen mit MaxineKD und Miserylovescompany nicht mehr wiederkommst, weil sie dich vergrault haben ...
MaxineKD: Vielen Dank auch, Biggirlsdontcry54! Ich versichere hiermit, dass ich im RL genauso liebenswert bin wie im Netz.
Harmnoone82: Aber natürlich bin ich wiedergekommen! Und unser spontanes Treffen war genau das, was ich gebraucht habe. Der Pie und die nette Gesellschaft haben mich wieder aufgebaut. (Auch, dass ich der Stadt für ein paar

Tage den Rücken gekehrt und einen Bogen ums Internet gemacht habe.)
MaxineKD: Ich bin echt froh, dass du nach unserer gemeinsamen Flennorgie bei Key Lime Pie nicht die Nase voll von uns hattest.
Miserylovescompany: Wenn es jemals einen Kuchen gab, der es wert ist, darüber in Tränen auszubrechen, dann Key Lime Pie ... ganz ohne Schokolade. Habt ein bisschen Respekt, Ladys.
Woundedhealer: Du warst verreist? Geht es dir denn jetzt besser?
Harmnoone82: Besser als jemals zuvor.
Woundedhealer: Ich habe mir wirklich Sorgen um dich gemacht. Alles in Ordnung?
Biggirlsdontcry54: Du hast eine Reise gemacht? Ich glaube, ich werde neidisch.
Makeupyourmindcontrol: Wo warst du denn?
Harmnoone82: Auf dem Land. Es war herrlich. Ich habe viel Zeit in der Natur verbracht und geschlafen wie eine Tote. Ich fühle mich wie neugeboren.
Woundedhealer: Dann ist bei dir alles wieder gut?
Harmnoone82: Besser als gut!
Woundedhealer: Großartig. Ich hatte mir schon Sorgen gemacht. Bist du sicher, dass es dir gut geht?
Harmnoone82: Ja. Ich dachte, du freust dich, dass ich wieder hier bin, Woundedhealer.
Biggirlsdontcry54: Ernsthaft, Woundedhealer.
Woundedhealer: Sorry, aber in den letzten Chats hast du erwähnt, dass dich was bedrückt?
Harmnoone82: Wirklich, Woundedhealer, es geht mir gut. Meine Güte!

Woundedhealer: Tut mir leid, ich glaube, ich projiziere meine beschissene Woche auf andere.
Makeupyourmindcontrol: Was war denn los?
Woundedhealer: Ich musste eine Leiche identifizieren.
Miserylovescompany: Ach herrje!
Biggirlsdontcry54: Wie schrecklich! Das tut mir so leid für dich, Süße.
Makeupyourmindcontrol: Ich schicke dir Liebe und Umarmungen.
Woundedhealer: Ich muss das alles erst mal verarbeiten.
MaxineKD: Wie traurig.
Miserylovescompany: Standest du der Person sehr nahe, Woundedhealer?
Woundedhealer: Ich kannte sie nicht einmal.
Makeupyourmindcontrol: Schwierige Situation. Manchmal ist uns gar nicht bewusst, wie wenig wir über die Menschen in unserem Leben wissen, bis sie von uns gehen.
Harmnoone82 hat den Chat verlassen.
Miserylovescompany: Sieht so aus, als hätten wir Harmnoone82 unterwegs verloren ...
MaxineKD: Das nenne ich mal einen diskreten Abgang.
Biggirlsdontcry54: Eher einen Abschied auf Polnisch.
Woundedhealer: Wahrscheinlich war es meine Schuld. Diese Woche sage ich einfach immer das Falsche.

MaxineKD: Ich hoffe, diesmal bleibt sie nicht wieder so lange verschwunden.
Makeupyourmindcontrol: Mach dich deswegen nicht fertig, Woundedhealer. (Auch wenn das eins deiner Spezialgebiete ist.) Die kommt schon wieder zurück.
Miserylovescompany: Wir kommen immer zurück. Uns wird man nicht so schnell los. Wir sind wie Selbsthilfe-Herpes.

Privater Chatroom für Trauma-Betroffene
4.10.19
18:45h

Persönliche Nachricht von Woundedhealer an Harmnoone82 (offline)

Woundedhealer: H, es tut mir leid. Ich weiß auch nicht, was in mich gefahren ist. Meine Woche war ziemlich chaotisch. Ich hoffe, du kannst meine Entschuldigung annehmen. Du bist immer so nett und hast mir in dieser Gruppe unheimlich geholfen, und obwohl wir uns nie persönlich begegnet sind, fühle ich mich dir manchmal näher als einigen meiner Freunde im RL. (Nicht, dass das hier nicht »real« wäre; du weißt schon, was ich meine.) Ich hoffe, zwischen uns ist alles in Ordnung. X WH

Neunzehn

Rachel

Ehe ich den Wagen auf dem Parkplatz vor dem 7-Eleven in eine freie Lücke lenken kann, hält sein Mustang neben mir. Die Zigarette zwischen seinen Fingern ist fast bis zum Filter heruntergebrannt, was er allerdings gar nicht zu bemerken scheint. Obwohl ich seit einem Jahrzehnt nicht mehr geraucht habe, verspüre ich ein flüchtiges Verlangen nach Nikotin. Es gibt Dinge, von denen ich niemals ganz frei sein werde, und dazu zählt auch das Rauchen.

Unsere Autos weisen in entgegengesetzte Richtungen, und für einen zufälligen Beobachter sehen wir vielleicht aus wie verdeckte Ermittler oder zwielichtige Gestalten, die etwas verhandeln, was man eben nur auf dem Parkplatz eines Minimarkts verhandeln kann.

Ich staune, dass er mich so schnell erkannt hat, zumal wir uns noch nie außerhalb des normalen Umfelds getroffen haben. Erst dann geht mir auf, dass es vermutlich an meinem Wagen liegt. Ich lasse die Scheibe herunter. »Hey«, sage ich. Er blickt übertrieben theatralisch nach rechts und links.

»Folge mir. Hier ist es nicht sicher«, raunt er mir zu, ehe er langsam aus seiner Parklücke setzt. Ich wende und folge ihm bis zu meinem Haus.

Als er in meine Einfahrt einbiegt, verspüre ich einen kurzen

Anflug von Nervosität. Er war noch nie bei mir zu Hause. Bisher war ich immer nur bei ihm. Ich sage nicht vielen Menschen, wo ich wohne, aber natürlich kennt er meine Adresse – aus demselben Grund, aus dem er wusste, wie mein Auto aussieht.

Er steigt aus und schließt den Reißverschluss seiner Jacke, ehe er sich eine Ray-Ban-Sonnenbrille mit Chromgestell und eine Strickmütze aufsetzt.

»Was soll das Theater?«, frage ich scherzhaft. Er hat den Motor laufen lassen, und die Bässe einer undefinierbaren Rockballade aus den Siebzigern dringen nach außen. Die Temperatur ist seit heute Morgen deutlich gefallen. Ich stehe an der Motorhaube meines Wagens und lehne mich der Hitze entgegen, die von ihr aufsteigt. Ich überlege, ob ich ihn hereinbitten soll, aber ich will dieses Treffen nicht unnötig in die Länge ziehen. Außerdem erwartet Charlotte mich zum Abendessen.

»Dafür könnte ich gefeuert werden«, sagt er, als er mir einen braunen Umschlag reicht.

»Ich weiß. Es tut mir leid.« Ich nehme den Umschlag entgegen und wundere mich nicht darüber, wie dünn er ist.

»Ach, na ja. Eigentlich hasse ich den Job sowieso. Aber man muss ja schließlich seine Rechnungen bezahlen.«

»Ich danke dir, Matty.« Ich lege ihm eine Hand auf die Schulter, und er wird rot. Mir ist bewusst, dass er sich Hoffnungen auf etwas anderes macht als nur eine oberflächliche Bekanntschaft, aber er ist kein geeignetes Material für eine Freundschaft, geschweige denn für mehr. Erstens ist er praktisch noch ein Kind, zweitens ist sein Musikgeschmack (wenngleich aus derselben Ära stammend wie meiner) nicht minder problematisch als seine Bereitschaft, seinen Arbeitgeber zu hintergehen.

»Keine Ahnung, inwiefern dir das weiterhelfen soll. Ich konnte absolut nichts über den Kerl finden.«

»Genau das ist der Grund, weshalb ich dich darum gebeten habe.« Ich schlage die Akte auf, die er mir gegeben hat, und werfe einen flüchtigen Blick auf das einsame Blatt Papier darin. »Eins plus, mein Lieber.«

Er strahlt. Ich glaube, er hat in seinem bisherigen Leben nicht oft gute Noten bekommen. Er bemüht sich redlich, aber es fehlt ihm an den Grundlagen.

»Kannst du mir das noch mal mailen?« Darum hatte ich ihn ursprünglich gebeten, aber er hat auf ein persönliches Treffen gedrängt, wahrscheinlich weil er hoffte, ich würde mich revanchieren. Außerdem ist hier in der Gegend sonst nicht viel los, und ich spüre seine Sehnsucht nach ein bisschen Nervenkitzel. Wir alle wünschen uns ein Leben, das wichtiger und aufregender ist als unsere Wirklichkeit. Ich glaube, in seiner Behörde wird nicht genug darauf geachtet, was während der Arbeitszeit vor sich geht – ganz zu schweigen davon, was die unzufriedenen Angestellten in ihrer Freizeit so treiben.

»Sicher. Kein Problem.« Er zückt sein Handy und berührt mehrmals das Display. Kurz darauf spüre ich, wie mein eigenes Handy in meiner Manteltasche vibriert.

»Danke noch mal, Matty!« Ich blicke zu seinem Wagen und hoffe, dass er den Wink versteht.

»Jederzeit. Hoffe, du kriegst den Schurken. Wer auch immer er ist.«

Ich nicke ernst, was ihn zufriedenzustellen scheint. Wir stehen noch einen Moment lang unschlüssig herum, ehe er begreift, dass er entlassen ist. Er beugt sich für eine hölzerne Umarmung zu mir hin, doch ich weiche ihm aus.

Peinlich berührt steigt er in seinen Wagen und lässt den Motor aufjaulen.

Ich hebe die Hand zu einem angedeuteten Winken, als er davonfährt. Sobald er außer Sichtweite ist, hole ich mein Telefon aus der Tasche, ziehe mir die Handschuhe aus und öffne meine E-Mails, um mich zu vergewissern, dass ich seine Mail auch wirklich bekommen habe. Ganz oben in meiner Inbox lese ich Mattys Mailadresse mit der Betreffzeile »PETER STANTON«. Ich klicke die Nachricht an, um zu sehen, was ich bereits schwarz auf weiß in den Händen halte. Es ist ein gutes Gefühl, mehrere Versionen der Wahrheit zu haben.

Jetzt muss ich mir nur noch überlegen, wie ich sie Charlotte beibringen soll.

Zwanzig

Charlotte

Rachel sieht aus wie eine Besessene. Ihre Augen sind so wild wie ihre Haare, als sie mit einem großen Strauß Inkalilien und dem Arm voller Einkaufstüten von Whole Foods zur Küchentür hereingewirbelt kommt. Unsere Blicke treffen sich, und ihre grüblerische Miene weicht einem hastig aufgesetzten Lächeln, als wäre sie überrascht, mich in meiner eigenen Küche anzutreffen.

»Hi! Sorry, dass ich so spät dran bin. Da draußen herrscht Hurrikan-Wetter. Die ideale Atmosphäre für ein Treffen unseres Hexenzirkels heute Abend.« Sie lacht schallend und stellt die Einkaufstüten auf dem Tisch ab, ehe sie eine Hand nach der Vase auf dem Kühlschrank ausstreckt.

»Alles in Ordnung mit dir?« Unpünktlichkeit ist sonst nicht ihre Art, und sie kommt geschlagene dreißig Minuten später als verabredet. Doch kaum hat sich dieser Gedanke in meinem Kopf geformt, da wird mir bewusst, dass sie sich in letzter Zeit häufiger verspätet hat und die Gründe dafür nie nennen wollte. Ich kämpfe gegen die nagende Angst in meinem Bauch an, dass sie sich von mir distanziert so wie all die anderen Menschen in meinem Leben auch.

Sie zögert einen Moment, ehe sie antwortet. »Ja. Alles gut. Ich hatte nur einen Termin, der länger gedauert hat als erwartet.«

»Oh. Ich wusste gar nicht, dass du in der Praxis warst.« Ich habe in unseren gemeinsamen Kalender geschaut; sie hatte heute Abend keine Patienten.

»Es war ganz kurzfristig. Ich habe es noch nicht in den Computer eingetragen.« Sie macht sich an den Einkäufen zu schaffen und sieht mich nicht an. »Bin ich die Erste?«

»Die Einzige. Ich bin mir relativ sicher, dass man für einen Hexenzirkel mindestens vier Personen braucht, das fällt heute Abend also flach.« Ich sage dies bewusst trocken, um mir nicht anmerken zu lassen, wie sehr mich die andauernde Zurückweisung meiner anderen Freundinnen verletzt.

»Keine hat sich gemeldet?« Sie schüttelt den Kopf. »Na ja, was solls? Wir brauchen sie nicht. Dann beschwören wir die vier Winde eben zu zweit herauf.«

Natürlich sind wir keine echten Hexen. Wir sind eine Frauengruppe, die sich seit etwas mehr als zwei Jahren einmal im Monat bei mir trifft. Sie setzt sich aus verschiedenen klugen, netten Frauen zusammen, die hin und wieder die Gesellschaft Gleichgesinnter brauchen, um Dampf abzulassen, zu lachen oder sich zu beklagen. Fast alle sind Freundinnen aus meiner Kindheit, die entweder nie weggezogen oder irgendwann in die alte Heimat zurückgekehrt sind. Unsere Treffen sind eine willkommene Abwechslung vom Alltag, gerade für die Mütter in der Gruppe, die mittlerweile die Mehrheit darstellen. »Der Hexenzirkel« – so hat Rachels jüngster Ex-Freund Eric unsere Gruppe genannt. Der Spitzname hielt länger als ihre Beziehung. Es war eine als Kompliment getarnte Spitze und, ehrlich gesagt, auch ziemlich frauenfeindlich. Rachel hat sich kurz danach von ihm getrennt. Dass er ihren Schmuck gestohlen hat, spielte dabei vermutlich auch eine gewisse Rolle.

»Mir ist das nur recht. Eigentlich war ich heute Abend auch

nicht in der Stimmung für eine große Gruppe. Ich freue mich, einfach ein bisschen mit dir abhängen zu können, Süße.«

Sie wirkt deutlich unbeschwerter als eben bei ihrer Ankunft, und ich verspüre eine gewisse Irritation, weil sie sich die unentschuldigte Abwesenheit der anderen nicht so sehr zu Herzen nimmt wie ich.

Sie muss meinen Stimmungsumschwung bemerkt haben, denn sie schenkt mir ein mitfühlendes Lächeln. »Mach dir keine Sorgen, Süße. Was auch immer der Grund dafür ist, dass sie heute nicht hier sind, sie kommen schon wieder. Das hat auf keinen Fall was mit dir zu tun – du hast schließlich nichts Schlimmes getan. Nimm es nicht so schwer.«

»Ja, mag sein. Ich verstehe nur nicht, warum sie mich ausgrenzen. Ich wüsste einfach gerne Bescheid. Wenn ich was Falsches gesagt oder getan habe, möchte ich wenigstens die Chance bekommen, mich zu entschuldigen.«

»Wofür denn? Andere Leute haben auch viel um die Ohren, vergiss das nicht. Du weißt ja nicht, was bei ihnen los ist – mit Kindern und Arbeit und allem.«

»Ja, eben: Ich *weiß* es nicht. Weil ich die endlosen Nachrichten über Kinder und Ehemänner nicht mehr bekomme.«

»Der Chatroom hat dich doch sowieso genervt«, hält sie dagegen. Damit hat sie recht, trotzdem fehlt mir etwas, seit der ständige Strom von Textnachrichten über Kindererziehung, Ehedramen, Streptokokken und Durchfall versiegt ist. Ich fühle mich ausgegrenzt.

»Das stimmt. Trotzdem wäre es mir lieber, ich würde sie weiterhin bekommen und könnte mich darüber beschweren. Das ist besser als totale Funkstille. Ich habe das Gefühl, sie machen das mit Absicht.«

»Wenn das wirklich wahr ist, dann benehmen sie sich wie

dumme, gehässige Kinder. So was brauchst du nicht in deinem Leben, Süße.«

Es gibt Momente, in denen Rachel ihre Mutter-Erde-Maske der universellen Liebe fallen lässt und ich einen flüchtigen Blick auf den Zorn und die Bitterkeit erhasche, die sich dahinter verbergen. Zwischen Rachel und dem Rest der Gruppe herrschte von Anfang an eine gewisse Spannung, die ich jedoch nie angesprochen habe, aus Angst, das Problem damit nur noch zu verschärfen.

»Ja, vielleicht«, lenke ich ein. Doch die Zurückweisung tut weh. Eine weitere Enttäuschung von vielen.

»Mein Blutzuckerspiegel ist total im Keller, ich muss unbedingt was essen. Wie weit bist du mit dem Hummus?«, fragt sie.

Ich gebe mehr gedünsteten Knoblauch und Meersalz zu den pürierten Kichererbsen und gönne dem Mixer noch ein paar Umdrehungen, bis die Konsistenz mir richtig erscheint. Dann ziehe ich den Stecker der Küchenmaschine und tunke einen Karottenstick in die Mischung, den ich an sie weiterreiche.

Dankbar nimmt sie ihn entgegen. »Vielleicht noch eine Idee mehr Tahini?« Sie leckt sich die Finger, ehe sie anfängt, die Blumen in der Vase zu arrangieren. Als sie mit dem Ergebnis zufrieden ist, schlingt sie sich ihre Locken zu einem Knoten und fängt an, ihre mitgebrachten Schätze auf dem Tresen auszubreiten.

Den Strauß von Peter habe ich bewusst im Büro gelassen. Er hätte nur zu allerlei neugierigen Fragen von meinen Freundinnen geführt, die eigentlich heute Abend hätten kommen sollen.

Ich betrachte die reich gedeckte Tafel. »Das ist ganz schön viel Essen für zwei Personen. Vielleicht sollten wir das Menü etwas reduzieren?« Es fällt mir schwer, meine Enttäuschung zu überwinden.

Rachel nickt. »Wie wäre es, wenn wir einfach nur das Grillgemüse und die Pilzsteaks machen? Die Guacamole und den Salat lassen wir weg. Ich bin am Verhungern, deshalb muss ich mich schon mal auf den Hummus stürzen. Ach so, und ich habe dir welche von den Trüffeln aus Rohkakao mitgebracht, die du so gern magst.«

»Ich dachte, du hast dem bösen Zucker entsagt?«, ziehe ich sie auf.

»Ich habe beschlossen, dem Entsagen auf Zucker zu entsagen«, verkündet sie. »Das Leben ist zu kurz für Verzicht.«

Ich bringe es nicht übers Herz, ihr zu gestehen, wie sehr mir die Rohkakaotrüffel mittlerweile zum Hals heraushängen. Genau wie das gekeimte Brot, das eigentlich gar kein richtiges Brot ist, oder der mehlige Cashewkäse. Ich bin dieses »gesunde« Essen, das nicht nach Essen schmeckt, leid. In Wahrheit sehne ich mich nach einem Cheeseburger und einer Cola light. So wie früher auf der Uni. »Super. Die liebe ich.«

Rachel schraubt den Deckel von einer Flasche Mineralwasser und gießt zwei Gläser voll. Ich entkorke eine Flasche Bio-Pinot-noir, während sie, ohne mich zu fragen, einen anderen Radiosender einstellt. Doch weil sie einen Sender auswählt, den ich selbst oft höre, beschwere ich mich nicht.

Unser Lieblingssong erklingt, und wir rufen gleichzeitig »Yay!« und »Mach lauter!«.

Rachel singt mit, während ich einen Teil vom Hummus in eine Schale löffle.

»A moment I will not forget
We met our match, the day we met;
We shared a laugh, we shared a brain
You drove me nuts, you kept me sane.
We leapt at the sky, howled at the moon

We whistled, we sang the same sweet tune;
You might have known before I did
What it means to love, what it means to live.«

Während ich ihr beim Singen zuschaue, geht mir auf, wie selbstbezogen ich gewesen bin und wie wenig ich mich dafür interessiert habe, was in ihrem Leben gerade los ist. Als der Refrain kommt, stimme ich mit ein, und gemeinsam lachen und singen wir aus voller Kehle.

»My rock, my heart, my air, the part
Of me that sees the light, the ease
You set me free, aflight, abreeze
Can't tell you what you mean to me.«

»Süße«, sage ich sanft. »Komm, wir setzen uns hin und reden. Ich habe das Gefühl, überhaupt nicht zu wissen, was bei dir gerade so vor sich geht.«

Sie schnappt sich eine Karotte als Mikrofon, und wir müssen beide lachen, als sie pathetisch hineinzusingen beginnt, während sie quer durch die Küche tanzt. Sie tut so, als würde sie mir ein Ständchen bringen, und ich gebe den Versuch auf, über die Musik hinweg mit ihr reden zu wollen. Stattdessen wasche ich die Steinpilze. Rachel hat eine tolle Stimme, und ich gönne ihr den Moment im Rampenlicht.

»The inside jokes, the smiles, the tears
You're the balm that calms my fears;
You get to me, you let me be
You lend a smile, you let me grieve.
You're a part of me that will never leave

In my bones you live, you breathe;
Away from the crowd, you're never alone
You're on my mind when I get home.«

Als ich mich zu ihr umdrehe, sehe ich Tränen in ihren Augen schimmern. Gleich darauf setzt zum zweiten Mal der Refrain ein. Ich greife nach meinem Handy, um die Lautstärke des Radios herunterzuregeln, doch sie nimmt es mir aus der Hand und fährt mit ihrem Auftritt fort. Ich bewege die Lippen zum Text, allerdings lautlos, damit sie den Rest alleine zu Ende singen kann.

»Woke from a dream, was soaked in sweat
I'd never known you, we'd never met;
I'd never known how sweet life gets
When you find the piece that fits.
The one who sees you, knows your soul
Knows each part and loves you whole.
I'd never said, to my regret
How much I love you, my best friend.«

Sie hebt für ein dramatisches Finale die Arme, ehe sie sie ausbreitet, damit ich sie umarmen kann. Ich tue ihr den Gefallen. Als ich mich von ihr löse, beißt sie herzhaft in ihr Karottenmikrofon, ehe sie sich auf einen Stuhl sinken lässt und wir beide lachen müssen.

»Du hast definitiv den falschen Beruf gewählt, Süße.« Ich setze mich neben sie. Wir brauchen einen Moment, um uns von unserem Lachanfall zu erholen. Aber er hat gutgetan.

»Okay, erzählst du mir jetzt, was du so getrieben hast?« Ich schaue sie erwartungsvoll an.

»Hm.« Sie blickt auf ihre Hände hinab. »Da gibt es nicht viel zu erzählen.«

Ihre wegwerfende Antwort tut weh. »Aha. Verstehe. Bist du sicher?«

Ihr Handy zwitschert, und sie greift danach, ehe ich das Display sehen kann. Sie liest eine Nachricht, und ich schwöre, dass sie leicht zusammenzuckt, ehe sie das Handy in ihrer Umhängetasche verschwinden lässt. »Sorry!«

»Alles in Ordnung?«

»Ja, ja. Absolut.« Sie steht auf, geht zu den ausgepackten Lebensmitteln und fängt an, Koriander zu hacken, als wäre sie nicht vor wenigen Sekunden singend durch die Küche getanzt.

»Gibt's was Neues vom Detective?«, fragt sie, um von sich selbst abzulenken. Ich lasse es ihr durchgehen.

»Er und sein Partner Detective Wolcott waren heute in der Praxis.«

Rachel zieht eine Augenbraue hoch. »Und ich habe sie verpasst? Verdammt! Wie ist sein Partner denn so? Ist Wolcott ein Er oder eine Sie?« Sie schnappt sich den nächsten Karottenstick und hält ihn wie eine Zigarette zwischen den Fingern.

»Ein Er. Sehr misstrauisch. Oder vielleicht ist ›neugierig‹ das bessere Wort.«

»Na ja, das ist in seinem Job doch die wichtigste Voraussetzung, oder?«

»Stimmt. Trotzdem hatte ich das Gefühl, dass er mir aus irgendeinem Grund ziemlich skeptisch gegenübersteht.«

»Wahrscheinlich macht Akupunktur ihm Angst. Das ist bei Männern oft der Fall, vor allem, wenn sie Uniform tragen.«

»Weiß nicht. Ich habe doch gar nicht versucht, bei ihm Nadeln zu setzen. Ich wollte nur helfen.«

»Weshalb war er denn misstrauisch?«

»Na ja, mein Name ist im Zusammenhang mit einer toten Frau aufgetaucht, an die ich mich nicht erinnern kann. Daran könnte es liegen. Allerdings war ich schon nervös, bevor sie aufgetaucht sind.«

»Du hast nichts zu verbergen.« Ein kaum wahrnehmbarer Hauch von Zweifel hat sich in ihre Stimme geschlichen.

»Ich habe bei Wolcott keinen guten ersten Eindruck hinterlassen. Und keinen guten zweiten bei Silvestri.«

»Das sieht dir gar nicht ähnlich, Char.«

»Ich war wohl zu angespannt. Und dann waren da noch die Blumen. Sie haben mir Fragen dazu gestellt, und ich musste sie anlügen. Ich habe ihnen gesagt, dass sie von dir sind.«

Automatisch wandert ihr Blick zu dem Strauß, den sie kurz zuvor so liebevoll arrangiert hat. »Was für Blumen? Ich bin verwirrt ...«

»Peter hat mir Blumen geschenkt.«

Rachel verzieht das Gesicht. »Oh, wow! Das ist ja mal was Neues. Ist er zurück?«

»Nein, ist er nicht; er hat mir nur den Strauß geschickt.«

Die Stimmung im Raum hat sich merklich verändert. Die Leichtigkeit ist verschwunden und hat einer unangenehmen Anspannung Platz gemacht.

»Wo ist er denn? Was hat er gesagt?« Die beiden Detectives scheinen vergessen.

»Sein Auftrag dauert länger als geplant.«

»War ja klar«, sagt sie, an die Karotte gewandt.

»Rachel, sein Job ist ihm sehr wichtig. Dass er länger wegbleiben muss, ist weder seine Schuld noch seine Entscheidung.« Mein abwehrender Tonfall veranlasst mich dazu, meine eigene Überzeugung in dieser Sache zu hinterfragen.

»Was auch immer das für ein Job ist.« Ihre Worte sind scharf wie Rasiermesser.

Manchmal wünschte ich mir, ich hätte ihr nie von Peter erzählt.

Sie beginnt die Steinpilzsteaks auf dem Schneidebrett zurechtzulegen und lässt Himalayasalz und Pfeffer auf sie rieseln. Ich schnipple derweil Gemüse und hole die Spieße aus der Schublade. Einige Minuten lang arbeiten wir schweigend nebeneinander, während im Hintergrund die Klänge einer atmosphärischen Klaviermelodie anschwellen.

»Lass uns das Thema wechseln, ja?« Ich formuliere es nur deshalb als Frage, um zu suggerieren, dass ich bereit bin, auf ihre Meinung Rücksicht zu nehmen. Was nicht stimmt. Wir werden definitiv das Thema wechseln, ob sie nun will oder nicht.

Rachel blickt aus dem Fenster, während die letzten Reste Tageslicht verschwinden. »Von mir aus. Zurück zu den Detectives … Was gibt es Neues in Bezug auf die tote Frau?«

Ich werfe ihr einen missbilligenden Blick zu. Mich stört die Flapsigkeit, mit der sie auf diese sehr ernste Situation reagiert.

»Sie sagen, sie sind kurz davor, rauszufinden, was ihr zugestoßen ist. Offenbar gibt es mehrere Hinweise.«

»Hm. Und sie sind extra zu dir in die Praxis gekommen, nur um dir das zu sagen?«

Ich merke, dass ich langsam die Geduld verliere. Mir rutscht das Messer aus der Hand und fällt klappernd zu Boden.

»Upsie!«, ruft Rachel und bückt sich, um es aufzuheben.

»*Lass es!*«, rufe ich.

Rachel erschrickt. Sie weicht einen Schritt zurück und hebt die Hände, zunächst in einer Geste der Ratlosigkeit, die dann in eine Verteidigungshaltung übergeht.

»Char? Was hast du denn nur?«, fragt sie mit großen Augen.

Plötzlich komme ich mir albern vor. »Tut mir leid. Ich weiß auch nicht, was mit mir los ist. Irgendwie bin ich total durch den

Wind. Ich vermisse Peter. Diese Sache mit der toten Frau ist so schrecklich, und ich finde es definitiv nicht angenehm, wenn zwei Detectives in der Praxis aufkreuzen – selbst wenn sie es nur gut gemeint haben. Es ist auch so schon schwer genug, neue Patienten zu bekommen und sie zu halten. Und …« Mein Gehirn zwingt mich dazu, die Worte auszusprechen, dabei bin ich mir nicht sicher, ob ich das alles wirklich mit Rachel erörtern will.

»Und?« Sie hat wieder am Tisch Platz genommen. Die Hände im Schoß gefaltet, wartet sie darauf, dass ich fortfahre, als wüsste sie bereits, was gleich kommt. »Bist du wegen irgendwas sauer auf mich?«

Ich setze mich auf die andere Seite des Tischs und spiegle ihre Körperhaltung. »Ich habe den Eindruck, dass du Peter gegenüber noch negativer eingestellt bist als sonst. Du hast ihn nie getroffen, Rach, und trotzdem tust du so, als würdest du ihn besser kennen als ich.« Sie öffnet den Mund, um mir zu widersprechen, aber ich gebiete ihr mit erhobener Hand Einhalt. »Jedes Mal, wenn ich ihn auch nur erwähne, fängst du an, ihn zu verurteilen.« Statt ihr in die Augen zu sehen, starre ich meine Hände auf der Tischplatte an. Schon im nächsten Moment, noch ehe sie darauf reagiert hat, beginne ich alles anzuzweifeln, was ich soeben gesagt habe.

Sie schweigt lange, dann räuspert sie sich.

Sie holt ihr Handy aus der Tasche und tippt darauf herum, und ich ärgere mich wahnsinnig, dass sie mitten in unserer Unterhaltung jemandem eine Nachricht schreibt. Nach einer Weile reicht sie mir das Handy.

Auf dem Display sehe ich eine E-Mail von einem mir unbekannten Absender – MathewHart@usdmv.com. Betreff: PETER STANTON. Mehr kann ich nicht lesen, so heftig packt mich die Wut.

»Was soll das?« Beim Anblick seines vollständigen Namens hat sich mein gesamter Körper verkrampft.

»Ich kenne jemanden bei der Kfz-Zulassungsstelle. Ich habe ihn gebeten, in der Datenbank nach Peter zu suchen, nachdem ich es zuvor auf einer dieser Websites probiert hatte, bei denen man Hintergrundchecks in Auftrag geben kann.« Sie macht eine abwartende Pause. Mir fehlen die Worte. »Es gibt nirgendwo eine Spur von ihm«, fährt sie fort.

Meine Wangen brennen, mein Mund ist staubtrocken. Ich stehe auf, um mir ein Wasser zu holen, greife dann jedoch nach einem frisch eingeschenkten Glas Pinot noir und leere es in zwei tiefen Zügen.

»Hey, Char! Immer langsam.« Rachel steht auf und will mir begütigend die Hand auf den Arm legen, doch ich schüttle sie ab und ziehe mich ans andere Ende der Küche zurück.

»Rachel. Was. Zum. Teufel?« Mein Schädel pocht. Ich spüre die ersten Anzeichen einer Migräne. »Wie kommst du auf die Idee, Peter einem Hintergrundcheck zu unterziehen?« In all den Jahren unserer Freundschaft ist dies das erste Mal, dass ich ihr gegenüber laut werde. Es ist ein grauenhaftes Gefühl. »Ist das der Grund für deine Heimlichtuerei in der letzten Zeit?«

»Ich ... ich ... ich habe mir Sorgen um dich gemacht, Charlotte«, stammelt sie. »Ich hatte den Eindruck, je mehr du mir von ihm erzählst, desto weniger Sinn ergibt das alles. Normalerweise lernt man seinen Partner doch besser kennen, je länger man zusammen ist. Vielleicht hast du mir ja auch nicht alles gesagt, aber das, *was* du mir gesagt hast – und mal ehrlich, wir sagen uns doch *alles* –, kam mir einfach komisch vor.«

»Wie kannst du es wagen?« Ich bin so wütend, dass alles vor meinen Augen verschwimmt. »Darum habe ich dich nicht gebeten. Das ist eine unfassbare Verletzung meiner Privatsphäre, Rachel.«

Sie macht ein Gesicht, als hätte ich sie geschlagen. »Char, ich weiß, dass du sauer bist. Und ich verstehe auch, weshalb. Aber kannst du das Ganze vielleicht trotzdem rational betrachten?« Jetzt ist sie schon nicht mehr ganz so defensiv wie eben.

Ich bin sprachlos. Ich fange an, in der Küche auf und ab zu gehen.

»Versuchen wir doch mal objektiv zu sein. Was weißt du wirklich über den Kerl? Er hat einen Job bei einer Regierungsbehörde – *angeblich*. Hast du Beweise gesehen? Im Internet ist er unauffindbar. Ein Phantom. Nirgendwo auch nur der kleinste Hinweis auf seine Existenz. Er benutzt Wegwerfhandys? Er hält nichts von Kreditkarten?«

»Ich werde das ganz sicher nicht Punkt für Punkt mit dir durchgehen, Rachel. Das alles geht dich nämlich überhaupt nichts an.«

Doch sie lässt sich nicht beirren. »Du hast nie mit eigenen Augen gesehen, wo er wohnt. Was ist mit Freunden oder Verwandten? Er behauptet, er stamme aus Chicago, aber weder im Staat Illinois noch im näheren Umkreis findet man jemanden mit seinem Namen, der auch nur annähernd in seiner Altersklasse ist. Und in Quantico, wo er doch angeblich wohnt, entdeckt man nicht die geringste Spur von ihm. Ich hatte einfach ein ungutes Gefühl, und als ich seinen Namen in die Website eingegeben habe und sie absolut keine Informationen über ihn ausgespuckt hat, ist dieses Gefühl noch stärker geworden. Gibt dir das alles denn gar nicht zu denken?«

»Wie wäre es, wenn *du* zur Abwechslung mal nachdenkst? Er arbeitet für die US-*Regierung*!« Inzwischen bin ich so zornig, dass ich beim Sprechen spucke. »Und warum solltest du – oder sonst jemand – irgendwas über ihn im Internet finden? Diese Onlinedienste sind doch nur Geldmacherei, die haben nicht alle Informationen. Das hat er mir selbst gesagt.« Sie lacht laut auf, aber ich bin wild entschlossen, das letzte Wort zu haben. »Warum sollte man ihn mithilfe irgendeines billigen Online-Suchdienstes finden können? Schalte doch mal dein Gehirn ein.« Ich höre die Stimme meiner Mutter aus meinem Mund kommen und zucke zusammen.

»Von mir aus. Aber die Kfz-Zulassungsstelle müsste ihn doch auf jeden Fall im System haben. Deshalb habe ich meinen Bekannten gebeten, mir einen Gefallen zu tun und mal nachzuschauen. Ich dachte, du willst vielleicht wissen, ob der Typ, von dem du seit etwa einem Jahr geradezu besessen bist, möglicherweise nicht der ist, für den er sich ausgibt. Ich habe das nur gemacht, um dich zu beschützen!«

Ich habe Rachel noch nie brüllen hören, und es schockiert mich zutiefst. Ich zittere, weil sie einen bereits entzündeten Nerv getroffen hat – mit einem Hammerschlag. Ich würde es ihr gegenüber niemals eingestehen, aber sie sagt mir nichts, was ich mir nicht schon selbst gedacht habe.

»Du gehst jetzt besser.« Meine Stimme wird kalt, als ich meinen Zorn, der eigentlich mir selbst gilt, gegen sie richte. Ich wende mich ab, um ihr nicht in die Augen schauen zu müssen. Der Wind draußen hat aufgefrischt, und das Windspiel vor der Küchentür schwingt laut klimpernd hin und her. Sie schweigt.

»Charlotte. Du bist meine beste Freundin auf der ganzen Welt. Ich liebe dich. Ich mache mir Sorgen. Ich habe ein ganz mieses Gefühl, was diesen Mann angeht.«

Ich sage nichts.

»Char. Bitte. Es ist, als gäbe es ihn gar nicht. Willst du nicht wissen, wer er wirklich ist?«

Ich schließe fest die Augen, kurz bevor mir die ersten Tränen über die Wangen laufen. »Ich kann das jetzt gerade nicht.« Ich drehe mich zu ihr um. »Gute Nacht, Rachel!«

Ich mache die Augen erst wieder auf, als ich höre, wie die Tür hinter ihr ins Schloss fällt. Das Blut rauscht so laut in meinen Ohren, dass es sich anhört, als befände ich mich in einer Windturbine. Von plötzlicher Panik und Reue erfasst, renne ich durchs Haus und reiße die Vordertür auf, gerade als sie rückwärts aus der Einfahrt setzt. Als sie mich sieht, hält sie an.

Ich gehe zur Fahrertür, und sie lässt die Scheibe herunter. Ihr Blick ist hoffnungsvoll. Ich hebe die Hand, um sie am Aussteigen zu hindern.

»Ich bin immer noch stinksauer auf dich.«

Sie nickt und schaut mich an. »Okay. Das verstehe ich.« Sie sieht am Boden zerstört aus. »Es tut mir leid, Charlotte. Ich dachte, ich tue was Gutes. Ich versuche nur, dich zu beschützen.«

»Ich kann gut auf mich selbst aufpassen, Rach.« Während ich dies sage, frage ich mich, ob es auch wirklich stimmt.

»Das weiß ich. Aber ich mache mir eben Sorgen. Dieser Mann könnte dir sehr wehtun.«

»Ich muss erst mal über alles nachdenken, ehe ich etwas sage, was ich hinterher vielleicht bereue«, gestehe ich offen.

»Das kann ich total gut nachvollziehen. Tu, was sich für dich richtig anfühlt.« Sie ist enttäuscht, dass ich sie nicht wieder ins Haus bitte, aber wenn jemand zu schätzen weiß, dass ich klare Grenzen setze, dann sie.

»Ich bin nicht zu dir rausgekommen, um weiter mit dir zu diskutieren.« Ich kicke einen Stein von der Einfahrt auf den Rasen.

»Aha.« Sie seufzt. »Warum bist du dann rausgekommen?«

»Ich wollte mich nur vergewissern, dass du ...« Ich kann nicht anders. »Schreib mir einfach eine Nachricht, wenn du zu Hause angekommen bist, okay?«

• • •

Nachdem sie weg ist, sitze ich auf den Stufen in der kalten Abendluft. Ich friere ohne Jacke, kann mich aber nicht dazu aufraffen, wieder hineinzugehen. Ich bin immer noch sehr aufgewühlt von unserer Auseinandersetzung. Das Bambus-Windspiel direkt über mir kreiselt wild umher, genau wie die angstvollen Gedanken in meinem Kopf. Ich glaube fest daran, dass wir die Energie, die wir in die Welt hinaussenden, irgendwann zurückbekommen, und nun fühle ich mich von dem schrecklichen Ungleichgewicht verraten. Ich habe mich nach Kräften bemüht, liebevoll, positiv und bestärkend zu sein, und ernte doch nichts als Widerstand, Zweifel, Zurückweisung und Tod. Ich fühle mich haltlos und einsam. Ich sehne mich danach, dass Peter mir endlich schreibt und sagt, dass alles gut wird. Ich kneife die Augen zu und wünsche ihn mir herbei. Im nächsten Moment vibriert das Telefon in meiner Hand. Hoffnung keimt in mir auf.

Bin zu Hause.

Es tut mir leid.

Ich will ihr antworten, doch meine Enttäuschung und mein Zorn lassen mich zögern. Ich lege das Handy mit dem Display nach unten neben mich auf die Stufen und lausche dem hohlen Klang der Bambusstäbe. Zum ersten Mal seit Beginn unserer Freundschaft schreibe ich nicht zurück.

Einundzwanzig

Silvestri

»Könntest du mal mit diesem Geklicker aufhören, Partner?«

Wolcotts Stimme reißt mich aus meinen Gedanken. »Hm?«

»Du spielst die ganze Zeit mit dem Ding da rum«, sagt er und deutet mit einer Kopfbewegung auf den Bic-Kugelschreiber in meiner Hand. »Das macht mich wahnsinnig.«

Wir sitzen in einem Zivilfahrzeug vor dem China Panda auf dem Parkplatz des Einkaufszentrums in Smithtown und beobachten von dort aus Charlotte Knopflers Praxis. »Ich versuche immer noch dahinterzukommen, wie eine Tote einen Blumenstrauß bestellen kann.«

»Da bist du nicht der Einzige«, meint er. »Irgendwer führt uns hier an der Nase herum.«

»Hoffentlich in die richtige Richtung.« Ich spüre eine Anspannung in meinem Kiefergelenk.

»Ich habe beim Telefonanbieter die Gesprächsnachweise für den fraglichen Vormittag angefordert. Das müsste Licht ins Dunkel bringen.«

»Ja«, brumme ich.

»Welche Laus ist dir denn über die Leber gelaufen?« Er lacht. »Du scheint das Ganze ja richtig persönlich zu nehmen.«

»Der Fall verwirrt mich einfach nur. Beachte mich gar nicht weiter.«

Er sieht mich mit hochgezogener Augenbraue an. »Bist du dir sicher, dass du emotional nicht zu nah dran bist?«, fragt er. »Beschlägt der Spiegel vielleicht ein bisschen?«

»Ah, Witzbold.«

»Vielleicht stehst du ja auf gefährliche Frauen.« Er gluckst.

Ich schüttle den Kopf und muss ein Schmunzeln unterdrücken. »Mann, ich weiß nicht mal mehr, auf welchen Typ Frau ich stehe.«

»Apropos.« Seine Miene hellt sich auf. »Meine Frau liegt mir schon die ganze Zeit damit in den Ohren, dass ich dich unbedingt mal zum Abendessen einladen soll.«

»Was denn? Will sie mich verkuppeln?«

Er winkt ab. »Nichts dergleichen. Sie möchte dich einfach nur kennenlernen. Ich glaube, sie hat diese Vorstellung von dir, dass du in einer Höhle lebst und Fledermausblut trinkst oder so was.«

»Wie könnte sie wohl auf diese Vorstellung gekommen sein?«

»Möglicherweise habe ich den Begriff ›düster‹ verwendet, um dich zu beschreiben«, sagt er.

»Ich? Düster?« Ich schüttle den Kopf. »Ich bin doch ein echter Sonnenschein, Wolcott.«

Sein Gelächter bricht jäh ab, als wir eine Bewegung an der von uns observierten Tür bemerken. Charlotte tritt ins Freie und geht zu einem grünen Prius, der wenige Stellplätze von uns entfernt parkt. Wir warten, bis sie weggefahren ist, dann steigen wir aus.

• • •

»Ms Sherman, richtig?«

Sie beachtet Wolcotts Frage kaum, stattdessen ergreift sie meine Hände und mustert mich intensiv. »Sie müssen Silvestri sein?«

»Dein Ruf eilt dir voraus«, scherzt mein Partner. »Und ich bin sein Partner Detective Wolcott.« Er streckt Rachel Sherman die Hand zum Gruß hin, die sie mit ihrer rechten ergreift, während sie mit der linken weiterhin eine meiner Hände festhält. Soll das ein Meditationskreis werden?

»Detectives, ich fürchte, Sie kommen zu spät. Charlotte ist eben in die Mittagspause gegangen.«

»Zu dumm«, sage ich.

»Sie wird traurig sein, Sie verpasst zu haben.« Sie schenkt uns ein warmherziges Lächeln. »Ach so. Gibt es etwas Neues über die arme Frau, die Sie tot aufgefunden haben? Char hat mir davon erzählt.«

»Wir gehen mehreren Hinweisen nach.« Wolcott nickt.

»Der Fall kommt mir ziemlich verrückt vor. Ich will nicht morbide erscheinen, aber irgendwie fasziniert er mich.«

»Geht uns genauso«, sagt Wolcott mit der Andeutung eines Grinsens. Ich sehe, wie sein Blick den Blumenstrauß streift. »Sagen Sie mal – mein Partner und ich haben gestern schon die Blumen bewundert, die Sie Ms Knopfler geschenkt haben.«

Sie atmet tief ein und lächelt. »Es ist so wichtig, sich auch am Arbeitsplatz stets mit Lebendigkeit und Schönheit zu umgeben, finden Sie nicht?« Sie gibt sich einen Ruck. »Tut mir leid. Das war sehr unsensibel von mir.«

»Nun, wir haben ja nicht ausschließlich mit Mord und Totschlag zu tun«, gibt Wolcott zurück. »Wie es der Zufall will, hat mein Partner einen grünen Daumen. Das haben Sie beide wohl gemeinsam.«

Sie winkt ab. »Ich bin alles andere als eine Expertin auf dem Gebiet. Ich erfreue mich bloß an der positiven Energie, die Blumen in einen Raum bringen.«

»Nur keine falsche Bescheidenheit«, sage ich. »Sie müssen

sich ziemlich gut auskennen. Geisterorchideen kauft man nicht einfach so, ohne zu wissen, wonach man sucht. Die sind ziemlich rar.«

»Oh.« Sie zögert. »Ja, da haben Sie recht. Aber eigentlich weiß Charlotte viel mehr über Pflanzen als ich. Ich versuche bloß, mir die Namen zu merken, die sie fallen lässt. Und das sind ihre Lieblingsblumen.«

»Verstehe«, sagt Wolcott. Er hält ihren Blick einen Moment lang fest. Irgendwann wendet sie sich ab. Sie lächelt erneut, allerdings nicht mehr ganz so strahlend. »Tja, wie gesagt. Schade, dass Sie Char verpasst haben.« Sie versteht sich gut auf Ablenkungsmanöver, eine Neigung, die ich von mir selber kenne. »Kann ich ihr irgendwas ausrichten?«

Wolcott sieht erst mich an, dann sie. »Sagen Sie ihr einfach, dass wir hier waren und uns bald bei ihr melden werden.«

»Natürlich. Danke, dass Sie vorbeigekommen sind.« Sie tritt auf uns zu und legt uns beiden eine Hand auf die Schuler, während sie uns sanft lächelnd in Richtung Ausgang schiebt.

»Vielen Dank für Ihre Zeit, Ms Sherman«, sage ich.

»Gerne.« Als wir ins Freie treten, strahlt sie. »Und bitte nennen Sie mich Rachel. Ich wünsche Ihnen noch einen gesegneten Tag.«

»Letzte Chance auf eine Portion Lo Mein«, sagt er und deutet in Richtung des China Panda, ehe wir wieder in unseren Wagen steigen.

»Ich kann noch warten.« Ich lasse den Motor an und lege den Rückwärtsgang ein.

»Gute Arbeit da drinnen, Partner.« Er grinst. »Ich muss dich das fragen: Gibt es Geisterorchideen wirklich?«

»Oh ja. Sie sehen absolut atemberaubend aus«, antworte ich,

während ich aus der Parklücke setze. »Aber in dem Strauß waren keine.«

»Aha.« Er blickt zur Seite. »Und aus welchem Grund könnte Rachel Sherman für Charlotte Knopfler gelogen haben?«

»Die Frau hat Geheimnisse. Und eine Vergangenheit. Darauf wette ich.« Ich erkläre ihm nicht, dass meine Zeit in einem Zwölf-Schritte-Programm es mir leicht macht, Menschen mit ähnlichen Neigungen zu erkennen.

»Na, dann suchen wir doch mal ihr Vorstrafenregister raus und graben ein bisschen. Mal sehen, was wir finden.«

Zweiundzwanzig

Charlotte

»Vielen Dank, dass du mich noch dazwischengeschoben hast, Char. Tut mir leid, dass ich so kurzfristig angerufen habe, aber ich konnte mich kaum noch bewegen.« Annelise verzieht schmerzhaft das Gesicht, als sie auf die Liege klettert, und ich helfe ihr, sich auf den Bauch zu drehen. Sie bettet das Gesicht in die Aussparung am Kopfende und stöhnt, als ihr Becken der Schwerkraft nachgibt.

Ihr Puls und das Aussehen ihrer Zunge deuten auf mehr als nur einen entzündeten unteren Rücken hin, der eine der häufigsten körperlichen Erscheinungsformen von extremem Stress ist – und die mit Abstand häufigste Beschwerde bei meinen neuen Patienten. Aber Annelise ist keine neue Patientin. Sie ist eine ehemalige Schulfreundin von mir, zu der ich nach meiner Rückkehr wieder den Kontakt gesucht habe und die seit Eröffnung meiner Praxis bei mir in Behandlung ist. Ich bin immer noch ziemlich gekränkt, weil sie gestern Abend nicht gekommen ist, doch als ihre Heilpraktikerin muss ich solche Gefühle beiseiteschieben.

»Kein Problem. Ich sorge dafür, dass es dir bald besser geht, Süße.« Behutsam rücke ich ihre Hüften zurecht, damit sie gerade liegt, und beginne mit einigen beruhigenden Nadeln entlang ihres Piriformispunkts.

»Ich kann nicht glauben, wie plötzlich die Schmerzen gekommen sind. Ich habe heute Morgen geniest, und *Bäm*, im nächsten Moment war ich ein Krüppel. So ist das wohl, wenn man die vierzig erreicht hat.«

»Glaub mir, da bist du nicht die Einzige. So geht es jedem, der in die Praxis kommt. Im Herbst und Winter häufen sich Rückenschmerzen und Muskelverspannungen.« Mir wird bewusst, wie gestelzt ich klinge. Ich habe Mühe, meinen üblichen warmen und freundlichen Ton zu finden.

»Tut mir leid, dass ich gestern Abend nicht kommen konnte. Aidan hat so furchtbar gehustet, und die Zwillinge hatten eine ganz schreckliche Kolik. Ich konnte Lucas nicht mit den dreien allein lassen, vor allem, weil wir uns in letzter Zeit so oft über die gerechte Aufgabenverteilung bei der Kinderbetreuung gestritten haben.« Ihre Stimme zittert. »Entschuldige bitte. Ich bin unleidlich, weil ich zu wenig geschlafen habe.«

»Das kann ich vollkommen verstehen.« Ich will nicht hören, dass ihre Kinder krank sind und sie Probleme mit ihrem Mann hat, selbst wenn ich froh bin, dass es eine plausible Erklärung für ihr Fernbleiben gibt. Trotzdem sind da immer noch drei andere Frauen, die ebenfalls nicht erschienen sind, und ich bin mir sicher, dass nicht *alle* von ihnen kranke Kinder oder Stress mit dem Partner hatten.

»Wie war es denn? Habt ihr am Ende des Abends den Mond angeheult?« Sie lacht, zuckt dann jedoch vor Schmerzen zusammen. Das Treffen, bei dem wir den Spitznamen »Hexenzirkel« verpasst bekamen, fand bei Vollmond statt. Wir leerten viele Flaschen Pinot noir, und am Ende heulten wir den Mond an. Es war ein wundervoller Abend im Kreise wundervoller Frauen.

»Nein, geheult haben wir nicht.« Ich setze eine weitere Nadel, um die Verspannung in ihrem Psoas zu lindern, und bin froh, als ich spüre, wie die Blockade der Leitbahn sich gleich darauf löst. Das ging schnell.

»Ehrlich gesagt, haben alle bis auf Rachel mit Abwesenheit geglänzt.« Ich mache keinen Hehl aus meiner Enttäuschung. »Aber ich bin früh ins Bett gegangen. Ich war todmüde.«

»Oh nein! Ich wusste nicht, dass die anderen auch nicht gekommen sind – das tut mir so leid.« Sie klingt aufrichtig, trotzdem fällt es mir schwer, ihr zu glauben. Schließlich haben sie ja nach wie vor die Eltern-Chatgruppe.

»Ist schon gut. Ich weiß, dass es manchmal schwer ist, Zeit zu finden. Mit den Kindern, der Arbeit und allem Drum und Dran.«

Ich lege sanft eine Hand auf ihre Hüfte, während ich mehrere Nadeln in der Kreuzregion setze.

Ich drehe die Nadel im *dai-mai*-Meridian ein wenig hin und her. Die Energie beginnt zu fließen, und Annelise seufzt vor Erleichterung auf.

Wie alle Frauen in meiner Gruppe weiß sie nur sehr wenig über die Zeit meines Medizinstudiums und meiner Tätigkeit als Chirurgin. Meine Mutter hat sich jedem gegenüber damit gebrüstet, dass ich Ärztin geworden sei, deshalb wussten alle meine ehemaligen Klassenkameraden und selbst der UPS-Mann über meine Karriere Bescheid. Doch irgendwann gab es nichts Positives mehr zu berichten. Ein paar Sachen habe ich ihnen verraten, aber über den Vorfall während meines Praktikums sind sie ebenso wenig im Bilde wie über meinen Klinikaufenthalt. Rachel weiß von allen meinen Freundinnen am meisten, und selbst ihr gegenüber habe ich einiges ausgelassen.

Schweigend mache ich mit den Nadeln weiter. Ich spüre die Anspannung zwischen uns, vermute aber, dass sie vor allem von mir kommt. Als ich die letzte Nadel setze, höre ich sie leise schnarchen. Ich lösche das Licht und ziehe leise die Tür hinter mir zu.

• • •

Privater Chatroom für Trauma-Betroffene
5.10.19
17:00h

Woundedhealer: Guten Abend, Ladys!
MaxineKD: Woundedhealer! Wir haben gerade von dir gesprochen.
Makeupyourmindcontrol: Happy happy hour *entkorkt ein Tetrapak Wein*
Miserylovescompany: Und wie klingt es, wenn man ein korkenloses Tetrapak entkorkt?
Makeupyourmindcontrol: Einfach himmlisch.
Harmnoone82: Zum Wohl!
Woundedhealer: War eine von euch schon mal in der Situation, dass eure Freunde euren Partner nicht leiden konnten?
Miserylovescompany: Zählt es auch, wenn *ich* meinen Partner nicht leiden kann?
MaxineKD: Definitiv. Keine meiner Freundinnen hat sich je gut mit meinen Männern verstanden.
Harmnoone82: An der Uni hatte ich mal einen Freund, den meine Schwester nicht mochte. Das war ganz schön blöd.
Woundedhealer: Und wie bist du damit umgegangen?

Makeupyourmindcontrol: Wie eng ist die Freundschaft denn?
Woundedhealer: Sehr eng. Sie ist meine beste Freundin.
MaxineKD: Ich dachte, wir sind deine besten Freundinnen?
Woundedhealer: Abgesehen von euch natürlich.
Miserylovescompany: Hm. Vielleicht ist sie *doch* nicht deine beste Freundin, wenn sie deinen Freund ablehnt.
MaxineKD: Wenn sie deine Entscheidung nicht mittragen kann, ist sie dann wirklich eine Freundin?
Miserylovescompany: Ich kann dir nur raten, toxischen Menschen keinen Platz in deinem Leben einzuräumen!
Harmnoone82: Ich finde, du musst dir darüber klar werden, wer dir wichtiger ist. Ich persönlich weiß nicht, ob ich mit jemandem etwas zu tun haben wollte, der meine Beziehung nicht akzeptiert.
Biggirlsdontcry54: Ich würde so damit umgehen, wie ich mit den meisten Dingen umgehe: Abstand suchen und den Kontakt einschlafen lassen. Ohne Drama.
Makeupyourmindcontrol: Was genau ist denn ihr Problem?
Miserylovescompany: Das ist eine echt unschöne Situation. Was passt ihr nicht an deinem Freund?
Woundedhealer: Sie denkt, er ist nicht der, für den er sich ausgibt.
Makeupyourmindcontrol: Kann ich grundsätzlich

nachvollziehen. Aber die eigentliche Frage ist doch wohl: Vertraust du ihm?
Woundedhealer: Ja, ich glaube schon.
Harmnoone82: Nichts für ungut, aber das klingt nicht besonders überzeugend.
Woundedhealer: Ich meine, ja, ich habe gewisse Ängste und Zweifel, aber das ist angesichts unserer Situation auch ganz normal.
Harmnoone82: Mit anderen Worten: nein.
Woundedhealer: Nein, neuerdings nicht mehr. Nein.
Harmnoone82: Hat dein Misstrauen mit seinem Verhalten zu tun, oder schürt diese sogenannte beste Freundin deine Zweifel?
Woundedhealer: Hauptsächlich hängt es damit zusammen, dass er ganz oft nicht erreichbar ist – vor allem dann, wenn ich ihn am meisten brauche. Ich mache gerade eine ziemlich harte Zeit durch, und er ist einfach nicht da.
Miserylovescompany: Vielleicht ist deine Freundin eifersüchtig? Ist sie Single?
Woundedhealer: Ja, ist sie.
Miserylovescompany: Kann doch sein, dass sie dir dein Glück nicht gönnt. Oder vielleicht will sie selber was von dir?
Woundedhealer: Nein, ich glaube nicht, dass es daran liegt.
Miserylovescompany: Sorry! Ich gehe einfach immer davon aus, dass alle in mich verliebt sind.
Woundedhealer: Das sind wir auch. Rachel (meine Freundin) hat einen ziemlich stark ausgeprägten

Beschützerinstinkt, was mich angeht. Sie weiß so viel über mich wie ihr alle zusammen. Und sie hat selbst auch schon einiges durchgemacht.
Makeupyourmindcontrol: Lad sie doch in die Gruppe ein! Wir waschen ihr schon den Kopf.
MaxineKD: Na ja, vielleicht besser nicht, wenn du das Gefühl hast, dass sie nicht mit deiner Beziehung klarkommt.
Woundedhealer: Mir ist lieber, wenn diese Gruppe mir allein gehört.
Harmnoone82: Ja. Ein Safespace.
Biggirlsdontcry54: Genau. Geht mir ganz ähnlich.
Woundedhealer: Außerdem arbeiten wir zusammen, insofern ist unser Verhältnis schon eng genug.
Makeupyourmindcontrol: Ja, das macht die Sache nicht gerade einfacher.
MaxineKD: Richtig. Was macht ihr eigentlich *nicht* zusammen?
Miserylovescompany: Anscheinend nicht viel.
Woundedhealer: Sie weiß nichts von dieser Gruppe. Niemand in meinem Leben weiß davon. Ich mag es, dass sie gewissermaßen mein geheimer Notausstieg ist.
MaxineKD: Ich weiß, was du meinst. Ich finde es auch schön, dass dies hier ein Ort nur für uns ist. Urteilsfreie Zone.
Harmnoone82: Hier können wir einfach so sein, wie wir sind.
Miserylovescompany: In Fette-Leute-Hosen.

MaxineKD: Ähm. Jogginghosen. Kein Fat-Shaming, bitte.
Miserylovescompany: Sorry!
Makeupyourmindcontrol: Sag mal, Woundedhealer, deine Freundin hat deinen Partner noch nicht kennengelernt, oder?
Woundedhealer: Nein, das ist Teil des Problems. Sie kann nur auf der Basis dessen urteilen, was ich ihr über ihn erzähle (oder eben nicht). Aber sie hat versucht, Nachforschungen über ihn anzustellen.
Harmnoone82: Warum erzählst du ihr dann nicht mehr über ihn? Oder uns? Manchmal bist du wirklich ganz schön geheimnisvoll.
Woundedhealer: Weil er mich darum gebeten hat. Und ich will sein Vertrauen nicht missbrauchen.
Miserylovescompany: Vielleicht solltest du die beiden einander vorstellen. Mal sehen, was er von ihr hält.
Makeupyourmindcontrol: Keine schlechte Idee.
Woundedhealer: Ich glaube nicht. Ich möchte ihn lieber ganz für mich behalten.
Miserylovescompany: Na ja, falls du jemals beschließen solltest, dass du mit uns über diesen geheimnisvollen Mann reden willst … wir sind ganz Ohr (und Doppelkinn).
Biggirlsdontcry54: Ja. Wir werden ihn dir auch nicht madigmachen. Versprochen.
Woundedhealer. Danke!
Harmnoone82: Ich finde, du solltest ihr sagen, was du empfindest. Eine echte Freundin würde deine Entscheidung mittragen.

MaxineKD: Mein Rat: Trenn dich von ihr. Solche Freunde braucht kein Mensch.
Makeupyourmindcontrol: Wenn man Freundinnen wie uns hat, sowieso nicht!
Woundedhealer: Danke, Ladys! Was würde ich nur ohne euch machen?

• • •

Der Alarm an meinem Handy ertönt, und ich kehre ins Behandlungszimmer zurück, wo Annelise immer noch leise vor sich hin schnarcht. Nachdem ich sie geweckt und die Nadeln entfernt habe, helfe ich ihr, sich auf den Rücken zu drehen und sich aufzusetzen. »Und, wie fühlt es sich an?« Ich sehe an ihrer Miene, dass es ihr schon viel besser geht, und bin froh.

»Oh mein Gott, Charlotte. Es ist viel besser geworden. Du bist wirklich ein Geschenk des Himmels. Ich schwöre, du hast magische Hände. Tausend Dank!«

»Das freut mich sehr. Aber lieber noch nicht tanzen. Sei sanft zu dir.« Sie nimmt mich fest in die Arme, und ich versteife mich. Die Kränkung von gestern kommt wieder hoch, und mir wird bewusst, wie sehr ich sie vermisst habe. Mir fehlt der Kontakt zu meinen Freundinnen. Mir war gar nicht klar, wie verlassen ich mich fühle.

»Char, was ist los?« Sie legt mir eine Hand auf die Schulter.

»Was meinst du? Mit mir ist nichts«, lüge ich.

»Süße, ich sehe es dir doch an. Außerdem kannst du mich nicht täuschen. Ich habe Kleinkinder zu Hause. Mittlerweile erkenne ich aus einer Meile Entfernung, wenn jemand schwindelt.« Sie tätschelt meinen Arm. Bevor ich etwas dagegen tun kann, beginnen meine Tränen zu fließen. Ich bin überrascht, wie viele

Emotionen sich plötzlich Bahn brechen, und es ist mir auch ein wenig peinlich. Normalerweise neige ich nicht dazu, in der Praxis zu weinen. Und diese Woche habe ich schon mehr geweint als seit Langem.

»Ach, Schatz. Na komm, ich hole dir ein Taschentuch.« Sie tritt von der Liege weg zu der Kleenex-Schachtel, ehe sie mich an der Hand in den Wartebereich zieht, wo wir uns beide hinsetzen können. Die Tür zu Rachels Massageraum ist geschlossen. Sie muss reingekommen sein, während ich mit Annelise beschäftigt war. Wahrscheinlich geht sie mir absichtlich aus dem Weg.

Gedämpfte Stimmen dringen zu uns. Sie hat gerade einen Patienten, und ich fühle mich ein wenig unwohl, direkt nebenan zu sitzen und mich mit Annelise zu unterhalten.

»Hast du vielleicht noch Zeit für einen Kaffee? Ich habe keine Patienten mehr und würde gerne mal hier rauskommen.« Ich rechne damit, dass sie Nein sagt. Wahrscheinlich muss sie nach Hause, um ihre Nachbarin abzulösen, die kurzfristig eingesprungen ist, um auf ihre Kinder aufzupassen.

»Dafür brauchen wir was Stärkeres als Kaffee.« Sie tippt etwas in ihr Handy ein und wartet einen Moment auf eine Antwort. »Gut. Lucas ist gerade von der Arbeit zurück. Lass uns irgendwo hingehen und Alkohol trinken.«

• • •

Annelise ist mit dem Uber gekommen, deshalb fahren wir in meinem Prius zum nächstbesten Restaurant – La Vid. Es ist vor allem bei Pärchen beliebt, aber zum Glück ist es noch nicht sehr spät, und wir ergattern zwei Plätze am Ende der Bar. Annelise hat bereits bei unserer Ankunft die Aufmerksamkeit mehrerer Kellner auf sich gezogen, aber daran bin ich gewöhnt. Sie ist eine ehemalige Ballerina, eins achtzig groß mit dem Körper einer Gazelle. Dazu kommen ein makelloser karamellfarbener Teint, große braune Augen und kurzes Haar. Sie sticht überall aus der Menge heraus, auch wenn sie immer herunterspielt, wie überirdisch schön sie ist und welche Wirkung sie auf Männer ausübt.

Der Barkeeper bringt unsere Martinis und drückt sich danach noch ein wenig im Bereich der Bar herum. Er poliert ein Glas etwas länger als nötig. Annelise kehrt ihm den Rücken zu und dreht sich zu mir. Er versteht den Wink und zieht sich ans andere Ende der Theke zurück. Wir lachen leise, ehe sie ihr Glas auf meins zuschiebt, um mit mir anzustoßen. Anders geht es nicht, weil unsere Gläser so voll sind. Ich proste ihr zu, dann beuge ich mich nach vorn, um etwas Wodka und Olivensaft aus meinem Glas zu schlürfen, bis ich es gefahrlos hochnehmen kann, ohne etwas vom kostbaren Alkohol zu verschütten.

»Ah, schon besser. So, und jetzt erzähl mal.« Sie hält ihren Drink in der Hand, strafft die Schultern und korrigiert ihre Sitzhaltung auf dem Barhocker. »Was macht dir zu schaffen, Süße?«

Ich trinke noch einen gierigen Schluck von meinem salzigen Martini und behalte ihn eine Zeit lang im Mund, ehe ich ihn herunterschlucke. Ich liebe das Gefühl, wie etwas Kaltes in meinem Körper ganz schnell warm wird. Momentan trinke ich eigentlich nie etwas Stärkeres als Wein, aber früher war ein eiskalter Dirty Wodka Martini mein Lieblingsgetränk.

Ich überlege, was ich Annelise verraten kann, ohne dabei Peters Vertrauen zu missbrauchen. In das Wespennest mit Silvestri und der toten Frau möchte ich lieber nicht stechen. Also beginne ich mit dem Problem, das unmittelbar mit ihr zu tun hat. »Also … ich bin ziemlich verletzt.« Kaum habe ich das laut ausgesprochen, steigen mir die Tränen in die Augen. »Ich habe einfach das Gefühl, es kann kein Zufall sein, dass ihr gestern alle nicht gekommen seid. Ich nehme das persönlich. Ich kann gar nicht anders.« Ich nippe an meinem Drink. »Habe ich irgendwas falsch gemacht?« Eine Woge der Emotionen schwappt in mir hoch. Ich merke, wie schnell mir der Wodka ins Blut geht, und beschließe schon einmal vorsorglich, nachher nicht mit dem Auto nach Hause zu fahren.

Seufzend stellt Annelise ihr Glas auf den Bartresen. Sie hat die Brauen zusammengezogen, und ich sehe ihr an, dass sie darüber nachdenkt, wie sie das Ganze möglichst diplomatisch formulieren soll.

»Nein, Charlotte, *du* hast nichts falsch gemacht.« Wieder seufzt sie und schaut mich an. Sie hat eine sehr warmherzige, mütterliche Ausstrahlung, die gerade jetzt voll zutage tritt. Ich blicke ihr forschend ins Gesicht und versuche zu ergründen, was als Nächstes kommen könnte.

»Was ist es denn dann, Lise? Es geht ja nicht nur um gestern Abend. Ich habe den Eindruck, dass ihr in letzter Zeit andauernd beschäftigt seid und gar nicht mehr auf mich reagiert.« Ich greife nach dem beschlagenen Wasserglas, das unberührt neben meinem Martini steht. »Ich will nicht kindisch sein, aber ich habe das Gefühl, als hättet ihr mich an meinem Geburtstag alle im Stich gelassen. Es war mein Vierzigster, und, keine Ahnung ... Ich dachte, vielleicht plant ihr was Besonderes für mich.« Es ist mir unangenehm, es offen anzusprechen, aber dadurch merke ich erst, wie sehr mir das Verhalten meiner Freundinnen wehgetan hat. »Außer Rachel hat sich an dem Tag keine von euch für mich interessiert.«

»Ach, Liebes. Ich weiß nicht, wie ich es sagen soll.« Inzwischen sind weitere Gäste gekommen und haben sich in unserer Nähe niedergelassen. Annelise blickt sich nach ihnen um, und ich berühre ihre Hand, damit sie sich wieder auf unser Gespräch konzentriert. »Sag es mir. Ich kann das schon aushalten.«

»Es ist kompliziert. Ich glaube, die Leute wissen nicht so recht, wie sie mit dir darüber reden sollen.« Ich merke ihr an, dass auch sie lieber schweigen würde. Annelise war noch nie der Typ für emotionale Gespräche; sie ist eine durch und durch rationale, pragmatische Person und stolz darauf. Diese Eigenschaften machen sie zu einer idealen Geschäftsführerin und großartigen Mutter kleiner Kinder.

Der Barkeeper schaut kurz in unsere Richtung, nimmt jedoch kaum von meinem aufgewühlten Zustand Notiz, weil er sich gleich darauf einer frisch eingetroffenen Gruppe von Männern in Anzügen zuwendet. Je krampfhafter ich versuche, meine Emotionen in Schach zu halten, desto heftiger drängen sie an die Oberfläche.

»Es liegt nicht an dir, okay?« Sie weiß immer noch nicht, wie sie es sagen soll, und rutscht unruhig auf ihrem Platz hin und her.

»Was ist es denn dann?« Ich verliere langsam die Geduld.

»Es ist kein *Was*, Charlotte, sondern ein *Wer*«, antwortet sie.

Sie muss es nicht aussprechen, denn ich weiß es bereits. »Rachel.«

Sie nickt ernst. »Rachel.«

• • •

Im Uber auf der Heimfahrt bin ich froh, dass ich die weise Voraussicht besessen habe, meinen Wagen auf dem Restaurantparkplatz stehen zu lassen. Ich werde ihn morgen abholen, wenn die Welt sich nicht mehr ganz so schnell dreht. Annelise hat mir vieles erzählt, wovon ich bisher nichts geahnt habe, und nun suche ich verzweifelt nach einer Erklärung, weshalb mir das alles nie aufgefallen ist. Die Gedanken und Gefühle machen mich so schwindlig, dass ich schon befürchte, den Fahrer bitten zu müssen, rechts ranzufahren. Ich habe zwar nichts im Magen, was ich von mir geben könnte, aber meine erhöhte Herzfrequenz und die vermehrte Speichelproduktion verraten mir, dass das meinem Körper egal ist. Er möchte etwas loswerden. Ich hätte nicht so viel trinken dürfen, aber der Barkeeper hat uns unaufgefordert noch zwei Martinis gebracht, und ich habe meinen fast ex getrunken, während Annelise mir die zahlreichen Probleme schilderte, die die Gruppe mit Rachel hat und die größtenteils mit mir zusammenhängen.

Zum Glück sind uns die Ampelschaltungen wohlgesinnt, und es herrscht kaum Verkehr. Es ist kurz vor acht an einem kühlen Herbstabend. Es ist fast Vollmond, als ich aus dem Auto steige und tief die frische Luft einatme.

Ich sehe sie auf den Stufen vor meinem Haus sitzen. Sie hält eine mittelgroße, in braunes Papier eingewickelte und mit Bindfaden verschnürte Schachtel im Schoß. Man sieht ihr an, dass sie geweint hat, doch mein erster Impuls, sie zu trösten, weicht schnell einer abweisenden Kälte. Sobald ich aufhörte, Rachel verteidigen zu wollen, und Annelise in Ruhe erzählen ließ, kamen viele beunruhigende Dinge ans Licht. Offenbar verhielt sich Rachel schon seit Monaten sehr seltsam. Das Bild, das sich aus den einzelnen Anekdoten ergab, war so stimmig, dass ich nicht fassen konnte, es nicht schon früher erkannt zu haben. Immer wieder hat sie, angeblich »in meinem Auftrag«, Dinge gesagt oder getan, von denen sie mir nie erzählt hat. Kleine Gesten oder Nachrichten an die Gruppe – in die *ich* sie eingeladen hatte –, die mit der Zeit das Vertrauen der anderen in mich immer weiter untergruben. Und was ich am beängstigendsten finde: Dieses Verhalten wirkt auf mich vollkommen unberechenbar, so als würde sie wieder Drogen nehmen.

»Sie hat in Bezug auf dich dieses merkwürdige Besitzdenken, Char«, hat Annelise gesagt. »Sie tut so, als würde sie dich besser kennen als wir alle, dabei kennt sie dich in Wahrheit am kürzesten. Und sie benimmt sich, als wüsste sie immer, was das Beste für dich ist. Als wäre sie deine Mutter oder deine Ehefrau, und du wärst eine Kindsbraut aus dem neunzehnten Jahrhundert oder was weiß ich.«

Ich wappne mich für die Auseinandersetzung mit ihr, die zweifellos sehr unangenehm werden wird. Rachel ist der letzte Mensch, den ich jetzt sehen will. Ich versuche, so elegant wie möglich die Einfahrt entlangzugehen, fühle mich aber ziemlich wacklig auf den Beinen.

Als sie mich kommen sieht, stellt sie die Schachtel zur Seite und steht auf.

»Was machst du hier?«, frage ich sie und wünschte, ich wäre nüchterner.

»Ich habe versucht, dich anzurufen und dir zu schreiben, aber du hast nicht geantwortet. Ich wusste nicht genau, ob du Lust hast zu reden, aber ich musste es wenigstens versuchen.« Sie macht eine Pause und sammelt sich. »Char, es tut mir wirklich leid. Ich hatte kein Recht, Nachforschungen über Peter anzustellen.« Sie kommt näher und tritt dann zur Seite, als wartete sie darauf, dass ich sie ins Haus bitte. Doch ich rühre mich nicht vom Fleck.

»Rachel, ich bin noch nicht bereit, mit dir zu reden.« Ich sehe, wie sehr meine Kälte sie trifft.

»Ich finde diese Situation schrecklich. Ich muss wissen, dass zwischen uns alles okay ist.«

»Zwischen uns ist *gar* nichts okay, Rach. Definitiv nicht«, fauche ich sie an.

»Mir ist klar, dass du wütend und enttäuscht bist, weil ich bei Peter eine Grenze überschritten habe …«

»Du hast viel mehr getan, als eine Grenze zu überschreiten! Und nicht nur in Bezug auf Peter!« Verwirrt und fassungslos sieht sie mich an. »Wie konntest du meinen Freundinnen erzählen, sie sollen keine Überraschungsparty für mich schmeißen? Welches Recht hast du dazu? Du hast ihnen gegenüber behauptet, dass ich meinen Geburtstag nicht feiern will, aber nichts gesagt habe, weil ich nicht undankbar erscheinen wollte? Was sollte das? Ich *wusste* nicht mal, dass die anderen was für mich geplant hatten. Ich dachte, sie hätten mich vergessen.«

Etwas Düsteres huscht über ihre Züge, doch sie fängt sich schnell wieder, und eine fast unheimliche Ruhe kommt über sie. So ist sie immer, wenn sie mit schwierigen Patienten zu tun hat.

»Süße, ich habe ihnen gesagt, sie sollen keine Überraschungsparty für dich schmeißen, weil ich wusste, dass du an dem Wochenende mit Peter verreisen wolltest.«

Das Herz rutscht mir in die Hose, als ich mich an diesen Teil meines katastrophalen Geburtstags erinnere. Ich hatte voller Vorfreude gepackt und war schon auf dem Weg zum Campingplatz, wo wir uns treffen wollten, als ich eine Textnachricht von ihm erhielt, in der er mir mitteilte, dass er es nicht schaffen würde. Ich saß das ganze Wochenende allein zu Hause, ehe ich Rachel von meinen geplatzten Plänen erzählte. Peter hat sich hinterher überschwänglich bei mir entschuldigt und mir einen wunderschönen Blumenstrauß geschickt, trotzdem brauchte ich mehrere Wochen, bis ich mich vollständig von meiner Enttäuschung erholt hatte. Ganz verzieh ich ihm erst, als ich das Kupfermedaillon bekam, das ich um den Hals trage. Doch ein Rest von Wut nagt immer noch an mir.

»Statt dich in die unangenehme Situation zu bringen, sie über deine Pläne anlügen zu müssen, dachte ich, es wäre besser, einfach zu sagen, dass wir zwei schon was vorhaben und nicht in der Stadt sind.« Rachel lässt sich so schnell nicht unterkriegen.

Als ich diese Erklärung höre, komme ich mir kurzzeitig dumm

und hysterisch vor. Was sie sagt, klingt plausibel, und anscheinend hat sie wirklich nur aus Liebe zu mir gehandelt. Aber es ist mehr als nur die durchkreuzten Geburtstagspläne. Mein Zorn flammt erneut auf.

»Und warum hast du den anderen gesagt, dass ich nicht mit einem von Annelises Kollegen auf ein Blind Date gehen will? Wieso mischst du dich in mein Liebesleben ein?«

Rachel windet sich. »Na ja, wahrscheinlich aus demselben Grund. Ich weiß doch, wie sehr es dich belastet, dass du deine Beziehung zu Peter geheim halten musst. Ich dachte, dann musst du dir keine Ausrede aus den Fingern saugen, weshalb du nicht verkuppelt werden oder mit einem anderen Mann ausgehen willst, obwohl du doch in festen Händen bist.«

»Aber wäre das nicht meine Entscheidung gewesen? Sind das nicht beides Beispiele für Dinge, bei denen ich ein Mitspracherecht haben sollte?«

Meine Wut scheint sie wirklich zu treffen, denn sie kann ihre Tränen nicht so erfolgreich zurückhalten wie ich. »Absolut. Du hast vollkommen recht. Ich wollte dir einfach nur helfen. Ich habe wirklich geglaubt, dass ich eine stressige Situation so ein bisschen entschärfen kann.«

»Manchmal behandelst du mich, als wäre ich ein zerbrechliches kleines Mädchen, Rach. Und das hasse ich. Du musst mich nicht beschützen und mir auch keine Entscheidungen abnehmen.«

»Ich weiß nicht, was ich noch sagen soll, außer dass es mir leidtut.«

»Du sollst gar nichts sagen«, gebe ich eisig zurück. »Ich will nichts von dir hören.«

Sie ist am Boden zerstört. »Das tut mir sehr leid.« Sie verzieht das Gesicht und lässt die Schultern hängen. »Ich versuche einfach nur, deine Freundin zu sein. Deine *beste* Freundin. Die, die deine Geheimnisse bewahrt. Es tut mir leid.«

»Du bist nicht der Mittelpunkt meines Lebens, Rachel. Ich habe noch andere Menschen in meinem Umfeld, und ich brauche Raum, um auch diese Beziehungen zu pflegen.«

Sie bückt sich nach ihrem Fahrrad und hebt es auf. Dann nimmt sie seufzend den Helm aus dem Lenkerkorb. »Okay. Ich fahre dann jetzt.«

Ich habe das Gefühl, sie zurückhalten zu müssen, aber ich tue es nicht. Annelise hat mir zu viele besorgniserregende Dinge über sie erzählt, und ich brauche Zeit, um dahinterzukommen, was mit ihr los ist.

Noch bevor sie meine Einfahrt verlassen hat, sehe ich, dass ihre Schachtel noch auf den Stufen steht.

»Rachel. Warte!«

Sie nimmt einen Fuß vom Pedal, um anzuhalten, und dreht sich zu mir um. Ihre Miene ist hoffnungsvoll.

»Deine Schachtel?«, sage ich kalt und halte das eingewickelte Päckchen hoch.

Sie macht ein langes Gesicht. »Die war schon da, als ich kam.«

Mit diesen Worten dreht sie sich um und radelt in den Abend davon.

• • •

Danach stehe ich noch lange wie angewurzelt da und zittere. Irgendwann wird der Sog der Schwerkraft zu groß. Mein Zorn überträgt sich auf meine Muskeln und Gelenke, und ich sinke auf die Stufen. Ich öffne mein Handy und scrolle durch die Nachrichten, die ich während der letzten drei Wochen an Peter geschrieben habe. Allesamt unbeantwortet. Ich weiß, ich sollte das Handy weglegen und lieber einen Spaziergang machen, sonst drehe ich noch durch. Es kommt nie etwas Gutes dabei heraus, wenn man im stark emotionalisierten Zustand Nachrichten schreibt. Aber ich bin so aufgebracht, weil Rachel recht hat. Ich denke nicht logisch. Wer ist dieser Mensch? So kann man doch keine Beziehung führen. Ehe ich auch nur tief Luft holen kann, geht der Impuls von meinem Gehirn in meine Finger. Ich tippe schnell und aggressiv und drücke auf »Senden«, bevor ich es mir anders überlegen kann.

> Peter, ich glaube, ich kann nicht mehr lange so weitermachen. Ich fange an, alles anzuzweifeln, was du mir erzählt hast. Ich will dir ja glauben, wenn du sagst, dass du mich liebst, aber woher soll ich wissen, dass du wirklich der bist, für den du dich ausgibst? Wir müssen endlich von Angesicht zu Angesicht miteinander reden, sonst bin ich fertig mit dir.

Ich lege eine Hand auf das Päckchen. Mechanisch mache ich den Bindfaden auf und wickle das steife braune Packpapier ab. Darunter kommt ein Schuhkarton zum Vorschein. Er ist leicht auf meinem Schoß. Als ich den Deckel abnehme und mir den Gegenstand darin dicht vors Gesicht halte, um ihn in der Dunkelheit besser sehen zu können, durchzuckt es mich wie ein Blitz. Die Schachtel rutscht mir vom Schoß, die Verpackungschips ergießen sich auf den Boden, und das Glas zerspringt auf dem Gartenpfad, kurz bevor ich mich in den Büschen übergebe.

Dreiundzwanzig

Wolcott

Ich werfe das Blatt Papier auf Silvestris Schreibtisch wie ein Croupier, der Karten austeilt. »Du hattest recht.«

»Super«, sagt er zufrieden. »Womit?« Er beugt sich vor, hebt Rachel Shermans Vorstrafenregister auf und beginnt es durchzulesen. »Ach du Scheiße!« Er wird blass.

»M-hm«, sage ich. »Bewegte Vergangenheit.«

»Verdammt! Drogenbesitz, Ladendiebstahl, Hausfriedensbruch ...«, rattert er herunter, ehe er leise weiterliest.

»Und das Beste hat sie sich bis zum Schluss aufgespart.«

Als er am Ende angelangt ist, fallen ihm fast die Augen aus dem Kopf. »Du meine Güte!« Er sucht meinen Blick.

»Ja. Sieht so aus, als hätte sie Heroin für sich und einen Freund besorgt und ihnen dann einen Schuss gesetzt. Sie hat überlebt, er nicht. Sie wurde wegen fahrlässiger Körperverletzung mit Todesfolge angeklagt, aber sie hatte einen guten Anwalt und ist mit einer Bewährungsstrafe davongekommen.«

»Das ist fast zehn Jahre her«, stellt er fest.

»Richtig. Danach ist es mehr oder weniger ruhig um sie geworden. Einige Knöllchen wegen zu schnellen Fahrens in den letzten Jahren, das war's.«

»Hm.« Er denkt nach. »Ich weiß nicht, Mann. Abgesehen davon, dass sie manchmal einen kleinen Bleifuß hat, ist sie eine unbescholtene Bürgerin. Gut möglich, dass wir auf dem Holzweg sind.«

»Möglich«, erwidert er. Sein Blick verschleiert sich, während er etwas im Kopf auszurechnen scheint. Er blinzelt, dann sieht er mich an.

»Nein, nicht möglich.«

Vierundzwanzig

Charlotte

Das Klopfen an der Hintertür lässt mich in die Höhe fahren. Ich bin immer noch beschwipst und ein bisschen orientierungslos. Während ich zur Tür gehe, werfe ich einen schnellen Blick auf mein Handy. Ich habe ihm erst vor zwanzig Minuten geschrieben. Als ich ihm öffne, macht er ein besorgtes Gesicht, lächelt mich aber freundlich an.

»'n Abend!« Er nickt, und ich lächle trotz meines schrecklichen Abends zurück.

»Danke, dass Sie gekommen sind.« Mit hölzernen Bewegungen trete ich beiseite, um ihn hereinzulassen.

»Ich habe es erst an der Haustür versucht, aber als Sie nicht reagiert haben, bin ich nach hinten gegangen. Ist Ihnen schlecht?«

Ich brauche eine Weile, um herauszufinden, warum er das gefragt hat. Dann werde ich blass. Bestimmt hat er mein Erbrochenes in den Büschen neben der Haustür entdeckt.

»Ja. Ich musste mich vorhin übergeben, aber jetzt ist es wieder besser.« Um ein Haar entschuldige ich mich, damit ich ins Bad verschwinden und mir zum dritten Mal die Zähne putzen kann, aber ich verkneife es mir.

»Das tut mir leid. Sollen wir uns vielleicht hinsetzen?«

Er ist legerer gekleidet als bei unserer letzten Begegnung. Er sieht gut aus in gebügelten Jeans und dem dunkelblauen Wollpullover, zusammen mit einem dunklen Sakko im Hahnentrittmuster.

»Tut mir leid. Ich bin eingeschlafen. Es war ein anstrengender Abend.« Ich höre das leichte Lallen in meiner Stimme. *Reiß dich zusammen!*

»Das habe ich mir schon fast gedacht, wenn Sie mich so spät noch erreichen wollten.« Ich bemerke, wie er mich forschend mustert, ehe er den Blick durch meine Küche schweifen lässt. Langsam bereue ich, ihn hergebeten zu haben. Aber jetzt ist es zu spät.

»Tee?« Ich zwinge mich dazu, eine Oktave höher zu sprechen, dann gehe ich zum Kessel auf dem Herd und stelle das Gas an. Mit dem Rücken zu ihm zu stehen, erscheint mir einfacher, als seinen Blicken ausweichen zu müssen.

»Nein danke.«

»Ich hoffe, ich habe Sie nicht bei was Wichtigem gestört.« Ich hole einen Becher aus dem Schrank, überlege es mir dann jedoch anders. Ich schalte das Gas wieder aus, bleibe aber am Herd stehen, statt mich zu ihm umzudrehen.

»Dies hier ist kein Freundschaftsbesuch, Charlotte.« Sein Tonfall ist streng. »In Ihrer Nachricht stand, dass etwas vorgefallen ist?«

Noch ehe er zu Ende gesprochen hat, breche ich zusammen. Ich verberge das Gesicht in den Händen, dann schlinge ich mir die Arme um den Leib und schluchze eine Minute lang hemmungslos. Die Last zerreißt mich förmlich. Silvestri schweigt, doch ich spüre, wie er hinter mir steht und wartet.

»Charlotte. Es tut mir leid. Ich wollte Sie nicht verletzen.«

»Mir tut es leid. Ich hatte heute Abend ein paar Drinks. Alkohol macht mich immer emotional.«

»Das passiert uns allen.«

»Aber ich bin nicht Auto gefahren. Ich habe ein Uber nach Hause genommen.« Ich komme mir albern vor, weil ich seine Anerkennung will, aber so ist es eben.

»Warum setzen wir uns nicht?«, schlägt er vor. Ich nicke matt, und er folgt mir ins Wohnzimmer auf die Couch.

»Tut mir leid, wenn ich eben etwas schroff geklungen habe. Nach Ihrer Nachricht war ich in Sorge um Sie.« Er hat das verängstigte Gesicht eines Mannes, der unbeabsichtigt eine Frau zum Weinen gebracht hat.

»Bitte, Sie müssen sich nicht entschuldigen. Wahrscheinlich habe ich Ihnen den Abend verdorben.«

»Sie haben nichts verdorben.«

»Ich führe mich auf wie eine Verrückte. Ich wusste nur nicht, an wen ich mich wenden soll.«

»Ich bin froh, dass Sie sich gemeldet haben. Warum erzählen Sie mir nicht, was passiert ist?«

»Rachel und ich hatten einen schlimmen Streit. Sie hat ... Alle meine Freundinnen sind böse auf mich. Im Moment habe ich einfach so viel um die Ohren.« Ich zwinge mich, nicht weiter unverständliches Zeug zu stammeln, sondern stattdessen erst mal zu Atem zu kommen, bevor ich gleich wieder anfange zu weinen. »Und ich muss die ganze Zeit an Brooke Harmon denken.« Silvestri versteift sich, als ich ihren Namen sage. Jetzt gibt es kein Zurück mehr. Er sieht aus, als wollte er eine Frage stellen, doch er schweigt.

Der Alkohol macht mich sentimental. »Detective, glauben Sie, dass Menschen sich ändern können?«

»Wie meinen Sie das?« Er blickt mir ins Gesicht.

»Wenn sie etwas Schreckliches getan haben. Glauben Sie, sie können sich bessern?«

Er scheint sich in seine Gedanken zurückzuziehen. »Das

hängt von der Person ab und davon, um was für schreckliche Dinge es geht. Aber ja, ich habe die Erfahrung gemacht, dass manche Menschen sich durchaus ändern können. Sie müssen allerdings an sich arbeiten und nicht bloß sagen, dass sie sich ändern wollen.«

Ich überlege, welche Erfahrungen er gemacht hat und was für Menschen er dabei begegnet ist, ehe mir klar wird, dass er von sich selbst gesprochen hat. Dieser Moment der Schicksalsverwandtschaft gibt mir ein Gefühl der Geborgenheit, und am liebsten möchte ich seine Hände nehmen und ihn fragen, was er an sich selbst ändern musste.

Als hätte er dieses Bedürfnis gespürt, verschränkt er die Hände im Schoß. »Charlotte, worum geht es denn? Haben Sie was Schlimmes getan?«

Ich rutsche unbehaglich neben ihm auf der Couch hin und her. Sobald ich mich wieder etwas gefangen habe und die Hände sinken lasse, sehe ich, dass er scheinbar aus dem Nichts ein Stofftaschentuch hervorgezaubert hat, das er mir anbietet. Es ist makellos rein und weiß. Dankbar nehme ich es an und betupfe mir damit die Augen, froh, dass ich mich heute Morgen nicht geschminkt habe.

»Danke. Sie sind sehr nett zu mir. Sie sind nicht so wie die meisten Männer.«

Er lacht auf. »Ich glaube, ich bin nicht so wie die meisten Menschen.«

Sein Bedürfnis, der Situation die Schwere zu nehmen, ist deutlich spürbar. »Ich kenne nicht mal Ihren Vornamen. Ich glaube, Sie haben ihn mir bei unserer ersten Begegnung gesagt, aber wenn ich ehrlich bin, habe ich den Tag zum größten Teil verdrängt.« Ich lache. Es fühlt sich gut an, ausnahmsweise mal nicht zu weinen.

Er lächelt. »Dennis.«

»Dennis. Das ist ein schöner Name.« Als er sich ein wenig aufrechter hinsetzt, merke ich, dass ich zu weit gegangen bin. Sein Blick driftet zu meiner Brust, und als ich nach unten schaue, sehe ich, dass mein Medaillon aus meinem Top hervorschaut. Ich nehme die Kette und stecke sie zurück in den Ausschnitt, wo ich das kühle Metall an meiner Haut spüre.

»Wie nennt man eigentlich dieses Symbol mit der Schlange, die sich um einen Stab windet? Es ist eins dieser Symbole, die man tausendmal sieht, aber nie wirklich wahrnimmt. Weiß überhaupt jemand, wie es heißt? Wissen Ärzte das?«, sinniert er.

Ich berühre das Metall durch den Stoff meines Oberteils. »Das ist ein Äskulapstab«, kläre ich ihn auf, und Traurigkeit ergreift von mir Besitz. Aber sie hat nichts mit dem Symbol zu tun oder damit, was es bedeutet; es macht mich traurig, wie wenig Peter mit alldem zu tun hat, was gerade in meinem Leben vorgeht.

»Charlotte. Ich würde Ihnen wirklich gerne helfen«, sagt er sanft. Wahrscheinlich spürt er meine Melancholie. »Können Sie mir sagen, was Sie dazu veranlasst hat, mich heute Abend zu kontaktieren? Ich nehme an, es hat mit Brooke zu tun?«

»Auf dem Küchentisch steht ein Schuhkarton. Den hat mir heute jemand vor die Tür gestellt. Sie müssen sich anschauen, was drin war.«

Er scheint dankbar, einen Grund zu haben, das Zimmer verlassen zu können. »Bin gleich wieder da.«

In der Minute, die er weg ist, putze ich mir die Nase, stehe auf, strecke die Arme, um die Blutzirkulation anzuregen, und versuche die Fassung wiederzuerlangen.

Als er zurückkehrt, hält er die Schachtel mit zwei Papiertaschentüchern fest. Er stellt sie behutsam auf dem Couchtisch ab und nimmt – ebenfalls mit einem Taschentuch – das gerahmte

Foto heraus. Ich brauche eine Weile, um zu verstehen, warum er das macht: nicht wegen der Glasscherben, sondern weil es sich um ein Beweisstück handelt. Natürlich. Ich schweige, während er das Bild betrachtet. Man kann praktisch hören, wie sich die Rädchen in seinem Kopf drehen. Irgendwann blickt er zu mir auf. Jede Sanftheit ist aus seinen Zügen verschwunden. Jetzt ist er ganz geschäftsmäßig.

»Das ist Brooke Harmon. Sie sieht jünger aus und hat die Haare anders, aber sie ist es, keine Frage. Dieselbe Verteilung der Sommersprossen und das Muttermal über der rechten Augenbraue.«

»Ja. Sie ist es definitiv.«

Er inspiziert den Schuhkarton von allen Seiten, vermutlich sucht er nach Hinweisen auf den Absender. Ich weiß bereits, dass das Päckchen kein Etikett hatte. Ich denke an das zerbrochene Glas, das braune Packpapier und die Schnur, die noch vorne im Gebüsch liegen, und frage mich, ob sie ihm aufgefallen sind, als er geklingelt hat.

»Charlotte, wo kommt das her? Wer hat Ihnen das geschickt?« Sein Ton ist ruhig, aber zugleich hellwach.

»Ich habe keine Ahnung. Es war schon hier, als ich nach Hause kam.«

»Hat außer Ihnen noch jemand die Schachtel angefasst?«

»Rachel. Sie hat auf mich gewartet und hatte sie auf dem Schoß.«

Seine Augen werden schmal. »Sie war heute Abend bei Ihnen? Haben Sie sich hier gestritten? Sind Sie sicher, dass sie die Schachtel nicht mitgebracht hat?«

»Sie meinte, sie habe bereits auf den Stufen gestanden, als sie kam.«

Er zieht ein Notizbuch aus seinem Sakko, schlägt es auf und

beginnt, mit dem Kugelschreiber, der am Buch klemmt, Notizen zu machen. »Charlotte, Sie müssen mir alles sagen – angefangen damit, wie es kommt, dass Sie diese Frau auf einmal wiedererkannt haben.«

»Ich musste das Bild sehen, erst da wusste ich wieder, wer sie ist.«

Seine Braue zuckt. »Sie müssen mir jetzt Schritt für Schritt erklären, woher Sie Brooke Harmon kannten und wer Ihnen dieses Foto geschickt haben könnte.«

Ich hole tief Luft. »Ich habe sie nie persönlich kennengelernt.«

Er sieht mich skeptisch an und legt den Kopf schief. »Charlotte.« Ich spüre seinen Frust. »Sie müssen so präzise und so ehrlich sein wie möglich.«

»Das bin ich.« Meine Stimme bricht. »Ich schwöre, dass ich ehrlich bin.«

»In welcher Verbindung stehen Sie zu Brooke Harmon?«

Ich kann ihm nicht in die Augen schauen. »Ich habe ihre Schwester umgebracht.«

Zweiter Teil

Datum: 5.10.19
Von: CharlotteKnopfler@gmail.com
An: Braindoc67@gmail.com

Lieber Henry,
Brooke Harmon ist tot. Die Polizei stellt Fragen. Wir müssen reden.
Charlotte

Fünfundzwanzig

Rachel

Ich habe nichts mehr zu verlieren.

Der Streit mit Charlotte hat in mir einen Schalter umgelegt, und jetzt muss ich meine Wut irgendwie loswerden. Auf dem Heimweg habe ich die Auseinandersetzung mit ihr ungefähr hundertmal Revue passieren lassen, und jedes Mal habe ich dabei wieder ihren Zorn auf mich gespürt. Ich muss unbedingt etwas unternehmen.

Als ich endlich mein Grundstück erreiche, bin ich so aufgebracht, dass ich mein Fahrrad einfach auf den Rasen werfe und beim Reingehen die Haustür heftig hinter mir zuknalle. Eins der gläsernen Windspiele fällt herunter und zerbricht auf dem Boden der verglasten Veranda. Die Bilder an den Wänden wackeln und drohen von ihren Nägeln zu springen. Meine Katzen huschen davon, als ich auf dem Weg in die Küche unter lautem Fluchen die Yelp-App auf meinem Handy öffne. Wie besessen fange ich an zu tippen. Ich lasse die Worte einfach aus mir herausströmen, ohne Filter, ohne nachträgliche Korrekturen. Ich reiße mir das Herz heraus, und dann werde ich es ins Netz stellen, damit es jeder lesen kann. Alle sollen die Wahrheit über sie erfahren. Sobald ich mit meinem Text zufrieden bin, poste ich ihn. Danach geht es mir ein bisschen besser.

In den vergangenen zehn Jahren habe ich nicht so häufig von

einem möglichen Rückfall fantasiert wie in den letzten Wochen. Aber ich weiß, was ich tun muss, falls diese Gedanken nicht aufhören. Ich gehe zum Schrank, um Besen und Kehrblech herauszunehmen und die Glasscherben auf der Veranda wegzufegen.

Doch vorher hole ich eine Rolle mit Schoko-Minz-Keksen aus dem Kühlschrank, die ich, im Stehen über die Spüle gebeugt, in weniger als zwei Minuten vertilge. Ich muss daran denken, dass ich früher, als ich noch abhängig war, nie barfuß durch die Wohnung laufen konnte, weil immer irgendwo Glasscherben herumlagen. Zerbrochene Flaschen, kaputte Spritzen, heruntergefallene Weingläser oder zerschlagenes Geschirr. Wenn ich vergaß, mir Schuhe anzuziehen, was oft vorkam, schnitt ich mir in dem kümmerlichen Apartment, das ich damals mein Zuhause nannte, sofort die Fußsohlen auf. In der ersten Zeit nach meinem Entzug trieb mir das Wissen, dass ich nun ohne Schuhe durchs Haus laufen konnte, jedes Mal aufs Neue Tränen der Dankbarkeit in die Augen. Statt nach Besen und Kehrblech greife ich nach meinem Handy.

Bei Charlotte geht nur die Mailbox ran. Ich versuche es noch zweimal und spiele jedes Mal mit dem Gedanken, ihr eine Sprachnachricht zu hinterlassen, nur um am Ende doch aufzulegen, weil ich keine Ahnung habe, was ich ihr sagen soll.

Nun, da ich merklich ruhiger bin und mich – was noch wichtiger ist – weiterhin in der Küche aufhalte, wagen sich auch die Katzen aus ihren Verstecken. Ihr lautes, besorgtes Schnurren hat in erster Linie damit zu tun, dass sich durch meinen Ausbruch ihre übliche Fütterungszeit verzögert hat. Sie tun ihre Unzufriedenheit kund, indem sie mir abwechselnd die Köpfe gegen die Schienbeine rammen, und schnappen nach meinen Händen, noch ehe ich den Inhalt der Dose vollständig in ihren Napf gelöffelt habe.

Ich gieße mir ein großes Glas selbst gemachten Kombucha

aus dem Krug auf dem Tresen ein. Die fleischige Kombucha-Mutter schwebt bis zum Rand des Krugs und sinkt dann zurück nach unten wie eine Qualle. Der Tequilawurm der Nüchternen und Gesundheitsbewussten. Ich trinke drei Schlucke, den Rest kippe ich in den Ausguss. Eigentlich mag ich keinen Kombucha, ich habe ihn noch nie gemocht. Ich überlege, welche Aspekte meines »gesunden« Lebensstils mir wirklich Freude machen, und greife nach einer zweiten Kekspackung.

Ich setze mich aufs Sofa und sehe zu, wie sich meine Katzen an ihrem Abendessen gütlich tun. Nachdem sie alles aufgefressen haben, putzen sie sich, ehe sie schweigend einen Blick tauschen und zu mir kommen. In einer vollendet synchronen Bewegung springen sie vom Boden auf meinen Schoß, und ich genieße die warmen, schnurrenden Körper auf meinen Beinen, die mich daran erinnern, dass ich nicht alleine bin. Ich habe mir die zwei Siamkatzen angeschafft, weil sie laut Angaben der Frau, die sie zum Verkauf anbot, die »wildesten Biester der Katzenwelt« waren – eine Beschreibung, die ich vermutlich falsch interpretiert habe. Seitdem bemühe ich mich jeden Tag darum, ihre Liebe und Anerkennung zu erringen. Zum Glück wissen sie, wann ich wirklich Zuneigung brauche. Ich schließe die Augen, streichle mit der Hand ihr Fell und gehe den Streit mit Charlotte noch zehnmal in Gedanken durch. Erneut greife ich zum Handy, und erneut springt nur die Mailbox an. Diesmal allerdings hinterlasse ich ihr eine Nachricht.

»Es tut mir so leid, Charlotte. Bitte, ruf mich zurück.«

Ich habe wirklich nur versucht, sie zu beschützen. Ich hoffe, morgen wird sie das erkennen. Da sie nicht antwortet, entwerfe ich einen Text an sie, beschließe jedoch, ihn heute Abend nicht mehr abzuschicken. Ich will nicht zu aufdringlich erscheinen.

Nach dem Schreiben lese ich ihn mehrmals durch und korrigiere ihn, bis ich ganz damit zufrieden bin. Dann speichere ich ihn ab.

Ich stelle den Meditations-Timer meines Handys auf zwanzig Minuten und stecke die Ohrstöpsel ein. Begleitet von den ersten Glockenklängen der App, zu denen sich gleich darauf die binauralen Beats gesellen, die leicht versetzt in meinen Ohren erklingen und abwechselnd meine rechte und linke Gehirnhälfte stimulieren, mache ich es mir im Sessel bequem. Ich sitze mit geradem Rücken, die nackten Fußsohlen fest auf dem Parkettboden. Mit jedem tiefen Atemzug im Takt zu dem metallischen Echo spüre ich, wie eine Welle der Angst und des Bedauerns durch mich hindurchfließt, aber ich halte die Augen geschlossen und kämpfe nicht gegen das tiefe Unbehagen in meinem Innern an.

Über die Meditationsmusik hinweg meine ich den Motor eines Wagens zu hören, der in meine Einfahrt einbiegt. Ich nehme einen Ohrstöpsel heraus, und das Geräusch einer sich öffnenden und zufallenden Autotür lässt mich hochspringen. Ich trete ans Fenster, spähe nach draußen und bin gleichermaßen erschrocken wie überglücklich, als ich Charlottes grünen Prius vor dem Haus stehen sehe. Fast stoße ich einen Jubelschrei aus.

Ich öffne die Tür und will barfuß auf die Veranda treten, als mir gerade noch rechtzeitig das zerbrochene Windspiel einfällt. »Geh hintenrum!«, rufe ich ihr zu, als ich sehe, dass sie die Tür zum Wintergarten noch nicht erreicht hat. Ihre schattenhafte Gestalt macht kehrt, hält kurz inne und verschwindet seitlich hinter dem Haus. Wenig später ertönt aus Richtung der Küche ein zaghaftes Klopfen.

»Ich komme!«, trällere ich, während ich zur Hintertür fliege. In der kalten Abendluft hat sie sich die Kapuze ihres Hoodies tief ins Gesicht gezogen. Leicht vom Fenster weggedreht, steht sie still wie eine Statue und hat den Blick auf irgendetwas in der Dunkelheit meines Gartens gerichtet. Ein Stich der Angst fährt durch meinen Brustkorb, und ich zögere einen Moment. Dann schiebe ich das Gefühl beiseite und reiße die Tür auf, bereit, sie ganz fest in die Arme zu schließen. Tränen der Freude und Erleichterung schießen mir in die Augen. Ich habe sie so sehr herbeigewünscht, und sie ist tatsächlich gekommen.

Jetzt wird alles gut.

Sechsundzwanzig

Silvestri

Komm schon, Wolcott. Nimm ab, nimm ab, nimm ab!

»Hey, Partner!« Er gähnt. »Warum rufst du so spät noch an?«

»Ich bin auf dem Weg zu dir.«

»Was?«

»Hör zu, es tut mir furchtbar leid, dass ich dich aus der Zweisamkeit mit deiner Frau reißen muss, aber können wir uns in fünf Minuten bei dir vor dem Haus treffen?«

»Silvestri, ist alles in …?«

»Triff mich einfach vor dem Haus.«

• • •

Er zieht die Haustür auf, gerade als ich in die Einfahrt einbiege. Er hat sich in aller Eile einen abgewetzten Mantel angezogen und eine Mütze mit Ohrenklappen übergestülpt. An jedem anderen Abend hätte ich unser Gespräch mit einem Witz über mürrische alte Männer eingeleitet.

»Wehe, es ist nichts Wichtiges«, brummt er, während er sich kopfschüttelnd meinem Auto nähert.

»Wie man's nimmt. Wir wissen jetzt, in welcher Beziehung Charlotte Knopfler zu Brooke Harmon stand«, sage ich.

Seine müden Lider schnellen in die Höhe wie zwei Jalousien,

die mit einem Ruck hochgerissen werden. »Ich muss träumen. Hast du gerade …?«

»Du bist hellwach.«

»Jetzt bin ich aber neugierig.« Er lehnt sich gegen die Motorhaube meines Wagens, zuckt zusammen, als er die Resthitze spürt, und streicht mit der Hand über das Blech in Richtung Stoßstange.

»Ich war eben bei Charlotte«, sage ich. »Wir hatten ein überaus erhellendes Gespräch.«

»Partner, was für einen Mist stellst du in deiner Freizeit …«

»Fang bloß nicht wieder damit an, Wolcott. Ich habe eine Textnachricht von ihr bekommen und dachte, es wäre gut, nach dem Rechten zu schauen. Sie war völlig durcheinander.«

Er fährt sich mit der Zunge über die Unterlippe und sieht mich bohrend an. »Sie ist eine Verdächtige in einem Mordfall, verdammt noch mal!«

»Also, was das angeht … Könnte sein, dass wir der Lösung des Falls einen Schritt näher gekommen sind.«

Seine Miene ist ungehalten. »Jetzt erzähl schon.«

»Gut. Ich komme also bei ihr an, und sie hat ganz offensichtlich getrunken. Sie ist nicht sternhagelvoll, hat aber ziemlich einen im Tee. Sie lässt mich rein, und wir setzen uns ins Wohnzimmer. Dann zeigt sie mir einen Karton, von dem sie behauptet, jemand hätte ihn ihr vor die Haustür gestellt.« Ich lange durchs Fenster in den Innenraum meines Wagens und hole einen Asservatenbeutel mit dem Foto von Brooke Harmon heraus.

»Wirf da mal einen Blick drauf.«

Er betrachtet erst das Foto, dann mich. »Kein Witz?«

»Was habe ich dir gesagt? Sie erklärt mir, was es mit dem Foto auf sich hat. Sie ist beschwipst und deshalb hier und da ein bisschen unzusammenhängend, aber im Prinzip kann ich ihr folgen. Wie sich rausstellt, war Charlotte Knopfler, ehe sie eine Ausbildung zur Akupunktur-Therapeutin gemacht hat, auf dem besten Weg, Gehirnchirurgin zu werden. Allerdings wurde sie schon während ihrer Facharztausbildung entlassen, nachdem eine Patientin auf ihrem OP-Tisch gestorben war.«

Wolcott hat seine Müdigkeit abgeschüttelt. »Brooke Harmons Schwester«, sagt er.

»Correctamundo.« Ich nicke. »Charlotte behauptet, sie wäre bisher nicht darauf gekommen, weil sie und Brooke sich nie persönlich begegnet sind. Erst als sie das Foto gesehen hat, ist es ihr wieder eingefallen.«

»Verstanden.« Er mahlt mit dem Kiefer. »Okay, aber warum um alles in der Welt sollte die Schwester des Opfers einer verpatzten OP die vermeintlich Schuldige als ihren Notfallkontakt eingetragen haben?« Er grübelt eine Zeit lang, ehe ihm eine Idee kommt. »Warte mal – was, wenn Charlotte uns nicht die ganze Wahrheit gesagt hat? Was, wenn die beiden doch miteinander in Kontakt standen? Vielleicht hatte Brooke Angst vor Charlotte und hat ihre Kontaktdaten aufgeschrieben, damit wir einen Hinweis haben, für den Fall, dass ihr was zustößt?«

»Möglich«, sage ich, auch wenn mir die Theorie wenig plausibel erscheint. »*Oder* aber wir haben das Pferd die ganze Zeit von hinten aufgezäumt.«

»Wie meinst du das?«

»Bisher sind wir davon ausgegangen, dass es sich um einen Mord handelt. Aber was, wenn es in Wahrheit ein Suizid war? Was, wenn Brooke Harmon Charlotte Knopfler für den Tod ihrer Schwester verantwortlich machte?«

Ich sehe, wie er zwei und zwei zusammenzählt. »Und statt Charlotte etwas anzutun«, führt er meinen Gedanken weiter, »hat sie sich selbst etwas angetan.«

»Und die Person, die in ihren Augen an allem schuld war, als Notfallkontakt angegeben …«

»Weil sie wusste, dass damit unser Verdacht automatisch auf Charlotte fallen würde.«

»Sie wollte noch ein letztes Mal das Messer in der Wunde herumdrehen«, resümiere ich.

»Dann würde es doch Sinn machen, dass Brooke ihr das Foto geschickt hat, oder?«

»Das muss dann … Aber warte mal.« Er schüttelt den Kopf. »Da ist immer noch die Sache mit dem Blumenstrauß, der zweifelsfrei nach ihrem Tod bestellt wurde.«

»Der Mann von der Telefongesellschaft hat die Zeit bestätigt, richtig?«

»Richtig.«

»Tja, das ist … Ich weiß auch nicht.«

»Wem sagst du das?«, meint er. »Ich habe auch Harmons Mobilfunkanbieter kontaktiert, um ihr Handy orten zu lassen. Nichts.«

»Scheiße!«

»Was hältst du davon, wenn wir uns die Krankenakten von Brooke Harmon besorgen? Vielleicht war sie mal in psychiatrischer Behandlung, dann wäre das mit dem Suizid stimmig.«

»Sehr gut. Und ich rufe Fisk an, vielleicht kann sie noch was zu unserer Theorie beitragen. Und vergessen wir nicht den verpatzten Eingriff. Wir haben jetzt einen ganzen Operationssaal voller Menschen, mit denen wir uns unterhalten müssen.«

»Ja.« Ich beäuge meinen Partner. Er hat die unglückliche Miene eines Mannes aufgesetzt, der unter Strom steht, obwohl er zugleich todmüde ist. Ich sehe diesen Blick oft – meistens, wenn ich beim Zähneputzen in den Spiegel schaue. »Und wir sollten morgen bei Brooke Harmons Adresse vorbeifahren. Mal sehen, ob wir dort auf Antworten stoßen.«

»Auf jeden Fall. Aber jetzt geh erst mal wieder rein und schlaf dich aus, mein Hübscher.«

»M-hm.« Er ringt sich ein kleines Lachen ab. »Der Kaffee morgen geht auf dich.«

Siebenundzwanzig

Charlotte

Peter Stanton
+646 690 0469

Ich war sehr bestürzt, als ich deine Nachricht erhalten habe. Ich bin gerade von einer extrem gefährlichen Mission zurückgekehrt, die um ein Haar tödlich ausgegangen wäre.
Der Gedanke, dass wir beide zusammen sind, hat mir geholfen, alles durchzustehen.
Ich dachte, deine kindischen Unsicherheiten gehörten inzwischen der Vergangenheit an, aber offenbar ist dem nicht so. Wie unfassbar enttäuschend!
Ich wünschte, du könntest dich mit meinen Augen sehen. Stattdessen stehst du dir permanent selber im Weg.
Ich kann nicht glauben, dass das mit uns beiden auf diese Weise endet, aber vielleicht ist es das Beste so.

Leb wohl. P

Achtundzwanzig

Wolcott

»Das werden Sie beide nicht glauben!«

Fisk nimmt sofort Kurs auf uns, kaum dass wir das Büro der Rechtsmedizin betreten haben. Ihrer Miene nach zu urteilen, ist sie von irgendetwas sehr fasziniert. Ich kann mich nicht erinnern, sie je so aufgekratzt erlebt zu haben.

»Immer mit der Ruhe, Fiskers.« Silvestri verlagert das Gewicht auf seinen hinteren Fuß, damit sie sich zwischen uns drängen kann. Sie nimmt uns beide am Handgelenk und zieht uns in Richtung Sektionssaal.

»Nein, das müssen Sie sich wirklich ansehen!« Sie stößt schwungvoll die Tür auf, und wir treten zu einem Stahltisch, auf dem ein Gehirn liegt. Sie verliert keine Zeit. »Ich bin *gerade eben* mit der zweiten Untersuchung fertig geworden. Sie waren vollkommen auf dem Holzweg.«

»In welcher Hinsicht?«, frage ich.

Sie beäugt erst uns, dann das Gehirn auf dem Tisch. Als sie merkt, dass wir ihr nicht folgen können, spult sie zurück und fängt noch einmal von vorne an.

»Also gut. Nach Ihrem Anruf habe ich mir Ihre Leiche noch mal angesehen.«

Erst jetzt wird mir bewusst, dass sie von Brooke Harmon

spricht. Sie zeigt auf das Gehirn, um zu verdeutlichen, dass es sich dabei um das Organ der besagten Person handelt.

»Ein Suizid ist ausgeschlossen«, erklärt sie mit einem triumphierenden Grinsen.

»Und wie sind Sie zu diesem Schluss gekommen?«, will Silvestri wissen.

»Schauen Sie her«, sagt sie. Unter Zuhilfenahme einer Zange fischt sie einen winzigen Gegenstand aus einer Petrischale und hält ihn in die Höhe, damit wir ihn betrachten können.

Bei näherem Hinsehen sieht er aus wie eine zu klein geratene Kaffeebohne.

»Und?«, sage ich.

»Das hier«, fährt sie fort, »habe ich in ihrem Gehörgang gefunden. Saß ziemlich tief drinnen, direkt vor dem Trommelfell. Ist mir beim ersten Mal gar nicht aufgefallen.«

»Und was ist das?« Mein Partner zuckt mit den Achseln.

Sie lässt das Ding zurück in die Petrischale fallen. Beim Aufprall macht es leise *Ping!* »Fremdgegenstand.«

»Und wie kommt so was in …«

»Auf dieselbe Weise, wie es rausgekommen ist«, sagt sie und lässt zweimal in rascher Folge die Zange zusammenschnappen.

»Von Hand eingeführt?«, staunt Silvestri. »Scheiße!«

Ich werfe noch einen Blick auf das Objekt in der Petrischale. »Was ist das überhaupt?«

Mein Partner, der sich tief über die Schale beugt, kommt unserer Rechtsmedizinerin zuvor.

»Sieht mir aus wie der Samen von irgendeiner Pflanze.«

• • •

»Wenn er nicht hier ist, wo ist er dann?«

Wir stehen in Brooke Harmons leerer Einfahrt.

»Gute Frage«, sage ich. »Ich rufe mal bei der Zulassungsstelle an, damit die uns Marke und amtliches Kennzeichen durchgeben. Dann können wir den Wagen zur Fahndung ausschreiben.« Wir gehen über den Rasen auf die Haustür zu. »Jetzt schauen wir erst mal, was uns drinnen erwartet, Partner.«

Ich ziehe die Tür hinter mir ins Schloss und sehe mich um. Genau wie ich streift sich auch Silvestri ein Paar Nitrilhandschuhe über, und wir beginnen mit einer Bestandsaufnahme. Rechts von uns befindet sich eine recht beengte Küche. Unmittelbar zu unserer Linken steht ein Esstisch aus Kirschbaumholz mit vier dazu passenden Stühlen.

Der Essplatz geht direkt in den Wohnbereich über, dessen Ausmaße durch einen riesengroßen Webteppich bestimmt werden. Der Vormittagssonnenschein fällt durch die nach Osten gehenden Fenster und lässt den Hartholzboden, der unter dem Teppich zu sehen ist, heller erscheinen. Der Raum wirkt makellos sauber und aufgeräumt. Alles hat seinen Platz. Wenn die traurigen Umstände nicht wären, käme ich mir vor wie bei einer Musterhausbesichtigung.

Wir begeben uns in den Wohnbereich. Auf der rechten Seite des Teppichs befindet sich ein Sofa mit einigem Abstand zur Wand, sodass dahinter ein Durchgang entsteht. Es wird von zwei Beistelltischen flankiert, auf denen jeweils eine Lampe steht. An der Wand gegenüber, zwischen den zwei Fenstern, steht eine Kredenz, auf deren Regalen Dutzende gerahmter Fotografien aufgereiht sind.

Wir gehen hin, um sie uns aus der Nähe anzuschauen. Auf den Fotos in der Mitte ist Brooke Harmon mit ihren Großeltern und ihrer Schwester Michelle zu sehen. Die Aufnahmen umspannen mehrere Jahrzehnte, angefangen vom Säuglingsalter bis kurz vor der Tragödie. Es gibt auch eine Handvoll Bilder nur von ihrer Schwester. Alle deuten darauf hin, dass die beiden ein glückliches, liebevolles Verhältnis zueinander hatten. Von Vater und Mutter fehlt seltsamerweise jede Spur.

»Wolcott, schau dir das an«, sagt er und deutet auf eine Lücke zwischen den Fotos. Ein schmaler Streifen staubfreies Holz lässt vermuten, dass dort ebenfalls ein Bild gestanden hat, das erst vor Kurzem entfernt wurde.

»Ich ahne, wo das Foto aus dem Karton vor Charlottes Haus herkam.«

Neben den Familienfotos stehen auch noch einige andere Bilder. Brooke, die im Kreis ihrer Freunde strahlend lächelt, in einer feierlichen Robe bei der Zeugnisvergabe oder im Halloweenkostüm. Dazu kommen noch eine Handvoll Schnappschüsse von ihr mit verschiedenen Männern und Frauen ihres Alters. Mit einigen wirkt sie vertrauter als mit anderen. Jedes Foto wurde behutsam und geschmackvoll gerahmt.

»Eine Frau ganz nach meinem Herzen«, meint Silvestri. Ich schaue mich nach ihm um und sehe, wie er die Schallplattensammlung auf dem Regal unter einem Plattenteller mit Verstärker bewundert.

»Stehst du auf Vinyl?«

»Die einzig wahre Art, Musik zu hören, Wolcott.«

»Da stimme ich mit dir überein«, sage ich. »Und wie sieht ihre Lektüreliste aus?« Ich deute mit einem Kopfnicken auf das Bücherregal neben der Anlage. Er macht einen Schritt zur Seite und beginnt die Titel zu überfliegen. »Hm. Wir haben hier mehrere Bücher übers Gärtnern. Viel Belletristik: Didion, Zadie Smith, Lydia Davis, Henry Miller, Erica Jong, Twain, McCarthy, Alice Munro. Ein paar Thriller und Beziehungsratgeber. Und einige Kochbücher.« »Ziemlich belesen.«

»Kann man so sagen.«

Wir gehen weiter ins Schlafzimmer. Hinten an der Wand steht ein Doppelbett. Rechts ist die Bettdecke zurückgeschlagen – der einzige Anflug von Unordnung im ganzen Haus.

Ich nähere mich dem Bett auf der rechten Seite, Silvestri auf der linken. Durch ein Dachfenster fällt Licht ins Zimmer. Ich erkenne eine Einbuchtung im Kopfkissen, beuge mich herunter und entdecke ein paar einzelne Haare auf dem Bezug. Die andere Seite des Betts wirkt unberührt. »Sieht so aus, als hätte sie allein geschlafen«, sage ich.

»Hm. Echtes Gewohnheitstier. Immer auf derselben Seite.«

»So machen das doch die meisten.«

»Ja? Ich schlafe normalerweise auf einer Seite ein und wache auf der anderen wieder auf.«

»Na ja, du bist eben du.«

»Was denn?«, sagt er. »Findest du das komisch?«

»Keine Ahnung, Partner. Abby hat ihre feste Bettseite. Und mit fest meine ich *fest*. Immer die linke. Jeder Mensch pflegt seine Rituale.«

Er nickt und zieht eine Augenbraue hoch. »Ihr wechselt nie?«

»Wenn sie bei ihrer Schwester ist, schlafe ich auf ihrer Seite.«

»Ohhh«, macht er. »Wie süß, Terrence.«

»M-hm.«

»Das hättest du mal lieber für dich behalten. Das werde ich dich so schnell nicht vergessen lassen, ist dir das klar?«

»Ach ja?«, gebe ich zurück. »Glaubst du etwa, ich habe keinen Schmutz über dich?«

Er saugt nachdenklich an seinen Zähnen und blickt zur Seite. »Stimmt auch wieder.«

Wir gehen zum Schreibtisch in der Ecke. Davor steht ein ergonomischer Bürostuhl, dahinter an der Wand hängt eine Pinnwand aus Kork. Ich betrachte die wenigen Notizzettel und Fotos daran und überfliege auch den ausgedruckten Dienstplan für den Gemeinschaftsgarten, in dem Brooke Harmon ehrenamtlich tätig war.

Auf dem Schreibtisch steht ein aufgeklappter Laptop mit eingestecktem Netzteil. Ich betätige die Return-Taste, und der Bildschirm erwacht zum Leben. Es erscheint die Seite von Hulu mit einem Standbild von Stana Katić aus einer Folge von *Absentia*. Das zweite geöffnete Tab ist Brooke Harmons Yelp-Account. Ich klappe den Laptop zu, ziehe den Stecker heraus und befördere alles in den großen Asservatenbeutel, den mein Partner für mich aufhält. »Lass uns das zu Clarence bringen. Vielleicht kann er uns Antworten liefern.«

Neunundzwanzig

Charlotte

Das ist kein normales Verhalten für einen erwachsenen Menschen.

Nach seiner Textnachricht hat Peter auf keinen meiner Anrufe reagiert. Ich selbst bin wie gelähmt und kann nichts anderes tun, als sie mir immer wieder durchzulesen. Mit jeder Stunde, die vergeht, ohne dass ich von ihm höre, wird meine Verzweiflung größer, und die Reue über die aufgebrachte Nachricht, die ich ihm im Rausch geschickt habe, wächst. Seine Worte haben mich dermaßen beschämt, dass ich überhaupt nicht mehr weiß, weshalb ich ursprünglich so wütend auf ihn war. Ich bin fast schwindlig vor Erleichterung, dass er noch am Leben ist, aber zugleich habe ich das schreckliche Gefühl, alles zwischen uns zerstört zu haben. Ich bin meine Nachricht, auf die er so eiskalt geantwortet hat, extra noch einmal durchgegangen, um mir ins Gedächtnis zu rufen, dass mein Zorn auf ihn begründet war.

Ich weiß genau, was er damit bezweckt. Er hat das schon häufiger gemacht – immer wenn ich ihm Grenzen gesetzt habe, mit denen er nicht einverstanden ist. Er straft mich mit Schweigen. Das ist seine Rache dafür, dass ich aus der Reihe getanzt bin. Und sie wirkt. Er weiß genau, dass ich, wenn er nach langer Funkstille endlich wieder von sich hören lässt, bereit bin, ihm alles zu verzeihen und mein Misstrauen und meine Fragen zu unterdrücken, aus

Angst, ihn erneut vor den Kopf zu stoßen. Obwohl ich sein Handeln durchschaue, vermag ich mich ihm nicht zu entziehen. Diesmal allerdings fühlt es sich anders an. Ich bin mir nicht sicher, ob er sich jemals wieder melden wird, und der Gedanke macht mir schreckliche Angst.

Mein Körper neigt dazu, zu viele Stresshormone auszuschütten, und ich verliere schnell die Kontrolle über meine Emotionen. Ich bin unfähig, still zu sitzen, und das überwältigende Bedürfnis, mir ein Büschel Haare auszureißen, veranlasst mich schließlich dazu, sie vorsichtshalber zu einem Knoten zu drehen. Wie eine Besessene tigere ich in meinem Zimmer auf und ab.

Der Tag ist bereits zur Hälfte um, und ich habe noch nicht ein einziges Mal das Schlafzimmer verlassen oder mein Telefon aus der Hand gelegt. Es ist meine einzige Rettungsleine und zugleich ein ständiger Quell des Leidens.

Ich sollte mich bei Rachel melden. Ich sollte meine Mutter kontaktieren, die mich in den letzten zwölf Stunden öfter angerufen hat als sonst in einem ganzen Monat. Aber ich will mit niemandem sprechen außer mit ihm.

Durch seine Nachricht fühle ich mich gedemütigt und herabgesetzt. Die einzige andere Person, die jemals in der Lage war, annähernd solche Gefühle in mir zu wecken, war Henry nach Michelles Tod. Ich verdränge den Gedanken. Für diesen alten Schmerz fehlt mir heute die Kraft.

Ich habe mir selbst die Beschränkung auferlegt, Peter höchstens alle zwei Stunden anzurufen, und bisher habe ich ihm erst vier Sprachnachrichten hinterlassen. Einerseits will ich es nicht übertreiben, andererseits muss ich ihm unbedingt erklären, dass ich nicht vorhabe aufzugeben, sondern um unsere Beziehung kämpfen will. Die letzten zwei Stunden habe ich damit verbracht, zwanzig verschiedene Antworten auf seine Nachricht zu tippen und wieder zu löschen – zusätzlich zu denen, die ich ihm bereits geschickt habe.

Ich lese seine Worte zum siebzehnten Mal und versuche jede Formulierung auf verborgene Bedeutungen hin abzuklopfen. Aber ich glaube, Peter war mir gegenüber noch nie so direkt. Ich bin unfassbar wütend auf mich selbst, weil ich so alkoholisiert war, dass ich auf dem Sofa eingeschlafen bin und mein Telefon nicht gehört habe, als die Nachricht kam.

Normalerweise bereitet der Patientenmangel mir Kopfzerbrechen, aber heute bin ich dankbar für meinen fast leeren Terminplan. Ich hätte niemals eine Behandlung durchführen können, ohne dabei ständig auf mein Handy zu schielen. Noch einmal wage ich es, seine Nummer zu wählen. Wieder springt sofort die Standardansage an. Ich beende die Verbindung.

Danach lasse ich mich auf die Bettkante sinken. Meine innere Ruhe ist komplett dahin, stattdessen herrscht bittere Verzweiflung. Ich schleudere mein Handy quer durchs Zimmer. Es landet weich in meinem Wäschekorb. Im nächsten Moment höre ich es summen. Ich stürze hin und fluche heftig, als ich sehe, dass es nur meine Mutter ist. Ich werde einfach noch mal zwei Stunden warten und es dann erneut bei ihm versuchen.

Ich werde nicht aufgeben. Irgendwann wird er schon rangehen.

Dreißig

Silvestri

»Okay, Starsky und Hutch. Hier ist alles, was ich bisher für euch rausgefunden habe.«

Wir sitzen auf dem Revier im Vernehmungsraum. Clarence, der forensische IT-Experte, dessen Dienste die Abteilung gelegentlich in Anspruch nimmt, hilft uns dabei, die Daten von Brooke Harmons Laptop auszuwerten.

Mein Partner lacht. »War das nicht ein bisschen vor deiner Zeit, du Küken?«

»Komm schon, Wolcott. Hast du das Remake mit Ben Stiller etwa nicht gesehen?«

Ich mag den Jungen. Er hat eine lockere Art, und ich kann mit absoluter Gewissheit sagen, dass er der entspannteste Computernerd ist, dem ich je begegnet bin.

»Okay, Clarence. Klär uns auf.«

»Zuerst mal die einfachen Sachen. Ich habe *Find My Phone* laufen lassen. Es gibt einen Grund, weshalb ihr ihr Handy nicht finden konntet. Als ich es das letzte Mal pingen konnte, befand es sich in unmittelbarer Nähe der Smithtown Bay. Was das heißt, könnt ihr Spürnasen euch ja wohl selber ausrechnen.«

»Super«, sage ich. »Noch mehr gute Neuigkeiten?«

»Keine Ahnung, ob euch das weiterhilft, aber ich habe mir mal ihre Yelp-Bewertungen angeschaut. Es gab einige ziemlich vernichtende Kritiken über diese Akupunktur-Praxis.« Er deutet auf einen Text, in dem Brooke über Charlotte Knopfler herzieht. »Von der Art gibt es Dutzende«, fügt er hinzu.

Ich nicke Wolcott zu. »M-hm.«

»Es dauert noch ein paar Tage, bis alles gesichtet ist, aber ich habe einen Blick in ihren Gmail-Account geworfen. Ich kann euch die Login-Daten geben, dann könnt ihr euch schon mal einlesen, während ich weiter am Laptop arbeite.«

»Saubere Arbeit, Clarence. Tausend Dank!«

»Kein Ding«, gibt er zurück. »Sobald ich mehr habe, melde ich mich.«

• • •

»Heilige Scheiße, Wolcott, schau dir das mal an.«

Wir sind an unsere Schreibtische zurückgekehrt, und ich habe gerade eine Mail aus Brooke Harmons Account geöffnet. Im bcc der Nachricht stehen mehrere Adressaten: CharlotteKnopfler, Braindoc67, aeforester und sassystacy314 – die Mitglieder des OP-Teams, das damals den Eingriff an Michelle Harmon vorgenommen hat, wenn mich nicht alles täuscht. Wolcott kommt um meinen Schreibtisch herum und beugt sich vor, um vom Bildschirm abzulesen:

25. September 2019
Von: Brookeharmon1@gmail.com
An: Brookeharmon1@gmail.com

Ich kenne die Wahrheit. Nicht die Geschichte, die Sie meinen Eltern und mir aufgetischt haben. Ich weiß, was an jenem Tag wirklich passiert ist.

Ich habe akzeptiert, dass Sie niemals öffentlich zugeben werden, etwas mit der Vertuschungsaktion zu tun gehabt zu haben, und ich glaube auch nicht, dass es mir das leichter machen würde, endlich mit der Sache abzuschließen und Frieden zu finden.

Ich finde, meine Familie und Michelle haben etwas Besseres verdient als bürokratische Dementis, versiegelte Akten und Vertraulichkeitsvereinbarungen. Ihr Leben war so viel mehr wert als Ihr Selbsterhaltungstrieb.

Es war ein langer, schmerzhafter Weg für mich, aber inzwischen bin ich bereit, einen Schlussstrich unter die Angelegenheit zu ziehen. Ich werde meine Kampagne gegen Sie einstellen, wenn wir uns alle gemeinsam darauf einigen können, endlich die Wahrheit anzuerkennen. Ich hoffe, jeder von Ihnen kann über den Tellerrand seiner Eigeninteressen schauen und das Richtige tun.

An dem Tag, als Michelle starb, haben Sie nicht nur ihr das Leben genommen, sondern auch mir. Jetzt bin ich bereit, ins Leben zurückzukehren. Bitte, tun Sie das Ihre dazu, indem Sie mir dabei helfen.

Brooke Harmon

»Was sagt man dazu?«, murmelt mein Partner. »Jetzt will ich aber unbedingt mit diesen Leuten sprechen. Geben wir unseren Fingern was zu tun, und wählen wir ein paar Nummern.«

• • •

»Schon was erreicht?«, fragt er.

»Ich habe es bei der OP-Schwester versucht, aber da kam nur eine dieser gruseligen automatischen Ansagen. Ich habe ihr eine Nachricht hinterlassen. Und du?«

»Thorntons Sekretärin meinte, er wäre gerade in einer Besprechung. Sie will es ihm ausrichten.«

»Cool. Dann nehme ich mir jetzt die Anästhesistin vor.« Ich suche Annie Foresters Nummer heraus, wähle und lasse es klingeln.

»Hallo?« Die Frau am anderen Ende klingt außer Atem.

»Guten Morgen, könnte ich bitte mit Annie Forester sprechen?«

»Am Apparat. Tut mir leid, ich habe das Telefon von der Einfahrt aus gehört und bin ins Haus gerannt.«

»Kein Problem, Miss Forester. Lassen Sie sich ruhig Zeit.«

»Danke.« Ich höre, wie sie mehrmals tief durchatmet. »Okay. Schon besser. Mit wem spreche ich denn eigentlich?«

»Ich bin Detective Silvestri vom Stony Brook Police Department.«

»Stony Brook, aha. Wie läuft es denn so da unten im Süden, Detective?« Sie lacht leise über ihren Scherz.

»Miss Forester, meinen Informationen zufolge haben Sie vor einigen Jahren als Anästhesistin im Greater New York Medical Center gearbeitet, stimmt das?«

»Ach du liebe Zeit«, sagt sie. »Das kommt mir vor wie ein anderes Leben.«

»Mir liegen auch Informationen vor, dass Sie kürzlich eine E-Mail von Brooke Harmon erhalten haben. Ist das korrekt?«

Sie seufzt. »Die Arme.« Sie schweigt einen Moment lang. »Ja. Ja, das ist korrekt.«

»Entschuldigung, aber haben Sie Miss Harmon gerade ›die Arme‹ genannt?«

»Die Familie tat mir einfach immer so leid. Nach der Sache mit der Schwester. So eine Tragödie.«

»Verstehe. Nun, ich fürchte, ich muss Ihnen mitteilen, dass Brooke Harmon vor zwei Tagen tot aufgefunden wurde.«

»Oh mein Gott«, entfährt es ihr. »Oh nein! Was ist denn passiert?«

»Die Ermittlungen dauern an.«

»Wurden die Angehörigen schon benachrichtigt? Die armen Eltern. Erst Michelle und jetzt das.«

»Miss Forester, ich würde sehr gerne mit Ihnen persönlich sprechen, wenn Sie Zeit haben. Wir können auch zu Ihnen kommen.«

»Äh, ja, natürlich. Ich bin heute den Tag über zu Hause, falls Sie vorbeischauen möchten.«

»Das wäre großartig.«

»Ich wohne in Northport, Detective. Sind Sie mit der Gegend vertraut?«

»Wir kennen uns dort aus, ja. Mein Partner und ich könnten heute Nachmittag vorbeikommen.«

»Okay, sehr gut!«

Ich notiere ihre Adresse, bedanke mich und lege auf. Dann gebe ich Wolcott ein Zeichen. »Das wäre erledigt. Lust auf eine kleine Spritztour nachher?«

»Auf jeden Fall«, sagt er. »Aber lass uns erst einen Happen essen. Ich habe gerade Mittagessen bestellt, müsste bald hier sein.«

»Ein Mann ganz nach meinem Geschmack.«

Einunddreißig

Wolcott

Silvestri und ich sind fast mit unseren Sandwiches fertig, als mein Handy auf dem Schreibtisch vibriert. Ich werfe einen Blick auf das Display. »Oh, warte mal. Das ist eine 212-er Nummer. Könnte der Chirurg sein.« Er reckt mit vollem Mund den Daumen in die Höhe, und ich nehme ab.

»Detective Wolcott.«

»Guten Tag, Detective! Hier spricht Tate Whelan von Whelan, Robinson und Partner.«

»Was kann ich für Sie tun, Mr Whelan?«

»Ich melde mich in meiner Funktion als juristischer Berater von Dr. Henry Thornton.«

»Aha, verstehe. Wir versuchen schon seit geraumer Zeit, Ihren ...«

»Ja, das ist mir bewusst, Detective. Ich rufe in Henry Thorntons Auftrag an. Ich möchte, dass von jetzt ab sämtliche Anfragen an Dr. Thorntons Büro ausschließlich über meine Kanzlei laufen.« Sein Ton ist extrem entspannt. Er will demonstrieren, dass ihn dieses Gespräch kein bisschen ins Schwitzen bringt.

»Mr Whelan, ich würde Ihrem Klienten gerne ein paar Fragen über eine ehemalige Kollegin stellen.« Auch ich gebe mich ungezwungen.

»Und ich teile Ihnen mit, dass ich fortan als Bindeglied zwischen Ihnen und Henry Thornton fungieren werde.« Locker, aber geschäftsmäßig. »Also, gibt es irgendwelche Fragen, die ich an Dr. Thornton weiterleiten soll?«

»Im Moment nicht, nein.«

»Sehr gut. Darf ich Ihnen meine Durchwahl geben?«

»Sie wird auf meinem Telefon angezeigt.«

»Ausgezeichnet.« Seine Stimme rutscht eine Oktave in die Höhe. Jetzt sind wir alte Freunde. »Rufen Sie mich jederzeit an, Detective. Alles Gute!«

»Ihnen auch.« Ich lege auf und schnaube. »Was für ein Arschloch!«

Silvestri reckt den Kopf hinter seinem Monitor hervor. »Was ist denn?«

»Das war Thorntons Anwalt. Der Drecksack lässt uns auflaufen.«

»Moment mal – er schickt seinen Anwalt vor, statt direkt mit uns zu reden? Das macht aber keinen guten Eindruck.«

»Stimmt«, sage ich. »Jetzt frage ich mich natürlich, weshalb der Kerl so nervös ist.« Ich stehe von meinem Schreibtisch auf und drehe eine Runde durch den Raum.

Zweiunddreißig

Silvestri

Als mein Partner an seinen Platz zurückkehrt, umspielt ein finsteres Lächeln seine Mundwinkel. Er zieht sein Handy aus der Tasche.

»Wolcott?«

Er nickt mir zu. Seine Augen blitzen. »Pass gut auf.« Er tippt auf den Bildschirm, hebt das Handy ans Ohr und beginnt kurz darauf zu sprechen. »Ja, guten Tag, mein Name ist Roger Papworth von der Papworth Group ... Wir sind eine wohltätige Organisation, die ihr Geld gerne in gesellschaftlich relevante Zwecke investiert, und wissen Sie, was? Ihr Chef, Dr. Henry Thornton, hat unsere Aufmerksamkeit erregt ... Ja, ja, wir sind tief beeindruckt von Dr. Thorntons Arbeit und wären daran interessiert, uns mit ihm zusammenzusetzen, um über eine großzügige Spende für das Krankenhaus zu sprechen ... Er hat den ganzen Tag Termine? Verstehe. Dummerweise sind wir nur heute Nachmittag in der Stadt, weil wir noch einige andere Meetings haben ... M-hm ... Aha. Tja, es wäre wirklich jammerschade, wenn wir uns verpassen würden. Wenn es um Zuwendungen in dieser Größenordnung geht, bestehen wir grundsätzlich auf einem persönlichen Treffen ... Mmm-hmm ... Aber selbstverständlich ...« Er bedeckt den Lautsprecher mit der Hand. »Sie fragt mal nach.« Er zwinkert mir zu und hebt das Telefon wieder ans Ohr. Er wiegt den Kopf hin und her, um das Ticken einer Uhr nachzuahmen. »Ja, hallo noch mal ... Aha ... Er hat heute doch noch Zeit für uns? Großartig. Einfach großartig ... Sechzehn Uhr passt uns sehr gut ... Ja, genau, das buchstabiert man P – A – P – W – O – R – T – H ... Haben Sie ganz herzlichen Dank, bis später!« Er beendet die Verbindung. »In Thorntons Terminkalender ist soeben was frei geworden.«

»Nicht schlecht. Wir fahren zu ihm, nachdem wir die Anästhesistin besucht haben.«

»Zwei Vögel«, sagt er.

»Hey, sag mal – was ist eigentlich der Dresscode für dieses Treffen?«

Er lacht leise. »Geld.«

• • •

»Detectives, bitte kommen Sie doch rein.«

Wir stehen auf der Veranda von Annie Foresters Ranchhaus in Northport. Sie empfängt uns mit einem breiten Lächeln und bittet uns mit geschäftiger Miene hinein. »Darf ich Ihnen die Jacken abnehmen?« Ehe wir antworten können, steht sie hinter Wolcott und hilft ihm aus dem Mantel.

»Danke«, sagt er.

»Gern geschehen«, antwortet sie, während sie auch meinen Mantel nimmt und zur Haustür geht, um beide dort an zwei Haken aufzuhängen. »Haben Sie Haustiere, Detective?«

»Zwei Hunde«, antworte ich. »Sie auch?«

Als ich mich zu ihr umdrehe, sehe ich, dass sie meinen Mantel am ausgestreckten Arm von sich weghält.

»Schön wär's. Ich liebe Tiere, aber leider bin ich stark allergisch. Bitte, setzen Sie sich doch." Sie führt uns zu zwei Sesseln im offenen Wohnbereich. »Kann ich Ihnen einen Kaffee oder einen Tee anbieten?«

»Wir möchten Ihnen keine Umstände machen«, sage ich.

»Das macht mir keine Umstände«, gibt sie zurück und geht in die Küche. »Ich habe immer eine frische Kanne Kaffee. Ich bin ein kleiner Koffein-Junkie.«

In der Wand zwischen Küche und Wohnzimmer befindet sich eine kleine Durchreiche, sodass sie weiterhin mit uns reden kann.

»Wenn es Ihnen keine Arbeit macht«, sage ich, »hätten wir sehr gern einen Kaffee und einen Tee.«

»Aber sicher doch.« Sie wirbelt durch die Küche. »Wie war die Fahrt?«

»Ganz in Ordnung«, antwortet Wolcott. »Gute Tageszeit, um hier hochzufahren. Kaum Verkehr.«

»Natürlich. Nehmen Sie irgendetwas in Ihren Tee oder Ihren Kaffee?«

»Schwarz für uns beide«, sage ich. »Und vielen Dank!«

Ich nutze die Gelegenheit, mich im Raum umzuschauen. Der Boden ist mit Teppichboden ausgelegt, die Kunst an den Wänden sieht so aus, als stammte sie aus einer Möbelhauskette. Ein langer, schmaler Tisch dient als Abgrenzung zwischen dem Wohnbereich, in dem wir uns aufhalten, und der Fernsehecke mit Relaxsessel im hinteren Bereich des Zimmers. Mir fällt auf, dass keine Fotos an den Wänden hängen.

Das Klappern von Geschirr ist zu hören, ehe Annie Forester aus der Küche kommt und mit einem Tablett in der Hand zu uns tritt. Vor mir bleibt sie stehen, nimmt die Kaffeetasse in die Hand und blickt mich zögernd an. Mit einem Lächeln zeige ich auf Wolcott.

»Tut mir leid«, sagt sie kopfschüttelnd. »Man sollte nie voreilige Schlüsse ziehen, stimmt's?«

»Ist schon öfter vorgekommen«, antwortet er lächelnd. »Kein Problem.«

Sie lacht herzlich und stellt die beiden Tassen vor uns auf den Couchtisch. Dann folgt noch ein Teller mit geschnittenem Obst, den sie zwischen uns stellt. »Tut mir leid, dass es nichts Interessanteres gibt«, entschuldigt sie sich. »Die Versuchung für mich ist zu groß, wenn ich Süßigkeiten im Haus habe.«

»Das ist wunderbar«, sagt Wolcott. »Ich versuche auch, mich gesünder zu ernähren.«

»Oh, gut.« Sie lässt sich uns gegenüber im Sessel nieder. Während wir an unseren Getränken nippen, nehme ich mir einen Moment Zeit, sie zu mustern. Ich würde sie auf Mitte fünfzig schätzen, mit einer offenen, fröhlichen Art. Und sie strotzt nur so vor Energie. Das geht so weit, dass sie sich scheinbar anstrengen muss, um still sitzen zu bleiben. Sie scheint sich sehr darüber zu freuen, zwei Detectives im Haus zu haben. Plötzlich überkommt mich eine gewisse Traurigkeit, weil ich mich frage, wie die familiäre Situation dieser Frau aussehen muss.

»Also«, sagt sie. »Worüber wollten Sie denn mit mir sprechen?«

»Nun«, beginne ich. »Wir würden gerne unser Gespräch über Brooke Harmon von heute Vormittag weiterführen.«

Sie schüttelt den Kopf. »Die Arme. Was für einen schrecklichen Verlust die Familie verkraften musste.«

»Ja, es scheint so, als hätten sie mehr als ihr Maß an Kummer zu ertragen«, sage ich. »Hatten Sie in den Jahren seit dem Vorfall noch mit Brooke Harmon zu tun?«

»Ja, hatte ich. Ich habe erst kürzlich eine E-Mail von ihr bekommen. Darin wirkte sie sehr aufgewühlt. Sie schrieb, sie hätte die Wahrheit über die Operation an ihrer Schwester herausgefunden und wolle das alles nun endgültig hinter sich lassen.«

Ich rufe mir den Inhalt der E-Mail ins Gedächtnis. Annie Foresters Zusammenfassung ist mehr oder weniger zutreffend. »Verstehe. Und haben Sie eine Ahnung, was sie damit meinte? Die Wahrheit über die Operation?«

»Leider nicht. Sie wissen doch, wie das heutzutage mit dem Internet ist. Da draußen schwirren so viele Theorien und Falschinformationen herum, das kann jeden verrückt machen. Vor allem, wenn man trauert und verzweifelt nach Antworten sucht.«

»Natürlich«, bestätige ich. »Und wissen Sie zufällig, ob jemand anders dieselbe Mail erhalten hat?«

»Mit Sicherheit kann ich das nicht sagen, aber ich könnte mir denken, dass sie sie auch an den Rest des OP-Teams geschickt hat. Definitiv an Dr. Thornton und Dr. Knopfler, wahrscheinlich auch an Stacy Phillips.«

»Und hatten Sie kürzlich mit einer dieser Personen Kontakt?«

»Na ja, nicht direkt.«

»Wie bitte?«

Sie erhebt sich aus ihrem Sessel und geht zurück in die Küche. »Nach Brookes E-Mail hat Dr. Thornton mir eine Nachricht auf den AB gesprochen.«

Ich höre ein Klicken, und mir wird klar, dass sie den Knopf des Anrufbeantworters gedrückt hat. Eine aggressive Männerstimme dringt aus dem Lautsprecher.

»Miss Forester, hier spricht Dr. Henry Thornton. Ich gehe davon aus, dass Sie dieselbe E-Mail bekommen haben wie ich, und möchte Sie daran erinnern, dass wir nach dem ... unglücklichen Vorfall alle eine Verschwiegenheitserklärung unterzeichnet haben. Ich schlage daher vor, dass Sie die Sache auf sich beruhen lassen und nichts Unüberlegtes tun. Danke!«

Die Nachricht endete mit einem Piepsen.

»Wow«, sage ich. »Das muss ja ein richtig netter Kollege gewesen sein.«

Sie zuckt mit den Achseln und lächelt widerwillig. »Ach, na ja.«

Wolcott beugt sich nach vorn und lenkt ihre Aufmerksamkeit auf sich. »Könnten Sie uns vielleicht ein bisschen über Ihre Arbeit in dem Team erzählen?«

»Hm. Also, Dr. Thornton war der Chefarzt. Ein bisschen arrogant, um ehrlich zu sein. Sehr von sich überzeugt. Und ein richtiger Fiesling, wie Sie sich vermutlich denken können. Dr. Knopfler? Beeindruckende junge Frau. Wurde bereits als der nächste Star auf dem Gebiet der Neurochirurgie gehandelt. Hatte einige bahnbrechende Ideen. Die beiden haben bei diesen experimentellen Verfahren eng zusammengearbeitet. Das meiste hat sich Dr. Thornton natürlich als Verdienst angerechnet.« Sie verdreht die Augen.

»Verstehe. Und was ist mit Stacy Phillips?«, fragt Wolcott nach einem Blick in sein Notizbuch.

»Ach, herrje, Stacy war wundervoll. Leider ein bisschen unberechenbar. Es gab da einige Vorfälle mit verschwundenen Tabletten, und der allgemeine Konsens war ...«

»Dass Phillips sie geklaut hatte?«, hake ich ein.

»Ja«, sagt sie und zieht die Nase kraus. »Ich hasse es, Gerüchte zu verbreiten, aber höchstwahrscheinlich war es so. Ich glaube, wenn uns nach der Tragödie nicht gekündigt worden wäre, hätten sie Stacy früher oder später sowieso entlassen.«

»Über die Kündigung wollte ich auch noch mit Ihnen reden. Ich habe den OP-Bericht gelesen; wenn ich es richtig verstanden habe, war für den Tod der Patientin letztendlich eine allergische Reaktion auf die Narkose verantwortlich. Stimmt das?«

Sie senkt den Blick und schürzt die Lippen. »Ich fürchte, so war es, Detective. Wir haben unsere Hausaufgaben gemacht, was Miss Harmons medizinische Vorgeschichte angeht. Sie erlitt einen anaphylaktischen Schock, aber da sie unter Narkose war, haben wir die Anzeichen nicht rechtzeitig erkannt. So was passiert nur äußerst selten, aber es kommt vor.«

»Das tut mir leid«, sagt Wolcott teilnahmsvoll. »Es muss schlimm sein, einen Patienten auf diese Weise zu verlieren.«

»Natürlich.«

»Ich wollte Ihnen auch noch eine Frage zu Dr. Thornton stellen«, klinke ich mich wieder in das Gespräch ein. »Er war das einzige Mitglied des Teams, dem danach nicht gekündigt wurde. Das muss doch für Unmut gesorgt haben, oder?«

»Tja.« Sie seufzt. »Sie dürfen nicht vergessen, dass ich seit langer Zeit in der Medizin tätig bin. Damals herrschten noch ganz andere Sitten. Es gab längst nicht so viele weibliche Anästhesisten wie heute. Es war ein echter Männerverein. Ich denke, ich hatte mich einfach daran gewöhnt, dass die Männer immer bevorzugt wurden, auch wenn es um die Sicherheit des Arbeitsplatzes ging.«

»Sie wurden gezwungen, eine gut bezahlte Karriere aufzugeben.«

Sie lässt sich diese Frage eine Weile durch den Kopf gehen. »Verstehen Sie mich nicht falsch, eine Zeit lang habe ich es dem Krankenhaus durchaus nachgetragen, wie sie mit der Situation umgegangen sind. Aber ehrlich gesagt, hat mir das Arbeitsumfeld ohnehin nicht mehr gefallen. Die Restrukturierungen, der ganze Verwaltungskram und die ständigen Auseinandersetzungen mit den Versicherungen – es war der richtige Zeitpunkt, um zu gehen. Das Krankenhaus hat uns eine hohe Abfindung gezahlt, von der ich bequem leben kann.«

»Eine sehr positive Einstellung«, sagt Wolcott. »Ich weiß nicht, ob ich an Ihrer Stelle so nachsichtig gewesen wäre.«

»Worüber soll ich mich beklagen?« Sie lässt den Blick durchs Zimmer schweifen, und ein Lächeln erscheint auf ihren Lippen. »Ich muss nicht mehr arbeiten und habe jede Menge Freizeit. Ich bin aktiv, ich bin glücklich. Ich habe alles, was ich brauche.«

Bei den letzten Worten tätschelt sie sich den Bauch.

»Das klingt wirklich nicht schlecht«, sage ich und stelle meine Teetasse hin. »Die nächste Frage ist reine Routine. Können Sie uns sagen, wo Sie am letzten Dienstagabend, dem 1. Oktober, waren?«

Es dauert eine Sekunde, bis ihr klar wird, dass wir sie nach ihrem Alibi gefragt haben. »Oh.« Sie kichert aufgeregt, als freute sie sich darüber, dass wir sie als potenzielle Verdächtige in Betracht ziehen. »Also, mal nachdenken. Dienstagabend ... Ich habe Essen gekocht ... Ah, jetzt erinnere ich mich! Ich habe mir auf Amazon einen Film bestellt, *A Quiet Place*. Kennen Sie den?«

»Er steht auf meiner Wunschliste«, gebe ich zurück.

»Er ist sehr gut. Unheimlich, aber gut.«

»Aha.« Ich kritzle den Filmtitel in mein Büchlein. »Dürfte ich vielleicht kurz Ihr WC benutzen?«

»Selbstverständlich. Die letzte Tür links, am Arbeitszimmer vorbei.«

Ich entschuldige mich und gehe durch den Flur ins Bad. Nachdem ich fertig geworden bin, wasche ich mir die Hände und mache mich auf den Rückweg. Zuvor jedoch schlüpfe ich in ihr Arbeitszimmer. Vor mir befindet sich ein großer Schreibtisch aus Holz mit einem Desktop-Computer, dahinter ein Stuhl mit Rollen. An der Wand steht ein Regal mit diversen medizinischen Handbüchern und einer umfangreichen Sammlung von Science-Fiction-Romanen: Asimov, Bradbury, Philip K. Dick und andere.

Ich schaue mich rasch um, ehe ich das Zimmer verlasse und mich wieder zu den anderen geselle.

Im Näherkommen sehe ich, wie Wolcott einen Blick auf seine Armbanduhr wirft und aufsteht. »Wir sollten dann jetzt mal los, bevor dichter Verkehr einsetzt.«

»Gute Idee«, sage ich, ehe ich mich an unsere Gastgeberin wende. »Danke, dass Sie sich Zeit für uns genommen haben. Das wissen wir sehr zu schätzen.«

»Gern doch.« Sie steht auf, eilt durchs Zimmer und holt unsere Mäntel. »Bitte, melden Sie sich, falls Sie noch irgendwelche Fragen haben.«

»Machen wir«, sagt Wolcott, ehe er ihr eine Visitenkarte reicht. »Und bitte tun Sie dasselbe, wenn Ihnen noch was einfällt.«

• • •

»Deine Meinung, Silvestri?«

Wir setzen gerade aus der Einfahrt, während Annie Forester uns von der Veranda aus zuwinkt. Ich winke zurück. »Macht auf mich den Eindruck einer netten, aber einsamen Frau. Tat mir ein bisschen leid.«

»Hast du ihr die Geschichte über die Folgen der verpatzten OP abgekauft?«

»Tja, dann wäre sie wirklich ein sehr großmütiger Mensch. Andererseits scheint ihr die Frührente ja gut zu bekommen.«

»Kann schon sein. Hey, ist dir aufgefallen, dass sie überhaupt keine Fotos zu Hause hatte?«

»Ja. Ich habe einen kurzen Blick in ihr Arbeitszimmer geworfen. Da waren auch keine.«

»Was sagt dir das?«

»Vielleicht hat sie keine Familie. Oder es besteht kein Kontakt mehr? Wie gesagt, auf mich wirkte sie ein bisschen vereinsamt.«

»Ja.« Er lacht. »Sie hat sich definitiv gefreut, Besuch von der Polizei zu bekommen.«

»Den Eindruck hatte ich auch.« Wir biegen auf die 25A ab und fahren in Richtung Westen. »Und jetzt schauen wir mal, was wir aus diesem widerlichen Arzt rausbekommen.«

Er wirft mir einen Seitenblick zu. »Du scheinst ja richtig heiß auf das Treffen zu sein, Silvestri.«

»Du bist derjenige, der heiß sein sollte, Kumpel. Warte, bis du mein Outfit siehst.«

Dreiunddreißig

Charlotte

Das Einzige, was mich aus dem Bett treibt, ist ein verzweifelter Anruf von Lucy. Ich bin ehrlich erstaunt, von ihr zu hören, nachdem ich sie das letzte Mal so schmählich im Stich gelassen habe. Entweder sie ist eine Masochistin, oder sie leidet wirklich, und ich bin die einzige Akupunktur-Therapeutin in der Stadt, die kurzfristig noch einen Termin frei hat. Sie hat Verspannungen in Schultern und Nacken und meint, sie habe vor lauter Schmerzen nicht schlafen können, also verspreche ich ihr, sie um halb fünf in meiner Praxis zu treffen.

Während ich mich notwendigen Verrichtungen wie Aufstehen und Duschen zuwende, habe ich die ganze Zeit das Gefühl, durch hüfthohen Schnee zu waten. Die Kombination aus Kater und Herzschmerz ist tödlich. Als ich das Wasser aufdrehe und in die Badewanne steige, bin ich so niedergeschlagen, dass ich gar nicht merke, dass ich immer noch meine Socken anhabe, bis sie klatschnass sind. Zu kraftlos, um sie auszuziehen, gebe ich Conditioner in meine Handfläche und massiere ihn mir in einer halbherzigen, rein mechanisch ausgeführten Pflegeroutine ins ungewaschene Haar. Da mein Gehirn komplett von der Krise in Beschlag genommen ist, in der ich mich momentan befinde, und sich unmöglich vorhersagen lässt, welchen Teil meiner elementaren Körperhygiene ich als Nächstes vernachlässigen werde, rasiere ich mir weder die Achseln noch die Beine.

Beim Anziehen muss ich an meinen ersten Tag im Bellevue denken. Seitdem war ich nicht mehr so weggetreten – und da hatte ich zehn Milligramm Temazepam im Blut. Ich habe meinen Aufenthalt in der berühmtesten Psychoklinik des Landes erfolgreich in die entlegensten Regionen meiner Amygdala verbannt, aber die schrecklichen Ereignisse dieser Woche haben das Schließfach meiner Erinnerungen wieder aufgesprengt.

Mich gegen meinen Willen in eine psychiatrische Anstalt einweisen zu lassen, war Henrys geniale Idee, und meine Mutter zeigte erschreckend wenig Skrupel, diesem verzweifelten Akt der Selbstrettung durch ihre Unterschrift Vorschub zu leisten. Ich hatte mich als Einzige geweigert, die offizielle Abschlusserklärung des Klinikvorstands nach den Ermittlungen zum Tod von Michelle Harmon zu unterzeichnen. Henry meinte, meine Emotionen würden meinem gesunden Menschenverstand im Weg stehen. In Wahrheit war es mein Gewissen, das seinem Bedürfnis im Weg stand, sich nach der desaströsen OP die Hände in Unschuld zu waschen.

Ehe ich aus der Wanne steige, entledige ich mich doch noch meiner durchnässten Socken und hänge sie über die Vorhangstange. Wasser tropft geräuschvoll in die Badewanne. Ich betrachte mein ausgezehrtes Gesicht im Spiegel, während ich mich eincreme und den Kamm durch meine schlaffen, überpflegten Haare ziehe. An dem Tag, der alles verändern sollte und an dem Henry mich morgens von meiner Wohnung abholen kam, erlebte ich einen Augenblick grausamer Klarheit. Angeblich wollten wir zu einem letzten Treffen mit dem Klinikvorstand fahren, um die »Außenwirkung« des internen Ermittlungsverfahrens zu diskutieren, doch in den Minuten, die vergingen, nachdem wir am Krankenhaus vorbeigefahren waren und bevor wir die Notaufnahme des Bellevue erreichten, begann ich allmählich zu begreifen. Das Gefühl wurde stärker, als ich sah, dass meine Mutter am Empfang auf uns wartete. Sie hatte meinen alten Koffer vom Sommerlager in der Hand.

Selbst an dem Tag, an dem sie ihre eigene Tochter in eine psychiatrische Klinik einwies, strahlte sie vor Freude, mich am Arm eines attraktiven Arztes zu sehen. Dabei spielte es keine Rolle, dass er mich ohne mein Einverständnis hierhergebracht hatte, um mich gegen meinen angeblich kurz bevorstehenden Zusammenbruch behandeln zu lassen.

Ich war nicht in der Verfassung, mich gegen die beiden zur Wehr zu setzen. Die Aussicht, mich vor der Welt zu verkriechen und nichts sagen oder tun zu müssen, kam mir himmlisch vor, sobald ich meine anfänglichen Gefühle von Verrat und Zorn überwunden hatte. Nach Michelles Tod plagten mich einige sehr düstere Gedanken, und ich hatte begonnen, mir Sorgen um mich zu machen. Von Henrys wahren Beweggründen einmal abgesehen, erwies sich mein Aufenthalt in der Klinik am Ende als elementar für meine geistige und seelische Genesung. (Etwas, das ich den beiden gegenüber niemals zugeben werde.) Was hingegen nicht wieder genas, war meine Beziehung mit ihm und das Verhältnis zu meiner Mutter. Und auch nicht meine Karriere, die zum Zeitpunkt meiner Entlassung bereits klinisch tot war. Deshalb erklärte ich mich auch bereit, danach wieder ins elterliche Heim einzuziehen.

Ohne Job hatte ich keinen Antrieb, keinen Bedarf für eine eigene Wohnung und auch keine Perspektive mehr in Manhattan. Henry ließ sich am Tag meiner Entlassung nicht blicken. Die Ermittlungen waren während meines Klinikaufenthalts abgeschlossen worden, und da ich nicht in der Lage gewesen war, mich zu den Vorfällen zu äußern, hatte Henry für mich gesprochen.

Als ich ihn das letzte Mal sah, hatte er mir den Rücken zugekehrt und unterzeichnete gerade meine Aufnahmepapiere für die geschlossene Psychiatrie.

Vierunddreißig

Wolcott

»Danke, dass Sie uns empfangen.«

»Aber selbstverständlich, meine Herren! Ich danke Ihnen für Ihr Interesse an unserem Programm.«

Wir sitzen in Henry Thorntons Büro. Er hat sich ein breites Lächeln ins Gesicht getackert.

Auf der Fahrt in Richtung Norden haben wir noch schnell einen Zwischenstopp bei Silvestris Apartment eingelegt, um das Flanellsakko und die Krawatte zu holen, die er sich für die Besprechung ausgesucht hat. Ich nehme an, er wollte den Eindruck alten Geldadels erwecken, stattdessen sieht er aus wie ein verlotterter Alistair Cooke.

»Netter Laden«, meint er, sich in seinem Sessel rekelnd.

»Vielen Dank«, sagt Thornton stolz. »Also, wer von Ihnen ist denn nun Mr Papworth?«

»Ah.« Ich zücke meine Marke. »Der hat es heute leider nicht geschafft.«

Thorntons Mundwinkel machen sich jäh auf den Weg nach Süden. »Sie!«, knurrt er.

Silvestri klappt ebenfalls seine Marke auf und winkt mit seiner freien Hand. »Ich auch.«

Thornton legt eine Hand an den Telefonhörer auf seinem

Schreibtisch. »Eine ziemlich lange Fahrt, nur um jetzt von meinen Sicherheitsleuten rausgeworfen zu werden.«

»So verhalten sich Schuldige«, sage ich. »Wir wollen Ihnen lediglich ein paar Fragen über Ihre früheren Kollegen stellen.«

Er wägt die Sache einen Augenblick lang ab, dann nimmt er die Hand vom Hörer.

»Meinetwegen«, seufzt er. »Bringen wir es hinter uns.«

»Sehr gut. Also, unseren Informationen nach haben Sie kürzlich eine E-Mail von Brooke Harmon erhalten, der Schwester von …«

»Das ist eine echte Kriminelle!«, speit er. »Mit *der* sollten Sie reden.«

Silvestri schaltet sich ein. »Ich fürchte, Miss Harmon ist dieser Tage nicht mehr in der Lage zu reden.« Ich beobachte Thorntons Miene, während er diese Neuigkeit sacken lässt.

»Moment mal.« Er schüttelt den Kopf. »Sie meinen …«

»Brooke Harmon wurde tot aufgefunden. Wir ermitteln in ihrem Mord.«

Unwillkürlich wiederholt er halblaut das letzte Wort. Dann reißt er die Augen auf. »Okay, hören … Sie zu«, stammelt er. »Damit hatte ich nichts zu tun.«

Silvestri hält dem Arzt sein Telefon hin und tippt mit dem Finger das Display an. »Wir sind neugierig, was es mit Ihrer Antwort auf ihre Mail auf sich hat: ›Was ist nötig, um Sie ein für alle Mal zum Schweigen zu bringen?‹ Das klingt, na ja … wie eine Drohung.«

»Das bezog sich auf ihre anhaltende Belästigung. Ihre Mails, die ständigen Anrufe im Krankenhaus. Sie hat einfach keine Ruhe gegeben. Ich war sogar gezwungen, eine einstweilige Verfügung gegen sie zu erwirken, verdammt noch mal!« Mein Partner und ich schweigen. Thornton windet sich auf seinem Stuhl. »Detectives, ich bitte Sie.« Er macht eine ausladende Handbewegung in sein repräsentatives Büro hinein. »Sie denken, dass ich … Ernsthaft?«

Ich schaue ihn ausdruckslos an, was ihn sichtlich verärgert.

»Sie wollte Geld von mir, und jetzt besitzen Sie die Dreistigkeit, herzukommen und *mich* zu beschuldigen? Ich sorge dafür, dass Sie gefeuert werden.«

»Regen Sie sich ab.« Silvestris eiskalte Reaktion nimmt Thornton den Wind aus den Segeln. »Niemand beschuldigt Sie. Allerdings finde ich Ihre Interpretation von Miss Harmons Mail ziemlich interessant. Ich kann mich nicht daran erinnern, dass sie an irgendeiner Stelle explizit Geld von Ihnen gefordert hätte.« Er wendet sich an mich. »Oder habe ich da was überlesen, Partner?«

»Nein. Nein, ich denke nicht.«

»Ich bitte Sie. Seien Sie doch nicht so naiv, Detectives. Es geht doch immer ums Geld.«

»Wir haben den offiziellen OP-Bericht gelesen«, fährt Silvestri fort. »Scheint ja ein ziemlich klarer Fall gewesen zu sein. Tod aufgrund einer nicht vorhersehbaren allergischen Reaktion. Welche Handhabe hätte Miss Harmon, Geld von Ihnen erpressen zu wollen?«

»Die Leute sind nun mal habgierig. Sie denken immer, sie hätten eine Handhabe. Und sie schrecken nicht davor zurück, eine Tragödie auszuschlachten, um sich persönlich zu bereichern. Ich kann Ihnen gar nicht sagen, wie oft so was vorkommt.«

»Und wie gehen Sie normalerweise damit um?«, frage ich. »Wenn ›so was vorkommt‹?«

Seine Augen werden schmal. »Sie haben ganz schön dicke Eier, Detective.«

»Nur noch eine letzte Frage«, sagt Silvestri. »Können Sie uns sagen, wo Sie am Abend des 1. Oktober waren?«

»Also schön«, sagt er ungläubig. »Dann spiele ich Ihr Spielchen eben mit.« Er nimmt sein Handy, tippt auf das Display und scrollt. »1. Oktober ... da war ich ...«

Sein selbstzufriedenes Lächeln erlischt. »Hm, ich war mit einer jungen Frau zusammen.«

Mein Notizbuch ist einsatzbereit. »Und dürfte ich den Namen der Glücklichen erfahren?«

»Lassen Sie es mich anders formulieren: Ich war mit einer jungen Frau zusammen, die *nicht* meine Ehefrau ist.«

»Verstehe. Ich brauche trotzdem den Namen.«

»Kommen Sie, Detective.« Panik tritt in seine Augen. »Ich bemühe mich um Diskretion.«

»Dr. Thornton, wir ermitteln in einem Mordfall. Was für Sie praktisch ist oder nicht, hat für uns dabei nicht die geringste Relevanz.«

»Jessica Hughes«, knurrt er und liest mir ihre Kontaktdaten vor. Ich schreibe sie auf und klappe das Notizbuch zu. »Na, das war doch gar nicht so schwer, oder?«

Sein Zorn kocht über, und er schlägt mit der Faust auf den Tisch. »Glauben Sie ernsthaft, ich würde all das hier wegen dieser geldgeilen Kuh aufs Spiel setzen?«

»Wie bitte?«

»Wissen Sie, was die wahre Tragödie ist?« Jetzt scheint er richtig in Fahrt zu kommen. »Die Methoden, die ich entwickelt habe, hätten das Gebiet der Neurochirurgie revolutionieren können. Dieser Eingriff hätte das Gesicht der Medizin verändert, wenn die Stümper in meinem Team nur in der Lage gewesen wären, mit mir Schritt zu halten!«

»Ach, *das* ist also die wahre Tragödie?«, fragt Silvestri aufgebracht.

»Ich hatte mit dem Tod dieser jungen Frau nichts zu tun!«

Thorntons Blick springt zwischen uns hin und her. »So, die Spielzeit ist vorbei.« Erneut wandert seine Hand zum Telefonhörer – eine unverhohlene Drohung. »Verpissen Sie sich aus meinem Büro!«

Fünfunddreißig

Charlotte

Als ich ankomme, wartet Lucy bereits vor der Praxis auf mich. Ich bin einige Minuten zu früh, aber sie sieht so aus, als könnte sie kaum noch aufrecht stehen, und als ich zu ihr trete, fällt mir sofort ihr gequälter Gesichtsausdruck auf.

»Charlotte! Tausend Dank, dass Sie so kurzfristig Zeit für mich hatten. Sie retten mir wirklich das Leben! Ich habe gestern Abend irgendwas gemacht, was mein Körper gar nicht gut vertragen hat.«

»Natürlich.« Ich lege ihr tröstend die Hand auf den Arm und lotse sie in Richtung Tür.

»Ich habe mir irgendwas in meiner Schulter und im Nacken verzogen, und mein unterer Rücken bringt mich schier um.« Sie schneidet eine Grimasse, während sie ihre schmerzenden Körperstellen aufzählt.

»Ich bin froh, dass ich was für Sie frei hatte, Lucy. Schön, Sie wiederzusehen.« Ich habe ein schlechtes Gewissen, weil ich bei unserem Telefonat so getan habe, als hätte ich heute noch andere Patienten. Ich bitte sie herein, schalte das Licht ein, nehme ihre Jacke und hänge sie zusammen mit meiner in den Schrank.

»Geben Sie mir nur eine Minute, dann kann es gleich losgehen.« Die Tür zu Rachels Behandlungsraum ist geschlossen. Sie kommt erst am Dienstag wieder.

Ich öffne die Tür zu meinem Raum und schaue mich rasch um. Zum Glück habe ich nach meiner letzten Sitzung mit Annelise alles aufgeräumt. Die Liege ist mit frischem Papier bezogen. Nadelpäckchen, Tupfer, Desinfektionsmittel und ätherische Öle stehen bereit.

»Kommen Sie rein.«

Sie hinkt ein wenig. Ihre Körperhaltung könnte sich zu einer Skoliose entwickeln, deshalb nehme ich mir vor, sie nach früheren Rückenproblemen zu fragen. Bei unserer ersten Sitzung hat sie angedeutet, dass sie eine OP hatte, aber weil ich so überstürzt aufgebrochen bin, habe ich nie die ganze Geschichte erfahren.

»Lucy, ich möchte mich noch einmal dafür entschuldigen, dass ich beim letzten Mal einfach so verschwunden bin. Das ist mir immer noch extrem peinlich.« Ich nehme Platz und bedeute ihr, dasselbe zu tun.

»Ach, das macht nichts.« Sie winkt ab. »Ehrlich. Ich habe nicht mal gemerkt, dass Sie weg waren, bis Ihre sehr nette Kollegin Rachel mich aufgeweckt hat! Ich habe seit Langem nicht mehr so tief geschlafen.« Sie lacht hell. »Was mich daran erinnert – ich muss noch einen Massagetermin bei Rachel buchen. Sie war so nett, und ich würde gerne mehr Zeit mit ihr verbringen.«

Falls Lucy mir böse ist, weiß sie es wirklich gut zu verbergen.

»Sicher. Ich kann Ihnen gerne dabei behilflich sein.« Ich gebe keine Emotionen preis, auch wenn sich mir die Kehle zuschnürt. Ich weiß, dass es mir nicht besser gehen wird, ehe ich mit Rachel reinen Tisch gemacht habe.

Langsam und vorsichtig lässt Lucy sich mir gegenüber auf dem Stuhl nieder, und ich hole ihre Akte heraus, in der ich mir nach unserer ersten Sitzung Notizen gemacht habe.

»So. Es gibt da noch einige grundlegende Themen, die wir mit Hinblick auf eine künftige Behandlung besprechen sollten. Aber vielleicht kümmern wir uns erst mal um die akuten Schmerzen und sorgen dafür, dass Sie sich besser fühlen. Beim nächsten Mal können wir uns dann über eine längerfristige Therapie unterhalten, in Ordnung?«

»Ja. Hört sich gut an. Hauptsache, die Schmerzen lassen nach. In solchen Momenten wünsche ich mir, ich wäre ein Freund von Tabletten, aber ich weiß ja, wie gefährlich die Dinger sein können. Ich nehme grundsätzlich nichts Stärkeres als Advil.«

Sie weiß sich gut auszudrücken, und ich frage mich, ob sie vielleicht Autorin oder Lehrerin ist. Aber es wird später noch genug Zeit sein, ihr Fragen über ihren Beruf zu stellen. Jetzt soll sie es sich erst mal auf der Liege bequem machen. So kann ich ihre Schmerzen lindern und mich zugleich von meinen eigenen ablenken.

»Könnten Sie mir zeigen, welche Stellen an Hals, Schultern und Rücken am meisten wehtun?«

»Hier.« Sie deutet auf die rechte Seite ihres Halses und von dort aus weiter bis zu ihrer Schulter. Dann steht sie auf, dreht mir den Rücken zu und zeigt auf ihre rechte Seite in der Nähe des Steißbeins sowie auf ihren rechten Gesäßmuskel, wobei sie andeutet, dass die Schmerzen bis hinunter in den Oberschenkel ausstrahlen. »Und hier auch.« Sie lacht leise. »Eigentlich tut mir alles weh.«

»Verstanden. Haben Sie sich gestern körperlich angestrengt? Sport getrieben oder etwas Schweres gehoben?«

Wieder lacht sie. »Gott, nein. Es ist Ewigkeiten her, seit ich das letzte Mal Sport gemacht habe.«

Ich mache mir eine Notiz: *verbringt viel Zeit im Sitzen.*

»Gestern war ich bei einer Freundin zu Besuch und habe einige Besorgungen gemacht – nichts Besonderes.«

»Okay, Lucy, ich werde Sie heute mit dem Gesicht nach unten

behandeln, wenn das …« Sofort sehe ich, wie sie sich versteift, und dränge sie nicht weiter. Ich möchte nicht, dass sie sich unwohl fühlt. »Wissen Sie, was? Wenn ich es mir recht überlege, machen wir es doch lieber auf dem Rücken. Ob Sie es glauben oder nicht, es gibt einige ganz tolle Akupunkturpunkte an den Händen, die hervorragend gegen Rückenschmerzen helfen.«

Sie atmet auf. Ich muss mir merken, dass sie nicht gerne auf dem Bauch liegt.

Es ist nichts Ungewöhnliches, dass Patienten, die bestimmte Traumata erlebt haben, es nicht mögen, wenn sie ihre Umgebung nicht im Blick haben. Ich selbst fühle mich auch nicht wohl, wenn ich mit dem Kopf nach unten liege.

»Danke!« Sie geht zur Liege.

»Falls es Ihnen nichts ausmacht, wäre es gut, wenn Sie sich das Oberteil ausziehen könnten. Ich kann Ihnen das Handtuch hier geben, das können Sie sich über die Brust legen. Ich würde mir heute nämlich gerne auch Ihren Bauch ansehen.«

Die Anspannung kehrt zurück. »Oh. Ich wusste nicht, dass ich mich ausziehen muss. Letztes Mal musste ich das nicht.«

»Wenn Sie sich damit nicht gut fühlen, kann ich mich auch auf andere Stellen konzentrieren.«

Sie überlegt kurz. »Ja, das wäre mir lieber. Ich habe da nämlich einige Narben, die mir sehr unangenehm sind.«

»Natürlich. Das verstehe ich.«

Sie macht ein dankbares Gesicht.

»Brauchen Sie Hilfe, um auf die Liege zu kommen?«

Sie nickt. Ich nehme sie beim Ellbogen und helfe ihr hinauf. Sie bewegt sich langsam und steif wie eine deutlich ältere Frau. Sobald sie eine angenehme Position gefunden hat, schiebe ich die Ärmel ihres Pullovers und die Beine ihrer Leggings nach oben und desinfiziere die Stellen, die ich behandeln möchte, mit Alkohol.

»Sie erinnern mich an meine Tochter.« Sie hat die Augen geschlossen, noch bevor ich die ersten Nadeln gesetzt habe. »Das ist vermutlich auch der Grund, weshalb ich mich bei Ihnen so wohlfühle.« Sie atmet aus, als hätte sie sehr lange Zeit die Luft angehalten.

»Ich weiß nicht, ob Sie alt genug sind, um meine Mutter zu sein!«, erwidere ich lachend, obwohl mir vor Rührung fast die Tränen kommen. »Aber ich weiß, was Sie meinen.« Ich frage mich, wie es wäre, eine Mutter wie Lucy zu haben. Jemanden, bei dem ich mich geborgen fühle, mit dem ich reden kann und der sich aufrichtig dafür interessiert, was ich zu sagen habe. »Haben Sie ein sehr enges Verhältnis zu Ihrer Tochter?«

Sie schlägt die Augen auf und sieht mich an.

»Tut mir leid. War das zu persönlich?«

»Nein. Das ist es nicht.« Sie seufzt. »Ich hatte mehrere Jahre lang keinen Kontakt zu ihr. Wir haben uns erst kürzlich wieder angenähert. Sie hat mir einige unverzeihliche Dinge angetan, und es fällt schwer, sich vorzustellen, dass es danach je wieder so sein kann wie früher.«

»Das tut mir sehr leid. Ich hoffe, Sie können alles klären. Ich habe auch eine komplizierte Beziehung zu meiner Mutter.« All meine privaten und professionellen Grenzen scheinen zu verschwimmen. Ich verspüre den Drang, ihr von Peters Nachricht zu erzählen. Dabei ist die Person, der ich wirklich davon erzählen möchte und auch sollte, Rachel. Ich muss mich unbedingt mit ihr aussprechen. Ich beschließe, nachher bei ihr vorbeizufahren und, falls sie nicht zu Hause sein sollte, auf sie zu warten, damit wir uns wieder versöhnen können.

»Wie fühlen Sie sich bis jetzt, Lucy?«

Sie lächelt und murmelt etwas. »Charlotte, Sie sind unglaublich. Die Schmerzen sind weg.«

»Ich warte dann draußen. Diesmal gehe ich nicht weg, versprochen.« Wir müssen beide lachen.

»Ich nehme Sie beim Wort«, gibt sie zurück.

Sechsunddreißig

6. Oktober 2019

Von: cdharris94@gmail.com

An: dsilvestri@sbpd.gov, twolcott@sbpd.gov

Ihr zwei Spürnasen,

wollte euch nur schnell ein Update bzgl. des Laptops geben. Was Social Media angeht, war nicht viel zu holen. Keine Aktivitäten mehr auf Twitter, FB oder Insta. Habe allerdings einen Chat gefunden, in dem sie aktiv war. Ich dachte, vielleicht wollt ihr euch den mal anschauen. Fragt mich jederzeit, falls was unklar ist.

Clarence

Siebenunddreißig

Charlotte

Als ich auf Rachels Grundstück einbiege, steht ihr Wagen an seinem üblichen Platz in der Einfahrt. Ihr Fahrrad liegt mitten auf dem Rasen. Gott sei Dank ist sie zu Hause. Ich stoße einen Seufzer der Erleichterung aus, als ich den Motor abstelle. Eine der streunenden Katzen, die Rachel regelmäßig füttert, macht Jagd auf eine Krähe, die auf einem niedrigen Ast des Baums in der Nähe meines Autos gelandet ist. Als ich die Wagentür zuwerfe, fliegt sie auf, und die Katze faucht mich an, ehe sie davonschleicht.

Ich gehe zu Rachels Fahrrad, hebe es auf und schiebe es zum Zaun, an dem es normalerweise lehnt. Mehrere Zeitungen liegen unangetastet und noch in ihren Plastikhüllen auf der Fußmatte, wo Rachels Katzen Thelma und Louise wie träge Sphinxen daliegen und an der Tür zum Wintergarten Wache halten. Das ist merkwürdig. Sie sind sonst immer drinnen. Rachel lässt sie nie nach draußen.

Rachels Bungalow ist klein und perfekt für eine Person. Eingeschossig, mit einem geräumigen Küchen- und Wohnbereich, einem mittelgroßen Schlafzimmer und Bad, sieht er eher nach Kalifornien als nach Long Island aus. Im Sommer kann man einige Straßen weiter die Bucht hören und das Salz in der Luft riechen. Im Herbst und Winter wird es bitterkalt, und als ich versuche, durch das Fenster an der Seite ins Haus zu spähen, stelle ich fest, dass sie bereits die Dämmplatten aus transparentem Kunststoff angebracht hat. Die Vorhänge sind offen, aber durch die Plastikschicht kann man das Innere nur undeutlich erkennen. Ich sehe nichts als verschwommene Formen und dunkle Schatten.

Ich öffne die Tür zum Wintergarten, und eine Hitzewelle schlägt mir entgegen. Beide Katzen springen davon. Rachel heizt den Wintergarten immer stärker als das Haus selbst, und die Hängepflanzen sowie verschiedene wuchernde Farne, Bananenstauden und Fici sorgen für eine tropische Atmosphäre. Ich schließe die Tür hinter mir und sehe mich um. Der Wintergarten ist genauso exzentrisch und einzigartig wie Rachel.

Bis auf ein leichtes Zucken ihrer Schwänze nehmen die Katzen kaum Notiz von mir. Erst als ich auf die Klingel drücke, streckt sich Thelma, schlendert auf mich zu und beginnt Achten um meine Beine zu laufen und sich schnurrend an meinen Waden zu reiben, um meine Aufmerksamkeit zu erregen. Ich bücke mich und streiche ihr halbherzig über den Kopf. Mehr bringe ich nicht fertig, zu groß ist meine Nervosität vor der Begegnung mit Rachel. Etwas knirscht unter meinen Schuhsohlen, und als ich den Blick nach unten richte, sehe ich Glasscherben und das verhedderte Gerippe eines Windspiels, das Rachel von einer ihrer Reisen an die Westküste mitgebracht hat. Die Katzen machen unter lautem Geklimper Jagd auf die Schnur und die zerbrochenen Glasteile. Ich fege die Scherben notdürftig mit einer Zeitung zu einem Haufen zusammen und schiebe sie auf das Papier, damit die Katzen sich nicht daran verletzen können. Die zusammengefaltete Zeitung lege ich auf das Fensterbrett.

Ich drücke ein zweites Mal auf die Klingel, und als ich von drinnen nichts höre, klopfe ich laut. Vielleicht schläft sie gerade, obwohl das sehr untypisch für sie wäre, da sie eine erklärte Abneigung gegen Nickerchen hat. *»Wenn ich tot bin, kann ich noch genug schlafen. Ich war den Großteil meiner Zwanziger völlig zugedröhnt, jetzt will ich nichts mehr verpassen.«* Doch auf mein Klopfen hin tut sich genauso wenig wie auf das Klingeln.

Ich rufe ihr Handy an, setze mich auf die Verandaschaukel und lausche dem Tuten in der Leitung. Ich versuche, ruhig zu bleiben, und sage mir im Stillen, dass sie vielleicht jemand zu einem NA-Treffen mitgenommen hat oder sie gerade einen Spaziergang am Wasser macht. Sie könnte auch ein Date haben und den Abend bei jemand anders verbringen. Schließlich weiß ich nicht alles über ihr Leben. Es gibt viele plausible Erklärungen dafür, weshalb sie nicht antwortet, trotzdem erfasst mich ein tiefes, pochendes Unbehagen, und ich werde das Gefühl nicht los, dass etwas Schlimmes passiert ist.

Ich beschließe, ums Haus herumzugehen und nachzuschauen, ob sie vielleicht die Hintertür oder ein Fenster offen gelassen hat. Thelma hat wieder ihren Platz auf der Fußmatte eingenommen, Louise hat sich die ganze Zeit kaum vom Fleck gerührt. Ich ziehe die Tür des Wintergartens hinter mir zu, damit sie nicht entwischen. Die beiden nehmen meinen Abgang mit vollendetem Gleichmut hin.

An der Hintertür angekommen, werfe ich zunächst einen Blick durch die Scheibe. Zu meiner Verblüffung stelle ich fest, dass Rachel im Wohnzimmer mit dem Rücken zur Tür im Sessel sitzt. Sie hat die Füße auf dem Boden und rührt sich nicht von der Stelle. Ihre Hände kann ich nicht sehen, aber ich gehe davon aus, dass sie die Finger im Schoß oder über ihrem Herzen zu einem Mudra zusammengelegt hat. Im nächsten Moment fällt mir das weiße Kabel ins Auge, das ihr auf dem Fußboden liegendes Handy mit ihren Kopfhörern verbindet. Natürlich. Sie meditiert und muss dabei die Zeit vergessen haben. Ich lache laut.

Ich weiß nicht genau, ob ich sie stören soll, doch am Ende ist das Bedürfnis, meine Freundin in die Arme zu schließen und mich bei ihr zu entschuldigen, größer als der Respekt vor ihrer Meditation. Ich klopfe leise an, und als sie sich daraufhin immer noch nicht rührt, versuche ich es mit dem Türknauf. Er lässt sich problemlos drehen, und die Tür schwingt nach innen auf.

»Rach?«, rufe ich leise. Sie bewegt sich nicht und gibt auch keine Antwort. Auf Zehenspitzen schleiche ich durch die Küche ins Wohnzimmer. Das diffuse Licht des frühen Abends erfüllt den Raum, genau wie eine tief sitzende Angst, die mich urplötzlich an der Gurgel packt und mir den Rücken hinabrieselt. Ich keuche laut, als mir ein beißender Geruch in die Nase steigt. Doch vor allem ist es die Leere im Zimmer, das Fehlen von Rachels Essenz, das mich zu Boden sinken lässt, wo ich ein paarmal verzweifelt nach Luft ringe, ehe ich anfange zu würgen.

Ich habe genug Leichen gesehen, um die Reglosigkeit des Schlafs von der des Todes unterscheiden zu können. Rachel lebt nicht mehr. Aber die Leugnung der Wahrheit ist bei uns Menschen ein altbewährter Bewältigungsmechanismus, und das Gehirn erlaubt es uns, so lange in diesem Zustand zu verharren, wie es für notwendig erachtet.

»Rachel? Süße, wach doch auf.« Ich weiß es besser, und trotzdem bete ich, dass ich mich irren möge.

Die Knie geben unter mir nach, als mein Gehirn zusammen mit dem Rest meines Körpers begreift, was geschehen ist. »Nein, Rachel? *Rachel. Nein, nein, nein!*«

Ich krieche zu ihr und ziehe mich an der Seite des Sessels hoch. Durch diese kleine Bewegung fallen ihre Arme zu beiden Seiten ihres Körpers schlaff herab. Ich fange hemmungslos zu schluchzen an und verstehe nicht, wer es ist, der immer wieder und immer lauter »Nein, Rachel, nein!« sagt. Ich kann es jedenfalls nicht sein – ich habe zu viel Mühe, überhaupt weiterzuatmen, als dass ich Worte oder auch nur Geräusche von mir geben könnte. Mit letzter Kraft krieche ich näher und nehme ihre Hand. Sie ist eiskalt. Ihre Augen sind milchig und leer, und als ich ihre leicht geöffneten blauen Lippen sehe, verliere ich vollends die Fassung. In ihren Mundwinkeln hat sich weißer Schaum gesammelt, und ich muss mich zwingen, ihn nicht wegzuwischen.

Ich liege rücklings auf dem Boden und versuche mich zu besinnen. Das Zimmer dreht sich, mein Brustkorb bebt unter meinen heftigen Atemzügen, und ich kämpfe mit aller Macht gegen die Bewusstlosigkeit an. Ich versuche, etwas zu finden, worauf ich mich konzentrieren kann. Als mein Blick auf ihr Handy fällt, greife ich danach und halte es fest in der Hand. Ich weiß, dass ich jemanden anrufen muss, aber ich habe vergessen, wie das geht.

Achtunddreißig

Silvestri

»Das war doch gar nicht so schlimm.«

Nach einer langen Fahrt durch den Berufsverkehr nach unserem Gespräch mit Thornton kehren wir nach Stony Brook zurück.

»In LeFrak ist immer Stau«, entgegne ich.« »Und man hat dieses Nadelöhr am Douglaston Parkway. Aber alles in allem ging es.«

»Bist du hungrig?«, will er wissen.

»Jetzt, wo du fragst – ja. Thorntons Gebrüll hat mir Appetit gemacht.«

»Worauf hast du …?«

Wir werden vom Knistern des Funkgeräts unterbrochen. »Zehn-dreiundzwanzig. Detectives benötigt am Lawson Way 725.«

Wolcott und ich tauschen einen Blick. »Das Essen muss warten.« Ich schnappe mir das Funkgerät, während mein Partner aufs Gas tritt.

• • •

Kaum dass wir das Haus betreten, spüren wir die typischen Anzeichen des Todes. Die Luft ist schal, und trotz der Katzen, die uns um die Beine streichen, herrscht eine seltsame Stille. Der Geruch steigt mir in die Nase. Ich fische ein Fläschchen Pfefferminzöl aus meiner Tasche, tupfe einen Tropfen unter jedes Nasenloch und reiche es dann an meinen Partner weiter. Der Polizist, der auf uns zusteuert, kommt mir bekannt vor. »Litman?«

»Detectives, wie geht es Ihnen?« Durch die Zeit im Job hat er an Souveränität gewonnen, sein Auftreten wirkt jetzt selbstbewusster.

Wolcott streckt ihm die Hand hin. »Officer. Schön, Sie wiederzusehen. Das letzte Mal war beim Fall Sasha Anders, richtig?«

»Genau«, antwortet Litman, ehe er uns ins Wohnzimmer führt. »Ziemlich wilde Geschichte, was?«

»Stimmt.« Ich lache leise.

»Kaum zu fassen, dass Sie diese Maxwell am Ende wegen einer uralten Geschichte drangekriegt haben.«

»Es ist schon Seltsameres passiert«, sage ich. Wir nähern uns dem Leichnam von Rachel Sherman, die schlaff in einem Sessel sitzt. »Also, was ist Ihre Einschätzung?«

»Sieht nach Heroin aus«, antwortet Litman und wendet sich der Leiche zu.

»Überdosis?«, fragt Wolcott, der sich bückt, um die Tote aus der Nähe zu betrachten.

»Würde ich mal vermuten. Verstorbene ist circa Mitte dreißig. Lippen blau, Pupillen stark verengt«, erklärt er und deutet auf ihr Gesicht. »Ein paar alte Einstichstellen, allerdings keine frischen. Nirgendwo eine Spur von Fixerbesteck. Vielleicht hat sie das Zeug geschnieft? Ihre Freundin ist kaum ansprechbar, die konnte uns also auch nichts verraten.«

»Ihre Freundin?«, frage ich.

Litman deutet mit einer Kopfbewegung hinter die Leiche. Als ich um den Sessel herumgehe, sehe ich Charlotte Knopfler am Boden sitzen. Die Knie an die Brust gezogen, starrt sie auf irgendetwas in weiter Ferne. Vorsichtig trete ich näher und gehe neben ihr in die Hocke. »Charlotte? Können Sie mich hören?«

Sie sieht mich an. »Das ist alles meine Schuld. Ich habe das getan.« Ein Beben geht durch ihren Körper, dann ist sie wieder still. Ich knie mich hin und lege ihr tröstend eine Hand auf die Schulter. Sie sucht meinen Blick, greift sich an die Brust, und ein schmerzerfülltes Stöhnen kommt über ihre Lippen. »Ich glaube, ich muss sterben.«

Neununddreißig

Wolcott

»Morgen, die Herren! Na, wie fühlt es sich an, so ein Klugscheißer zu sein, Wolcott?«

Wir sind wieder im Büro der Rechtsmedizin. Charlotte Knopfler wurde ins Krankenhaus eingeliefert, und mein Partner hat beantragt, dass die Autopsie von Rachel Sherman vorgezogen wird. Fisk ist gerade eben fertig geworden.

»Nicht gut, Fisk. Gar nicht gut. Hat sich beides bestätigt?«

»Ja, Sie Streber. Todesursache war eine Heroin-Überdosis. Und das hier habe ich aus ihrem Gehörgang entfernt.«

»Ein Mohnsamen?«, frage ich.

»Ganz genau. Können Sie zwei mir einen Gefallen tun und den Fall bald knacken? Wenn die Samenkörner noch kleiner werden, muss ich zum Optiker und mir eine neue Brille besorgen.«

Vierzig

Charlotte

In jedem Krankenhaus gibt es die gleichen Geräusche. Quietschende Räder auf Linoleum. Metallene Instrumente auf Tabletts. Pfleger und Schwestern, die zielstrebig durch die Gänge eilen. Ob man sich über ein Bett beugt oder selbst darin liegt, die Variationen dieser Klangkulisse sind endlich und allgegenwärtig. Sie sind es auch, die mir verraten, wo ich bin, bevor meine Augen es tun. Es ist eine paradoxe Kombination: angenehme Vertrautheit, gepaart mit Angst vor dem Unbekannten.

Das bleierne Gewicht in meinem Gehirn kann nur chemischen Ursprungs sein. Ich bin kaum in der Lage, die Lider zu heben, und als es mir schließlich doch gelingt, ist es ein Kampf, sie oben zu halten. Ich bin wieder im Bellevue. Meine Brust zieht sich zusammen, meine Kehle fängt an zu brennen. Das kann nicht wahr sein.

Das Zimmer, in dem ich liege, ist recht groß für ein Einzelzimmer und sieht anders aus als mein Zimmer im Bellevue. Draußen vor der Tür höre ich gedämpfte Stimmen. Sie klingen vertraut, sind aber zu weit weg, als dass ich sie wirklich identifizieren könnte. Der Nebel vor meinen Augen lichtet sich ein wenig, und ich sehe meine Mutter in der Ecke sitzen. Ihr Mund steht offen, ihr Kopf rollt kraftlos hin und her. Sie schläft geräuschlos. Ihr Anblick macht mich sofort nervös, denn er beweist, wie ernst meine Lage ist. Das Bild der leblosen Rachel in ihrem Sessel meldet sich in meinem frontalen Cortex, und aus meiner Kehle dringt ein wimmerndes Schluchzen.

Ihre Lider flattern. Im nächsten Moment ist sie aufgesprungen, an meine Seite geeilt und legt beide Hände auf meinen rechten Arm. Eigentlich ist es nicht ihre Art, ihre Zuneigung körperlich zum Ausdruck zu bringen, und mein instinktives Zurückweichen veranlasst sie dazu, die Hände wieder wegzunehmen und die Arme eng an den Körper zu ziehen.

»Oh, Schätzchen. Ich wollte dir nicht wehtun.« Für einen kurzen, verwirrenden Moment glaube ich, sie will sich für meine Kindheit entschuldigen.

»Wie konntest du nur?« Jedes Wort, das aus meinem Mund kommt, fühlt sich träge und schwer an.

Sie schaut verdutzt. »Wie konnte ich was, Liebling?«

»Du hast mich wieder hier reingesteckt? Wie konntest du das tun?«, schreie ich. Ich habe das Gefühl, am Bett fixiert zu sein, und Panik steigt in mir hoch. Dann wird mir bewusst, dass ich meine Arme und Beine frei bewegen kann.

Bei meiner Mutter fällt der Groschen. Die Art meiner Verzweiflung muss eng mit jener Zeit meines Lebens verknüpft sein. Das eine Mal, als sie mich besuchen kam, war ich alles andere als froh darüber.

»Charlotte. Schatz. Du bist nicht im Bellevue. Du wurdest ins Stony Brook Memorial Hospital eingeliefert, nachdem du deine Freundin gefunden hast. Du hast den Detectives gegenüber behauptet, du hättest einen Herzstillstand, und wolltest, dass sie dich hierherbringen.«

Ich schließe die Augen und stöhne. Das Langzeit-EKG beginnt zu piepsen, und ich rechne damit, dass innerhalb der nächsten fünf Minuten die diensthabende Schwester auftaucht. In der Zeit nach meiner Rückkehr aus New York bin ich wie ein Geist durch die Flure dieses Krankenhauses geschlurft, und ich überlege, ob ich noch weiß, wer in der Kardiologie arbeitet.

»Wie fühlst du dich?«, fragt sie sanft.

Ich bin eine tickende Zeitbombe, die mit äußerster Vorsicht behandelt werden muss. Das Gefühl von Déjà-vu ist überwältigend stark.

»Müde.« Mein Blick wandert zum Infusionsbeutel über meinem Kopf.

»Sie haben dir Ativan zur Beruhigung gegeben. Ich bin erst danach gekommen, ansonsten hätte ich ihnen gesagt, dass sie es lassen sollen. Ich weiß ja, wie sehr du Beruhigungsmittel hasst. Wobei – ich könnte töten für ein bisschen von dem, was du bekommen hast.« Ich kann sehen, dass sie sich trotz aller inneren Widerstände bemüht, mütterlich zu sein. Für sie ist diese Rolle genauso unangenehm wie für mich die Rolle der Tochter.

»Woran erinnerst du dich?« Sie versucht abzuwägen, wie schlecht es diesmal um mich steht.

»Rachel.« Ich würge ihren Namen hervor und fange an zu weinen.

»Na ja, viel weiß ich auch nicht. Die Detectives wollten mir keine Einzelheiten verraten. Aber deine Freundin ist tot. Es tut mir leid.« Das Mitgefühl ist bei ihr ein stark unterentwickelter Muskel, aber sie strengt sich an, so gut sie es eben vermag.

»Ich weiß«, sage ich wie betäubt. Dicke Tränen rollen mir über das Gesicht, und meine Nase fängt an zu laufen. Ich schaffe es nicht, mir das Gesicht abzuwischen.

»Warte, ich hole dir ein paar Taschentücher.« Sie springt auf, läuft geradewegs an der Schachtel Kleenex auf der Fensterbank vorbei und flieht aus dem Zimmer.

Ich bin weniger als eine Minute allein, bevor die vertrauten

Stimmen draußen vor der Tür lauter werden. Wolcott führt die Gruppe mit entschlossenen Schritten an. Silvestri folgt etwas zögerlicher und fängt meinen Blick ein, ehe ich wegschauen kann.

»Ms Knopfler. Wie geht es Ihnen?«

Ich bin zu müde für Nettigkeiten, oder um Wolcott zum gefühlt fünfzigsten Mal zu bitten, mich beim Vornamen zu nennen. Ich bin wütend auf die beiden, so ungerechtfertigt das auch sein mag.

»Mir geht es schrecklich.« Die Medikamente haben mich in emotionale Knete verwandelt. »Ich bin am Boden zerstört.«

»Absolut verständlich«, sagt Silvestri. »Die letzten Stunden waren sehr hart für Sie.«

»Rachel«, stöhne ich.

Die beiden Männer wechseln einen Blick. Daraus schließe ich, dass sie noch nicht entschieden haben, wer von ihnen mir die nächste Hiobsbotschaft überbringen soll. Schließlich tritt Silvestri näher und räuspert sich.

»Fühlen Sie sich gut genug, um mit uns zu reden, Charlotte? Können Sie uns schildern, was passiert ist, bevor Sie gestern den Notruf gewählt haben?«

»Ich weiß noch, dass ich zu Rachel gefahren bin. Wir hatten uns gestritten.« Meine Stimme bricht. »Sie kam nicht an die Tür und ging auch nicht ans Telefon.«

»Wann war das ungefähr?« Wolcott hat Notizbuch und Stift gezückt.

»Ich bin gleich losgefahren, nachdem ich mit Lucy ... mit meiner Patientin fertig war. Das müsste so gegen sechs gewesen sein.«

»Also am frühen Abend. Sie kamen bei Rachels Haus an. Und dann?« Wolcott nimmt das Ende seines Kugelschreibers in den Mund.

»Ich bin nach hinten gegangen, weil sie nicht aufgemacht hat und ich meinen Schlüssel nicht finden konnte. Ich dachte, sie meditiert vielleicht ...« Mir wird die Kehle eng.

Silvestri tätschelt mir leicht die Hand. »Lassen Sie sich nur Zeit.« Er gießt etwas Wasser aus dem Plastikkrug auf meinem Nachttisch in einen hohen Becher mit Strohhalm.

Als ich nach dem Becher greife, spüre ich das Ziehen des Infusionsschlauchs an meinem Handrücken. Am liebsten würde ich ihn mir herausreißen. »Ich dachte, sie sitzt vielleicht in ihrem Sessel und meditiert. Ich bin reingegangen und habe gleich gesehen, dass sie ... tot ist.« Ich höre den Satz, kann aber nicht glauben, dass er wahr ist. »Sie und ich hatten einen Streit«, wiederhole ich und muss einen Schluchzer unterdrücken. »Ich habe sie weggeschickt. Oh mein Gott, ich hätte sie nicht wegschicken dürfen.« Ich lasse das Gesicht in meine Hände sinken. »Wie konnte das passieren?«

»Wir warten noch auf den Bericht der Toxikologie«, sagt Wolcott. »Aber es deutet alles darauf hin, dass es eine Überdosis war.«

Ich ringe nach Atem. »Nein«, entgegne ich matt. »Das würde sie niemals tun. Sie ist schon seit Ewigkeiten clean.«

Die beiden sehen mich mitfühlend an. Wolcott ergreift das Wort. »Gewissheit haben wir frühestens in ein oder zwei Tagen, aber sobald das Ergebnis vorliegt, lassen wir es Sie wissen. Wenn Sie sich dazu in der Lage fühlen, benötigen wir Ihre Hilfe, um herauszufinden, wen wir benachrichtigen müssen. Nächste Angehörige, enge Freunde und so weiter. Wir haben ihr Handy, wenn Sie uns also die Namen nennen, müssten wir in der Lage sein, alles Weitere in dic Wege zu leiten.«

Ich denke einen Moment lang nach, dann kann ich nicht mehr. Ich sehe Detective Silvestri an. »Sie hat keine Familie. Ich war ihre einzige Familie. Ich war ihr Notfallkontakt.« Mein

Schluchzen wird immer lauter. Die Detectives stehen unbeholfen herum, ihre Blicke geistern durchs Zimmer. Dann ergreifen beide gleichzeitig das Wort. »Wir gehen mal und suchen nach Taschentüchern« und »Schwester!«, sagen sie, ehe sie eilig den Raum verlassen. Ich bleibe allein zurück und lasse meinen Tränen der Hoffnungslosigkeit freien Lauf.

Ein unbekannter und beängstigender Drang überkommt mich. Ich sehne mich nach meiner Mom.

• • •

Nachdem alle, einschließlich meiner Mutter, mit Papiertaschentüchern zurückgekehrt sind, vergewissern sich die Detectives, dass ich morgen aufs Revier kommen werde, um unser Gespräch fortzuführen. Weil ich dringend Ruhe brauche, um alles zu verarbeiten, schicke ich meine Mutter los, um mir einen Smoothie zu besorgen, von dem ich genau weiß, dass sie ihn im Krankenhaus nicht bekommen wird. Ich konnte die Schwestern nicht dazu überreden, den Infusionsschlauch zu entfernen, stattdessen haben sie noch eine weitere Infusion mit Vitaminen hinzugefügt, da ich im Moment keine feste Nahrung zu mir nehmen kann. Allmählich komme ich mir vor wie ein Insekt, das auf eine Schaumstoffunterlage gepinnt wurde, um von aller Welt studiert zu werden.

Ich schäme mich für die Erleichterung, die ich letzte Woche empfunden habe, weil die Leiche, die ich identifizieren musste, nicht Peter war, und frage mich, ob Rachels Tod vielleicht ein besonders grausamer Fall von Karma ist. Eine unfassbar schmerzhafte Woge der Trauer erfasst mich und reißt mich in die Tiefe, bis ich für einige endlos scheinende Minuten nicht mehr atmen oder klar sehen kann. Ich werde meine liebe, gute Freundin nie mehr wiedersehen. Ich begreife nicht, wie es so schlimm werden konnte, dass sie rückfällig geworden ist. Das kann doch nicht an unsrem Streit gelegen haben. Und selbst wenn, könnte ich nicht akzeptieren, dass sie sich so etwas antut.

Silvestri kommt ins Zimmer zurück. »Entschuldigen Sie, dass ich noch mal reinplatze. Ich habe meinen ...« Wir beide beäugen den anthrazitfarbenen Wollmantel, den er über der Stuhllehne hat hängen lassen. Er legt die Hand auf den Mantelkragen, nimmt den Mantel jedoch nicht von der Lehne. Ich bin nicht in der geistigen Verfassung, um Konversation zu machen, nicht einmal mit ihm.

»Ich wette, Sie können es nicht erwarten, wieder nach Hause zu kommen. Ich hasse Krankenhäuser.«

»Ich normalerweise nicht, außerdem kenne ich dieses Krankenhaus gut. Nach meiner Rückkehr aus Manhattan habe ich eine Zeit lang hier gearbeitet. Aber es stimmt, ich möchte unbedingt nach Hause. Ich versuche nur, meine Mutter loszuwerden, die mit einiger Verspätung ihre Mutterinstinkte entdeckt zu haben scheint. Sie besteht darauf, bei mir einzuziehen.« Ich verdrehe die Augen, um meine Genervtheit zu unterstreichen.

»Nichts ist schöner, als ohne Fluchtmöglichkeit mit der eigenen Mutter in einem Haus festzusitzen«, sagt er. »Hier haben Sie wenigstens einen Knopf, wenn Sie was zur Beruhigung brauchen.« Er tippt leicht gegen den Infusionsschlauch.

»Das ist nur Natriumchlorid. Ich habe ihnen gesagt, sie sollen die Medikamente abnehmen.«

»Das mit Rachel tut mir wirklich sehr leid. Ich weiß, wie schwer so was ist.«

Ich nicke unter Tränen und schließe die Augen.

»Wir brauchen Ihre Hilfe, um rauszufinden, was ihr passiert ist«, sagt er eindringlich.

»Tut mir leid, aber mehr weiß ich nicht.«

»Aber Sie wissen, wie ein traumatisiertes Gehirn funktioniert. Besser als wir alle zusammen.« Er bleibt stehen. »Vielleicht haben Sie ja noch etwas im Gedächtnis, das es nur noch nicht an die Oberfläche geschafft hat. Im Moment müssen Sie erst mal Ihre Trauer und den Schock verarbeiten.« Er blickt auf den Stuhl. »Macht es Ihnen was aus, wenn ich mich noch mal kurz hinsetze?«

»Nein.« Ich bin zu erschöpft, um ihm zu sagen, dass es mir lieber wäre, er würde gehen.

»Hatte Rachel einen Partner?«

»Vor ein paar Monaten hat sie sich von jemandem getrennt. Es geschah aber einvernehmlich.«

Er holt einen Schreibblock heraus und macht sich Notizen. »Möglicherweise müssen wir ihn kontaktieren. Darüber können wir uns morgen weiterunterhalten. Gab es abgesehen von Ihrem Streit gestern Abend noch etwas anderes, was Rachel zu schaffen gemacht hat? Geldprobleme? Hatte sie früher Depressionen? Sie erwähnten eben, sie sei drogensüchtig gewesen.«

»Geldprobleme gab es, ja. Unsere Praxis lief nicht so gut. Aber depressiv war sie nicht. Sie ist einer der ausgeglichensten Menschen, die ich kenne.« Ich bringe es nicht übers Herz, das Präteritum zu verwenden. Noch nicht.

Ich denke daran, dass Rachels Kummer in der letzten Zeit ausschließlich von mir verursacht wurde. Die ausbleibenden Patienten. Unser Streit wegen Peter. Erst jetzt wird mir bewusst, wie sehr sich unsere Freundschaft um mich und meine Probleme gedreht hat. Ich war ihr keine gute Freundin. Ich schlinge mir die Arme um den Körper wie eine Zwangsjacke, um meine aufsteigende Trauer im Zaum zu halten. Ich möchte wirklich, dass Silvestri jetzt geht, damit ich ungestört in mein Kissen heulen kann. Doch er macht keine Anstalten, sich vom Fleck zu rühren.

»Charlotte, ich wollte noch kurz auf die Arbeit zu sprechen kommen, die Sie bis zu Michelle Harmons Tod gemacht haben. Wären Sie damit einverstanden?«

»Ich weiß nicht. Ich kann im Moment nur an Rachel denken …«

»Wir arbeiten nach wie vor auf Hochtouren daran, den Mord an Brooke aufzuklären, und jetzt, da wir die Verbindung zwischen Ihnen kennen, könnte jede weitere Information von Ihnen entscheidend sein.«

Ich fühle mich zu schwach, um einen zusammenhängenden Gedanken zu formen, doch vermutlich bleibt mir keine andere Wahl. »Na gut«, sage ich matt.

»Ausgezeichnet, ich danke Ihnen sehr. Können Sie mir erzählen, was genau vor Michelles Tod Ihr Fachgebiet war und woran Sie geforscht haben?«

Es wundert mich, dass er sich für die Details meiner Arbeit interessiert, aber ich tue ihm den Gefallen, wenn auch nur, um nicht an Rachels Leichnam im Sessel denken zu müssen. Diese kalte, leere Hülle.

Ich zupfe gedankenverloren am Plastikschlauch an meiner Hand und setze zu dem Monolog an, den ich schon oft gehalten habe. »Nach meiner Dissertation habe ich mich mit der Frage beschäftigt, welche Auswirkungen schwere Traumata auf das Gehirn vor und nach einem bestimmten Alter haben können. Ich habe Menschen studiert, die Schädel-Hirn-Verletzungen erlitten haben, noch ehe ihre Frontallappen komplett entwickelt waren, und solche, die ähnliche Traumata bei voll ausgebildeten Frontallappen erlitten haben. Ich wollte herausfinden, ob es möglich ist, das Gehirn von Menschen, die in einem vergleichsweise frühen Stadium ihrer neurologischen Entwicklung ein Trauma erlitten haben, auf chirurgischem Weg dazu zu bringen, den Schaden wieder zu reparieren. Im Wesentlichen ging es darum, eine posttraumatische Belastungsstörung zu heilen, indem man die vom Trauma betroffenen Hirnareale manipuliert, ehe sich die Schädigung dauerhaft manifestieren kann.«

»Was ist mit anderen Formen der Traumatherapie? EMDR? Neurofeedback, psychoaktive Substanzen und so weiter?«

»Bei mir ging es um extreme Fälle. Solche Methoden funktionieren auch nicht immer. Manche Patienten sprechen auf andere Therapieformen nicht an. Ich wollte eine Alternative entwickeln, um den Hoffnungslosen neue Hoffnung zu geben.«

»Klingt faszinierend. Und diese Methoden haben Sie auch in Ihrer klinischen Arbeit eingesetzt?« Er hat seine Hausaufgaben gemacht, was ein gewisses Unbehagen in mir weckt. »Wenn ich es richtig verstanden habe, waren Sie ein richtiger Cowboy – oder ein Cowgirl – in Ihrem Fachgebiet? Das höchste Forschungsstipendium an die jüngste Psychochirurgin in der Geschichte des Greater New York Medical Center. Beeindruckend.«

Seine Stimme hat einen hypnotischen Klang angenommen. Vielleicht liegt das an den Resten von Ativan in meinem Blut. »Ach, ich weiß nicht. Ich habe zusammen mit meinem Mentor Dr. Henry Thornton an einem sehr kontroversen, aber bahnbrechenden Eingriff geforscht. Er war der Grund, weshalb ich so früh in meiner Laufbahn schon so viel Unterstützung und Aufmerksamkeit erfahren habe.« Als ich Henry erwähne, bricht meine Stimme.

»Scheint ja ein richtig netter Kerl gewesen zu sein«, sagt er trocken. »Bitte, fahren Sie fort.«

»Wir konnten ein paar Erfolge verbuchen. Bei einigen Patienten haben wir die Auswirkungen von Traumata tatsächlich rückgängig gemacht ... bis zu Michelles Tod.« Ich bekomme nur noch schwer Luft und höre, wie gepresst meine Worte klingen. »Tut mir leid. Ich bin im Moment ziemlich emotional. Wäre es in Ordnung, wenn wir das Thema erst mal ruhen lassen?«

»Sicher. Ich wollte Sie nicht aufwühlen. Ich bin einfach nur fasziniert von Ihrer Arbeit. Ich habe berufsbedingt auch so meine Erfahrungen mit Traumata gemacht.«

Ich ziehe die Augenbrauen hoch. »Wirklich?« Ich kann mir nur schwer vorstellen, dass wir beide etwas gemeinsam haben.

»Ehe ich zum NYPD gekommen bin, war ich in Baltimore. Bei einer Razzia in einer Drogenhöhle hat einer der Verdächtigen meinem Partner ein Messer an die Kehle gehalten. Wir brauchten den Mann lebend – aus mehreren Gründen –, also wollte ich ihn in die Schulter schießen, habe aber versehentlich seine Schläfe getroffen. Er ist verblutet, ehe wir ihn zum Reden bringen konnten. Das war der erste Tote meines Lebens, und ich hatte ihn umgebracht.« Seine Miene wirkt erstaunlich gefasst für die schmerzhaften Erinnerungen, die er mit mir teilt.

Ich bin voller Empathie für ihn. »Das tut mir leid. Das muss furchtbar gewesen sein.«

»War es auch. Nach allem, was wir wussten, war er ein Schwerkrimineller, aber er hatte trotzdem Eltern und Geschwister. Es gab Menschen, die ihn geliebt haben. Und es war ein Fehler aus Unachtsamkeit. Ich war gut ausgebildet und hätte es besser machen müssen. Aber aus irgendeinem Grund habe ich es an dem Nachmittag richtig verbockt.«

»Wie lange ist das her?«

»Ach, damals war ich noch ein junger Hund. Das war vor bald zwanzig Jahren. Aber es vergeht kaum ein Tag, an dem ich nicht gleich nach dem Aufwachen daran denke. Man muss schon ein Soziopath sein, um nicht darunter zu leiden, dass ein Mensch durch die eigene Hand gestorben ist.« Er hat einen schmerzerfüllten Zug um die Augen, den ich wiedererkenne.

»Traumatische Erinnerungen können sich selbst nach Jahrzehnten noch frisch anfühlen. Und neue Traumata können die alten wieder zum Vorschein bringen.« Ich könnte noch viel mehr zu dem Thema sagen, sowohl aus beruflicher als auch aus persönlicher Erfahrung. Früher war das mein Lieblingsthema. Aber jetzt bin ich zu traurig und zu erschöpft, und alle meine Gedanken kreisen um die Tatsache, dass ich meine beste Freundin nie wiedersehen werde. Ich wische mir die frischen Tränen von den Wangen.

»Ich kann nicht glauben, dass Rachel sich etwas angetan hat. Das macht einfach überhaupt keinen Sinn.« Mit Entsetzen wird mir klar, dass ich nun mit zwei toten Frauen in Verbindung gebracht werde.

»Als Verdächtige in Brookes und Rachels Fall sind Sie die wichtigste Person, wenn es darum geht, die Fälle aufzuklären.«

Seine Aussage trifft mich wie ein Faustschlag in die Magengrube. *»Verdächtige?«*

Meine Fassungslosigkeit lässt ihn kalt, was bei mir die Vermutung weckt, dass er das Wort nicht zufällig gewählt hat.

»Ich bitte um Verzeihung. Ich hätte ›Zeugin‹ sagen sollen.«

Er beobachtet mich.

»Sie verdächtigen mich?«

»Genau das versuchen wir zu ermitteln, Charlotte. Und je mehr Sie uns über Ihre Beziehung zu diesen beiden Frauen sagen können, desto besser.«

Ich bin sprachlos.

Er wartet auch gar nicht auf eine Antwort. »Wir sehen uns dann morgen früh auf dem Revier. Jetzt ruhen Sie sich erst mal aus.«

Das Gespräch wirkt noch einige Sekunden lang unangenehm nach, ehe mir klar wird, was seine Aussage bedeutet.

Sie trauen mir einen Mord zu.

Einundvierzig

Silvestri

»Da ist er ja.«

Ich habe gerade das Diner in der Nähe des Reviers betreten, um mich vor unserem morgigen Gespräch mit Charlotte Knopfler mit Wolcott abzustimmen. Mein Partner sitzt an unserem angestammten Tisch in der Nähe des Eingangs. »Entschuldige die Verspätung!«

»Kein Thema«, sagt er. »Habe deine Nachricht bekommen und schon mal für dich mitbestellt.«

»Ah, sehr gut. Ich könnte glatt die Tapete verspeisen.«

»Würdest du dich auch mit einem Putensandwich zufriedengeben?«

»Ja, das geht auch.« Ich zucke mit den Achseln.

»Dann sind wir im Geschäft.« Er klatscht in die Hände. »Ach so, ich habe übrigens Thorntons Freundin erreicht. Sie hat sein Alibi bestätigt.«

»Glaubst du ihr?«

»Sie klang nervös, aber sie musste ja auch eine Affäre mit einem verheirateten Mann gestehen. Sie hat mir jedenfalls die Rechnung aus einem Hotel im Stadtzentrum gemailt, sie ist also sauber.«

»Er hat sie für das Hotelzimmer bezahlen lassen?«

»Damit die Ehefrau nichts merkt. Hat mir die Freundin jedenfalls so erklärt. Sie schien noch ziemlich jung zu sein.«

»Der Kerl ist ein echter Prinz.«

»Überrascht dich das?«

»Kein bisschen.«

»Gibt es Neuigkeiten von der OP-Schwester?«, fragt er.

»Noch nicht. Ich muss sie nachher noch mal anrufen.«

»Okay, gut. Ich habe mit Clarence gesprochen, um einen Termin auszumachen. Klingt so, als hätte er bald alle Daten von Brooke Harmons Laptop gesichert.«

»Sehr gut. Danke, Bruder!«

»Kein Ding«, wiegelt er ab. »Und? Wie hat der alte Trick mit dem vergessenen Mantel funktioniert? Irgendwas Neues von ihr erfahren?«

»Wir haben uns ein bisschen unterhalten.«

»Wow«, meint er trocken. »Nicht alles auf einmal.«

»Okay. Also, weißt du noch, wie ich dir mal von dem Drogenlager erzählt habe, das wir in Baltimore ausgehoben haben, als ich noch neu bei der Polizei war?«

»Ja«, sagt Wolcott. »Du hast einen Verdächtigen in die Schulter geschossen.«

»Bingo! Die Geschichte habe ich Charlotte erzählt, allerdings habe ich ein kleines bisschen übertrieben.«

»Inwiefern?«

»Na ja, weniger Fleischwunde, mehr Kiefernsarg.«

»Schlau.« Er lacht.

»Es war wichtig, ihr Vertrauen zu gewinnen. Eine gemeinsame Basis zu schaffen. Ihr ist ja eine Patientin während eines Eingriffs weggestorben. Schien ganz gut zu funktionieren. Ich wollte, dass sie nicht immer so auf der Hut ist, damit ich sehen kann, was passiert, wenn ich den Spieß umdrehe.«

»Und wie hast du das angestellt?«, will er wissen.

»Ich habe sie als ›Verdächtige‹ bezeichnet, um zu sehen, wie sie darauf reagiert.«

»Und?«

»Sie wirkte ehrlich erschrocken. Fassungslos. Du weißt ja, wie es bei Schuldigen ist: Früher oder später schlägt es durch. Da ist dieser Moment der Erleichterung, wenn sie wissen, dass sie ertappt wurden. Bei ihr konnte ich nichts dergleichen feststellen.«

Wolcott beugt sich über den Tisch. »Und was hältst du von ihrer Behauptung, dass sie sich angeblich nicht mehr an die Einzelheiten erinnern kann?«

»Mir kam sie glaubwürdig vor. Keine Ahnung. So ein Schock kann einen ganz schön durcheinanderbringen.«

»Ja«, sagt er und nickt.

Phyllis kommt an unseren Tisch, zwei Teller gekonnt auf dem linken Arm balancierend. »Das Putensandwich für Sie«, sagt sie mit ihrer nikotingeschwängerten Reibeisenstimme und stellt einen der Teller vor mich hin.

»Danke!«

Wolcott bekommt einen Salat mit Steak. »Haben Sie dann alles, was Sie brauchen?«

»Ja. Danke, Phyllis«, sagen wir im Chor.

»Soll ich Ihren Kaffee auffüllen, mein Guter?«

»Nein danke«, antwortet Wolcott und legt die Hand über seine Tasse.

»Na dann guten Appetit«, wünscht sie und kehrt hinter den Tresen zurück.

Wolcott macht sich über seinen Salat her, während ich mein Sandwich mit Salz und Pfeffer würze. »Also. Die Mutter ist schon eine ziemlich spezielle Type, was?«

»Das kannst du laut sagen. Total selbstbezogen. Und völlig ahnungslos. Ich habe ihr erklärt, dass ihre Tochter die Leiche einer guten Freundin gefunden hat, und sie reagiert, als hätte sie sich einen Fingernagel abgebrochen. Das weckt in mir den Wunsch, meine eigene Mom ganz fest in die Arme zu nehmen.«

Wolcott schluckt einen Mundvoll Salat hinunter. »Ja, bei diesem Fall gibt es einige eiskalte Persönlichkeiten. Thornton beispielsweise ist nur einen Steinwurf von einem waschechten Psychopathen entfernt.«

»Stimmt«, sage ich. »Also, wie wollen wir morgen in die Befragung einsteigen?«

»Tja, Cyrano, ich tendiere dazu, dir die Führung zu überlassen. Damit du sie erst mal ein bisschen weichkochen kannst.«

»Du schlachtest das aber auch wirklich aus, was?«

»Hey, von mir aus kannst du am Problem vorbeireden, solange du willst«, sagt er. »Ich für meinen Teil möchte den Fall unbedingt knacken.«

Zweiundvierzig

Charlotte

»Ich hole schon mal den Wagen, während sie deine Entlassungspapiere fertig machen.« Meine Mutter, frisch geduscht und frisiert, hält einen kleinen Kaffeelöffel aus Plastik wie eine Zigarette zwischen ihren Fingern. Sie ist die ganze Zeit in Bewegung – rein ins Zimmer, wieder raus aus dem Zimmer. Wie eine Mücke auf einer Grillparty ist sie unfähig, für mehr als ein paar Minuten still zu sitzen, ehe sie wieder losfliegt, um jemand anders auf den Geist zu gehen. Jedes Mal, wenn sie das Zimmer verlässt, spüre ich, wie sich mein Herzschlag beruhigt und mein Blutdruck sinkt.

»Okay, Mom. Machst du den Vorhang zu, damit ich mich anziehen kann?«, frage ich, um ihren Abgang zu beschleunigen. Sie zieht den Vorhang an der halbrunden Stange entlang, die mein Bett umgibt, bis ich vollständig in einen Kokon aus uraltem, mit mint- und cremefarbenen Wirbeln bedrucktem Polyesterstoff eingehüllt bin. Ich bin gerade mit meinen Jeans beschäftigt, als ich eine dröhnende Stimme meinen Namen rufen höre.

»Dr. K!« Ich weiß, dass es Schwester Murphy ist, noch ehe sie hinter dem Vorhang auftaucht. Hastig steige ich ins zweite Hosenbein, dann lasse ich mich in ihre ausladenden Arme fallen. Tränen steigen mir in die Augen, aber ich schlucke sie herunter, und als wir uns voneinander lösen, habe ich ein breites Lächeln aufgesetzt.

»Murphy«, sage ich voller Freude.

»Schatz, was machst du denn nur? Ich wusste nicht, dass du hier bist, sonst wäre ich gestern schon vorbeigekommen! Ich habe überhaupt nur davon erfahren, weil ich deine Mutter gesehen habe, die durch die Gänge läuft, als würde die Klinik ihr gehören.« Sie setzt ihre Brille auf, die ihr an einer Kette um den Hals hängt, um mich eingehender zu mustern. »Sie hat sich kein bisschen verändert«, verkündet sie mit einer perfekt austarierten Mischung aus Gehässigkeit und Mitgefühl.

Während meiner kurzen, schrecklichen Zeit im Stony Brook Memorial Hospital war Moira Murphy eine der wenigen Personen, zu denen ich auch außerhalb der Arbeit Kontakt hatte. Sie sah sofort, dass es mir schlecht ging, und erkundigte sich jede Woche nach meinem Befinden. Es dauerte eine Weile, bis ich mit ihr warm wurde, aber Geschichten über unsere schwierigen Eltern schweißten uns zusammen. Sie pflegte damals ihre alte Mutter, die infolge ihrer Demenz zunehmend garstiger wurde.

»Wie geht es deiner Mutter?«, erkundige ich mich.

»Sie ist letztes Jahr gestorben. Es war das Beste so. Sie hat im Laufe der Zeit immer mehr abgebaut.« Sie lächelt tapfer, aber ich spüre die Traurigkeit dahinter.

»Das tut mir so leid. Ich hätte mich melden sollen. Ich wusste nichts davon.« Ich drücke ihre Hände.

»Sei nicht albern. Wie hättest du davon wissen sollen? Außerdem war es ja kein Geheimnis, dass du unbedingt von hier wegwolltest. Ich habe nicht damit gerechnet, dass du uns noch mal mit deiner Anwesenheit beehrst – oder sogar stationär aufgenommen wirst! Was um alles in der Welt ist denn passiert?«

»Eine ganz gewöhnliche Panikattacke. Es geht mir wieder gut. Ich habe mich ausgeschlafen und durfte die weltberühmte Küche des Stony Brook Memorial Hospital genießen.« Ich bemühe mich nach Kräften, meinen unbeschwerten Ton beizubehalten und erst zu Hause in Trauer zu versinken.

»Wer ist denn dein behandelnder Arzt, Schatz?« Ehe ich ihr antworten kann, streckt sie einen Arm durch den Vorhang und nimmt das Klemmbrett mit meinen Patientendaten von der Tür. Als sie den Namen liest, stößt sie ein Brummen aus. »Dr. Barron. Unmöglicher Kerl. Der hätte schon vor Jahren in den Ruhestand geschickt werden müssen. Er erzählt den Schwestern immer noch versaute Witze.«

»Zum Glück hatte ich seinerzeit nicht viel mit ihm zu tun. Ich glaube, man hat mich nur über Nacht hierbehalten, weil die Polizei mich hergebracht hat …«

Ich werde unterbrochen, als draußen jemand nach einem Notfallwagen ruft und mehrere gummibesohlte Schuhe über das Linoleum eilen.

»Ich schaue mal, was da los ist, Süße, dann komme ich wieder.«

Sie schlüpft durch den Vorhang und ist gleich darauf verschwunden. Ich stelle fest, dass ich mein Oberteil falsch herum angezogen habe, ziehe es mir über den Kopf, drehe es auf rechts und habe es zu drei Vierteln wieder angezogen, als ich durch das dünne Material meines Tops und des Vorhangs den dunklen Umriss einer Gestalt im Türrahmen wahrnehme.

»Klopf, klopf!« Mit einiger Verwirrung registriere ich Jack Doyles Stimme. Was hat er in meinem Krankenzimmer zu suchen? Ich ziehe das Top herunter und schiebe den Vorhang beiseite.

»Was machen Sie denn hier?«

»Ihnen auch einen guten Morgen«, sagt er strahlend.

»Hi! Ja. Tut mir leid. Ich habe einfach nicht mit Ihnen gerechnet.« Ich hefte den Blick auf meine Füße.

»Ich arbeite hier. Die viel drängendere Frage ist, was *Sie* hier machen? Und ob Sie mich vermisst haben?«

Nicht nur ist er Chirurg, er arbeitet auch noch in dem Krankenhaus, in dem ich einen der absoluten Tiefpunkte meines Daseins erlebt habe. Ich weiß nicht genau, warum, aber die Tatsache, dass diese beiden Dinge miteinander zusammenhängen, ist mir schrecklich unangenehm. Ich schäme mich bei der Vorstellung, er könnte mir damals begegnet sein und womöglich meine Gedanken gelesen haben.

»Seit wann arbeiten Sie hier?«

»Im Januar sind es zwei Jahre. Ich bin vom San Diego Memorial hierher gewechselt. Meine, äh, Frau wollte zurück an die Ostküste, um in der Nähe ihrer Familie sein zu können. Das lief nicht ganz so wie geplant, aber am Ende gefiel es mir am Atlantik besser als gedacht.«

»Verstehe.« Unter den bohrenden Blicken seiner grünen Augen wird mir unbehaglich zumute, also wende ich mich ab und schaue auf mein Handy, das auf dem Bett liegt. Komisch, dass meine Mutter noch nicht angerufen hat und ungeduldig fragt, wo ich bleibe. Kaum habe ich Dr. Jack den Rücken zugekehrt, angelt er sich mein Patientenblatt von der Wand.

»He!«, rufe ich. Ich will nicht, dass dieser Mann, praktisch ein Fremder, meine Patientendaten sieht, und ziehe ihm das Klemmbrett mit einem heftigen Ruck aus den Händen.

Er erschrickt, dann wirkt er betreten.

»Tut mir leid. Macht der Gewohnheit.« Er lässt die Hände sinken.

Ich drücke das Klemmbrett an meine Brust und verschränke schützend die Arme davor.

»Die Kardiologie ist keine gute Station. Was stimmt nicht mit Ihrem Herzen?«, will er wissen.

»Sind Sie Herzchirurg?«, kontere ich.

»Ich habe ein paar Herz-OPs durchgeführt, aber es ist nicht mein Fachgebiet, nein«, antwortet er nüchtern und ohne eine Spur von Koketterie.

»Mir geht es gut. Es war eine akute Panikattacke. Im ersten Moment dachte ich, es könnte vielleicht ein Myokardinfarkt sein.« Er zieht die Augenbrauen hoch, und mir wird klar, dass es klüger wäre, wie ein medizinischer Laie zu sprechen, sonst muss ich mich am Ende nur rechtfertigen. »Man hat mich zur Beobachtung hierbehalten, weil ich von der Polizei eingeliefert wurde und man mich hier kennt.« Ich habe bereits viel zu viel preisgegeben, und mir fehlen sowohl die Kraft als auch die Geduld, ihm die Zusammenhänge näher zu erläutern. Am besten, ich halte einfach den Mund.

Seine Augenbrauen sind noch immer hochgezogen. »Die Polizei?«

»Meine beste Freundin ist gestorben.« Diesen Satz zum ersten Mal laut auszusprechen, zerreißt mir das Herz. »Ich habe sie gefunden.« Ich schlinge mir die Arme noch fester um den Leib. »Als die Polizei kam, dachte ich, ich muss sterben. Es hat sich wirklich so angefühlt.«

Eine seltsame Besorgnis tritt in seine Miene, während er dies verarbeitet. Irgendwann streckt er die Hand aus, nimmt mir das Klemmbrett weg und legt es behutsam aufs Bett. Ich leiste keinen Widerstand. Er ergreift meine Hände und blickt mir in die Augen und direkt in mich hinein.

»Es tut mir furchtbar leid, dass Sie so was durchmachen mussten.« Meine anfängliche Verblüffung weicht der Dankbarkeit, als er mich in die Arme nimmt und an seine Brust zieht. Ich spüre seinen Atem und seine warme, leise Stimme in den Haaren und an meinem Ohr. »Es tut mir so leid, Charlotte.«

Ich gebe mich der Umarmung hin, während die Trauer in meinem Innern immer größer und größer wird. Wir stehen lange da und halten einander im Arm, bis ich irgendwann eine Vibration in seiner Hosentasche spüre.

»Verdammt! Entschuldigung!« Er lässt mich los und tritt einen Schritt von mir zurück, ehe er sichtlich frustriert das Display seines Handys entsperrt. »Mist! Ich muss los. Aber ich komme zurück und schaue nach Ihnen, sobald ich kann.« Er ist fort, bevor ich etwas erwidern kann.

Ich ziehe den Vorhang vor meinem Bett vollständig zurück und mache eine Bestandsaufnahme vom Inhalt meiner Handtasche. Es fehlt nichts. Mein Handy gibt nach wie vor keinen Ton von sich, also setze ich mich auf die Bettkante und schaue aus dem Fenster. Ein Schwarm Gänse auf dem Weg nach Süden zieht über den wolkenlosen Himmel. Ich schließe die Augen.

»Bitte, gib mir ein Zeichen, dass du noch da bist, Rach.« Ich schmecke das Salz meiner Tränen in den Mundwinkeln und lausche angestrengt, in der Hoffnung, sie irgendwo zwischen all den Krankenhausgeräuschen ausfindig machen zu können.

»So, Schatz! Als ich vom Defi-Notfall kam, habe ich gehört, dass du offiziell nach Hause darfst. Ich kümmere mich um deine Entlassung.«

Murphy schiebt einen Rollstuhl ins Zimmer. Mit ihren reinweißen Kleidern und den wasserstoffblonden, mit Haarspray fixierten selbst gedrehten Löckchen, die ihr Gesicht umrahmen, hat sie Ähnlichkeiten mit einem Engel. Ihre Wangen sind rund und rosig, teils vom Rouge, teils von den zahlreichen Feierabenddrinks, die sie sich im Laufe der Jahre vermutlich gegönnt hat. Ihre blitzsauberen Schuhe und die weiße Schwesternkluft strahlen förmlich vor dem Hintergrund der beigefarbenen Wände. Sie ist eine der wenigen vom Pflegepersonal, die sich statt für ein kinderfreundliches Muster mit Teddybären oder Luftballons für die schlichte Variante der Arbeitskleidung entschieden haben.

Ich bin ihr dankbar, dass sie noch einmal zurückgekommen ist, und unendlich erleichtert, dass sie diejenige ist, die meine Entlassung in die Hand nimmt. Sie sieht den Schmerz in meinem Gesicht und nimmt meine Hand. »Na los, sehen wir zu, dass du hier rauskommst.« Sie lacht. »Krankenhäuser sind kein Ort für Gesunde.«

Sie blickt auf den Stapel Formulare in ihrer Hand und dann zu mir. »Dir muss ich das ja nicht alles erklären, oder?«

Ich schüttle den Kopf.

Sie nickt und legt mir einen Arm um die Schultern. »Na komm. Bringen wir die Sache ins Rollen.«

Als sie mich durch den Gang in Richtung der Fahrstühle schiebt, recke ich den Hals, um sie anzusehen. Mir ist soeben ein Gedanke gekommen.

»Hey, Murphy! In welchem Stockwerk arbeitet eigentlich Dr. Doyle?« Ich drehe mich zurück nach vorn und wende den Blick ab, als ich einige bekannte Gesichter entdecke, denen ich lieber nicht begegnen will.

»Doyle?« Sie schnalzt mit der Zunge. »Hier gibt es keinen Arzt, der Doyle heißt, Schatz.«

»Dr. Jack Doyle? Ich habe gerade mit ihm gesprochen. Er ist Chirurg. Arbeitet seit zwei Jahren hier.«

»Baby, du weißt doch, dass ich in dem Laden hier jeden kenne«, sagt sie stolz.

Bei den Aufzügen angekommen, drücke ich den Knopf nach unten und drehe den Rollstuhl so, dass ich sie ansehen kann. »Er arbeitet ganz sicher hier. Er war eben in meinem Zimmer, kurz bevor du zurückgekommen bist. Rötliche Haare, etwa eins achtzig groß. Sehr auffällige grüne Augen.«

»Attraktiv?«, fragt sie neckend.

»Könnte man so sagen.«

»Hm, das könnte John sein – Dr. Lyons. Ich ziehe ihn gerne damit auf, dass er ständig an seinem Bart zupft. Habe ihn aber schon länger nicht mehr gesehen. Seit einiger Zeit arbeiten wir in unterschiedlichen Schichten.« Sie lacht leise. Die Fahrstuhltüren öffnen sich, und sie schiebt mich in die hintere Ecke der leeren Kabine. »Er ist ein echtes Goldstück. Ist vor ungefähr zwei Jahren von der Westküste hergezogen. Hat gerade eine Scheidung hinter sich.«

Dreiundvierzig

Wolcott

»Charlotte, danke, dass Sie heute zu uns gekommen sind.« Silvestri schlägt einen besonders ruhigen, neutralen Ton an. Er sitzt mir gegenüber, unsere Verdächtige hat den Platz am Kopfende des Tischs. Vor ihr steht eine Flasche Wasser. Ihre Sitzhaltung ist steif, und sie hat die Augen leicht zusammengekniffen.

»Entschuldigen Sie die Beleuchtung«, fügt er hinzu. »Ist nicht gerade angenehm für die Augen.«

Sie lacht und scheint sich ein wenig zu entspannen. »Ehrlich gesagt, ist es auch nicht schlimmer als im Krankenhaus. Ich bin so froh, da raus zu sein.«

»Das glaube ich Ihnen sofort«, sagt er. »Wer ist schon gern im Krankenhaus? Hatten Sie schon Gelegenheit, nach Hause zu fahren und zur Ruhe zu kommen?«

»Ein bisschen«, antwortet sie. »Obwohl meine Mutter darauf bestanden hat, für einige Tage bei mir zu bleiben. Das ist immer mit ziemlich viel Aufwand verbunden.«

»Charlotte«, setze ich an. »Wir wüssten gern, ob Ihnen seit unserem letzten Gespräch noch was eingefallen ist. Irgendwelche Erinnerungen, selbst wenn es nur Kleinigkeiten sind. Vielleicht ist ja das eine oder andere zurückgekommen, seit Sie das Krankenhaus verlassen haben.«

Sie blickt auf ihre Hände. Ihre Miene wird zunehmend frustrierter, während sie schweigend nachdenkt. Schließlich atmet sie langsam und gemessen aus.

Sie hebt den Kopf und schaut mir geradewegs in die Augen. »Detective, ich wünschte, ich könnte Ihnen mehr sagen. Glauben Sie mir. Seit ich den Anruf wegen Brookes Leiche bekommen habe, fühle ich mich wie unter Wasser. Alles ist so undeutlich und verschwommen. Ich ...«

»Lassen Sie sich ruhig Zeit«, sagt Silvestri, der sie mit schief gelegtem Kopf betrachtet.

»Danke, Dennis, aber Zeit scheint dabei auch nicht zu helfen.«

Ich beuge mich vor und stützte die Ellbogen auf den Tisch. »Charlotte, können wir noch mal auf unsere Unterhaltung zurückkommen?«

»Sicher.«

»Als Sie gerade eben Brooke Harmon erwähnten, haben Sie sie beim Vornamen genannt.«

Sie sieht mich an, als verstünde sie nicht, was ich von ihr wissen will. »Ja?«

»Das erscheint mir ziemlich vertraut für jemanden, den Sie nie persönlich gekannt haben.« Ich sehe sie lange an und beobachte, wie sie reagiert. Ihre Schultern verkrampfen sich. »Ist das korrekt, Charlotte? Sie kannten Miss Harmon doch nicht, oder?«

Sie kneift die Augen zusammen und holt tief Luft. »Ich meine ... nein, prinzipiell nicht. Aber sobald ich wusste, dass ich ihre *Schwester* kannte, hat das etwas in mir ausgelöst. Seitdem fühle ich mich ihr so nah. Ich weiß auch nicht. Macht das Sinn? Durch den Fall sind viele Erlebnisse aus meiner Vergangenheit wieder hochgekommen, an die ich eigentlich nie wieder denken wollte, wissen Sie?«

Ich sitze mit gefalteten Händen ganz still da und sehe sie an. »Tja, mit der Vergangenheit ist es so eine Sache, Charlotte. Wie geht dieses alte Zitat noch gleich? ›Die Vergangenheit ist niemals tot.‹«

Sie lässt sich gegen die Rückenlehne ihres Stuhls sinken und verschränkt die Arme vor der Brust. »Wie meinen Sie das?«

»Wir haben mit Ihrem ehemaligen Mentor gesprochen, Dr. Thornton.«

Als sie den Namen hört, zuckt sie unwillkürlich zusammen. »Ach ja?«

»Ein Arzt mit Leib und Seele. Nimmt seine Arbeit sehr ernst.«

Ihre Schultern entspannen sich ein klein wenig. »Ja, nun. Die Forschung, die Henry und ich zusammen betrieben haben, war sehr wichtig. Wahrscheinlich denkt er immer noch sehr leidenschaftlich darüber.«

Es wird allmählich Zeit, die Nadel einzufädeln. »Die Forschung, die Sie *zusammen* betrieben haben? Interessante Formulierung. Das klingt ja danach, als wären Sie im Operationssaal mehr oder weniger gleichberechtigte Partner gewesen.«

Prompt kehrt ihre Anspannung zurück. »Warum auch nicht?«

Ich hole mein Notizbuch aus der Jackentasche und schlage es auf der Seite auf, wo ich eine Ecke umgeknickt habe. »Also«, sage ich, ehe ich aus meinen Aufzeichnungen vorlese. »Uns gegenüber hat er lediglich von den neurochirurgischen Methoden gesprochen, die *er* entwickelt hat. Er hat erwähnt, wie frustrierend die Zusammenarbeit mit den anderen Mitgliedern des Teams war, weil sie – wie hat er es noch gleich formuliert? – nicht mit ihm Schritt halten konnten.«

Charlotte blickt starr geradeaus. Ihr ist die Röte ins Gesicht gestiegen. »Schritt halten, ja?« Ihre Wut ist körperlich spürbar. »Wow! Nur jemand, der so schnell die Karriereleiter hochgefallen ist wie er, könnte die Dreistigkeit besitzen …« Sie bricht mitten im Satz ab, aber es ist klar, was sie denkt.

»Die Karriereleiter hochgefallen?«, hake ich nach. »Wie darf man das verstehen?«

Sie seufzt. »Sie wissen, dass er mittlerweile Personalchef des Krankenhauses ist?«

Ich konsultiere meine Notizen. »Und er sitzt im Klinikvorstand.« Ich möchte ausloten, wie weit wir gehen können.

»Natürlich.« Sie nickt. »Alles, was ich sagen will, ist, dass der ganze Rest des OP-Teams entlassen wurde. Nur eine einzige Person hat ihren Job behalten.«

»Verstehe. Dr. Thorntons Beförderung hing also nicht mit seinen Leistungen zusammen?«

»Die Klinik war darauf bedacht, Schadensbegrenzung zu betreiben. Das Verfahren, das bei dem Eingriff zum Einsatz kam, war im Wesentlichen experimentell, man hatte viel Vertrauen und Geld in uns investiert. Als es dann schiefging, machten sie sich Sorgen um den Ruf der Klinik, wegen des Gerichtsverfahrens und allem. Ich war die jüngste Ärztin im Team, Dr. Forester war schon in die Jahre gekommen, und Stacy Phillips hat Pillen geklaut. Deshalb dachten sie, sie könnten uns loswerden und Henry durch eine Beförderung aus der Schusslinie nehmen. Damit waren am Ende alle zufrieden.«

»Na ja, nicht alle. Was ist mit Ihnen und Dr. Forester?«

»Sie haben sich unseren Abschied was kosten lassen.« Sie verdreht die Augen.

»Ach?«, sage ich.

»Im Wesentlichen war es Schweigegeld. Sie haben finanziell gut für uns gesorgt. Aber es muss sich für sie gelohnt haben, denn dadurch konnten sie den Prozess und die schlechte Presse vermeiden.«

»Ist es nicht so, dass die Familie Harmon versucht hat, juristische Schritte gegen das Krankenhaus und die beteiligten Ärzte einzuleiten? Und dass Brooke Harmon, was Ihre Schuld am Tod ihrer Schwester betrifft, nie ein Blatt vor den Mund genommen hat?«

»Das stimmt, ja. Aber letztendlich wurde eine außergerichtliche Einigung erzielt.«

»Verstehe. Das bringt mich zum nächsten Punkt. Die Frau, mit der Sie durch ein tragisches Ereignis verbunden sind, lebt Jahre später ganz in Ihrer Nähe. Sie scheint einen Groll gegen Sie zu hegen. Dann wird sie auf einmal tot aufgefunden – vergiftet, um genau zu sein – und hat Sie als ihren Notfallkontakt angegeben.«

Sie will etwas antworten, bricht dann jedoch ab. Das Einzige, was sie zustande bringt, ist ein erschöpftes Kopfschütteln.

»Wenig später wird eine enge Freundin und Kollegin von Ihnen – eine Frau, mit der Sie kürzlich einen heftigen Streit hatten – ebenfalls vergiftet.«

Sie reißt die Augen auf und sieht mich in wachsendem Entsetzen an. »Oh mein Gott, Rachel wurde …«

Ich mustere unsere Verdächtige, während sie diese Information verdaut. Dann scheint ihr plötzlich etwas bewusst zu werden.

»Moment mal, Detective. Glauben Sie etwa, *ich* hätte diese Frauen umgebracht? Das ist doch … Ich könnte niemals …«

Ich beuge mich vor und schaue sie mit sanften Augen an. »Ich möchte einfach nur die Zusammenhänge verstehen. Aber Ihnen ist schon klar, wie das auf einen Außenstehenden wirkt? Die Ähnlichkeiten zwischen den beiden Fällen?« Ich mache eine Pause. Sie ist wie vor den Kopf geschlagen. »Sind Sie sicher, dass Brooke nicht den Kontakt zu Ihnen gesucht hat? Ich meine, ich könnte gut nachempfinden, wenn Sie die Tatsache, dass jemand wie sie plötzlich wieder in Ihr Leben tritt, als Bedrohung empfunden haben, oder …«

»Sie ist nicht in mein Leben getreten!«, stößt Charlotte hitzig hervor. Dann nimmt sie sich einen Augenblick Zeit, um sich zu sammeln. »Jedenfalls nicht direkt.«

»In Ordnung«, klinkt Silvestri sich ins Gespräch ein. »Wir wollen nur die Wahrheit herausfinden. Mit Ihrer Hilfe, versteht sich.«

Charlotte schaut zwischen uns beiden hin und her. Sie gibt sich Mühe, die Tränen zurückzuhalten, die in ihren Augenwinkeln schimmern. Sie holt tief Luft, und ihr Blick wandert zu Silvestri. »Hören Sie«, sagt sie unerwartet gefasst. »Ich bin keine Mörderin, das schwöre ich Ihnen. Ich wollte bloß keine Einzelheiten aus meiner Vergangenheit breittreten. Einige der Ereignisse damals haben mir sehr zugesetzt, wie Sie sicher nachvollziehen können.« Sie fixiert meinen Partner mit flehentlichem Blick. Ich erinnere mich daran, wie er mir gestanden hat, bei seiner Baltimore-Geschichte ein wenig übertrieben zu haben, deshalb weiß ich sofort, was dieser Blick bedeuten soll. Er blinzelt ein wenig zu lange, ehe er Charlottes Blick erwidert und zustimmend nickt. »Es war harte Arbeit, das alles hinter mir zu lassen und wieder nach vorne schauen zu können«, fährt sie fort, »Ich verspreche Ihnen, dass ich so offen wie möglich sein werde, auch wenn es unangenehm für mich wird. Aber ich bin keine Mörderin.« Sie betont jedes einzelne Wort des letzten Satzes. Dann holt sie scharf Luft und betupft mit dem Ärmel ihre Augenwinkel. »Entschuldigen Sie! Das nimmt mich alles ziemlich mit.«

»Sie machen das großartig«, beteuert Silvestri.

Sie bringt ein halbherziges Lächeln zustande. »Danke!« Wieder schaut sie zwischen uns hin und her. »Gibt es sonst noch was, was Sie mich fragen müssen?« Ihr Gesicht ist von Müdigkeit und Verzweiflung gezeichnet.

Ich tausche einen Blick mit meinem Partner. Wir nicken uns fast unmerklich zu. Dann wende ich mich wieder an Charlotte und lege die Hände flach auf den Tisch. »Vielen Dank, Ms Knopfler«, sage ich. »Wir melden uns bei Ihnen. Bis dahin können Sie erst mal gehen.«

Vierundvierzig

Charlotte

Als ich mich meinem Haus nähere, spüre ich die ersten Vorboten höllischer Kopfschmerzen. Der Morgen auf dem Polizeirevier kommt mir vor wie eine Zeitschleife, zugleich kurz und unendlich lang. Mein Telefon sagt mir, dass es schon fast Mittag ist und die Befragung etwas mehr als eine Stunde gedauert hat. Das ist bestimmt nicht viel, trotzdem fühle ich mich, als hätte ich einen Triathlon hinter mich gebracht.

Ich bin zu Tode erschöpft. Die verschiedenen Schichten meines alten Lebens haben sich gegen mich verschworen und wollen mich zu Fall bringen. Ich habe Mühe, meine Gedanken in die richtige Reihenfolge zu bringen, und werde das Gefühl nicht los, je krampfhafter ich versuche, mich auf das Wesentliche zu konzentrieren, desto mehr bringen mich die beiden Detectives durcheinander, indem sie jeden meiner Fehler drehen und wenden, um mich wie zwei Hütchenspieler zu einer Unachtsamkeit zu verleiten. In meinem benebelten Zustand kann ich mich kaum noch daran erinnern, wo ich wohne, und fahre an meinem Haus vorbei. Mehrere Minuten lang kurve ich ziellos durch die Gegend, ehe mir klar wird, dass ich umdrehen muss.

Ich denke an die zehntausend Dollar auf meinem Konto – das, was noch von meiner Abfindung übrig ist, nachdem ich die Miete fürs Haus und die Akupunkturausbildung bezahlt habe. Wie lange könnte ich damit über die Runden kommen, wenn ich irgendwo anders ein neues Leben anfange? Aber nein, ich weiß es besser. Wo immer ich hingehe, vor mir selbst kann ich nicht davonlaufen. Und vor dieser Sache auch nicht, denn sie ist fest in mir verwurzelt. Die alte Scham und Angst sind noch genauso stark wie eh und je; sie haben nur eine Weile geschlafen.

Die zweite Herausforderung nach meiner morgendlichen Vernehmung auf dem Polizeirevier wartet zu Hause auf mich. Mein ultimativer Endgegner. Das einzig Gute an dem ganzen Chaos ist, dass ich kaum noch einen Gedanken für Peter erübrigen kann, der noch immer wie vom Erdboden verschluckt ist.

»Und? Wie war es bei der Polizei?«, zwitschert meine Mutter, als ich reinkomme. Sie lümmelt mit einem Buch und einem Cocktail auf der Couch und klingt, als käme ich gerade von einer Party nach Hause.

»Das war kein Freundschaftsbesuch, Mom.« Die Worte schmecken wie Essig in meinem Mund.

»Entschuldige, dass ich Interesse an deinem Leben zeige«, erwidert sie mit einer Intonation, als handelte es sich um die Pointe in einer Sitcom. Sie weiß genau, wie sehr sie mich mit diesem Benehmen auf die Palme bringt. Doch ich weigere mich, den Köder zu schlucken. Mein Tank ist leer, und ich habe keine Kraft mehr, zu kämpfen, selbst wenn ich es wollte.

»Soll ich dir auch einen Spicy Red Snapper machen, Liebes?« Sie schüttelt ihr Glas, und das Klimpern gegeneinanderstoßender Eiswürfel erfüllt den Raum zwischen uns.

»Mom, es ist gerade mal Mittag.«

»Das ist ein Frühstückscocktail!« Als ich nicht reagiere, zuckt sie mit den Schultern, kippt sich einen großzügigen Schluck von ihrem Drink in den Hals und wendet ihre Aufmerksamkeit dann wieder dem Fernseher zu, wo gerade MSNBC läuft, Gott sei Dank ohne Ton. Ich bin dankbar für kleine Wohltaten wie den Mute-Knopf an der Fernbedienung.

Ich schaue aus dem Fenster in den Garten, wo Rachel und ich letzte Woche noch in der Sonne gesessen und wir uns unterhalten haben. Dann werfe ich einen Blick auf mein Handy. Keine Nachrichten von Rachel oder von Peter.

»Ich habe die letzten Tage über mehrmals versucht, dich zu erreichen.« Ihre Stimme klingt irgendwie anders als sonst.

»Ich weiß, Mom. Es tut mir leid, ich hatte zu tun. Ich habe im Moment einiges um die Ohren.«

»Das war, bevor Rachel gestorben ist, Schatz.«

»Ich hatte auch schon viel um die Ohren, bevor Rachel ...« Ich presse mir die Hand auf den Mund.

»Ich war in Sorge um dich.« Sie überrascht mich damit, dass sie den Fernseher ausschaltet.

»Seit wann denn das?«, höhne ich.

»Schatz, ich gebe mir Mühe. Du machst es mir auch nicht leicht.« Sie breitet die Arme aus.

»Willst du allen Ernstes schon wieder über dich reden?«

Sie zieht sich zurück. Ich habe ihr wehgetan, was selten vorkommt. Vielleicht ist mein emotionalisierter Zustand ansteckend. Ich kann mir nicht vorstellen, dass es ihr behagt, mit ihren eigenen Gefühlen in Kontakt zu kommen. Das widerspricht ihrem Charakter.

Vielleicht wird sie das ermutigen, früher zu gehen.

Sie hat den Inhalt ihres Koffers auf jeder freien Fläche im Wohnzimmer ausgebreitet. Der normalerweise ordentliche Raum sieht aus wie ein Schlachtfeld – überall herumliegende Kleider, Bücher und Kosmetikartikel. Ich lege meine Handtasche auf eine der wenigen noch freien Stellen auf dem Tisch. Dabei stelle ich fest, dass mein Laptop eingeschaltet und mein Gmail-Account geöffnet ist. Mein Magen macht einen Satz.

»Mom! Warst du an meinem Computer?«

Sie blickt leicht verärgert von ihrem Buch auf.

»Ich wollte meine E-Mails lesen.« Sie sieht mich an, als hätte ich etwas unfassbar Dummes gesagt, und blinzelt ein paarmal, ehe sie weiterliest. Die Eiswürfel in ihrem Glas klimpern laut, als sie es an die Lippen setzt. Ich krame in meiner Tasche nach einer Aspirin.

»Hast du von meinem Konto aus Mails verschickt?« Ich klicke auf den Gesendet-Ordner und stelle fest, dass sie tatsächlich von meiner Mailadresse mehrere Nachrichten an ihre Freundinnen geschrieben hat. Das ärgert mich deutlich mehr, als es sollte, aber da ich bereits beim Reinkommen auf Betriebstemperatur war, stehe ich jetzt kurz vor der Explosion.

»Habe ich das?« Sie kichert, dann steht sie mit ihrem Glas von der Couch auf und geht in die Küche – wahrscheinlich um sich nachzuschenken aus dem Flaschenvorrat, den sie zweifellos mitgebracht hat. »Du weißt doch, dass ich mit der modernen Technik auf Kriegsfuß stehe«, wirft sie über die Schulter zurück.

»Mom. Du kannst nicht einfach meinen Rechner und meinen E-Mail-Account benutzen. Wir müssen ein paar Grundregeln festlegen, während du hier bist«, rufe ich ihr hinterher.

Sie steckt den Kopf zur Tür herein. »Was bist du so zickig heute? Du meine Güte, Charlotte, ich habe lediglich ein paar Nachrichten an meine Freundinnen geschrieben, um sie über deine derzeitige Lage zu informieren. Die Situation ist auch für mich nicht leicht. Mein Leben wurde völlig auf den Kopf gestellt, und jetzt brauche ich den Beistand meiner Freunde, wenn du nichts dagegen hast?«

Ich lache verächtlich, und sie verschwindet wieder in der Küche. Ich höre, wie ein Eiswürfelbehälter hart auf die Arbeitsplatte geschlagen wird.

Als sie ins Wohnzimmer zurückkommt, hat sie einen frischen Drink in der Hand und ein Lächeln im Gesicht. Sie setzt sich auf der Couch zurecht wie für ein Fotoshooting und spielt mit der kompliziert aussehenden Statementkette aus Goldmünzen, die sie um den Hals trägt. Sie erinnert an Liz Taylors Look in *Cleopatra* und erscheint mir ein bisschen zu extravagant, wenn man den ganzen Tag lang nichts anderes vorhat, als im Haus zu sitzen und zu trinken. »Komm, lass uns plaudern.« Sie klopft neben sich auf das Sofakissen. »Ich muss mit dir über etwas reden.«

Was auch immer es ist, ich bin nicht interessiert.

»Mom. Ich kann das jetzt gerade nicht. Tut mir leid.« Ich schnappe mir meine Handtasche und will in mein Zimmer gehen, um mich dort ins Bett zu verkriechen und mir die Decke über den Kopf zu ziehen. Zu mehr bin ich momentan einfach nicht imstande.

Abermals zuckt sie mit den Schultern und stößt einen Seufzer aus. »So behandelst du jemanden, der Krebs hat?«

Ich bleibe wie angewurzelt stehen. »Du hast Krebs?«, frage ich mit angehaltenem Atem.

»Nein. Aber *wenn* ich Krebs hätte, würdest du dich jetzt schrecklich fühlen.« Sie fischt eine E-Zigarette aus ihrer Handtasche.

»Ich gehe jetzt ins Bett, Mom.«

»Schatz, es ist gerade mal Mittag.« Sie lächelt selbstzufrieden.

Ich flüchte in mein Zimmer, schließe die Tür hinter mir und höre, wie die Lautstärke von MSNBC von Sekunde zu Sekunde anschwillt.

Fünfundvierzig

Silvestri

»Ganz ruhig, Tiger!«

Wolcott und ich stehen auf der Veranda von Rachel Shermans Nachbarn. Hinter der Haustür steht ein Boston Terrier und kläfft.

»Rufus, sitz!«, kommt eine gedämpfte Stimme von drinnen. Gleich darauf werden Schritte hörbar. »Bin schon da.« Ein Mann von schätzungsweise Mitte dreißig erscheint an der Tür und beäugt uns wachsam, während er sich bückt, um seinen Hund zu streicheln. »Kann ich Ihnen helfen?«

Wir zeigen ihm unsere Marken. »Ich bin Detective Wolcott, das hier ist mein Partner Detective Silvestri. Dürften wir Ihnen ein paar Fragen über Ihre Nachbarin stellen?«

Der Argwohn des Mannes verfliegt, als er begreift, worum es geht. »Aber natürlich, kommen Sie doch ins Haus.«

Er scheucht den aufgeregten Hund zur Seite, ehe er die Tür öffnet und uns hereinbittet. Wolcott bedankt sich, und wir gehen in eine kleine Küche, wo der Hund seine Schnauze an meinem Bein reibt.

»Wie war noch gleich Ihr Name, Sir?«

»Oh, tut mir leid. Ich bin Pete. Pete Woods. Ich habe gestern den Krankenwagen da draußen gesehen. Was ist passiert?«

»Mr Woods, Ihre Nachbarin Rachel Sherman wurde tot in ihrem Haus aufgefunden.«

»Oh Mann! Verdammt! Woran ist sie denn gestorben?«

»Wir warten noch auf die Autopsieergebnisse«, antwortet Wolcott. »Kannten Sie Miss Sherman?«

»Na ja, nicht besonders gut. Man hat sich gegrüßt, Sie wissen schon.«

»Verstehe«, sagt Wolcott. »Ist Ihnen in letzter Zeit nebenan irgendwas Ungewöhnliches aufgefallen?«

»Letztens habe ich abends Lärm von drüben gehört. Ich war gerade von einem Besuch bei meinem Bruder in Chicago zurückgekommen und habe Rufus hier in der Küche sein Fressen gegeben. Ich habe eine Tür knallen hören, und dann ist Glas zerbrochen oder so. So ein helles Klirren.«

»Wann war das?«, fragt Wolcott und schlägt sein Notizbuch auf.

»Das war am Samstag.«

»Okay, weiter.«

»Rufus frisst also sein Abendessen, und danach gehen wir Gassi. Ich schaue kurz nach drüben, wegen des Lärms, aber da war alles ruhig. Ich denke mal, sie hatte Besuch.«

»Besuch?«

»Ja, da stand ein zweites Auto in der Einfahrt. Ein grüner Prius.«

Wolcott blickt von seinen Notizen auf. Er sieht mich kurz an, dann richtet er seine Aufmerksamkeit wieder auf Pete. »Und um wie viel Uhr war das, Mr Woods?«

»Genau um neun.«

Mein Magen zieht sich zusammen, und ihre Stimmen werden leiser. »Ich weiß noch, dass ich auf die Armbanduhr geschaut habe, als wir aus dem Haus gegangen sind.«

»Sie tragen noch eine Armbanduhr, ja?« Mein Partner präsentiert ihm seine eigene. »Ich dachte, wir wären mittlerweile die Einzigen.« Mit einem Nicken deutet er auf mich.

»Ja, ich mache gerade einen Technikentzug. Jedes Mal, wenn ich mein Handy raushole, um auf die Uhr zu schauen, lasse ich mich von zehn anderen Dingen ablenken.«

»Wem sagen Sie das?«, gibt Wolcott zurück. »Danke für Ihre Zeit.« Er steckt das Notizbuch wieder ein und holt eine Visitenkarte heraus. »Falls Ihnen noch irgendwas einfällt«, sagt er und reicht Pete die Karte.

»In Ordnung. Ihnen noch einen schönen Tag.«

• • •

»Wann warst du bei ihr?«, fragt er etwas verlegen, als wir im Auto sitzen und losfahren.

»Ich bin so gegen zehn gekommen.«

»M-hm.« Er will nicht laut aussprechen, was uns beiden schmerzhaft klar ist: dass Charlotte Knopfler mir am Abend von Rachels Tod eine Nachricht geschrieben hat, um sich selbst ein Alibi zu verschaffen. Wir warten immer noch darauf, dass Fisk uns den offiziellen Todeszeitpunkt nennt, aber so langsam ergibt sich ein stimmiges Gesamtbild. »Kommst du damit klar?«

»Soll das ein Witz sein?«, entgegne ich. »Ich kann es gar nicht erwarten, ihr Handschellen anzulegen.«

Sechsundvierzig

Privater Chatroom für Trauma-Betroffene
9.10.19
16:00h

Woundedhealer: Hi!

Miserylovescompany: Hey, Süße!

Harmnoone82: OMG! Wir haben uns schon Sorgen um dich gemacht. Plötzlich warst du einfach so verschwunden.

Biggirlsdontcry54: Du hast gefehlt.

Makeupyourmindcontrol: Und wie. Das war der totale Cliffhanger!

Woundedhealer: Es ist was Schreckliches passiert.

Harmnoone82: Oh nein. Was denn?

Woundedhealer: Meine beste Freundin ist gestorben.

MaxineKD: Fuck!

Woundedhealer: Ja.

Biggirlsdontcry54: Oh mein Gott!

Harmnoone82: Das ist ja furchtbar. Das tut mir so wahnsinnig leid.

MaxineKD: WAS IST PASSIERT?

Woundedhealer: Wir hatten neulich abends einen

Streit wegen meiner Beziehung. Ich habe die Beherrschung verloren.
Harmnoone82: Warte mal ... du hast doch nicht etwa ...? Ich meine, hast *du* ihr was angetan?
Woundedhealer: Nein!!! Natürlich nicht.
Harmnoone82: Puh. Ich dachte schon, du wolltest sagen, dass du die Beherrschung verloren hast und sie ...
Woundedhealer: Trotzdem ist es vielleicht meine Schuld, dass sie tot ist.
Harmnoone82: So was DARFST du nicht sagen.
Woundedhealer: Ich hätte besser mit der Situation umgehen müssen.
Harmnoone82: Du Arme.
Miserylovescompany: Ich habe mal dasselbe erlebt. Das Schlimmste daran ist, dass man nicht aufhören kann, sich zu fragen, was man anders hätte machen sollen.
Makeupyourmindcontrol: Was passiert ist, tut mir unendlich leid, Woundedhealer, aber du darfst dir nicht die Schuld daran geben.
Biggirlsdontcry54: Egal, was wir sagen, wir können dir nicht die Schmerzen nehmen, die du im Moment fühlst.
Makeupyourmindcontrol: Da ist was Wahres dran.
Woundedhealer: Ich bemühe mich wirklich, ein guter Mensch zu sein, und trotzdem passieren andauernd schlimme Dinge.
Makeupyourmindcontrol: Das klingt jetzt vielleicht hart, aber wenn in deinem Umfeld viel Negatives passiert, könnte das ein Hinweis darauf sein, dass

du dein eigenes Verhalten mal genau unter die Lupe nehmen solltest.
Biggirlsdontcry54: Hallo? Geht's noch unsensibler? Auf solche Dinge hat sie doch gar keinen Einfluss.
Woundedhealer: Aber ich bin der gemeinsame Nenner.
MaxineKD: Vielleicht solltest du nicht alles in deinem Leben direkt auf dich beziehen. Vielleicht passiert es nicht »dir«, sondern »in deiner Umgebung«, und die Entscheidungen, die du triffst, haben negative Konsequenzen, oder deine Reaktion darauf ist nicht die beste?
Biggirlsdontcry54: Ladys, ich finde das gerade wirklich nicht angemessen. Dies hier ist eine Selbsthilfegruppe, keine Gruppe für ungewollte Ratschläge.
MaxineKD: Gibt es da einen Unterschied?
Makeupyourmindcontrol: Entschuldige bitte, Woundedhealer!
MaxineKD: Wie können wir dir helfen? Ich könnte schlechte Witze erzählen.
Harmnoone82: Oder wir könnten uns alle mal treffen und im RL miteinander reden. Ich weiß noch, wie sehr mir das geholfen hat.
MaxineKD: Großartige Idee.
Biggirlsdontcry54: Okay. Für dich, Woundedhealer, werde ich sogar das Haus verlassen. Wenigstens versuche ich es. Versprechen kann ich nichts.
Makeupyourmindcontrol: Ich bringe alles mit, was wir brauchen – Taschentücher und Schokolade. Und natürlich Wein.

Harmnoone82: Was hältst du davon, Woundedhealer? Dürfen wir uns zur Abwechslung mal um dich kümmern?

Woundedhealer: Ja. Das wäre … toll.

Harmnoone82: Du brauchst im Moment jede Unterstützung, die du kriegen kannst.

MaxineKD: Wir kümmern uns schon um dich.

Harmnoone82: Wunderbar! Wo wollen wir uns treffen? Selber Ort wie beim letzten Mal?

Woundedhealer: Wartet mal kurz, meine Mutter ist …

MaxineKD: Hallo?

Woundedhealer hat den Chat verlassen.

Harmnoone82: HALLO?

Siebenundvierzig

Charlotte

»Mom, ich will jetzt nicht reden!« Ich klinge wie eine Teenager-Version meiner selbst, während ich mir mit dem Handrücken hastig die Tränen aus dem Gesicht wische, die ich aus Dankbarkeit für meine Chatroom-Freundinnen vergossen habe. Falls meine Mutter sie gesehen hat, lässt sie sich nichts anmerken.

Sie ist mit zwei randvollen Gläsern in der Hand einfach so in mein Zimmer geplatzt, und ich habe vor lauter Schreck und Wut über die plötzliche Störung instinktiv meinen Laptop zugeklappt.

Die Sehnsucht nach meinen Freundinnen ist groß. Bei ihnen fühle ich mich sicher. Aber solange meine Mutter im Raum ist, traue ich mich nicht, weiterzuschreiben. ich möchte nicht, dass sie an den einzigen Ort auf der Welt vordringt, an dem ich noch Trost und Verständnis finde.

»Charlotte, ich habe nachgedacht.« Das verheißt nichts Gutes. Sie schaltet das Licht ein, das mir in den Augen wehtut, und stellt die zwei Gläser, in denen sich Mojito zu befinden scheint, auf meinem Nachttisch ab.

»Was soll das, Mom? Ich will jetzt wirklich lieber alleine sein.«

»Happy Hour, Liebes. Das ist eine althergebrachte Tradition. Tu mir doch den Gefallen.«

Sie setzt sich neben mich aufs Bett, nimmt die Gläser wieder in die Hand und reicht mir eins davon unter großem Brimborium.

Ich nehme es, auch wenn es mir widerstrebt. Vielleicht sollte ich jede Möglichkeit ergreifen, um dieser schrecklichen Trauer zu entfliehen.

»Auf diejenigen, die uns von unserer besten und schlechtesten Seite kennen und den Unterschied nicht bemerken.« Sie stößt mit mir an, obwohl ich keinerlei Bereitschaft dazu signalisiert habe.

Nachdem sie einen tiefen Schluck getrunken hat, holt sie dramatisch Luft und lässt den Blick durch den Raum schweifen, als suchte sie nach der Kamera, in die sie sprechen muss.

»Wie *geht* es dir denn so mit allem?«

Ich bekomme Angst, sie könnte sich ein YouTube-Video zum Thema »Wie du mit deinen abgefuckten erwachsenen Kindern redest, wenn sie trauern« angeschaut haben.

»Na ja. Beschissen, Mom. Ich habe das Gefühl, dass es mir noch nie so schlecht ging wie jetzt. Mein Leben bricht an allen Ecken und Enden auseinander.«

»Und sonst?« Sie reibt sich gedankenvoll das Kinn. Das muss es sein, was sie unter aktivem Zuhören versteht.

»Und dein Verhalten jetzt gerade macht mir ziemliche Sorgen.« Ich trinke ebenfalls einen Schluck von meinem Cocktail. Er ist dreimal so stark wie ein normaler Mojito, was mich eigentlich nicht überraschen sollte.

»Lass uns doch mal ein Fenster aufmachen. Es ist total stickig hier drin!« Sie geht zu den Verdunkelungsvorhängen und öffnet sie so schwungvoll, dass sie um ein Haar ihren Mojito verschüttet. Der graue Himmel draußen trägt nicht dazu bei, die Atmosphäre im Zimmer zu verbessern, aber die frische Luft, die hereinströmt, als sie das Fenster ein Stückchen hochschiebt, tut mir gut.

Sie schaut nach draußen und jubelt.

»Besuch! Und attraktiver noch dazu! Gut, dass ich noch Minze und Cachaça gekauft habe.«

Mir brummt der Schädel. »Wovon redest du?« Ich presse das kühle Glas gegen meine Stirn. »Ich will keinen Besuch.« Andererseits: Wenn sie ernsthaft Gäste zu mir nach Hause eingeladen hat, wäre das wenigstens ein handfester Grund, sie rauszuwerfen.

Sie sieht mich mit einem zuckersüßen Lächeln an. »Tja, Schatz, diese unfreundliche Nachricht wirst du den beiden Detectives dann wohl selbst überbringen müssen.«

Sie stolziert zu meinem mannshohen Spiegel und mustert sich, während ich die Information verdaue.

»Du weißt, dass ich gut aussehende Männer niemals abweise, schon gar nicht zur Cocktailstunde.«

Es klingelt, und ehe ich mich überhaupt von der Stelle gerührt habe, folgt ein ungeduldiges Klopfen.

»Geh an die Tür, Liebes«, befiehlt meine Mutter. »Ein bisschen Bewegung tut dir gut.«

Ich leere den Rest meines Drinks in zwei großen Schlucken. Halb gehe, halb rutsche ich die mit Teppich ausgelegten Treppenstufen hinunter, reiße mich jedoch zusammen, ehe ich die Tür erreiche.

Als ich öffne, stehen die Detectives Schulter an Schulter und versperren mir die Sicht auf den Rest der Welt.

»Hi …«

»Charlotte Knopfler.« Dennis' Ton ist kaum wiederzuerkennen. Er klingt aggressiv, roboterhaft. Ich spüre seine Wut. Sein Brustkorb dehnt sich, als er einatmet. »Ich verhafte Sie wegen Mordes an Rachel Sherman.«

Ein Lichtblitz explodiert in meinem Kopf, und ich bin innerlich geblendet.

Noch ehe ich begriffen habe, was los ist, nimmt Wolcott mich bei den Schultern und führt mich die Stufen hinunter. Er dreht mich herum, und das Rasseln der Handschellen, die Dennis mir anlegt, kulminiert in einem Furcht einflößenden scharfen *Klick*. Das Metall ist kälter als erwartet.

»Sie haben das Recht zu schweigen. Alles, was Sie sagen, kann und wird vor Gericht gegen Sie verwendet werden. Sie haben das Recht auf einen Anwalt. Wenn Sie sich keinen Anwalt leisten können, wird Ihnen vom Gericht einer gestellt. Haben Sie die Rechte verstanden, über die ich Sie aufgeklärt habe? Möchten Sie sich zu den Vorwürfen äußern?« Jetzt sieht er mich an. Wortlos starre ich zurück. Sein Blick ist leer und resigniert. Es ist, als würde er durch mich hindurchsehen. Er glaubt wirklich, dass ich es war. Ich bin fassungslos.

Bevor ich mir eine Antwort zurechtlegen kann, höre ich meine Mutter hinter mir die Treppe runterkommen. Ich stehe mit dem Blick zur Straße und sehe, wie ein Nachbar, der an unserem Haus vorbeifährt, langsamer wird, um Zeuge des neuen schlimmsten Moments meines Lebens zu werden. Kaum zu glauben, wie viele solcher Momente ich allein diese Woche hatte.

»Wer möchte einen Caipiriiiiiinha ... was?«

Die beiden Detectives schenken ihr keinerlei Beachtung, als sie mich zu ihrem Wagen führen und auf die Rückbank verfrachten.

»Charlotte?« Ausnahmsweise trällert sie nicht, und ihr Tonfall enthält auch keine Spur von Sarkasmus. Vielmehr klingt sie verängstigt, was mich aus meiner Betäubung reißt und geradewegs in das Grauen hineinkatapultiert, das ich gerade erlebe. »Was geht hier vor?«

Ich drehe mich nicht zu ihr um, als die beiden Detectives vorne einsteigen und den Motor anlassen. Auf keinen Fall soll sie mich weinen sehen.

Dritter Teil

Privater Chatroom für Trauma-Betroffene
1.10.19
23:46h

Harmnoone82: Noch jemand wach?
Miserylovescompany: Ich bin hier.
Biggirlsdontcry54: Seid gegrüßt.
Makeupyourmindcontrol: Schuldig im Sinne der Anklage. Ich stalke gerade meine Ex-Freunde auf Google.
Harmnoone82: Gott sei Dank! Ich dachte, es ist niemand mehr auf.
MaxineKD: Nur wir Vampire.
Biggirlsdontcry54: Sieht so aus, als wäre Woundedhealer die Einzige von uns, die heute Abend schläft.
Harmnoone82: Ich hatte gehofft, dass sie auch hier ist.
MaxineKD: Hey, was ist mit uns? Bedeuten wir dir gar nichts?
Harmnoone82: Tut mir leid, natürlich. Ich bin froh, dass ihr alle noch wach seid.
Miserylovescompany: Was hast du auf dem Herzen, Harmnoone82?
Makeupyourmindcontrol: Den üblichen Albtraum, der da Leben heißt?
Biggirlsdontcry54: Gott, du ziehst einen immer so runter.
Makeupyourmindcontrol: Na ja, ich bin eine

hochsensible und schwer traumatisierte Person, die irgendwie in der Welt klarkommen muss.

Biggirlsdontcry54: So schlimm ist es da draußen nun auch wieder nicht.

MaxineKD: Sagt die Frau, die seit drei Jahren ihr Haus nicht mehr verlassen hat.

Makeupyourmindcontrol: Was ist los, H?

Harmnoone82: Ich glaube, ich habe einen großen Fehler gemacht.

MaxineKD: Was für einen Fehler?

Harmnoone82: Ich bin für mich eingetreten.

Biggirlsdontcry54: GUT!

Harmnoone82: Er hat es ziemlich schlecht aufgenommen. Noch schlechter als gedacht.

Makeupyourmindcontrol: Scheiße!

MaxineKD: Okay, na ja. Du wusstest, dass du damit ein Risiko eingehst, und du hast dich davon nicht abhalten lassen. Das ist das Wichtigste.

Harmnoone82: Ich glaube, ich bin zu weit gegangen. Er will mich »ein für alle Mal zum Schweigen bringen«.

Makeupyourmindcontrol: Wäre er denn wirklich zu so was fähig?

Harmnoone82: Er hat es schon mal getan.

Biggirlsdontcry54: Nach allem, was du uns bisher erzählt hast, ist er ganz eindeutig ein Soziopath.

MaxineKD: Fühlst du dich denn sicher, so ganz allein?

Harmnoone92: Ich habe ziemliche Angst.

Makeupyourmindcontrol: Also, mir wird jetzt echt unheimlich zumute.

Biggirlsdontcry54: Erinnert ihr euch noch daran, wie wir darüber gesprochen haben, dass Humor in manchen Situationen nicht angebracht ist?
Makeupyourmindcontrol: Tut mir leid, ich weiß. Meine Therapeutin sagt, Humor ist mein Abwehrmechanismus. Ich dachte immer, ich bin ein total witziger Mensch. Wie sich rausstellt, bin ich einfach nur total am Arsch.
MaxineKD: Harmnoone82, würdest du dich gerne mit uns treffen?
Harmnoone82: Ist das denn erlaubt? Ich dachte, das hier soll anonym bleiben.
Makeupyourmindcontrol: Wir können machen, was wir wollen! Unser Chat, unsere Regeln.
Biggirlsdontcry54: Amen, Schwester. Und: MÄNNER MÜSSEN DRAUSSEN BLEIBEN.
Miserylovescompany: Ich könnte mich irgendwo mit dir treffen. Oder soll ich zu dir kommen?
Harmnoone82: Also, wenn wir uns treffen könnten … das wäre wirklich großartig.
Miserylovescompany: Ich hätte jetzt sofort Zeit, wenn du magst.
Harmnoone82: Das wäre toll. Ich werde heute Nacht nämlich definitiv kein Auge zumachen.
Miserylovescompany: An der Route 15 gibt es ein 24-Stunden-Café, das Beacon Diner.
Harmnoone82: Großartig.
Miserylovescompany: Ist sonst noch jemand dabei?
Biggirlsdontcry54: Für euch wäre ich fast bereit, meine Blase zu verlassen, aber … ich kann nicht. Vielleicht beim nächsten Mal.

Makeupyourmindcontrol: Ich wünschte, ich könnte kommen, Ladys. Leider habe ich schon eine halbe Flasche intus. Ich darf keine schweren Maschinen mehr führen, und bei Uber bin ich gesperrt. (Lange Geschichte, erzähle ich euch ein andermal.)

MaxineKD: Ich kann kommen. In einer Stunde?

Harmnoone82: Das passt für mich. Wie erkennen wir uns denn?

Miserylovescompany: Hm. Ich bin die Frau mit einer einzelnen Blume in der Hand.

MaxineKD: Wie in einer romantischen Komödie! Gefällt mir. Ich trage was Pinkfarbenes.

Miserylovescompany: Besser romantische Komödie als Horrorfilm.

Harmnoone82: Ihr wisst gar nicht, wie dankbar ich euch bin. Ihr seid meine Lebensretter.

Miserylovescompany: Dafür sind Freundinnen doch da, Süße.

MaxineKD: Keine Angst. Solange du uns hast, kann dir nichts passieren.

Achtundvierzig

Wolcott

»Seid ihr drin?«

Clarence' Stimme kommt aus dem Lautsprecher meines Festnetztelefons. Er hat uns die Login-Daten für einen Chatroom gegeben, der Brooke Harmon angehörte. Silvestri und ich haben uns die Chatprotokolle angeschaut und soeben eine Konversation vom Vorabend ihres Todes entdeckt.

»Und ob. Und wir sind gerade auf einen wichtigen Hinweis gestoßen.«

»Cool, cool.«

»Hey, Clarence! Könntest du noch Infos über die anderen Mitglieder zusammentragen?«

»Bin schon dran, Leute. Ich recherchiere in diesem Moment die Adressen. Ich gebe euch Bescheid, sobald ich was gefunden habe.«

»Wunderbar«, sagt Silvestri. »Tausend Dank.« Wir legen auf und sehen einander an. »Also, dieser Fall wird mit jeder beschissenen Sekunde verrückter, was?«

»Das Gefühl habe ich auch«, stimme ich ihm zu. »Lass uns in dieses Diner fahren. Mal sehen, ob wir da was in Erfahrung bringen können.« Noch ehe ich den Satz zu Ende gesprochen habe, ist Silvestri von seinem Platz aufgesprungen und zieht sich den Mantel an.

Neunundvierzig

Charlotte

Nachdem er mich in den Raum geschoben hat, zieht er die Tür hinter uns zu. Dabei liegt die ganze Zeit seine Hand auf meiner Schulter, als wollte er mir den Fluchtweg abschneiden. Als das Schloss einschnappt, ertönt das gleiche ominöse metallische Klacken wie bei jeder anderen Tür in diesem Gebäude. Es ist ein Geräusch, das sagt: *»Du sitzt in der Falle.«*

Im Zentrum des Raums steht ein mittelgroßer Tisch, um den vier Stühle gruppiert sind. Auf einem der zwei Stühle mit Blick zur Tür sitzt eine junge Frau mit blonden Haaren und leuchtend rotem Lippenstift. Sie sieht aus wie die Empfangsdame in einem Nobelrestaurant, nicht wie eine vom Gericht bestellte Gutachterin. Sie steht auf, um mich zu begrüßen, während mein stummer Begleiter, auf dessen Namensschild »Roberts« steht, meine Handschellen und Fußfesseln aufschließt. Das ganze Arrangement kommt mir ein bisschen übertrieben vor, aber hier im Gefängnis von Suffolk County nimmt man es mit den Accessoires sehr ernst.

»Hi, Charlotte! Mein Name ist Dr. Louisa Russell.«

Ich bin ganz auf Roberts fixiert, der Anstalten macht, meine Handschellen an dem Ring im Tisch zu befestigen, deshalb begreife ich zu spät, dass ich wohl etwas erwidern sollte.

»Das wird nicht nötig sein, Officer.« Sie lächelt breit, und er zuckt wortlos mit den Achseln, ehe er sich umdreht und geht.

»Wenn was ist, ich bin draußen.«

»Nehmen Sie doch Platz.« Sie deutet auf den Stuhl ihr gegenüber, und ich setze mich. »Danke, dass Sie bereit waren, sich mit mir zu treffen.«

Das Ganze hat Ähnlichkeiten mit einem Vorstellungsgespräch.

»Ich hatte nicht wirklich eine Wahl.«

»Ja, das stimmt wohl.« Sie lacht glockenhell. »Ich weiß es trotzdem zu schätzen, dass Sie gekommen sind. Ich werde unser Gespräch aufzeichnen, wenn das für Sie in Ordnung ist?«

Ich zucke mit den Schultern. Für mich ist gar nichts mehr in Ordnung. Ich trage so viele negative Gefühle mit mir herum, dass es ist, als hätte ich einen fünfhundert Pfund schweren Anzug an.

»Ich weiß, dass Sie im Moment eine harte Zeit durchmachen.« Dr. Russell sieht aus wie zweiundzwanzig – wenn es hochkommt. Aus unerfindlichen Gründen macht mich ihre Jugend genauso aggressiv wie die Tatsache, dass sie etwas dermaßen Triviales gesagt hat. Vielleicht weil es suggeriert, dass ich nicht wichtig genug bin, um jemanden mit mehr Berufserfahrung zu schicken.

»Hat man Ihnen gesagt, weshalb dieses Gespräch stattfindet?«

»Sie wollen rausfinden, ob ich verrückt bin, richtig?«, antworte ich mit neutraler Stimme.

»Ganz so krude würde ich es nicht ausdrücken. Ihnen mag es wie eine Bestrafung vorkommen, aber in Wirklichkeit geht es darum, Ihnen zu helfen, Charlotte.«

»Es wäre enorm hilfreich, wenn die Leute mich nicht für eine Mörderin halten würden.«

Ich stütze den Kopf in die Hände.

»Darüber entscheide nicht ich.« Sie wirkt ein wenig erschüttert. »Detective Silvestri und Detective Wolcott haben mich gebeten, heute eine routinemäßige psychiatrische Evaluation mit Ihnen durchzuführen.« Ich sehe ihr an, dass sie versucht, ruhig zu bleiben und sich an das zu halten, was sie während ihrer Ausbildung gelernt hat.

»Tut mir leid, wenn ich unhöflich bin. Ich habe nicht viel geschlafen, und, na ja, Sie wissen schon ... Ich bin hier«, sage ich.

»Das verstehe ich. Unser Ziel ist es, Ihre mentale Verfassung festzustellen, sowohl jetzt als auch in den vergangenen Tagen, als Brooke Harmon und Rachel Sherman ermordet wurden. Genauer gesagt, ist dies eine Evaluation, die beurteilen soll, ob Sie in der Lage sind, für die Anhörung zur Kautionsfestsetzung einem Richter vorgeführt zu werden.« Sie scheint ihren Text aus der Aktenmappe abzulesen, die aufgeschlagen vor ihr liegt. Ich nicke. »Haben Sie verstanden, was das Ziel unseres heutigen Gesprächs ist?«

Ich nicke.

»Sie müssten Ihre Zustimmung verbal äußern. Für die Aufzeichnung.«

»Ja, ich habe verstanden, Dr. Russell.« Die Ls schmecken bitter auf meiner Zunge.

»Und fürs Protokoll: Sie verzichten darauf, dass bei dieser Evaluation Ihr Pflichtverteidiger zugegen ist?«

»Ja, das ist richtig.« Ich sehe keine Notwendigkeit, ihr zu erklären, dass ich lieber das Risiko eingehe, etwas Falsches zu sagen, als einen weiteren Fremden dabeizuhaben, wenn mir – was unvermeidlich geschehen wird – zutiefst intime Fragen gestellt werden. Mir ist bewusst, dass das vermutlich unfassbar dämlich ist, aber ich bin zu müde, um zwei Tage zu warten, bis der Verteidiger, den man mir zugeteilt hat, verfügbar ist.

Nach Michelle Harmons Tod hatte ich auch einen Anwalt, aber

ich würde mich lieber selbst verteidigen, als jemals wieder ein Wort mit dem Mann zu wechseln.

»Ausgezeichnet. Dann lassen Sie uns anfangen.« Sie richtet sich in ihrem Stuhl auf und atmet tief durch. Sie wirkt nervös, und ich frage mich, wie viele dieser Evaluationen sie schon durchgeführt hat. Mir kommt der Gedanke, dass sie womöglich glaubt, in einem sehr kleinen Raum mit einer Mörderin festzusitzen.

»Bitte nennen Sie Namen, Alter, Geburtsdatum, Familienstand und Geschlecht für das Protokoll.«

»Charlotte Anne Knopfler, 1. April 1979, vierzig Jahre alt, weiblich, alleinstehend.«

Als Nächstes schiebt sie mir ein Blatt Papier und einen frisch gespitzten Bleistift hin. »Bitte kreuzen Sie die Begriffe an, mit denen Sie sich beschreiben würden.«

Ich werfe einen Blick auf das Blatt. Die Worte verschwimmen vor meinen Augen. Es dauert einige Sekunden, ehe sie auf dem weißen Papier zur Ruhe kommen, sodass ich sie lesen kann.

____ intelligent ____ selbstbewusst ____ wertvoll ____ ehrgeizig ____ sensibel ____ loyal ____ vertrauenswürdig ____ böse ____ voller Reue ____ wertlos ____ ein Niemand ____ nutzlos ____ verrückt ____ abartig ____ unattraktiv ____ hässlich ____ rücksichtsvoll ____ nicht liebenswert ____ unzulänglich ____ naiv ____ verwirrt ____ fleißig ____ inkompetent ____ dumm ____ attraktiv ____ beharrlich ____ innerlich zerrissen ____ ehrlich ____ selbstmordgefährdet ____ entscheidungsschwach ____ vergesslich ____ humorvoll

Ich mache Häkchen an den entsprechenden Stellen und schiebe ihr das Blatt wieder hin. Sie begutachtet mein Werk. Ihre Miene lässt nichts durchblicken. Scheinbar zufriedengestellt, fährt sie fort.

»Sehr gut. Wo wurden Sie geboren? Und wie lange haben Sie dort gelebt?«

»Ich bin in Stony Brook, Long Island, geboren und habe dort gelebt, bis ich siebzehn war.«

»Wo haben Sie sonst noch gelebt und für wie lange?«

»Während meines Studiums habe ich vier Jahre lang in Cambridge gewohnt, danach war ich für mein Medizinstudium und meine Facharztausbildung acht Jahre in New York City. Seit sechs Jahren bin ich jetzt wieder in Stony Brook.«

»Haben Sie Geschwister?«

»Nicht, dass ich wüsste.« Ich kann nicht umhin, daran zu denken, wie sehr die Fragen denen ähneln, die ich bei einigen meiner ersten Dates gestellt habe. Wenn dies doch nur ein erstes Date wäre. Dann wäre ich zumindest besser angezogen.

Sie zieht die Augenbrauen hoch. »Nicht, dass Sie wüssten?«

»Tut mir leid, das war kein guter Witz. Ich bin Einzelkind.«

»Verstanden. Und was ist mit Ihrem Vater? Lebt er noch, wie alt ist er, und welchen Beruf übt er aus, beziehungsweise in welchem Alter ist er verstorben, und was war die Todesursache?«

»Ich habe keine Ahnung, wer mein Vater ist und ob er noch lebt oder nicht.« Die Antwort enthält keine erkennbare Emotion, was sie mit meinem Herzen gemeinsam hat.

»In Ordnung. Was ist mit Ihrer Mutter? Dieselben Fragen.«

»Die ist noch quicklebendig. Sie ist neunundsechzig und wird bald sechzehn. Im Ruhestand.«

»Welcher Tätigkeit ist sie früher nachgegangen?« Sie klickt unauffällig auf ihrem Kugelschreiber herum.

»Sie hat verschiedene Sachen gemacht. Büroangestellte, Telemarketing … Ich glaube, eine Zeit lang hat sie auch in einem Blumenladen gearbeitet. Jedes Mal, wenn wir uns unterhalten, erfahre ich von einem neuen Job. Wahrscheinlich war sie irgendwann sogar mal beim Zirkus.«

Dr. Russell lacht höflich. »Wie war das Verhältnis zu ihr als Kind?«

»Sagen wir mal: Wenn emotionale Gewalt ein Verbrechen wäre, säßen Mom und ich in derselben Zelle.«

»Daraus schließe ich, dass die Beziehung nicht so gut war? Sie war also von psychischer Gewalt geprägt?«

»Psychische Gewalt wäre vielleicht ein bisschen übertrieben. Aber sie war definitiv dysfunktional.« Ich muss mich zusammenreißen und darf meine Mutter nicht mit ins Verderben reißen.

»Und im Erwachsenenalter?«

»Jetzt ist das Kräfteverhältnis zwischen uns ausgeglichener. Aber das Spiel hat sich nicht geändert.«

»Sie verstehen sich also nach wie vor nicht besonders gut?« Sie hat die Ellbogen aufgestellt und stützt das Kinn auf ihre gefalteten Hände. Sie ist unglaublich dünn.

»Wir verstehen uns ganz gut. Normal, für unsere Verhältnisse.«

Sie blättert in ihrer Mappe und überfliegt einige Textpassagen. Ich fokussiere mich auf ihren Kopf und beginne leise vor mich hin zu summen.

»Als Sie vor sechs Jahren aus Long Island zurückgekommen sind, haben Sie eine Zeit lang bei Ihrer Mutter gewohnt, stimmt das?«

»Muss es wohl, wenn es in Ihrer Akte steht.« Dr. Russell zieht die Brauen zusammen. Ich lenke ein. »Ja, das stimmt.«

»Und war diese Zeit für Sie besonders stressig, Charlotte?«

»Ja, das könnte man so sagen.«

»*Würden* Sie es auch sagen?« Ihre Stimme rutscht eine Oktave in die Höhe.

»Ja, es war eine extrem stressige Zeit.«

»Was hat Sie dazu veranlasst, schließlich auszuziehen?«

»Ich habe Arbeit gefunden. Ich habe den Kontakt zu alten Freunden wieder aufgenommen, einige neue Freundschaften geknüpft und eine Beziehung mit jemandem angefangen, der mich ermutigt hat, mir was Eigenes zu suchen. Meine Mutter hatte schon wenige Tage nach meinem Einzug genug von mir. Sie fand es unglaublich witzig, mir einen selbst geschriebenen Räumungsbefehl zu schicken – angeblich als Scherz, aber die Botschaft war unmissverständlich. Immerhin ist sie mir mit der Miete entgegengekommen.«

In einem überraschenden Moment der Menschlichkeit rümpft Dr. Russell missbilligend die Nase. »Ihre Mutter scheint mir ja ein echtes Juwel zu sein.« Wir müssen beide lachen. Dann zieht sie ein zweites Blatt aus ihrer Mappe und reicht es mir. »Hier sind noch ein paar Begriffe, die Sie sich bitte ansehen und ankreuzen, falls irgendwelche davon auf Ihre Kindheit und Jugend zutreffen.«

____ unglückliche Kindheit ____ Familienprobleme ____ schulische Probleme ____ emotionale Probleme ____ Verhaltensauffälligkeiten ____ Alkoholmissbrauch ____ Drogenmissbrauch ____ Krankheiten ____ Konflikte mit dem Gesetz ____ körperliche Gewalt ____ sexuelle Gewalt ____ emotionaler Missbrauch ____ Sonstiges

Ich überfliege die Auswahl und seufze. So langsam habe ich das Gefühl, als würde ich einen Psychotest aus einer Frauenzeitschrift ausfüllen.

»Was für ein Liebestyp sind Sie?«, scherze ich, während ich alle Begriffe ankreuze, die ich als zutreffend erachte.

»Welche Strafen gab es früher für Sie zu Hause? Hat Ihre Mutter Sie jemals geschlagen, oder kamen andere körperliche Strafen zum Einsatz?«

»Ihre Mittel der Wahl waren emotionale Manipulation und Gaslighting. Meine Mutter ist ein Riesenfan von Joan Crawfords Werk, sowohl auf der Leinwand als auch im wahren Leben.«

Dr. Russell blinzelt mich mit ihren grünen Augen an, die so groß sind, dass nicht einmal ihre schicke Warby-Parker-Brille ihnen die Show zu stehlen vermag. Sie blinzeln und sehen aus wie Puppenaugen, als bestünden sie aus nichts als Glas und Farbe. Ihrem fragenden Blick entnehme ich, dass sie meine Anspielung auf *Meine liebe Rabenmutter* weder verstanden hat noch zu schätzen weiß.

»Entschuldigung! War nur ein Spaß. Sie hat mich nie geschlagen, weder mit noch ohne Kleiderbügel«, teile ich ihr leicht beschämt mit.

»Aha. Machen wir mit einem Thema weiter, das Ihnen hoffentlich etwas leichterfällt, Charlotte. Reden wir über Ihren Bildungsweg.«

»Nur zu.«

»Welche akademischen Abschlüsse haben Sie erlangt?«

»Ich habe einen Bachelor in Biologie, einen Doktortitel in Medizin, Fachgebiet Neurochirurgie, und einen Master in Akupunktur.«

»Wie waren Ihre Noten?«

»An der Highschool, auf dem College und in meinem Medizinstudium hatte ich einen glatten Einserdurchschnitt. Ich habe meinen Abschluss als Jahrgangsbeste gemacht.«

»Welchen Abschluss?«

»Alle.«

Sie betrachtet mich mit etwas mehr Respekt als zu Beginn unserer Unterredung, und ich verspüre einen kleinen, aber befriedigenden Hauch von Überlegenheit.

»Haben Sie jemals eine Klasse wiederholt oder übersprungen?«

»Ich habe die zweite und dritte Klasse übersprungen.« Sie hat recht. Diese Fragen gefallen mir deutlich besser.

»Wurde Ihnen jemals eine Lernschwäche oder ADHS diagnostiziert?«

»Nein«, sage ich mit Nachdruck, obwohl es mir momentan schwerfällt, mich für längere Zeit auf eine Sache zu konzentrieren, und ich mich insgeheim frage, ob meine Antwort überhaupt der Wahrheit entspricht.

»Bitte, erzählen Sie mir etwas über etwaige Suspendierungen oder Schulverweise oder ob Sie häufiger nachsitzen mussten.«

»Ich hatte nie Ärger in der Schule.«

»Gut. Dann schauen wir uns jetzt Ihre Therapiegeschichte an.«

»Okay.«

»Haben Sie jemals eine psychologische Beratung oder Psychotherapie in Anspruch genommen?«

»Ja.«

»Wie sind Sie zu der Entscheidung gelangt, eine psychologische Beratung beziehungsweise Psychotherapie aufzusuchen?«

»Sie wurde von anderer Seite für mich getroffen.«

»Nehmen Sie zurzeit irgendwelche Medikamente gegen psychische Krankheiten ein?«

»Nein.«

»Haben Sie jemals Medikamente gegen psychische Probleme oder Krankheiten eingenommen?«

»Klar.«

»Welche waren das?«

»Es wäre vielleicht einfacher, wenn Sie ein Blatt mit den verschiedenen Namen hätten, die ich ankreuzen könnte.«

Sie findet das nicht lustig und reicht mir ein leeres Blatt Papier, auf dem ich meine größten pharmakologischen Hits nebst Dosierung aufliste.

»Wann haben Sie angefangen, Medikamente zu nehmen, und wie alt waren Sie da?«

»Vor sechs Jahren. Mit vierunddreißig.«

»Und wann haben Sie mit der Einnahme aufgehört?«

»Mit fünfunddreißig.«

Sie schaut in ihre Notizen. »Etwa um dieselbe Zeit, als Sie die Therapie beendet haben und bei Ihrer Mutter eingezogen sind, ist das richtig?«

»Ja, das stimmt.«

»Wogegen wurden Ihnen die Präparate verschrieben?«

»Depressionen. Angstzustände.«

»Waren Sie jemals wegen psychischer Probleme in stationärer Behandlung?« Sie blickt auf die Tischplatte, während sie diese Frage stellt, und ich bin mir sicher, dass sie die Antwort bereits kennt. Sie wirkt etwas unbehaglich bei diesem neuen Themengebiet. Das sollte sie auch.

»Jetzt kommen wir zu den richtig lustigen Fragen.«

»Ist das ein Ja, Charlotte?«

»Das ist ein lautes und deutliches Ja.«

»Wann war Ihr erster Aufenthalt?«

»Mein erster und einziger. Vor sechs Jahren.«

»Wo?«

»New York City. Bellevue Hospital. Zwei Monate stationär.«

»Bitte erläutern Sie, wie es dazu kam.«

»Haben Sie das nicht alles in der Akte stehen? Ich weiß, dass die Detectives Silvestri und Wolcott darüber Bescheid wissen.« Ich mache keinen Hehl aus meinem Unmut.

Sie blickt von ihren Unterlagen auf. »Wenn Sie möchten, können wir gerne eine Pause einlegen. Wie wäre es mit einem Schluck Wasser?«, fragt sie mit einer Prise zu viel herablassender Munterkeit in der Stimme.

Mein letzter Rest Freundlichkeit geht flöten. »Nein danke.«

»Sehr gut. Dann machen wir weiter.« Sie nimmt eine empathische und aufmerksame Sitzhaltung ein.

»Vor sechseinhalb Jahren habe ich als angehende Fachärztin in der Chirurgie im Greater New York Medical Center auf der Station für Psychochirurgie gearbeitet. Ich war leitende Assistenzärztin. Es war die erste OP, bei der ich das Team geleitet habe, und es ging um ein relativ neues Verfahren, bei dem ich allerdings schon mehrmals zuvor assistiert hatte. Die Patientin war eine junge Frau namens Michelle Harmon.«

»Michelle Harmon ist die ältere Schwester des Mordopfers Brooke Harmon?«

»Sie *war*.« Ich ärgere mich über die Unterbrechung und über ihre Angewohnheit, mir Fragen zu stellen, deren Antworten ihr längst bekannt sind.

»Richtig. Sie *war* ihre ältere Schwester. Bitte fahren Sie fort.«

»Vier Jahre vor dem Eingriff war Michelle brutal überfallen worden. Damals war sie noch Schülerin. Der Täter hielt sie für tot und hat sie einfach liegen lassen. Aber sie hat überlebt und ist wie durch ein Wunder aus einem dreimonatigen Koma aufgewacht. Allerdings litt sie danach unter schweren, plötzlich auftretenden Symptomen einer posttraumatischen Belastungsstörung. Sie wurde zu einer Gefahr für sich selbst und andere, war gewalttätig und zeigte Episoden wahnhaften Verhaltens, die rasch immer schlimmer wurden.« Ich halte kurz inne und stelle fest, dass

Dr. Russell wie gebannt an meinen Lippen hängt. »Ihre Familie war kurz davor, sie dauerhaft in eine psychiatrische Klinik einweisen zu lassen, aber dann hörten sie von dem Erfolg, den wir mit unserer neuen Methode bei mehreren Patienten gehabt hatten, allen voran bei einem bekannten Footballspieler aus der NFL, der während seiner aktiven Karriere multiple Kopfverletzungen erlitten hatte und mehrfach wegen häuslicher Gewalt verhaftet worden war, und bei einem Jockey, der mit einer Geschwindigkeit von fünfundfünfzig Meilen pro Stunde gegen einen Betonpfeiler geschleudert worden war und infolge des Schädel-Hirn-Traumas angefangen hatte, sich selbst zu verletzen.«

Abermals mache ich eine Pause und greife nach der ungeöffneten Wasserflasche. Dr. Russell wartet geduldig mit gefalteten Händen. Sie hat einen triumphierenden Gesichtsausdruck, vermutlich weil ich ihr zum ersten Mal eine ernsthafte Antwort gegeben habe, die aus mehr als fünf Worten besteht. Ich darf es dieser Frau nicht so schwer machen. Sie erledigt nur ihren Job. Ich erinnere mich an die herablassende Art, mit der man mich als junge, eifrige Ärztin im Praktikum behandelt hat.

»Wann immer Sie so weit sind, Charlotte. Bitte fahren Sie fort.«

»Der Eingriff lief zunächst wie geplant. Ich konnte den Teil von Michelles Hippocampus entfernen, wo unserer Auffassung nach das Trauma saß, das die schlimmsten Beschwerden verursachte ...«

Dr. Russell sieht mich auffordernd an, tippt leicht mit ihrem Kugelschreiber auf die Tischplatte und animiert mich mit einem Nicken zum Weiterreden. Ich atme tief ein, habe aber Schwierigkeiten, in meiner Lunge genug Raum für die Luft zu finden.

»Michelle erlitt einen Herzstillstand und hat das Bewusstsein nie wiedererlangt. Es war eine allergische Reaktion auf das Narkosemittel.« Inzwischen flüstere ich nur noch und habe den Kopf gesenkt. Tränen tropfen aus meinen Augen auf die Tischplatte und sammeln sich in kleinen Pfützen. »Entschuldigung! Das ist hart für mich.« Ich lasse das Gesicht in die Hände sinken.

Durch die Ritzen zwischen meinen Fingern sehe ich, wie Dr. Russell den roten Punkt an ihrem Smartphone antippt und die Aufzeichnung beendet. Als ich den Kopf hebe, blickt sie mich mitfühlend an, streckt die Hand über den Tisch und tätschelt mir sanft den Handrücken. »Machen wir eine Pause. Das ist alles ganz schön viel für Sie.«

Ich lasse den Kopf auf die Tischplatte sinken und schluchze in die Lücke zwischen meinen Armen. Einige Minuten lang sitzen wir einfach nur da und schweigen. Dann gebe ich mir einen Ruck und setze mich auf.

»Und? Haben Sie es getan?«, frage ich sie.

»Habe ich was getan?« Sie sieht angespannt aus.

»Sich ein Urteil über meine mentale Verfassung gebildet?«

»Ja, ich glaube schon«, antwortet sie neutral.

»Super. Immerhin eine von uns beiden.«

Fünfzig

Silvestri

»Ah, da ist er ja.«

Er zeigt zu dem hellblauen Honda Civic ganz hinten auf dem Parkplatz. Wir gehen hin und spähen durch die Scheiben. Das Wageninnere ist sauber und aufgeräumt, es sind keinerlei persönliche Gegenstände sichtbar. Ich probiere die Tür – abgeschlossen.

»Hm. Kein Wunder, dass die Fahndung nichts gebracht hat. Er stand die ganze Zeit hier in der hintersten Ecke. Muss an dem Abend wohl viel los gewesen sein?«

»Oder sie wollte nicht auffallen«, sagt er. »Vielleicht hatte sie Angst, dass jemand sie beobachtet? Wie auch immer, es sieht ganz danach aus, als hätte sie auf dem Rückweg jemand mitgenommen.«

Ich wäge diese Möglichkeit ab, während ich einen Abschleppwagen rufe, damit wir das Fahrzeug beschlagnahmen können. Wir überqueren den Parkplatz und betreten das Diner, das um die Mittagszeit gut besucht ist.

Eine Kellnerin wirbelt an uns vorbei. »Zwei Personen? Tisch oder Tresen?«

Ich zücke meine Marke. »Nur ein paar Infos, danke.«

Sie kommt zum Stehen und schnauft. »Brenda«, ruft sie über die Schulter. »Übernimmst du meine Tische, Schätzchen?« Sie schaut zwischen uns beiden hin und her. »Was kann ich für Sie tun, Officers?«

»Haben Sie zufällig am Abend des ersten Oktober gearbeitet? Am vorletzten Dienstag?«

»Ja, ich arbeite jeden Dienstagabend. Worum geht's denn?«

Ich hole mein Handy heraus und rufe ein Foto von Brooke Harmon auf. Sie betrachtet das Bild und scheint sie wiederzuerkennen. »Ja, ich erinnere mich an sie. Sie kam gegen Ende meiner Schicht. Hat an einem Tisch da drüben gesessen.« Sie deutet in die entsprechende Richtung.

»Wissen Sie noch, ob sie mit jemandem kam oder sich hier mit jemandem getroffen hat? Wie hat sie auf Sie gewirkt?«

»Ein bisschen angespannt vielleicht? Sie ist aber allein gekommen und hat auch allein am Tisch gesessen. Sie hat sich umgeschaut, als würde sie auf jemanden warten. Aber ich bin kurz danach gegangen und kann mich nicht erinnern, jemanden bei ihr am Tisch gesehen zu haben.«

»Um wie viel Uhr war das?«

»Halb eins.«

»Können Sie uns sagen, wer danach Ihre Tische übernommen hat?«

Sie verdreht die Augen und schnaubt. »Das war Christina. Sie ist vor ein paar Tagen mit einem der Beiköche durchgebrannt, seitdem hat niemand mehr ein Wort von den beiden gehört.« Sie holt ihr Handy aus der Tasche, scrollt eine Weile und findet schließlich eine Nummer, die sie auf eine Cocktailserviette kritzelt. »Bitte schön! Vielleicht finden Sie sie ja.«

»Danke«, sage ich. »Könnten wir uns die Aufnahmen Ihrer Überwachungskameras vom fraglichen Abend ansehen?« Ich deute mit einem Kopfnicken auf die Kamera in der Ecke.

»Nicht, wenn es so lange her ist. Das System archiviert die

Aufnahmen nur für eine Woche, danach werden sie automatisch gelöscht.« Sie blickt nervös um sich. »Tut mir leid, ich bin gerade ziemlich im Stress.«

»Ist schon in Ordnung.« Wolcott reicht ihr eine Karte. »Falls Ihnen in einem ruhigen Moment noch was einfällt, würden Sie sich bitte bei uns melden?«

»Geht klar.« Sie schenkt uns noch ein Lächeln, dann eilt sie in Richtung Kaffeespender davon.

• • •

Auf dem Rückweg zum Revier sitze ich am Steuer. Unmittelbar nachdem mein Partner bei Christina angerufen und nur ihre Mailbox erwischt hat, klingelt sein Telefon. »Wolcott ... Oh, hey, Clarence ... Okay ... Aha, okay ... Wirklich?« Ich stutze, als ich die Veränderung in seinem Tonfall wahrnehme. »Verdammt, das ist ja ... Alles klar, danke für den Anruf!« Er legt auf und dreht sich zu mir um. Als ich in seine Richtung schaue, registriere ich sofort seine verdutzte Miene.

»Was gibt's?«

»Clarence hat gerade die IP-Adressen der anderen Mitglieder aus Brooke Harmons Chatroom zurückverfolgt.«

»Und?«

»Silvestri, du wirst es nicht glauben.«

Einundfünfzig

Charlotte

Rachel sitzt mir gegenüber, die Beine im Lotossitz gefaltet, und strahlt so hell wie das Sonnenlicht, das um sie herum vom Himmel strömt.

»Ich wollte dich was fragen«, sage ich, so wie ich es bereits viele Male getan habe.

»Was immer du auf dem Herzen hast«, gibt sie heiter zurück.

Obwohl wir dieses Gespräch schon oft geführt haben, fühlt es sich dieses Mal anders an.

»Wenn du eine Sache an deiner Vergangenheit ändern könntest, welche wäre das?«

Sie scheint lange darüber nachzusinnen, obwohl ich ihr jedes Mal dieselbe Frage stelle.

Sie legt die Hände zusammen, hebt sie auf Herzhöhe und schließt die Augen. »Hm.«

Ich weiß, was sie sagen wird; sie gibt immer dieselbe Antwort.

Und ich sage dann immer: »Wirklich? Gar nichts?«

»Ich würde nicht das Geringste ändern«, bekräftigt sie.

»Wirklich? Nicht mal seinen Tod?«, hake ich jedes Mal nach.

»Nicht mal die schlimmsten Dinge, die ich getan habe. Ich würde nichts ändern wollen. Weil mich all das hierhergeführt hat.« Genau das wird sie sagen. Und es spendet mir jedes Mal Trost.

Doch jetzt sagt sie gar nichts; sie sieht mich nur an, während ich auf eine Antwort warte. Irgendwann werde ich unruhig, weil wir schon so lange schweigend dasitzen und der Geruch von Verbranntem schwer in der Luft hängt.

Sie lächelt ein seltsames Lächeln, als hätte sie etwas Scharfes im Mund. In ihrem Blick sehe ich etwas Düsteres, Unheilvolles aufblitzen, und plötzlich bekomme ich es mit der Angst zu tun.

»Ich weiß, was ich ändern würde«, sagt sie, und ihre Stimme wird tiefer, während sie die Hand an ihre Kehle legt und eine Bewegung macht, als wollte sie eine Halskette abnehmen. Ich strecke den Arm nach ihr aus, um ihre Hand wegzuziehen, doch auf einmal ist sie ganz weit weg. Sie nimmt ihre Haut zwischen die Finger, rollt sie nach oben auf und zieht sich das Gesicht ab. Darunter gähnt ein schwarzes Nichts.

»Ich hätte dich schon viel früher getötet«, sagt eine Stimme.

Aber es ist nicht Rachels Stimme. Sondern Peters.

• • •

»Morgenstund hat Gold im Mund, Ms Knopfler. Besuch für Sie.«

Ich bin dankbar, dass Officer Roberts' Stimme und sein Schlüssel mich erlösen.

Leider ist das Grauen meiner neuen Lebensumstände nach dem Aufwachen nicht weniger schrecklich als meine intensiven Albträume. Ich fühle mich nirgends mehr sicher. Mein Bett ist nicht mein eigenes, es gehört dem Staat, und darauf schläft es sich so hart und unbequem wie auf einem Pauschenpferd – zumindest stelle ich mir ein Pauschenpferd so vor. Jedes Mal beim Aufwachen ist Rachel aufs Neue tot, und der köstliche Augenblick, bevor bei mir die Erinnerung einsetzt, endet viel zu früh.

Nicht nur mein Körper, auch mein Kopf ist in einem Käfig gefangen.

Ich setze mich zu hastig auf, und Flecken tanzen am Rand meines Blickfeldes. Seit ich hier bin, wird mir andauernd schwindlig und übel. Das Essen schmeckt nicht nur widerlich, es besteht auch lediglich aus zwei Zutaten: Zucker und Salz in veränderlichen Gewichtsanteilen. Ich bin lethargisch und werde immer träger. Nicht auszudenken, wie es mir nach einer Woche oder gar einem Monat hier gehen wird.

»Na los, aufstehen. Sie wollen Ihre Mutter doch nicht warten lassen, oder?«

»Meine Mutter?« Herzklopfen und Mundtrockenheit gesellen sich zu den anderen Symptomen meiner Gefängnisgrippe.

»Jawohl. Sie war gleich zu Beginn der Besuchszeit als Erste hier. Ein ziemlich spezieller Charakter, was? Ich bin ihr auf dem Weg hierher begegnet.«

»Muss ich?« Ich habe den Kopf in die Hände gebettet.

Officer Roberts zuckt mit den Achseln. »Grundsätzlich müssen Sie mit niemandem sprechen außer mit der Polizei. Aber warum denn nicht? Haben Sie was Besseres vor?«

»Mir ist nicht nach Besuch.« Ich streiche meine Haare glatt und schlinge sie zu einem Knoten.

»Manche haben weder Besucher noch Mütter. Sie sollten sich glücklich schätzen«, moralisiert er.

»Sie haben leicht reden. Sie sind ja nicht mit ihr aufgewachsen.«

Er runzelt die Stirn.

Officer Roberts ist ein großer, finsterer und ziemlich selbstgerechter Mann. Er sagt mir immer wieder, dass ich mich glücklich schätzen soll. Ich soll mich glücklich schätzen, weil ich eine Einzelzelle habe und nicht von anderen Häftlingen belästigt werde.

Ich soll mich glücklich schätzen, weil ich gesund bin, und ich soll mich glücklich schätzen, dass ich nicht in eine andere Haftanstalt gebracht wurde, wo die Wärter weit weniger freundlich sind als er. Wahrscheinlich hat er recht, aber aus meiner zwei mal drei Meter großen Zelle heraus fällt es mir schwer, das Gute an meiner Situation zu erkennen.

»Ich kann ihr sagen, dass Sie heute keinen Besuch empfangen wollen.« Er hält mit seiner Missbilligung nicht hinterm Berg. Mir drängt sich die Frage auf, wie es um seine Lebensqualität bestellt sein muss, wenn er an einem Ort wie diesem arbeitet.

»Nein, ich komme schon. Vielleicht ist es nicht schlecht, zur Abwechslung mal mit jemand anders zu reden als mit mir selbst. Ich habe langsam das Gefühl durchzudrehen, weil ich mich mit niemandem unterhalten kann.«

Er wirft mir einen gekränkten Blick zu, der mich sofort beschämt.

»War nicht böse gemeint.«

...

»Liebling, du siehst furchtbar aus.« Ihr Gesichtsausdruck, der sagt: *»Was riecht hier so unangenehm?«*, entbehrt trotz unserer tristen Umgebung nicht einer gewissen Komik. »Ich erkenne dich kaum wieder.«

»Du gehst ja gleich richtig in die Vollen, Mom. Danke!« Ich seufze.

»Was machen sie hier drin mit dir?« Sie blickt von einer Seite zur anderen. Ich beäuge ihren hellgrünen Jumpsuit. Andere Häftlinge und deren Besucher werfen uns immer wieder Blicke zu.

»Mom, ich bin erst seit zwei Tagen hier, so sehr kann ich mich in der Zeit wohl kaum verändert haben. Und es ist ein Gefängnis, kein Sommerlager. Sie sperren mich ein, und sie geben mir zu essen. Das ist mehr oder weniger alles.«

Ihre Lippen zittern ein wenig, was ein tiefes Unbehagen in mir weckt.

»Du siehst gar nicht aus wie du selbst.«

»Tja, so fühle ich mich auch nicht.« Ich gehe zum nächsten Thema über. »Interessante Kleiderwahl, Mutter.« Ich versuche es ganz beiläufig hinzuwerfen, um den Austausch echter Gefühle möglichst zu vermeiden.

»Ja, ist der nicht toll?« Sie betrachtet sich stolz. Meinen sarkastischen Ton ignoriert sie. »Vintage Halston. Älter als du! Ich musste ihn erst aus der Versenkung holen, aber ich dachte mir, aus Solidarität mit dir grabe ich heute mal besonders tief in meiner Schatzkiste.«

Ich deute mit einer Auf-und-ab-Bewegung meiner Hand auf mein beigefarbenes Ensemble, das ich vom Staat New York gestellt bekommen habe. »Tut mir leid, dich enttäuschen zu müssen, aber wir tragen hier keine Einteiler.«

»Das sehe ich.« Sie taxiert mein Outfit von oben bis unten. »Sieht eher nach OP-Kleidung aus, oder? Na ja, wenigstens bist du das gewohnt.«

Ich stöhne.

»Wie behandelt man dich hier?«, fragt sie in sehr lautem Flüsterton.

»Gut.«

»Warum willst du den Pflichtverteidiger nicht?«

»Woher weißt du, dass ich ihn nicht will?«, gebe ich zurück.

Sie beugt sich verschwörerisch über den Tisch. »Der Wärter, mit dem ich mich unterhalten habe, hat es mir gesagt.«

»Weil ich es nicht getan habe, Mom«, antworte ich in normaler Lautstärke. »Und weil der letzte Pflichtverteidiger, den ich hatte, mich erst richtig in die Scheiße geritten hat. Ich habe keinerlei Interesse an einem Deal mit der Staatsanwaltschaft. Ich habe ungefähr fünf Minuten mit der wohlmeinenden, aber extrem unerfahrenen Person gesprochen, die man mir gestellt hat, dann ist mir klar geworden, dass ich ohne Verteidiger besser dran bin. Ich will nicht zum Thema des True-Crime-Podcasts irgendeines Millennials werden.«

»Findest du das denn klug?« Sie kratzt an ihrem Nagelbett.

»Ja, finde ich. Jemanden als Verteidiger zu haben, der einzig und allein daran interessiert ist, dass ich mich schuldig bekenne, um mein Strafmaß für etwas zu reduzieren, das ich nicht getan habe, ist der falsche Weg.« Meine Stimme bricht. »Ich weigere mich, bei dieser Farce mitzumachen.«

»Du wirkst wütend«, stellt sie fest.

»Wärst du das nicht auch an meiner Stelle?« Ich zucke mit den Schultern und wende den Blick ab.

»Du wirkst so, als wärst du wütend auf *mich*.«

»Ich bin stinkwütend auf die ganze Situation, Mom. Und ehrlich gesagt, weiß ich nicht genau, weshalb du überhaupt gekommen bist.« Ich seufze.

»Charlotte, es tut mir leid, dass ich deine Kaution nicht hinterlegen konnte.« Ihre abwehrende Haltung und ihr Unbehagen sind nicht zu übersehen.

»Das wusste ich gar nicht. Aber danke für die Information.« Die tiefe Enttäuschung, die ich angesichts ihres Eingeständnisses empfinde, verblüfft mich. Offenbar bin ich drinnen doch nicht so immun gegen Gefühle, wie ich dachte.

»Das ist viel Geld, Schatz. Ich habe schon seit Wochen versucht, mit dir darüber zu reden, ich habe momentan ein paar finanzielle Schwierigkeiten, und …«

»*Mom*. Ich rede nicht mit dir über deine Geldprobleme, während ich im *Knast* sitze.«

Ich sehe, wie etwas über ihre Züge huscht, was ich bei ihr seit Langem nicht mehr gesehen habe. Echte Emotion. Zorn. Sie beugt sich noch weiter nach vorn und knirscht mit den Zähnen.

»Charlotte. Ich habe keine Ahnung, weshalb du so böse auf mich bist, aber es wird höchste Zeit, dass du dich am Riemen reißt. Du hast nie ein Geheimnis daraus gemacht, dass du mich für eine schlechte Mutter hältst. Dabei scheinst du zu übersehen, dass ich immer für dich da bin, wenn es hart auf hart kommt.«

»Ich habe überhaupt nicht gesagt, dass ich böse auf dich bin, Mom ...«

»Abgesehen davon, dass ich dich ernährt habe, bis du aufs College gegangen bist, bin ich auch diejenige, die dich aus der Anstalt abgeholt und sich um dich gekümmert hat, bis du wieder in der Lage warst, in die Welt der Lebenden zurückzukehren. Und wie es aussieht, werde ich wieder das Gleiche tun, nur dass ich dich diesmal aus dem *Gefängnis* abholen muss. Glaubst du wirklich, dass du in der Position bist, über mich zu urteilen, Schatz?«

Ich bin sprachlos. Sie lehnt sich auf ihrem Stuhl zurück und streicht erst vorn ihren Jumpsuit, dann seitlich ihre Haare glatt. Ich sehe, dass ihre Hände zittern.

»Ich weiß nicht, was ich dazu sagen soll. Mir war nicht klar, dass du mich für eine dermaßen schreckliche Person hältst«, sage ich eingeschnappt.

»Werd endlich erwachsen. Du hast keine Ahnung, wie ich dich sehe, weil du es vorziehst, für mich zu denken.«

»Mein Gott, Mom! Ich war diese Woche schon bei einer Psychologin. Findest du, jetzt ist der geeignete Zeitpunkt, um mich runterzumachen? Ich liege doch bereits am Boden.« Ich strafe sie mit einem vernichtenden Blick.

»Ja, das finde ich, wenn du es genau wissen willst. Weil du ausnahmsweise mal nicht weglaufen kannst.«

»Okay. Dann lass mal hören«, sage ich ätzend.

»Wie um alles in der Welt willst du andere Menschen heilen, wenn du so viel negative Energie mit dir herumschleppst? Wie kannst du deine Patienten aufbauen, wenn du so ein mieses Selbstwertgefühl hast? Von mir hast du das jedenfalls nicht.«

»Mom, ich sage dir nur das, von dem ich will, dass du es erfährst. Ich zeige dir sehr wenig davon, wie ich wirklich bin«, gebe ich frostig zurück.

Sie schnaubt höhnisch. »Liebling, ich habe dich geboren, ich habe dich großgezogen. Ich weiß genau, wer du bist.«

»Was soll das heißen? Du hast mich auf die Welt gebracht, und deshalb kannst du auch entscheiden, wann ich sie wieder verlasse?«, kontere ich.

»Nein, aber *du* kannst es. Und es sieht ganz so aus, als würdest du dir alle Mühe geben.« Wir starren einander an.

»Chirurgin zu werden, war dein Traum, nicht meiner«, sage ich leise.

»Selbst wenn das stimmen würde, wieso regst du dich so darüber auf? Bis zu der Tragödie mit Michelle Harmon warst du auf dem besten Weg, in deinem Fach ein Superstar zu werden.«

»Wenn du mich nicht dazu gedrängt hättest, Ärztin zu werden, müsste ich jetzt nicht damit leben, einen Menschen umgebracht zu haben. Dann wäre ich nicht von meiner gesamten Branche und den Leuten, die mir am meisten bedeutet haben, verraten und im Stich gelassen worden. Dann hätte ich keinen Zusammenbruch erlitten.«

Ihre Miene wird weicher.

»Alex Myer«, sagt sie.

»Wer?«

»Er war der Grund, weshalb du Gehirnchirurgin werden wolltest.« Sie beäugt mich aufmerksam.

Der Name sagt mir etwas, aber ich kann weder ein Gesicht noch eine Erinnerung damit verbinden. »Keine Ahnung. Wer ist das?«

»Das war ein kleiner Junge aus deiner Vorschulgruppe. Ihr zwei habt eines Tages in der Pause zusammen Ball gespielt, und er hat den Ball in den Bach auf der anderen Straßenseite geschossen.«

Jetzt kommen die Bilder zurück. Da war ein Auto.

»Er ist ihm hinterhergelaufen und wurde angefahren. Du hast alles mit angesehen und bist mitten auf der Straße bei ihm sitzen geblieben, bis der Krankenwagen kam.«

»Oh mein Gott! Das hatte ich vollkommen vergessen.« Ich durchforste mein Gedächtnis nach weiteren Erinnerungen an diesen Tag. Ich weiß noch, dass da unheimlich viel Blut war und er die Augen geschlossen hatte. An mehr erinnere ich mich nicht.

»Er hatte mehrere Verletzungen an Kopf und Körper, die genäht werden mussten, aber wie durch ein Wunder hat er überlebt. Du bist jeden Tag nach der Schule zu ihm ins Krankenhaus gegangen, bis er entlassen wurde.«

»Ja? Das habe ich komplett verdrängt.«

Sie nickt. »Aber danach war er nicht mehr derselbe. Er wurde unberechenbar und aggressiv, hat dich und andere Kinder aus der Gruppe ein paarmal angegriffen. Du konntest das nicht verstehen. Ich musste dir erklären, dass der Unfall sein Gehirn so schwer geschädigt hatte, dass er nicht mehr er selbst war.«

»Was ist aus ihm geworden?«, frage ich, fasziniert von diesem früheren Leben, das ich komplett aus den Augen verloren habe.

»Seine Familie ist irgendwann weggezogen. Ich habe den Kontakt zu seiner Mutter verloren. Ich weiß nicht genau, was aus ihm geworden ist. Aber ich weiß, was aus *dir* geworden ist.« Sie sieht mich zärtlich an.

»Was denn?«, frage ich.

»Von da an warst du fasziniert vom Gehirn und davon, Menschen zu heilen. Das war und ist immer noch eine ganz wundervolle Eigenschaft von dir.« Sie strahlt.

»Danke, Mom«, sage ich. Mehr bringe ich nicht über die Lippen.

»Charlotte. Du musst dir vergeben. Für alles. Lass es los.« Sie presst die Hände auf den Tisch.

Mir kommt ein schrecklicher Gedanke. »Mom. Hältst du mich für schuldig?«

Ich wappne mich, indem ich die Finger in den Stoff meiner Hose kralle. Das Metall der Handschellen gräbt sich in die Innenseiten meiner Handgelenke.

Sie antwortet nicht sofort, und ihr Zögern ist mein bisher schmerzhaftestes Erlebnis an diesem Tag.

Sie atmet so heftig durch den Mund aus, dass ihre Lippen ein flatterndes Geräusch machen. »Char. Natürlich weiß ich, dass du deine Freundin nicht umgebracht hast.« Sie beugt sich zu mir vor. »Aber ich weiß auch, dass du dir genauso gut die Schuld an jedem Tod aufladen kannst, der sich in deiner Nähe ereignet, solange du das, was damals mit Michelle Harmon passiert ist, nicht hinter dir lässt.«

»Das ist doch was völlig anderes. Was mit Michelle Harmon passiert ist, *war* meine Schuld!« Der Wärter wirft mir einen warnenden Blick zu, und ich mäßige meine Lautstärke.

»Und Rachels Tod vielleicht auch«, murmle ich deutlich leiser in meinen Schoß.

»Es tut mir leid, dass du das glaubst und dir deswegen so viel Leid antust.« Sie hält meinen Blick einen Moment lang fest. Ich spüre ihr Mitgefühl und fühle mich ein bisschen ruhiger. »Die Situation ist schon tragisch genug, auch ohne dass du dich permanent quälst. Du musst mir jetzt gut zuhören.« Ich sehe, dass ihre Kiefermuskeln angespannt sind. Sie wappnet sich.

»Unter all deinen negativen Gefühlen bist du stark und widerstandsfähig und intelligent. Daran musst du dich jetzt festhalten, nicht an deiner Traurigkeit. Die Verzweiflung wird dich nur in den Abgrund reißen, und wenn du hier drinnen sitzt und dich aufgibst, kann ich nichts für dich tun.« Sie lässt sich gegen die Stuhllehne sinken.

Ich blinzle ein paarmal und lege den Kopf schief, um sie besser hören zu können, doch das ändert nichts an meiner Verwirrung. Ich nehme ihre Stimme wahr, aber ihre Worte ergeben keinen Sinn. Das klingt ja fast so, als wäre sie auf meiner Seite.

»Du hältst mich für stark?«, frage ich sie und bete, dass sie ehrlich antwortet.

Sie nickt. »Ja, das tue ich. Und ich bin mir sicher, dass du dich am Schopf aus diesem Sumpf des Selbstmitleids ziehen kannst und wirst und anfängst zu kämpfen. Das hast du schon einmal gemacht.«

»Mom. Ich trauere«, entgegne ich.

»Nein, du suhlst dich in Selbstmitleid. Trauer kommt erst, wenn man Platz dafür schafft. Du sitzt im Gefängnis für ein Verbrechen, das du nicht begangen hast, und kämpfst gegen mich, anstatt dich gegen das zur Wehr zu setzen, was hier gerade mit dir geschieht. Wenn du glaubst, dass deine Unschuld von selbst ans Licht kommen und sich das alles in Wohlgefallen auflösen wird, weil die natürliche Ordnung des Universums es so vorsieht, dann bist du unfassbar naiv.«

»Das glaube ich doch gar nicht.« Mein Rechtfertigungsversuch klingt schwach.

»Na, dann ist wohl die einzige Alternative, dass du diesen grundlosen Freiheitsentzug akzeptierst, weil du ihn als gerechte Strafe für den Tod von Michelle Harmon empfindest.«

Mein Körper ballt sich zu einer riesigen Faust zusammen.

»Und wenn dem so ist, Liebes«, fährt sie fort, »dann brauche ich dich wohl nicht extra darauf hinzuweisen, dass du es hier drinnen genauso wenig ungeschehen machen kannst wie da draußen. Was passiert ist, ist passiert, ob du nun in einer Gefängniszelle sitzt oder nicht. Du musst anfangen, dir zu vergeben, sonst kannst du dich genauso gut schuldig bekennen und dein Leben in die Hände des Justizsystems des Staates New York legen.«

»Oder vielleicht projizierst du einfach nur jede Menge Mist auf mich, der absolut nichts mit der Wahrheit zu tun hat. Du weißt auch nicht alles, Mom«, gebe ich wenig überzeugend zurück.

»Du warst immer schon ein brillanter Kopf und ein Rotzlöffel noch dazu. Das musst du von deinem Vater geerbt haben.«

Ich fange an zu lachen. Sie auch. Gleich darauf schlägt mein Gelächter in lautes Weinen um, und schockierenderweise geht es ihr nicht anders.

»Ich will, dass du kämpfst«, sagt sie. »Finde raus, was hier los ist, verteidige dich, und danach kannst du anfangen zu trauern.« Als der Wärter uns den Rücken zudreht, streckt sie den Arm über den Tisch und wischt mir mit dem Handballen die Tränen aus dem Gesicht. Es ist nur eine kleine Geste, aber gleichzeitig unheimlich bedeutsam.

»Wenn du willst, bin ich für dich da.« Sie hält inne. »Oder ich kann verschwinden. Aber darüber können wir uns später noch streiten, wenn wir Glück haben.«

Zweiundfünfzig

Wolcott

»Wir wollen doch einfach nur mit den leitenden Ermittlern sprechen«, kommt eine laute Stimme von der Anmeldung her. Ich beschleunige meine Schritte, und als ich um die Ecke biege, sehe ich, wie Officer Greene beschwichtigend die Hände in Richtung eines Mannes ausgestreckt hat, der wiederholt mit seiner fleischigen Faust auf die lackierte Oberfläche des Empfangstresens schlägt. Neben dem erzürnten Mann steht eine zierliche Frau. Sie hat ihm eine Hand auf die breite Schulter gelegt, die andere ist auf Taillenhöhe zur Faust geballt.

Ich schlüpfe neben sie und strecke ihr die Hand hin.

»Hallo«, sage ich mit einem Lächeln. »Detective Terrence Wolcott.«

Der Mann taxiert mich von oben bis unten, ehe er stirnrunzelnd einen Blick mit seiner Frau tauscht und sich schließlich erneut an mich wendet und mir seine Pranke reicht. »Bob Harmon«, sagt er säuerlich. »Das hier ist meine Frau Kathy.«

Oh Mann! »Mr und Mrs Harmon. Natürlich. Wir haben telefoniert. Bitte, folgen Sie mir. Wir suchen uns einen Ort, an dem wir ungestört reden können.« Ich widerstehe dem Drang, Kathy eine tröstende Hand auf die Schulter zu legen. Wahrscheinlich würde das Bob nur dazu verleiten, mir den Arm auszureißen und mich damit windelweich zu prügeln.

Auf dem Weg zum Vernehmungsraum kommen wir an unseren Schreibtischen vorbei. Silvestri sitzt weit zurückgelehnt auf seinem Stuhl, die Beine auf der Tischplatte, und blättert in einem Stapel Unterlagen. Ich werfe ihm einen mahnenden Blick zu, woraufhin er sogleich die Füße vom Tisch nimmt, aufspringt und sich mit der flachen Hand das Hemd glatt streicht.

»Mr und Mrs Harmon«, sage ich. »Das hier ist mein Partner Detective Silvestri.«

Silvestri räuspert sich und setzt eine ernste Miene auf. »Mein aufrichtiges Beileid für Ihren Verlust.« Er streckt dem Ehepaar die Hand hin.

»Danke«, sagt Bob geistesabwesend. Er sieht sich inmitten des Schreibtischgewirrs um und schüttelt den Kopf. »Können wir irgendwohin gehen, wo wir ein bisschen ... unter uns sind?«

»Selbstverständlich«, sage ich. »Folgen Sie uns.«

• • •

»Können wir Ihnen etwas zu trinken bringen? Kaffee? Wasser?«

Wir sitzen im Vernehmungsraum. Kathy hat die Hände im Schoß gefaltet, während Bob sich nach vorn beugt und die Ellbogen auf den Tisch stützt.

»Danke, nein«, antwortet er stellvertretend für beide.

»Wir entschuldigen uns für die Räumlichkeiten«, meldet sich Silvestri zu Wort. »Ich fürchte, dies ist der einzige Ort im Gebäude, wo wir uns ganz ungestört unterhalten können.«

»Das geht schon«, sagt Kathy und zwingt sich zu einem höflichen Lächeln. »Sie haben also Charlotte Knopfler verhaftet?«

Ich bin dankbar für den Gesprächseinstieg. »Das ist richtig, Mrs Harmon. Wir haben Ms Knopfler in Gewahrsam. Sie wartet darauf, dem Haftrichter vorgeführt zu werden.« Ich muss die Situation mit Fingerspitzengefühl angehen. Bob hat gerade sein zweites Kind verloren – noch dazu durch ein und dieselbe Person –, und sein Zustand ist dementsprechend fragil. »Im Laufe unserer Ermittlungen«, beginne ich, »haben wir von dem schrecklichen Tod Ihrer Tochter Michelle erfahren. Ich kann mir nicht einmal ansatzweise vorstellen, was Sie beide gerade durchmachen. Unser Team arbeitet rund um die Uhr, um eine wasserdichte Anklage vorzubereiten und sicherzustellen, dass die Täterin zur Verantwortung gezogen wird.«

»Aller guten Dinge sind wohl drei, was?« Bobs Hand zittert, als er spricht. Sein Gesicht ist gerötet, seine Stimme schwankt zwischen Wut und Trauer. »Sollte dieses Miststück sich erst mal schön aufwärmen, bevor Sie sie endlich festnehmen?«

»Bob.« Diesmal hat Kathys Stimme etwas mehr Kraft. »Bitte.«

Ich rutsche auf meinem Stuhl hin und her, um mich zu erden. Ich öffne den Mund, um etwas zu erwidern. Um ein Haar kommen mir die Worte »Ihre Tochter« über die Lippen, ich kann mich gerade noch bremsen. »Brooke war das erste Opfer«, sage ich stattdessen und nehme bewusst Blickkontakt zu den beiden Harmons auf, ehe ich fortfahre. »Wir haben sofort angefangen, mit Hochdruck zu ermitteln, aber die Beweislage war dürftig, und leider waren wir auf einige forensische Erkenntnisse angewiesen, deren Auswertung länger gedauert hat als erwartet. Wir versichern Ihnen jedoch, dass wir …«

»Schwachsinn!«, spuckt er das Wort regelrecht aus. »Erst Michelle, dann Brooke. Müssen meine Frau und ich jetzt auch um unser Leben fürchten? Himmelherrgott noch mal! Kann keiner von Ihnen auch nur halbwegs vernünftig seinen Job machen?«

»Das reicht jetzt.« Kathy Harmons Hand schnellt in die Höhe. Sie wird nicht lauter, aber ihr Ton ist fest und entschieden. Langsam lässt sie die Hand auf den Tisch sinken wie eine Dirigentin, die ein Orchester leitet. Im Zimmer wird es still. Sacht berührt sie den Unterarm ihres Mannes, was diesen zu beruhigen scheint. Sie sieht ihn an, hebt die Hand an seine Wange und streichelt sie zärtlich. Der Zorn in seinem Gesicht weicht etwas Sanftem, Verletzlichem. Seine Augen füllen sich mit Tränen, und er holt tief Luft.

Ihre Hand kehrt an seinen Arm zurück, und sie wendet sich an mich. »Charlotte Knopfler. Ist sie psychisch krank, Detective Wolcott?«

Ich halte den Blickkontakt zu ihr aufrecht. »Wir warten noch auf das Ergebnis des psychiatrischen Gutachtens. Aber ja, wir gehen davon aus, dass es Ms Knopfler nicht gut geht.«

Sie atmet ein und lässt die Information auf sich wirken. Einen Augenblick lang sitzt sie regungslos da, dann atmet sie wieder aus.

»Und es gibt handfeste Beweise gegen sie?«

Mein Partner schaltet sich ein. »Das Beweismaterial, das wir gegen Ms Knopfler zusammentragen, ist überzeugend, nicht zuletzt aufgrund der Informationen aus Brookes Mail-Account.«

»Detective«, sagt Kathy. »Ich hätte gerne auch Zugang zu ihrem E-Mail-Konto.«

»Das lässt sich bestimmt einrichten«, versichere ich ihr.

»Okay.« Ihr Blick wandert erst zu Silvestri und dann zu ihrem Ehemann. Sie drückt noch einmal seinen Arm, während sie die gegenüberliegende Wand des Vernehmungsraums anstarrt. Schließlich sagt sie in gespenstisch ruhigem Ton und mit allergrößter Entschiedenheit, sodass es eher nach einer Aussage als nach einer Frage klingt: »Dann kommt Charlotte Knopfler so schnell nicht wieder frei.«

Dreiundfünfzig

Charlotte

Als Silvestri den Raum betritt, kann ich ihm kaum in die Augen schauen. Doch ich zwinge mich dazu. Ich habe ihn hergebeten, und glücklicherweise hat er Ja gesagt.

»Charlotte.« Er scheint Mühe zu haben, den Blickkontakt aufrechtzuerhalten.

»Dennis. Danke, dass Sie sich alleine mit mir treffen.«

»Charlotte, nur um klare Grenzen zu setzen: Ich würde es vorziehen, wenn Sie mich ab jetzt mit Detective Silvestri ansprechen.«

»Natürlich.« Ich habe kaum die Kraft, zu verbergen, wie sehr seine Bitte mich trifft.

»Sehr gut.« Er faltet die Hände auf dem Tisch. »Ich muss Sie darüber in Kenntnis setzen, dass alles, was Sie in diesem Raum sagen, aufgezeichnet und möglicherweise vor Gericht verwendet wird, sollte es zu einem Verfahren gegen Sie kommen.«

»Das verstehe ich.« Unser freundschaftliches Verhältnis ist Geschichte. An diesem Ort ist kein Platz dafür.

»Also dann.« Offenbar erleichtert, lehnt er sich zurück. »Nachdem das geklärt ist, lassen Sie uns reden.«

Ich versuche seine entspannte Sitzhaltung nachzuahmen, doch meine Angst ist zu groß.

»Es tut mir leid, dass Ihre Mutter die Kaution für Sie nicht hinterlegen konnte.« Ein heldenhafter, fast versöhnlicher Versuch, Small Talk zu machen.

»Gekonnt hätte sie schon. Sie hat sich bloß dafür entschieden, es nicht zu tun.« Ich überlege, ob ich mit dieser Einschätzung falschliegen könnte, rede jedoch weiter. »Aber sie ist mich besuchen gekommen. Das ist immerhin etwas.«

»Hält sie Sie für schuldig?« Silvestri scheint meine Gedanken lesen zu können. Im Moment weiß ich nicht, ob das gut oder schlimm ist.

»Ich würde es ihr zutrauen.« Ich denke noch einmal genauer nach. »Nein, eigentlich nicht. Sie glaubt an mich, und sie unterstützt mich.« Mir wird klar, dass ich mit meiner *Ich hasse meine Mutter*-Nummer aufhören muss. Ich werde das auf die Liste meiner Selbstoptimierungs-Vorhaben setzen.

Er zieht eine Augenbraue hoch. »Charlotte, was haben Sie denn nun auf dem Herzen? Ich glaube kaum, dass Sie mich hergebeten haben, um sich mit mir über Ihre Mutter zu unterhalten.«

»Sicher nicht.« Ich lache trocken. »Ich wollte mit Ihnen reden, weil ich das Gefühl habe, dass Sie mich verstehen und vielleicht – *hoffentlich* – nicht denken, dass ich wirklich etwas mit Brookes und Rachels Tod zu tun habe. Und bei Detective Wolcott bin ich mir nicht sicher. Falls ich jemals sein Vertrauen hatte, habe ich es jetzt definitiv verspielt.«

Das klingt höchstwahrscheinlich einstudiert. Kein Wunder. Ich habe mir diesen Text innerhalb der letzten Stunde sehr oft durch den Kopf gehen lassen.

Er beugt sich nach vorn, stellt die Ellbogen auf den Tisch und stützt die Wange in seine rechte Hand. Vermutlich ist das strategische Körpersprache, dazu gedacht, mich zu entwaffnen.

»Ich möchte Ihnen gerne glauben, Charlotte. Wirklich. Aber mein Job ist es, plausible Erklärungen zu finden, nach Motiv und

Gelegenheit zu suchen und konkrete Beweise zu sammeln. Und so leid es mir tut, ich fürchte, Sie stehen im Zentrum des Ganzen.« Sein Blick wandert zu meiner Brust, weil ich, wie mir erst jetzt auffällt, unbewusst meinen Herzpunkt angetippt habe. Hastig wendet er sich ab.

»Entschuldigung, das hilft mir. Ich bin ein bisschen aufgeregt.« Um mich zu beruhigen, lege ich die Hand in einem mittelfesten Griff um mein anderes Handgelenk und übe mit dem Daumen leichten Druck auf die Stelle zwischen den Sehnen aus.

»Charlotte, ich begreife den Ernst Ihrer Lage und den Stress, den das mit sich bringt. Ich weiß auch, dass Sie jemanden verloren haben, der Ihnen sehr nahestand. Was mir nicht in den Kopf will, ist, welches Motiv Sie hatten, Rachel zu töten. Können Sie mir helfen, das zu verstehen?«

»Ich habe niemanden getötet. Ich hatte gar keinen Grund dazu!« Meine Stimme klingt schrill.

»Okay. Noch mal von vorn. Sie sind Wissenschaftlerin. Sie wissen den Wert logischen Denkens sicher mehr zu schätzen als die meisten. Versetzen Sie sich für einen Moment lang in meine und Wolcotts Lage.« Er macht eine kurze Pause. »Ich schildere Ihnen den Fall mal aus unserer Perspektive, vielleicht können Sie mir dann erklären, wo wir möglicherweise etwas falsch verstanden haben?«

Ich nicke artig.

»Das Ganze scheint uns eine tödliche Kettenreaktion gewesen zu sein. Durch den ersten Mord, den Sie begangen haben, wurden die Weichen für den zweiten gestellt. Sie haben Brooke vorsätzlich getötet. Das Motiv waren Ihre Schuldgefühle in Bezug auf Michelles Tod, dazu kam, dass Sie sich durch Brookes permanente Schikane provoziert fühlten und kurz davor waren, ihretwegen Ihren Job, Ihre finanzielle Sicherheit …«

»Aber ich würde niemals – ich *wusste* doch gar nicht, dass es Brooke war, die mich schikaniert …«

»Meine Vermutung ist, dass Sie Rachel aus reiner Notwendigkeit getötet haben, weil sie dahintergekommen ist und nicht bereit war, Sie zu decken. Nach dem Streit bei Ihnen zu Hause, wo sie Ihnen wahrscheinlich damit gedroht hat, Sie anzuzeigen, sind Sie zu ihr gefahren und haben sie getötet, um sie zum Schweigen zu bringen. Sie haben versucht, es nach einer Überdosis aussehen zu lassen. Der Mord an ihr wirkte insgesamt mitfühlender, was darauf hindeutet, dass Sie Skrupel hatten. Sie haben die Tatmethode ganz bewusst gewählt, damit sie nicht leiden musste. Und nach der Tat haben Sie es nicht über sich gebracht, sie allein zu lassen.« Er hält einen Moment lang inne. Mir fällt auf, dass die Venen an seinen Schläfen und seinem Hals pochen. Seine Augen haben sich verdunkelt, und ich sehe ihm an, dass auch er Mühe hat, die Fassung zu bewahren.

»Sie haben mich als Ihr Alibi missbraucht. Ich kann Ihnen gar nicht sagen, wie dumm das war. Das sind die Punkte, die Wolcott und mich nicht nur zu dem Schluss geführt haben, dass Sie fähig sind, einen Mord zu begehen, sondern auch die Frage aufwerfen, ob Michelles Tod tatsächlich ein Versehen war.«

Es ist, als hätte er mich ins Gesicht geschlagen. Meine Knöchel sind weiß, weil ich so krampfhaft versuche, nicht die Kontrolle über mich zu verlieren. Ich weiß nicht, ob seine Pause ein Stichwort für mich sein soll. So oder so, ich schweige.

»Charlotte, begreifen Sie jetzt, weshalb Sie unsere Hauptverdächtige sind? Alle anderen, die ein Motiv hätten, haben ein Alibi. Und was ich gerade aufgezählt habe, sind lediglich die grundlegenden Fakten. Ich habe dabei noch nicht die Mordmethoden erwähnt, die mit überwältigender Klarheit auf Sie hindeuten, wenn man bedenkt, welchen Beruf Sie ausüben.«

Nach diesem vollkommen verwirrenden Satz schweigt er erst mal. Vermutlich will er sehen, ob ich unbewusst etwas preisgebe. Das Einzige, was ich anzubieten habe, ist absolute Fassungslosigkeit.

»Habe ich was ausgelassen?« Seine Miene ist neutral.

»Alles, was Sie gesagt haben, ist völlig falsch«, stoße ich verzweifelt hervor.

»Gut, dann klären Sie mich bitte auf. Wo genau haben wir uns geirrt? Sie sind eine hochintelligente Frau mit einem umfassenden Verständnis des menschlichen Gehirns. Was ich gesagt habe, hört sich doch ziemlich logisch an, oder etwa nicht? Mir wäre nichts lieber, als wenn Sie mit einem alternativen Szenario aufwarten könnten, das Sie entlasten würde.«

Die Gedanken wirbeln wild durch meinen Kopf, und in meiner Verzweiflung, einen Ausweg aus dieser Lage zu finden, greife ich nach dem Naheliegendsten. Er hat recht: Alles deutet darauf hin, dass ich diese schrecklichen Taten verübt habe. Zum wiederholten Mal zu betonen, dass ich überhaupt nicht in der Lage wäre, einen Menschen zu töten, ist offensichtlich sinnlos. Es spielt keine Rolle, dass der einzige Tote, den ich auf dem Gewissen habe, ein schreckliches Missgeschick war. Ich darf auch nicht offen meine Wut zeigen, es sei denn, ich will, dass sie mir früher oder später auf die Füße fällt.

»Detective Silvestri, ich kann nachvollziehen, wie gut das alles zusammenpasst und warum Sie den Eindruck gewonnen haben, ich sei die Täterin. Aber die Motive ergeben keinen Sinn, weil ich keinen Grund hatte, Brooke zu töten, und ich *habe* sie auch nicht getötet. Und damit sind auch meine angeblichen Beweggründe, Rachel zum Schweigen zu bringen, hinfällig.«

»Wie erklären Sie sich den Zufall, dass Brooke nach Port Jefferson gezogen ist, nur wenige Meilen von dem Ort entfernt, an dem die Frau lebt, die versehentlich den Tod ihrer Schwester verschuldet hat?«

»Ich wusste doch gar nicht, dass sie dort lebt. Ich hatte keinerlei Kontakt zu ihr! Ich habe mich nie auch nur im selben Raum aufgehalten wie sie.« Ich sehe die Ungeduld in Silvestris Zügen. Das ist alles nicht gut genug. Mein Wort hat für ihn keinerlei Gewicht.

Er trinkt einen Schluck Wasser, holt sein Telefon aus der hinteren Hosentasche und legt es mit dem Display nach unten zwischen uns auf den Tisch.

»Basierend auf Ihrer Verbindung zu Brooke und allem, was wir über Ihre Interaktion mit ihr wissen«, fährt er fort, »sieht es ganz danach aus, als wären Sie nicht nur die einzige Person, die ein mögliches Motiv für den Mord hatte, es gibt darüber hinaus auch noch hinreichende Beweise dafür, dass der Tat ein langer Prozess der Manipulation vorausging.« Silvestri verstummt und faltet abermals die Hände auf dem Tisch.

»Ich verstehe nicht. Manipulation?« Mein Herz rast.

»Es ist interessant, dass Sie die Formulierung ›im selben Raum‹ verwendet haben, Charlotte.«

»Was meinen Sie damit?«

»Na ja, Sie waren sogar mehrmals mit ihr im selben Raum, stimmt's?«

Ich schüttle heftig den Kopf. Silvestri sitzt mit unbewegter Miene da. »Wovon reden Sie?«

Er legt ruhig die Handflächen auf den Tisch und sieht mir in die Augen. »Okay, Charlotte. Um ganz präzise zu sein, sagen wir es so: Sie waren niemals *physisch* im selben Raum wie Brooke Harmon.« Er schiebt die Wasserflasche zwischen seinen Händen hin und her. Ich versuche mich weiterhin auf seine Worte zu konzentrieren, auch wenn die Bewegung mich ablenkt. Er spielt mit mir.

Er will mich zermürben, damit ich etwas gestehe, was ich nicht getan habe. Allmählich habe ich das Gefühl, wahnsinnig zu werden.

»Aber virtuell sehr wohl, nicht wahr?«

»Ich habe keine Ahnung, was das heißen soll.«

»Sie sind Mitglied in einem Chatroom für Trauma-Überlebende, ist das richtig?«, fragt er.

Ich bin völlig perplex. »Ja, das stimmt.«

»Sie haben den Chat ins Leben gerufen, um Brooke Harmon anzulocken. Sie haben sie systematisch getäuscht, indem Sie so getan haben, als wären Sie eine Selbsthilfegruppe, die ihr Hilfe und Unterstützung bieten kann?«

Sämtliche Haare an meinem Körper stehen zu Berge.

»*Nein*. Ich habe den Chat nicht ins Leben gerufen. Ich bin einfach nur irgendwann beigetreten. Es gab bereits andere aktive Mitglieder.«

»Mitglieder, zu denen irgendwann auch Brooke Harmon zählte. Das scheint mir ein sehr bemerkenswerter Zufall zu sein.«

Ich spüre, wie mir alle Farbe aus dem Gesicht weicht, als mein Blutdruck jäh absackt.

»Ich hatte keine Ahnung, dass Brooke auch in dem Chatroom ist. Wir waren alle anonym.«

Silvestri beobachtet mich aufmerksam, während ich seine Nachricht sacken lasse, dass ich anscheinend ohne mein Wissen mit Brooke kommuniziert habe. »Detective Silvestri, Sie müssen mir glauben. Ich habe diese Gruppe nicht ins Leben gerufen. Ich hatte keine Ahnung, dass Brooke Mitglied war, das schwöre ich Ihnen.«

»Ich soll glauben, dass Sie Brooke nicht anhand ihrer Geschichte in einer Online-Selbsthilfegruppe erkannt haben, und umgekehrt? Ich gehe davon aus, dass der Tod ihrer Schwester das eine oder andere Mal zur Sprache gebracht wurde, entweder durch Sie oder durch Brooke? Das ist doch ein einschneidendes Erlebnis, das Sie beide verbindet.«

»Ich habe nie Einzelheiten über Michelles Tod mit der Gruppe geteilt. Wenn, dann habe ich nur ganz allgemein darüber gesprochen. Meistens ging es eher um meine Kindheit, weniger um meine Zeit als Ärztin. Und keine der anderen Frauen hat jemals erwähnt, dass ihre Schwester während einer Gehirn-OP gestorben ist. Daran hätte ich mich doch erinnert!« Im Geiste gehe ich die einzelnen Mitglieder der Gruppe durch. Harmnoone82. Ihre Schwester wurde ermordet. Ich fühle mich, als hätte ich Fieber.

»Ich habe es nicht getan! Das müssen Sie mir glauben«, flehe ich ihn an.

Ihn lässt das kalt. »Was ist passiert? Hat Brooke rausgefunden, wer Sie wirklich sind, und Sie mussten sie töten?«

»Nichts von alledem ist wahr.« Ich hebe meine gefesselten Hände, soweit es mir möglich ist. Die Schlinge zieht sich immer fester und fester, und je mehr er sagt, desto mehr verliere ich selbst den Glauben an meine Unschuld.

»Nun ja, bislang haben wir noch nicht das gesamte Archiv des Chatrooms durchgesehen, Charlotte. Aber ich bin zuversichtlich, dass wir die restlichen Lücken noch füllen werden ...«

»Haben Sie die anderen Mitglieder der Gruppe befragt? Die können bestätigen, dass ich vor Brooke, aber nach ihnen beigetreten bin.«

»Tja, das ist der Clou an der Sache, nicht wahr, Charlotte?«

»Ich verstehe nicht.«

»Ich befrage doch jetzt gerade alle Mitglieder des Chatrooms – abgesehen von Brooke. Ist es nicht so?« Ein unergründliches Lächeln huscht über seine Züge.

»Tut mir leid, ich will es Ihnen nicht absichtlich schwer machen, aber ich kann Ihnen wirklich nicht folgen.«

»Charlotte, die IP-Adressen der anderen Mitglieder lassen sich alle zu einem einzigen Server zurückverfolgen. Sie stammen von ein und demselben Rechner. Alle Mitglieder des Chatrooms waren in Wirklichkeit Sie allein. Ist es nicht so?«

»Was?« Mir wird schlecht. Schon wieder sackt mein Blutdruck ab, und ich spüre, wie mir im Nacken und an den Wangen der kalte Schweiß ausbricht. »Das ist doch wahnsinnig! Ich habe die Gruppe nicht ins Leben gerufen. Ich wüsste gar nicht, wie man so was macht, selbst wenn ich es wollte. Ich bin auch nicht die anderen Mitglieder. Wie ist so was überhaupt möglich?« Inmitten meiner Verwirrung und Angst spüre ich einen Hauch Erleichterung. Das ist alles so abwegig und hanebüchen und unwahr, dass Silvestri mir Glauben schenken *muss*.

Sein Telefon klingelt. Er dreht es um und wirft einen schnellen Blick auf das Display. »Da muss ich rangehen. Aber ich komme bald wieder. Warum nutzen Sie nicht die Zeit, um Ihr Gedächtnis zu durchforsten. Vielleicht erinnern Sie sich ja plötzlich wieder daran, wie all das angefangen hat. Ich kann mir vorstellen, dass eine ganz erstaunliche Geschichte dahintersteckt.«

Ich würdige ihn kaum eines Blickes, als er den Raum verlässt.

Vierundfünfzig

Wolcott

Als ich im Suffolk County Jail ankomme, wartet Silvestri schon auf mich. Nachdem ich mich ausgewiesen und in die Liste eingetragen habe, eskortiert uns ein Wärter den Hauptgang zu den Zellen hinunter. Mein Partner kann es kaum erwarten.

»Also, gehen wir alles noch mal durch«, sagt er. »Wir haben eine direkte Verbindung zu den toten Frauen. Und sie hatte in beiden Fällen Zugriff auf das Gift.«

»Das Motiv bei Brooke Harmon waren die schlechten Kritiken auf Yelp, die Charlottes Praxis enormen Schaden zugefügt haben, und die fortdauernde Belästigung«, füge ich hinzu.

»Bei Rachel Sherman ist die Motivlage allerdings weniger eindeutig. Wir wissen nicht, worum es bei ihrem Streit ging.«

»Richtig. Aber der Nachbar hat ausgesagt, dass Charlotte zur Tatzeit in Rachels Haus war. Und später am selben Abend hat sie mich in Bezug auf die Uhrzeit angelogen.«

»Vergessen wir auch nicht den Chatroom, mit dem sie Brooke Harmon ködern wollte.«

»Sieht ganz danach aus, als hätten wir ausreichend Beweise, um den Fall wasserdicht zu machen«, sagt er. »Gehen wir noch mal rein.«

»*Noch* mal?«, frage ich. »Warst du etwa schon bei ihr?«

»Nur um sie für dich aufzuwärmen.«

Fünfundfünfzig

Charlotte

Wieder allein, suche ich mir an der gegenüberliegenden Wand einen festen Punkt in Gestalt eines Stückchens abgeblätterter Farbe. Auf ihn konzentriere ich mich, um meine überreizten Nerven zu beruhigen. Mein Blick verschwimmt. Ich versuche den Kopf frei zu machen, aber ich muss die ganze Zeit an Rachel denken.

»Ich wünschte, du wärst hier. Ich weiß nicht, was ich tun soll«, sage ich zu dem leeren Stuhl auf der anderen Seite des Tischs. Natürlich ist die einzige Antwort auf mein Flehen Schweigen. Trotzdem stellen sich mir die Nackenhaare auf, als ich ein unverwechselbares Knistern von Energie in der Luft spüre. »Bitte, hilf mir!«

Ich schließe die Augen und stelle mir vor, wie wir zusammen im Garten sitzen, doch das einst so schöne und friedliche Bild wurde durch meinen Albtraum verdorben. Ich schlage die Augen wieder auf. Ein Schauer geht durch meinen Körper. Im linken großen Zeh spüre ich einen plötzlichen Schmerz wie von einem Stich, und mit dem Schmerz kommt die Erinnerung an ein Gespräch, das wir ganz zu Beginn unserer Freundschaft an der Akademie geführt haben, während Rachel ihre Fußreflexzonenmassage an mir übte.

»Was ist das für ein Punkt, an dem du da gerade arbeitest?« Sie hatte ein paarmal fest auf eine Stelle oben an meinem großen Zeh gedrückt, und ich merkte, wie die Energie durch meinen Fuß, meine Wirbelsäule entlang bis in mein Cranio-Sacral-Feld strömte.

Sie lachte. »War ja klar, dass du ausgerechnet nach dem Punkt fragst. Das ist der Akupunkturpunkt fürs Gehirn.«

Kurz zuvor hatte ich ihr von meinem früheren Leben als Chirurgin erzählt. Ich wollte nicht, dass jemand aus dem Kurs meinen Namen googelte und es zufällig herausfand. Sie war ziemlich überrascht und, so meinte ich zu spüren, auch ein wenig missbilligend.

Während sie sich dem anderen Fuß widmete, um dort denselben Punkt zu bearbeiten, fragte sie mich: »Was genau hat dich eigentlich daran gereizt, an den Gehirnen anderer Leute herumzuschnippeln?«

Ich gab ihr die übliche vorgefertigte Antwort, die mir jedes Mal wie eine Lüge erschien. »Ich fand die Chirurgie immer schon unglaublich faszinierend. Und das Gehirn ist das geheimnisvollste Organ des Menschen. Zumindest meiner Meinung nach.«

»Mir ging es immer so mit dem Herzen«, gab sie zurück.

»Aber du hast nicht beschlossen, daran herumzuschnippeln«, konterte ich.

»Welches Trauma hat dich dazu bewogen, dein halbes Leben mit einem Medizinstudium zu verbringen, damit du die Traumata anderer heilen kannst?«, fragte sie wissend.

Darüber musste ich erst mal nachdenken. Ich konnte mich gar nicht an eine Zeit erinnern, in der der Wunsch, Ärztin zu werden, kein integraler Bestandteil meiner persönlichen Geschichte gewesen war. Und solange ich denken konnte, hatte meine Mutter mich in diesem Vorhaben bestärkt. Doch an jenem Tag, als ich rücklings auf der Liege lag, während meine neue Freundin an meinem Fuß herumdrückte und ich ganz deutlich den Strom heilender Energie in meinem Körper spürte, überlegte ich, woran ich mich *wirklich* erinnern konnte und was mir nicht nur ein Leben lang immer wieder erzählt worden war.

»Ehrlich gesagt, weiß ich das gar nicht mehr so genau.« Ich versuchte, mir meine damaligen Gedankengänge oder ein einschneidendes Erlebnis vorzustellen, das in mir den Wunsch geweckt hatte, mein Leben der Aufgabe zu widmen, Menschen mit posttraumatischer Belastungsstörung zu helfen. Aber da war nichts als Leere.

Rachel ließ von meinem großen Zeh ab und kam um die Liege herum ans Kopfende.

»Hast du dich schon mal hypnotisieren lassen?« Ihre Augen leuchteten.

»Nein, aber auf der Uni habe ich viel darüber gelesen. Das Thema ist relativ gut erforscht. Es gibt einige kontrollierte Studien über die Wirkung von Hypnose bei der Raucherentwöhnung.«

»Und man kann damit verschüttete Erinnerungen wieder an die Oberfläche holen. Überrascht mich, dass ihr euch damit an der Gehirnschule nicht befasst habt.« Sie sagte es im Scherz, aber ich weiß noch, dass ich leicht gekränkt war.

»Haben wir doch. Es gibt reichlich Forschung über verdrängte Erinnerungen und ihre Wiederherstellung – aber da ist auch jede Menge Skepsis im Spiel.«

»Alles klar. Ich kann dir beibringen, wie man sich selbst hypnotisiert. Vielleicht können wir so das Geheimnis lüften, weshalb du unbedingt Gehirnchirurgin werden wolltest.«

Letzten Endes funktionierte es nicht mit der Selbsthypnose, aber es war ein bedeutender Tag für unsere Freundschaft. Der Tag, an dem unsere wahre Bindung begann.

»Wahrscheinlich gehörst du einfach zu den Menschen, die für

solche Dinge nicht besonders empfänglich sind«, meinte sie. »Vielleicht ist das gar nicht das Schlechteste.«

Jetzt frage ich mich, ob sie damit recht hatte.

Ich versuche mir vorzustellen, wie eine Woge der Ruhe über mich hinwegspült, während ich gleichzeitig die Augen schließe und die Zahl Zehn visualisiere. Ich brauche mehrere Anläufe, aber manchmal kann eine extrem hohe Cortisol-Ausschüttung bei der Selbsthypnose helfen, solange man weiß, wie man sie sich zunutze macht. Nach einigen Versuchen gelingt es mir mühelos. Während sich die Zehn langsam vor meinem geistigen Auge auflöst, öffne und schließe ich einmal ganz schnell die Augen, dann stelle ich mir die Zahl Neun vor, während ich eine neuerliche Woge der Ruhe herbeiwünsche. Sobald sich auch die Neun verflüchtigt hat, mache ich abermals ganz kurz die Augen auf und wieder zu. Diesen Vorgang wiederhole ich, bis ich bei der Eins angelangt bin. Ich bete, dass ich meine Nervenbahnen dazu bringen kann, etwas in meinem Gehirn freizulegen, das mir in meiner Situation hilfreich ist. Das vertraute Kribbeln und ein Gefühl des Losgelöstseins erfassen mich. Ich stelle mir vor, in einem Kinosaal zu sitzen und von der ersten Reihe aus eine Szene aus meinem Leben auf der Leinwand anzuschauen. In dieser Szene gehe ich die Gänge des Stony Brook Memorial Hospital entlang. Sechs Monate sind vergangen, seit ich nach meinem Zusammenbruch nach Stony Brook zurückgekehrt und wieder bei meiner Mutter eingezogen bin. Vor Kurzem wurde ich im Krankenhaus als Allgemeinmedizinerin eingestellt. Ich sehe, wie mein hoffnungsloses, niedergeschlagenes Selbst vor dem verschlossenen Medikamentenraum stehen bleibt und leise überlegt, für welchen rasch wirkenden chemischen Fluchtweg es sich entscheiden soll. Es ist der Tiefpunkt meines Lebens.

Ich folge mir, wie ich mit einer Tasche voll gestohlenen Dilaudids nach Hause fahre, meinen Laptop aufklappe, um eine Entschuldigungsmail an meine wenigen noch verbliebenen Freunde zu verfassen, und dabei auf eine Nachricht ganz oben in meiner Inbox stoße, bei der es sich ausnahmsweise nicht um Spam handelt. Sie kam von der Freundin einer Krankenschwester aus dem Bellevue. Ich konnte mich nicht mehr daran erinnern, ihr meine Kontaktdaten gegeben zu haben, aber weil ich die meiste Zeit auf Chlorpromazin gewesen war, hinterfragte ich die Sache nicht weiter. Sie schrieb mir, sie hätte vor einigen Monaten einen Online-Chatroom für Trauma-Überlebende gegründet, und unsere gemeinsame Bekannte hätte gemeint, ich könnte vielleicht Interesse daran haben.

Ich klickte den Link in der E-Mail an und gelangte an einen Ort, an dem ich zum ersten Mal seit Michelles Tod wieder Sicherheit und Geborgenheit erlebte. Hier waren Menschen wie ich, bei denen ich Hilfe und Verständnis finden konnte, die mit ihrer eigenen Schuld und Scham zu kämpfen hatten und sich offen, wenngleich anonym, über die schlimmsten Momente und düstersten Gedanken ihres Lebens austauschten. Innerhalb dieser virtuellen Schutzzone konnte ich von mir erzählen und fand Gehör, ohne verurteilt zu werden. Zunächst war ich vorsichtig, doch es dauerte nicht lange, bis ich den Chatroom brauchte, um durch den Tag zu kommen und nachts einschlafen zu können. Ich lachte und weinte mit Menschen, die mich verstanden. Menschen, die mir das Leben gerettet haben.

In den anderthalb Jahren, die ich brauchte, um halbwegs über das Erlebte hinwegzukommen, kommunizierte ich täglich mit ihnen. Ich gestand ihnen, dass ich keine Ärztin mehr sein wollte, aber nach wie vor das Bedürfnis hätte, Menschen zu heilen. Sie freuten sich für mich, als ich gleich an meinem ersten Tag im Zentrum für alternative Medizin eine Freundin fand und noch im selben Monat mein neues Haus bezog.

In meiner hypnotischen Trance beobachte ich mich dabei, wie ich immer weiter gesunde und immer glücklicher werde, wie ich mich in meinem neuen Leben einrichte, meine Praxis eröffne und meinen gesamten Lebensstil umkremple. Ich spüre die Bereitschaft, mich wieder zu verlieben, und die Gruppe ermuntert mich dazu, mit Männern auszugehen. Ich freue mich ganz besonders über ein neues Mitglied in der Gruppe, das genau wie ich oft spätabends noch wach ist und mit dem ich auch privat Nachrichten austausche, wenn alle anderen schon schlafen. Wir verstehen uns auf Anhieb. Sie und ich könnten uns ähnlicher nicht sein.

Irgendwann gesteht sie mir, dass sie in Wahrheit ein Mann ist, der sich in unserer Selbsthilfegruppe als Frau ausgibt, weil er im Netz keine Männergruppe gefunden hat, bei der er das Gefühl hatte, sich wirklich öffnen zu können.

Ich staune, wie wenig mich dieses Geständnis aus der Fassung bringt. Ein Teil von mir freut sich sogar. Er und ich haben über Anekdoten von unseren verrückten Müttern bereits eine Bindung zueinander aufgebaut und entdecken immer mehr kuriose Gemeinsamkeiten. Ich sehe, wie niedergeschmettert ich bin, als er der Gruppe plötzlich fernbleibt und sich auch bei mir nicht mehr meldet. Ich vermisse ihn sehr und schicke ihm eine private Nachricht, in der ich dies zum Ausdruck bringe. Zu meiner großen Erleichterung antwortet er und räumt ein, dass er mich ebenfalls vermisst habe. Ihm sei ein Stein vom Herzen gefallen, weil ich ihn wegen seiner Lüge nicht hasse, und er sei dankbar, dass ich sein Geheimnis für mich behalten habe. Er betont, wie wichtig es ihm sei, »jemanden zu haben, bei dem meine Geheimnisse absolut sicher sind«.

Es folgen regelmäßige Textnachrichten und schließlich Telefonate. Erst sprechen wir mehrmals die Woche miteinander, später dann jeden Tag. Irgendwann dreht sich mein gesamtes Leben nur noch um die Frage, wann er sich das nächste Mal melden wird. Ich lasse alle Bilder und Gedanken ruhig durch mich hindurchströmen. Ich beobachte, wie ich mich Hals über Kopf in einen Menschen verliebe, dem ich nie persönlich begegnet bin. Ein Mensch, von dem ich das Gefühl habe, dass er mich ganz und gar versteht, und der mich für das Leid, das ich verursacht, und die schrecklichen Fehler, die ich gemacht habe, nicht verdammt. Ein Mensch, der anfangs nur ein Alias war, über dessen Anblick ich mich jedes Mal freute – Openhearted2 –, bis er zu einem echten Menschen mit einem echten Namen wurde: Peter. Mit der Zeit wurden mir seine Worte und seine Stimme wichtiger als alles andere auf der Welt. Und sobald ich ihm restlos verfallen war und mein Wunsch nach einem Treffen immer größer wurde, zog er sich vor mir zurück und verschwand von der Bildfläche.

Er ist es gewesen, die ganze Zeit. Das alles geht auf sein Konto. Er hat mich benutzt, hat mit mir gespielt, sich an meinem Leiden aufgegeilt. Und ich war dumm und vertrauensselig genug, um auf ihn hereinzufallen. Dass ich die Wahrheit nicht erkannt habe, obwohl sie die ganze Zeit direkt vor meiner Nase war, ist ein schwerer Schlag für mich. Ich fange an zu zittern.

Silvestri betritt den Raum und holt mich in die Gegenwart zurück. Im Schlepptau hat er Wolcott, der mir ernst zunickt, ehe er sich geräuschvoll den noch freien Stuhl heranzieht. Silvestri bleibt an die Wand gelehnt stehen und beäugt zunächst seinen Kollegen, ehe sein Blick zu mir weiterwandert.

»Charlotte, wir haben noch einiges zu besprechen, und es ist das Beste, wenn Detective Wolcott zugegen ist.«

Wolcott beobachtet mich aufmerksam, sagt jedoch nicht gleich etwas.

Ich nicke schwach. Ich bin noch wie betäubt von den Erkenntnissen, die mir soeben gekommen sind. Ich habe nicht den Schimmer einer Ahnung, wie ich den beiden das erklären soll.

»Ich bin nur ungern das fünfte Rad am Wagen, aber es macht Ihnen doch sicher nichts aus, wenn ich dabei bin?«, wendet Wolcott sich an mich.

Ich bin kaum fähig, mich zu rühren, um ihm zu signalisieren, dass ich ihn gehört habe. Mein Kopf platzt fast, so voll ist er mit schrecklichen Wahrheiten. Mit all den Dingen, die ich für das eine gehalten habe, obwohl sie in Wirklichkeit etwas ganz anderes waren. Das ganze letzte Jahr hindurch habe ich in einer ausgefeilten, tödlichen Illusion gelebt. Sogar noch länger. Wann hat all das wirklich angefangen?

Peter. Aber warum? Mir bricht das Herz. Ich fasse mir an die Brust, und meine Handschellen rasseln.

»Müssen Sie aufs WC, oder wollen Sie sich vielleicht kurz die Beine vertreten?«, fragt Wolcott besorgt.

Ich schüttle den Kopf.

Silvestri klinkt sich ein. »Also dann. Gehen wir an den Anfang zurück. Reden wir darüber, wann Sie diesen Chatroom ins Leben gerufen und an welchem Punkt Sie Brooke Harmon als Teilnehmerin geködert haben.«

Brooke Harmon. Harmnoone82. Es gelingt mir nicht, meine Lunge mit ausreichend Luft zu füllen. Sie ist ein paar Monate nach Peters Abgang in die Gruppe gekommen. Wir haben schnell eine Verbindung zueinander aufgebaut. Ich hatte das Gefühl, als würde mein Kreis authentischer, liebevoller Wahlverwandter mit jedem Tag größer werden.

»Detective Silvestri.«

»Ja?«

»Wissen Sie noch, dass Sie mich gefragt haben, ob ich Single bin?« Ich sehe ihn nicht an. In Wolcotts Zügen zeigt sich eine seltsame Anspannung.

»Ich glaube nicht, dass ich es so formuliert habe, aber wenn mich nicht alles täuscht, haben Sie bei unserer ersten Begegnung angedeutet, dass es niemanden in Ihrem Leben gibt.« Er zieht die Brauen zusammen. »Ist das nicht der Fall?«

Ich halte meine Antwort noch einen Augenblick lang zurück, während ich darum ringe, die grausame Wahrheit über Peter anzuerkennen. Es gibt keinen Grund, noch länger ein Geheimnis daraus zu machen. Aus all den absurden, unlogischen, haarsträubenden Einzelheiten, die ich ihm in meiner Naivität geglaubt habe. Meine eigene Dummheit macht mich fassungslos.

»Ja. Das war gelogen.«

Jetzt habe ich ihre volle Aufmerksamkeit. Ich schaue von einem zum anderen. Wolcott macht ein neugieriges Gesicht, Silvestri blickt grüblerisch vor sich hin.

»Okay, Charlotte. Es gibt also einen Mann in Ihrem Leben, den Sie uns bisher verschwiegen haben. Ich nehme mal an, diese Person soll dabei helfen, Ihre Unschuld am Tod von Brooke und Rachel zu beweisen?«

»Ja.«

Ehe ich fortfahren kann, stößt Silvestri sich von der Wand ab und kratzt sich am Kopf. Ich rechne damit, dass er etwas sagen will, doch er schweigt nachdenklich.

»Ich glaube, dass die Person, mit der ich seit einem Jahr eine Beziehung führe, in irgendeiner Weise für ihren Tod verantwortlich ist.«

Silvestri verlagert das Gewicht von einem Fuß auf den anderen. Beide Detectives geben nichts preis, sondern warten darauf, dass ich fortfahre.

»Und ich glaube, dass er mir die beiden Morde in die Schuhe

schieben will.« Die Worte hängen bleischwer im Raum. Ich suche in ihren Gesichtern nach Anzeichen dafür, ob sie mir Glauben schenken, doch ich sehe nur Skepsis und Nachdenklichkeit.

»Warum will diese Person das?«

»Ich habe nicht die geringste Ahnung«, antworte ich.

»Und wie lautet der Name der Person, Charlotte?«

»Peter Stanton.« Es ist eine Erleichterung, es endlich laut auszusprechen.

»Und wo können wir diesen Mr Stanton finden?«

Schon ist es mit meiner Erleichterung vorbei, und mein Brustkorb schnürt sich zusammen. »Das weiß ich nicht.«

»Wieso nicht?«, fragt Wolcott sanft.

»Weil er verschwunden ist.«

Dennis' Augen werden schmal.

»Dann müssen Sie ihn uns beschreiben, damit wir sofort eine Fahndung rausgeben können. Falls dieser Mann tatsächlich was mit den Morden zu tun hat, ist es wichtig, dass wir ihn so schnell wie möglich ausfindig machen.«

»Das kann ich nicht«, sage ich leise.

»Wieso nicht?«

»Weil …« Meine Stimme zittert. »Ich ihm nie begegnet bin.«

Es ist, als wäre der Sauerstoff im Raum ausgegangen. Die Detectives fixieren mich einen quälenden Moment lang mit unergründlichen Mienen, ehe sie einen Blick wechseln und anscheinend in Gedanken eine Unterhaltung miteinander führen.

Ich sitze auf meinem Stuhl und mache mich so klein wie möglich. Doch abgesehen von meiner tiefen Scham verspüre ich auch ein wachsendes Gefühl der Erleichterung, das Unsagbare endlich gesagt zu haben.

Wolcott ist der Erste, der die mentale Verbindung unterbricht. Langsam dreht er sich zu mir herum. »Charlotte, nur damit absolute Klarheit herrscht. Sie hatten eine lange Beziehung zu einem Mann, dem Sie nie persönlich begegnet sind?«

Ich nicke. »Ja, das ist richtig.« Beschämt blicke ich in meinen Schoß.

Silvestri meldet sich zu Wort. »Und wie genau haben Sie diesen mysteriösen Mann kennengelernt?«

»Im Chatroom«, antworte ich.

»In der Frauengruppe?«

»Er hat sich zuerst als weibliches Mitglied ausgegeben«, flüstere ich.

Silvestri atmet scharf ein. »Charlotte, wollen Sie etwa behaupten, dass Sie den Mann, mit dem Sie seit einem Jahr in einer festen Beziehung sind, nicht nur nie persönlich gesehen haben, sondern dass er Sie auch noch von Anfang an belogen hat?« Er reibt sich mit einer Hand die Schläfe und hebt die andere in einer Geste der Ratlosigkeit.

»Ja.«

»Ich werde Ihnen jetzt keinen Vortrag darüber halten, wie leichtsinnig so was ist«, sagt er, an die Wand gerichtet.

Das ist auf schreckliche Weise komisch, weil »Peter« mir auch schon einen Vortrag über Menschen gehalten hat, die sich im Internet als jemand anders ausgeben. Natürlich. Ich hätte den Experten für Onlinebetrug niemals als Onlinebetrüger verdächtigt.

»Ich nehme an, dass es Nachrichten und Bilder gibt, die Sie uns zeigen können?«, hakt Silvestri weiter nach.

Mir rutscht das Herz in die Hose. »Nein, die gibt es nicht.«

»Wer hätte das gedacht!«, sagt er trocken.

Wolcott geht dazwischen. »Das ist ein Problem, Charlotte. Warum gibt es sie nicht?«

»Wir haben eine App verwendet, die alle Nachrichten nach zwölf Stunden automatisch löscht. Sie sind nicht zurückzuverfolgen. Peter hat darauf bestanden. Er meinte, es sei der sicherste Weg, zu kommunizieren.«

»Und standen Sie innerhalb der letzten zwölf Stunden mit Peter in Kontakt?«, will Silvestri wissen.

»Nein. Ich habe seit fast einer Woche nichts mehr von ihm gehört. Davor war es ein Monat.«

Silvestri und Wolcott tauschen einen Blick.

»Haben Sie jemals miteinander telefoniert?«, fragt Wolcott.

»Ja, aber er war immer derjenige, der angerufen hat.«

»Natürlich«, brummt Silvestri.

»War Peter Stanton möglicherweise verheiratet?«

»Nein.« Noch während ich dies sage, geht mir auf, dass ich überhaupt nicht weiß, ob es wahr ist. Nichts von dem, was er mir gesagt hat, stimmte, warum hätte er also in Bezug auf etwas derart Belangloses wie eine Ehe oder eine Familie die Wahrheit sagen sollen? Ich sterbe tausend Tode auf meinem Stuhl.

»Und warum hat er gesagt, es sei ›sicherer‹, eine selbst löschende Text-App zu benutzen?« Silvestri übernimmt wieder die Kontrolle über das Gespräch.

»Wegen seines Jobs.«

»Was für eine Tätigkeit übt Mr Stanton denn aus?« Inzwischen wirken die beiden belustigt. Ganz offensichtlich sind sie der Auffassung, dass ich mir das alles aus den Fingern sauge.

»Das weiß ich nicht genau.« Ich puste mir die Haare aus dem Gesicht, die mir in die Augen gefallen sind. »Mir gegenüber hat er behauptet, dass er für eine Regierungsbehörde arbeitet, die strenger Geheimhaltung unterliegt, deshalb durfte er mir keine Einzelheiten verraten.«

Silvestri und Wolcott wechseln einen Blick. Sie geben sich keine Mühe, zu verbergen, wie absurd sie das alles finden.

»Er hat mir aber immerhin erzählt, dass er Spezialist für virtuelle Kriminalität ist und sich in dem Chatroom als Frau ausgegeben hat, weil er verdeckt in einem Fall von Chatroom-Betrug ermittelt.«

Ich kann nicht sagen, ob ihre ungläubigen Mienen meiner vollkommen hanebüchenen Geschichte geschuldet sind oder meiner Dummheit, weil ich diesen Unsinn geschluckt habe.

»Hören Sie, ich weiß doch selber, wie verrückt das klingt. Ich muss das alles auch erst mal verarbeiten. Mir war nicht klar, dass Peter etwas mit den Morden zu tun hat, bis Sie mir eben von Brooke und dem Chatroom erzählt haben. Ich weiß nicht, wie er es gemacht hat, aber er muss es gewesen sein.«

Wolcott ergreift das Wort. »Okay, Charlotte, wir sind ganz Ohr. Spaßeshalber folgen wir Ihnen mal in diesen Kaninchenbau und schauen, wo uns das am Ende hinführt. Wir brauchen sämtliche Informationen, die Sie über ihn haben. Telefonnummern, Nachweise über seine Aufenthaltsorte ...«

»Und einen Beweis seiner Existenz«, wirft Silvestri ätzend ein.

Sechsundfünfzig

Silvestri

»Ich bin fast geneigt, ihr in Kreativität eine Eins zu geben«, sage ich lachend. Ich spreche bewusst leise, weil unsere Stimmen im leeren Flur widerhallen.

Mein Partner schnaubt. »Sparen wir uns die Bestnote lieber für Arroganz auf. Sie hat allen Ernstes versucht, uns diesen Geheimdienstschwachsinn zu verkaufen? Glaubt sie, wir schlafen auf dem Baum?«

»Ach, Wolcott. Es gibt halt viele Bäume auf Long Island ...«

»Schon gut, du Klugscheißer. Du weißt genau, was ich meine.«

»Sicher. Aber was hast du erwartet? Sie ist verzweifelt. Sie muss das Gefühl haben, dass sich die Schlinge um ihren Hals mit jeder Minute enger zusammenzieht.«

»Ja«, pflichtet er mir bei. »Na ja, ich würde zu gern wissen, mit welchen Geschichten sie aufwartet, wenn die Eltern der Verstorbenen ihr gegenübersitzen.«

»Sehr gut, Kumpel. Das Ass in unserem Ärmel. Geht es dir jetzt besser?«

»Ach, ich bin nicht wütend. Wenn, dann eher belustigt.«

»Gut«, sage ich. »Dann gehen wir mal und lassen die Bombe platzen.«

Wolcott reibt sich die Hände. »Das machen wir.«

Wir gehen den Flur entlang. »*There's a man who leads a life of danger / To everyone he meets he stays a stranger*«, singe ich.

Mein Partner dreht sich zu mir um und schneidet eine Grimasse. »Heb dir das für die Dusche auf, Silvestri.«

Siebenundfünfzig

Charlotte

Ich bin noch ganz taub von dem Gespräch mit den Detectives und meinen Entdeckungen über Peter und liege beinahe komatös auf meiner Pritsche, als Silvestri kommt, um mir mitzuteilen, dass die Harmons mich um ein Treffen gebeten haben. Ich zögere nur kurz, ehe ich einwillige. Ich weiß, dass ich womöglich nie wieder die Gelegenheit bekommen werde, sie persönlich um Verzeihung zu bitten, und tief im Herzen weiß ich, dass es die richtige Entscheidung ist. Das Wort »Zorn« ist vermutlich nicht stark genug, um zu beschreiben, was die Harmons für mich empfinden, und ich kann mir vorstellen, dass sie nur zu gerne für eine Weile mit mir und ein paar Baseballschlägern oder Ziegelsteinen in einem fensterlosen Raum alleine wären. Trotzdem. Die Zielscheibe ihres Hasses zu werden, fühlt sich vielleicht immer noch besser an als mein momentaner Gefühlszustand.

Es gab eine Zeit nach Michelles Tod, da habe ich mir nichts so sehr gewünscht wie eine Möglichkeit, mich bei ihrer Familie zu entschuldigen. Als ich wieder so weit bei Sinnen war, dass ich diesen Wunsch äußern konnte, lag meine Zeit im Bellevue bereits hinter mir, und die Klinik betrachtete alles, was mit Michelle zu tun hatte, als Schnee von gestern. Die Anwälte meines ehemaligen Arbeitgebers untersagten mir jeden Kontakt zu den Harmons. Stattdessen schusterten sie eine nichtssagende Beileidserklärung zusammen, die nach Abschluss des Falls veröffentlicht wurde. Die einzige Entschuldigung, die die Harmons jemals von mir bekommen haben, wurde von einem Krisenmanager formuliert und von mir lediglich unterzeichnet.

Am Tag des Eingriffs war Henry derjenige, der den Harmons – Brooke eingeschlossen – die Nachricht von Michelles Tod überbrachte. Eigentlich wäre das meine Aufgabe gewesen, aber ich war so aufgewühlt, dass ich keinen klaren Gedanken mehr fassen konnte. Deshalb blieb ich zurück, während er losging, um die schwerste Aufgabe zu erledigen, die ein Chirurg haben konnte. Aber er ließ mir auch gar keine andere Wahl. Er befahl mir, ich solle mich zusammenreißen und zurück an die Arbeit gehen.

Wieder und wieder kreisen meine Gedanken um diesen Moment. Ich wünschte, ich hätte damals die Kraft gehabt, Henry zu widersprechen und selbst zu den Harmons zu gehen. Es war meine OP gewesen, und folglich trug ich auch die Verantwortung.

Damals war ich erleichtert, dass Henry mir diese schwere Last abnahm. Es mussten einige Jahre vergehen, bis ich erkannte, wie er die gesamte Geschichte des Tages zu seinen Gunsten umgeschrieben hatte, angefangen bei dem Augenblick, in dem Michelle ihren letzten Atemzug tat.

Da war etwas an der Art, wie er sich nach dem Eingriff verhielt. Gespräche mit Patienten waren noch nie seine Stärke gewesen, aber er galt als dermaßen brillanter und souveräner Operateur, dass seine brüske Art in Kauf genommen wurde.

»Manchmal klappt es einfach nicht«, waren die weisen Worte, die mein Mentor und Geliebter nach Michelles Tod an mich richtete, und zwar mit derselben Gleichgültigkeit, als ginge es um einen Ketchupfleck auf seinem Lieblingshemd.

Sein kaltschnäuziges Verhalten nagte noch Monate danach an mir und zwang mich dazu, mich zu fragen, ob er der Mensch war, für den ich ihn gehalten hatte. Ein kühler Umgang mit Patienten war die eine Sache, völlige Empathielosigkeit eine ganz andere.

Meine Gedankengänge werden unterbrochen, als ein mir unbekannter Wärter die Tür zu meiner Zelle aufschließt. Er weist mich an, aufzustehen und ihm zu folgen. Mein Herz schlägt so laut und dumpf wie seine Schritte, als wir uns dem Besucherraum nähern und er mich zu einem Tisch bringt, an dem die Harmons bereits auf mich warten. Meine Handflächen sind schweißfeucht, und ich wische sie am synthetischen Material meiner Häftlingskluft ab – eine unnötige Maßnahme, da wir einander wohl kaum die Hände schütteln werden.

Kaum dass ich Platz genommen habe, schiebt Mr Harmon seinen Stuhl zurück, steht auf und beugt sich über den Tisch, bis er mir ganz nahe ist. »Ich sollte Sie umbringen für das, was Sie getan haben«, knurrt er.

»He! Kein Körperkontakt. Bleiben Sie auf Abstand, Sir!« Der stämmige Wärter, der im Besucherraum Wache schiebt, kommt auf uns zu. Im selben Moment zieht Mrs Harmon ihren Ehemann am Arm zurück. Er kehrt mir abrupt den Rücken zu und steht mit dem Blick zum Fenster. Seine Schultern sind bis zu den Ohren hochgezogen, und ich kann sehen, wie schnell er atmet.

Mrs Harmon erhebt sich von ihrem Platz, gesellt sich zu ihrem Mann, schmiegt sich an ihn und raunt ihm etwas ins Ohr.

»Ich kann das nicht, Kathy, tut mir leid.« Er strebt mit schnellen Schritten zur Tür, wo der Wärter abwehrend die Hand hebt.

»Sir, wenn Sie einmal den Raum verlassen, dürfen Sie nicht wieder rein.«

»Aus dem Weg!«, brüllt er. Der Wärter weicht zur Seite, ehe Mr Harmon davonstürmt.

Die einzige andere Familie im Besucherraum zeigt sich gänzlich unbeeindruckt von Mr Harmons dramatischem Abgang und blickt kaum von ihrem intensiven Gespräch auf.

»Mrs Harmon, was passiert ist, tut mir so unendlich leid. Ich weiß, dass es nichts gibt, was ich sagen kann, um es besser zu machen, aber ich hatte nie Gelegenheit, Ihnen zu sagen, wie sehr ich das mit Michelle bedauere.«

Ich muss mich zwingen, sie anzusehen. Sie hält meinen Blick fest. Ihre Augen sind voller Hass.

»Sagen Sie ja nicht ihren Namen«, faucht sie. »Außerdem bin ich gar nicht wegen Michelle hier.«

Eingeschüchtert verstumme ich und starre meine Hände auf der Tischplatte an.

»Ich würde meinem Mann erlauben, Sie zu erwürgen, wenn ich nicht der Ansicht wäre, dass das ein zu leichter Tod für Sie ist. Ich will, dass Sie für sehr lange Zeit im Gefängnis sitzen«, zischt sie.

Voller Scham versuche ich meine Stimme so zu modulieren, dass ich nicht wie das verängstigte kleine Mädchen klinge, das ihr in diesem Moment gegenübersitzt. Ich hole tief Luft.

»Mrs Harmon, ich schwöre, dass ich Brooke nichts getan habe. Ich bin ihr nie begegnet.« Ich will ihr sagen, dass ich jetzt, nachdem ich erfahren habe, dass Brooke und ich Freundinnen waren, ihren Verlust als ebenso schmerzlich empfinde. Aber ich weiß, dass ich nichts Schlimmeres tun könnte, als jetzt von meiner Trauer zu sprechen.

»Für mich ist jedes Wort, das aus Ihrem Mund kommt, eine Lüge. Sie sind ganz klar psychisch krank und leben in Ihrer eigenen Fantasiewelt, ohne Regeln oder Rücksicht auf andere Menschen. Aber Sie werden bald ziemlich hart auf dem Boden der Tatsachen landen.«

Sie greift in ihre Tasche. Im ersten Moment bleibt mir vor

Schreck fast das Herz stehen. Ich halte nach dem Wärter Ausschau und rechne damit, dass ich eine Messerklinge in die Drosselvene gerammt bekomme, noch ehe er mir zu Hilfe kommen kann. Doch stattdessen holt sie ein zusammengefaltetes Blatt Papier hervor, legt es auf den Tisch und schiebt es mir hin. Abermals werfe ich einen Blick zum Wärter, doch der ist mit seiner Aufmerksamkeit bei einem Besucher, der Probleme mit dem Getränkeautomaten hat, und schaut nicht einmal in unsere Richtung. Ich mache keine Anstalten, das Blatt zu nehmen.

»Ehrlich gesagt, Charlotte, wollte ich Ihr Gesicht erst sehen, wenn Sie im Gerichtssaal auf der Anklagebank sitzen und auf den Urteilsspruch warten. Sie sind ein böser Mensch.«

»Mrs Harmon, ich kann nachvollziehen, warum Sie mich hassen.«

»Ich wünschte, Sie könnten Ihr Leben gegen das meiner Tochter eintauschen. Aber Brooke war ein viel liebevollerer und großherzigerer Mensch als ich, und nur deshalb bin ich hier.« Sie zeigt auf das Blatt, ehe sie sich eine Hand aufs Gesicht presst und den Kopf schüttelt.

Ich falte das Papier auseinander und sehe, dass es sich um den Ausdruck einer an mich adressierten E-Mail handelt. Mein Blick springt bis zum Ende des Textes, und dort sehe ich Brookes Namen.

»Was ist das?« Ich habe zu große Angst, auch den Rest zu lesen.

»Das ist ein Brief von Brooke an Sie. Er war im Entwürfe-Ordner ihres Mailkontos gespeichert. Sie hat ihn erst kürzlich geschrieben, Ihre Behauptung, Sie wüssten nicht, dass sie in Ihrer Nähe gewohnt hat, klingt also nicht besonders glaubwürdig. Zumindest muss sie oft an Sie gedacht haben. Ich weiß nicht, was für Psychospielchen Sie mit ihr gespielt haben, aber nachdem ich die Mail gelesen hatte, ist mir klar geworden, dass ich Ihnen nichts sagen kann, was Ihnen mehr wehtut als die Erkenntnis, dass Brooke ein viel besserer Mensch war als Sie.«

Ich bin sprachlos, und der Raum verschwimmt vor meinen Augen, als ich versuche, mich auf die Worte zu konzentrieren. Ich wische mir die Tränen weg und schlucke. Der Kloß in meinem Hals ist so groß wie ein Apfel. Aus mehreren Gründen wäre es nicht gut, vor Mrs Harmon zu weinen. Sie sieht mich nicht an, also beginne ich zu lesen.

Liebe Charlotte,
ich schreibe diesen Brief nach sechseinhalb unerträglichen Jahren, die ich ohne meine große Schwester und beste Freundin Michelle leben musste. In dieser Zeit habe ich oft darüber nachgedacht, was ich Ihnen sagen würde, falls ich jemals die Gelegenheit dazu bekäme. Ich bin so lange wütend auf Sie gewesen, dass ich mich an das Gefühl gewöhnt und es wie meine Trauer ständig mit mir herumgetragen habe. Aber diese Wut wurde mit jedem Jahr schwerer, und jetzt bin ich endlich bereit, die Last abzuwerfen und wieder nach vorne zu schauen.

Nach Michelles Tod sind meine Eltern ins Ausland gegangen, weil sie einen Neuanfang brauchten. Ich war unfassbar zornig auf sie, weil sie nicht in der Nähe von Michelles Grab bleiben wollten, deshalb ist unser Verhältnis zerrüttet. Ich sah keinen Sinn mehr in meinem Leben, hatte keine Freude und schließlich auch keine Familie mehr. Ich konnte nicht arbeiten, meine Ehe ging in die Brüche. Ich hörte auf, mich mit meinen Freunden zu treffen. Ich hatte das Gefühl, dass Sie mir nicht nur meine Schwester, sondern mein ganzes Leben geraubt hatten.

Zu jedem Feiertag oder Geburtstag, zu jedem einschneidenden Ereignis, das ohne Michelle stattfand, war da dieser tiefe Zorn, der mich von innen auffraß. Ich wurde krank und verlor jede Hoffnung. Irgendwann spürte ich gar nicht mehr, dass ich die Schwester war, die noch lebte. Ich dachte, wenn ich Ihnen wehtun kann, werde ich damit vielleicht einen Teil der schrecklichen Schmerzen los, die Sie meiner Familie angetan haben.

Im letzten Jahr sind ein paar Dinge passiert, die diese Dunkelheit aus meinem Innern vertrieben haben. Ich habe Hilfe bei Menschen gefunden, die wissen, wie es ist, einen schrecklichen Verlust erlitten zu haben. Ich bin umgezogen, habe neu angefangen und festgestellt, dass ich tatsächlich noch lebendig bin.

Jetzt bin ich so weit, dass ich meine Wut hinter mir lassen kann. Ich möchte Ihnen vergeben. Ich akzeptiere, dass Ihnen ein schrecklicher Fehler unterlaufen ist, und wahrscheinlich würden Sie alles tun, um ihn ungeschehen zu machen.

Ich hoffe sehr, dass Sie sich inzwischen verziehen haben. Falls nicht, kann dieser Brief vielleicht ein Schritt in die richtige Richtung sein.

Brooke Harmon

Ich wische mir mit dem Handrücken über das Gesicht und hebe den Kopf. Mrs Harmon starrt mich mit kalten Augen an. Ich kann ihr nicht sagen, was ich gerne sagen möchte. Wenn ich mich bei ihr bedanke, löst das am Ende nur einen Wutanfall aus. Ich brauche lange, ehe ich die Sprache wiedergefunden habe.

»Ich weiß nicht, was ich dazu sagen soll. Das ist unglaublich.« Ich bin vollkommen überwältigt.

»Mein Ehemann fand es irrsinnig, Ihnen den Brief zu geben. Er findet, Sie haben eine solche Geste nicht verdient – nicht von uns und ganz sicher auch nicht von Brooke. Aber ich wollte Ihnen zeigen, was für einen Charakter Brooke hatte, damit Sie eines Tages, wenn Ihnen endlich bewusst wird, was Sie getan haben, mit der Schande leben müssen, dass sie bereit war, Ihnen zu vergeben.«

»Es tut mir so leid, dass sie tot ist. Es tut mir so unfassbar leid.« Ich wiege mich auf meinem Stuhl hin und her und verziehe vor Schmerz das Gesicht, als ich ein Pochen hinter meinen Augen spüre.

»Noch zwei Minuten. Kommen Sie langsam zum Ende«, verkündet der Wärter mit einer Stimme, die für den fast leeren Raum viel zu laut ist.

»Bitte, glauben Sie mir, Mrs Harmon, ich tue alles, damit derjenige gefunden wird, der für Brookes Tod verantwortlich ist. Ich hatte keinen Grund, ihr etwas anzutun. Ich würde niemals jemandem ein Leid zufügen ...«

Von jetzt auf gleich ist sie aufgesprungen und unterbricht meinen verzweifelten Appell.

»Ich hoffe, Sie leiden jeden Tag für das, was Sie uns angetan haben«, speit sie die Worte aus. »Meine Tochter hat Ihnen vielleicht verziehen, aber *ich* werde Ihnen niemals verzeihen, solange ich lebe.«

Achtundfünfzig

Wolcott

»Silvestri!«, brülle ich aufgeregt ins Telefon.

»Wollte dich gerade anrufen«, gibt er zurück. »War ein arbeitsreicher Tag hier. Christina, die Kellnerin aus dem Diner? Die ist nach ihrem Intermezzo mit dem Beikoch wieder aufgetaucht und war heute auf dem Revier, wegen der Nachrichten, die wir ihr hinterlassen haben.«

»Silvestri …«

»Ich zeige ihr also ein Foto von Brooke Harmon, aber sie kann sich nicht erinnern. Behauptet, sie sei die ganze Schicht über komplett zugedröhnt gewesen. So glasig, wie ihre Augen waren, habe ich ihr das auch anstandslos geglaubt.« Er lacht leise. »Also leider eine Sackgasse.«

»Silvestri, kannst du mal kurz die Klappe halten?«

Es entsteht eine Pause, während am anderen Ende mit Papier geraschelt wird. »Was gibt's denn?«, fragt er.

»Charlotte war es nicht.«

»Was?«, fragt Silvestri zaghaft.

»Der zeitliche Ablauf stimmt nicht. Fisk hat gerade bestätigt, dass Rachel Sherman am fünften Oktober um zweiundzwanzig Uhr getötet wurde. *Du* bist Charlottes Alibi.«

Mein Partner zögert lange. Als er endlich spricht, klingt er deutlich munterer als zuvor. »Ach du heilige Scheiße! Das ist ja ... Aber warte mal, was ist mit ihrem Wagen?«

»Das war auch mein erster Gedanke. Ich bin die Chronologie des Abends noch mal rückwärts durchgegangen, ab dem Zeitpunkt, als du bei ihr ankamst. Ich habe sogar Abby gebeten, es zu überprüfen. Sobald ich die Bestätigung hatte, habe ich bei Rachel Shermans Nachbarn angerufen, um mich zu vergewissern, dass er sich nicht in der Zeit geirrt hat. Weißt du noch, wie er uns gesagt hat, er sei unmittelbar davor erst aus Chicago zurückgekommen?«

»Ja.«

»Aber als ich noch mal nachgehakt habe, ist ihm eingefallen, dass er seine Uhr noch nicht umgestellt hatte. Er lag um eine Stunde daneben. Keine Ahnung, warum das Auto ...«

»Ach du Scheiße! Warte mal.«

»Was ist denn?«

»Bei unserem ersten Gespräch mit dem Nachbarn war ich so verwirrt, dass ich gar nicht daran gedacht habe, aber als ich an dem Abend zu Charlotte gefahren bin, stand ihr Auto nicht in der Einfahrt. Sie hat gesagt, sie habe für die Rückfahrt ein Uber genommen.«

»Die Rückfahrt von Rachel Sherman?«

»Hat sich nicht so angehört, aber so muss es wohl gewesen sein.«

»Tja«, sage ich. »Das können wir klären, sobald wir sie aus dem Gefängnis rausgeholt haben.«

»Bin schon unterwegs.«

Neunundfünfzig

Charlotte

Als wir vor meinem Haus halten, kann ich mich kaum noch an die Heimfahrt erinnern. Ich weiß nur noch, dass Detective Silvestri die ganze Zeit angespannt und schweigsam war. Weder er noch ich hatte viel zu sagen. Er hat sich lediglich ein paarmal geräuspert, und ich habe »Danke« oder »Nein danke« gesagt.

Es fühlt sich seltsam an, wieder meine eigenen Sachen zu tragen und mein Handy und meine Tasche in den Händen zu halten. Ich habe mich schon fast daran gewöhnt, nichts zu besitzen. Der Akku meines Telefons ist leer, deshalb konnte ich noch nicht schauen, ob ich in der Zwischenzeit Nachrichten bekommen habe, aber für den Fall, dass Peter anruft, lässt die Polizei den Anschluss überwachen. Ich rechne nicht mehr damit, dass er sich bei mir meldet, aber vielleicht habe ich mich einfach nur daran gewöhnt, von ihm mit Nichtbeachtung gestraft zu werden – vor allem, wenn es schwierig wird. Und selbst wenn er mit mir Kontakt aufnimmt, rechnet er vermutlich damit, dass ich unter Polizeibewachung stehe. Ob er denkt, dass ich währenddessen in einer Gefängniszelle sitze oder nicht, kann ich mir im Moment nicht ausmalen. Sein Spiel war so ausgeklügelt, dass ich nicht einmal gemerkt habe, dass ich es spiele. Und ich habe nicht die leiseste Ahnung, wie sein nächster Zug aussehen könnte.

Silvestri hat darauf bestanden, mich persönlich nach Hause zu bringen, und ich war zu erschöpft, um Widerstand zu leisten. Obwohl ich keine Verdächtige mehr bin, habe ich ihn gebeten, auf der Rückbank Platz nehmen zu dürfen. Ich konnte es nicht ertragen, neben ihm zu sitzen. Vor nicht einmal vierundzwanzig Stunden hat er mich noch für eine Mörderin gehalten.

Bei mir angekommen, räuspert er sich abermals, ehe er den Motor ausschaltet, mir die hintere Tür öffnet und die Hand entgegenstreckt. Ich ignoriere die Geste und gehe an ihm vorbei die Einfahrt entlang. Hinter mir knirschen seine Schuhe auf dem Kies, und ich trete einen Schritt zur Seite.

»Ich wette, Sie freuen sich, heute Nacht wieder in Ihrem eigenen Bett schlafen zu können.« Er behandelt mich so behutsam wie ein verletztes Vögelchen. Wahrscheinlich sollte ich mich darüber freuen, aber meine warmen Gefühle für ihn sind einer dumpfen Gleichgültigkeit gewichen. In den letzten paar Tagen habe ich zu viele emotionale Extremsituationen erlebt, und jetzt bin ich einfach nur noch müde.

»Ich bin heilfroh, wieder zu Hause zu sein«, sage ich matt. Mein Rücken tut höllisch weh, was viel zu meiner schlechten Laune beiträgt.

Die Detectives waren sichtlich betreten, als sie sich bei mir entschuldigten und mir erklärten, dass ich gehen dürfe. Ich war von meinem Treffen mit Kathy Harmon noch so aufgewühlt, dass ich ihre Ausführungen bis auf den Satz »Sie sind frei« gar nicht wahrnahm. Wahrscheinlich sollte ich mehr Freude und Erleichterung empfinden, weil ich vom Vorwurf des Mordes entlastet bin, doch in meinem Kopf tobt ein einziges Gefühlschaos, und keins dieser Gefühle ist auch nur im Entferntesten positiv oder angenehm.

Und obwohl ich keine Mordverdächtige mehr bin, lauert Peter

noch irgendwo da draußen und verfolgt wahrscheinlich jeden meiner Schritte.

Der Streifenwagen, der uns bis zu meinem Haus gefolgt ist, wartet mit laufendem Motor am Straßenrand. Als ich mich umdrehe, bemerke ich den Polizisten am Steuer. Er sieht nicht älter aus als dreizehn. Seine Partnerin sieht noch jünger aus und hat sich die schwarzen Haare zu einem strengen Knoten frisiert. Die beiden plaudern und beobachten uns. Silvestri winkt ihnen, woraufhin der Polizist mit dem Kindergesicht den Motor ausschaltet. Ich meide jeden Blickkontakt und schaue stattdessen in Richtung Haus.

»Smith und Tedesco sind gute Leute. Sie werden rund um die Uhr vor Ihrem Haus stehen. Falls Ihnen jemand oder etwas Verdächtiges auffällt, geben Sie uns sofort Bescheid, dann sichern wir die Umgebung. Im Haus haben wir uns schon umgesehen, dort ist alles in Ordnung. Ihre Mutter war sehr entgegenkommend. Sie müssen zu keinem Zeitpunkt um Ihre Sicherheit fürchten.«

»Ich weiß nicht.« Ich werfe einen Blick zum Auto meiner Mutter, das mitten in der Einfahrt parkt. Ich hatte gehofft, dass sie längst weg sein würde, doch wie immer hat sie meine Träume erfolgreich zum Platzen gebracht.

»Warum?«, fragt er besorgt.

»Der Anruf kommt aus dem Haus«, scherze ich trocken.

Er lacht leise. »Kommen Sie klar?«

»Wahrscheinlich nicht. Aber alles ist besser als der Ort, an dem ich die letzten zwei Tage verbracht habe.«

Er nickt teilnahmsvoll. »Wohl wahr.« Ich glaube einen Anflug von Schuldgefühlen in seinen Zügen wahrzunehmen, doch es kann auch sein, dass das reines Wunschdenken ist.

»Soll ich Sie noch hineinbegleiten?«, bietet er an.

Ich schüttle trübsinnig den Kopf.

»Vielleicht kann ich ihr die Lage auseinandersetzen, dann müssen Sie es nicht tun?« Er bemüht sich redlich, und ich lasse ihn einfach auflaufen.

Wut steigt in mir hoch. »Vielleicht könnten Sie es *mir* bei der Gelegenheit auseinandersetzen, wenn Sie schon mal dabei sind?«

Meine hitzige Reaktion überrascht ihn, doch er geht nicht weiter darauf ein. »Also gut. Wenn Sie das Haus verlassen, gehen Sie nicht zu weit weg«, sagt er freundlich.

»Wo sollte ich denn hingehen?«

Ich sehe ihm direkt ins Gesicht und wundere mich selbst über meinen wachsenden Zorn. Ich bin übernächtigt und ausgelaugt. Mit den Kräften am Ende. In diesem Zustand kommt mir jeder wie ein Feind vor.

»Tut mir leid. Schlafen Sie sich richtig aus. Wir müssen dann noch mal mit Ihnen reden.«

»Aha. Wann?« Je näher ich meiner Mutter komme, desto mehr scheine ich unbeabsichtigt ihre Art zu übernehmen.

»Wir hätten gern, dass Sie so bald wie möglich zu uns kommen – wenn es Ihnen etwas besser geht, versteht sich. Wäre das in Ordnung?« Er wirkt nervös und verlegen, und auf einmal habe ich ein schlechtes Gewissen, weil ich meine Wut an ihm auslasse. Ich sammle mich und versuche, die Situation aus einer anderen Perspektive zu betrachten.

»Ich möchte alles tun, um zu helfen«, sage ich.

»Unser IT-Experte versucht Ihre Chatarchive wiederherzustellen und Peter auf diesem Weg aufzuspüren. Dazu hätten wir gerne Ihren Input, vielleicht fällt Ihnen was auf, was wir übersehen.«

»Okay. Aber ich glaube wirklich nicht, dass ich die Richtige bin, um das, was Peter tut oder sagt, angemessen zu beurteilen.«

»Sie kennen den Mann besser als wir alle zusammen. Vielleicht hat er unbewusst etwas preisgegeben, was Ihnen zu dem Zeitpunkt gar nicht klar war.«

Meine Reaktion darauf fällt deutlich emotionaler aus als erwartet, und ich bedecke das Gesicht mit der Hand.

»Tut mir leid, Charlotte. Ich weiß, Sie haben gerade viele Verluste zu verkraften.«

»Ich *dachte*, ich würde ihn kennen. Ich schäme mich so, weil ich zugelassen habe, dass sich die Dinge so weit entwickeln. Ich war eine Gehirnchirurgin, verdammt noch mal! Rachel wusste, dass was mit ihm nicht stimmt, und hat versucht, mir zu helfen. Ich hätte auf sie hören sollen.« Ich scharre mit der Spitze meines Clogs im Kies.

Silvestri legt mir eine Hand auf die Schulter. »Sie trauern. Quälen Sie sich nicht noch zusätzlich mit solchen Gedanken. Sie glauben gar nicht, wie viele kluge, warmherzige, ehrliche Menschen von solchen Schweinen getäuscht werden. Bei so was geht es nicht in erster Linie um Intelligenz, sondern um Vertrauen und Verletzlichkeit.«

»Das ist sehr nett von Ihnen, aber es ändert nichts an der Tatsache, dass ich mein Herz an jemanden verschenkt habe, dem ich nie begegnet bin. Im Nachhinein kann ich es selbst kaum glauben.«

»Dieser Kerl ist ein Soziopath im allerschlimmsten Sinne, ein Betrüger und möglicherweise auch ein kaltblütiger Mörder, der sich für klüger hält als den Rest der Welt. Er spielt ein langfristiges Spiel und hat es auf Leute abgesehen, die seine Intelligenz bedrohen.« Nun legt er auch die andere Hand auf meine Schulter und drückt mich sanft.

»Wenn ich nur wüsste, weshalb er mein Leben zerstören will. Das ergibt doch keinen Sinn. Warum macht er sich die ganze Mühe?«

»Das werden wir alles herausfinden.«

»Ich will, dass er gefasst wird, damit er niemand anders mehr wehtun kann.«

»Und Ihnen auch nicht.« Er blickt mir in die Augen.

»Ich glaube nicht, dass er sich bei mir melden wird – erst recht nicht, wenn er rausfindet, dass ich vom Verdacht des Mordes an Brooke und Rachel befreit bin. Nicht, dass ich wüsste, wer er ist, wenn er an meiner Tür klingeln würde.« Ich erschauere unwillkürlich.

»Das ist es, was mir am meisten Kopfzerbrechen macht.« Seine Miene wird düster.

»Im Grunde gibt es nichts mehr, was er mir noch antun kann«, erwidere ich niedergeschlagen.

Silvestri mustert mich voller Sorge. »Das sehe ich anders.«

• • •

Es ist früh. Ich liege im Bett und bin unendlich erleichtert, wieder zu Hause zu sein. Ich höre, wie meine Mutter die Badewanne einlässt und einen Song aus einem Musical singt, dessen Namen ich nicht kenne, der aber alte Kindheitserinnerungen in mir weckt. So erstaunlich es auch klingt: Sie hat mich seit meiner Rückkehr in Ruhe gelassen.

Ich scrolle durch Fotos von Rachel auf meinem Handy. Darunter sind Aufnahmen von einem Yoga-Retreat, an dem wir vor einigen Jahren teilgenommen haben, von einem Trip nach Sedona vor zwei Wintern und von unserem Schweigemeditations-Workshop in Woodstock letztes Frühjahr. Jedes der Bilder löst eine regelrechte Gefühlslawine in mir aus, von Verzweiflung zu Trauer zu Liebe zu tiefer Dankbarkeit für die vielen wunderbaren Dinge, die ich mit ihr erleben durfte. Und auch Wut ist dabei, weil ich jetzt ohne meine Freundin weiterleben muss. Ich öffne eine Nahaufnahme von ihrem Gesicht. Sie lächelt strahlend und sieht so unglaublich frei und glücklich aus. Sie hat mich oft daran erinnert, was für ein Glück sie hatte, ein zweites Leben und eine zweite Chance geschenkt bekommen zu haben.

»Gib mir ein Zeichen, dass du noch da bist, Rachel. Bitte.«

Ich sitze einige Minuten lang mit geschlossenen Augen da, ehe ich ein blechernes Klingeln aus meinem Gästezimmer beziehungsweise Büro höre, in dem sich meine Mutter für die Dauer ihres Aufenthalts häuslich eingerichtet hat. Es dauert eine Minute, bis mir klar wird, dass es das Festnetztelefon ist. Die Vorbesitzer haben den altmodischen Apparat hiergelassen, und da die Internetverbindung im Tarif mit inbegriffen war, habe ich den Anschluss behalten, zumal mir das einfacher erschien, als dem Anbieter zu kündigen.

»Auch nützlich im Falle einer Zombie-Apokalypse oder falls mal der Strom ausfällt«, witzelte Rachel kurz nach meinem Einzug, als ich vom Festnetz aus ihr Handy anrief, um herauszufinden, welche Nummer ich hatte. Hin und wieder rief sie mich auf dem Apparat an, weil sie es so herrlich altmodisch fand.

Als ich dem Geräusch nachgehe, fühle ich mich beflügelt von der Möglichkeit, dass es tatsächlich Rachel sein könnte, die sich aus einer anderen Dimension meldet. Erst als meine Hand schon den Hörer berührt, geht mir auf, dass ich mein Handy holen und Silvestri umgehend eine Nachricht schicken sollte. Denn mindestens ebenso plausibel wie die Vorstellung, meine tote Freundin könnte aus dem Jenseits Kontakt zu mir aufnehmen, ist die Möglichkeit, dass Peter anruft.

Mitten im nächsten Klingeln nehme ich ab.

»Hallo?«

Stille.

»Rachel?« Im nächsten Moment komme ich mir albern vor. Ich erhasche einen Blick auf mich im Spiegel, wie ich den Hörer ans Ohr halte, und fühle mich in meine Jugend zurückversetzt.

»Charlotte?«, sagt eine Männerstimme am anderen Ende, und in meinem Magen fängt es heftig an zu brodeln. Ich setze mich auf die Bettkante.

»Peter?« Ich muss schlucken.

»Nein, hier ist Jack«, antwortet er sanft. »Ich wollte mich nur mal nach Ihnen erkundigen und fragen, wie es Ihnen geht. Als ich zurück in Ihr Zimmer kam, waren Sie schon nach Hause gegangen.«

Wenn er sich immer noch mit seinem falschen Namen meldet, kann das nur bedeuten, dass er noch nicht mit Schwester Murphy gesprochen hat. Ich bin versucht, ihn mit Dr. Lyons anzureden, nur um zu hören, wie er darauf reagiert, doch am Ende entscheide ich mich dagegen. Dafür versuche ich mir vorzustellen, wie er an meine Nummer gekommen sein könnte. Ich wüsste nicht, dass sie irgendwo gelistet ist.

Ich beschließe, ihn nicht danach zu fragen. Was Männer angeht, die nicht sagen, wer sie wirklich sind, habe ich derzeit definitiv andere Prioritäten. Ich möchte ihn einfach nur möglichst schnell wieder loswerden.

»Das ist nett von Ihnen, aber komplett unnötig. Mir geht es bestens.« Das Wort *bestens* kommt mir etwas schwer über die Lippen.

»Gut. Freut mich, dass es Ihnen besser geht.« Er zögert. »Hören Sie, ich wollte Ihnen einfach nur noch mal sagen, wie leid mir das mit Rachel tut. Ich habe auch schon Menschen verloren, die mir nahestanden. Das ist unglaublich hart, vor allem, wenn es enge Freunde sind. Sie war bestimmt sehr froh, eine Freundin wie Sie zu haben.«

Es ärgert mich, dass dieser Mann seine Nase in Dinge steckt, die ihn nichts angehen. »Danke, ja, es ist momentan nicht leicht …« Ich breche ab.

»Wann haben Sie denn vor, wieder arbeiten zu gehen? Ich würde sehr gerne wieder in die Praxis kommen und da weitermachen, wo wir letztes Mal aufgehört haben«, sagt er. »Meine Schulter bringt mich allmählich um, und die Nervosität vor den OPs wird immer schlimmer. Ich verspreche Ihnen auch, keine blöden Witze mehr über menschliche Nadelkissen zu machen.« Er hält inne, um zu lachen. Ich steige nicht darauf ein.

»Also … das jetzt eben war der letzte.«

»Ich kann noch nicht genau sagen, wann ich wieder in die Praxis komme. Anfang nächster Woche vielleicht. So weit bin ich noch nicht. Aber Sie können gern unsere Website besuchen und über das Online-Formular einen neuen Termin buchen. Ich sorge dafür, dass die entsprechenden Daten verfügbar sind.«

»Also gut. Dann versuche ich es weiter.« Er klingt irgendwie frustriert, vielleicht sogar ein bisschen verärgert. Aber das kann ich mir im Moment nicht auch noch aufbürden. Das Gespräch dauert ohnehin schon länger, als mir lieb ist.

»Jack, ich muss jetzt wirklich Schluss machen.«

»Ich denke an Sie, Charlotte. Vielleicht komme ich nächste Woche einfach mal spontan vorbei, um mich zu vergewissern, dass es Ihnen gut geht«, sagt er freundlich.

»Tschüs«, verabschiede ich mich rasch.

Ich habe kaum den Hörer aufgelegt, als mir bewusst wird, dass ich Jack gegenüber nie erwähnt habe, dass meine »gute Freundin« Rachel heißt.

•••

Ich weiß nicht, was ich von Jack Doyle halten soll oder wer er ist, aber ich beschließe, zur Sicherheit Silvestri anzurufen und ihm von dem seltsamen Anruf zu berichten. Doch sobald ich mein Handy entsperrt habe, wird mir das Herz schwer, denn Rachels Gesicht füllt mein Display aus, und ich stürze ein weiteres Mal in den Kaninchenbau der Erinnerungen, den die Bilder mit sich bringen. Ich durchforste Rachels Fotos nach solchen, die sich für die Trauerfeier verwenden lassen, von der ich mir momentan nicht einmal im Traum vorstellen kann, sie zu organisieren. Wie betäubt erstelle ich einen neuen Fotoordner mit dem Titel »Rachel« und schiebe ihn zwischen die zwei bereits existierenden Ordner »P« und »Rechnungen«. Im nächsten Moment bleibt mir fast das Herz stehen. Ich klicke auf den »P«-Ordner, dessen Existenz ich komplett vergessen hatte. Darin: zwei Fotos von Peter aus der Anfangszeit unserer Beziehung – wenn man es überhaupt so nennen kann. Damals habe ich die ersten beiden Bilder, die er mir geschickt hat, abgespeichert, bevor er mich davon überzeugte, zur Specter-App zu wechseln, bei der alles automatisch gelöscht wird. Ich wollte sie Rachel zeigen und die Möglichkeit haben, sein Gesicht anzuschauen, wenn ich nicht mit ihm sprechen konnte.

Mit zitternden Fingern schreibe ich Silvestri eine Nachricht und hänge die Fotos an. Ich bin aufgeregt, weil ich doch Beweise für Peters Existenz habe, und zugleich todtraurig, als ich mir die Fotos anschaue. Ich habe ein Jahr meines Lebens damit verbracht, dieser Person zu schreiben, mit ihr zu reden, Pläne zu schmieden, von ihr zu fantasieren und mich nach ihr zu sehnen. Ein ganzes Jahr, und noch dazu war es die längste und intensivste Beziehung, die ich je hatte. Vermutlich ist das der Grund, weshalb ich auf ihn hereingefallen bin. All die Jahre, während meine Altersgenossen die Pubertät durchmachten, die erste große Liebe und den ersten Betrug erlebten und schließlich durch all die Höhen und Tiefen von Sex, Beziehung und Heirat navigierten, habe ich immer nur gelernt.

Ich lege mich hin, genieße die himmlische Weichheit meines eigenen Betts und schließe die Augen.

Sechzig

Silvestri

»Der Kerl muss die ganze Zeit direkt vor unserer Nase gewesen sein.«

Wir haben uns wieder in den Vernehmungsraum zurückgezogen und arbeiten uns durch die Protokolle des Chatrooms, in der Charlotte und Brooke Harmon Mitglieder waren. Clarence sitzt vor einem aufgeklappten Laptop und hilft uns dabei, uns zurechtzufinden. Wolcott und ich schauen ihm über die Schulter, Charlotte sitzt neben ihm am Tisch. Sie hat sich bereit erklärt, aufs Revier zu kommen und die Chats gemeinsam mit uns durchzugehen, in der Hoffnung, dass wir so vielleicht auf eine Spur aus Brotkrumen stoßen, die uns zum Täter führt.

»Hier ist das Ding«, sagt Clarence. »Wer auch immer es war, hat den Server ausgetrickst. Soweit wir *hieran* ablesen können«, er weist mit einem Kopfnicken auf den Bildschirm, »kommen die Nachrichten aus Kambodscha.«

»Wie hat er das gemacht?«, will Wolcott wissen.

»Im Wesentlichen hat er die IP-Adresse gefälscht, damit es so aussieht, als würden die Nachrichten von einem anderen Ort kommen. Aber das ist noch nicht mal das Verrückteste.« Clarence holt scharf Luft.

»Ach nein?«, sagt Wolcott.

»Wisst ihr noch, wie ich euch gesagt habe, dass alle Nicks

von derselben IP-Adresse aus erstellt wurden, bis auf diesen einen hier?«, fragt er und zeigt auf »Woundedhealer« – der Name, von dem wir inzwischen wissen, dass er Charlotte gehört.

»Richtig.« Ich nicke.

»Also«, fährt er fort. »Ich bin noch weiter zurückgegangen. Wie sich rausstellt, kamen bis zum ersten Oktober auch alle Nachrichten von ›Harmnoone82‹ von einer anderen Adresse. Danach ist es dieselbe Adresse wie die anderen.«

»Nachdem sie ermordet worden ist …« Charlotte verstummt benommen. Ihr Tonfall spiegelt die grausige Realität der Situation wider.

»Mein Gott«, entfährt es Wolcott.

»In Wahrheit habe ich die ganze Zeit also nur mit Peter gechattet.« Charlotte erschauert.

»Wer auch immer ›Peter‹ in Wirklichkeit ist«, ergänze ich. Mein Blick sucht ihren. Ich empfinde tiefes Mitgefühl mit ihr. Ich war genauso überzeugt wie Wolcott, dass sie in die Sache verwickelt ist, und kann mir nicht vorstellen, wie es die letzten Tage für sie gewesen sein muss, allein und verängstigt im Gefängnis zu sitzen und mit ihren Unschuldsbeteuerungen immer wieder auf taube Ohren zu stoßen. Für jemanden in ihrer Lage scheint sie sich gut erholt zu haben, auch wenn man merkt, dass ihre Nerven noch angeschlagen sind.

»Ja, was das angeht …«, sagt Clarence. »Die Fotos, die ihr mir gegeben habt?« Er deutet zu den zwei Bildern auf dem Monitor – es sind die, die Charlotte uns geschickt hat. »Stockfotos, wie sich rausstellt. Wer auch immer dahintersteckt, hat sie irgendwo kopiert und sie als seine ausgegeben. Kommt bei Internetbetrügern oft vor.«

Ein lautes Keuchen lässt mich zu Charlotte schauen. Sie schüttelt sich, dann weicht ihr alles Blut aus dem Gesicht, und sie scheint förmlich in sich zusammenzufallen.

»Okay«, sagt Wolcott im Bemühen, ihr Unbehagen zu lindern. »Zurück zum Thema. Potenzielle Verdächtige. Zeit, die Beteiligten mit neuen Augen zu betrachten.«

»Da wäre zum einen Henry Thornton«, sage ich. »Er hat das Hotel-Alibi, auch wenn seine Freundin nervös klang, als ich mit ihr gesprochen habe.« Ich nehme mir vor, noch einmal bei ihr nachzuhaken, dann wende ich mich an Charlotte. »Sie haben mit ihm zusammengearbeitet. Denken Sie, er wäre zu so einer Tat fähig?«

Sie denkt lange nach. »Ich weiß es nicht. Aber ich habe gelernt, dass sein Mangel an Empathie bedeutet, dass er zu vielen Dingen fähig ist, die ich ihm anfangs nicht zugetraut hätte.«

»Das sollten wir auf alle Fälle mit einkalkulieren. Okay, Annie Forester. Ich habe ihren Streaming-Verlauf auf Amazon überprüft. Sie hat am Abend des Mordes wirklich einen Film bestellt, so wie sie uns gegenüber ausgesagt hat.«

»Kein wasserdichtes Alibi, aber darauf können wir später noch zurückkommen. Was ist mit Stacy Phillips? Die haben wir immer noch nicht aufgespürt.«

»Entschuldigung«, geht Charlotte dazwischen. »Haben Sie gerade ›die‹ gesagt?«

»Ja«, sagt Wolcott. »Die OP-Schwester.«

»Aber ... Stacy Phillips ist ein Mann.«

Clarence schaut mit großen Augen zwischen Charlotte und meinem Partner hin und her. »Krass. Und ihr dachtet ...« Er schüttelt den Kopf und muss sich das Lachen verkneifen. »Unbezahlbar.«

»Tja. Sieht so aus, als stünden wir jetzt wie zwei ziemliche Idioten da«, meint Wolcott mit hochroten Wangen. »Wahrscheinlich war es deshalb so schwer rauszufinden, wo er wohnt.« Er richtet das Wort an Charlotte. »Wissen Sie das zufällig?«

Sie schüttelt den Kopf. »Ich hatte seit der OP keinen Kontakt mehr zu Stacy. Aber was ihn angeht, würde ich mir ohnehin keine Sorgen machen.«

»Inwiefern?«, will mein Partner wissen.

»Stacy ist eine Seele von Mensch. Das Schlimmste, was man ihm vorwerfen kann, ist, dass er schlechte Witze macht …« Sie bricht ab und reißt die Augen auf. »Moment mal!«

»Was ist denn?«, frage ich.

»Jack Doyle«, sagt sie. »Ich meine, äh, John Lyons.«

»Wer?«, frage ich.

Sie nimmt sich einen Moment Zeit, um ihre Gedanken zu ordnen. »Vor einigen Tagen kam ein neuer Patient zu mir in die Praxis und stellte sich als Jack Doyle vor. Ich wurde nicht so recht schlau aus ihm. Verwirrende Energie. Ziemlich arrogant, wenn ich ehrlich sein soll. Wie sich rausstellte, ist er Arzt.« Sie lacht unbehaglich. »Hätte ich mir eigentlich denken können, er hat mich sehr an Henry erinnert.« Als sie Thornton erwähnt, habe ich sofort ein ungutes Bauchgefühl, und mein Drang, noch einmal mit ihm zu sprechen, wächst. »Später«, fährt sie fort, »als ich im Krankenhaus lag, habe ich von einer ehemaligen Kollegin erfahren, dass sein wahrer Name John Lyons ist. Dann bekam ich einen Anruf von ihm auf dem Festnetz. Er wollte mir sein Beileid wegen Rachels Tod ausdrücken, nur ist es mir ein Rätsel, woher er meine Nummer hat. Außerdem habe ich ihm nie gesagt, dass meine verstorbene Freundin Rachel heißt.«

Ich spüre ein Kribbeln an den Unterarmen. Wolcott, vornübergebeugt auf seinem Stuhl, schaut von ihr zu mir. »Was meinst du, sollen wir einen Doktor fangen gehen?«

»Ehrlich gesagt«, entgegne ich, »würden mir da gleich zwei einfallen.«

Einundsechzig

Charlotte

Ich bin seit einer Viertelstunde vom Revier zurück und treffe Vorkehrungen für eine Notfall-Meditation. Doch sowie ich es mir bequem gemacht habe, klopft es an der Schlafzimmertür. Ich spiele mit dem Gedanken, meine Mutter zu ignorieren, vielleicht denkt sie dann, ich schlafe, und geht wieder. Doch ehe ich Gelegenheit habe, mich hinzulegen und schlafend zu stellen, sehe ich, wie der Türknauf herumgedreht wird.

»Char? Schätzchen?« Vorsichtig öffnet sie die Tür. Ein schneller Blick reicht aus, um zu sehen, dass sie im vollen Norma-Desmond-Modus ist – inklusive Seidenturban und einem Samtcape um die Schultern.

»Was ist?« Ich kann sie kaum ansehen, ohne lachen zu müssen.

»Ich bin froh, dass du wieder zu Hause bist.« Ihre Ehrlichkeit ist verstörend.

»Du musstest mich also doch nicht aus dem Gefängnis abholen, Mutter.« Seit meiner Entlassung haben wir noch kein Wort miteinander gewechselt. Sie lag vor dem Fernseher und schlief, als ich nach Hause kam, und die letzten zwei Tage habe ich mich in meinem Zimmer verkrochen und größtenteils in einer Art Delirium verbracht. Immer wieder werde ich von Träumen über Rachel und die Harmon-Schwestern heimgesucht.

»Wie geht es dir?«, fragt sie zaghaft. »Ich habe dir gestern was zu essen vor die Tür gestellt. Ich wollte dich nicht stören.« Und so sah ihre Vorstellung von Seelenfutter aus: eine Flasche Gin, eine bereits halb aufgegessene Tüte Milano-Kekse, Kartoffelchips und ein paar Pillen, die nach Valium aussahen, alles hübsch auf einem Silbertablett arrangiert.

»Ich lebe noch.« Ich fühle mich um Welten besser als vor achtundvierzig Stunden, aber immer noch nicht stark genug für eine Auseinandersetzung mit ihr.

Sie bleibt unschlüssig im Türrahmen stehen.

»Es tut mir wirklich leid, dass ich deine Kaution nicht bezahlen konnte, Charlotte.«

»Ist schon gut.« Ich schaue auf mein Telefon und schicke Lucy eine Nachricht, um ihr zu bestätigen, dass wir in einer Stunde einen Termin haben. Obwohl ich ursprünglich noch gar nicht in die Praxis zurückkehren wollte, habe ich mich bereit erklärt, sie vorzuziehen, weil sie, als sie heute Morgen anrief, dem Klang ihrer Stimme nach unter starken Schmerzen litt.

Die zwei Polizisten vor dem Haus warten darauf, mich zur Praxis zu eskortieren und dort Wache zu halten für den Fall, dass Peter auftaucht. Die Detectives haben darauf bestanden, und ich bin froh über den Schutz.

»Willst du … darüber reden?« Es sieht ganz danach aus, als drohte das »Darüber-Reden« bei uns zu einer regelmäßigen Erscheinung zu werden.

»Ich muss zur Arbeit. Ich habe gleich eine Patientin.« Ich bemerke das Aufflackern von Erstaunen in ihren Augen und wende den Blick ab.

»Wirklich? Ist es nicht noch ein bisschen früh, um wieder arbeiten zu gehen, Liebes?«

Ich hatte in der Tat nicht vor, so schnell wieder mit der Arbeit anzufangen, aber erstens will ich nicht in ein unangenehmes Gespräch wie dieses hier verwickelt werden, und zweitens hat mich das Leiden meiner Patientin dazu motiviert, früher als geplant in die Praxis zurückzukehren.

»Du bist erst seit zwei Tagen wieder zu Hause. Ist das denn gesund? Nach allem, was du durchgemacht hast?«

»Mir geht es gut, Mom.«

Sie hockt sich zu mir aufs Bett und probiert es mit einem anderen Ansatz. »Es sind so wundervolle Neuigkeiten, dass du freigelassen wurdest. Ich wusste, du hast nichts Schlimmes getan.«

Wut kocht in mir hoch. »Ach ja, wusstest du das, Mom? Hast du mich deshalb im Gefängnis schmoren lassen? Dachtest du, es wäre eine gute Erfahrung zur Stärkung meines Charakters?«

»Oh, Charlotte, das hatte rein gar nichts mit dir zu tun.«

»Hat es ja nie, Mom.«

Ich bin geschockt, als sie in Tränen ausbricht.

»Mom, was ist denn los?«

»Ich bin pleite, Schatz, deshalb konnte ich die Kaution nicht stellen. Es war wirklich nicht persönlich gemeint. Wenn es mir möglich gewesen wäre, hätte ich es getan, das weißt du.«

»Wovon redest du? Was ist mit dem Geld aus deiner Rentenkasse?«

»Aufgebraucht.«

»Was ist mit dem Betrag, den du von meiner Abfindung ›geborgt‹ hast? Und all der Miete, die ich dir gezahlt habe?«

»Längst aufgebraucht.«

»Und wie hast du dann deine Vorliebe für Gimlets finanziert? Und deine Klamotten?« Ich zeige auf ihr aufwendiges Outfit. »Solche Capes sind nicht billig.«

»Ich habe das Haus über Airbnb an ein paar Pornofilmemacher vermietet, um wenigstens die monatlichen Umschuldungsraten abzudecken.« Sie wartet, bis ich das verarbeitet habe. Ich bin sprachlos. Sie redet weiter. »Ich habe keinen Cent mehr, und wenn es so weitergeht, werde ich das Haus verlieren.«

»Moment mal. Was? Welche Pornofilmemacher?« Ich hoffe inständig, mich verhört zu haben.

»Ich habe ein Angebot von einem jungen Regisseur bekommen, der das Haus anmieten wollte. Er hat zweimal so viel geboten, wie ich mir erhofft hatte. Ich bin heute mal vorbeigefahren, um nach dem Rechten zu sehen, und da haben sie gerade eine ziemlich schlüpfrige Szene im Wohnzimmer gedreht. Sie haben mich nicht bemerkt, aber ich habe noch die letzten Züge von … Ach, ist ja auch egal. Die letzten Züge von irgendwas. Oder irgendjemandem.«

Wenn sogar meine Mom sich schockiert gibt, kann ich mir lebhaft vorstellen, wie abartig das, was sie gesehen hat, gewesen sein muss. »Ach, Mom. Im Moment weiß ich gar nicht, wie ich solche Neuigkeiten verarbeiten soll.«

Plötzlich verstehe ich, warum sie unbedingt bei mir wohnen wollte und sich nicht vertreiben lässt. Und weshalb sie so viele Sachen im Kofferraum hatte. Ich seufze und empfinde Mitleid für sie. »Mach dir keine Sorgen, Mom. Wir kriegen das schon wieder hin, okay?«

Sie ist geschockt. »Meinst du?«

Ich sage es, weil ich weiß, dass es wahr ist. Es *muss* wahr sein. Wider besseres Wissen werde ich ihr helfen. Sie war auch für mich da, als es mir dreckig ging.

Voller Erstaunen und Dankbarkeit sieht sie mich an – noch zwei Emotionen, die bei ihr neu sind.

Ich werfe abermals einen Blick auf mein Telefon und sehe, wie spät es ist. »Ich muss jetzt los, Mom. Wir reden nachher weiter, in Ordnung?«

Sie nickt und steht auf. Dann nimmt sie mich zu meinem großen Entsetzen in die Arme und drückt mich fest. Erst versteife ich mich, dann werde ich ganz schlaff.

Der Weg des geringsten Widerstands.

Zweiundsechzig

Wolcott

»Wie kann ich Ihnen helfen, Sir?«

Ich stehe an der Anmeldung des Stony Brook Memorial Hospital. Silvestri und ich haben uns getrennt. Er versucht, Henry Thornton zu finden. Die junge Frau, mit der ich spreche, zeigt mir beim Lächeln ihre blendend weißen Zähne.

»Ja, ich suche nach Dr. John Lyons.«

Ihr Lächeln bleibt erhalten, während sie mit halsbrecherischer Geschwindigkeit auf ihre Tastatur eintippt. Sie konsultiert den Bildschirm, dann greift sie zum Telefon.

»Ist Dr. Lyons noch im Haus?«, fragt sie in den Hörer und wartet geduldig. »Alles klar, danke.« Sie legt auf und wendet sich wieder an mich. »So wie es aussieht, ist Dr. Lyons mit seiner OP fertig und hat für heute Feierabend gemacht. Darf ich ...?«

Ich zeige ihr rasch meine Marke, woraufhin sie ihr Lächeln prompt ausknipst. Eine sorgenvolle Miene nimmt seinen Platz ein.

»Wären Sie bitte so freundlich, mir die Privatadresse und Telefonnummer von Dr. Lyons zu geben?«, frage ich.

Erneut wendet sie sich ihrem Computer zu. Nach wenigen Klicks hat sie die gewünschten Informationen gefunden und dreht den Monitor zu mir herum. Ich schreibe alles auf, stecke das

Notizbuch in meine Tasche, bedanke mich bei ihr und wünsche ihr noch einen wunderschönen Tag.

Dreiundsechzig

Charlotte

Ich bin zittrig, und selbst etwas so Simples wie Autofahren bereitet mir mehr Schwierigkeiten als heute Morgen bei meiner Fahrt aufs Revier. Tedesco und Smith folgen mir in gebührendem Abstand, lassen sich aber nie so weit zurückfallen, dass ich sie nicht mehr im Rückspiegel sehen kann. Im Moment kommen sie mir vor wie meine menschliche Rettungsinsel.

Als wir auf den Parkplatz einbiegen, erscheint mir dieser dunkler als sonst. Im China Panda brennt kein Licht, der Hummertank im Fenster ist leer. Ein großes Schild an der Tür informiert Passanten darüber, dass das Restaurant vom Gesundheitsamt bis auf unbestimmte Zeit geschlossen wurde.

In der Nähe des Praxiseingangs ist derselbe Stellplatz frei wie letzte Woche, doch ich parke etwas weiter weg. Ich schalte den Motor aus und nehme meine Sachen. Beim Aussteigen weht mir kalte, klare Luft entgegen. Als ich den Schlüssel ins Schloss der Praxis stecke und die Tür aufstoße, nehme ich mir ganz fest vor, mich gleich am Montag nach einem guten Therapeuten umzusehen. Dieses Versprechen erscheint mir verrückt, da ich nach meinem Bellevue-Aufenthalt allen Psychiatern und Psychologen abgeschworen habe. Aber ich muss jetzt meine eigene beste Freundin sein. Ich muss mir den Rat geben, den Rachel mir geben würde, und Hilfe suchen. Alleine stehe ich das nicht durch. Und so ungern ich es auch zugebe, ich muss Frieden mit meiner Mutter schließen und eine gemeinsame Basis mit ihr finden. Ohne Rachel, Peter und meine Online-Selbsthilfegruppe ist sie mein einziger Notfallkontakt, ob mir das gefällt oder nicht. Außerdem wird sie aller Voraussicht nach für die nahe Zukunft meine Hausgenossin bleiben. Bei der Vorstellung läuft es mir kalt den Rücken herunter: eine psychisch gestörte Vierzigjährige, die mit ihrer verrückten alternden Mutter zusammenlebt. Wie lange wird es dauern, bis wir anfangen, uns im Partnerlook zu kleiden und im selben Zimmer zu schlafen? Wir haben beide nicht mehr alle Tassen im Schrank. Falls wir überhaupt noch einen Schrank haben.

Ich habe das Licht eingeschaltet und meinen Mantel abgelegt, als Lucy hereinkommt und mir klar wird, dass ich die Tür gar nicht abgeschlossen habe. Ich muss nicht nur für meine eigene Sicherheit sorgen, sondern auch für die meiner Patienten.

»Lucy.« Ich winke sie näher und schließe die Tür hinter ihr. Dann sperre ich ab, was ihr nicht entgeht.

»Sie schließen ab?«

»Nur für den Fall der Fälle. Sonst kann man nie sicher sein, dass nicht vielleicht jemand reinkommt, während ich gerade in einer Behandlung bin, und es liegen einige Wertsachen hier herum.«

»Sehr klug. Danke, dass Sie mich wieder so kurzfristig dazwischengeschoben haben. Sonst bin ich nicht so bedürftig, ich schwöre!« Sie lacht leise. »Na ja, vielleicht doch.«

»Kein Problem. Ich behandle Sie gern. Nicht, dass ich mich freue, dass Sie Schmerzen haben, aber darum kümmern wir uns gleich.«

»Wunderbar.« Sie sieht sich um. Ihr Blick bleibt an der Tür zu Rachels Behandlungsraum hängen. Ich verspüre einen Stich der Sehnsucht.

»Warum nehmen Sie nicht noch kurz Platz? Ich brauche nur ein paar Minuten, um den Raum herzurichten, und dann sorgen wir dafür, dass es Ihnen wieder besser geht.«

»Ich weiß wirklich nicht, was ich ohne Sie machen würde, Charlotte.«

Vierundsechzig

Silvestri

»Thorntons Alibi ist geplatzt.«

»Ach ja?«, sagt Wolcott ins Telefon.

»Als Erstes habe ich versucht, ihn im Krankenhaus zu erwischen. Dort hat man mir gesagt, dass er sich den Tag freigenommen hat, also habe ich es als Nächstes auf seinem Handy probiert. Nichts. Dann habe ich mich noch mal an die Freundin gewandt, die endlich zugegeben hat, auf sein Bitten hin für ihn gelogen zu haben. Sie meinte, sie hätten das Hotel um zehn Uhr morgens verlassen.«

»Somit hatte er ausreichend Zeit, am Abend nach Stony Brook zu fahren – falls er unser Täter ist.«

»Exakt«, sage ich. »Wo bist du?«

»Ich komme gerade aus dem Krankenhaus. Lyons hatte eine OP und ist danach heimgefahren. Ich schaue mal bei ihm vorbei. Und du?«

»Auf dem Weg nach Northport. Dass Thornton nicht aufzufinden ist, macht mich irgendwie nervös. Ich weiß, Charlotte steht unter Polizeischutz, aber ich habe das Gefühl, ich sollte auch noch mal mit Annie Forester sprechen. Du weißt schon, nur zur Sicherheit.«

»Die Anästhesistin. Guter Mann. Ich melde mich, sobald ich Dr. Lyons gefunden habe.«

»Alles klar. Pass gut auf dich auf da draußen.«

Fünfundsechzig

Charlotte

»So, Lucy, jetzt bin ich bereit für Sie. Kommen Sie rein. Also, am Telefon sagten Sie, dass Sie Schmerzen in Nacken und Rücken haben?«

»Ja, es hat wieder angefangen – schlimmer als zuvor. Und dann ist da auch noch dieses Taubheitsgefühl in meinen Händen.« Sie rückt ihre Brille zurecht.

»Sitzen Sie viel vor dem Computer? Beschäftigen Sie sich oft mit Ihrem Handy, oder sehen Sie viel fern?«

»Am Computer sitze ich kaum – ich weiß gerade mal, wie man so ein Ding einschaltet. Aber ich verbringe recht viel Zeit mit meinem Handy, ja. Ich habe momentan kein sehr aktives Sozialleben. Und ich schaue definitiv zu viel fern.«

Ich nicke, ohne zu werten. »Wie viele Stunden schauen Sie am Tag?«

»Viele. Zu viele.« Sie verzieht das Gesicht.

Ich mache mir Notizen. »Keine Bange, so geht es uns allen. Ich kann Ihnen ein paar Tricks zeigen, damit diese Aktivitäten für Ihren Körper nicht ganz so belastend sind.«

»Sie sind wirklich eine Lebensretterin. Es geht mir jetzt schon besser.«

»Ach so, das wollte ich Sie auch noch fragen: Was für einen Beruf üben Sie aus, Lucy?«

»Im Moment habe ich keine feste Anstellung. Ich bin freischaffend tätig, und nebenbei engagiere ich mich ehrenamtlich. Irgendwie mache ich von allem ein bisschen. Ich habe wohl nie meine wahre Berufung gefunden. Manche Menschen haben da einfach mehr Glück als andere.«

»Ehrenamtliche Arbeit ist doch was Tolles. Ich sollte mich auch mehr engagieren«, sage ich, um sie aufzubauen. Sie lächelt dankbar.

»Okay, dann mal ab auf die Liege.« Ich mache eine Pause. »Wie weit möchten Sie sich heute ausziehen? Was wäre Ihnen angenehm? Ich würde heute gerne ein paar Nadeln in Ihre Schulter setzen ... Wir können die Stellen, die Sie nicht zeigen möchten, jederzeit mit Handtüchern abdecken.«

»Ich glaube, inzwischen fühle ich mich sicher genug, um meinen Körper zu zeigen. Aber ich muss Sie warnen, es ist kein schöner Anblick.«

»Meine Praxis ist eine wertungsfreie Zone. Ich habe schon die unterschiedlichsten Körper gesehen, und jeder war auf seine eigene Weise schön. Ich gehe kurz raus, damit Sie es sich bequem machen können. In ein paar Minuten bin ich wieder da.« Ich schließe die Tür hinter mir.

Draußen im Wartebereich suche ich nach meinem Handy, kann es jedoch nicht finden. Ich schaue in meinen Manteltaschen und in der Handtasche nach. Vergeblich. Ich komme zu dem Schluss, dass es mir im Auto aus der Manteltasche gerutscht sein muss, und ärgere mich, weil ich nicht besser aufgepasst habe. Jetzt habe ich keine Zeit, um es holen zu gehen. Lucy wartet. Aus dem Behandlungsraum höre ich das Knistern von Papier und weiß, dass sie sich auf die Liege gesetzt hat.

Ich überprüfe das Schloss an der Tür dreimal und lege zusätzlich noch die Kette vor, die wir sonst nie benutzen. Ich möchte mich ganz sicher fühlen, vor allem jetzt, da ich weiß, dass ich mein Telefon nicht griffbereit habe.

Als ich an der verschlossenen Tür zu Rachels Behandlungsraum vorbeikomme, bleibe ich kurz stehen und lege meine Hand an den Türknauf. Ich beginne ihn zu drehen, halte jedoch mitten in der Bewegung inne und lege die Stirn gegen das Holz der Tür. Der Duft ihres Lavendelöls steigt mir in die Nase. Ich habe das Gefühl, dass ich nie wieder in der Lage sein werde, durch diese Tür zu treten, ohne dabei von Trauer zerrissen zu werden. Leise sage ich mein Mantra auf: »Gib mir ein Zeichen, dass du noch da bist.« Ich lasse einen Moment verstreichen, dann finde ich mich damit ab, dass sie fort ist. Ich weiß, es wird Millionen weiterer Momente geben, in denen ich hart um diese Akzeptanz ringen muss.

Ich gehe zurück zu meinem Behandlungsraum und klopfe leise an.

»Ich bin fertig«, kommt Lucys Antwort gedämpft von drinnen.

Als ich eintrete, liegt sie auf der Liege. Sie hat sich ein Handtuch quer über die Brust gelegt, sodass ihr Bauch frei liegt, das andere verdeckt ihren Schritt.

Sie hat den Kopf abgewandt und schaut zur Wand. Ich sehe sofort, weshalb sie so unsicher war, aber ich würde sie niemals darauf ansprechen, selbst wenn sie mich nicht vorgewarnt hätte. Der Körper jedes Menschen erzählt eine Geschichte von den Dingen, die er erlebt hat, und es überrascht mich nicht, dass Lucys Körper sehr viel zu erzählen hat.

»Habe ich die Handtücher richtig hingelegt?« Sie dreht den Kopf zu mir herum. Offenbar rechnet sie mit irgendeiner Reaktion von mir.

»Das ist perfekt so.« Ich desinfiziere mir die Hände und mache mich daran, die ersten Nadeln auszupacken.

»Ich fange jetzt an. Falls irgendetwas wehtut oder sich unangenehm anfühlt, sagen Sie mir bitte sofort Bescheid.«

»Ich bin bereit.« Sie wirkt erleichtert, weil ich nicht schreiend die Flucht ergriffen habe, und blickt lächelnd an die Decke, während ich um sie herumgehe und die Meridianpunkte, die ich behandeln will, mit Alkohol abreibe.

Die vertrauten Bewegungen haben etwas Tröstendes, und nach der Dunkelheit der letzten Wochen wird mir endlich ein wenig leichter zumute. Mit jeder Nadel, die ich setze, spüre ich, wie die Energie durch Lucys Körper fließt und sie sich immer tiefer entspannt.

Als ich mich ihren Beinen zuwende, entdecke ich mehrere Schürfwunden an ihren Knöcheln und Waden. Sie sehen aus wie Kratzspuren von Tieren.

»Was ist denn da passiert? Haben Sie eine Katze?«, frage ich.

Sie zögert und schaut an sich herunter. »Ach, die. Ich kratze mich im Schlaf. Eine alte Angewohnheit aus der Kindheit. Nein, ich habe keine Katzen. Ich mag die Tiere nicht. Ich bin definitiv ein Hundemensch.«

Ich werfe einen Blick auf ihre Fingernägel, die extrem kurz geschnitten sind und in ihrem gegenwärtigen Zustand keinen Schaden anrichten, geschweige denn Wunden wie die an ihren Beinen verursachen könnten. Doch ich stelle keine weiteren Fragen. Es wäre denkbar, dass sie sich die Nägel danach geschnitten hat, aber die Kratzer sehen nicht so aus, als stammten sie von einem Menschen.

»Haben Sie gerade einen Patienten im anderen Raum?«

»Nein, heute nicht. Normalerweise arbeitet dort die Masseurin, aber die ist heute nicht da.« Meine Stimme droht zu brechen.

»Rachel, richtig? Sie war sehr nett. Und richtig witzig. Ein ganz besonderer Charakter, nicht wahr?« Lucy schmunzelt. »Sie war so großzügig, mir eine Gratis-Massage anzubieten. Darauf werde ich definitiv zurückkommen!«

Eine Flut von Emotionen überrollt mich, und auf einmal habe ich das Bedürfnis, Lucy von Rachels Tod zu erzählen. Mir kommen die Tränen. Ich bin heilfroh, dass Lucy die Augen geschlossen hat.

»Sie ist ... sie ist gerade nicht hier ... Sie arbeitet heute nicht und kommt ... fürs Erste auch nicht wieder«, stammle ich, um Fassung ringend, ehe ich die letzte Nadel setze.

»Ach so? Ich dachte, drüben wird gerade ein anderer Patient behandelt. Als Sie vorhin alleine hier drin waren, um alles vorzubereiten, habe ich aus dem Raum Geräusche gehört.«

Plötzlich höre ich ein schrilles Klingeln in meinem linken Ohr, und mir bricht am ganzen Körper der kalte Schweiß aus. »Lucy? Was meinen Sie damit, Sie haben Geräusche gehört?«

Sie schlägt die Augen auf und sieht mich beschämt an. »Das tut mir entsetzlich leid, ich war einfach zu neugierig.«

Mir stockt der Atem, mein Pulsschlag beschleunigt sich.

»Entschuldigung!« Mir wird bewusst, dass ich zu schroff zu ihr war. »Ist schon gut, ich bin Ihnen nicht böse. Können Sie mir einfach nur sagen, was genau Sie gehört haben?« Nur unter großer Anstrengung gelingt es mir, ruhig zu bleiben.

»Na ja. Es klang, als würde jemand im Raum hin und her gehen, deshalb habe ich an der Tür gelauscht, und dabei habe ich jemanden ziemlich laut atmen hören.«

Sechsundsechzig

Wolcott

»John Lyons, nehme ich an?«

»Ja?« Er steht im Spalt der geöffneten Haustür, eine Hand an der Türklinke, den anderen Arm quer über dem Bauch, und mustert mich argwöhnisch. »Kann ich Ihnen helfen?«

Als ich das Etui mit meiner Marke aufklappe, werden seine Augen so groß wie Untertassen. Das Weiße ist blutunterlaufen.

»Detective Wolcott.« Er ist sichtlich nervös. »Dr. Lyons, dürfte ich vielleicht kurz reinkommen?«

»Also«, murmelt er, »es passt gerade nicht so gut.«

»Es dauert nur ein paar Minuten. Versprochen.«

Er kratzt sich nachdenklich an der Hüfte. »Worum geht's denn?«

Ich breche den Blickkontakt ab. Zum einen will ich sein Unbehagen nicht noch vergrößern, zum anderen gibt mir das die Gelegenheit, unauffällig ins Haus zu spähen. »Ich würde Ihnen gerne ein paar Fragen über eine Bekannte von Ihnen stellen.«

»Über wen denn?«

»Was dagegen, wenn wir uns dafür hinsetzen? Ich bin schon den ganzen Tag auf den Beinen.«

»Wie gesagt, es ist gerade nicht wirklich ...«

»Dr. Lyons, haben Sie da drinnen etwas, was ich nicht sehen soll?«

Er versteift sich, und meine rechte Hand wandert unter meine Jacke. Ich behalte einen neutralen Gesichtsausdruck bei, während mein Adrenalinpegel in die Höhe schießt.

»Ich bin nur ... Okay, Folgendes«, sagt er. »Ich hatte gerade eine OP und habe danach einen kleinen Joint geraucht. Es liegt noch was von dem Gras auf dem Wohnzimmertisch.«

Augenblicklich kommt mein Magen zur Ruhe, und ich nehme die Hand aus der Jacke. »Hören Sie, das interessiert mich nicht im Geringsten. Das Zeug ist inzwischen ja ohnehin so gut wie legal.«

»Okay.« Auch er entspannt sich merklich. »Vielleicht bin ich da einfach ein bisschen paranoid.« Er öffnet die Tür und tritt beiseite, um mich hereinzulassen. Bereits im Flur nehme ich den unverwechselbaren Geruch wahr. Im Wohnzimmer angekommen, bedeutet er mir, auf dem Sofa Platz zu nehmen, während er sich mir gegenüber in einen Sessel fallen lässt. Auf dem Couchtisch zwischen uns liegen ein Häufchen Marihuana und ein Verdampfer. Er sieht, wie ich die Drogen beäuge. »Ich würde Ihnen ja was anbieten, aber ...«

»Danke. Kein Bedarf.«

»Alles klar.« Er nickt. »Über wen wollen Sie mit mir sprechen?«

»Kennen Sie eine Charlotte Knopfler?«, frage ich.

Ein Lächeln breitet sich auf seinen Zügen aus. »Oh, Charlotte. Ja, natürlich.«

»Sie haben Ms Knopfler kürzlich zu Hause auf dem Festnetz angerufen. Darf ich fragen, woher Sie ihre Nummer hatten?«

»Charlotte hat früher mal in der Klinik gearbeitet, in der ich angestellt bin. Ich habe ihre Nummer aus einem alten Verzeichnis. Ich wollte ihr meine Anteilnahme für den Tod einer Freundin ausdrücken.«

»Bei dieser Freundin handelt es sich um Rachel Sherman?«

»Richtig.« Er schlägt die Augen nieder.

»Und woher wussten Sie von Miss Shermans Tod?«

»Wir waren, also ... Na ja, das spielt jetzt wahrscheinlich auch keine Rolle mehr.«

»Wie bitte?«

»Ihre Anonymität.« Er scheint sich das Wort auf der Zunge zergehen zu lassen, während er es ausspricht. »Rachel und ich kannten uns von Narcotics Anonymous. Noch ein Grund, weshalb ich deswegen ein bisschen nervös bin.« Er macht eine Handbewegung in Richtung der Drogen auf dem Couchtisch. »Grundsätzlich ist so was verboten, aber eigentlich hat mir immer nur das harte Zeug Probleme gemacht. Wie auch immer, durch sie habe ich jedenfalls Charlotte kennengelernt. Ich bin eines Tages bei ihrer Praxis vorbeigekommen und habe mich mit ihr unterhalten. Man könnte sagen, ich bin ein bisschen verliebt.«

»Hm«, mache ich. »Und der Name Jack Doyle?« Ich beuge mich vor und fange seinen Blick ein.

Ihm steigt die Röte ins Gesicht. »Ja«, sagt er und lacht verlegen auf. »Ehrlich gesagt, war es mir ein bisschen peinlich, dass ich zu einer Akupunktur-Therapeutin gehe. Sie wissen schon – weil ich Onkologe bin. Schulmediziner. Diese ganze Ost-West-Geschichte. Ich wollte meine Spuren verwischen. Im Grunde weiß ich immer noch nicht so richtig, was ich davon halten soll. Aber Charlotte ... Ich will ganz ehrlich zu Ihnen sein. Dass ich einen Termin bei ihr gemacht habe, hatte auch damit zu tun, dass ich sie näher kennenlernen wollte. Diese Frau lässt meinen Puls höherschlagen.«

Siebenundsechzig

Charlotte

Mein Herz klopft so heftig, dass Lucy es bestimmt hören kann. Ich lasse die Hände sinken, während ich fieberhaft nachdenke, was jetzt zu tun ist. Verschiedene Szenarien gehen mir durch den Kopf. Ich ärgere mich über meine Dummheit, weil ich Rachels Behandlungsraum vorhin nicht kontrolliert habe.

Soll ich Lucy die Nadeln ziehen und sie ohne Erklärung nach Hause schicken? Soll ich behaupten, es gebe eine defekte Gasleitung? Oder hole ich mein Handy und schicke Dennis eine Nachricht? Natürlich liegt das verdammte Ding im Auto. Und wer weiß, ob ich es überhaupt bis nach draußen schaffe, wenn Peter in der Praxis ist? Ich kann Lucy unmöglich mit ihm allein lassen. Ich merke, wie sich meine Atmung beschleunigt. Ich will sie nicht ängstigen – erst recht nicht, falls es sich am Ende als falscher Alarm entpuppt. Aber ich darf sie auch nicht in Gefahr bringen.

Ich mache eine Bestandsaufnahme. Noch hat sie keine Ahnung, dass etwas nicht stimmt, auch wenn sie mit jeder Sekunde, die ich schweige, besorgter aussieht.

»Charlotte? Ist alles in Ordnung?«

Ich überlege blitzschnell. »Oh! Ich war mit meinen Gedanken ganz woanders. Das muss die Reinigungskraft sein. Sie haben mir ganz kurz einen Schrecken eingejagt. Aber ich habe nur die Tage durcheinandergebracht.«

Sie nickt und lächelt, ehe sie, zufrieden mit meiner Erklärung, erneut die Augen schließt.

»Wie fühlen Sie sich jetzt?«, frage ich, eisern um Ruhe bemüht.

»Schläfrig.« So sieht sie auch aus. Ich hingegen pendle zwischen Hysterie und äußerster Wachsamkeit.

»Haben Sie es bequem? Ist Ihnen warm genug?«

»Ja und ja.«

»Sehr gut. Dann lasse ich Sie jetzt ungefähr zwanzig Minuten ruhen, in Ordnung? Falls Sie mich brauchen, ich bin nebenan.«

»Wunderbar.« Ihre Atmung wird tiefer. »Wahrscheinlich schlafe ich gleich ein.« Sie seufzt wohlig.

Ich dimme das Licht, so wie ich es sonst auch tun würde, und schlüpfe möglichst leise zur Tür hinaus.

Inzwischen rast mein Puls so schnell, dass ich befürchte, es gar nicht mehr bis zur Eingangstür zu schaffen. Wie angewurzelt stehe ich da und überlege, was wohl passiert, wenn ich nach draußen gehe und versuche, die beiden Polizisten auf mich aufmerksam zu machen. Wird Peter versuchen, mich auszusperren, und Lucy ein Leid antun? In Rachels Behandlungsraum nachzuschauen, erscheint mir unfassbar leichtsinnig. Ich denke an meinen Laptop. Vielleicht könnte ich ihn aufklappen und schnell eine E-Mail schicken. Doch gleich darauf muss ich erkennen, dass ich ihn genau wie mein Handy im Wagen vergessen habe.

Jetzt nicht in Panik geraten. Ich bin hypersensibel. Rein theoretisch können die Geräusche, die Lucy gehört hat, alles Mögliche bedeuten. Vielleicht werden nebenan im China Panda gerade die Möbel nach draußen geschafft. Der Hintereingang des Restaurants befindet sich direkt neben Rachels Fenster.

Irgendwann komme ich zu dem Schluss, dass es das Beste ist, Tedesco und Smith zu Hilfe zu holen, und nehme Kurs auf die Tür.

Meine Hand liegt bereits an der Kette, als ich das Knistern von Papier und einen dumpfen Aufprall, gefolgt von einem Stöhnen, höre.

»Lucy?«, rufe ich, ohne die Kette loszulassen. Keine Antwort. Ich mache ein paar Schritte zurück in Richtung Behandlungsraum. »Lucy? Ich komme jetzt zu Ihnen rein, in Ordnung?«

Abermals höre ich sie aufstöhnen. Das Geräusch kommt von weit unten, als läge sie am Boden. Ich versuche, die Tür zu öffnen, doch sie ist abgeschlossen.

»Lucy, Sie müssen mich reinlassen, okay?« Ich weiß genau, dass ich beim Verlassen des Raums nicht die Verriegelung auf der Innenseite betätigt habe. Ich versuche es noch einmal. Nichts tut sich.

»Charlotte?« Ihre Stimme klingt erstickt. Mir gefriert das Blut in den Adern.

»Ja! Liebes, machen Sie die Tür auf. Es ist von innen abgeschlossen.«

»Charlotte, bitte helfen Sie mir. Ich bin verletzt.«

»Das versuche ich ja. Was ist denn passiert? Sind Sie von der Liege gefallen?«

Sie schweigt eine geschlagene Minute lang, bis ich das Gefühl habe, vor lauter Anspannung zu explodieren.

»Lucy?«

»Ich bin nicht allein hier drinnen.« Durch den Spalt unter der Tür nehme ich den Schatten einer Bewegung wahr. Nach Atem ringend, weiche ich zurück. Dabei verliere ich das Gleichgewicht und habe das Gefühl, über meine eigenen Füße zu stolpern, während ich rückwärts zur Eingangstür taumle. Zu meiner großen Überraschung befinde ich mich immer noch in der Vertikalen, als ich zum zweiten Mal die Hand nach der Kette ausstrecke. Ich löse sie, entsperre den Türknauf und umfasse ihn mit festem Griff. Da höre ich hinter mir ein Geräusch. Ich wirble herum und mache mich darauf gefasst, Peter zu sehen. Endlich. Nach all der Zeit werde ich ihm gleich zum ersten Mal von Angesicht zu Angesicht gegenübertreten. Ich bewege mich gleichzeitig in zwei entgegengesetzte Richtungen – ein Arm ist nach wie vor ausgestreckt, um die Tür zu öffnen, während der Rest meines Körpers die Drehung vollführt –, als ich plötzlich einen scharfen Stich am Hals spüre.

Die Welt verschwimmt vor meinen Augen, und es wird dunkel. Ich kann nichts mehr sehen, höre jedoch, wie jemand über mich hinwegsteigt, um die Tür der Praxis wieder zu verschließen. Gleich darauf werde ich an den Knöcheln gepackt und vom rettenden Ausgang fortgeschleift.

• • •

Mit einem heftigen Ruck komme ich zu mir. Hunderte Bienen stechen mein Gesicht und meinen Hals, sodass ich unwillkürlich aufschreie. Dazu gesellt sich ein dumpfes Pochen an der Halsseite. Ich versuche mich umzusehen, ohne dabei den Kopf zu bewegen, damit die Schmerzen nicht überhandnehmen. Als sich der Schleier vor meinen Augen langsam lichtet, bemerke ich an den Rändern meines Blickfelds unzählige winzige, haarfeine Schatten. Ich brauche einen Moment, ehe ich begreife, woher sie stammen. In meinen Wangen und meiner Stirn stecken mindestens dreißig Nadeln. Mein Gesicht ist ein Garten aus dünnen Metallstängeln.

Weitere Sekunden vergehen, bis ich mich halbwegs orientiert habe. Die Umgebung scheint vertraut, aber die Perspektive ist ungewohnt. Der Raum ist nur schwach beleuchtet, und es fällt mir schwer, mehr als einen Meter weit zu sehen. Alles hat einen grünlich gelben Farbstich. Die schweren Vorhänge sind zugezogen, an den Wänden flackert Kerzenschein.

Mir ist unklar, wie lange ich bewusstlos gewesen bin. Ich kann den Kopf nicht drehen, um einen Blick hinter mich auf die Uhr zu werfen, ohne dass die Schmerzen unerträglich werden. Sobald meine Augen sich an das Halbdunkel gewöhnt haben, stelle ich fest, dass ich auf meiner eigenen Behandlungsliege liege. Ich kann meine Arme und Beine nicht bewegen, obwohl sie nicht gefesselt zu sein scheinen. Kaum dass mir dieser Gedanke gekommen ist, glaube ich, das Phantomgewicht der Handschellen und Fußketten aus dem Gefängnis zu spüren.

Ich spüre einen Druck auf der Brust, als läge ich unter einer bleiernen Decke. Mit jedem Einatmen kommt ein scharfer Schmerz, der von unten nach oben wandert. Jemand hat mir Drogen verabreicht. Meine motorischen Fähigkeiten sind fast vollständig lahmgelegt, und mein Atemapparat wird auch nicht mehr lange funktionieren. Meinem immer trockener werdenden Mund und dem Brechreiz nach zu urteilen, muss es ein hochgiftiges und schnell wirkendes Mittel sein.

»Hallo?«, wispere ich. Auch ohne eine Antwort zu bekommen, weiß ich, dass ich in der Dunkelheit nicht allein bin.

»Charlotte«, höre ich hinter mir eine vertraute raue Stimme. »Endlich.«

»Peter?« Ich habe kaum genug Luft, um seinen Namen auszusprechen. Irgendetwas schnürt mir die Kehle zu.

»Hallo, Liebling«, raunt er tief und leise. Er klingt anders als am Telefon, aber er ist es, ohne Zweifel.

Ich spüre tief in mich hinein, um die Kraft und Ruhe zu finden, die ich brauche, um das hier durchzustehen. Immer wieder schwappen Wogen extremer Übelkeit in mir hoch, und ich bin außerstande, das leichte Zittern meiner Stimme zu unterdrücken. »So habe ich mir unsere erste Begegnung nicht vorgestellt.«

Er lacht trocken. »Ach, Charlotte. Du bist drollig. Wir sind uns doch schon ganz oft begegnet.«

»Wovon redest du?« Jedes Wort ist eine Anstrengung.

»Du bist einfach zu sehr auf dich selbst fixiert. Du warst schon viel häufiger mit mir im selben Raum, als dir bewusst ist.«

In meinem Kopf überschlagen sich die Gedanken. Obwohl ich schreckliche Angst davor habe, sein Gesicht zu sehen, ist diese körperlose Stimme noch furchteinflößender.

»Was meinst du?«

Wieder ein Lachen. »Wir sind uns nicht nur begegnet, wir waren sogar mal Kollegen.«

Ich verstehe gar nichts mehr. Ich versuche, an all die Männer zu denken, mit denen ich zusammengearbeitet habe.

»Du warst einfach nur zu selbstbezogen, um zu sehen, wie sehr ich mich verändert habe.«

Im Schatten an der Wand rechts von mir nehme ich eine kleine Bewegung wahr. Er steht immer noch hinter mir, ist aber näher gekommen. Sein Atem streift meinen Kopf, als er sich über mich beugt, und mein Herzschlag gerät ins Stolpern.

»Ihr habt mich damals ganz schön aufs Kreuz gelegt, Kindchen. Aber keine Sorge, mich kriegt man nicht so schnell klein. Ich bin unverwüstlich.«

»Das tut mir leid. Ich weiß nicht, was ich getan habe, aber ich hätte dir niemals wissentlich Schaden zugefügt.« Ich fühle mich, als wäre ich in einen dunklen Strudel geraten, und so langsam geht mir die Kraft aus, gegen den Sog anzuschwimmen.

»Habe ich dir jemals von meinem Bruder erzählt?«, fragt er.

»Nein«, murmle ich.

»Hm. Richtig. Ich habe dich glauben lassen, dass ich ein Einzelkind bin, genau wie du, stimmt's? Ich wollte, dass wir möglichst viel gemeinsam haben. Obwohl es in gewisser Weise auch keine Lüge war. Ab einem gewissen Punkt war ich tatsächlich ein Einzelkind. Dann eine Waise und ein Mündel des Staates. Meine Biografie war noch deutlich trister, als ich in unseren schier endlosen Konversationen habe durchblicken lassen. Aber wir haben uns ja meistens auch über dich unterhalten.« Es klingt, als ginge er hinter mir auf und ab. Ein Tier im Käfig. Ich huste mühsam.

»Fühlst du dich nicht gut, Süße?«

»Mir geht es sehr schlecht, Peter. Was hast du mir gegeben?«

»Es hat viele Namen und wächst in der Erde.« Er lacht. »Macht es dir das etwas leichter?«

Als sich mein Magen schmerzhaft zusammenzieht, wird mir bewusst, dass ich womöglich hier auf der Liege die Kontrolle über meinen Darm verlieren werde. Andererseits bin ich über solche Eitelkeiten längst hinaus. Ich wäre einfach nur froh, von diesen schrecklichen Krämpfen und der Übelkeit erlöst zu sein.

»Peter. Wo ist Lucy?« Abermals versuche ich, mich im Raum umzuschauen, doch bei jeder kleinsten Bewegung bohren sich die Nadeln tiefer in meinen Hals.

Er schnaubt. »Du machst dir ausnahmsweise mal Gedanken um jemand anders? Das sieht dir gar nicht ähnlich.«

»Bitte.« Ich kann nur noch ganz flach atmen. »Sie hat nichts damit zu tun.« Meine Stimme versagt, und mir kommen die Tränen.

»Ihr geht es gut, keine Bange. Ganz ausgezeichnet sogar. In diesem Moment solltest du dir wirklich lieber Sorgen um dich selbst machen.«

»Ich mache mir Sorgen um *dich*, Peter.« Ich meine irgendwo gehört zu haben, dass man, wenn man es mit einer geistesgestörten Person zu tun hat, möglichst oft ihren Namen sagen soll, weil das angeblich beruhigend auf sie wirkt. »Ich möchte dir helfen. Du bist wütend auf mich. Sag mir, was ich tun kann, um das zu ändern.«

Wieder schnaubt er. »Willst du ernsthaft behaupten, dass du dich für meine Gefühle interessierst?« Ich höre, wie der Reißverschluss einer Tasche aufgezogen wird. In Gedanken gehe ich alle ehemaligen Kommilitonen und Ärztekollegen von mir durch. Vielleicht war er auch ein Patient? Oder jemand aus meiner grauenhaften Zeit im Stony Brook Hospital? Ich habe keine Ahnung.

»Peter, das ist doch Wahnsinn. Bitte. Ich verstehe das alles nicht. Ich dachte, du liebst mich. Ich habe dich geliebt.«

»Gähn. Du ekelst mich an. Was immer du in unserer Beziehung gesehen hast, war pure Einbildung«, knurrt er.

Ich versuche, möglichst leise und unauffällig zu weinen, aber die Schmerzen sind so groß, dass es mir nicht gelingt. »Was immer ich dir angetan habe, tut mir unendlich leid.«

»Ach herrje! Über Entschuldigungen sind wir Lichtjahre hinaus.«

Noch immer sehe ich alles in Gelb- und Grüntönen. Zu Beginn meiner Ausbildung in traditioneller chinesischer Medizin habe ich einen Kurs über Giftpflanzen belegt, die auch in der Heilkunde Verwendung finden. Dort haben wir vor allem eine Pflanze behandelt, die solche Symptome hervorruft, aber es gibt so unendlich viele, und ich kann keinen einzigen Gedanken lange genug festhalten, um auf den Namen zu kommen.

»Was hast du mir gegeben? Ich kriege kaum noch Luft.« Sobald ich das ausgesprochen habe, zieht sich mein Brustkorb noch enger zusammen.

»Eine wunderschöne Blume, deren Blätter genauso tödlich sind wie ihre Wurzeln. Wie gemacht für dich.«

Oleander, Schierling, Wasserdost. Eisenhut. Scheiße! Mein

Herz beginnt noch schneller und heftiger zu schlagen. Genau das, was mein Gefäßsystem jetzt nicht tun sollte.

»Eisenhut?«, stoße ich gequält hervor.

»Ich bevorzuge den wissenschaftlichen Namen *Aconitum*. Klingt nicht ganz so prätentiös.«

Meine Hoffnung sinkt, zusammen mit meinem Blutdruck.

»Wie viel?«

»Mein Bruder hat mich mit der großen weiten Welt der Killerpflanzen vertraut gemacht. Er hat meinen Hund vergiftet, indem er ihm Wasserschierling zu fressen gegeben hat. Als Experiment. Ich war am Boden zerstört. Danach hat er mir die Schuld in die Schuhe geschoben, und ich habe den Ärger bekommen. Er hat andauernd schlimme Dinge gemacht und dann so getan, als wäre ich es gewesen. Ganz egal, wie sehr ich versucht habe, meine Eltern von der Wahrheit zu überzeugen, sie haben immer nur ihm geglaubt«, sagt er verächtlich.

»*Wie viel Aconitum* hast du mir gegeben, Peter?«, keuche ich.

»Oh, eine ausreichende Menge«, antwortet er beiläufig. Ich stöhne vor Schmerz. »So traurig ich auch wegen meines Hundes war«, fährt er fort, »dass ich für seinen Tod bestraft wurde, hat sich in vielerlei Hinsicht als eine überaus wertvolle Lektion erwiesen.« Seine Stimme rutscht eine Oktave in die Höhe.

»Peter«, flüstere ich gequält. »Wenn du mir nicht hilfst, sterbe ich.«

»Das ist ja der Zweck der Übung, Schätzchen. Ich würde sagen, dir bleiben noch ungefähr fünfzehn Minuten.« Seine Stimme kiekst vor Erregung.

Ich muss ruhig bleiben, um meinen Stoffwechsel zu verlangsamen. »Peter. Noch ist Zeit.«

»Gerade genug für einen kurzen Eingriff«, sagt er munter.

»Viel kürzer als die, die du gewohnt bist. Mit Ausnahme von Michelle vielleicht – der war ja ziemlich schnell vorbei, was?«

Ein reißender Krampf wütet in meinem Magen, und ich schreie vor Schmerzen auf.

»Zeit, Licht ins Dunkel zu bringen.«

Verschwommen sehe ich eine Gestalt durchs Halbdunkel zum Lichtschalter treten. Die Deckenlampe geht an, und ich kneife hastig die Augen zu. Ich spüre, dass er neben mir steht. Ich wage kaum noch zu atmen. Als er sich über mich beugt, hebe ich mühsam die Lider. Es dauert lange, ehe ich sein Gesicht erkennen kann, und schon im nächsten Moment jagt ein rasender Schmerz durch meinen Körper, sodass abermals alles vor meinen Augen verschwimmt. Nur unter großer Anstrengung schaffe ich es, die Worte hervorzustoßen. »Oh mein Gott! Du?«

Achtundsechzig

Silvestri

»Hast du Lyons gefunden?«

Wolcott ist am anderen Ende. Ich bin gerade bei Annie Forester angekommen, doch sie scheint nicht da zu sein. Im Haus ist alles still, ihr Wagen steht nicht in der Einfahrt. Ich mache mich auf den Weg nach hinten, um mich dort ein bisschen umzusehen.

»Lyons ist nicht unser Mann.«

»Mist! Sag bloß.«

»Ja. Habe ihn zu Hause angetroffen, wie er seinen Feierabend genießt. Er ist sauber, Alibi passt. Dafür hat Stacy Phillips endlich zurückgerufen.«

»Wirklich? Wo hat der sich denn die ganze Zeit versteckt?«

Ich nähere mich der Hintertür und spähe durch die Scheibe ins Haus. Es scheint tatsächlich niemand daheim zu sein.

»Er hat sich nicht sofort zurückgemeldet, weil er dachte, er steckt in Schwierigkeiten.«

»Hä?«

»Brooke Harmon muss sich bei ihm gemeldet haben, weil sie endlich mit dem Vorfall von damals abschließen wollte. Er hat sich schuldig gefühlt und ihr verraten, dass die verpatzte OP an ihrer Schwester tatsächlich ein Ärztefehler war, verursacht durch Thorntons Arroganz. Die Klinik hatte Angst, ihre Fördergelder zu verlieren, deshalb haben sie es auf die Anästhesie geschoben. Wir haben doch Brookes Mail an die ehemaligen Mitglieder des OP-Teams gelesen. Nachdem sie sie verschickt hatte, bekam Stacy einen Drohanruf von Thornton, und als wir uns dann bei ihm gemeldet haben, dachte er, er säße in der Scheiße, weil er die Verschwiegenheitsvereinbarung missachtet hat.«

»Tja, das lässt die Sache doch gleich in einem ganz anderen Licht erscheinen.«

»Du sagst es. Oh, und da war noch was Kurioses. Irgendwann während unseres Gesprächs hat er sich nach Annie Forester erkundigt. Ich glaube, er fand sie damals ganz sympathisch. Ich habe gesagt, dass sie fit genug sei, um einen Marathon zu laufen, und er konnte nicht glauben, dass wir von ein und derselben Person reden. Er war der festen Überzeugung, ich hätte mich im Namen geirrt, deshalb hat er mir sogar extra ein altes Foto des OP-Teams geschickt. Weißt du noch, dass sie meinte, sie würde auf ihr Gewicht achten? Scheint sich ausgezahlt zu haben.«

»Ach ja?« Ich nähere mich der Mülltonne, die so voll ist, dass der Deckel offen steht. Ganz oben sehe ich ein Tetrapak Wein.

»Sie muss mehr als ... Keine Ahnung, aber man erkennt sie gar nicht wieder, Silvestri. Ihre Diät muss echt erfolgreich gewesen sein.«

»Tja, sieht aber so aus, als würde sie hin und wieder ein bisschen schummeln«, sage ich, als ich neben dem leeren Tetrapak auch eine platt gedrückte Packung Chubby Hubby Eiscreme entdecke.

»Ich schicke dir das Foto«, sagt er.

Während ich noch Annie Foresters Müll betrachte, beschleicht mich ein beinahe unheimliches Gefühl. Irgendetwas kommt mir bekannt vor. »Erinnerst du dich noch an die Gespräche im Chatroom?«, frage ich Wolcott und zugleich auch mich selbst.

»Was?«, fragt er zerstreut.

Ich starre das Tetrapak an. »*Beim Wein gehe ich mit, und ich erhöhe noch um ein paar gefrorene Kalorien* ...« Mein Blick wandert weiter zu der Eiscremepackung. »*Ich habe gerade einen flotten Dreier mit Ben & Jerry's* ...« Dann fällt mir das Bücherregal in ihrem Arbeitszimmer ein. Die Ray-Bradbury-Romane. »*Ich muss die ganze Zeit an diesen Disneyfilm aus den Achtzigern denken*, Das Böse kommt auf leisen Sohlen ...« Mein Handy gibt einen Signalton von sich. Ich nehme es vom Ohr und öffne die Nachricht, die Wolcott mir soeben geschickt hat.

Es ist das Foto von Annie im Kreis des OP-Teams. Sie hat gut dreißig Kilo mehr auf den Rippen, und ihre Haare sind glatt und braun. Ich hätte sie nie im Leben wiedererkannt.

Im nächsten Moment fällt mein Blick auf ihre Halskette – der Anhänger ist eine Kupfermünze mit einem Äskulapstab darauf. Genau die gleiche Kette habe ich erst kürzlich bei jemand anders gesehen. Meine Augen fangen an zu brennen, meine Gedanken überschlagen sich, und auf einmal klopft mir das Herz bis zum Hals.

»Heilige Scheiße!«, entfährt es mir. »Wolcott, sie ist es!«

Neunundsechzig

Charlotte

»Ich bin's!«

»Lucy?«, stoße ich gepresst hervor.

»Tja, Peter bin ich jedenfalls nicht. Aber das dürfte dir inzwischen klar geworden sein.« Sie genießt die Situation in vollen Zügen, während ich immer tiefer in den Schockzustand gleite, einerseits infolge des *Aconitum*, andererseits weil Lucy noch weniger mit meiner Vorstellung von Peter gemein hat, als ich mir jemals hätte träumen lassen. Mir ist eiskalt, obwohl ich gleichzeitig stark schwitze.

»Aber spielt das letzten Endes überhaupt eine Rolle? Lucy? Peter? MaxineKD und die ganze Bande – keiner von denen ist ich, aber irgendwie sind sie es doch alle, nicht wahr? Ich habe dir so viele Hinweise gegeben, und trotzdem bist du nicht darauf gekommen. Mein richtiger Name …« Sie macht eine effektheischende Pause … »ist Annie Forester. Erinnerst du dich noch? Überraschung!«

Sie beobachtet mich, während ich mühsam zwei und zwei zusammenzähle.

»Ist schon eine ganze Weile her, dass du zuletzt an mich gedacht hast, was?«

Meine Augen gehorchen mir kaum noch, trotzdem zwinge ich mich dazu, ganz genau hinzuschauen. Annie Forester – der Name sagt mir etwas. Natürlich. Die Anästhesistin bei Michelles OP. Aber diese Frau hier sieht vollkommen anders aus.

»Vielleicht, wenn ich die Brille abnehme?« Sie tut es und lacht laut. »Die brauche ich sowieso nicht.«

Langsam erkenne ich eine gewisse Ähnlichkeit – wenn ich sie mir mit anderen Haaren und ungefähr vierzig Kilo mehr vorstelle. Durch das zusätzliche Körpergewicht wirkte sie damals jünger, und der völlig andere Haarschnitt und die Farbe haben sie zusätzlich verwandelt. Jetzt weiß ich auch, wo die Hautfalten herkommen, die sie die ganze Zeit vor mir verborgen hat. Aber selbst wenn ich sie schon früher gesehen hätte, wäre ich niemals darauf gekommen, dass es sich um Annie handelt.

Sie dreht sich einmal im Kreis. »Kaum zu glauben, was? Ich habe mich radikal verändert, seit wir zusammen im OP standen.«

Ich bin sprachlos und verstehe nicht, was hier vor sich geht. Das Gift in meinem Körper wirkt sich auch auf meine kognitiven Fähigkeiten aus.

»Warum, Annie?«, frage ich schleppend.

Sie greift hinter mich, um etwas aufzuheben. Als sie sich über mich beugt, hat sie ein McKenzie-Leukotom in der Hand. Der Anblick erinnert mich daran, wie ich zum allerersten Mal den schlanken Stahlschaft halten durfte und welche Ehrfurcht ich empfand, ehe ich das Instrument hinten in den Schädel einer Leiche einführte, um in menschliches Hirngewebe zu schneiden. Es war der aufregendste und zugleich beängstigendste Moment meiner Karriere – jedenfalls bis ich denselben Eingriff zum ersten Mal an einem lebenden Patienten vornahm.

Sie sieht, wie ich das Instrument beäuge. »Erstaunlich, was man so alles im Internet bestellen kann. Und weißt du, was man sonst noch dort kriegt? Ausweise und Pässe von Toten. Lassen sich kinderleicht nachbearbeiten.« Sie zwinkert mir zu. »Meinen

Respekt dafür, dass du Peter gegenüber hart geblieben bist, damit er dir Beweise für seinen Job vorlegt. Diese ganze Geheimagenten-Geschichte war ziemlich bizarr, aber sie hat riesigen Spaß gemacht.«

Ich schlucke regelmäßig, um meine Speicheldrüsen anzuregen, und blinzle immer wieder, damit meine Augen mich nicht vollends im Stich lassen.

»Ich glaube, was Peter angeht, war der geheime Blumen-Code meine Lieblingsidee. Und du hast immer so brav mitgespielt. Als ich kurz nach Brookes Tod mit ihrer Kreditkarte den Strauß für dich gekauft habe, war ich ein bisschen traurig, weil ich wusste, dass es der letzte sein würde. Deshalb sollte er auch etwas ganz Besonderes werden«, zwitschert sie.

Ich versuche, nicht auf das Leukotom zu schauen, mit dem sie mir vor dem Gesicht herumfuchtelt.

»Keine Sorge, es ist steril«, beteuert sie.

Ich beginne zu keuchen, und meine Herzrhythmusstörungen nehmen zu – ein Zeichen dafür, dass mein Atemapparat mehr und mehr versagt. Die Vergiftung schreitet unaufhaltsam voran.

»Was hast du vor?«

»Ich dachte mir, wir könnten Michelles OP nachstellen. Eine Wiederholung, damit wir ein für alle Mal damit abschließen können, verstehst du? Nur dass ich mir statt einer langweiligen Vollnarkose etwas Interessanteres ausgedacht habe. Ich wollte dem Ganzen einen Hauch östlichen Flairs verleihen. Das ultimative Praxisbeispiel für integrative Medizin. Ost trifft West.« Sie summt vor sich hin, während sie das Leukotom mit einem Tuch poliert. Sie hat vollkommen den Verstand verloren. Ich muss dafür sorgen, dass sie weiter über sich redet. Dem Drang scheint sie ja nicht widerstehen zu können.

»Annie, warum hast du Brooke getötet? Ich verstehe das nicht.

Mein Gott, sie hatte doch schon ihre Schwester verloren.« Ich habe Mühe, einzelne Wörter aneinanderzureihen.

»Ich habe versucht, ihr zu helfen. Mir tat es so schrecklich leid, was ihr und ihren Eltern passiert war. Ich dachte mir, wenn ich ihr schon nicht ihre Schwester zurückgeben kann, dann kann ich wenigstens versuchen, selbst eine Schwester für sie zu werden. Bevor mein Bruder dafür gesorgt hat, dass ich weggeschickt wurde, war ich ihm auch eine sehr gute Schwester. Denn ich besitze Mitgefühl, Charlotte – etwas, von dem die meisten Menschen nur *behaupten*, es zu haben.«

Während sie spricht, zuckt ihr Blick manisch durch den Raum. Ich unterbreche sie nicht. Solange sie weiterredet und ich bei Bewusstsein bleibe, besteht noch die Hoffnung, dass die Polizisten draußen merken, wie lange ich schon hier drin bin, und kommen, um nach dem Rechten zu sehen.

Annie fährt fort. »Nach Michelles Tod habe ich den Kontakt zu Brooke gesucht, obwohl diese gottverdammte Vereinbarung uns das untersagt hat. Ich habe in Erfahrung gebracht, welchen Hundepark sie immer mit ihrem Cockerspaniel Butter besucht, und bin mit meinem Mops Thor hingegangen. Ich habe sie glauben lassen, dass mein Bruder kürzlich verstorben ist, und ihr anvertraut, wie sehr ich unter dem Verlust leide. Wir waren uns gegenseitig eine große Stütze. Sie hatte keine Ahnung, wer ich wirklich bin – sie hat mich am Tag des Eingriffs ja nie gesehen –, und wir sind ziemlich schnell Freundinnen geworden.« Sie macht eine nachdenkliche Pause. »Aber dann hat mich jemand aus der Klinik wiedererkannt, während ich mit ihr unterwegs war, und von jetzt auf gleich hat sie sich gegen mich gewandt. Aufgrund der Lüge, auf die ihr euch alle geeinigt habt, hat sie mir die Schuld am Tod ihrer Schwester gegeben. Ich habe versucht, ihr zu erklären, wie die OP wirklich abgelaufen ist, aber sie wollte es gar nicht hören.

Ich hätte meine komplette Abfindung dafür gegeben, meinen Namen reinwaschen zu können. Stattdessen habe ich all ihren Zorn und ihre Rachegelüste abbekommen«, sagt sie niedergeschlagen.

»Du hast der Vereinbarung auch zugestimmt«, flüstere ich. In Wahrheit geht es Annie gar nicht darum, dass Michelle Harmon gestorben ist. Sie will bloß nicht als jemand dastehen, der einen Fehler gemacht hat.

»Weil ich unter Druck gesetzt wurde! Henry Thornton hat mich so lange bearbeitet, bis ich irgendwann nachgegeben habe. Anfangs war ich gegen die Abmachung, da hat er Männer zu mir nach Hause geschickt, die mich einschüchtern sollten. Ihm war nur wichtig, seinen eigenen Hals zu retten, und das bedeutete, dass jemand weiter unten den Kopf hinhalten musste. Dass Stacy, in Thorntons Augen ein niederer Pfleger, irgendeinen Einfluss auf den Ausgang der OP gehabt hat, hätte niemand geglaubt, also musste ich über die Klinge springen. Und *du* hast seine Lüge erst möglich gemacht! Wir beide wissen doch, was an dem Tag wirklich passiert ist, Charlotte. Michelle Harmons Blut klebt nicht an meinen Händen, sondern an deinen.«

»Aber jetzt klebt auch an deinen Händen sehr viel Blut. Das von Brooke. Und von Rachel.« *Und meins wahrscheinlich auch bald*, schießt es mir durch den Kopf.

»Brooke hatte sich das selbst zuzuschreiben. Sobald sie wusste, wer ich bin, war sie noch schlimmer als Henry. Ihr Hass kannte keine Grenzen. Sie war völlig außer Kontrolle. Sie wollte, dass jemand genauso leidet wie sie. Bei jedem Job, um den ich mich danach beworben habe, hat sie dazwischengefunkt. Sie hat bei meinen potenziellen Arbeitgebern angerufen und ihnen erzählt, ich sei eine Mörderin. Ich habe nicht mal versucht, weiterhin als Ärztin zu arbeiten, und trotzdem wollte mich niemand auch nur mit der Kneifzange anfassen. Brooke Harmon hatte es sich zur Mission gemacht, mich zu vernichten. Ihretwegen wurde ich sogar aus meiner Wohnung geworfen, sie hat unter meinen Bekannten im Hundepark Gerüchte über mich gestreut, und dann ist Thor …« An dieser Stelle bricht ihre Stimme. »Mein kleiner Liebling Thor ist an einer Frostschutzmittelvergiftung gestorben! Ich weiß genau, dass sie es war! Wenn nicht, dann war es dieses Arschloch Thornton, der mir Angst einjagen wollte, weil ich verbotenerweise Kontakt zu Brooke aufgenommen hatte. Ab dann hatte ich endgültig nichts mehr zu verlieren. Brooke Harmon war keine arme, bedauernswerte Frau, die ihre Schwester verloren hatte, sondern jemand, der mich permanent schikaniert und mir das Leben zur Hölle gemacht hat. Ich musste dem ein Ende setzen. Es war Notwehr!« Annies Blick flackert wild. Was sie sagt, ist das Gegeifer einer Wahnsinnigen, doch solange sie weiterredet, kann sie mich wenigstens nicht aufschneiden.

»Warum hast du Rachel getötet?«, wimmere ich. »Sie hatte doch nichts damit zu tun.«

»Sie war ein Kollateralschaden. Sie hat zu viel rumgeschnüffelt. Gott, diese Frau war so was von neugierig! Ich hatte nicht geplant, sie umzubringen, aber sie hat nicht aufgehört, Nachforschungen über Peter anzustellen und Zweifel bei dir zu säen. Damit ist sie mir in die Quere gekommen. Aber ihr Tod hatte auch sein Gutes«, fährt sie belustigt fort. »Allein euer Streit bei dir zu Hause hat für so viele spannende Wendungen gesorgt. Dass Rachel kam, kurz nachdem ich dir die Schachtel hingestellt hatte, war einfach unbezahlbar. Und ich hätte niemals damit rechnen können, dass du dein Auto vor dem Restaurant stehen lässt, sodass ich es mir ausborgen kann!«

»Ich begreife das alles nicht!«, sage ich halb stöhnend, halb weinend.

»Ursprünglich hatte ich gar nicht vor, an dem Abend dein

Haus zu betreten, aber nachdem ich die Schachtel auf die Veranda gestellt hatte, musste ich mich verstecken, weil Rachel auf ihrem Fahrrad daherkam.«

»Du warst bei mir im Haus?« Jedes einzelne Wort raubt mir Energie, und die Schmerzen werden langsam unerträglich.

»Ja. Die ganze Zeit, während du dich mit Rachel gestritten hast.«

»Wie? Wo warst du denn?«

»Wenn du es genau wissen willst: Ich habe auf deinem Bett gelegen.« Ihr Lachen klingt wahnsinnig. »Ich habe dagelegen, als wäre ich am Strand, und hautnah miterlebt, wie ihr euch gezofft habt. Ich habe das Fenster einen Spaltbreit geöffnet, damit ich besser hören kann. Als du reingekommen bist, habe ich mich unter deinem Bett versteckt und dort ausgeharrt. Als ich gemerkt habe, wie betrunken du warst, hatte ich keine Angst mehr, dass du unters Bett schauen und mich entdecken könntest. Und da die Schlafzimmertür offen stand, hatte ich einen ausgezeichneten Blick ins Wohnzimmer. Ich habe mich rausgeschlichen, noch ehe du auf dem Sofa eingeschlafen warst.«

»Oh mein Gott!«

»Und als dann der Detective kam und du ihm erzählt hast, dass du deinen Wagen auf dem Parkplatz vor dem La Vid hättest stehen lassen, ist mir eine geniale Idee gekommen. Ich habe gewartet, bis du im Bett warst, dann habe ich deine Schlüssel und dein Fahrrad genommen und mir dein Auto ausgeborgt. Ich habe Rachel einen Besuch abgestattet, das Auto danach wieder auf dem Parkplatz abgestellt und dein Rad dorthin zurückgebracht, wo ich es gefunden hatte. Niemand hat was gemerkt! Es war, als würde mir das Universum den Weg ebnen, damit ich endlich meine Rechnung begleichen kann. Es war Schicksal.«

Silvestri

»Ich glaube, sie ist in der Praxis!«, brülle ich ins Telefon. Ich habe Smith am Apparat, der auf dem Parkplatz im Auto sitzt und auf Charlotte aufpassen soll.

»Wer?«, fragt er.

»Unsere Täterin ist eine Sie!«

»Verstanden«, sagt er hastig. »Wir kümmern uns darum.«

Charlotte

Ein heftiger Schüttelfrost überkommt mich, und meine Zähne fangen lautstark an zu klappern. Annie redet unverdrossen weiter. »Es war nicht das erste Mal, dass ich bei dir zu Hause war. Normalerweise bin ich nur vorbeigekommen, wenn du gerade nicht da warst, aber manchmal habe ich mich auch reingeschlichen, während du geschlafen hast. Ich war neugierig, außerdem war es ganz nützlich, ein paar Dinge über dein Leben zu wissen, die du deinem Seelenverwandten Peter nicht anvertraut hast.« Sie macht ein würgendes Geräusch. »Irgendwann musste ich damit aufhören, es war schon zu einer Angewohnheit geworden. Als die Sache mit der Polizei sich immer weiter zugespitzt hat und deine Mutter auf den Plan getreten ist, habe ich mich logischerweise zurückgehalten.« Sie macht einen Schritt auf mich zu. Die Spitze des metallenen Leukotoms reflektiert das Licht.

»Annie, bitte tu mir nichts!« Ich versuche, nicht das scharfe Ende anzusehen.

Sie betrachtet das Instrument mit gerunzelter Stirn. »Du hast recht, das passt irgendwie nicht.« Sie lässt die Hand sinken, und ein Funken Hoffnung keimt in mir auf. Dann tritt sie hinter mich, und ich höre Metall auf Metall. »Ich glaube, ich bevorzuge etwas

Moderneres, allein schon um deiner umfassenden Wertschätzung für die Kunst der Chirurgie gerecht zu werden.« Sie zeigt mir ein Walter-Freeman-Orbitoclast aus Edelstahl. Die meisten Menschen würden es vermutlich für einen künstlerisch angehauchten Eispickel halten, doch ich sehe darin eine wunderschöne moderne Version des Leukotoms. In der anderen Hand hält sie seinen ständigen Begleiter, einen schlanken Hammer aus Edelstahl. Sie hält mir beide Instrumente vor das Gesicht. »Ein wunderschönes Paar, findest du nicht?«

»Annie, warum tust du das alles? Ich verstehe das nicht.«

»Ich bin so froh, dass du fragst«, schnurrt sie. »Dank euch hatte ich sehr viel freie Zeit. Nachdem Brooke mein Leben zerstört hatte, war ich reif für einige große Veränderungen. Ich hätte schon längst eine Typveränderung nötig gehabt, hatte aber nie die Motivation oder die nötigen Mittel gehabt. Genau wie bei dir hatte sich mein ganzes Leben immer nur um die Arbeit gedreht, und jetzt war ich auf einmal arbeitslos, hatte eine Menge Geld auf der Bank, und es gab eine Handvoll Menschen, denen ich dringend eine Lektion erteilen musste. Mein Beruf war mein Leben, Charlotte. Als man mir das genommen hat, musste ich mich von Grund auf neu erfinden. Ich musste jemand anders werden. Ich war immer schon unglücklich mit meinen überflüssigen Pfunden gewesen, allerdings hatte ich nie die Zeit oder den nötigen Antrieb gehabt, um wirklich etwas daran zu ändern. Ein Arzt hier in der Nähe, den ich noch von meinem Praktikum her kannte, hat bei mir einen Magenbypass durchgeführt. Ich habe mir ein kleines Haus gekauft, mich unters Messer gelegt und die nächsten sechs Monate damit verbracht, mich zu erholen und mir zu überlegen, wie ich die Macht über mein Leben zurückerlangen kann.«

Ich bin heilfroh über ihren fortdauernden Monolog. Während sie redet, spüre ich in meinen Körper hinein. Jedes neue Detail, das mir auffällt, ist beängstigender als das zuvor. Als Annie plötzlich innehält und mich eine Sekunde lang ansieht, bleibt mir fast das Herz stehen. Doch dann fährt sie fort.

»Da ich keine Arbeit, dafür aber jede Menge freie Zeit hatte, beschloss ich, mir eine neue Fähigkeit anzueignen. Weißt du noch, dass ich dir gesagt habe, ich wüsste kaum, wie man einen Computer einschaltet?«, fragt sie. »Tja, das weiß ich definitiv – sogar viel mehr als das. Wie sich herausstellt, bin ich eine begnadete Programmiererin. Ein Naturtalent. Anfangs war mir noch gar nicht klar, was genau ich damit anfangen soll, ich dachte einfach, in der heutigen Zeit könnte es nicht schaden, solche Kenntnisse zu besitzen. Und es hat mir Spaß gemacht. Irgendwann ist mir dann der Gedanke gekommen, dass dies der perfekte Weg wäre, dich und Brooke zusammenzubringen. Ein faszinierendes Sozialexperiment. Aber ich wollte mich nicht schon wieder ausgeschlossen fühlen. Freunde sind ein wichtiger Faktor für die geistige Gesundheit, Charlotte«, schiebt sie mit gespenstischer Stimme dazwischen, während ein eisiger Schauer durch meinen Körper rieselt. »Ich wollte den Menschen wieder so nahe sein wie damals im Hundepark mit Brooke, bevor sie wusste, wer ich war. Mir war gar nicht klar gewesen, wie sehr ich den Beistand anderer Frauen brauche, um die Traumata zu überwinden, die ich im Leben erlitten habe.« Sie verstummt und tritt abermals hinter mich. Ich halte den Atem an, aus Angst, dass sie gleich anfängt, mich zu operieren, aber dann höre ich stattdessen, wie sie eine Flasche öffnet und einen Schluck daraus trinkt. Das Geräusch macht mir bewusst, wie groß mein eigener Durst ist.

»Annie? Ich tue alles, was du willst. Bitte ruf den Notarzt«, flehe ich sie an. Eine Taubheit hat sich in meinen Gliedern ausgebreitet. Das ist zwar angenehmer als die schreckliche Übelkeit, aber definitiv kein gutes Zeichen, was den Fortgang meiner Vergiftung angeht.

»Bist du von allen guten Geistern verlassen? Ich habe viel zu viel Arbeit investiert, um an diesen Punkt zu kommen. Warum sollte ich das jetzt alles kaputtmachen?« Erneut schlägt der Zorn in ihrer Stimme durch.

Ich beschließe, dass es besser ist, sie gewähren zu lassen, statt sie weiter zu provozieren. Im Stillen bete ich, dass jemand kommen und mir helfen möge, doch je länger ich hier liege, desto mehr schwindet meine Hoffnung dahin.

»Warum wolltest du denn, dass ich dem Chatroom beitrete? Warum hast du dich für Peter ausgegeben und mir die Morde angehängt?«

»Ich wollte mich an dir rächen, und zwar auf eine Art und Weise, die mir zugleich eine sinnvolle Betätigung bietet. Ich brauchte endlich wieder ein Ziel, nachdem ihr mein Leben komplett abgefackelt hattet. Und sobald ich erst mal angefangen hatte, wurde das Ganze zu einer Art Spiel. Es hat mir so viel Spaß gemacht, dass ich gar nicht mehr aufhören wollte.«

»Wäre es nicht leichter gewesen, mich einfach umzubringen?« Ich höre die Resignation in meinen Worten und spüre, wie mein Wille zu kämpfen immer schwächer wird.

»Das hätte ich nicht wirklich als befriedigend empfunden.« Sie hat wieder angefangen, auf und ab zu gehen, und steigert sich immer mehr in ihren Zorn hinein. Ich muss unbedingt versuchen, sie zu beruhigen.

Inzwischen hat eine Parästhesie meiner Haut eingesetzt. Ein brennendes Kribbeln läuft von meinem Körper bis in meine Extremitäten und wieder zurück. »Es tut mir leid, dass du gefeuert wurdest, Annie. Ich konnte nicht ahnen, dass du deine Stelle verlieren würdest. Ich hätte alles getan, um das zu verhindern …«

»Aber du *hast* nichts getan, stimmt's? Du hast einfach zusammen mit Thornton diese Dreckserklärung unterzeichnet und mich den Wölfen zum Fraß vorgeworfen. Ich habe meine Arbeit verloren und den Ruf, den ich mir in dreißig Jahren aufgebaut hatte, Charlotte!«, faucht sie wutentbrannt. »Weißt du, wie viel mir diese Arbeit bedeutet hat? Bis auf Thor war sie alles, was ich hatte. Ihr habt mich wie Luft behandelt, dabei wart ihr für mich praktisch so was wie meine Familie!«

Mir dämmert, dass die Geschichte über Lucys angebliche Entfremdung von ihrer Tochter womöglich auch nur eine Erfindung war, und das macht mich tieftraurig – was seltsam ist, wenn man meine Lage bedenkt. Eine Tochter zu erfinden, die nicht mit einem redet, kommt mir noch schlimmer vor, als wirklich eine Tochter zu haben, die nicht mit einem redet.

Sie ist nicht zu bremsen. »Ihr habt mich geopfert, um euren Hals zu retten. Und ihr wärt auch damit durchgekommen.« Sie schlägt heftig mit dem Hammer in ihre offene Handfläche.

»Annie, ich verstehe dich vollkommen. Es war nicht richtig, dass du die Leidtragende warst. Was passiert ist, war meine Schuld. Das wollte ich auch allen sagen, aber Henry ... er hat mich in die Psychiatrie gesteckt, während die Ermittlungen liefen, damit ich mich nicht einmische.«

Sie bleibt stehen und sieht mich an. »Dann hast du also zugelassen, dass er sich nicht nur das Verdienst anrechnet, sondern auch die komplette Schuld auf sich nimmt, ja? Na, wenigstens bist du konsequent.«

»Die Sache hat auch *meine* Karriere zerstört, Annie.«

»Das ist doch nicht zu vergleichen, Charlotte. Du warst damals noch ein verficktes Kind, nicht eine Frau Mitte fünfzig, die versucht, nach einem riesengroßen Kunstfehler-Skandal beruflich wieder Fuß zu fassen. Ich hatte keine Chance, erst recht nicht, nachdem Brooke Harmon auf den Plan getreten war.«

»Wir haben doch eine Abfindung bekommen. Was ist denn damit?«

»Du verstehst überhaupt nicht, worum es geht, du selbstgerechtes kleines Miststück. Es geht hier doch nicht ums Geld. Geld habe ich genug. Es geht darum, dass Henry Thornton mit deiner Hilfe die Karriereleiter raufgefallen ist und ihr mir eiskalt in den Rücken gefallen seid. Wo war eure beschissene Solidarität? Ich war immer freundlich zu dir. Ich hätte deine Mentorin sein und dir helfen können, dich in dem sexistischen Minenfeld zurechtzufinden, mit dem ich mich als Frau in der Medizin jahrelang herumschlagen musste. Aber du hattest nur Augen für ihn, alle anderen waren praktisch unsichtbar für dich. Du hast dich immer auf seine Seite gestellt. Ich bin an dem Tag ins Krankenhaus gekommen, um wie immer gute Arbeit zu leisten, und innerhalb von Sekunden habe ich alles verloren. Keiner von euch hat sich auch nur einen feuchten Dreck um mich geschert.«

Ich bin kurz davor, das Bewusstsein zu verlieren. »Das tut mir alles so unendlich leid, Annie. Henry hat mich genauso reingelegt wie dich. Ich hätte ihn aufgehalten, wenn ich es gekonnt hätte. Michelles Tod hat auch mein Leben zerstört.«

»Oh, das weiß ich.« Sie verzieht das Gesicht zu einer Maske der Bitterkeit. »Ich weiß *alles* über dich, Char. Du hast im Chatroom und am Telefon so viel von dir preisgegeben. Das ganze letzte Jahr habe ich zugehört, wie du unablässig über dich selbst redest. Wahrscheinlich weiß ich mehr über dich als Rachel, sogar mehr als deine eigene Mutter.« Sie genießt es, das imaginäre Messer in der Wunde herumzudrehen.

Ich zucke innerlich zusammen. Dann versuche ich es mit einer anderen Herangehensweise. »Ich dachte, du magst mich. Ich dachte, alle im Chat mögen mich. War das bloß vorgespielt?«

»Es ist schon komisch, Charlotte. Als ich rausfand, dass man dich ins Bellevue eingewiesen hatte und du danach zurück zu deiner Mutter gezogen warst, dachte ich fast, dass du genug gelitten hast. Aber als ich dann von einer alten Bekannten im Stony Brook Memorial hörte, dass du wieder als Ärztin arbeitest, bin ich wütend geworden. Es erschien mir als Kismet, dass wir am Ende alle am selben Ort gelandet sind – du, Brooke und ich. Ich wollte die Gelegenheit nutzen, die Dinge wieder ins Lot zu bringen. Wie schon gesagt, sehnte ich mich nach der Kameradschaft und Unterstützung, die ich bei Brooke und der Gruppe aus dem Hundepark erlebt hatte. Aber ich wollte nicht wieder zurückgewiesen werden. Es ist mir nie leichtgefallen, Freundschaften zu knüpfen und sie auch zu halten. Das liegt daran, dass ich so direkt bin.«

Und daran, dass du eine Psychopathin bist, denke ich.

»Außerdem wollte ich wissen, wie es dir mit alldem so geht. Deshalb kam mir die Idee, die einzelnen Punkte miteinander zu verbinden. Ich wusste, dass Brooke auch Henry belästigt hatte, was mich unfassbar froh machte. Allerdings hatte ich das Gefühl, dass du viel zu gut weggekommen bist …«

»Aber sie hat mich auch belästigt«, entgegne ich. »Sie hat schlechte Bewertungen über meine Praxis geschrieben.«

»Nichts Ernstes, wenn du mich fragst. Nach Henrys einstweiliger Verfügung hat sie den Biss verloren. Es hat mich schier rasend gemacht, dass du immer auf den Füßen landest, ganz egal, was du machst. Ich war immer freundlich zu dir, als wir zusammengearbeitet haben, und du hast mir die kalte Schulter gezeigt. Du bist unfassbar arrogant, Charlotte, und dank der vertrauensvollen Beziehung, die wir das letzte Jahr über miteinander geführt haben, weiß ich inzwischen auch, warum.« Ihre Stimme trieft vor Gehässigkeit.

»War eine von ihnen du?«, frage ich schwach.

»Alle Mitglieder des Chatrooms waren Teilaspekte von mir. Peter nicht; den gab es früher wirklich. Es hat Spaß gemacht, mich in ihn zu verwandeln. Ich habe es immer weiter ausgereizt, und du hast nie Verdacht geschöpft.«

»Weil ich den Menschen vertraue, Annie. Ich habe *dir* vertraut.« Das Atmen fällt mir immer schwerer.

»Aber wir hatten Spaß zusammen, nicht wahr? All die Textnachrichten, die vielen Anrufe. Es tat gut, zu wissen, dass Peter am anderen Ende der Leitung war, wenn du ans Telefon gegangen bist, stimmt's?«

»Außer wenn er es *nicht* war«, sage ich unerwartet. »Außer wenn er mal wieder abgetaucht ist.«

Ich spüre, wie mir die Realität entgleitet. Das Bewusstsein, dass Peter in Wahrheit Annie ist, wird immer schwächer, genau wie meine Wut auf den Mann, der mir das Herz gebrochen hat, weil ich mich in ihn verliebt habe, ohne ihm jemals begegnet zu sein.

»Es war essenziell für Peters Geschichte, dass er schwer greifbar ist. Auf diese Weise konnte ich dich bei der Stange halten«, erklärt sie mir.

»Du hast mich bei der Stange gehalten, weil ich einsam war. Peter hätte genauso gut jemand anders sein können«, erwidere ich, gespannt, ob meine Selbsterkenntnis eine Reaktion bei ihr auslöst. Ich sehe, wie die Knöchel an der Hand, in der sie das Orbitoclast hält, weiß hervortreten. Ich zucke ganz leicht zusammen und erkenne verblüfft, dass meine rechte Hand noch einen Rest Bewegungsfähigkeit zurückbehalten hat, wenn ich mich ganz stark auf sie konzentriere.

»Schwachsinn, Charlotte. Ich weiß genau, dass du Peter geliebt hast. Ich war hautnah dabei, schon vergessen? All die Komplimente, die permanente Aufmerksamkeit. Die ekelhaften Geständnisse. Die Fantasien.«

Ich spüre, wie mir Tränen seitlich über das Gesicht rinnen.

Der Anblick scheint ihr zu gefallen. »Aber das ist alles bloß Illusion, selbst wenn man den Partner leibhaftig vor sich sieht und weiß, mit wem man es zu tun hat. Irgendwann ist der anfängliche Rausch der Verliebtheit verflogen, und dann setzt unweigerlich die Enttäuschung ein. So ein Zustand lässt sich einfach nicht aufrechterhalten, deshalb habe ich mich auch nie damit abgegeben. Du durftest immerhin eine Zeit lang glauben, dass es jemanden gibt, der dich liebt und den es interessiert, was du Tag für Tag so treibst.« Ihre Pupillen sind so stark geweitet, dass es ist, als würde man in die leeren schwarzen Augen eines Haifischs blicken.

Ich muss an etwas denken, was Rachel einmal zu mir gesagt hat: *»Die meisten Menschen haben Angst vor dem Sterben, aber das sollten sie nicht. Für diejenigen, die zurückbleiben, ist es viel schlimmer. Wenn man stirbt, kommt man an einen besseren Ort. Das glaube ich wirklich.«* Bei der Aussicht, meine Freundin bald wiederzusehen, fließen meine Tränen heftiger. Ein neuer Schmerz schießt durch meinen Körper, und meine Muskeln ziehen sich krampfartig zusammen.

»Ich weiß, da ist ziemlich viel zu verdauen.« Annie legt das Orbitoclast auf den Tisch und stellt sich hinter mich. Solange ich bei Bewusstsein bleibe und sie ablenke, kann sie es mir nicht ins Gehirn rammen. Als sie wieder in meinem Blickfeld auftaucht, sehe ich, wie sie sich Einmalhandschuhe überstreift.

»Und jetzt: *Schhh!* Wir reden viel zu viel. Ich möchte, dass du für die Hauptattraktion bei vollem Bewusstsein bist, und so wie es aussieht, bleibt dir nicht mehr viel Zeit auf dieser Welt.«

Silvestri

»Wir kommen nicht rein!«, ruft Smith ins Telefon. »Irgendwas blockiert die Tür!«

Scheiße! »Warten Sie, ich bin gleich da.« Ich lege auf und fordere Verstärkung an.

Charlotte

Als sie das nächste Mal aus meinem Blickfeld verschwindet, fokussiere ich jeden noch verbliebenen Rest Kraft in meine rechte Hand und stelle fest, dass ich tatsächlich in der Lage bin, sie zu öffnen und zu schließen. Jetzt muss ich nur noch ausreichend Schwung aufbringen, um den Arm ans Gesicht zu heben, und ein paar der Nadeln herausziehen, ohne dass sie etwas mitbekommt.

»Wusstest du eigentlich, dass Wissenschaftler trotz all der Fortschritte, die bisher in der westlichen Medizin gemacht wurden, den Wirkmechanismus einer Anästhesie nach wie vor nicht genau erklären können? Das fand ich immer faszinierend. In gewisser Hinsicht war ich die wichtigste Person im OP, weil ich dafür gesorgt habe, dass die Patienten weder Angst noch Schmerzen empfinden, und trotzdem konnte niemand sagen, wie eine Narkose eigentlich funktioniert. Ich war eine Magierin.« Pfeifend macht sie sich in meiner Nähe zu schaffen, aber mein Dämmerzustand macht es mir schwer, mich länger auf eine Sache zu konzentrieren.

Die winzigen Nadeln in meinem Gesicht sind wohl kaum ein ebenbürtiger Gegner für ihre stählernen Instrumente, aber sie sind die einzige Waffe, die mir zur Verfügung steht. Ich darf ihr auf keinen Fall erlauben, noch tiefer in meinen Kopf einzudringen, als sie es bereits getan hat. Ich muss wenigstens versuchen zu kämpfen.

»Annie?«, krächze ich.

»Ja?«, sagt sie barsch. Sie wirkt ungeduldig, als könnte sie es nicht erwarten, endlich anzufangen.

»Auf dem Parkplatz sind Polizisten. Wenn ich in den nächsten fünf Minuten nicht rauskomme, merken sie, dass was nicht stimmt, und kommen nachschauen. Detective Silvestri wartet auch draußen.«

Ich hoffe inständig, dass es so ist.

Sie legt den Kopf schief und mustert mich einmal von oben bis unten, ehe sich in ihrem unscheinbaren Gesicht ein gespenstisches Grinsen ausbreitet.

»Es ist süß von dir, dass du dich um mich sorgst.« Genauso schnell, wie es gekommen ist, verschwindet das Grinsen wieder, und ihre Stimme wird so tief, dass ich unwillkürlich erschauere. Es ist Peters Stimme. »Aber ich habe alles im Griff.«

Das Herz rutscht mir in die Hose. Inzwischen schlägt es immer unregelmäßiger.

»Du warst ja so zuvorkommend, die Tür abzuschließen und zu verriegeln, und ich habe zur Sicherheit noch den Schreibtisch davorgeschoben. Das Ding war erstaunlich schwer. Dein Wichser in glänzender Rüstung wird seine liebe Mühe haben, ohne Rammbock hier reinzukommen, ich habe also noch mehr als genug Zeit mit dir.«

»Und wie willst du hier rauskommen, nachdem du mich getötet hast? Du sitzt in der Falle.« Ich habe einen neuen, bisher ungeahnten Energievorrat in mir entdeckt. Das Gift zersetzt die Enzyme in meinem Körper, schon bald wird ein Organsystem nach dem anderen versagen, aber ich bin dankbar für die Fähigkeiten, die mir geblieben sind. Ich habe immer noch mein Gehirn. Vermutlich nicht mehr allzu lange, aber ich möchte seine Funktion so lange wie möglich erhalten. Das ist eine starke Motivation.

»Ach, zerbrich dir meinetwegen mal nicht den Kopf, Liebes. Und vergiss nicht: Die Polizei rechnet mit einem *Mann*, nicht mit mir. Wenn sie irgendwann reinkommen, werde ich völlig außer mir sein und Mühe haben, den schrecklichen Kerl zu beschreiben, der uns beiden aufgelauert hat, um mich bewusstlos zu schlagen und in Rachels Behandlungsraum einzusperren, während er sich über dein Gehirn hermacht. Ich werde ihnen sagen, dass ich mir wegen der Drohanrufe von Henry große Sorgen um dich gemacht habe. Sie wissen ja, dass er nicht mehr ganz zurechnungsfähig ist und schon öfter versucht hat, uns zum Schweigen zu bringen. Und wenn sie erst sehen, was er mit deinem Gehirn angestellt hat, werden sie erkennen, dass ihn das Operationsverbot vollends um den Verstand gebracht haben muss. Ich habe mich riesig gefreut, als ich gehört habe, dass er zwar nicht gefeuert wurde, sie ihm aber immerhin seine Spielzeuge weggenommen haben. Das ist auch das Beste so. Du warst in eurer Partnerschaft ohnehin immer die Kompetentere. Das Einzige, was er wirklich gut konnte, war, anderen den Platz im Rampenlicht zu stehlen.«

»Wieso ich? Wieso nicht Henry?«, frage ich unter großer Anstrengung. »Er hat das mit dem Vergleich eingefädelt. Er hat dich belästigt und bedroht und vielleicht sogar Thor getötet.«

»Der kriegt schon noch sein Fett weg, keine Bange.« Sie weidet sich an meiner Angst. »Ich glaube, bei deiner Bestrafung habe ich mehr Kreativität an den Tag gelegt, weil so ein Verhalten für ihn einfach typisch war. Absolut vorhersehbar. Die Privilegien alter weißer Männer und der ganze Schwachsinn. Aber du warst ja so geblendet von ihm, dass dir gar nicht der Gedanke gekommen ist, dich an mich zu wenden. Ich hätte dich unter meine Fittiche nehmen können. Ich hätte dir eine Mutter sein können.«

»Wir kannten uns doch kaum.«

Jenseits der haifischartigen Schwärze sehe ich ein Aufflackern in ihren Augen. Schmerz. »Dann habe ich unser Verhältnis wohl anders beurteilt als du. Ich dachte, wir sind Seelenverwandte. Vor allem, nachdem du dich mir anvertraut hast.« Ihre Augen werden wieder dunkel, und ihre Züge sind auf einmal wie versteinert. »Natürlich erinnerst du dich nicht mehr.« Sie schüttelt den Kopf. »Du hast auf der Toilette gesessen und geweint. Ich dachte, es läge daran, dass sich die anderen Ärzte im Praktikum über dich das Maul zerrissen haben.«

Eine vage Erinnerung treibt an die Oberfläche, wie ich einmal nach einer besonders anstrengenden Sechsunddreißig-Stunden-Schicht und einem frustrierenden Gespräch mit meiner Mutter, die angetrunken in der Klinik auftauchte, nur um mir Hallo zu sagen, in Tränen ausgebrochen bin und Annie mich getröstet hat. Ich habe mich bitter bei ihr beklagt und den Wunsch geäußert, eine ganz normale Mutter zu haben. Aber das war eine einmalige Begebenheit, die ich danach komplett vergessen habe. Für sie allerdings hat das Erlebnis offenbar eine ganz andere Bedeutung. Die Einsamkeit dieser Frau wird mir immer schmerzhafter bewusst. »Wie willst du ihnen erklären, dass du hier bist und Henry nicht?«

»Der wird natürlich längst über alle Berge sein, wenn die Polizei kommt. Aber ich habe seine DNA – seinem Hang zu nachmittäglichen Schäferstündchen mit seiner Geliebten sei Dank. Jede Woche zur selben Zeit am selben Ort. Du glaubst gar nicht, wie leicht es ist, sich als Zimmermädchen auszugeben. Man muss sich einfach nur das entsprechende Kostüm anziehen und sich in einem Hotelflur aufhalten. Ich habe eine ausreichende Menge Liebessaft vom guten Doktor, um den Tatort zu präparieren. Dann kann er sich noch ein letztes Mal mit fremden Federn schmücken.

Ich muss natürlich den Part des Beinahe-Opfers spielen, aber wie durch ein Wunder werde ich die Tortur überleben, sodass ich der Welt davon berichten kann. Ich wette mit dir, das gibt einen Buchvertrag mit Option auf Verfilmung. Ich schlucke ein bisschen von dem *Aconitum*, allerdings längst nicht so viel, wie ich dir gegeben habe«, sagt sie selbstbewusst. »Mit einem Aktivkohle-Smoothie bin ich ruckzuck wiederhergestellt. Mal im Ernst: Gibt es irgendwas, was Aktivkohle *nicht* kann?« Sie wirkt sehr zufrieden mit sich. Ich bin in eine traumartige Trance gefallen, doch ich weigere mich, diese Welt heute zu verlassen. Ich wäge meine überaus begrenzten Optionen ab und wünschte, *dim mak*, der berüchtigte Kuss des Drachen, würde nicht nur in Kung-Fu-Filmen funktionieren. Immerhin bringt mich das auf eine Idee.

Silvestri

Ich biege mit quietschenden Reifen auf den Parkplatz ein, halte an und springe aus dem Wagen. Während ich an den Kollegen vorbei zum Eingang des China Panda sprinte, reiße ich mir die Jacke vom Leib.

Charlotte

Sie hat mir den Rücken zugekehrt, während sie auf dem Regal etwas aufbaut.

»Annie?«, stoße ich mühsam hervor. »Peter – so hieß dein Bruder, stimmt's? Du hast in dem Chatroom über ihn gesprochen?«

Sie dreht sich nicht um, doch ich sehe, wie ihre Schultern nach unten sacken. Erst ihr Satz *»Den gab es früher wirklich«* hat mich auf die Idee gebracht. Jetzt hoffe ich, dass ich sie noch ein paar Minuten lang hinhalten kann, bis ich die nötige Energie aufbringe, um meinen rechten Arm zu heben.

»Ja«, sagt sie leise. »Peter war mein älterer Bruder. Er hätte auf mich achtgeben sollen, stattdessen hat er schreckliche Dinge getan und mir die Schuld daran gegeben. Erst hat er meinen Hund vergiftet, dann war es ein Feuer in einem Schuppen, durch das um ein Haar das ganze Haus abgebrannt wäre. Einmal hat er versucht, eins der Kinder aus der Nachbarschaft zu vergiften. Meine Mutter hat ihn über alles geliebt und mir nie Glauben geschenkt, wenn ich ihr gesagt habe, was er alles anstellt. Er konnte sie und meinen Vater immer davon überzeugen, dass ich die Böse war. Und am Ende haben sie sich entschieden, nur ihn zu behalten.« Sie hat mir immer noch den Rücken zugedreht, aber die Bitterkeit in ihrer Stimme ist nicht zu überhören. »Mich haben sie ins Internat gesteckt. Danach habe ich sie kaum noch gesehen. Ich habe mit meiner Familie gebrochen und so getan, als wäre ich ein Waisenkind. Leider war dies nicht das einzige Mal, dass ich alles verloren habe, weil andere mir die Schuld in die Schuhe schoben. Na ja. Wahrscheinlich muss jeder von uns seine ganz eigenen schädlichen Muster überwinden.« Sie schnaubt.

Während sie immer tiefer in ihren Wahn abdriftet, schicke ich jedes letzte bisschen Energie in meine rechte Hand, bis es mir schließlich gelingt, sie an mein Gesicht zu heben und zwei Nadeln herauszuziehen, ehe mein Arm kraftlos herabfällt.

Wie durch ein Wunder ist mein Pinzettengriff stark genug, um die winzigen Nadeln zwischen Daumen und Zeigefinger festzuhalten.

»Aber genug von der Vergangenheit. Leben wir in der Gegenwart! Das ist doch dein Motto, oder, Charlotte?« Sie nimmt Orbitoclast und Hammer in die Hand und kommt näher. »Ich weiß, dass ich dir nicht erklären muss, was gleich passieren wird. Ich möchte aber erwähnen, wie sehr es mich freut, dass du noch annähernd bei vollem Bewusstsein bist. Du bist ganz schön zäh, das muss man dir lassen. Ich habe dir sieben Gramm reines *Aconitum* injiziert, da hätte ich damit gerechnet, dass du mittlerweile im Koma liegst. Aber manche Menschen können von ihrer Konstitution her einfach besser mit Toxinen umgehen als andere. Rachel war absolut chancenlos.«

Ich sage nichts, sondern nicke nur kaum merklich. Ich nutze den Zorn, der durch meinen Körper fließt, als Treibstoff für meine immer schwächer werdenden Glieder. Ganz still liege ich da und spare jeden Rest an Energie auf.

»Oh, das hätte ich fast vergessen!« Sie langt in die Brusttasche ihrer Bluse und holt ein Kontaktlinsendöschen heraus.

Silvestri

Das Restaurant ist dunkel und verlassen. Ich wickle mir die Jacke um den linken Arm und schlage damit die Scheibe in der Eingangstür ein. Während um mich herum die Scherben zu Boden prasseln, schießt mir ein scharfer Schmerz in den Arm, und mir kommen die Tränen. Ich klettere durch das Loch und stürze auf den verborgenen Durchgang zum WC in Charlottes Praxis zu.

Charlotte

Sie legt Orbitoclast und Hammer neben sich auf den Tisch und schraubt einen der beiden Behälter auf. Nachdem sie den Deckel neben die chirurgischen Instrumente gelegt hat, benutzt sie eine elektrochirurgische Pinzette, um einen winzigen braunen Gegenstand herauszuholen, der wie ein kleiner Olivenstein aussieht.

Sie hält ihn mir so dicht vor mein rechtes Auge, dass er verschwimmt. »Das Paradestück der Inszenierung!«

Ich blinzle gegen meine Tränen an. Es geschieht wirklich. Dieser Moment ist echt, und ich bin mittendrin und spüre ihn so deutlich, dass ich nicht weiß, wie ich es noch länger ertragen soll. Ich warte, während sie die Pinzette wieder gegen das Orbitoclast nebst Hammer eintauscht.

»Ich mache dich erst mal auf, grabe ein bisschen um und richte Schaden in deinem oberen Frontallappen an, ehe ich mich an die Aussaat mache. Bei den anderen habe ich die Samen in den Gehörgang eingeführt, aber diesmal möchte ich es so richtig krachen lassen. Es soll nach Henry aussehen. Ich gehe richtig in die Vollen. Vielleicht muss ich dich zwischendrin mal um Rat fragen – wenigstens solange du noch im Besitz deiner Sprachfähigkeit bist.« Sie lacht über ihren eigenen Scherz. Ich selbst bin nur noch wenige Atemzüge vom Herzstillstand entfernt.

»Vielleicht bist du zu dem Zeitpunkt auch schon tot. Kann sein, kann auch nicht sein. Mit deinem Gehirn wird auf jeden Fall nicht mehr viel anzufangen sein! Es kommt nicht jeden Tag vor, dass ich mit der Grauen Substanz einer Neurochirurgin spielen darf. Ich habe mir viele YouTube-Videos über Gehirn-OPs angeschaut, um meine Kenntnisse aufzufrischen. Es ist lange her, seit ich zuletzt das Privileg hatte, dir und Dr. Thornton bei der Arbeit zuzuschauen.«

Ich überlege, ob ich damals je das Gefühl hatte, dass Annie geistesgestört sein könnte, aber ich kann mich nur noch daran erinnern, wie unauffällig sie war. Immer nett, aber eher still. Ein bisschen scheu und reserviert. Für mich gehörte sie einfach zum Inventar des Krankenhauses. Ich war so vom Glanz meiner zukünftigen Karriere geblendet, dass ich kaum mitbekam, was um mich herum geschah. Die meisten Menschen nahm ich gar nicht wahr. »Annie, es tut mir wirklich leid. Bitte, tu es nicht. Du bist doch meine Freundin. Willst du mir wirklich etwas antun?«, flehe ich. »Lucy und ich haben doch ein gutes Verhältnis zueinander aufgebaut, oder nicht?«

Sie zögert. »Das war bloß eine Rolle, die ich gespielt habe. So wie die Frauen in dem Chatroom. Wie Peter. Das war alles nur Show.«

»Aber da war doch was zwischen uns. Da ist was zwischen uns. Ich weiß, dass du es auch spürst. All die Gespräche, die wir im Chat geführt haben, und die Nachrichten, die du mir als Peter geschrieben hast. Die Behandlungen, die ich bei dir durchgeführt habe. Teilweise mag das Illusion gewesen sein, aber du warst doch in jeder dieser Beziehungen präsent.«

Sie schneidet eine Grimasse. Ich weiß nicht genau, ob Schmerz, Wut oder so etwas wie Zuneigung dahintersteckt. Was immer es ist, sie kämpft es nieder.

»Soll das ein Witz sein? Ich plane das hier seit über einem Jahr. Und bisher läuft es besser, als ich mir jemals hätte träumen lassen.«

»Aber du hast mir doch das Leben gerettet.«

»Wovon redest du?«

»Du hast mir die Mail über den Chatroom für Trauma-Überlebende geschickt, richtig? Um mich anzulocken?«

»Ja«, antwortet sie stolz. »Du hast es mir leicht gemacht und den Köder sofort geschluckt. Ich hatte mich schon darauf eingestellt, dir mehrere Dutzend Mal schreiben zu müssen, bis du endlich anspringst.«

»Woher wusstest du, dass ich Selbstmordgedanken hatte? Deine Mail kam genau an dem Abend, als ich mir das Leben nehmen wollte. So verzweifelt war ich nach Michelles Tod.«

Sie denkt nach. »Das wusste ich nicht. War wohl einfach ein

glücklicher Zufall. Hm. Komisch.« An ihrem Ton höre ich, dass sie es kein bisschen komisch findet.

»Du hast mir wirklich das Leben gerettet. Ich weiß, das war nicht deine Absicht, aber die Gruppe hat mich an dem Abend und an allen darauffolgenden Abenden davon abgehalten, mir etwas anzutun. Du hast meinen Heilungsprozess in Gang gesetzt. Warum hast du dir all die Mühe gemacht, nur um mich jetzt zu töten?«

Sie schweigt. Ich kann nicht sagen, ob ich mir damit einen Gefallen getan oder sie nur noch wütender gemacht habe, aber jede zusätzliche Minute erhöht die Wahrscheinlichkeit, dass die Polizisten draußen merken, dass etwas nicht stimmt.

»Hm. Na ja. Zu dem Zeitpunkt wusste ich eben noch nicht alles über dich. Ich hatte mit Sicherheit nicht vor, dir das Leben *leichter* zu machen. Ich habe Informationen über dich gesammelt und mir einen Spaß daraus gemacht, dich in Gestalt von Peter zu catfishen. Ich wollte dir das Herz brechen, während ich dir gleichzeitig einen Mord anhänge und dich am Ende töte – das ist doch ein schöner Handlungsbogen. Komisch, dass es oft ganz anders kommt, als man zunächst denkt.«

»Annie. Du hast mein Leben zerstört. Du hast meine besten Freundinnen Rachel und Brooke getötet. Du hast mir das Herz gebrochen. Ich werde nie wieder so sein wie früher. Reicht das nicht?« Auf einmal kommt eine unglaubliche Klarheit über mich. Mein Herz schlägt so langsam, dass es mich nicht mehr lange am Leben halten kann.

»Das ist ein gutes Argument. Aber ich habe zu viel Spaß, um jetzt einfach aufzuhören.« Sie ist wild entschlossen. »Es macht dir doch nichts aus, wenn ich den Eingriff filme, oder?« Sie deutet mit einem Nicken auf ihr Handy, das auf dem Bücherregal steht und dessen Kamera auf mich ausgerichtet ist. Sie lässt die Schultern kreisen und gibt ein kleines Quietschen von sich. Ein Schauer geht durch meinen Körper, als sie sich über mich beugt und ich einmal mehr in ihre seelenlosen Augen blicke.

»Ich möchte noch was von dir zurückhaben.« Sie zeigt auf meine Halskette und greift nach dem Verschluss. Blitzschnell reiße ich den Arm hoch, und die beiden Nadeln dringen in ihr rechtes Auge ein. Ich mobilisiere all meine verfügbare Koordination und Kraft, um ihr die Spitzen so tief wie möglich in den Augapfel zu treiben. Sie stößt einen animalischen Schrei aus.

»Du verficktes Miststück!« Sie taumelt orientierungslos umher. Blut läuft ihr über das Gesicht, während sie vor Schmerzen aufheult.

Als sie die Hand vom Gesicht nimmt, sehe ich, dass die Enden der Nadeln kaum noch aus ihrem Auge hervorschauen. Ich staune, wie tief ich sie hineingestochen habe.

»Denk ja nicht, dass ich dich jetzt schneller töte!«, schreit sie, ehe sie das Orbitoclast vom Tisch nimmt und sich auf mich stürzt. Mit ihrem Körpergewicht klemmt sie meinen Arm und meine Schulter ein, und ich spüre ihren heißen Atem am Hals. Als ich sehe, wie das scharfe Ende meinem Auge immer näher und näher kommt, schließe ich die Augen und bete, dass es nicht allzu schmerzhaft wird und schnell vorbei ist.

Doch wie einen Wecker, der mich am schlimmsten Punkt eines Albtraums aus dem Schlaf reißt, höre ich das Splittern von Holz und gleich darauf Dennis' Stimme.

»Fallen lassen!«, brüllt er. Sie schnellt in die Höhe. Wie von Sinnen wirbelt sie herum und macht einen Satz auf ihn zu.

Das helle Klirren von zu Boden fallendem Metall und der Klang seiner Stimme tragen mich davon. In der Ferne höre ich das Heulen von Sirenen. Bevor auch nur ein einziges Wort über meine Lippen kommt, spüre ich, wie mein Herz aufhört zu schlagen, meine Atmung aussetzt und sich alles in einer wundervollen Stille aus Wärme, Licht und Frieden auflöst. Und dann sehe ich Rachels Gesicht.

Siebzig

Silvestri

»Bitte sehr«, sagt Wolcott und wirft die Mappe durchs offene Fenster auf den Beifahrersitz. Als er sich ins Wageninnere beugt, bemerkt er den Käfig auf der Rückbank. »Wen haben wir denn da?«

»Ich musste beim Tierheim vorbeifahren und sie zurückholen. Wir sehen uns dann morgen früh.«

»Ich mache mir Sorgen um dich, Silvestri. Baust du im Garten eine Arche?«

»Ach, witzig«, sage ich. »Was gibt es Schöneres?«

Er richtet sich auf und winkt, als ich vom Parkplatz fahre und mich in den Verkehr einfädle.

...

»Oh, hallo, Detective Silvestri! Und wer sind denn diese beiden Hübschen?«

Ich stehe auf Charlottes Veranda und halte den Käfig im Arm, während ich mich durch die halb geöffnete Tür mit ihrer Mutter unterhalte.

»Ms Knopfler.« Ich nicke zum Gruß. »Schön, Sie zu sehen.«

»Sie Gauner! Sagen Sie Margaret zu mir.«

»Mom, wer ist denn da?«, höre ich Charlottes Stimme von drinnen. Sie kommt an die Tür, und ihr Lächeln wird breiter, kaum dass sie die zwei siamesischen Katzen sieht. »Thelma! Louise!«

»Charlotte, willst du nicht …«

»Gib uns einen Moment, Mom.« Sie scheucht ihre Mutter mit einer Handbewegung davon.

»Was für eine wundervolle Überraschung«, sagt sie, während sie sich wieder den Katzen zuwendet. »Danke, Dennis!« Ich öffne den Käfig. Die Katzen springen auf die Veranda und fangen sofort an, ihr um die Beine zu streichen. Sie geht in die Hocke und streichelt sie. Dann schaut sie zu mir auf. »Wollen Sie mir einen Vorsprung verschaffen, falls ich irgendwann mal als einsame Katzenoma enden will?« Sie lacht.

»Ich dachte mir, die beiden könnten ein liebevolles Zuhause brauchen.«

»Da haben Sie richtig gedacht«, sagt sie und schaut den Tieren nach, die im Haus verschwinden, ehe sie die Tür hinter ihnen ins Schloss fallen lässt. »Es ist schön heute, wollen wir draußen sitzen?«

»Gern.« Wir gehen in eine Ecke der Veranda und setzen uns einander gegenüber.

»So«, sage ich. »Wie geht es Ihnen?«

»Ich weiß nicht genau«, antwortet sie kopfschüttelnd. »Es ist alles noch ein bisschen surreal. Aber ich bin froh, zu Hause zu sein – selbst mit dem penetrantesten Hausgast der Welt.«

Ich lache. »Kommen Sie zurecht?«

»Wissen Sie was? Ich habe mir vorgenommen, nicht mehr Energie in die Situation zu investieren als unbedingt nötig. Und wer weiß! Meine Mutter sehnt sich nach Publikum. Wenn ich sie nur fleißig genug ignoriere, sucht sie sich vielleicht bald woanders eins.«

»Klingt nach einer bewundernswert gesunden Einstellung.«

»Na ja. Wenn man dem Tod ins Auge geblickt hat, hilft einem das, sich auf die wirklich wichtigen Dinge im Leben zu besinnen.« Sie sieht mir lange in die Augen. »Ich muss mich wirklich bei Ihnen bedanken, Dennis.«

»Nein, müssen Sie nicht. Das ist ...«

»Doch, das muss ich. Ich habe in den letzten Tagen viel über alles nachgedacht, und ich komme immer wieder auf die guten Dinge zurück. Ja, es gab eine Kettenreaktion schrecklicher Ereignisse, ausgelöst von einer kranken Frau, die um jeden Preis Genugtuung erlangen wollte. Aber am Ende hat sie Brooke und mir auch etwas sehr Wertvolles geschenkt.«

»Ach ja?«

»Durch den Chatroom bin ich überhaupt erst mit ihr in Kontakt gekommen. Wir haben uns gegenseitig das Herz ausgeschüttet und uns getröstet, auch wenn wir gar nicht wussten, was uns in Wahrheit verbindet. Durch den Chatroom konnten wir beide ein Stück weit Frieden finden, und die Unterstützung, die wir dort erfahren haben, selbst wenn sie nur vorgetäuscht war, hat es Brooke ermöglicht, uns zu vergeben. Sie hat einen Weg gefunden, ihre angestaute Wut und die negativen Gefühle endlich hinter sich zu lassen. Und gleichzeitig hat ihre Vergebung auch mich von einem Großteil der Schuld befreit, die mich die ganze Zeit von innen aufgefressen hat. Ich will die Tragik der Situation nicht herunterspielen, aber ich weigere mich, nur das Schlechte daran zu sehen. Rachel hätte mir nicht erlaubt, mich in Selbstmitleid zu suhlen.«

Ich nicke wortlos, ehe ich mein Telefon hervorhole. »Das hier wollte ich Ihnen noch zeigen«, sage ich und rufe die nicht abgeschickte Textnachricht von Rachel auf, ehe ich ihr das Gerät reiche. »Ich kann Sie gerne einen Moment damit allein lassen.«

Doch als ich Anstalten mache, aufzustehen, hält sie mich mit einer Handbewegung zurück. »Bleiben Sie doch bei mir«, bittet sie und beginnt zu lesen.

»Du hast absolut recht, ich bin zu weit gegangen und habe eine Grenze überschritten. Das hätte ich niemals tun dürfen. Ich übernehme die volle Verantwortung dafür und hoffe, du kannst meine Entschuldigung annehmen. Ich hoffe auch, du glaubst mir, wenn ich dir sage, dass du der Mensch bist, den ich auf dieser Welt am meisten liebe und schätze.
Ich weiß, ich bin alles andere als vollkommen, und ich werde es wohl nie schaffen, bei irgendeiner Sache Mäßigung an den Tag zu legen, vor allem nicht bei meinen Freundschaften – aber ich will versuchen, mich zu bessern. Du bist der wichtigste Mensch in meinem Leben, und deshalb werde ich niemals aufhören, auf dich achtzugeben. Ich werde niemals aufhören, dich beschützen zu wollen. Ich werde niemals aufhören, mich zu vergewissern, dass du sicher nach Hause gekommen bist.
Danke, dass du meine Freundin und die Schwester bist, die ich mir immer gewünscht habe. Danke, dass du tust, was so viele Menschen in meinem Leben nicht konnten, und immer für mich da bist, wenn ich dich brauche. Freundschaften wie unsere sind rar, und sie ist mir unglaublich kostbar.
Charlotte, du bist meine Familie, und solange es dir gut geht und du glücklich bist, bin ich auch glücklich. Ich liebe dich so sehr.«

Sie betupft sich die Augenwinkel und lächelt. Als sie aufblickt, ist ihr Gesicht voller Emotion. »Vielen, vielen Dank, dass Sie mir das gezeigt haben.«

»Selbstverständlich.« Ich erwidere ihr Lächeln. »Außerdem wollte ich Ihnen noch etwas über Dr. Lyons erzählen.«

»Aha«, sagt sie neugierig.

»Dass er in Ihre Praxis gekommen ist, hatte mit Rachel zu tun. Die beiden kannten sich von ihren NA-Treffen.«

»Aber warum hat er …?« Sie bricht ab.

»Ich weiß es nicht. Anscheinend haben Sie ihm gefallen, aber er war sich nicht ganz sicher, ob es eine gute Idee ist, sich von Ihnen behandeln zu lassen. Mehr weiß ich auch nicht.«

»Danke«, sagt sie zerstreut.

»Charlotte? Es gibt da noch was anderes, was ich Ihnen sagen muss.«

»Okay.« Sie bemerkt die Veränderung in meiner Miene, und auf einmal ist sie wieder ganz aufmerksam. »Was denn?«, fragt sie und zieht die Brauen zusammen.

Ich bekomme ein flaues Gefühl im Magen. »Ich war nicht ganz ehrlich zu Ihnen.«

Sie mustert mich skeptisch. »Inwiefern?«

»Diese Geschichte, die ich Ihnen erzählt habe – über die Razzia in Baltimore? Die entsprach nicht ganz der Wahrheit.«

»Ich verstehe nicht.«

»Ich habe wirklich auf einen der Täter geschossen, allerdings habe ich ihn nicht getötet.« Eigentlich will ich ihr etwas ganz anderes sagen. »Ich … ich wollte, dass Sie sich mir öffnen, und um das zu erreichen, habe ich die Geschichte ausgeschmückt.«

Sie schaut zur Straße und atmet langsam aus. »Ich, also …« Ihr Blick driftet zur Seite. Sie bringt es nicht über sich, mich anzusehen. »Verstehe.«

»Charlotte, es tut mir sehr leid. Ich habe nur meine Arbeit gemacht. Trotzdem finde ich es furchtbar, dass ich Sie wie eine Täterin behandelt habe.«

Jetzt sieht sie mich doch an, wenngleich zaghaft. »Sie können wirklich gut mit Worten umgehen, Detective Silvestri.«

»Ja, das sagt man mir nach.« Ich lache leise.

»Tja«, meint sie. »Ich war zu Ihnen auch nicht ganz aufrichtig – was Peter angeht und so weiter.«

»Die Umstände waren ziemlich merkwürdig«, sage ich.

»Definitiv.« Sie schüttelt den Kopf. »Ich weiß nicht. Neuanfang?« Sie streckt mir hoffnungsvoll die Hand entgegen.

»Einverstanden.« Ich schüttle ihre Hand und schmunzle über die Förmlichkeit der Geste.

Sie betrachtet voller Sorge meinen linken Arm. »Wie verläuft die Heilung?«

»Gut. Es schmerzt noch ein bisschen, und ich habe ein paar Prellungen, aber das wird schon wieder.«

»Na ja«, schlägt sie vor. »Wenn es etwas abgeheilt ist, würde ich mich freuen, Sie zu behandeln. Ich glaube, ich könnte Ihnen wirklich bei der Genesung helfen.«

»Das würde mir gefallen.« Ich sehe sie an.

Sie lächelt. »Mir auch.«

Epilog

Aus der Lüftung über unserer Sitznische dringen heiße Luft und Musik. Aufgrund des Temperatursturzes und des im Wetterbericht angekündigten Unwetters tut das Diner sein Bestes, um für ausreichend Wärme sowie Unterhaltung zu sorgen. Rechts und links von uns entledigen sich die Leute ihrer Jacken und Pullover. Auch ich überlege, ob ich meine Strickjacke ausziehen soll, allerdings trage ich nur ein Tanktop darunter, was ich für ein erstes Date ein bisschen zu freizügig finde. Falls dies überhaupt ein Date ist – was ich nicht genau beurteilen kann. Er hat das Gesicht hinter der riesigen Speisekarte verborgen, also wende auch ich mich wieder der laminierten Speisekarte in meinen Händen zu.

Irgendwann legt er die Karte zur Seite, und ich folge seinem Beispiel. Mir ist bereits beim Eintreten das Wasser im Mund zusammengelaufen, und ich wusste genau, dass ich einen Cheeseburger und Zwiebelringe bestellen würde. Mein Appetit ist zurückgekehrt, genau wie viele andere Dinge in meinem Leben, obwohl ich immer noch jeden Tag mehrmals an Rachel denke und mich frage: *Was würde sie jetzt tun?*

»Weißt du schon, was du nimmst?«, fragt er.

»Ja. Salz und Fett und noch mehr Salz«, verkünde ich stolz.

Er zwinkert mir zu. »Ich mag entscheidungsfreudige Frauen.«

Ich stöhne. »Bitte nicht zwinkern. Und diese Anspielungen, John … ernsthaft.« Ich schüttle heftig den Kopf. »Nicht gut.«

Seine Wangen glühen. »Das tut mir sehr leid.« Er hustet in

seine Hand. »Ich schwöre, ich versuche, mich zu bessern. Ich habe erst relativ spät im Leben erkannt, dass meine nervöse Angewohnheit, mich in Gegenwart von Frauen möglichst lässig zu geben, meistens einfach nur schleimig wirkt.«

»Das wird dir *jetzt* klar? Na ja, besser spät als nie«, sage ich skeptisch.

»Brillante Frauen verunsichern mich.«

Ich ziehe die Brauen zusammen.

»Das ist kein dummer Spruch! Ich sage einfach nur die Wahrheit!« Er klingt aufrichtig dabei.

Wider Willen fühle ich mich ein bisschen geschmeichelt. Aber das werde ich auf keinen Fall durchblicken lassen. Ich weiß immer noch nicht so genau, was ich von John Lyons, ehemals Jack Doyle, halten soll. Es gibt viele Fragen, die erst geklärt werden müssen, ehe ich entscheiden kann, ob er ein Mann ist, dem ich meine Zeit widmen möchte. Aber als er mich anrief und sagte, er wolle mit mir über Rachel reden, konnte ich natürlich nicht Nein sagen.

»Die Wahrheit ist gut«, sage ich. »Bleiben wir dabei.«

»Kennst du zufällig Neurologen, die mir erklären können, wie man neuronale Verbindungen reprogrammiert, um schlechte Angewohnheiten loszuwerden?«

Er berührt seinen Bart, der, seit ich ihn vor sechs Wochen bei Rachels Trauerfeier gesehen habe, recht beeindruckende Dimensionen angenommen hat.

»Hast du mich etwa gegoogelt?«, frage ich müde.

Er zögert kurz. »Ja.«

Ich starre auf die Tischplatte. In den letzten Wochen wurde so viel über mich geschrieben, dass es mir bei der Vorstellung, was er alles gelesen haben könnte, kalt den Rücken hinunterläuft.

»Tut mir leid, aber du warst so oft in der Presse, da ließ sich das kaum vermeiden. Außerdem war ich neugierig, was deine Tätigkeit als Chirurgin angeht. Das meiste von dem, was geschrieben wurde, dreht sich ja eher um deine jetzige Arbeit.«

»Ja, weil ich ihnen nichts anderes erzähle«, murmle ich.

»Du bist wirklich ein beeindruckender Mensch, Charlotte.«

Ich versuche, das mittlerweile allgegenwärtige Gefühl des Entblößtseins abzuschütteln. »Zum Glück lässt die Aufmerksamkeit langsam nach. Bald wenden sich die Leute sicher einem anderen Thema zu.« Ich vermeide es ganz bewusst, auf sein Kompliment einzugehen.

»Fängt nicht bald der Prozess an?«

»Mit ein bisschen Glück kommt der Fall gar nicht vor Gericht. Die Beweislast ist erdrückend, die Detectives haben gute Arbeit geleistet, und man geht davon aus, dass Annie sich in allen Punkten schuldig bekennen wird. Aber wer weiß, vielleicht überlegt sie es sich in letzter Minute noch mal anders.«

»Musst du aussagen, falls es ein Verfahren gibt?«, will er wissen.

»Die Staatsanwaltschaft ist dabei, einen Deal auszuarbeiten, damit ich nicht in den Zeugenstand muss. Ich bin ganz hoffnungsvoll. Aber wenn es sein muss, sage ich natürlich aus, auch wenn es das Letzte ist, was ich tun möchte.«

»Diese Irre sollte man für sehr lange Zeit wegsperren«, sagt er mit Nachdruck.

Ich zucke mit den Achseln.

»Willst du etwa nicht, dass sie für das bezahlt, was sie getan hat? Bist du nicht unglaublich wütend auf sie? Ich schon.« Er schlägt mit der Hand auf den Tisch, um seine Aussage zu unterstreichen.

»Doch, ich finde auf jeden Fall, dass sie zur Verantwortung gezogen werden muss. Aber ich mag es nicht, Menschen leiden zu sehen. Und Annie trägt offensichtlich sehr viel Leid mit sich herum.« Ich denke an meinen kurzen Gefängnisaufenthalt zurück. »Für den Rest des Lebens eingesperrt zu sein – das hört sich grauenhaft an.«

»Also, ich teile deinen Großmut ganz und gar nicht. Diese Frau hat deine Freundin ermordet – *unsere* Freundin. Und beinahe auch dich.« Seine Nasenflügel beben.

Mir behagt nicht, wie schnell er sich aufregt, auch wenn ich die Ursache dafür verstehen kann.

»Und Brooke Harmon«, füge ich wehmütig hinzu.

Er nickt. »Du lieferst mir nur weitere Argumente. Ich hoffe, sie sieht nie wieder Tageslicht.« Sein Tonfall ist scharf.

»Annie möchte, dass ich ein Special mit Gayle King mache«, sage ich. »Ihr Sprecher hat mich kontaktiert.«

»Im Ernst? Na ja, Gayle ist doch ganz in Ordnung ...«, meint er belustigt.

»Mein Leben ist im Moment so surreal.« Ich schüttle ungläubig den Kopf.

»Und? Denkst du darüber nach?«

»Auf gar keinen Fall«, antworte ich entschieden.

»Ich finde es toll, dass du keins der Angebote der Medien angenommen hast«, sagt er. »Das imponiert mir ungemein. Ich weiß nicht, ob ich an deiner Stelle so viel Selbstbeherrschung besäße. Für mich wäre die Gelegenheit, dieses verstrahlte Miststück öffentlich fertigzumachen, bestimmt zu verlockend.« Er registriert meine tadelnde Miene. »Entschuldige! Das war nicht in Ordnung. Wie soll ich eine grausame Frau nennen, die sich als ein Chatroom voller Frauen ausgegeben und zwei, fast drei Menschen belästigt, betrogen und ermordet hat?«

»Na ja, streng genommen, ist sie wohl ein verrücktes Miststück.« Wir beide lachen. »Und es deutet einiges darauf hin, dass sie noch mehr als zwei Menschen getötet hat. Die Polizei ermittelt jetzt auch im Tod ihres Bruders und ihrer Eltern, die vor Jahren unter ungeklärten Umständen ums Leben gekommen sind«, teile ich ihm mit.

»Mein Gott!«

»Rachel hätte den ganzen Rummel nicht gewollt«, sage ich. »Und ich bin definitiv auch nicht scharf darauf.«

»Stimmt. Und ich verstehe das vollkommen.«

»Ich bin froh, dass die Wahrheit über Brookes Tod ans Licht gekommen ist und ihre Eltern jetzt die ganze Geschichte kennen. Ich wünschte nur, die Anrufe und E-Mails würden endlich aufhören.«

Er nickt und hört mir aufmerksam zu. Es tut gut, mit jemand anders als meiner Therapeutin über die Sache zu reden.

»Falls du Hilfe im Umgang mit der Presse brauchst – ich habe eine Patientin, die im Krisenmanagement tätig ist und mir noch mehrere Hundert Gefallen schuldet, weil ich ihr das Leben gerettet habe«, bietet er an.

»Danke, aber ich habe bereits eine selbst ernannte PR-Agentin, die sogar bei mir im Haus wohnt. Sie kennt einhundert verschiedene Arten, ›Verpisst euch‹ zu sagen, und geht richtig in ihrer Arbeit auf. Am Ende sehnen sich die Journalisten immer regelrecht danach, endlich auflegen zu dürfen«, sage ich nicht ohne Staunen.

»Dabei handelt es sich nicht zufällig um die Frau, die auf Rachels Trauerfeier so aussah, als käme sie gerade von einem Jackie-O.-Imitatoren-Wettbewerb beziehungsweise wäre auf dem Weg zu einem solchen?«

»Keine Geringere. Außerdem hat sie erreicht, dass Yelp endlich all die negativen Bewertungen über meine Praxis löscht. Die Geschäfte laufen also wieder ein bisschen besser.«

»Hattest du deshalb keine Zeit für einen Termin?« Er will zwinkern und besinnt sich gerade noch rechtzeitig, sodass sein Gesicht einen Moment lang zu einer seltsamen Grimasse verzogen ist.

»Nein. Aber es ist mir wichtig, gewisse Grenzen einzuhalten. Ich behandle grundsätzlich keine Leute, mit denen ich ...« Ich breche ab, ehe ich mit dem herausplatze, was mir auf der Zunge lag. Das wäre zu vermessen.

Er scheint amüsiert und grinst mit geschlossenem Mund wie eine Katze, der ein Mäuseschwanz aus dem Maul hängt. »Leute, mit denen du ...?«

Errötend wende ich den Blick ab. »Mit denen ich freundschaftlich einen Kaffee trinken gehe und anregende Gespräche führe«, antworte ich. Dann lenke ich von dem heiklen Thema ab. »Aber ich bin wirklich ziemlich ausgebucht. Momentan nehme ich keine neuen Patienten mehr an, aber nächste Woche zieht eine neue Akupunktur-Therapeutin in die Praxis ein, um mich ein bisschen zu entlasten.«

Es war keine leichte Entscheidung, eine Fremde in die Praxis aufzunehmen und ihr Rachels Raum zu überlassen – aber eine wichtige, wie meine Therapeutin meint. »Ich freue mich, die neue Kollegin wirkt sehr aufgeschlossen und begeistert. Sie hat schon den Behandlungsraum gestrichen und nach ihren Bedürfnissen umgestaltet.« Dafür bin ich ihr zutiefst dankbar, denn es fällt mir nach wie vor schwer, den Raum zu betreten.

»Der Liebesbrief, den jemand auf Yelp gepostet hat, schadet deinem Ruf höchstwahrscheinlich auch nicht gerade. Als ich ihn gelesen habe, fühlte ich mich fast ein bisschen bedroht, wenn ich ehrlich sein soll«, gesteht er.

»Liebesbrief?« Ich habe mein Versprechen gehalten und nicht mehr auf Yelp nachgeschaut, obwohl Rachel nicht da ist, um mir diese unangenehme Aufgabe abzunehmen. Stattdessen hat sich meine Mutter dazu bereit erklärt. Ich weiß ihr Engagement zu schätzen, aber ich habe aufgehört, mich wegen der negativen Bewertungen aufzureiben. Im Großen und Ganzen ist das alles überhaupt nicht wichtig. Das habe ich inzwischen begriffen.

John zückt sein Telefon, tippt mehrmals das Display an und reicht es mir.

Die Yelp-App ist geöffnet, und ich lese die oberste Bewertung.

> Dr. Charlotte Knopfler ist die beste Art von Heilerin – ein Mensch mit großem Empathievermögen, der an die Kraft der Liebe und Verbundenheit glaubt. Jeder, der mit ihr in Kontakt kommt, darf sich geborgen, wertgeschätzt und einzigartig fühlen. Nach jeder unserer Begegnungen fühle ich mich wieder vollständig. Sie nimmt einem die Schmerzen und ersetzt sie durch Liebe, und sie hält einen selbst während der schlimmsten Momente immer fest an der Hand. Es gibt im gesamten Universum nicht genug Sterne, um sie zu bewerten.

Ich schaue auf das Datum und den Usernamen: OmRach. Geschrieben am Abend ihres Todes. Ich gebe John das Handy zurück. Mir fehlen die Worte.

»Alles in Ordnung?«, fragt er.

»Ja. Das hatte ich noch gar nicht gelesen.«

»Es gibt noch unzählige Bewertungen, die ähnlich überschwänglich sind – nicht in erster Linie im Zusammenhang mit deiner Praxis, sondern weil du gekämpft hast und viele dich als Inspiration betrachten. Vor allem Frauen feiern dich.«

Ich kann es kaum fassen. »Ich dachte, die vielen neuen Patienten hätten mit den Presseberichten zu tun, und die Leute wären bloß neugierig auf mich. Aber das ist unglaublich.« Ich weiß, ich könnte ihm sagen, dass die Bewertung von Rachel stammt. Sie zu schreiben, war vermutlich eins der letzten Dinge, die sie vor ihrem Tod getan hat. Doch ich möchte das lieber für mich behalten.

Er lässt den Blick durch den Gastraum schweifen. »Unsere Kellnerin scheint in die Pause gegangen zu sein. Hast du sehr großen Hunger? Vielleicht sollte ich sie suchen gehen?«, schlägt er sanft vor.

»Nein, es geht schon. Ich habe es nicht eilig und bin auch nicht am Verhungern. Es ist einfach schön, mal rauszukommen.« Trotzdem weiß ich seine Fürsorge zu schätzen. Ich war ein bisschen überrascht, dass er als Chirurg ausgerechnet ein Diner für unser Rendezvous vorgeschlagen hat, und frage mich, ob er damit die Botschaft senden wollte, dass dies hier kein Date ist.

»Rachel und ich sind oft nach unseren NA-Treffen hierhergekommen«, erzählt er, als hätte er meine Gedanken erraten. »Dann haben wir hier gesessen und über unsere bewegte Vergangenheit gelacht. Sie fehlt mir so sehr.« Er schaut aus dem Fenster. Es ist dunkel draußen, und in der Glasscheibe spiegeln sich unsere Silhouetten.

»Mir auch. So sehr, dass es wehtut. Ich weiß, ich kann nichts daran ändern, aber es fällt mir schwer, zu vergessen, dass sie und ich zerstritten waren, als sie gestorben ist«, sage ich traurig.

»Mir geht es genauso. Sie war stinkwütend auf mich. Ich versuche, nicht darüber nachzudenken, aber das ist nicht so leicht. Manchmal träume ich sogar davon, wie ich mich bei ihr entschuldige. Ist das nicht albern?«

»Überhaupt nicht. Bei mir ist es ganz ähnlich. Und sie vergibt mir jedes Mal«, sage ich. »Danach geht es mir dann eine Zeit lang besser.«

»Mir auch.«

»Weshalb war sie denn wütend auf dich?« Ich möchte nicht unhöflich sein und ihm gestehen, dass sie ihn mir gegenüber kein einziges Mal erwähnt hat. Es entbehrt nicht einer traurigen Ironie, dass wir beide einander gewisse Einzelheiten über einen wichtigen Mann in unserem Leben verschwiegen haben, auch wenn ich es bei ihr aufgrund der Umstände der NA-Treffen verstehen kann.

Er ballt die Fäuste. Auf einmal wirkt er beklommen. »Deshalb wollte ich mich mit dir treffen.« Er bricht ab, und wir sitzen eine Zeit lang schweigend da. »Ich muss es einfach aussprechen und abwarten, wie du darauf reagierst.«

»Okay.« Angesichts dieser Einleitung überlege ich, ob ich die Beine in die Hand nehmen und in Richtung Ausgang fliehen soll.

»Einen Monat bevor Rachel gestorben ist, wurde sie während einer Yogastunde ohnmächtig, und jemand hat den Notarzt alarmiert. Sie ist wieder aufgewacht, bevor er kam, und hat sich geweigert, sich behandeln zu lassen, aber weil ihr Blutdruck so niedrig war, haben die Sanitäter darauf bestanden, sie mitzunehmen. Sie sind mit ihr ins Stony Brook Hospital gefahren, und durch Zufall hat sie mich dort gesehen, als ich gerade aus dem OP kam. Sie hat mich angefleht, zu intervenieren, und wenn wir uns nicht so gut gekannt hätten, wäre ich meinen Kollegen sicher nicht in den Rücken gefallen, aber sie wollte unbedingt nach Hause.«

»Aha.« Ich hänge an jedem Wort. Ich wusste nichts von der Sache und bin unglaublich verletzt. »Sie hat mich nicht angerufen. Sie hat mir nicht mal was davon erzählt.«

Er nickt. »Ja, mit Absicht. Sie hat mich ausdrücklich darum gebeten, niemandem Bescheid zu sagen. Ich habe zugestimmt, nachdem der Arzt, der sie aufgenommen hatte, einige grundlegende diagnostische Tests mit ihr gemacht hat.«

Ich nicke und trinke mehrere kleine Schlucke von meinem

Wasser. Ich muss meine Hände irgendwie beschäftigen und etwas gegen die wachsende Nervosität tun.

Endlich kommt die Kellnerin an unseren Tisch. Sie füllt mein Glas auf und will gerade das Wort an uns richten, doch ich schicke sie mit einem festen »Nicht jetzt« wieder weg. Sie gehorcht bereitwillig, wenngleich mit leicht missbilligender Miene.

John fährt fort. »Die Ironie an der Sache ist, dass es ursprünglich nur diese zufällige Begegnung in der Notaufnahme war, die Rachel dazu bewogen hat, mich einzuweihen. Dabei hätte man mich als Facharzt sowieso hinzugezogen, sobald die Testergebnisse vorlagen, ich war der einzige Onkologe, der an dem Tag Dienst hatte und gerade nicht im OP war.«

Er blickt mir forschend ins Gesicht, um abzuwägen, ob er fortfahren soll.

Die Wahrheit, die Stück für Stück zutage tritt, zerrt an allen Nervenenden meines Körpers. John sieht den Schmerz in meinem Gesicht und streckt langsam die Hand über den Tisch. Ich erlaube ihm, meine Hand kurz zu drücken, ehe ich mich der Berührung entziehe. Ich bin noch längst nicht so weit, mich von diesem Mann trösten zu lassen.

»Bitte.« Meine Stimme ist belegt, und ich versuche mich zu räuspern. »Red weiter.«

»Die Testergebnisse wiesen eindeutig auf etwas Bösartiges in ihrem Körper hin. Die Zahl der weißen Blutkörperchen war gefährlich niedrig.« Dann erinnert er sich daran, dass er einer Ärztin gegenübersitzt, und passt seine Ausdrucksweise dementsprechend an. »Ihr Carcinoembryonales Antigen und ihr CA 19–9 waren deutlich erhöht.«

»Bauchspeicheldrüsenkrebs.«

»Ja. Und dem CT nach, zu dem ich sie schließlich überreden

konnte, war er bereits weit fortgeschritten. Ich habe ihr maximal noch drei Monate gegeben.«

»Du hast eben gesagt, das war vier Wochen vor ihrem Tod, aber das kann ja gar nicht sein. Sie hätte mir doch davon erzählt. Ich hätte ihr beigestanden, wäre mit ihr ins Sloan-Kettering-Krebszentrum gefahren. Ich hätte alles in meiner Macht Stehende getan, um ihr zu helfen.« Mir laufen Tränen über die Wangen, dabei ist mir gar nicht aufgefallen, dass ich angefangen habe zu weinen. John schiebt mir eine Serviette hin.

»Die Chancen, dass eine Chemo noch etwas ausgerichtet hätte, waren extrem gering. Wahrscheinlich hätte sie nur gelitten. Und eine OP wollte sie auf keinen Fall.« Ich höre die Emotionen in seiner Stimme. »Ich habe alles versucht, Charlotte, das schwöre ich dir. Ich wollte sie unbedingt überreden, sich behandeln zu lassen. Ich war vollkommen verzweifelt.« Er ringt die Hände. »Deshalb war ich auch unter falschem Namen bei dir in der Praxis. Sie sollte nicht mitbekommen, dass ich den Kontakt zu dir gesucht habe. Aber sie hat es trotzdem rausgefunden und mir die Hölle heißgemacht. Ich dachte, wenn irgendwer sie zur Vernunft bringen kann, dann du. Sie hat so oft und mit so viel Liebe von dir erzählt. Ich hatte das Gefühl, dich zu kennen, ohne dich jemals getroffen zu haben.«

»Das Gefühl kenne ich«, entgegne ich leise. Ich nicke, um zu signalisieren, dass ich nach wie vor an der Unterhaltung teilnehme, aber gleichzeitig bin ich mit den Gedanken meilenweit weg. Ich habe Mühe, all die neuen Wahrheiten zu verkraften, mit denen ich überschüttet wurde. Die Geräusche des Diners um uns herum treten in den Hintergrund.

»Charlotte, geht es dir gut?« Er sieht besorgt aus.

»Ja.« Ich schließe die Augen. »Und ich kann sie verstehen.«

»Wirklich?«

»Rachel war der Überzeugung, dass wir uns selbst heilen. Sie hielt nichts von chirurgischen Eingriffen«, sage ich gefasst.

Als ich die Augen wieder öffne, sucht er meinen Blick. Er kann seine Skepsis nicht verhehlen.

»Ihr Vater ist während einer Routine-OP gestorben, als sie noch ein Kind war, ich glaube, das hat sie sehr geprägt. Und dann kam mit der Zeit ihre Abneigung gegen die gesamte westliche Medizin. In der traditionellen östlichen Heilkunde herrscht die Auffassung vor, dass Krebs eine Folge von Energieblockaden im Körper ist. Es gibt sogar Dogmatiker, die jegliche chirurgischen oder medikamentösen Eingriffe in den menschlichen Körper kategorisch ablehnen.«

Diese Erklärung scheint ihn nicht zufriedenzustellen, was ich gut nachvollziehen kann. Er tut genau das, was ich vor wenigen Minuten getan habe. Er verharrt in seiner eigenen Perspektive. Dabei geht es hier um Rachel. *Gib mir ein Zeichen, dass du noch bei mir bist*, sage ich im Stillen. *Bitte.*

»Bestimmt wollte sie es mir nicht sagen, weil wir uns irgendwann mal geeinigt hatten, nicht über das Thema zu diskutieren«, sage ich, auch um mich selbst zu beschwichtigen.

»Das Thema Medizin?« Er sieht mich ungläubig an. »Aber du warst Ärztin!« Er beißt sich auf die Unterlippe und gibt sich einen Ruck. »Tut mir leid. Aber du glaubst doch nach wie vor an die Schulmedizin, oder?«

»Ja. Natürlich. Aber nach allem, was mit Michelle Harmon passiert ist, wollte ich nie wieder über meine Zeit als Chirurgin sprechen; wenigstens ging es mir so, als Rachel und ich uns kennengelernt haben. Sie hat das immer respektiert. Und ich wusste, dass sie mit mir nicht über ihre Einstellung zur westlichen Medizin diskutieren wollte oder darüber, was ich früher mit meinen Eingriffen zu erreichen versucht habe. Ich glaube, sie hatte ein ziemlich großes Problem damit. Wir hatten gewissermaßen eine stillschweigende Übereinkunft.«

»Und wie es der Zufall will, war das Thema, über das ihr beide nicht sprechen wolltet, genau das, worüber ihr dringend hättet sprechen *müssen*«, sagt er frustriert. »Unter rationalen Gesichtspunkten ist das nicht zu begreifen.«

Dass er so offen seine Gefühle zeigt, macht mir Mut, denn daran erkenne ich, wie sehr er Rachel mochte. Das wiederum führt dazu, dass auch ich ihn mehr mag als bisher und mein Vertrauen in ihn wächst. Nichtsdestotrotz werde ich nicht versuchen, ihm zu erklären, warum ich Rachel niemals hätte umstimmen können, weil sie nun mal nicht in der Rationalität beheimatet war. Niemand hätte ihre Meinung ändern können, weder er noch ich. Genau das haben wir beide ja gerade so sehr an ihr geliebt – die Entschlossenheit, mit der sie ihren ganz eigenen Weg ging.

»Ich weiß, aus deiner Perspektive ergibt das keinen Sinn. Aber aus meiner schon.« Ich schaue in seine wunderschönen, klaren Augen. »Ich bin dir so dankbar, dass du mir gesagt hast, dass sie krank war, *unheilbar krank*. Es ist furchtbar, dass Annie sie getötet hat, aber wenn man die Alternative eines langsamen, qualvollen Sterbens bedenkt, hätte sich Rachel sicher für einen schnellen Tod entschieden. Der Gedanke gibt mir ein bisschen Frieden.«

Er verzieht das Gesicht, doch ich kann nicht ergründen, was er damit ausdrücken will.

»Was ist?«, frage ich.

»Du kannst doch nicht denken, dass jemand, der so lange clean war wie sie, high sterben wollte. So was *darf* man nicht sagen.«

Ich bin überrascht, als ich sehe, wie ihm eine Träne über die Wange rinnt, ehe er sie verärgert wegwischt.

»Du hast recht«, sage ich sanft. »Daran habe ich nicht gedacht.«

»Andererseits weiß ich auch, wofür ich mich entscheiden würde, wenn ich die Wahl hätte.« Er seufzt.

»Was das angeht, kanntest du sie besser als ich.« Ich strecke meine Hand über den Tisch. »Ich bin so froh, zu wissen, dass sie dich als Freund hatte, und dass du mir mehr über sie erzählen kannst. Danke, dass du mir alles gesagt hast.«

Er beugt sich vor. »Versteh mich nicht falsch, aber du gehst mit dieser Neuigkeit wesentlich besser um, als ich erwartet hätte. Mein Therapeut hat mir geraten, mich auf das Schlimmste gefasst zu machen.«

Als unser Song an mein Ohr dringt, senke ich den Kopf und lasse das Licht durch mich hindurchströmen.

»Alles ist gut«, sage ich, ehe ich ihm meine Hand entziehe und beide Hände über mein Herz lege.

»Ach ja?«, fragt er leicht verwirrt.

Ich deute wortlos an die Decke, wo die Lautsprecher sind. Gerade setzt der Refrain ein. Rachel hat diesen Song geliebt. *Wir* haben diesen Song geliebt. Als ich ihn das letzte Mal hörte, hat sie lauthals mitgesungen und dazu getanzt.

John neigt den Kopf zur Seite im Versuch, den Text zu erhaschen, der von Klängen einer Akustikgitarre begleitet wird.

»Hör genau hin«, sage ich.

Woke from a dream, was soaked in sweat;
I'd never known you, we'd never met.
I'd never known how sweet life gets;
When you find the piece that fits.
The one who sees you, knows your soul;
Knows each part and loves you whole.

I'd never said, to my regret;
How much I love you, my best friend.

Und zwischen den Worten lausche ich auf meine Freundin.

Danksagung

Großer Dank gilt unserem phänomenalen Agenten Christopher Schelling.

Wir werden bei Dutton von einem absoluten Dream-Team betreut, angefangen bei dem unvergleichlichen Lektor John Parsley, der geduldig, klug und einfach ein durch und durch anständiger Kerl ist, über Maya Ziv mit ihren brillanten Anmerkungen bis hin zu Cassidy Sachs, die einen scharfen Blick für Details hat und uns immer zur Seite steht. Wir danken euch von ganzem Herzen. Ein riesengroßes Dankeschön geht auch an unsere großartige PR- und Marketing-Crew, bestehend aus Amanda Walker, Jamie Knapp, Kathleen Carter und Stephanie Cooper. Unser besonderer Dank gilt Christine Ball, die uns immer unterstützt hat, sowie Madeline McIntosh, Allison Dobson und Lauren Monaco (nebst ihrem starken Vertriebsteam) für die Begeisterung, die sie unserem Buch entgegenbringen. Danke auch an David Litman für das atemberaubende Coverdesign, an Art Director Christopher Lin und alle anderen, die mit dem Satz, dem Copyediting oder dem Layout zu tun hatten.

Ein Riesendankeschön geht an unsere Filmagentin Pouya Shahbazian und an das Team für Auslands- und Übersetzungsrechte: Chris Lotts, Nicola Barr, Lara Allen, Jacob Roach – danke für die tolle Arbeit, die ihr geleistet habt, um dieses Buch in der Welt bekannt zu machen.

An unsere Familien, die immer hinter uns stehen: Anne, John,

Eva, Rich, Taylor, Connor, Will, Veronica, Carole, Firth, Hedy, Madeline, John, Charlie, Thomas, Jesy und Bernadette. An Lori und Lis und vor allem an Tom und Nina für ihre weisen Worte und klugen Ratschläge. Und danke auch an unsere vielen Tanten und Onkel, Cousins und Cousinen, die immer da sind, wenn man sie braucht.

An all unsere kreativen Landsleute: Danke für die Inspiration, die Gespräche, die aufmunternden Worte und die emotionale Unterstützung, mit einem speziellen Dankeschön an Augusten Burroughs, Scott Leeds, Lisa Weinert, Ruiyan Xui, Brian Selfon, Mikael Awake, Jason Boog, Joelle Renstrom, Holley Bishop, Rennie Dyball, »Utah«, Petey DeAbreau, Maris Kreizman, Sacha Wynne, Sarah Stodola, Erum Naqvi, Tyler Gore, Douglas Belford, Matthew Gilbert, Matt Laird, Dave Hill, Sebastian Beacon, Jesse St. Louis, Michael Dowling, Eugene Cordero, Ron Petronicolos, Chris Swinko, Ayana Brooks, Jeff Sheehan, Dante Clark, Barbara Lynn Cantone, Colin Poellot, Liza Colby und Geoff Poppler.

Von Herzen möchten wir auch Pablo Rodriguez, Robert Clauser und Alison Benson für ihre großartige Hilfe danken.

Unser tief empfundener Dank gilt den unglaublichen Akupunktur-Therapeutinnen Amy FitzPatrick und Casey Leigh Carty. Ihr wart eine großartige Quelle der Inspiration und Heilung, sowohl mit als auch ohne Nadeln.

An Fiona Davis für ihre Überschwänglichkeit, ihre Liebe und den Seelentrost, den sie gespendet hat.

An Brian Pedone für Liebe, Zuspruch und tägliche lebensrettende Maßnahmen, nicht nur am Berg.

An alle von Screaming Muse Productions für eine lebenslange Freundschaft auf und hinter der Bühne: Maurice Smith, Jason Weiner, Daniela Tedesco, Mike Bromberger und Natasha Tsoutsouris.

Ein besonderes Dankeschön an JL Stermer. Seine bedingungslose Freundschaft, sein Humor und makelloses Stilempfinden waren für unser Schreiben und Leben eine unerlässliche Bereicherung.

Und an all die Menschen, die nicht länger unter uns sind, aber in unserem Leben eine wichtige Rolle gespielt haben. Wir lieben und vermissen euch: Richard Wands, Tom und Nora Keenan, Patricia und Gordon Sabine, Paul Williams, Bill Rosen, Elizabeth Danser, Elizabeth Calhoun und Carey Longmire.

Hinter der roten Tür lauert die Angst

Dieses Gesicht! Als Fern Douglas ein Bild von Astrid Sullivan im Fernsehen sieht, ist sie sich absolut sicher, sie zu kennen. Zwanzig Jahre zuvor wurde die damals Vierzehnjährige entführt, jetzt ist Astrid erneut verschwunden. Fern glaubt, sie aus ihren Träumen zu kennen: ein Mädchen, das sie stumm um Hilfe bittet. Sie reist in ihren Heimatort in New Hampshire, um mehr über Astrid herauszufinden. Und über ihre eigene Vergangenheit, denn Fern leidet an Gedächtnislücken. Doch das Elternhaus ruft dunkle Erinnerungen in ihr wach: Immer wieder sieht sie das Bild einer roten Kellertür. Was ist damals hinter der Tür passiert?

Ein dramatischer Thriller, der Sie bei Ihren Urängsten packt!

Er kommt des Nachts – und nimmt dich mit

Wenige Tage nachdem Sandrine zu einer kleinen Insel vor der Küste der Normandie aufgebrochen ist, findet man sie verstört und mit fremdem Blut an ihren Kleidern am Strand. Was sie den Ärzten im Krankenhaus erzählt, ist wirr. Auch Kommissar Damien Bouchard kann sich keinen Reim darauf machen. Von welchem Kinderheim spricht Sandrine? Was hat es mit dem Bootsunglück auf sich, bei dem alle Kinder ums Leben gekommen sein sollen? Und weshalb erwähnt sie immer wieder voller Schrecken den Erlkönig? Damien folgt den Fäden von Sandrines Geschichte und dringt immer tiefer in die Schattenseite der menschlichen Psyche vor …

Jérôme Loubry
Der Erlkönig

Thriller
Aus dem Französischen von Alexandra Baisch
Taschenbuch
Auch als E-Book erhältlich
www.ullstein.de